O ROMANCE LUMINOSO

MARIO LEVRERO

O romance luminoso

Tradução
Antônio Xerxenesky

1ª reimpressão

Grafia atualizada segundo o Acordo Ortográfico da Língua Portuguesa de 1990, que entrou em vigor no Brasil em 2009.

Título original
La novela luminosa

Capa
Elaine Ramos

Preparação
Silvia Massimini Felix

Revisão
Marise Leal
Carmen T. S. Costa

Dados Internacionais de Catalogação na Publicação (CIP)
(Câmara Brasileira do Livro, SP, Brasil)

Levrero, Mario, 1940-2004
O romance luminoso / Mario Levrero ; tradução Antônio Xerxenesky. — 1ª ed. — São Paulo : Companhia das Letras, 2018.

Título original: La novela luminosa.
ISBN 978-85-359-3078-8

1. Ficção uruguaia I. Título.

18-12544 CDD-ur863

Índice para catálogo sistemático:
1. Ficção : Literatura uruguaia ur863

[2022]
Todos os direitos desta edição reservados à
EDITORA SCHWARCZ S.A.
Rua Bandeira Paulista, 702, cj. 32
04532-002 — São Paulo — SP
Telefone: (11) 3707-3500
www.companhiadasletras.com.br
www.blogdacompanhia.com.br
facebook.com/companhiadasletras
instagram.com/companhiadasletras
twitter.com/cialetras

Sumário

Agradecimentos

Às Potestades que me permitiram viver as experiências luminosas.

À John Simon Guggenheim Foundation.

A todos que aceitaram aparecer como personagens do "Diário da bolsa", em especial a Chl.

Aos leitores-cobaias que me ajudaram na correção do "Diário", sobretudo a Eduardo Abel Giménez, Carmen Simón, Mónica Suárez e Fernanda Trías.

Àqueles que me estimularam para que concorresse à bolsa Guggenheim, e, em particular, a Malaro Díaz, Hugo Verani, Julio Ortega, Fernando Burgos e Rómulo Cosse; e a Mariana Urti, secretária impecável para todos os trâmites com a Fundação.

M. L.

As pessoas ou instituições que se sentirem afetadas ou prejudicadas por opiniões expressas neste livro devem compreender que essas opiniões não passam de desvarios de uma mente senil.

M. L.

Prefácio histórico ao romance luminoso

Não tenho certeza de qual foi exatamente a origem, o impulso inicial que me levou a tentar o romance luminoso, embora o início do primeiro capítulo diga expressamente que esse impulso procede de uma imagem obsessiva, e a imagem é explícita o bastante para que o leitor possa acreditar nessa declaração inicial. Eu mesmo deveria acreditar nela sem nenhum tipo de hesitação, pois me lembro muito bem tanto da imagem como da sua condição de obsessiva, ou pelo menos de recorrente durante um lapso bastante prolongado a ponto de me sugerir a ideia de obsessão.

Minhas dúvidas se referem mais ao fato de que agora, ao evocar aquele momento, outra imagem aparece para mim, completamente diferente, como fonte do impulso; e, de acordo com essa imagem que me surge agora, o impulso inicial foi dado por uma conversa com um amigo. Eu tinha narrado a esse amigo uma experiência pessoal que para mim havia sido de grande transcendência, e explicava como era difícil fazer um relato dela. De acordo com minha teoria, certas experiências extraordinárias não podem ser narradas sem que se desnaturalizem; é impossível levá-las ao papel. Meu amigo havia insistido para que eu a escrevesse tal como eu a contara nessa noite, e teria um belo relato; e que não apenas poderia escrevê-lo, como era meu dever fazer isso.

Na verdade, essas duas imagens não são contrapostas, e inclusive estão autorizadas por uma leitura atenta das primeiras linhas desse primeiro capítulo, leitura atenta que acabo de realizar agora, antes de começar este parágrafo. Parece que nesse começo estão as duas vertentes, mas não se misturam, porque eu ainda não sabia, ao começar a escrever, que estava escrevendo precisamente sobre aquela experiência transcendente. Lá, falo da imagem obsessiva, que se refere a uma disposição especial dos elementos necessários para a escrita, e mais adiante falo de um desejo paralelo, como algo diferente, de escrever sobre certas experiências que catalogo como "luminosas". Só várias linhas depois é que me perguntarei se isso que eu tinha começado a escrever, cedendo ao primeiro impulso, não seria esse outro que desejava escrever. Mas não há nenhuma menção ao meu amigo, e isso me parece injusto — por mais que já não seja meu amigo e que, segundo me contaram, anda por aí falando horrores de mim. É muito provável que naquele momento tivesse me esquecido por completo da recomendação, autorização ou imposição do amigo e estivesse realmente convencido de que escrever essa história era o meu desejo.

Chama-me a atenção que agora, muito tempo depois, eu veja com tanta clareza a relação de causa e efeito: meu amigo me impulsionou a escrever uma história que eu sabia que era impossível escrever, e me impôs isso como um dever; essa imposição ficou ali, trabalhando nas sombras, rejeitada de modo taxativo pela consciência, e com o passar do tempo começou a emergir na forma dessa imagem obsessiva, enquanto apagava astutamente suas pegadas, porque uma imposição gera resistências; para eliminar essas resistências, a imposição que veio de fora se disfarçou de um desejo que veio de dentro. Embora, é claro, o desejo fosse preexistente, já que por algum motivo eu tinha contado ao meu amigo aquilo que contei; talvez soubesse de uma maneira secreta e sutil que meu amigo procuraria a forma de me obrigar a fazer o que eu achava que era impossível. Eu achava que era impossível e continuo achando. Que fosse impossível não era um motivo forte o bastante para não realizá-lo, e isso eu sabia, mas me dava preguiça de tentar o impossível.

Talvez meu amigo tivesse razão, mas para mim as coisas nunca são simples. Agora me vejo, com a imaginação disfarçada de lembrança, escrevendo simplesmente a história que eu tinha contado ao meu amigo, tal como eu a havia contado, e comprovando o fracasso; vejo-me rasgando em pedacinhos as cinco ou seis folhas que investi no relato, e é bastante possível que se trate de uma lembrança autêntica porque tenho a ideia de alguma vez ter escrito essa história, por mais que agora não sobre nenhum rastro dela entre meus papéis. E deve ter surgido daí a imagem obsessiva, indicando a forma correta de me situar para poder escrevê-la com sucesso, e daí deve ter surgido esse desejo de escrevê-la, só que agora transformado num desejo de escrever sobre outras experiências transcendentes, como se as escalonasse, para poder chegar à história que eu queria ou deveria escrever, a que talvez eu tivesse escrito e destruído. Quero dizer que provavelmente havia, no fundo, uma compreensão de que o fracasso do meu relato devia-se à falta de um entorno, de um contexto que o realçasse, de um clima especial criado com grande quantidade de imagens e palavras para reforçar o efeito que a anedota deveria provocar no leitor.

Foi assim que compliquei minha vida, porque todo esse entorno e todas essas imagens e palavras foram me levando por caminhos inesperados, embora muito lógicos; esses processos estão maravilhosamente explicados em *As moradas do castelo interior*, de Santa Teresa, minha padroeira, mas é claro que explicar os processos não é suficiente para ninguém; não temos outra opção além de vivê-los, e ao vivê-los é que se aprende, mas também é como se cometem os erros e como se perde o rumo. Acho que, nesses capítulos que conservo do "romance luminoso", o rumo se perde quase no começo, e os cinco extensos capítulos não passam de uma tentativa esforçada de retomar o rumo perdido. Tentativa esforçada, sim, e ainda louvável, sobretudo levando em conta as circunstâncias que a acompanharam e a rodearam e finalmente a mutilaram.

É que eu também tinha que ser mutilado, e fui. A maioria das ações que faziam parte das circunstâncias em que me pus a escrever o romance luminoso estava relacionada com minha então futura operação da vesícula. Quando aceitei que deveria inevitavelmente sofrer essa operação, primeiro discuti com o cirurgião para adiar a data o máximo possível, e consegui uma prorrogação de alguns meses. Nesses meses, completei quatro livros que vinham sendo longamente postergados, enquanto eu me lançava à furiosa escrita desses capítulos do romance luminoso. Era óbvio que tinha muito medo de morrer na operação, e sempre soube que escrever este romance luminoso significava a tentativa de exorcizar o medo da morte. Também tentei exorcizar o medo da dor, mas não consegui. O medo da morte, sim; não direi que fui tranquilo para a operação, pois continuava com muito medo da dor, mas a ideia da morte já não me fazia tremer, depois de ter escrito os cinco capítulos (que na verdade foram sete). O temor diante da morte volta de quando em quando, sobretudo quando estou bem, mas fui para a operação da vesícula, nesse sentido, com a cabeça erguida. Ao mesmo tempo, a ideia da morte tinha me servido de incentivo para trabalhar e trabalhar contra o relógio, como um condenado. Consegui botar minhas coisas em ordem, ou seja, minhas letras, enquanto paralelamente todos os outros assuntos iam ficando relegados. Foi nesse lapso que contraí uma dívida, para mim importante, e a dívida foi o que me levou a Buenos Aires a trabalho.

A mutilação definitiva não chegou, então, no dia da operação, mas a operação em si foi uma mutilação importante, já que fiquei sem vesícula biliar, e o pior é que por outro lado fiquei com uma convicção secreta de ter sofrido uma castração. Muito tempo depois, libertei-me dessa convicção secreta — e, ao mesmo tempo, o segredo deixou de ser segredo — durante um sonho. No sonho, a médica que tinha me levado ao cirurgião me devolvia a vesícula em perfeitas condições, dentro de um frasco. A vesícula, cuja forma real eu nunca soube, no sonho se parecia muito com um aparelho genital masculino. A serpente mordeu o próprio rabo.

No início, tinha resistido ao máximo a aceitar a operação. Os médicos eram categóricos, mas os médicos sempre são categóricos, sobretudo os cirurgiões, e se sabe que os cirurgiões cobram muito bem pelas suas operações. A respeito disso, li uma vez algo de Bernard Shaw com o qual concordo plenamente; ele assinalava o absurdo que era a decisão acerca da conveniência de uma operação estar a cargo justamente do cirurgião que cobrará uma boa grana para realizá-la. Mas o fato é que eu era atacado de forma cada vez mais frequente por infecções na vesícula que me deixavam com febre e me faziam temer complicações perigosas. Enfim, a mensagem chegou até mim através de um livro. É notável como sempre que enfrento um problema difícil aparece magicamente a informação precisa no momento preciso. Eu revirava livros, como costumo fazer, atrás de romances policiais, numa mesa de ofertas de uma banca de livros na avenida Dieciocho de Julio. De repente minha vista recai sobre um título que parecia cintilar: *Não opere inutilmente*, chamava-se, se não assim, de algum jeito muito parecido. O livro não era barato e eu não tinha muito dinheiro. Voltei para casa pensando em comprá-lo. Comprar livros novos (este era novo, embora estivesse em liquidação) e, para piorar, que não pertenciam ao gênero policial fugia muito aos meus princípios e hábitos, para não falar de minhas possibilidades econômicas. Mas estava na minha casa e continuava pensando nesse livro. E, no dia seguinte, a mesma coisa. Por fim, me decidi e voltei à livraria, e voltei a ter o livro em mãos, mas me ocorreu que não precisava comprá-lo; olhei o índice e reparei que havia um capítulo dedicado à vesícula. O resto do livro não me interessava. O capítulo não era muito longo. Consigo ler com muita rapidez. Olhei de relance e vi que nenhum vendedor estava muito preocupado com o que eu fazia, e abri o livro como se por acaso, como quem estivesse decidindo se comprava ou não, e fui até a primeira página daquele capítulo, e nas primeiras linhas já estava tudo resolvido; começava dizendo que a operação de vesícula era uma das poucas necessárias na maioria das vezes. Depois dava conselhos para não operar se você não quisesse — diferentes maneiras de tentar um controle nervoso dos canais vesiculares para permitir que os cálculos chegassem e partissem como bem entendessem, sem ficar bloqueados no esfíncter do canal e coisas parecidas —, mas finalmente ressaltava que ter um problema de vesícula era como carregar uma bomba-relógio que podia explodir a qualquer momento e requeria uma operação de emergência que, sabe-se, não é a maneira mais segura de se submeter a uma cirurgia. Fechei o livro, deixei-o no seu lugar na mesa de ofertas e fui para casa ruminando a aceitação, que já dava como fato.

Escrevia à mão esse romance luminoso, e, terminado um capítulo, passava-o à máquina, e ao passá-lo ia introduzindo pequenas mudanças e algumas correções. Um ou outro capítulo também foi escrito originalmente à máquina. Um capítulo foi rejeitado e destruído, mas, como o leitor que chegar até ali verá, logo me arrependi e o resumi no capítulo que o substitui; pelo visto, só tinha destruído a cópia, porque é claro que logo voltei a passar à máquina o original e o encaixei no seu lugar. Mas também mantive o resumo no capítulo seguinte, e nesses passos me compliquei com a numeração dos capítulos. Não sei bem em que etapa das inumeráveis correções os cinco capítulos sobreviventes ficaram com a forma que possuem agora (e os destruídos não deixaram rastros); lidei com esse romance truncado por dezesseis anos, e de quando em quando eu me empenhava numa nova revisão que acrescentava ou removia coisas.

Em 2000, recebi uma bolsa da Fundação Guggenheim para realizar uma correção definitiva desses cinco capítulos e escrever os capítulos necessários para completá-lo. A correção foi realizada, mas os novos capítulos não foram escritos, e os vaivéns desse ano durante o qual desfrutei da bolsa estão narrados no prólogo deste livro. Durante esse lapso, que foi de julho de 2000 a junho de 2001, só consegui dar forma a um relato chamado "Primeira comunhão", que quis ser o sexto capítulo do romance luminoso, mas acabou não conseguindo: eu havia mudado meu estilo, e muitos pontos de vista tinham mudado, então o mantive como um relato independente. Este dá continuidade, de certo modo, ao romance luminoso, mas está longe de completá-lo. Também o prólogo, "Diário da bolsa", pode ser considerado uma continuação do romance luminoso, mas só do ponto de vista temático.

Pensei em juntar todos os materiais afins neste livro e incluir junto a eles meu "Diário de um canalha" e "O discurso vazio", já que esses textos também são de certo modo uma continuação do romance luminoso. Mas o projeto me pareceu excessivo, e acabei optando por limitá-lo apenas aos textos inéditos. E continua, e talvez continue eternamente, faltando uma série de capítulos que não foram escritos, entre eles a narração daquela anedota que eu tinha contado ao meu amigo e que deu origem ao romance luminoso.

Eu tinha razão: a tarefa era e é impossível. Há coisas que não podem ser narradas. Todo este livro é o testemunho de um grande fracasso. O sistema de criar um entorno para cada acontecimento luminoso que eu queria narrar me levou por caminhos bastante escuros e tenebrosos. Vivi no processo inumeráveis catarses, recuperei grande quantidade de fragmentos meus que tinham sido enterrados no inconsciente, pude chorar um pouco do que eu deveria ter chorado muito tempo atrás, e foi sem dúvida, para mim, uma experiência notável. Ler o que escrevi continua sendo, para mim, comovente e terapêutico. Mas os fatos luminosos, ao serem narrados, deixam de ser luminosos, decepcionam, soam triviais. Não são acessíveis à literatura ou, pelo menos, à minha literatura.

Acho, com certeza, que a única luz que se encontrará nestas páginas será a que o leitor lhes emprestar.

M. L., 27 de agosto de 1999-27 de outubro de 2002

PRÓLOGO
DIÁRIO DA BOLSA

Agosto de 2000

SÁBADO, 5, 3H13

Aqui começo este "Diário da bolsa". Há meses tento fazer algo nesse estilo, mas vinha me esquivando sistematicamente. O objetivo é pôr a escrita em andamento, não importa o assunto, e manter uma continuidade até criar o hábito. Tenho que associar o computador à escrita. O programa mais utilizado deverá ser o Word, o que significa desarticular uma série de hábitos cibernéticos nos quais estou submerso há cinco anos, mas não devo pensar em desarticular nada, e sim em articular isso. Todos os dias, todos os dias, mesmo que seja uma linha para dizer que hoje não tenho vontade de escrever, ou que não tenho tempo, ou dar qualquer desculpa. Mas todos os dias.

Com certeza não farei tal coisa. Isso é o que a experiência me diz. Não obstante, tenho esperança de que desta vez será diferente, porque tem a bolsa no meio. Recebi a primeira metade do total, com isso poderei me manter até o fim do ano num ócio razoável.

Logo que tive a confirmação de que receberia a bolsa este ano, comecei a desfazer até certo ponto minha agenda de trabalho, tirando algumas coisas e espaçando outras, de maneira a ter poucos dias com compromisso ao mês. O ócio sim é que leva tempo. Não se pode obtê-lo assim, de uma hora para a outra, por simples falta do que fazer. Agora costumo preencher todas as lacunas, ocupar todas as horas livres com alguma atividade estúpida e irrelevante porque, quase sem me dar conta, eu também, como essas pessoas que sempre desprezei, fui desenvolvendo um forte temor à minha mesmice, a estar só e desocupado, aos fantasmas que, no porão, empurram o alçapão para aparecer e me dar um susto.

Uma das primeiras coisas que fiz com essa metade do dinheiro da bolsa foi comprar um par de poltronas. No meu apartamento não havia a menor possibilidade de sentar para descansar; faz anos que organizo minha casa como um escritório. Mesas, escrivaninhas, cadeiras desconfortáveis, tudo em função do trabalho — ou jogos no computador, o que é uma forma de trabalho.

Chamei o eletricista e mudei de lugar as tomadas do computador, para poder tirá-lo de vista, fora do centro do apartamento; agora ele fica num cômodo pequeno perto do quarto, e, no lugar central, antes ocupado pelo computador, instalei uma poltrona estranha, de uma linda cor celeste-acinzentada, muito molenga. Nas duas ou três vezes que me sentei nela, peguei no sono. A pessoa relaxa, não tem escolha além de relaxar, e, logo em seguida, se está com um déficit de sono, adormece e sonha. Mas também estive evitando essa poltrona. A outra poltrona, não a usei nem uma vez sequer; só me sentei para experimentá-la. É de um tipo que chamam de bergère, com encosto alto e bastante dura, ideal para ler. Na verdade, pensava em comprar só uma, mas na loja de móveis comecei a experimentar essas duas, passava de uma para a outra, e me dei conta de que não era fácil escolher. Uma era ideal para ler; a outra, para descansar, para relaxar. Nesta não dá para ler; é incômoda e as costas ficam tortas e doloridas. Na outra, não dá para descansar direito; o encosto duro ajuda a se manter erguido e atento; é ideal para a leitura. Até hoje, e há muitos anos, eu lia somente durante as refeições, ou na cama, ou no banheiro. Bom, também estou evitando esta poltrona. Mas logo chegará sua hora, como chegou a hora deste diário.

Hoje pude começá-lo graças à minha amiga Paty. Tempos atrás, eu lhe apresentei Rosa Chacel, que descobri por acaso numa liquidação de livros usados. *Memorias de Leticia Valle* me pareceu um romance extraordinário, e fiz o livro circular entre todas as minhas amigas bruxas, porque não me restou a menor dúvida de que a sra. Rosa era uma autêntica bruxa, no bom sentido da palavra. Uma das minhas amigas bruxas é Paty, e com certeza ela ficou encantada com o livro. Como retribuição, há alguns dias ela me deixou na portaria do edifício um livro de Rosa Chacel que eu não conhecia, *Alcancía. Ida*. É a primeira parte de um diário íntimo (caso se possa chamá-lo assim, porque a sra. Rosa não revela muito da sua intimidade), cuja segunda parte se chama *Alcancía. Vuelta*. Paty me informou por e-mail que me mandava esse livro porque iria me ajudar com a bolsa, já que a sra. Rosa também recebeu, em sua época, uma bolsa Guggenheim, e os vaivéns desse assunto estão relatados no diário. De fato, antes mesmo de chegar ao tema da bolsa, que aparece por volta da metade do livro (e me falta ainda pouco menos da outra metade), notei que esse diário me inspirava, me dava vontade de escrever. Fico maravilhado com a quantidade de coincidências que há entre a sra. Rosa e eu. Percepções, sentimentos, ideias, fobias, mal-estares muito parecidos. Devia ser uma velha insuportável. Na contracapa, o livro traz uma foto sua; é notavelmente parecida com Adalgissa (nunca soube como se escreve este nome; acho que tem um H em algum lugar. Talvez: Adalghissa), a quem chamávamos, quando eu era pequeno, de “a tia gorda”. Na verdade, era minha tia-avó, irmã do meu avô materno. Mas a diferença entre a sra. Rosa e minha tia gorda está no olhar; embora um pouco dissimulados por óculos redondos, e com as pálpebras não de todo abertas, nota-se em seus olhos, apesar disso, a poderosa inteligência do cérebro que os anima. A tia gorda, por outro lado, não era inteligente.

SÁBADO, 5, 18H02

Hoje acordei com um grande entusiasmo por este diário, com muita vontade de escrever e pensando na quantidade de coisas que queria desenvolver aqui; porém, são seis da tarde e estou esperando um amigo, que vai tocar a campainha a qualquer momento, e até um minuto atrás eu não tinha escrito uma só palavra. Em vez disso, comecei a jogar no computador um joguinho de baralho chamado Golf. Acho que é a comida que sempre me desvia do caminho; hoje foi o café da manhã, mas ontem à noite me dei conta de que minhas fugas rumo à distração ficam muito fortes depois do jantar-almoço. Meu processo digestivo mal começa e meu eu consciente e voluntário se evapora e dá lugar a esse escapista desaforado que só quer entrar em transe com absolutamente qualquer coisa. Sim, à noite é mais grave; não tenho nenhuma defesa, e a coisa se prolonga até quase o amanhecer.

Hoje também acordei com a determinação de não reler o que escrevo neste diário, pelo menos não com frequência, para que o diário seja diário e não um romance; quero dizer, desprender-me da obrigação da continuidade. No mesmo instante me dei conta de que será igual a um romance, queira eu ou não, porque um romance, atualmente, é quase qualquer coisa que se ponha entre uma capa e uma contracapa.

Escuto o elevador. Agora a campainha. Meu amigo chegou.

SÁBADO, 5, 22H28

Meu amigo veio, meu amigo foi embora, joguei um Golf, almocei-jantei, e pela primeira vez me sentei para fazer a digestão numa das poltronas. Outras vezes tinha me sentado para experimentá-la e adormecera. Hoje estive prestes a adormecer, mas não dormi. Escutei alguns tangos massacrados por D'Arienzo na Rádio Clarín, um pouco distante, porque ainda não organizei as coisas para ter o toca-discos na nova sala de ócio. Enquanto estava sentado ali, lembrei-me de um sonho desta manhã, e a lembrança do sonho me levou a fazer um telefonema que venho postergando insensatamente há cerca de um mês; trata-se do meu amigo Jorge, viúvo recente. Acho que é tão difícil fazer a ligação pela dor que sinto ao lembrar da minha amiga Elisa, sua esposa morta, apesar de que tenho provas de que ela se encontra muito bem onde está; mas sabe-se que a dor que uma morte alheia nos causa se deve à referência implícita à nossa própria morte, e por que a ideia de que a própria morte nos espanta é algo que ainda não compreendo por completo. No meu caso, provavelmente se trata de medo do desconhecido, de me ver privado dos pontos de referência que são imprescindíveis para mim. Morrer deve ser como sair à rua, coisa que é cada vez mais difícil para mim, mas sem a esperança de voltar para casa. Talvez no meu inconsciente se forme a imagem de mim mesmo, morto, como uma espécie de fantasma errante e desconsolado que não encontra seu lugar, da mesma maneira que não o encontrei aqui em vida. É possível que a morte assuste porque é percebida como um novo nascimento, já que o não ser não tem nada de espantoso porque não há com que se espantar; e, diante da ideia de um novo nascimento, seguramos a cabeça e exclamamos: "Ó, não! De novo não!". Isso não quer dizer que eu tenha grandes queixas contra a vida; pelo contrário. Só lamento ter estado sempre tão angustiado pelo temor ao imprevisto, ao desconhecido, o tempo todo, inclusive em momentos nos quais não há maiores motivos para pensar em alguma interrupção desagradável.

Falei com meu amigo. Entre outras coisas, deixamos marcado um encontro dentro de mais ou menos uma semana, já que esta que começa amanhã está complicada. A seguinte também, porque estou complicando-a com encontros pessoais; por exemplo, falei ontem com Julia e também combinamos de nos ver na semana seguinte. Julia é uma velha amiga, não tão velha como eu, e que obviamente não se chama de verdade assim.

No sonho, não me lembro exatamente do que acontecia com meu amigo Jorge; sei que eu falava com ele, ambos sentados num lugar meio aberto, um pouco parecido com o que chamavam na minha infância de "pérgula", e estava junto à casa que meus avós tinham num balneário. Aparentemente, o teto era formado por galhos de árvores — estou falando de galhos vivos, grudados à árvore — e as paredes também eram de alguma coisa vegetal, embora eu tenha uma lembrança de que, ao mesmo tempo, havia uma tela como de um galinheiro. O lugar tinha duas entradas, uma espécie de porta estreita junto à divisória com o terreno vizinho (talvez essa porta fosse apenas um espaço nesse muro vegetal aberto meio à força por nós, isto é, eu e meus primos, crianças magras que podiam se enfiar por muitos lugares inverossímeis), e a outra entrada era ampla, com quase toda a largura da pérgula, à esquerda, como se prolongasse a parte de trás da casa. Que descrição horrível; tenho a impressão de que não dá para entender nada.

DOMINGO, 6, 0H09

Fui interrompido por um pequeno acidente devido ao comportamento estranho de um programa que criei no computador (em Visual Basic, para ser mais preciso) com o objetivo de controlar a ingestão dos meus medicamentos (para o leitor curioso: estou tomando um anti-hipertensivo, duas vezes ao dia, meio comprimido de vinte miligramas, e um antidepressivo, um comprimido diário de cento e cinquenta miligramas. Comecei o antidepressivo há um mês, não porque achasse que precisava de um antidepressivo, e sim porque foi amplamente difundido que era um bom auxílio para parar de fumar. Não parei de fumar, não por completo ao menos, mas descobri que precisava tomar um antidepressivo porque estava deprimido e não percebia). O programa fechou, desapareceu de vista, apagou, sem ter completado sua missão. E tudo bem que tenha feito isso agora, porque eu estava atento e me dei conta. Tive que inspecioná-lo e encontrei a falha; o computador, como sempre, tinha razão, e eu estava equivocado. Acho que o corrigi direito, mas isso só saberei amanhã à noite, porque não quero ficar alterando o relógio do computador.

Mas eu queria, e quero, contar o sonho no qual aparecia meu amigo Jorge e que se passava num lugar semelhante àquela pérgula da minha infância, embora não idêntico. Tinha dito que estávamos sentados e conversávamos sei lá do quê. Havia outro personagem: um garoto travesso, uma mescla de personagens infantis ou que padeciam de infantilismo, já que por alguns momentos me parece que ele encarnava meu velho amigo Ricardo, aquele pequeno sujeito que serviu de inspiração para o Tinker em *Nick Carter*. O fato é que o menino desse sonho, entre outras coisas incômodas, tinha realizado um gesto de rebeldia injustificável e gratuito: jogara um chaveiro cheio de chaves por cima do ombro, em direção a um lugar onde só havia areia e ervas daninhas. O mais desagradável desse assunto é que, num primeiro momento, quem tinha atirado as chaves era eu. Depois me transformei num adulto que se horrorizava diante de uma má conduta infantil, e devo ter criado esse personagem do menino para dissimular que essa conduta infantil havia sido minha. Depois, em algum momento pensei em buscar as chaves, mas não me lembro de ter feito isso; lembro, sim, da preguiça que esse pensamento me causava, diante da certeza de que não as encontraria com facilidade, assim, meio enterradas na areia e dissimuladas pelas ervas daninhas. Não obstante, em pouco tempo eu tinha as chaves em meu poder. Quando essa espécie de garoto as atirou, eu me perguntava como faria para entrar em casa. Isso fazia parte da minha estratégia de dissimulação, suponho. Fico feliz de ter recuperado as chaves, pois havia nelas um simbolismo sexual bem forte. Quando as recuperei, ou me dei conta de que as tinha recuperado, estavam no meu bolso; tirei-as e examinei-as com atenção. Chamou-me a atenção o fato de que eram várias, muitas mesmo; o chaveiro as dividia em dois grupos, e um deles era como uma extensão do outro, ambos unidos por uma correntinha. Também havia uma fita de papel de cor verde-escura, ligada ao chaveiro sem uma função que eu pudesse entender.

A presença do meu amigo Jorge neste sonho me fez tomar a decisão de telefonar para ele, e fico feliz de ter feito isso, porque era uma das coisas que eu vinha adiando indefinidamente sem nenhuma razão válida para isso.

A outra coisa que eu vinha postergando e continuo postergando, pelo menos até agora, é fazer a barba. Tenho uma barba muito volumosa e a boca se enche de pelos quando como, coisa que acho insuportável. Mas não quero simplesmente cortar a barba, porque ela ficaria muito arrumada, muito proposital, e o fato é que não deixei a barba crescer deliberadamente, e sim que apenas fiquei sem me barbear por mais tempo do que seria conveniente. Agora é muito difícil, muito trabalhoso tirar a barba, e depois meu rosto fica irritado, avermelhado, ardendo, pelo menos até o dia seguinte. Mas preciso fazer isso. Farei. Em breve.

DOMINGO, 6, 17H20

Maldita seja a total falta de vontade de escrever que tenho hoje. Levantei já meio desorientado, quer dizer, com essa tontura que tinha esquecido e que deveria estar relacionada, então, com a pressão arterial, porque a tontura havia desaparecido quando comecei a tomar remédio no mês passado. Não entendo por que reapareceu hoje, apesar do medicamento, a menos que seja consequência dos horários. Minha médica me disse que eu não podia tomar esses comprimidos de madrugada; o mais tardar, antes da meia-noite. Então não consigo espaçar a ingestão dos remédios de forma razoável, com doze horas de diferença. Planejei tomar a primeira às onze da manhã e a última às onze da noite. Mas às onze da manhã nunca estou acordado, e na verdade acabo tomando o primeiro comprimido às duas ou três da tarde. Passo o outro comprimido para as onze e meia da noite, ou meia-noite, mas aí o próximo remédio fica com um espaço de mais de doze horas: quinze ou dezesseis, e esse pode ser o motivo pelo qual não surte o mesmo efeito. Tentarei dormir mais cedo... é.

Bom, continuo tonto e sem vontade de escrever. Em pouco tempo, Chl chegará (uma história complicada que, como diz Rosa Chacel de tempos em tempos no seu diário, "não é para contar aqui", e sempre me deixa curioso); vai me trazer um ensopado de ervilhas que preparou na casa dela. Chl prepara ensopados maravilhosos, mas disse que esse não ficou bom; parece que as ervilhas estavam um pouco duras. Terei que comer de qualquer maneira, porque há muitos dias só como carne (e tomates com alho); esse regime não me incomoda, mas tanta carne me assusta um pouco.

SEGUNDA-FEIRA, 7, 2H31

Hoje ainda é ontem. Quer dizer: meu dia que começou no domingo ainda não terminou, apesar da mudança de data. Não sei como solucionar o transtorno dos meus horários de sono. Dias atrás, minha médica se ofereceu para me apresentar a um colega psiquiatra especializado em vícios e outros transtornos de comportamento, a partir de uma perspectiva comportamental. Achei interessante, já que aos sessenta anos sinto um pouco de preguiça de tentar mais uma vez uma terapia psicanalítica que, por outro lado, há alguns anos se mostrou ineficaz para esse transtorno específico (embora muito eficaz em outros aspectos). Esse psiquiatra oferecia, além disso, a vantagem de que podia se comunicar por e-mail; um dos grandes obstáculos causados por essa distorção dos meus horários é minha dificuldade de me comunicar com pessoas em horários que são razoáveis para elas. Escrevi-lhe, explicando brevemente essa dificuldade, e solicitando uma conversa para alguma hora depois das sete da noite; quanto mais tarde, melhor. Ele respondeu logo em seguida; quando me levantei no dia seguinte e comecei minha rotina pela conferência da caixa de entrada de e-mails, a resposta já tinha chegado. Ele me dizia, de forma muito cortês, que sua última consulta era às seis e meia, e me oferecia algumas datas próximas. Já não gostei que ele me apresentasse seu horário de consultas como uma fatalidade, como se estivesse apontando uma característica genética que ninguém, em seu bom senso, tentaria modificar. Como se dissesse: "Tenho uma perna mais curta do que a outra". Ou será que seus próprios transtornos de comportamento lhe causavam dificuldades parecidas com as minhas? Nesse caso: as técnicas comportamentais não lhe serviram para corrigir esses transtornos?

Contudo, havia mais: ele me explicava que incluía como *attachments* ao e-mail alguns arquivos.doc com certos formulários que eu deveria preencher antes da primeira conversa, "para ir adiantando o diagnóstico". Também não gostei disso. Não consigo aceitar a ideia de que alguém formule um diagnóstico sem ter tido o mínimo de comunicação pessoal direta com seu paciente. Não desejo ser catalogado dessa forma, nem ir a uma primeira entrevista com alguém que já fez uma ideia de como sou, ideia que dificilmente se modificará. Ele veria seu diagnóstico, e não quem sou.

Li esses questionários e, enquanto os lia, ia formulando mentalmente as respostas. As perguntas abarcavam uma grande variedade de assuntos pessoais e referiam-se à história pessoal desde o nascimento até a data atual. Cada uma tinha um espaço limitado para resposta, e, não obstante, cada uma merecia uma resposta quase infinita, ou pelo menos de um ou mais volumes, e não dos fininhos. Por exemplo: o casal e seus problemas. Qual casal? Todos? Ai… Descreva em cinco linhas seus problemas com todas as mulheres que você já teve. Poderia ter mandado um questionário como uma daquelas provas de múltipla escolha. Também perguntava sobre questões profissionais: como me dou com meus chefes, meus subordinados etc. Chefes? Alguém tem chefes neste mundo? E subordinados? Que Deus não permita. Ou seja, já vi como era a coisa: terapia para os pedreiros, funcionários de escritório e executivos. Se você não se encaixa em nenhuma dessas categorias é porque está louco. Algo não está certo com você se você é uma pessoa livre.

As perguntas eram muito bem formuladas. Ao respondê-las mentalmente, fui vendo um desfile de toda a minha vida a toda a velocidade, por aqui e por ali iam saltando diante dos meus próprios olhos várias razões para que eu sofra dos transtornos de que sofro; e, depois do choque inicial, me dei conta de que aquilo que combato como transtornos, sem conseguir solucioná-los, na verdade não são transtornos e sim admiráveis soluções que fui encontrando, inconscientemente, para poder sobreviver. Meus transtornos têm uma definição excelente: são consequência da minha história pessoal, e acima de tudo são o preço da minha liberdade. Dois mais dois são quatro. Obrigado, doutor. Respondi dizendo que nossos horários eram incompatíveis, mas que, de toda maneira, ele tinha me ajudado muito com seus questionários, pois me fizeram, se não solucionar, pelo menos ver meus transtornos de comportamento com maior tolerância. O que não significa que eu não continue tentando corrigi-los, pelo menos parcialmente. Não peço para dormir à meia-noite e acordar às oito; eu me conformaria em levantar às onze da manhã, indo dormir seja lá que horas. E, por sinal: já são três da manhã. Melhor parar por aqui, desligar o computador e começar minha rotina de encerrar o dia antes que eu me maravilhe de novo com alguma bobagem e fique acordado até as oito.

Mas queria dizer que a sopa de Chl está excelente. Eu preferia que ela me desse, como antes, satisfação sexual, mas não, ela me dá ensopados. Bom, também me dá boa companhia e muito carinho durante várias horas na semana, de maneira que não posso me queixar. Hoje saímos para caminhar e tomar café num boteco. Eu não saía havia dias e estava um pouco enjoado. Me fez bem sair; demorou muito tempo, mas no caminho de volta, de repente, desapareceu a sensação de tontura, deixei de ficar indisposto e me senti bem. Quase começo a dar gritos de satisfação no meio da rua. Na volta, ela pegou um ônibus e foi para casa, e eu voltei para a minha, joguei Golf e comi outro prato de sopa. Por sorte, e graças a Chl, o dia se ajeitou, deixou de ser essa coisa cinzenta, infecta, e eu parei de brigar comigo mesmo. Se ainda por cima tivéssemos feito sexo...

Continuo sem entender por quê, no meu sonho, atirei as chaves e depois as recuperei. Esse sonho faz parte de uma longa série que começou quando passei a tomar o antidepressivo; todos são sonhos de balneário, todos transcorrem num lugar assim, sempre à noite, sempre com vegetação ao redor. Num deles, cheguei até a dirigir um carro com total habilidade, embora tenha realizado algumas manobras que me deram certo temor de que fosse perder o controle — especialmente um desafio que fiz com alguns amigos que estavam em outro carro, para ver quem chegaria primeiro. Eu cheguei primeiro, é claro, mas não imagino por que lancei esse desafio, e menos ainda por que dirigia um carro, logo eu que nem sei ligar o motor.

SEGUNDA-FEIRA, 7, 16H58

Recentemente encontrei estas linhas no livro da sra. Rosa Chacel (ou deveria chamá-la de tia Rosa?), acerca de certos sofrimentos na sua vida:

> Supero-os com a força dos narcóticos: cinema e livros. Como entendo quem recorre a drogas! Essas que eu uso parecem inofensivas, mas não são. Ou seja, como fazem a pessoa cumprir sua

missão, são tão destrutivas quanto as outras, pois o que destrói é ser arrancado da realidade. Não importa com qual tóxico a pessoa consegue anular seus sentidos: o importante é a anulação.

Onde diz "cinema", dá para trocar por "computador", e as palavras poderiam ser minhas.

Nessa parte do livro, tia Rosa fala bastante dos seus sonhos; e, como se eu estivesse vivendo um processo paralelo ao dela, encontrei as linhas citadas exatamente quando tinha começado o dia com uma série de reflexões sobre meu próprio sonho (o do garoto que atira as chaves). Na interpretação que por fim surgiu, vê-se a relação com o tema "drogas".

Num vaivém de reflexões, me apareceu de repente a ideia de que a intenção do garoto ao atirar as chaves é dificultar a si mesmo o retorno. Penso no sonho: "Como vai fazer para entrar mais tarde?". E agora percebo que as chaves são essenciais e, ao atirá-las, a intenção era ocultá-las — mas não muito. Seria mais como atrasar as coisas; escondê-las um pouco, mas não perdê-las.

Isso significa que as chaves dos meus comportamentos indesejáveis, entre eles o vício a drogas como computador e livros, estão ali, quase à vista, mas é preciso fazer um pequeno trabalho incômodo de procurar na areia, entre as gramas do mato. No sonho, recupero as chaves, mas as examino sem reconhecê-las por completo.

Acho que os significados estão bastante claros. Agora que estou concebendo um "retorno" a mim mesmo e à minha literatura, e retomar um romance deixado inconcluso há mais de quinze anos, o sono me diz que não vou conseguir realizá-lo sem as chaves de mim mesmo que eu mesmo escondi; não as escondi muito, não as afundei no inconsciente, mas tenho que escavar um pouco na areia subconsciente para que apareçam e, quando isso acontecer, trabalhar mais um pouco para desenterrá-las.

TERÇA-FEIRA, 8, 4H54

Serei breve: o dia de hoje (ontem e o que passou de hoje, claro; minha jornada) foi longo e penoso, são quase cinco da manhã, eu já tinha desligado o computador e me lembrei deste diário, voltei a ligá-lo, enquanto sinto dor na cintura e o gosto do alho voltando. Passei a maior parte do tempo jogando Golf, acredite ou não. Acho que expliquei que é um jogo de paciência de cartas. O pior de tudo é que é um jogo bobo, que depende quase só de sorte. Ganha-se, em média, uma partida a cada cem. E, além disso, fiz outras coisas inapropriadas que não quero relatar aqui (entre elas, algumas melhorias num programa recente em Visual Basic). De modo que continuo escondendo as chaves; continuo atrasando o enfrentamento com o que vai me permitir fazer o que eu quero.

Hoje acordei mais uma vez indisposto, isto é, com insegurança e uma certa tontura. Liguei para a minha médica e ela veio me visitar, por espontânea vontade. Mas não achou que minha pressão tivesse subido escandalosamente, e além disso fez uns testes neurológicos muito engraçados; da minha parte, realizei também a prova do quatro, essa que as pessoas fazem para mostrar que não estão bêbadas. Pode ser o clima carregado, tempestuoso; também pode ser uma forma de gripe que está no ar esse ano. E também pode ser um problema do ouvido direito, que está entupido. E também pode ser simples loucura. Ou algo não tão simples, caramba.

Mais tarde, minha filha apareceu. Neste "Diário da bolsa", devo registrar que separei uma minúscula parte desse dinheiro para ela, e ela veio buscá-lo. Veio com seu companheiro atual, que eu não conhecia. Achei-o um sujeito muito estranho. Não quero dizer especialmente mau ou desagradável, mas estranho. Minha filha está quase no final da gravidez. Meu quinto neto. Meu deus.

De acordo com ela, meu primo Pocho se curou da pressão alta comendo alho. Eu comecei a comer alho há uns meses, um pouquinho por dia, e virou um vício ou uma necessidade. É possível que meu organismo intuísse que eu precisava de alho. Agora continuarei comendo-o amparado pela sua qualidade terapêutica. Talvez devesse comer mais. Um dente inteiro por dia. Mas meu estômago nunca o tolerou bem, por isso passei a maior parte da vida sem comer alho. Agora talvez seja tarde demais.

Continuo encontrando estranhas coincidências com tia Rosa. Não sei bem como podemos chegar a coincidir, já que nossas personalidades são completamente diferentes e até opostas. Talvez só coincidamos numa certa zona um tanto mística ou mágica. No diário dela que estou lendo e que me levou a escrever esse meu diário, há, entre uma quantidade enorme de trivialidades, algumas reflexões que me deixam estupefato. Entre elas, algo que eu comecei a escrever uma vez e interrompi, sobre a relação entre sexo, erotismo e mística. Bom, não aguento mais a cintura. Vou deitar. Amanhã tenho trabalho. Esta é uma semana de trabalho; dou oficina terça, quinta e sexta, presencial, e terça e quarta, virtualmente. Merda.

TERÇA-FEIRA, 8, 23H42

Só para registrar que o Magro morreu. Acordei com o toque do telefone não sei bem que horas da manhã; a secretária eletrônica atendeu e ouviu-se a voz de Lilí, estridente como sempre, ou mais do que sempre, cobrando minha presença no telefone. É claro, não dei bola e continuei tentando dormir, mas não consegui, e também não consegui acordar. Não sei quanto tempo depois o telefone voltou a tocar, e voltei a ouvir a voz de Lilí, e aí sim peguei o telefone, porque já estava mais acordado e além disso podia perceber que era algo importante. Disse que tinha uma má notícia e eu pensei: "Ruben", mas não, era o Magro. Totalmente inesperado.

Agora posso resgatar, por sorte, os pensamentos anteriores ao choque. Quando estava nesse entressonho, vi que, de algum modo misterioso, durante o sono minha mente estava trabalhando e agora me entregava uma resposta. Apareceu na minha mente a frase "Chave número 1: a morte da minha mãe". De fato, essa é com certeza uma das chaves que o garoto tinha jogado na areia naquele sonho de alguns dias atrás. Por muitas razões, essa morte foi muito dolorosa para mim; me encheu de culpas e terrores durante muito tempo, durante anos eu diria, embora não continuamente, e sim em rajadas. Num certo âmbito terapêutico, consegui, por sorte, resgatar a memória da minha mãe viva e de muitas boas qualidades suas. Me senti feliz, e disse ao terapeuta: "Minha mãe deixou de ser um monte de ossos para mim; sinto sua presença viva em mim". Depois tive algumas recaídas, e durante uma delas pude falar do tema com Chl; no dia seguinte, minha mãe tinha desaparecido por completo dos meus pensamentos. Foi um grande alívio. De qualquer maneira, não foi um assunto que se fechou de verdade, e hoje algo me fez perceber isso. Então pensei na falta que minha mãe me faz, ou uma mãe, porque durante muitos anos era ela que me permitia dar um reset; quando estava saturado por algum motivo, ou não encontrava saídas, ou tinha que ajeitar algo, ia visitá-la no balneário e lá ficava o tempo que fosse necessário, em geral uma semana. Começava indo direto dormir; se fosse no início da tarde, eu ia dormir mesmo assim, pelo menos por algumas horas. Atribuía minha necessidade de sono à viagem de ônibus, mas não era verdade; simplesmente descansava mal por dias e dias, e a presença protetora da minha mãe me relaxava e me permitia dormir profundamente. Dessas duas ou mais horas de sesta, eu saía como um drogado, com o cérebro de todo entorpecido, e logo, muito lentamente, começava a trocar notícias com minha mãe. Com frequência eu tinha que freá-la para que ela não me jogasse toda a informação de uma só vez. Nos dias seguintes, também dormia bastante, e depois chegava uma hora que eu queria voltar ao meu apartamento de Montevidéu e partia. Agora faz muitos anos que não tenho ninguém que cuide do meu sono. E não só do sono, como da provisão de alimentos; eu não tinha nada para fazer, nada com que me preocupar, só comer e dormir. Agora preciso exatamente disso. Faz muito tempo que preciso, mas só hoje percebo e sinto claramente: não há como dar um reset porque sempre tenho que me ocupar com algo. Bom, o ponto foi localizado: não descanso bem, há muitíssimo tempo não descanso bem. O relaxamento não funciona; não consigo controlar a mente. Não sei de onde posso tirar uma mãe, na minha idade, mas pelo menos poderia tentar; alguém que cuide do meu descanso e me alimente durante uns dias é exatamente o que eu preciso para esse "retorno a mim mesmo" que estou tentando.

De tarde fui fazer, ou tentar fazer, algumas compras, entre elas um par de mesinhas metálicas redondas, baixas, para pôr ao lado das poltronas. Não que eu esteja me tornando um viciado nesse tipo de compras para o lar; é uma necessidade, assim como uma luminária de chão que não achei hoje. Trata-se de montar o lugar para a leitura e o descanso, e preciso de uma fonte de luz apropriada para a leitura. As luminárias de chão que vendem são muito caras, mas também são muito baixas. Preciso de algo um pouco mais alto, porque tenho que usar uma luz muito forte e, se fica muito perto, aquece minha cabeça e me faz mal. Também não serve uma luz muito concentrada e branca sobre a folha de papel; afeta a vista. Preciso de algo muito parecido com uma iluminação zenital, mas um pouco mais próxima e menos difusa. Bom, isso não existe, então terei que inventar algo, como sempre; minhas soluções costumam ser eficazes, mas geralmente são antiestéticas e parecem uma forma de excentricidade. Não é isso; são as soluções práticas de um homem pobre que tem que se virar com o que possui.

E bom: não sinto nada, pela morte do Magro quero dizer, mas também em geral. Comecei a me preocupar, já faz algumas horas, pela falta de emoções ou de um mínimo sentimento: nada. Isso significa que voltei ao de sempre, afundar, enterrar bem fundo o que não me agrada, fazer de conta que não existe. O preço é muito alto. Mas não sei como convocar as emoções.

QUINTA, 10, 2H13

Só dando o ar da graça neste diário. Um dia estranho, não ruim, mas não sei bem o que fiz nele. Sim, lembro que tive que subir escadas (quatro andares), pois estavam consertando o elevador. Tinha ido trocar dólares para ficar com troco e no caminho paguei a Antel. Trouxeram do Bazar Mitre as mesinhas que comprei. Tive uma pontada de preocupação quando as vi. Metálicas, pretas, baixas, para pôr uma ao lado de cada poltrona. Para cinzeiro, livro, óculos e café. Estaria virando frívolo? Tinha me poupado de todos esses anos de frivolidade por ser pobre? Mas não; não quero me preocupar com isso. As mesinhas eram necessárias, como as poltronas. Estou começando, ainda que tardiamente, a pensar em mim mesmo. O tema do retorno, o retorno a mim mesmo. A quem eu era antes do computador. Antes de Colonia, antes de Buenos Aires. É a forma de poder alcançar, penso eu, o romance luminoso, se é que é possível. Faz uns meses, no verão, antes de saber do resultado do pedido de bolsa, precisei usar o I Ching, depois de uns vinte e cinco anos sem abri-lo. Estava envolvido numa grande confusão acerca do que deveria fazer, e tinha essa hesitação entre seguir como estou ou tentar voltar ao que era antes. Por um momento, achei que voltar só pioraria as coisas (e talvez esteja certo). De toda maneira, o I Ching, infalível, me respondeu com um hexagrama que se chama "O retorno", e me disse que eu teria uma fortuna formidável, e me ensinou qual era a atitude correta (agora me esqueci qual era) (vou olhar).

Olhei. A única linha que indica perigo é a sexta, que mostra o sujeito confundido pelo tema do retorno. Exatamente o estado em que me encontrava. Ou seja, nesse mesmo instante, deixei de estar confuso e me dispus a voltar nobremente, como o sujeito da quinta linha. O procedimento que esse hexagrama gerou também trouxe outro complementar, graças a uma linha móvel. O hexagrama complementar se chama "O júbilo". Tudo isso me fez pensar que iam me dar a bolsa.

Bom, não se trata de virar frívolo. Não vou comprar mais mesinhas. Acho que o mobiliário está bastante completo, embora me falte algo, não sei bem o quê. Algo tipo uma estante, algo cômodo onde amontoar as coisas que estão espalhadas por todas as mesas e lugares planos que há na casa. E, talvez, no verão, deva instalar um ar-condicionado; por nada no mundo quero voltar a passar pelo que passei esse verão. Dizem que um verão tão quente é excepcional, mas eu acho que vai ser cada vez pior. Vamos todos morrer queimados. Acho que a Terra está aquecendo muito mais rápido do que dizem, e não falam para não criar pânico. Cada ano é pior. Esse verão que passou quase me enlouqueceu totalmente. Anulado por completo. Só fuga e fuga e fuga permanente no computador.

E o que mais, hoje? Ah, aula de ioga. Meia hora, porque a professora chegou tarde. Como só tínhamos meia hora, ela me obrigou a fazer um exercício atrás do outro, rápido demais. Fiquei exausto. Agora estou com sono e vou dormir. Há pouco adormeci na poltrona, com o estômago cheio. Agora posso me deitar. Excepcional: são apenas duas da manhã.

Esqueci de relatar que também dei a oficina virtual, ontem e hoje. E também lembro agora que, quando saí para a rua, me enfiei na livraria em frente para pedir livros de Rosa Chacel. Terminei *Alcancía. Ida* e fiquei fascinado. Outro dia estava pesquisando a sra. Rosa na internet; apareceram trezentas e sessenta e cinco entradas com seu nome, mas nenhuma tinha informações úteis, nem biografia, nem bibliografia. Se a livraria não me encontrar os livros, vou pedi-los a Marcial, para que ele me envie da Espanha. Não consigo explicar essa minha identificação com a escritora; tudo é diferente de mim: o século, a cultura, os principais interesses (pelo menos os visíveis), a maneira de ser, o sexo. E, não obstante, não exerce em mim a atração pelo oposto, e sim pelo igual. Eu me identifico. Quero saber mais sobre ela e ler mais obras suas. Todas, se possível. Há muitíssimo tempo não me entusiasmava tanto com um autor.

Como terminei esse livro e não tenho nada de atraente para ler, fui à banca de livros usados que fica na esquina de casa e depois de revirar tudo encontrei oito livrinhos policiais da coleção Rastros. Quarenta e oito pesos. Com certeza são abomináveis, mas vou ler todos. O primeiro que escolhi tem um título sugestivo (raios que o partam!): *Todos devem morrer.* Mas não o escolhi pelo título, e sim porque é o mais antigo desse pacote de oito, numa coleção que foi decaindo e decaindo. Só vi o título depois de ter escolhido pelo número.

Fazia muito frio ali, naquele banca de livros. Quando estava indo embora, perguntei ao livreiro: "Como você aguenta o frio?". Ele sorriu e me respondeu rapidamente: "E... Eu aguento. Os que não aguentam são os clientes", e fez um gesto amplo em direção às mesas vazias. "Você ficou olhando tudo, mas os outros não; vêm e vão embora logo em seguida."

E são três horas. Amanhã tenho que madrugar: dou oficina às quatro e meia da tarde. Espero conseguir tomar café da manhã.

SEXTA, 11, 4H14

Uma quinta-feira a cada duas semanas tenho uma jornada intensa de oficinas literárias: primeiro encontro, quatro e meia; segundo, oito e quinze. Estamos no Uruguai, de modo que a oficina das quatro e meia começa mais por volta das cinco, e hoje havia muita coisa para ler, então terminamos às seis e quarenta e cinco. Margem de uma hora e meia antes do começo da outra oficina; tenho que lavar as xícaras de café e os copos, almoçar-jantar, fazer compras no supermercado, telefonar para Chl, fazer outra garrafa térmica de café, escovar os dentes...

O trabalho com esses grupos sempre me deixa agitado. Já são quase quatro e meia da manhã e estou completamente agitado. Tenho que fazer um esforço e ir dormir. Minhas costas doem. Faz uns dias que doem. Desde que comecei este diário, acho. Uma coisa pode ter relação com a outra ou não. Gosto dos meus alunos, gosto da oficina. Não para ter todos os dias... Duas vezes ao mês, sim. O ritmo habitual é uma vez por semana, mas este ano decidi alterá-lo por causa da bolsa. Preciso de ócio. Porém, não consegui muito. Continuo fugindo da angústia difusa que precede a possibilidade do ócio. Essa angústia difusa é horrível.

Não há muito mais o que falar de um dia de trabalho.

SÁBADO, 12, 3H55

Estou esgotado. Hoje, oficina de correção; só de quatro alunos, e só uma oficina, hoje (ontem), sexta; ainda assim, me consome mais energia do que as duas oficinas de ontem (quinta), com muitos alunos. É verdade que o cansaço se acumula de ontem; mas, de toda maneira, a oficina de correção exige muita sensibilidade, o ouvido e os olhos e a mente muito alertas. Não vou negar que gosto; mas me exaure, e as consequências são sempre desagradáveis; sempre retrocedo nos meus pequenos avanços com relação aos horários de dormir, comidas noturnas e tudo mais. Como se chamava aquela pessoa que empurrava uma rocha morro acima...? Não me resta um neurônio de pé.

Chamava...

Fui buscar um cigarro. Noventa minutos sem fumar; bom. Mas andei jogando Golf. Sísifo. Chamava-se Sísifo. Lembrei enquanto ia buscar o cigarro.

Dias de trabalho; por sorte acabaram. Agora virá uma semana limpa, livre. Até certo ponto, pois muita gente vem me visitar. Sempre com meu costume de encontros a dois. Por que não juntar várias pessoas? Não tinha pensado nisso. Mas não vão gostar. Todos querem isso também, a reunião privada, confidencial. Falam das suas coisas. Se houvesse outra pessoa, não conversariam. Por outro lado, tem Chl, que não quer ver ninguém; quando ela me visita, precisa ser exclusiva. E com Julia, acho, é a mesma coisa; ela diz que só quer me ouvir falar. Não pela voz, e sim pelo conteúdo das palavras — ou isso é o que ela pensa. Tem uma memória fabulosa; a maioria das mulheres tem esse tipo de memória, que registra e mantém vigentes os mínimos detalhes. Ontem, Julia me contou por telefone que certa vez uma namorada minha se casou com outro cara e eu mandei de presente um disco de Paco Ibáñez cujas canções eu tinha inutilizado com uma faca, todas menos uma: a do poema de Quevedo, "Poderoso caballero es Don Dinero". Ouvi essa história como se fosse novidade. Depois, pensei ter me lembrado dela, mas a essa altura da vida é impossível saber o que é lembrança e o que eu acho que lembro. Enquanto Julia me contava, eu ia formando as imagens, e depois não sei se me lembrei de uma história real ou se apenas recordei essas imagens recentes. Acontece o mesmo com as coisas do dia a dia; penso: "Vou fazer tal coisa". Isso fica registrado com precisão na minha memória, em todos os detalhes, como se eu tivesse feito aquilo. Depois me dou conta de que não, não fiz nada, só imaginei. Deve ser pelo hábito de pensar em imagens. Então estou sempre em dúvida. Com os remédios, por exemplo. Penso que vou tomar um comprimido e é como se eu já tivesse tomado. Fiz um programa de computador para me lembrar, tocando um alarme, quando devo tomar cada comprimido, e ele continua apitando até que eu tome e aperte um botão que diz "Remédio tomado". Ao apertar esse botão, o alarme para de tocar, a informação visual desaparece, e fica anotado num arquivo o nome do remédio, o dia e a hora em que tomei. Ainda assim... às vezes aperto esse botão antes de tomar, e depois me distraio pelo caminho e faço outras coisas. Mais tarde fico em dúvida, e por isso tive que me acostumar a ter um controle extra, num papel, do número de comprimidos tomados; assim, contando os que restam, e sabendo quantos havia no início, posso saber se tomei ou não.

Eu devia acostumar minhas visitas a encontros com outras pessoas. Embora eu ache que eu mesmo não me acostumaria. Se estamos em três, e não em dois, perde-se toda a profundidade. É lógico. E onde não há profundidade me sinto incomodado. Exceto com Chl, que na maioria das vezes fala de coisas triviais. Deliberadamente, pois opina que não se deve ser profundo o tempo inteiro, não faz bem. Tem razão. Então me fala de trivialidades e eu a escuto com atenção, fascinado, porque gosto muito dela, faça o que fizer, diga o que disser. E também começo a falar de coisas triviais e, de fato, é um descanso. Claro que depois devo me envolver com algum programa complicado no computador, porque minha mente cambaleia se não está metida em algo complicado. A mente é como uma dentadura que precisa mastigar o tempo inteiro.

Dentro de catorze dias, pois, viverei minha fase de ócio, ou de busca do ócio. Espero conseguir ir mais fundo do que na semana passada. Acho que consegui avançar um pouco, e este diário em si é um avanço. Não estou escrevendo nada que valha a pena, mas estou escrevendo, e pelo menos mexo os dedos sobre o teclado e me preocupo um pouco em ter um discurso coerente, embora não preste a menor atenção à forma. Escrevo mais ou menos o que me passa pela cabeça (que possa ser escrito). Estou longe, ainda, de poder enfrentar meu projeto da bolsa; não quero nem pensar nisso, não agora. Quero chegar naturalmente a isso. Através do ócio. Através de uma verdadeira necessidade de escrever isso.

DOMINGO, 13, 5H35

Então, agora são cinco e meia da manhã. Dia péssimo, horrível sob qualquer ponto de vista. Mal-estares digestivos muito incômodos; fico preocupado porque acho que o antidepressivo está me intoxicando. Dia frio, também não saí para a rua hoje. Programa em Visual Basic frustrado: quis melhorar o lembrete de remédios e não consegui. Muito tempo no computador, com o programa e jogos. Visita breve da minha médica: pressão normal, enfim. Visita de Chl; por um momento parecia que os céus iam se abrir, mas não. Deveria afastar toda a esperança, mas não o faço. Sou assim. E o que mais me cansa é que o que mais me cansa é a frustração com o programa de Visual Basic.

SEGUNDA-FEIRA, 14, 3H03

Já estamos no dia 14 de agosto, data maldita. Para mim, sempre é muito difícil atravessá-la. Espero que este ano seja menos árduo.

O dia anterior: domingo. Iluminado ao anoitecer por Chl e seu ensopado e seus bifes à milanesa, e pela sua paciência em me levar para uma caminhada e tomar um café. Santa mulher.

Que estranho, tudo em Chl. Não consigo situá-la num papel: namorada, filha, irmã, amiga? Não é mais amante, mas, em certo sentido, sim, é amante também.

Mas não tenho vontade de continuar escrevendo; é dia 14 de agosto. Num 14 de agosto morreu meu pai. Vinte anos depois, outro 14 de agosto, morreu minha mãe.

TERÇA-FEIRA, 15, 5H53

O dia 14 passou, graças ao diálogo com o computador e graças a Chl. Enfim encontrei a maneira de realizar aquele procedimento em Visual Basic que vinha falhando. Passei o dia nisso, mas está quase perfeito. Porém, ainda tem um defeitinho... que não sei se vou conseguir solucionar. O engraçado é que esse procedimento não é importante no programa; imperfeito como era, servia, e de toda maneira é algo que não tem muita utilidade, ou nenhuma utilidade. Agora continua imperfeito, porque tem esse defeitinho, e não vou ficar tranquilo até que possa solucioná-lo. São quase seis da manhã. Está amanhecendo, ou já amanheceu. O dia estava chuvoso, um verdadeiro nojo. Não saí para a rua. Pode-se dizer que foi um dia perdido; mas ainda estou querendo saber o que é um dia ganho.

QUARTA-FEIRA, 16, 1H10

Hoje, visita do meu amigo, o recém-viúvo. Tremenda carga de angústia (dele) que fui absorvendo pacientemente durante algumas horas. Remoção de muitas coisas. Conversas, por alguns momentos, de anciões: doenças, temores, moléstias reais e imaginárias. Ele me trouxe de presente uma fotografia de bom tamanho, enquadrada, que mostra a rua Dieciocho de Julio e o edifício do London-Paris, onde meu pai trabalhou a maior parte da vida. Muitas pessoas nas calçadas e inclusive no meio da rua; poucos veículos, que parecem Fords, daqueles quadrados. Imagino que tenha sido tirada na década de 1930, talvez antes. Os homens andam de chapéu.

Delicioso, o (diria Archie Goodwin, em tradução de Macho Quevedo) ensopadinho de Chl. Provei-o pela primeira vez, já que ontem os bifes à milanesa me fizeram esquecer o ensopado. De toda maneira, depois do prato de ensopado, um bife à milanesa. Milanesa: algo que nunca soube fazer, por mais que me ensinassem. Ficam sistematicamente ruins. Ao fritar, a casca se separa do bife.

Acordei muito tarde (Chl no telefone, exortando-me com muita graça a estender a mão e levantar o telefone; não atendi, não podia. Depois insistiu e conseguiu me acordar). Despertei com uma ideia muito clara e simples para resolver o procedimento que ontem me parecia muito difícil ou impossível de aperfeiçoar. Mas estive o dia todo sem poder usar o computador, até depois do almoço-janta. Resolvido em cerca de meia hora. Impecável.

E a bolsa? Imagino que algum leitor impertinente, desses que nunca faltam, estará pensando: deram um montão de grana para esse cara ficar jogando Golf (e Campo Minado, hábito recente) e se divertindo com Visual Basic? Que sem-vergonhice. E ainda chama "diário da bolsa". Calma, leitor. Vai demorar um tempo para mudar meus hábitos. Hoje mesmo, depois de completar esse programa e cabeceando de sono diante do computador, tive que enviar minhas avaliações da oficina virtual, como todas as quartas de madrugada. A oficina "real" da semana passada me tirou do ócio incipiente, ou pelo menos da angústia difusa que o precede, e não voltei a me sentar na poltrona; fiquei grudado em frente ao computador todos esses dias. Não posso evitar. Hoje estou sentado mais perto. De qualquer maneira, o Visual Basic é uma ponte em direção a um resgate de mim mesmo; quando tenho necessidade de programar, é porque estou me descolando dos joguinhos. Depois de programar satisfatoriamente, a escrita fica mais acessível; tenho uma disposição melhor. A linguagem de programação parece ser, como me dei conta já faz certo tempo, uma transição necessária entre um estado, digamos, de dependência a outro de maior liberdade mental. Na programação há uma boa margem para a criatividade; não é como um jogo em que você é um instrumento passivo, quase idiota, que se move insensivelmente, de maneira quase mecânica, apenas por reflexos condicionados. De qualquer modo, tanto os jogos como a programação são formas de evadir a angústia difusa; a programação me ocupa a mente em maior medida ainda do que os jogos e, com frequência, como ontem, me deito pensando em como solucionar um problema, e trabalho nele durante o sono; é como se, com esses problemas que eu mesmo crio, conseguisse delimitar até os sonhos. Seja como for, cumprido o ciclo, me sinto muito mais bem-disposto a renovar a busca pelo ócio, a atravessar a angústia difusa. Penso que na semana seguinte novamente terei uma oficina, e me dá vontade de suspendê-la, embora goste dela; temo não conseguir escapar desse jogo de Sísifo, pedra morro acima, pedra que desce rodando, de novo e de novo, de novo e de novo. E essa semana não deixei muita margem; como anotei, há visitas planejadas, uma por dia. Isso sim eu deveria cortar. Tentarei fazer com que seja a última semana do meu tempo livre dedicada à sociabilidade, pelo menos de uma maneira tão intensa. Por mais que me assuste, devo reconquistar minha solidão — se é que quero trabalhar com esse romance. Lá no fundo, porém, tenho certeza de que vou conseguir, sem dúvida dentro do prazo previsto.

Tal como eu me propus, não reli o que tenho escrito neste diário. Mas sou muito curioso, e acho que em qualquer momento modificarei meu plano.

Oficina virtual: uma das tarefas que criei propõe pegar algum objeto não muito grande, mas complexo (nas oficinas presenciais proponho aos alunos como objeto uma caixinha artesanal de madeira que uma menina me deu de presente faz tempo; a caixinha tem coisas coladas na tampa, tais como parafusos, um anel etc.). A tarefa exige sentar-se comodamente e manusear o objeto durante um bom tempo, percebê-lo a partir do tato, sem se preocupar com a vista. Depois, é preciso escrever uma descrição do objeto a partir das impressões táteis. Os alunos escolheram objetos da mais variada espécie, mas nenhum foi como o que uma aluna escolheu, uma aluna que escreve com muito entusiasmo e muito bem, muito imaginativa e sensível, cujo exercício li e avaliei hoje: o objeto que ela escolheu é um pênis, e a descrição inclui seu processo de ereção. É incrível como ela conseguiu, com esse tema, realizar um texto bonito, delicado e até mesmo poético. Meus alunos não param de me impressionar.

* * *

O corretor deste Word 2000 tem umas características insólitas; por mais que eu tente dominá-lo, é impossível. Não reconhece certas palavras relacionadas a sexo, como "pênis", que recentemente apareceu como desconhecida quando ativei o corretor para esta página antes de salvá-la. Também não aceita "teta" nem "gozar", e o mais estranho é que, se tento adicionar a palavra ao dicionário, diz que não pode porque o dicionário está cheio. E não é verdade, porque logo aparece outra palavra que ele desconhece e consigo adicioná-la sem nenhum inconveniente. E o mais insólito ainda é que permite adicionar algumas outras palavras, como "boceta".

Hoje tampouco fiz a barba.

QUINTA-FEIRA, 17, 1H44

Dia complicado, com falta de tônus muscular, e à tarde uma câimbra espantosa no braço direito. Atribuí-a aos remédios, mas minha médica nega. De acordo com ela, as causas prováveis são psíquicas + falta de exercício + má postura no computador (e trabalho excessivo com o braço estendido para mover o mouse). É possível que ela tenha razão, mas não fiquei cem por cento convencido. Em geral, qualquer remédio me gera reações estranhas, sobretudo se tomo como esses, de forma sistemática durante um tempo prolongado. Já virei definitivamente alérgico à aspirina, e estou quase, quase lá com os laxantes intestinais; tenho que tomá-los espaçadamente porque, se não, causam reações alérgicas. Sem dúvida há motivos psíquicos de peso para que eu esteja somatizando, em especial por causa de mortes recentes, a visita do meu amigo, ontem, e a conversa sobre doenças e morte.

Tudo começou quando acordei; tinha uma dor no lado esquerdo do quadril, talvez fruto da posição em que dormi, de lado para a esquerda, de tal maneira que o osso do quadril aperta a carne contra o colchão, que é de espuma e por isso mesmo bastante duro; mas também podia ser uma dor que acho que chamam de "articular", e essa ideia me levou a me exercitar um pouco na bicicleta ergométrica, abandonada há um tempo longo demais. Ao tentar isso, achei a bicicleta muito pesada (o que pode ser verdade, já que ficou muito mais intenso o ruído que faz ao frear com uma correia que regula a tensão e o peso aparente), mas também era difícil movimentar o guidom, que é naturalmente muito "pesado" (um sistema de êmbolos gera o "peso" mediante o ar que se comprime ao movê-lo). O fato é que não pude fazer muito exercício, pois rapidamente me senti cansado. Abandonei. A câimbra que tive horas depois também pode ser fruto do esforço com o guidom. Mas com certeza o que preocupa é minha falta de energia. Depois de tomar café da manhã, fui à farmácia para medirem minha pressão e estava razoavelmente boa; pelo menos não estava muito baixa, como eu achava. De toda maneira, à noite veio minha médica e, como ela achou a pressão bastante normal, me permitiu reduzir o remédio pela metade por alguns dias, para ver o que acontece. Antes tinha vindo minha professora de ioga; eu não quis ter aula, por falta de tônus muscular. E quando ela estava indo embora, depois de conversar um pouco, foi quando tive essa terrível câimbra, dolorosa e preocupante. Minha professora a atribuiu ao remédio que, segundo ela, consome muito potássio e é necessário tomar potássio adicional (minha médica diz que isso é mentira; os remédios atuais não têm esse efeito colateral). Minha professora estava indo embora quando comecei a me queixar e demonstrar preocupação; por sorte era o braço direito, pois, se tivesse sido o esquerdo, o pânico teria sido incontrolável. Ela resolveu, então, fazer uma minissessão de reiki e aplicou suas mãos na zona dolorida. Não sei se foi efeito do reiki ou essa espécie de câimbra encerrou seu ciclo por conta própria; o fato é que a dor foi diminuindo. Eu sentia como se fosse uma luta entre a professora de ioga e a dor. A dor queria avançar e parava, e depois ia embora, mas logo a seguir recuperava sua força; mas, enfim, foi cedendo, e quando queria voltar não conseguia por completo; ficava só ameaçando. Enfim desapareceu totalmente, embora tenha deixado essa zona dos bíceps machucada.

Isso, mais uns afazeres que realizei por volta das seis da tarde (comprei, entre outras coisas, tinta para impressora e uma marca diferente de iogurte), mais uma chamada telefônica de Felipe, dando detalhes acerca dos livros que tem para me emprestar, mais as ligações telefônicas de sempre com Chl, esse foi meu dia de hoje. Mais um pouco de jogo no computador, é claro, porém nada demais.

A saída para realizar os afazeres fez com que eu me sentisse bem. Preciso sair muito mais. Hoje foi possível porque ontem à noite eu me deitei mais cedo e dormi mais cedo e hoje pude levantar mais cedo; ainda tinha um pouco de sol quando saí. Não aproveitei tudo que podia, pois estava com pressa; minha médica tinha ficado de passar em casa perto desse horário (embora depois ela tenha adiado para a noite) e tive que voltar rápido. Ao passar por uma livraria na Dieciocho de Julio, perto da minha casa, meu olhar recaiu quase automaticamente sobre uma pilha de livros debaixo de um cartaz que dizia dez pesos (cerca de um dólar), e o primeiro livro que havia nessa fileira era um de John Le Carré, numa boa edição, novo. Pensei que um cliente tinha posto ali por engano depois de ter olhado outras partes da livraria, mas fiquei curioso, retrocedi uns passos e caminhei até o livro e o abri: na primeira folha havia o mesmo preço anotado a lápis. Entrei na livraria e fui até o caixa ao fundo. Perguntei à funcionária se era possível que o livro estivesse mesmo por dez pesos, e ela respondeu, sem entusiasmo: "É possível". Uma mulher gorda e aparentemente desiludida com sua vida e, acima de tudo, com seu trabalho, este último com toda razão. Comprei o livro. Depois o emprestei para a minha médica. Espero que ela me devolva, pois quero lê-lo. Le Carré não me emociona, mas é bom; muito bom. O livro se chama *A vingança de Smiley* e não tenho certeza se já não o li. Dá na mesma, pois, se o li, faz tanto tempo que me esqueci por completo do livro.

Não, não fiz a barba.

SÁBADO, 19, 4H27

Cansado, sem vontade de escrever. Visita de Julia à tarde; grandes emoções. Chl, à noite. O mesmo. Fiquei muito empolgado jogando no computador e depois respondi a uma longa entrevista, muito bem-feita, de um leitor argentino que pensa em publicá-la. Hoje prossegui com a sociabilidade intensa; primeiro Felipe, que me trouxe uns livros, depois Gabriel, para discutir literatura e vida, e finalmente Chl, para comer. Dia muito ativo, além disso, com algumas mudanças na casa, como se estivesse voltando lentamente o impulso de mudança que tinha se paralisado há mais de um ano, quando Chl viajou. Terei que desenvolver isso, porque às vezes me esqueço da incidência fatídica dessa viagem. Mas não hoje; estou cansado, só anotando coisas não sei por quê, mas devo fazê-lo. Quero ler este diário. Porém continuo resistindo. É claro, ainda não fiz a barba. Mas mandei consertar dois pares de sandálias, tarefa adiada há mais de um ano (quando a viagem fatídica etc.). É possível que o antidepressivo para deixar de fumar, que não me fez parar de fumar, esteja me fazendo bem, esteja me dinamizando um pouco.

Também quero anotar, antes que me esqueça de novo, e para quando for ler este diário, a necessidade de desenvolver o tema da pornografia. Uma vez escrevi que detestava, e era verdade; agora tenho certa coleção de fotos pornográficas, e para ser honesto deveria explicar isso (mudei de opinião? Tenha paciência, leitor; hoje não posso desenvolver nenhum tema de maneira eficaz. Só anotações, anotações).

Chl me acordou, me tirou de um sono profundo por volta do meio-dia, justo para me contar um sonho, que deixou gravado na secretária eletrônica porque não tive forças para atender. Talvez tenha sido por ciúmes telepáticos que me ligou, já que me acordou de um sonho em que eu me sentia muito apaixonado por uma mulher. Era uma mulher extraordinariamente atraente, embora não chamativa; uma dona de casa de aspecto comum, mas algo em sua forma a tornava terrivelmente atraente para mim. Eu estava na sua casa, e ela morava com o marido, um sujeito bastante agradável, porém distante, não controlador nem comunicativo. Quando me dava conta do amor intolerável que sentia por essa mulher, o marido estava do lado de fora, nos fundos da casa, e eu me aproximava dela e dizia: "Preciso falar algo. Eu a admiro..."; ela me interrompia: "E me ama", antecipando minhas palavras. Tomava isso com naturalidade, não via transcendência naquilo. Nesse momento o som do telefone me acorda e tento manter o sentimento, tão necessário, tão imensamente necessário. Há tempos que não sinto nada, e essa pequena dor do sentimento amoroso é como um tesouro e queria guardá-lo, guardá-lo, mas notava que ele ia se dissolvendo, e não podia recuperar a imagem ou a presença psíquica dessa mulher tão extraordinária, e finalmente tudo se perdeu, exceto a lembrança desse pequeno fragmento de um sonho que era muitíssimo mais longo.

DOMINGO, 20, 0H55

Neste momento, Chl está dormindo na minha cama; há muitos meses isso não acontecia. Estou esperando a digestão da minha última refeição para me deitar, porque ela não perde a noção do tempo mesmo dormindo, e, se eu não estiver ao seu lado numa hora razoável, ela se sente mal, e essa é talvez uma das razões pelas quais parou de dormir aqui em casa. Ou seja, não devo demorar muito aqui; ainda é uma hora razoável, mas logo deixará de ser. Não haverá sexo, é claro, mas sim essa agradável sensação de não estar sozinho, e de estar na melhor companhia possível; por sorte, na minha idade as urgências sexuais são bastante relativas, e a renúncia não me é tão difícil.

Ela já tinha adormecido quando foi acordada pelo toque do telefone; eu atendi, não sei bem por quê, pois jamais atendo quando tenho visitas, mas o fiz. É bastante provável que Chl tenha se incomodado porque fechei a porta para falar; vai pensar que eu não queria que ela escutasse, e de certo modo eu não queria mesmo, mas não fechei por esse motivo, e sim para não incomodá-la com a conversa, se é que haveria conversa. E houve; tratava-se de ninguém menos que Julia, preocupada porque temia ter deixado uma má impressão na sua última visita, na qual me questionou severamente sobre meu modo de ser atual. Ela tinha me chamado, entre outras coisas, de robô. Tem toda a razão, e deixei isso claro para ela, e não me incomodou que dissesse essas coisas, porque de certo modo é uma confirmação dos meus próprios pontos de vista, e dialogar sobre o assunto com outra pessoa, bem-intencionada como Julia é, me ajuda bastante. Fica cada vez mais óbvio que, se eu não conseguir um mínimo regresso a quem eu era, o romance não se completará.

Ontem à noite, e hoje, ao me levantar, digo, imediatamente depois de me levantar, sem tomar café da manhã, sem sequer me vestir, fiz um (uma?) macro no Word que me permite — como sempre, apertando um botão — juntar todos os arquivos deste diário — qualquer quantidade que seja — em um só arquivo (chamado "documento mestre", ou *master*). A criação desse procedimento está indicando que tenho cada vez mais interesse em ler o que tenho escrito e que estou me preparando para imprimi-lo, assim evito ler na tela, que machuca a vista e não oferece o mesmo nível de leitura que as letras sobre o papel branco.

Por que comi tanto? A digestão está aí, agindo como sempre, com muito trabalho e muito lentamente. Espero que esta não seja uma má experiência para Chl, que não tire sua vontade de voltar a dormir na minha casa.

Nesta tarde, saímos para caminhar, apesar da ameaça de tempestade; um dia muito quente, como os de verão (e a zeladora acendeu a calefação de todo jeito; e agora, mesmo estando apagada, o apartamento continua asquerosamente quente). Não fomos muito longe porque era cansativo caminhar, mas chegamos a ver duas exposições, uma delas totalmente lamentável no Subte municipal; a outra, no MAC, tinha várias coisas interessantes e uma delas espetacular: um desenho a carvão com algo de cor, que representa uma escada que desce (entendo que as escadas nem sobem nem descem, e sim que são usadas para subir ou descer; mas, nesse desenho, a escada *desce*). O autor, Espínola Gómez. E quando estávamos indo embora nós o vimos, Espínola, conversando com uma moça. Tive vontade de cumprimentá-lo, de expressar de alguma maneira minha admiração por esse desenho, mas a timidez me impediu. Acho que as timidezes unidas me impediram, a minha e a de Chl; acho que, se estivesse sozinho, teria me animado, como me animo ultimamente com muitas dessas coisas. Mas Chl é muito tímida, arisca, eu diria, e é possível que ela se sentisse incômoda se eu tentasse me comunicar com o mestre, ou pelo menos foi o que temi, e vacilei, e fomos embora calados.

* * *

Nem preciso dizer que hoje também não fiz a barba.

DOMINGO, 20, 16H29

A noite toda foi assim: uma coisa muito estranha, eu sonhava que estava acordado, percebendo perfeitamente meu corpo deitado, o contato do corpo com o colchão e o peso do cobertor que me incomodava nas pernas, a presença de Chl à minha direita, os barulhos da rua, o calor de verão desse clima tempestuoso... até que de repente ouvi a voz de Chl: "Você está roncando", e eu acordava, surpreso, muito surpreso, de que fosse possível roncar estando acordado e sem me dar conta. Depois, pela manhã, dormi profundamente, e é claro que ao acordar notei que Chl tinha ido embora, em silêncio, como é de seu costume. Telefonei-lhe para me desculpar por não ter deixado que ela dormisse tranquila com meus roncos, mas ela afirma ter dormido perfeitamente, e que essas interrupções não a perturbaram nem um pouco. Porém, está deprimida e com dores musculares.

Isso de sonhar que estou acordado, conforme descobri faz um tempo, parece ser uma etapa normal da minha entrada no sono. É muito possível que minha resistência ao sono, que exercito até altas horas da madrugada, se prolongue inclusive quando me deito e apago a luz, de modo que o "sono" — para chamá-lo de alguma coisa —, para me fazer dormir, recorre à argúcia de me fazer achar que estou acordado. Foi graças a algumas interrupções acidentais do processo que descobri esse mecanismo, mas nunca achei que pudesse se estender por tanto tempo; parecia mais uma transição engenhosa da vigília ao sono e que, quando "o sono" percebia que eu tinha adormecido, abandonava essa argúcia e começava a produzir sonhos menos realistas. Agora deduzo que o que aconteceu ontem à noite foi que meu sono nunca conseguiu ficar profundo, pela consciência de que Chl estava ao meu lado e o temor de dormir e roncar; ela não suporta os roncos. De maneira que "o sono" teve que prolongar sua argúcia para que eu pudesse descansar, embora não conseguisse atingir a profundidade.

Hoje, domingo, começa minha semana "de trabalho". Ontem acabou minha semana "de ócio", pelo visto desperdiçada porque a utilizei intensamente para me reunir com amigos e resolver assuntos práticos, evadindo a angústia difusa e o ócio propriamente dito. Mas acho que não foi um desperdício, porque tudo isso operou, pelo que parece, a favor do que chamo "meu retorno", em especial a reunião com Julia. Em cada conversa com Julia, e inclusive em algumas por telefone, fico sabendo de coisas do meu passado das quais eu tinha me esquecido por completo. Julia tem uma memória intacta, pelo menos para esses detalhes. Por exemplo, eu não tenho a menor lembrança de histórias com Julia fora do meu apartamento, exceto uma vez que fomos a um balneário, e outra vez que fomos a outro balneário. Pois fico sabendo que fomos, também, pelo menos uma vez, à casa de uns amigos, e que conosco também tinha ido a filha de Julia. Às vezes, alguma dessas histórias do meu passado me soa familiar quando me contam, e vou recuperando pelo menos algumas imagens, ou uma impressão de que, sim, isso aconteceu; mas não guardo o menor registro dessa visita. Não consigo imaginar por que a apaguei com tanto cuidado, mas é possível que haja uma infinidade de coisas apagadas da mesma maneira, talvez pela simples morte de um grupo de neurônios — e com certeza por falta de exercício mnemotécnico. Julia parece viver sepultada no passado, revivendo constantemente cada instância da sua vida. Eu sinto que não tenho capacidade mental para essas revivescências. Às vezes tento, muito de quando em quando, reviver um certo período da minha vida; o que me atrai com mais frequência, embora de qualquer maneira, não tão constantemente, é meu período portenho. Então tento me lembrar das minhas caminhadas pelas ruas, e tento recordar os nomes das ruas. É muito difícil e quase nunca consigo fazê-lo de modo satisfatório.

Agora eu deveria enfrentar essa angústia difusa, mas também deveria pôr meu computador em ordem. Estou muito atrasado na limpeza periódica de arquivos e, por exemplo, os programas de e-mail abrem e fecham devagar por causa da grande quantidade de mensagens acumuladas. Deveria comprimir os e-mails e guardá-los em disquetes, e apagá-los do disco rígido. Fazer o mesmo com outros grupos de arquivos que se acumulam desnecessariamente e deixam todos os processos lentos.

Isso, ou a angústia difusa.

SEGUNDA-FEIRA, 21, 4H47

Aqui, às cinco da madrugada de segunda-feira, estou terminando o domingo. Sempre o mesmo vício notívago. Sempre sem fazer a barba. Mas hoje descobri que talvez não me barbeie porque não lembro de algum dia ter tido a barba tão comprida, ou pelo menos tão branca, e pensei que gostaria que, antes de fazer a barba, tirassem uma foto minha com ela. Então pelo menos agora tenho uma desculpa para não me barbear: estou esperando que Juan Ignacio venha e tire uma foto (já falei essa noite com a mãe dele, ou seja, minha médica, que, por sinal, achou minha pressão perfeitamente normal, catorze por oito, apesar de eu ter reduzido o anti-hipertensivo pela metade e de estar usando um pouco de sal no tomate; espero que ela tenha medido direito minha pressão). Dizia que tenho uma desculpa, mas não está muito claro diante de quem devo exprimir essa desculpa, já que a maioria das pessoas que conheço acha que eu fico muito bem de barba e que não deveria cortá-la; as mulheres são unânimes a respeito disso. A desculpa deve ser para mim mesmo. Talvez também para os leitores deste diário. Envergonho-me de ter decidido me barbear e não fazer isso. E decidi me barbear porque a barba me incomoda, e os bigodes me incomodam, pois entram dentro da boca quando como. Também quando tomo iogurte. A barba fica jorrando iogurte. E notei que as pessoas que não me conhecem me olham com um certo desgosto, já que é uma barba desleixada. E, como não tenho o costume de me vestir bem, minhas roupas estão um pouco gastas e sujas, parece que, de modo geral, apresento a imagem de um velho mendigo. Achei divertido comprar as poltronas, por exemplo, já que, a princípio, os vendedores não estavam muito entusiasmados. Eu parecia mais um mendigo que queria se sentar comodamente por um tempo com a desculpa de experimentar as poltronas. Seja como for, o fato de que decidi me barbear e não o fiz me causa uma desagradável sensação de impotência, a mesma que tenho com essas noites maldormidas e meu vício com coisas de computador. Por outro lado, jamais decidi deixar a barba; simplesmente fui adiando o corte, pelas mesmas razões de abulia ou seja lá o que for, ou porque sempre tenho algo mais interessante para fazer. É uma barba indesejada, não cultivada, descuidada. E, além disso, me agarrei ao tique de revirar os pelos da barba com os dedos; se estou conversando com uma pessoa, por exemplo, fico o tempo todo com os dedos para lá e para cá entre os pelos. É muito agradável, pois causa a mesma impressão de estar acariciando um púbis feminino. Mas que esse púbis feminino esteja no meu queixo torna esse tique bastante suspeito, pelo menos para mim. Será que é por isso que não faço a barba? Será uma forma de autoerotismo? O fato de que os pelos não tenham sensibilidade ajuda, então a sensação de acariciar algo que não é de alguém serve um pouco de desculpa. Seria uma forma de autoerotismo mais de contrabando. Deveria meditar mais profundamente acerca desse tema. Mas não farei isso.

Hoje a comunicação com Chl foi apenas por telefone. Ela ficou em casa, deprimida e com dores musculares, na cama, lendo. Quando falamos por telefone, caímos nesses longos silêncios que eu chamo de "estar ensimesmado". Não acho nada divertido, mas é difícil para mim me despedir e desligar porque sinto que ela precisa dessa forma de comunicação; embora não fale, ela está me comunicando seu mal-estar, compartilhando-o através desses silêncios. Procuro ter paciência. Fico enternecido. Quando ela está deprimida, percebo que fica muito frágil, e de certo modo me faz bem que ela me ligue, mesmo que seja para comunicar seu silêncio, que precise compartilhar comigo seus abismos.

Estive limpando um pouco os arquivos do computador, especialmente os programas de e-mail. Agora ficaram rápidos, abrem e fecham em pouco tempo. Mas tenho que continuar limpando o disco rígido; há muito, muito lixo.

SEGUNDA-FEIRA, 21, 21H15

Esperando Chl, embora eu não tenha certeza de que ela virá. Está caindo uma tempestade. Vejo relâmpagos pela janela. Lembrei que há alguns dias percebi que Chl me olhava de um jeito estranho; parecia que me odiava, como às vezes acontece quando está deprimida. Não é que me odeie pessoalmente, e sim que é um ódio genérico ao mundo em geral e aos seres humanos em particular. Com frequência, nesse estado, ela fica calada e notoriamente guarda para si coisas que deveria dizer; algumas vezes consegui fazer com que falasse, embora não seja frequente, e então se descobre que guarda alguns rancores injustificados. Eu lhe mostro que são injustificados, que ela interpretou mal alguma palavra ou atitude, e então ela ri, relaxa e se sente melhor. Dessa vez não estava especialmente deprimida, mas sim calada, e com esse olhar estranho, e com toda a atitude de ter algo para dizer e não dizer. Perguntei se esse olhar era de ódio.

— Não — respondeu, com muita segurança. E depois de uma pausa, acrescentou — É um olhar de cálculo. Estava pensando se você era conveniente.

SEGUNDA-FEIRA, 21, 22H28

Interrompi porque Chl chegou. Ela já foi embora. Chama-me poderosamente a atenção o fato de que comecei a escrever sabendo que talvez fosse interrompido. Não lembro de ter feito algo parecido em muitos, muitos anos. Seria muito bom que minha fobia a interrupções estivesse passando, pois isso me levou a adiar e, enfim, a não realizar romances inteiros. Considerei um bom augúrio, ou pelo menos um importante precedente.

Então, Chl tinha me dito: "É um olhar de cálculo. Estava pensando se você era conveniente", e eu dei uma gargalhada. Claro que não sou conveniente para ela, e acho bom que ela esteja se dando conta disso. Penso que é um dos resultados da terapia.

Quando nossa relação começou, eu dava por certo que seria breve. Da sua parte, ela tinha me advertido que sempre aconteceu, em relacionamentos anteriores, que um dia ela acordava e sentia que a relação era de todo estranha a ela, e então a cortava radicalmente. Eu me preparei para isso. Mas não me preparei para o que de fato aconteceu, esse progressivo esfriamento da relação apenas na parte sexual, e nada mais; continuamos nos vendo com muita frequência, nos telefonando várias vezes por dia, e sempre que estamos juntos eu continuo percebendo seu enorme carinho por mim. É estranho, muito estranho, e não sei como lidar com isso. Às vezes me desespero e penso: "Acabou; não podemos continuar assim", mas são surtos momentâneos dos quais me arrependo em poucos minutos. Eu me dou conta de que sentiria muita falta dela, de que tudo seria mais difícil sem esse carinho, sem essa presença em geral alegre e vivaz que tantas e tantas vezes transforma um dia ruim num dia feliz. De toda maneira, as coisas avançam rumo a uma separação; continuarão avançando à medida que a terapia dê bons resultados. Mas não quero continuar me preparando para um futuro que, de acordo com a experiência, jamais se mostra como uma pessoa calcula. Deixemos as coisas acontecerem.

TERÇA-FEIRA, 22, 17H11

Grandes novidades. Dois tangos de Pugliese que eu não conhecia na Radio Clarín; para completar, um deles instrumental. Não cheguei a ouvir o título, mas sim o nome do autor: Ruggiero. Será que renovaram a discoteca?

Hoje acordei mais tarde do que nunca; na verdade, acordei com a clássica ligação de Chl, mas por algum motivo (eu sempre suspeito de aventuras sexuais) ela só me telefonou às três e meia da tarde.

De todo modo, fiquei mais um tempo na cama. Continua chovendo. Ouve-se o rumor de trovões distantes. Estava preso num sonho angustiante; não um pesadelo, mas aquele tipo de sonho incômodo, no qual as coisas não se resolvem, cheio de insignificâncias e, ao mesmo tempo, com uma terrível carga de significados.

Sonho longo, longo, no que chamo de "tempo real", construído à base de detalhes minuciosos; sempre me esqueço desses argumentos, assim como me esqueço das coisas cotidianas, como se não valesse a pena arquivá-los na memória. Em certo momento eu tinha um diálogo com um jovem que podia ser Juan Ignacio, e tentava empreender alguma ação, realizar algo, mas eu estava com a lâmpada de uma luminária de chão quebrada; não queimada, quebrada mesmo, como se alguém a tivesse golpeado. Isso me frustrava enormemente, porque alguém a quebrara e a deixara assim. A lâmpada mantinha sua forma, não tinha explodido ou se estilhaçado, mas faltava um pedaço do vidro. E outro aparelho de iluminação também estava com problemas, não sei de que tipo, o que impedia a realização desses planos. Isso me causava indignação e desânimo.

Depois eu estava na rua, sempre com o jovem perto, e havia várias pessoas que se preparavam para uma viagem em alguns carros. Entre essas pessoas estavam meus pais, eu sabia disso, embora não os visse nem soubesse bem onde estavam. Uns vizinhos se ofereceram para nos levar. A viagem, de acordo com o mapa que eu consultava, era bastante longa; tinha uns trezentos quilômetros. O nome de um balneário flutuava: La Paloma, mas não sei se estávamos ali e deveríamos voltar a Montevidéu, ou o contrário, ou se tratava de outros lugares. Essa rua ficava numa cidade que não sou capaz de reconhecer, mas, seja como for, eu estava instalado ali, tinha uma casa, ou pelo menos vivia numa casa onde minhas coisas estavam. Essa espécie de mudança coletiva não me surpreendia, mas eu não tinha me preparado, era como se não tivessem me informado com exatidão quando ela ocorreria. Eu me dava conta de que não fizera as malas nem nada, e logo recordava que na geladeira havia frascos que continham algum tipo de remédio, algo de que eu precisava. Pedia ao jovem que corresse para buscá-los, enquanto eu averiguava qual veículo seria o meu. Eu me aproximava de uma caminhonete escura, fechada, cheia de gente; reconhecia um rapaz de rosto redondo sentado no banco de trás, entre outras pessoas. Perguntava-lhe algo. Ele me respondia de maneira insatisfatória. Eu pensava que, enfim, deveria viajar de ônibus, porque não encontrava nenhum carro com pessoas conhecidas e um espaço reservado para mim. Os vizinhos que organizavam o traslado eram um casal maduro, aparentemente judeus. Eu percebia que estavam muito dispostos a partir naquela hora. O jovem que supostamente tinha ido buscar os frascos não voltava. Eu me perguntava que ônibus deveria pegar, que horas passaria, onde deveria tomá-lo. Aí o telefone me acordou.

Por algum motivo, associei esse sonho com um que tive muitos anos atrás, e cuja interpretação clara não consegui enxergar até que minha terapeuta o explicou (uma espécie de festa no meu antigo apartamento da rua Soriano; estava cheio de gente que ia e vinha pelos corredores, e ramos de flores por todos os cantos; na entrada, havia uns homens que tinham trazido arranjos florais de formato circular e queriam pendurá-los no patamar da escada. Eu me movimentava entre as pessoas que ocupavam meu apartamento e ninguém prestava atenção em mim, como se não me vissem; eu falava com elas e não me respondiam, mas sem agressividade; simplesmente me ignoravam. Minha terapeuta me fez perceber que se tratava do meu velório).

No sonho de hoje, e pensando na minha associação com esse outro sonho antigo, talvez os "viajantes" sejam viajantes em direção à morte. Não vejo meus pais porque estão mortos. Eu devo me juntar a eles... mas não estou preparado.

Penso que o romance que estou tentando terminar com a bolsa foi escrito, na época, para exorcizar o medo da morte. E agora ocorre essa sequência de mortes entre meus amigos. O tema está aí…

QUARTA-FEIRA, 23, 3H42

Dia de trabalho; uma aluna particular, depois, avaliações da oficina virtual. Parece que já não está chovendo; as ruas estão secas, mas o céu continua encoberto. Espero poder sair à rua amanhã. Faz dias que não saio. Espero me deitar um pouco mais cedo… quinta-feira tenho oficinas o dia todo, desde as quatro e meia da tarde. Amanhã é quarta.

Já não vou dizer que não fiz a barba (mas é verdade que não fiz). De qualquer maneira, direi que ainda não tiraram minha foto.

Hoje, o número de cigarros aumentou um pouco. É curioso o efeito desse medicamento, o antidepressivo. Aparentemente não tem nenhum resultado e, de repente, um dia o número de cigarros diminui de maneira considerável, outro dia não vejo sabor no cigarro e fumar me enche de insatisfação; depois, o consumo volta a aumentar, mas, pelo visto, não atinge os níveis anteriores. Veremos o que acontece na quinta; com certeza aumentará muito, por causa das oficinas. Trabalhar me faz mal. Embora, em outro sentido, me faça bem.

Chl continua avançando na sua terapia; é interessante notar como vai se abrindo aos assuntos para os quais antes estava muito fechada. Pode falar com facilidade de temas que eram intocáveis ou dolorosos demais. Hoje, como me contou por telefone, agrediu o terapeuta (com palavras, quero dizer). Isso é bom. Mas depois se arrependeu, ou pelo menos ficou preocupada. É muito piedosa. Sempre se põe no lugar do outro e sofre por coisas que muito provavelmente o outro não sofre.

Da minha parte, fiquei sem ensopado ou bifes à milanesa, pela depressão que ela teve no fim de semana. Mas me trouxe de presente um pedaço de torta pasqualina que comprou; muito boa, muito bem-feita, com ótimo sabor.

Joguei muita paciência, tanto ontem quanto hoje, embora hoje nem tanto. Ontem à noite joguei por horas um jogo chamado Pipe Dream, que consiste em montar um encanamento com pedaços soltos que vão aparecendo enquanto a água vai avançando. É preciso completar um trajeto, que, quanto maior, melhor, antes que a água escape. É parecido com Tetris, de certa maneira. Agora vou jogar mais um pouco e tentarei não cair em transe para me deitar em breve. Já são quase quatro da manhã.

QUARTA-FEIRA, 23, 6H12

Não sei se algum leitor se interessa pela indicação da data e hora que serve de título para cada capitulozinho deste diário; quando eu leio diários alheios, em geral é como se essas indicações não existissem. O caso é que, nesta página em particular, a hora indica que está prestes a amanhecer, ou amanhecendo. Voltei a ligar o computador, que tinha desligado alguns minutos atrás, depois de jogar e jogar como um abobado esse jogo estúpido que é Pipe Dream, até ficar com câimbra no braço e na mão. Mas não queria me deitar sem anotar os pensamentos que me invadiram assim que desliguei o computador e me arrastei até a cozinha para esquentar um café, passo anterior inescapável cada vez que vou me deitar; porque me ocorre que talvez eu estivesse fugindo justo desses pensamentos, e por isso fiquei jogando.

Sei que não tem nenhuma validade científica, mas esse tipo

de coisa, como a que vou contar, me soa convincente, especialmente quando é mais a regra geral do que a exceção; essas coisas me acontecem com muita, muita frequência e, embora eu não queira, deve me provocar alguma inquietação profunda.

Acontece que a aluna que veio hoje, ou seja, ontem, essa que descrevi algumas horas atrás como "aluna particular", trouxe um trabalho que tentava realizar com a tarefa que eu havia proposto na quinzena anterior. Essa tarefa pedia para que ela anotasse um sonho, de maneira simples e sem pretensões literárias e, depois, numa segunda etapa, tentasse criar um conto baseado nesse sonho, apagando os indícios de que se tratava de um sonho e apresentando-o ao leitor como uma história verossímil. Mais do que verossímil, coerente; pode ser um conto fantástico, caso ele se atenha às regras do fantástico. Não precisa, também, narrar todo o enredo do sonho; inclusive, pode-se criar um conto a partir de associações produzidas pelo sonho, partindo de uma imagem ou cena, mas, acima de tudo, tentando recriar o clima do sonho, o vivencial mais do que o argumental.

Eis que minha aluna me traz o relato de um sonho, não muito recente, mas também não muito antigo, e logo tenta narrar de acordo com o que a tarefa pedia; não consegue, já que fica muito presa ao argumento; simplesmente o narra com uma quantidade maior de detalhes; muito bem narrado, mas sem apagar as marcas do sonho. Isso, não obstante, não importa para o que eu quero contar agora. No sonho da minha aluna, ela passava por um cemitério, entrava numa casa, via certas coisas e logo voltava para casa. Lá encontrava sua família reunida, falando dela; falando mal dela. Logo nota que tinham desarrumado sua biblioteca e fica indignada. Vai furiosa até onde estão seus familiares e os repreende, grita com eles, inclusive agarra seu irmão pelo colarinho e o sacode. Ninguém responde; todos a ignoram; parecem sonâmbulos. A última frase diz que não pôde tolerar a situação e "desapareci".

Fiz com que notasse o óbvio, que nesse sonho ela estava morta, era um fantasma. Não tinha se dado conta; àquela altura, nem sequer sua terapeuta tinha interpretado o sonho dessa maneira. Expliquei à minha aluna a coincidência com o sonho de que eu tinha me lembrado e anotado hoje, o do meu velório, e propus que ela transformasse o relato num conto de fantasmas, narrado pelo fantasma. Não é uma proposta nova; já foi feito, e suponho que mais vezes do que as que conheço, mas neste caso me parece que essa é a forma mais autêntica de contar a história. Ela ficou muito impressionada. Eu também.

Como sempre nesses casos, eu me pergunto: hoje me lembrei desse sonho (do meu velório) por uma autêntica associação com o sonho da manhã, ou será que captei telepaticamente a essência do conto da minha aluna? Mas, nesse último caso, trata-se de uma associação mais direta, mais forte. Tenho quase certeza de que não se trata disso. Não posso demonstrá-lo, porém, como dizia, essas coisas acontecem de vez em quando; a ponto de que nunca posso saber se o que estou pensando, ou o que me ocorre, surgiu da minha mente, por um processo meu, ou se vem de fora, de outra mente. E volto a pensar no tema dos limites do eu, e o tema da tangibilidade do que chamamos indivíduo. Lembro-me de uma citação que li faz um tempo, atribuída a Einstein (cito de memória, claro): "Que nos percebamos como indivíduos separados não passa de uma ilusão de ótica".

QUINTA-FEIRA, 24, 3H43

Estava sentado na poltrona, a de se refestelar, depois do almoço-janta, e comecei a perceber uma necessidade imperiosa de vir ao computador jogar. Disse a mim mesmo: "Não devo fazer isso. Por que tenho que fazer essas coisas?", e tentei resistir. Então, de repente, entendi, e disse: "Pra puta que os pariu", em voz alta, e levantei da poltrona e vim para o computador e joguei Pipe Dream e depois Golf. O que eu tinha entendido era que a angústia difusa estava prestes a aparecer, e que não podia me entregar à sua exploração porque o processo terá de ser interrompido à força amanhã (hoje), dia de oficinas. Gosto das minhas oficinas e adoro meus alunos, mas o problema não está nisso, e sim na interrupção do processo de explorar a angústia difusa. Outro dia comprovei que podia escrever, se quisesse, embora soubesse que seria interrompido; posso escrever, pelo menos, este diário, que não exige uma concentração maior porque quase não uso a imaginação e escrevo seguindo o vaivém mais ou menos errático do meu pensamento; é possível que, se eu tentasse escrever um conto ou um romance, aí sim, o medo de ser interrompido me inibisse por completo. Mas, de toda maneira, o que eu queria dizer é que a exploração da angústia difusa não permite ameaças de interrupções, e menos ainda a certeza de uma interrupção, e uma interrupção longa, já que tenho duas oficinas e isso me ocupa o dia inteiro. Essa é a parte do processo de Sísifo no qual fatalmente a pedra rola morro abaixo. Amanhã (hoje), quinta-feira, oficinas; depois de amanhã estarei cansado e animado demais, com o inconsciente aprontando das suas, e não haverá espaço para a angústia difusa; no sábado, mais ou menos o mesmo, atenuado pela possível presença de Chl, mas essa presença é, por fim, outra interrupção, e dane-se a angústia difusa. Por isso falei palavrões em voz alta e vim para o computador, entregue, porque já sabia o que ia acontecer, embora não tenha achado que seria algo tão intenso; fiquei jogando cerca de quatro horas. O Pipe Dream, como descobri, é um jogo perigoso porque é muito empolgante; é um jogo com tempo, cronômetro; a água vai avançando pelo encanamento incompleto e é preciso montar seja como for a continuação do encanamento, e às vezes não dá tempo para que a peça adequada chegue, e se perde. Isso tensiona exageradamente os músculos do meu braço e da mão que controla o mouse, e é provável que também faça minha pressão arterial subir. Me dei conta disso e passei a jogar Golf, que é mais tranquilo porque não tem cronômetro, mas é um jogo estúpido, completamente estúpido. Por mais que exija certo raciocínio, o resultado sempre depende da sorte e, no final das contas, é o mesmo que jogar uma moeda para o alto e apostar em cara ou coroa. O braço também começa a incomodar, porque jogo de forma automática e entro em transe, e me esqueço de relaxar os músculos. Às vezes me lembro e os afrouxo por um momento, mas, sem me dar conta, em poucos instantes já estou tenso de novo, e assim passam as horas, enquanto penso: "Não devo jogar mais, não devo jogar mais, isso me cansa, isso é idiota", mas continuo e continuo. Com certeza botei a perder os bons efeitos da aula de ioga, que hoje foi excelente apesar de minha professora estar com a cara inchada por causa de um molar infeccionado.

Antes da ioga, depois de ter me levantado muito tarde e tomado café da manhã e feito minhas coisas, também joguei, enquanto a empregada, que vem às quartas, estava aqui, e assim deixei de fazer compras. Tenho muitas compras para fazer no supermercado, mas, quando quis resolver, a professora já estava tocando a campainha e nem sequer pude pedir as coisas por telefone. Os horários de sono voltaram a me atrapalhar bastante. Amanhã tenho que madrugar, ou seja, não acordar depois das duas da tarde. Vou pedir o serviço de despertador da Antel, e Chl também vai me ligar, o que é mais eficaz, pois ela fala e grita na secretária eletrônica até eu atender, se é que estou em condições de atender. Mas às vezes ela se esquece de me acordar, e afinal não tem a menor obrigação, então recorro ao serviço de despertador e o programo para duas chamadas, com meia hora de diferença entre uma e outra, porque o primeiro eu só percebo, distante, não me dou conta por completo; de qualquer maneira, embora não me dê conta, algo dentro de mim percebe, porque sempre escuto a segunda chamada, o que significa que algo em mim está alerta. Por fim, amanhã, ou seja, hoje, terei que correr para estar pronto na hora de abrir a porta, quatro e meia; às vezes consigo estar com tudo no lugar apenas alguns segundos antes, e já aconteceu de eu não terminar a tempo e ter que ajeitar a sala na frente de algum aluno. Não é tão grave, mas não gosto que me vejam nessa tarefa. É um problema de imagem, penso; como se temesse que perdessem o respeito.

Hoje deixei uma mensagem para Pablo e ele me ligou depois da minha aula de ioga. Ele me contou boa parte da sua experiência no México, por causa do enterro do Magro. Fiquei sabendo de coisas que eu não suspeitava, por exemplo, que o Magro era um sentimental (palavra do seu filho) que guardava cuidadosamente numa grande caixa todas as cartas e todas as lembranças dos seus filhos, inclusive cadernos escolares e essas coisas; e tudo em perfeita ordem, ou seja, além de sentimental, era organizado. Não parecia, de modo algum. Também tem minhas cartas guardadas (quais? Não me lembro de ter escrito a ele no México; ou talvez sim, uma vez) e cópias das cartas que ele me enviou (de novo: quais? Será possível que minha memória tenha devorado isso também? Mas tenho quase certeza de que não houve mais de uma carta sua em todos esses anos que ele passou lá). Pablo também me deu uma versão mais detalhada da morte, uma morte anunciada, além de tudo, já que por um lado seu instinto de médico não se enganava, e por outro parece que houve certa decisão bastante consciente de dar sua vida por encerrada, da mesma forma que no caso da minha amiga. O fato é que pouco tempo antes ele pusera alguns assuntos em ordem, como aumentar o prêmio do seguro para os seus filhos mexicanos; além disso, avisou que ia morrer. E parece que nessa noite não se deitou, como tinham me contado, e sim se sentou numa poltrona. Disse à vizinha que ia ter um ataque cardíaco, pois sentia um formigamento na mão esquerda, e não valia a pena chamar a emergência; preferia ficar conversando com ela, ou melhor, escutando-a falar. Foi na poltrona, e não na cama como tinham me dito, que tomou sua tacinha de brandy, e ali ficou. Foi muito bom que Pablo e seus irmãos resolvessem viajar ao México no mesmo instante em que ficaram sabendo da morte; disse a Pablo que é o tipo de coisa que eu não faço nunca e depois pago um preço atroz por isso. Viveram a experiência de um enterro com *mariachis* cantando. Viram as alunas do pai chorar a ponto de soluçar e, em resumo, voltaram a Montevidéu com uma imagem muito mais positiva do pai. De toda maneira, Pablo está sofrendo, e surpreso. Lembrei-me da morte do meu pai, que ocorreu mais ou menos quando eu tinha a idade de Pablo, e recordo que o espanto foi muito maior do que a tristeza. A tristeza diante da morte alheia é algo que não entendo muito bem, ou sim, entendo que é a tristeza por nós mesmos e não pelo morto, por quem não é preciso lamentar — tristeza pela falta que ele faz, pelo que faltou lhe dizer e fazer, pela culpa real ou imaginária. E o espanto — conforme me dispus a explicar a Pablo, na crença de que talvez seja bom que pense um pouco nisso — porque, enquanto meu pai vivia, de uma maneira mágica era como se fosse uma couraça contra minha própria morte. Quem tinha que se ver com a morte era ele, não eu. E, no mesmo momento em que ele se tornou ausente, fui eu que tive que enfrentar, cara a cara, essa boa senhora. Sem couraça.

E depois minha amiga que mora em Chicago me ligou, pois está de passagem por Montevidéu e me trouxe chocolates.

Estava com enxaqueca, há dias, e além disso tinha sido picada por um carrapato. Eu a verei na sexta à tarde. Depois Julia me ligou, e me deu uma série de explicações sobre suas descobertas acerca de si mesma que teve a partir dos seus encontros comigo; impressionante lucidez para uma mulher que divaga tanto. Essas explicações incluíam certa confissão trabalhosa, algo que incomodava seu pudor, mas ela se animou, e depois ficou muito alegre e vivaz. Eu me pergunto como continuará essa relação, que está mexendo com muitas coisas em ambos. Não vejo possibilidades de uma retomada da nossa velha história amorosa. Acho, inclusive, que uma relação sexual com uma mulher dessa idade não funcionaria muito bem. Eu não funcionaria, quero dizer. Sempre me atraíram mulheres mais jovens do que eu, e hoje em dia me atraem mulheres *muito* mais jovens do que eu, por causa de um diagnóstico que não considero errado de arteriosclerose.

Já estava me esquecendo de registrar algo que não quero perder de vista: ontem fiquei com preguiça de ligar de novo o computador, depois de já ter ligado de novo para escrever não sei o quê e voltado a desligá-lo, mas a verdade é que eu queria ter anotado algo naquele momento. Pela segunda vez escutei na Rádio Clarín o tango "Derecho viejo", pela orquestra de Julio de Caro. Não imagino de onde tiraram esse disco; é raríssimo e eu não tinha a menor ideia da sua existência. Don Julio de Caro, a quem tive a honra de conhecer pessoalmente quando eu era um jovenzinho e ele estava de passagem por Montevidéu em sua lua de mel. Ele tinha se casado com uma mulher muito, muito gorda, e de idade próxima à sua. Não sei que idade teria Don Julio naquele momento, mas acho que não menos de sessenta. Um homem encantador e um gênio da música. De acordo com os especialistas, e é fácil comprovar com a discografia à vista, De Caro inventou o tango, o tango tal como o conhecemos agora. Assim como Gardel ensinou a cantar o tango como se canta agora, De Caro e seus companheiros do sexteto ensinaram a tocar o tango da Nova Guarda, deram origem a Pugliese, Troilo e ainda Piazzolla — e a todos os demais. Meu primeiro contato com De Caro foi na feira de Tristán Narvaja. Quando jovem, aos quinze anos, eu ia à feira e procurava discos velhos, de goma-laca, os de setenta e oito rotações por minuto, e às vezes encontrava maravilhas. Numa dessas ocasiões, encontrei um disco que se chamava *El monito*, do sexteto De Caro. O vendedor o pôs numa vitrola e me fez escutar; fiquei instantaneamente hipnotizado. Esse tango, esse sexteto, me provocavam um estado de ânimo que eu desconhecia até então. Atualmente, me causa exatamente o mesmo. É uma espécie de nostalgia extrema por algo desconhecido, uma nostalgia para chorar aos gritos, e paradoxalmente alegre. *El monito*, como alguns outros discos, incluía algumas palavras, um diálogo tão louco como a louca boemia do sexteto, e foi meu primeiro contato com o surrealismo. "Macaquinho, queres café?", dizia uma voz, talvez do próprio Don Julio. "Não", respondia o macaquinho. "Por quê?", perguntava logo em seguida a primeira voz. "Porque estou com os sapatos estragados", respondia o outro.

Bom, na Rádio Clarín tocou "Derecho viejo". Da primeira vez, não pude acreditar no que escutava; não sabia que orquestra era. De início, pensei que fosse Osvaldo Fresedo, porque havia harpa, ou xilofone, mas logo apareceu toda espécie de sopros, aparentemente clarinete ou oboé, com certeza trompete, e uma grande quantidade de cordas. A velocidade também não era a de Fresedo, nem a energia, nem, não posso imaginar uma expressão melhor, os colhões. Era estranho e forte, muito forte. Nunca teria pensado em De Caro, porque não gosto muito da orquestra de De Caro; acho muito formal, falta aquela loucura leve, brincalhona e terrivelmente nostálgica do sexteto. Mas essa orquestra, por mais sisuda que fosse, tinha muito da agilidade e do clima do sexteto. De repente, quase nos últimos compassos, escutei um som que não podia ser outra coisa que "o som De Caro"; uma forma de arrancar com uma frase algo repentino e violento, com cordas como se fossem arranhadas, algo que eu só tinha escutado em De Caro e, apesar de estar sozinho, exclamei em voz alta: "De Caro!" — uns segundos antes que o locutor dissesse o mesmo, só que sem minha surpresa e entusiasmo. Ontem à noite voltei a escutá-lo. É uma aberração, um carnaval, um pastiche, um grupo de músicos de rua... não sei o que é, mas é maravilhoso. Em matéria de tango, nunca escutei nada parecido. Quando foi gravado? Há outros tangos tocados no mesmo estilo? Onde estavam, onde estão esses discos? (Um pouco antes, tinham transmitido algo horrível de Juan de Dios Filiberto. Outra orquestra de cordas... mas que estupidez absurda, que pretensão barata, que mau gosto, que pobreza, que falta de imaginação.)

E já eram, acho, sete da manhã quando tocaram um tango por uma orquestra que soava, em alguns momentos, de forma sublime. Cantava Charlo, jovem, então deveria ser Canaro. Mas um Canaro musical, sem toda a sua rigidez e peso característicos. E, perto do final, uma surpresa: um violino que não poderia ser outro que não Cayetano Puglisi. Ninguém como Puglisi conseguiu essa qualidade que só pode ser descrita como sublime. Com frequência escuto D'Arienzo só para ver se há uma frasezinha que seja de Puglisi — que, segundo dizem, ali foi parar e ali ficou —; e, quando aparece esse violino, D'Arienzo se apaga e tudo é mágico por um instante.

SEXTA-FEIRA, 25, 6H20

E, como estava previsto, daqui a pouco será sete da manhã, assim de repente. A oficina. Oficina o dia todo. Foi gratificante; meus alunos são geniais. Mas me deixa agitado, me deixa agitado e fico horas e horas sem querer dormir. Pelo menos não fiquei de bobeira jogando; trabalhei intensamente num, numa, macro neste programa Word, melhorando consideravelmente o que fiz no outro dia, para montar um documento mestre com este diário. Além disso, anteriormente imprimi o que escrevi até ontem, de modo que tenho a firme intenção de ler o diário. Mas ainda não o li. Tenho curiosidade. Quero saber se há algo de interessante, algo que possa interessar um leitor que não eu mesmo. Para quê? Não é como se eu quisesse passar gato por lebre para a Fundação Guggenheim, dando este diário em vez do projeto; por outro lado, a Fundação não quer, expressamente dito por eles, que eu lhes entregue nada. Só se interessam em saber em que eu gastei seu dinheiro ao final do ano. E, por outro lado ainda, eu QUERO realizar o projeto; só que não consegui chegar lá, e me falta muito, acho, para isso; mas, quando chegar lá, e com certeza chegarei, farei rapidamente e direito. Tenho confiança. Apenas não devo continuar adiando a questão de enfrentar e transcender a angústia difusa e chegar ao ócio; é tudo assim tão simples. Tão simples e tão doloroso. Amigo leitor: não pense em entrelaçar sua vida com a literatura. Ou melhor, sim; você sofrerá, mas dará algo de si mesmo, que definitivamente é a única coisa que importa. Não me interesso pelos autores que criam trabalhosamente seus romanções de quatrocentas páginas a partir de fichas e de uma imaginação disciplinada; só transmitem uma informação vazia, triste, deprimente. E mentirosa, sob esse disfarce de naturalismo. Como o famoso Flaubert. Blé.

Fico impressionado que este país não esteja infestado de escritores. Muitos dos meus alunos escrevem bem melhor do que eu, porém não mantêm uma produção constante, não fazem livros, não se interessam por publicar, não querem ser escritores. Conformam-se em compartilhar suas vivências com os colegas de oficina, através da leitura dos seus textos. Todos trabalham com outras coisas. Ninguém quer passar fome ou ser miserável. Provavelmente têm razão. É uma pena que as coisas não possam ser diferentes, que não se possa sobreviver dignamente como escritor. E, enquanto isso, meu projeto editorial continua parado. Não entendo qual é o obstáculo, a coisa simplesmente não avança. Teria que me ocupar pessoalmente disso, mas não quero, não quero ter mais uma só complicação. Pelo menos, não neste ano da bolsa. Teria que atingir um ócio *full time*, o que não arrisco, mas terei que fazê-lo. E agora teria que dormir, porque não restam muitas horas antes da visita da minha amiga que mora em Chicago. E também virá Chl, que garante ter preparado bifes à milanesa.

SÁBADO, 26, 7H24

Veja você que horas são. Vou dormir agora mesmo. Depois eu conto.

DOMINGO, 27, 5H51

A rocha continua rolando morro abaixo. Não consegui me recuperar da oficina de quinta e agora já estamos no domingo, e já são quase seis da madrugada. Na sexta, feriado nacional, me levantei por volta das cinco da tarde; às seis e meia viria minha amiga de Chicago. Chegou pontualmente e começou a contar suas histórias, uma atrás da outra, e eu fui caindo num estado de transe. Seus relatos são muito vívidos e às vezes muito divertidos; é uma pena que não consiga escrevê-los, embora fosse perfeitamente capaz disso. Às onze e meia da noite, comecei a me sentir mal, com vontade de desmaiar, e de repente me dei conta de que não tinha almoçado; só havia comido uma maçã, enquanto minha amiga comia umas costelinhas de porco com batatas que ofereci. Quando me levantei com grande urgência para preparar rapidamente um tomate com alho e pão, e pôr um churrasco para descongelar, notei que também não tinha me dado conta, até então, de que minha bexiga estava quase estourando. Enquanto comia o tomate, e depois o churrasco, e depois tomava um café, ela continuava contando uma história atrás da outra. Ela foi embora à uma e meia da manhã e eu me senti de repente esvaziado de mim mesmo. Corri para o computador e joguei e joguei até sei lá que horas, e, é claro, no sábado acordei outra vez muito tarde, e agora estou aqui às seis da madrugada, e logo deitarei e levantarei muito tarde de novo. Isso não pode continuar; de alguma maneira, preciso encontrar o caminho de volta, não digo à normalidade, mas sim a horários razoáveis. Por sorte, hoje Chl veio e não só me trouxe bifes à milanesa, como me acompanhou numa caminhada e fomos comer num bar da Dieciocho de Julio. Fazia uma semana que eu não saía à rua e me senti muito bem, senti que meu sangue voltava a circular. Depois de comer, fomos conferir a banca de ofertas da Feira do Livro e encontramos algumas coisas interessantes. Voltamos também a pé, muito cansados; está uma umidade terrível. Embora Chl seja jovem, também se cansou, porque tinha caminhado bastante antes, por conta própria, aproveitando a tarde ensolarada que perdi. Pensava em ficar para dormir, mas no final não se animou e foi embora. Eu não insisti para que ficasse, porque, por um lado, sei que é completamente inútil; quando ela decide algo, é muito difícil, quase impossível, fazer com que mude de ideia. E, por outro lado, sei que se, por algum motivo, convenço-a e ela decide ficar, o mais provável é que sofra um ataque de mau humor. No sábado passado, ficou para dormir por escolha própria, mas mesmo assim chegou mal-humorada; tenho certeza de que se forçou a dormir aqui, e isso provocou seu mau humor. Forçou-se porque quer dominar suas fobias, ou pelo menos suas atitudes que ela entende que são irracionais, mas não deveria se forçar, porque o irracional tem suas razões, e enquanto estas não forem descobertas, ou às vezes até mesmo descobrindo-as, o irracional continua agindo de uma maneira ou de outra. Tentou me convencer de que amanhã sim ficará para dormir, mas pedi a ela que não se comprometesse. Se vier e ficar, fantástico, mas não se sinta obrigada, porque hoje estava exuberante, alegre, bela, quase diria feliz, e me doeria ver que amanhã ela ficasse deprimida ou de mau humor por algum motivo relacionado a mim.

Pedi a Chl que lesse o que escrevi neste diário. Eu o imprimi numa outra noite e o li parcialmente, e me entediou bastante, porque é muito recente e tudo o que diz ali eu já conheço muito bem; queria uma opinião que não a minha, para ver se vale a pena continuar com isso. É verdade que ela também está envolvida, como personagem deste diário, e seu critério não pode ser muito objetivo, mas ela é uma boa leitora e muito equilibrada nos seus julgamentos, de modo que imaginei que se esforçaria para alcançar certa objetividade. E é completamente franca; jamais distorceria uma opinião para me agradar, porque sabe que essas coisas não dão certo. Em resumo, ela leu e achou interessante; ouvi como ria em algumas partes, o que é um bom sinal. Sua opinião me estimula a continuar e a deixar em suspenso minha própria opinião para mais adiante, quando puder ler com maior distanciamento, quando tiver me esquecido um pouco do que está escrito.

Tinha que registrar pelo menos algumas das histórias da minha amiga de Chicago (o carrapato envenenado, os negócios imobiliários), mas perderia a graça, pois não sei contar essas anedotas como ela, e a graça está, acima de tudo, no jeito que as conta. Em todo caso, eu tenho minha própria graça, mas para as minhas coisas. Sinto bastante inveja de um escritor como W. Somerset Maugham, de quem estou lendo nestes dias *O fio da navalha*. É capaz de narrar com todos os detalhes histórias que escutou, inclusive a ponto de imaginar esses detalhes, inventá-los, a partir de um relato esboçado por algum amigo. É um excelente escritor, por algum motivo menosprezado. Eu mesmo o menosprezava, talvez porque teve muito sucesso, e porque sua forma narrativa é bastante humilde. Lembro-me de que na minha casa havia vários livros dele, que estava na moda quando eu era criança ou bem jovem, e inclusive passaram pelas minhas mãos vários exemplares desses mesmos livros quando eu era livreiro, e nunca cheguei a lê-los. É muito provável que, se tivesse lido, naquela época, não me interessariam nem um pouco. Quando se é jovem e inexperiente, procura-se nos livros enredos chamativos, assim como nos filmes. Com o passar do tempo, a pessoa vai descobrindo que o argumento não tem grande importância; o estilo, a forma de narrar, é tudo. Assim, posso assistir ao mesmo filme ou ler o mesmo livro inúmeras vezes, inclusive um romance policial cuja resolução eu me lembro de cabeça. De Maugham eu só tinha lido *O agente britânico*, pela primeira vez quando estava em Buenos Aires e como consequência do meu interesse pelos romances de espionagem — interesse que tinha me despertado especialmente Graham Greene. O livro me pareceu divertido, porém muito inferior aos de Greene. Depois voltei a lê-lo alguns anos atrás, não muitos, e me interessou um pouco mais. E agora o reli há pouco e gostei mais ainda. E me provocou o interesse em conhecer outros livros de Maugham. Agora estou desfrutando enormemente *O fio da navalha*, tão menosprezado, com tanta injustiça, durante tantos anos. Suponho que o mesmo deve ocorrer com uma infinidade de coisas. É difícil descobrir os próprios preconceitos, que se grudam na mente acompanhados de uma espécie de soberba, não sei explicar de que estranha maneira isso ocorre. Esses anões se instalam ali como ditadores absurdos, e os aceitamos como verdades reveladas. Muito de vez em quando, e por algum acidente ou acaso, a pessoa se sente obrigada a rever um preconceito, discutir consigo mesma, erguer o véu, olhar através dele e vislumbrar como é a realidade das coisas. Nesses casos, é possível desarraigá-lo. Mas todos os demais continuam de pé, dissimulados, nos levando de forma desatinada por caminhos errados.

O fato é que eu gostaria de escrever com o sereno prazer com o qual escreve Maugham.

SEGUNDA-FEIRA, 28, 5H56

Ainda acordado. Daqui a pouco são seis da manhã. Pelo menos cortei as unhas (das mãos) e lavei os pratos, que tinham formado uma montanha asquerosa. Dia de chuva, como sempre. Chl não veio, embora se notasse na sua voz, ao telefone, que ela mantinha o bom humor, apesar da chuva. Estive pensando em muitas coisas que eu quero escrever neste diário mas não escrevi. Eu me distraí o dia todo com o computador. Programa novo que baixei da internet; algo que eu procurara por meses, sem encontrar, e esse que achei é muito bom. No e-mail, nada, exceto um par de exercícios dos alunos. Claro, não escrevo a ninguém. Dezenas de e-mails sem resposta. Hoje começou a semana de ócio, mas não houve ócio; nota-se que estou me desviando da angústia difusa. Na sexta-feira, minha amiga de Chicago tirou fotos minhas; se saírem, ficarão horríveis, com flash. Ontem, Chl me demonstrou que minha barba esteve mais comprida e tão branca quanto agora, e me mandou uma revista que tinha publicado essas fotos. Mas eu estava muito mais gordo. Não é a mesma coisa, um gordo de barba e um magro de barba. Seja como for, não fiz a barba, apesar das fotos e da demonstração de Chl. Minhas costas doem.

TERÇA-FEIRA, 29, 0H23

Hoje separei um monte de folhas em branco e as coloquei sobre a mesa da sala de jantar junto com uma lapiseira. Desliguei o computador e fui ao dentista, com a ideia de não ligar mais o computador o resto do dia e escrever o diário nessas folhas em branco. Voltei do dentista sentindo muita fome, e enquanto preparava o jantar Chl chegou e me acompanhou enquanto eu comia. Não sei se pela fome ou pelo frio que passei na rua, ou por ambas as coisas, ou por algo a mais que ignoro, eu não estava exatamente mal-humorado, mas distante, pouco cordial, como se a parte importante de mim estivesse em outro lugar. Não digo que a tratei mal, mas não a tratei bem. Quando foi embora, liguei o computador e joguei Golf. Agora estou escrevendo no computador. As folhas de papel continuam em branco.

A verdade é que continuo me sentindo estranho. Será que enfim ocorreu o efeito desagradável do antidepressivo? Minha experiência anterior com outros antidepressivos me dizem que é bastante possível; devo ficar alerta. Por mais que este seja novo... Nas experiências anteriores, em determinado momento, após algumas semanas, eu começava a sentir certa alienação, como um desdobramento. Imediatamente parava de tomá-lo, e durante anos não voltei a testar. Agora me incomoda bastante a ideia de suspendê-lo, porque com certeza me fez bem, durante os quase dois meses que estou tomando, e, além disso, o objetivo inicial continua vigente, que é o efeito antitabagismo. Por mais que não tenha deixado de fumar, está claro que minha relação com o cigarro mudou, e durante muitos dias o consumo se mantém abaixo do habitual, e durante alguns dias, muito abaixo. Pelo visto, a tendência geral é diminuir, e não parece difícil que em determinado momento eu possa chegar a zero cigarros, ou talvez a uma quantidade mais razoável, como quatro ou cinco por dia. Agora que penso nisso, essa coisa de me sentir estranho não é de hoje, mas parece ser um processo que começou há vários dias, quando minha vontade desapareceu quase por completo e, tal como registrara, ou deveria registrar, este diário, fui me entregando exageradamente aos jogos de computador, e tenho ido me deitar cada vez mais tarde: o efeito colateral das primeiras vezes. A não ser que haja outra coisa, algo do qual ainda não estou consciente. Talvez tenham sido os vários dias de chuva, em que quase não saí à rua; hoje fez sol, ainda que um tanto pálido e instável, e o frio foi muito intenso. Na rua, não me senti mal; resisti ao frio sem dificuldades, sem me sentir atacado de bronquite, e, acima de tudo, sem as terríveis dores no peito. A ausência dessas dores me confirma o diagnóstico de refluxo esofágico, já que hoje fui ao dentista sem ter comido nada depois do café da manhã. O café da manhã eu tomei às quatro e meia da tarde e saí para o dentista às quinze para as oito.

Tenho uma dívida com este diário, ou seja, comigo mesmo, que é difícil saldar, não tanto por pudor, mas por preguiça. Percebo que não posso continuar falando do meu vício em computador, especialmente em jogos e programação em VB, sem mencionar a navegação na internet em busca de pornografia. Eu me incomodo especialmente por lembrar que uns anos atrás escrevi em algum livro: "Detesto pornografia", e me incomoda mais ainda a ideia de que alguém se lembre dessa afirmação e ache que menti. Devo, portanto, explicar que não menti, e não devo continuar ocultando essa faceta dos meus vícios; o ocultamento tenta dissimular que minha conduta contradiz aquela afirmação. Quando escrevi aquilo, sentia e pensava exatamente o que disse. Agora, não é como se eu sentisse ou pensasse o contrário, ou que a velhice tenha flexibilizado uma moral rígida, ou que ela esteja completamente amolecida (embora essa hipótese não possa ser descartada também). Quanto à moral rígida, nunca tive uma, pelo menos no que diz respeito a questões sexuais. Minha rejeição era pura e exclusivamente visceral, uma repugnância direta, sem filtros intelectuais ou morais.

Um tempo depois de ter escrito aquilo, chegou a fase dos vídeos, meu vício ao vídeo, que se intensificou quando parei de fumar, lá pelo ano de 1993. Durante essa fase, vi alguns vídeos pornográficos, e em certa medida minha repulsa parecia bastante atenuada, embora eu tivesse que fechar os olhos diante de certas cenas. Nessa época, li algo de D. H. Lawrence sobre o tema, e senti que concordava totalmente com a essência do seu pensamento: o detestável da pornografia é que degrada o ser humano, despe-o de toda espiritualidade, transforma-o num objeto material manipulável. São palavras minhas, não de Lawrence; é o que lembro de ter entendido.

Não insisti muito com os vídeos pornôs; só me viciei numa atriz de peitos generosos e com uma expressão muito terna, uma mulher muito diferente de todas as outras que apareciam nesses filmes. Sua forma de atuar, de estar presente nas cenas, por mais escabrosas que fossem, contradiziam, de certo modo, o pensamento de Lawrence e o meu. Não perdia sua qualidade humana nem a presença de espírito que se pode detectar no olhar das pessoas. Mas não havia muitos filmes com essa atriz, de modo que logo perdi meu interesse.

Depois vieram o computador, a internet e o e-mail; final de 1995. Desde que estive em condições de navegar na internet, me dediquei a procurar fotos de mulheres nuas e as colecionei com entusiasmo. Caí muitas vezes em sites dedicados à pornografia e observei muitas fotos, mas não as colecionei; só guardei algumas, muito poucas, pela presença de alguma mulher extraordinária. Como não se pode encarar a busca por mulheres nuas sem cair obrigatoriamente em sites pornôs, é possível que a visão frequente dessas cenas tenha ido me acostumando, me imunizando, diluindo de forma considerável a rejeição. Mas, curiosamente, a rejeição e a repugnância mantinham vigência total em determinado tipo de cenas nas quais ocorre, de modo evidente, o que chamei de "o pensamento de Lawrence". Muitas vezes a mulher é coisificada, transformada num objeto manipulável, e esse tipo de cena continua me despertando a rejeição, a repugnância e a ira.

O grande achado foram as jovens japonesas, que, além dos seus valores intrínsecos, têm com frequência, a seu favor, grandes artistas que não as transformam em objetos carentes de espírito, mas, pelo contrário, realçam tudo que há de graça nelas.

Quando completei uma coleção próxima a mil fotografias, suspendi minhas custosas navegações pela internet e me esqueci do assunto durante muito tempo; raras vezes, se é que alguma, voltava às fotos salvas nos discos. Parece que eu me emocionava mais com a busca do que com a contemplação, e devo dizer que atualmente ocorre algo muito parecido.

Agora falta narrar minha recaída em 1999, mas estou cansado de escrever, e vou jogar um pouco de Golf, se o leitor me permite.

TERÇA-FEIRA, 29, 5H58

Sim, de novo são seis da manhã. Mas pelo menos não entrei na internet. Eu me pergunto o que fiquei fazendo todas essas horas.

TERÇA-FEIRA, 29, 19H22

Ainda não comecei a escrever à mão. Acabo de apagar do disco rígido os programas de jogos; antes, copiei-os em discos ZIP. Posso jogar a partir de um disco ZIP e com certeza farei isso; mas os discos não estão mais próximos ao computador. Na verdade, estão em outro cômodo. Assim, quando eu quiser jogar, precisarei vencer a preguiça de me levantar da cadeira, e, de acordo com minha experiência, costuma acontecer que a preguiça é mais forte do que o hábito de jogar. Embora não seja bem assim; na verdade, o que acontece é que muitas vezes jogo porque tenho o jogo ao alcance, do contrário posso refletir, me perguntar se realmente tenho vontade de jogar ou se estou cedendo a um automatismo. Porque o computador gera automatismos; é um autômato, e, quando alguém frequenta autômatos, em longo prazo se transforma num deles. Um robô, como Julia me definiu, com total razão. Falando em Julia, faz uns dias que não tenho notícias dela. Eu telefonaria, se não fosse o fato de que meus horários tão perturbados só me permitem fazer ligações em horários impróprios; quando termino de fazer o que preciso fazer e me sinto livre para me comunicar com os outros, as pessoas já estão dormindo.

Ontem não continuei o tema da pornografia porque sentia uma tremenda preguiça e hoje compreendi por quê: é um tema muito complicado, pois tenho que contar um pouco de história e me lembrar de coisas que não gosto de recordar; não me parece um tema apropriado para um diário, mas, seja como for, é um conteúdo atual da minha mente, e preciso fazê-lo, sendo o assunto adequado ou não. Tenho que fazer isso porque me dou conta de que faz parte do processo tão trabalhoso rumo ao meu "retorno", e talvez seja inútil esperar a angústia difusa, que já ocorreu; pelo visto, já entrei nas zonas de angústias específicas, e este é o caso de uma angústia específica, e por isso devo fazer o esforço de enveredar no tema. Objetivo: abrir caminho rumo ao ócio e ao romance que eu quero escrever, que neste momento me parece tão remoto.

TERÇA-FEIRA, 29, 19H45

Sim, não tenho dúvida de que o assunto é difícil para mim. Interrompi para passar um café e, já que estava nessa função, me dediquei um pouco à indústria dos lácteos. Estou preparando meu próprio iogurte, e já era hora de desligar a iogurteira e passar o conteúdo dos potinhos para um frasco. Estou me dedicando a fabricar iogurte desde a semana passada, quando descobri que a causa dos meus mal-estares gastrintestinais era o iogurte natural desnatado de uma marca muito conhecida. Provavelmente estava cheio de colibacilos ou algo parecido. É uma coisa que ocorre periodicamente, uma alteração na qualidade do iogurte que às vezes penso que se deve a uma sabotagem interna. Às vezes é o gosto, que parece de naftalina ou paradicloro, às vezes uma acidez extrema. Às vezes é uma maravilha; não há nada como o sabor do iogurte natural. Mas não consigo tomar de outras marcas; todas têm açúcar ou corantes ou pedaços de fruta ou sabores artificiais. Há, sim, outra marca, que vem em potes grandes de vidro e é um bom iogurte natural; mas parece que utilizam ácido ascórbico como conservante, ou pelo menos é o que o sabor me diz, e isso seria bom porque se trata de vitamina C, mas o fato é que a vitamina C sintética me provoca hemorroidas. De modo que resolvi fabricar meu próprio iogurte, pelo menos por um tempo, enquanto espero que esse iogurte de uma marca muito conhecida recupere seu caráter inofensivo. Deveria fazer uma denúncia, mas não sou a pessoa indicada. Além disso, posso estar enganado. Deveria pedir a um laboratório que analisasse o iogurte, mas não sei nem por onde começar. Suponho que se eu tivesse razão e o iogurte estiver infectado, se saberia disso; tem gente muito dedicada que se ocupa dessas coisas. Vão ao médico, rastreiam a origem dos seus transtornos digestivos, fazem denúncias e tudo mais. Não é o meu caso. O que faço é fabricar meu próprio iogurte. A primeira leva não ficou muito boa, já que usei como matéria-prima um iogurte com sabor de baunilha e corante artificial. Era asqueroso, e meu iogurte ficou um pouco menos asqueroso, e consegui tomar; mas não tinha um sabor bom. A partir dessa primeira leva de iogurte caseiro, elaborei outra, e a coisa melhorou, porque o que restava do sabor de baunilha era apenas um gosto distante; mas a consistência não ficou muito boa; muito líquida. De qualquer jeito, consegui tomá-lo também, e ontem à noite comecei o processo da terceira leva, que suponho ficará perfeita. Ainda não provei para ver como ficou, pois não gosto de tomar iogurte a essa hora e, além do mais, está morno.

Voltando ao assunto difícil... Ou seja, minha recaída na busca por pornografia no ano passado. Devo retroceder e narrar acontecimentos anteriores. Lá pelo final de maio de 98, conheci Chl, e por meados de julho teve início nossa relação amorosa. Isso gerou um clima insuportável na casa onde eu vivia, porque minha então esposa não via com bons olhos essa relação; apesar de só vivermos sob o mesmo teto, a relação de casal já tinha terminado havia um par de anos. Lentamente, uma espécie de guerra foi ganhando força, cada vez mais terrível, com cenas cotidianas torturantes, até que não tive mais opção além de ir morar na casa de alguns amigos que, sabendo da situação, me convidaram. Fui para a casa desses amigos por dez dias; acabei ficando seis meses.

Tratei muito rapidamente disso que chamei "espécie de guerra" porque afeta a intimidade de outra pessoa, minha ex-mulher, com quem atualmente tenho uma boa relação de amizade. Foi muito difícil chegar a essa boa relação de amizade, mas acho que valeu a pena, porque, apesar das nossas várias incompatibilidades para manter uma vida de casal, ela é uma excelente mulher. Também não quero falar do meu próprio sofrimento desses meses, que para mim foi suportável porque era compensado pela magia de Chl, e só vou acrescentar que um belo dia compreendi que minha ex-mulher tinha razão ao se sentir magoada e cortei toda discussão com ela, e esperei que o tempo fosse atenuando sua dor e cicatrizando essa ferida. Meu entendimento disso chegou através de um sonho, que nesse momento não me lembro muito bem.

(Fui procurar entre meus arquivos de sonhos, e por sorte o encontrei. Permito-me copiá-lo aqui. A data é de 28 de julho de 98, ou seja, meu entendimento chegou antes da minha mudança, e vejo que estava errado ao pensar que foi depois; devo dizer, então, que essa compreensão não me ajudou a evitar a guerra.)

"Entro correndo num quarto muito amplo onde se veem várias mulheres deitadas no chão, sobre colchões com lençóis brancos, embora não estejam cobertas e sim com as pernas nuas à vista. Há três à minha direita, perto da entrada, e passo rapidamente por elas; à minha frente há uma quarta mulher, na mesma situação, mas está no meio do cômodo, e não com a cabeça junto à parede como as outras. Eu venho correndo despreocupadamente e acho que salto por cima dessa quarta mulher para continuar meu caminho, mas aí acontece uma dessas coisas inexplicáveis dos sonhos, talvez um lapso, porque na verdade não chego a saltar, e sim me detenho a um passo da mulher e vejo que sua perna tem uma grande protuberância vermelha, como um machucado monstruoso. Curiosamente, a forma dessa protuberância é retangular; parece um tijolo. Ela fala comigo; diz que fui eu quem causou esse ferimento quando passei correndo. Eu me assusto, pois não tinha me dado conta de ter encostado nela e não senti nada, mas ela insiste e diz que, além de tudo, eu tinha machucado sua cabeça, e aponta para um lugar perto dos olhos e entre as sobrancelhas. 'Tiveram que me operar', disse, e eu fiquei estupefato. Ela me explica, ou eu consigo visualizar de alguma maneira, que tiveram que tirar dela algo parecido com uma pedrinha redonda, cinza, que estava alojada no lugar onde ela apontou.

"Eu acordo e logo de imediato entendo que essa mulher é [minha ex-mulher], e que o inconsciente está me mostrando como realmente a machuquei com meu comportamento pouco cuidadoso e atropelado (realmente, a forma como entrei nesse quarto me permite falar de 'atropelo'). Também faz referência especial, penso, ao dano psíquico, para além de transtornos emocionais momentâneos.

"Essa mulher do sonho me fez compreender que eu a machuquei porque falou serenamente, sem querer me culpar; sua forma de falar era apenas informativa, sem deixar de ser cálida. Não havia nenhuma ênfase, nem nada que pudesse soar como uma repreensão. Permitiu que a informação falasse por si própria e que eu mesmo julgasse meu comportamento, de modo que não tive oportunidade ou razões para me defender. Assim, o sentimento de pesar provocado pelo sonho ainda persiste; vai se diluindo muito lentamente."

* * *

Então, eu me mudei em outubro para a casa dos meus amigos, e ali fiquei durante seis meses. Agora vou comer. Darei continuidade.

QUARTA-FEIRA, 30, 23H30

Onze e meia da noite e estou com sono. Não vou me deitar porque estou com o estômago cheio. É provável que o estômago cheio seja a causa do sono; tem me ocorrido ultimamente que sinto sono depois do almoço-janta. Deveria fazer mais refeições durante o dia, e mais leves. Também é possível que hoje eu me sinta especialmente sonolento porque tive aula de ioga; na verdade, não foi bem uma aula de ioga, pois se misturou com umas bruxarias. Minha professora de ioga às vezes age como algo semelhante a uma curandeira; desta vez, foi porque ficou preocupada com minha informação sobre a loucura dos meus horários de sono. Ontem, quer dizer, hoje, dormi às dez da manhã. É um disparate, uma completa aberração. Fiquei lendo até o final do último, ou acho que é o último, romance protagonizado pelo dr. Hannibal Lecter. Acho curioso que tal personagem seja para mim uma espécie de herói. Deve ser porque come as pessoas muito ruins, que o leitor vai odiando durante todo o decorrer do romance. Quando aparecem esses indivíduos, em geral burocratas soberbos, corruptos e canalhas, penso: "Tomara que seja comido pelo dr. Lecter", e nunca erro. Também acho estranho que eu leia com tanta tranquilidade um material tão carregado de cenas mórbidas e truculentas, que costumam ferir profundamente minha sensibilidade; por exemplo, não pude digerir Ellroy. Me causou tamanho mal-estar físico, estomacal, além de psíquico, durante vários dias, que jurei não voltar a lê-lo. É uma pena, porque Ellroy escreve muito bem e é muito talentoso; pena que seja um autêntico psicopata, e que aproveite seu talento para transmitir sua horrível doença. Consumir um romance seu é como engolir um balde cheio de merda. Não obstante, Harris, o criador do dr. Lecter, não produz em mim um efeito parecido. As cenas são mórbidas, mas menos críveis, menos vívidas; tudo tem um tom quase divertido, como os desenhos de Tom e Jerry. Jerry pode explodir o gato em pedaços com um foguete, mas a gente ri, não sente dor. Com os romances de Harris não acontece exatamente a mesma coisa, mas quase; a irrealidade é explícita demais.

E, antes disso, estive navegando na internet em busca de mais material, uma descoberta recente muito interessante. Há páginas dedicadas a mulheres com peitos especialmente desenvolvidos, e o melhor é que oferecem vídeos bastante longos, de vários megabytes. Não quero gastar dinheiro demais em telefone, mas este mês fui muito moderado. Fiz um programa que cada vez que entro na internet mostra o que gastei até então, e uma projeção de gastos para todo o mês, e consegui me manter nos últimos meses dentro do limite que me propus. Como estamos nos últimos dias do mês, posso intensificar o gasto sem que modifique demais a projeção, e ontem me aproveitei disso. De toda maneira, não baixo vídeos mais longos, procuro os mais moderados. Em geral, as amostras grátis de vídeos pornô têm menos de duzentos kbytes, o que significa poucos segundos de exibição. Mas aqui vem outra descoberta recente: nessas páginas de grandes bustos encontrei a propaganda de um programa que permite editar vídeos, e ontem, além de navegar na internet, e antes de me dedicar ao dr. Lecter, estive usando o programa para juntar vídeos pequenos, fragmentários, e conseguir, assim, vídeos mais longos. Também, com o mesmo programa, modifiquei alguns vídeos, fazendo minha própria montagem; eliminei algumas partes e troquei outras de lugar, de maneira que obtive melhores resultados do ponto de vista artístico e, por que não, erótico. Ao longo desses ajustes fiquei meio apaixonado por uma stripteaser muito bonita, que não apenas tem peitos razoavelmente amplos, como belas feições e um olhar inteligente. Destaco essas virtudes porque as mulheres de busto generoso, pelo menos as que consegui baixar da internet, na maioria dos casos são verdadeiros monstros; os peitos são monstruosamente grandes, beirando o desagradável ou inclusive o risível, e as caras são bem feias, e nos seus olhos não há o menor brilho de inteligência. Apesar da abundância de vídeos, não me interessei por baixar muitos, e inclusive entre os que baixei não há muita beleza, e os baixei mais por curiosidade. Mas essa stripteaser é outra coisa. Me desperta uma grande simpatia. Poderia dizer que eu a amo.

Sei que não concluí minha história com Chl, que era o começo da explicação da minha recaída na busca por pornografia, mas o assunto me inquietou um pouco e acho que devo abordá-lo mais devagar. Voltarei, sem dúvida, a ele, porque preciso; mas hoje não. Além de tudo, ontem Chl não veio aqui, eu que fui à sua casa, e hoje ela também não veio. Está com um problema em seu entorno familiar sobre o qual não devo dar detalhes aqui para não facilitar uma identificação, mas esse problema justifica o fato de que ontem preferiu ficar em casa. Fui à noite e a acompanhei por um tempo, tomando café enquanto ela jantava. Depois voltei a trabalhar, embora seja minha semana de ócio, mas às terças à noite tenho que enviar as avaliações e as novas tarefas da oficina virtual. Restam poucos alunos, então não é um trabalho muito grande, mas me deu a desculpa para ficar acordado até altas horas, já que sempre que trabalho devo me premiar, depois, com diversão. Não é algo que eu faça deliberadamente, como um sistema, mas é assim. Existe em mim um ser totalmente desaforado, que não conhece limites, e uma das coisas que mais o excita é o trabalho. Depois de ter trabalhado, fica frenético e se esbalda durante horas em qualquer tipo de diversão. Tirar os jogos do disco rígido serviu para não jogar mais esses jogos, mas joguei outros, como a pesquisa na internet e a edição de vídeos. De qualquer maneira, isso é melhor do que os jogos mecânicos que eu vinha jogando. Espero continuar mantendo-os à distância. E espero ir dormir assim que fizer a digestão. A propósito: o que estou digerindo é um delicioso prato de ensopado; ontem voltei da casa de Chl com um tupperware cheio de ensopado de ervilhas, uma maravilha. Também restam alguns bifes à milanesa no freezer. O que mais posso pedir?

Setembro de 2000

SEXTA-FEIRA, 1, 3H50

Uff. Acabo de terminar a correção de duas entrevistas por e-mail que me pediram com urgência (de lugares diferentes). Estou com contraturas nas costas e no pescoço. Minha médica veio aqui e achou minha pressão estável. Quer baixá-la mais um pouco (está em quinze por nove), então três vezes por semana eu tomarei meio comprimido a mais. Chl não veio aqui; é provável que eu a veja amanhã. Mas continuo comendo seu ensopado. E pensando nos seus bifes à milanesa, que guardo no freezer. Bom, também penso nela.

SÁBADO, 2, 2H19

Estimado sr. Guggenheim, acho que o senhor gastou mal seu dinheiro nesta bolsa que me concedeu com tanta generosidade. Minha intenção era boa, mas a verdade é que não sei o que aconteceu com ela. Já se passaram dois meses: julho e agosto, e a única coisa que fiz até agora foi comprar essas poltronas (que não estou usando) e consertar o chuveiro (que também não estou usando). Passei o resto do tempo jogando no computador. Nem sequer posso entregar como equivalente este diário da bolsa; o senhor deve ter notado como deixo assuntos em suspenso e depois não consigo voltar a eles. Bom, só queria lhe dizer essas coisas. Muitas saudações, e mande lembranças à sra. Guggenheim.

O dia de hoje foi péssimo. Eu me levantei muito tarde; terminei o desjejum às seis da tarde. Estava com dor de cabeça e mau humor. Não saí à rua. Acho que o ensopado de Chl está me atacando o fígado; talvez tenha muito azeite. Hoje refoguei o ensopado e comi um bife à milanesa, que também tem azeite, mas até agora não sinto que me caiu mal. Chl veio aqui e comeu um prato de ensopado. Íamos à Feira do Livro; hoje é o primeiro dia da sua liquidação anual, e, embora esteja decaindo ano após ano, sempre conservo a esperança de que voltem aos bons tempos. Mas ficou tarde e não fomos. Chl estava belíssima. Sempre está muito bela, mas hoje irradiava luminosidade, como nos seus melhores momentos, apesar de estar aborrecida com certas coisas que lhe aconteceram, pelas quais andou chorando. Depois que partiu, entrei na internet e baixei alguns filmes com falsas lésbicas.

SÁBADO, 2, 3H15

Muito bem; até agora, desde que parei de escrever no diário um tempo atrás, estive corrigindo o macro que criei recentemente para juntar esses arquivos de diário num só documento mestre. Tudo ia muito bem, até que o mês mudou. Hoje é 1º de setembro, quer dizer, ontem foi 1º, e a maioria dos meus programas apresenta problemas quando o mês, o ano ou o século mudam. Então preciso ajustá-los, generalizar, prever todas as variáveis possíveis. Neste caso, o macro ordenava perfeitamente os arquivos por data, aproveitando que, como título, trazem a data e a hora; mas o que meu programa indicava, na verdade, não era que os ordenava por data, e sim do menor ao maior. E, quando o mês mudou, o 1º de setembro passou a estar antes do 8 de agosto, por exemplo, já que um é menor do que oito. Então tive que mudar essa indicação e dizer para orientar por data, e a tarefa não foi fácil. Mas consegui, e isso me deixou feliz. Foi o segundo momento feliz do dia; o primeiro, é claro, foi a contemplação da beleza irradiante de Chl.

Desde que me levantei, venho me esquivando da tarefa que me propus, de contar meus sonhos. Não sei por quê, mas me esquivo. Agora farei isso:

Ontem (acordado) recebi por e-mail uma resposta de Marcial, a quem eu solicitara informações sobre Rosa Chacel, e além disso tinha pedido para que me enviasse seus livros. Até agora só me enviou informação, e muito boa; um artigo que eu mesmo podia ter achado na internet se soubesse procurar. Usei Altavista, ele usou o Google, e encontrou esses dados biográficos interessantes. Ou seja, não tinha a menor importância, no caso, o fato de que Marcial esteja morando na Espanha.

O artigo me comoveu. Está escrito com muito amor, por um tal de Federico Jiménez Losantos, alguém que sente pela sra. Rosa uma admiração similar à minha, ou talvez maior, já que ele parece conhecer toda a sua obra, da qual tenho apenas alguns vislumbres. Achei muito satisfatório que Jiménez empregasse a mesma palavra que eu usei neste diário para qualificar sra. Rosa: insuportável. Além disso, achei bastante curioso encontrar outros pontos de identificação com sra. Rosa: como eu, ela vivia preocupada com sua tendência à obesidade, porque, como eu, gostava de encher o bucho. Parece que também bebia, um dos hábitos ao qual graças a Deus eu não caí (e graças também ao meu pai, que desde que eu era criança me inculcou com seu ódio e desprezo aos bêbados). E outro dos seus hábitos que coincide com um meu: parece que era uma leitora fanática de romances policiais.

O artigo, além disso, menciona o fato de que o marido da sra. Rosa, esse Timo que aparece com frequência no seu diário, foi um "pintor notável", e que, apesar de certo menosprezo com o qual a sra. Rosa o trata no seu diário, foi uma espécie de herói, que salvou uma grande coleção de quadros célebres, entre eles os de Velázquez, durante a Guerra Civil espanhola.

Por causa desse artigo, sonhei que me encontrava com eles. Timo, ou seja, Timoteo Pérez Rubio, possuía, no meu sonho, uma loja não sei de que tipo; provavelmente uma livraria, mas agora esse detalhe se perdeu. Eu falava muito com ele e ele me tratava com grande cortesia, inclusive com carinho. Tinha uma aparência de cavaleiro e modos impecáveis. É uma pena que eu não me lembre de mais detalhes. Depois me encontrava em frente à sra. Rosa e conversávamos. Sua presença era muito forte, muito nítida, e não se parecia muito com minha tia Adalghissa, embora fosse cheinha, para não dizer obesa, e mais ou menos da mesma estatura da minha tia, mas tinha outra presença, muito mais sólida; revelava uma enorme força interior. Eu me comovia falando com ela, provavelmente recordando o que tinha lido no artigo — acerca de todos os maus-tratos e o desprezo que recebera por parte da patota literária, e não só a espanhola. Em determinado momento, eu dizia: "Rosa, por favor: aconteça o que acontecer, por nada neste mundo deixe de escrever". Eu dizia isso do fundo da alma, e com muita ênfase. Depois dizia algo acerca de nós, os escritores malditos (embora não com essas palavras; não me lembro da frase, mas sim da intenção e da dor), e começava a chorar de forma irrefreável, inconsolável. Acordei com dor na alma, com essa dor que, ao mesmo tempo, era piedade pela sra. Rosa, por todos os escritores que sofreram maus-tratos do establishment e, é claro, por mim mesmo.

Tive outro sonho revelador, no qual eu bebia de um dos peitos de certa mulher que conheço e não vou nomear, ou, se não bebia, ao menos o beijava com entusiasmo. Essa mulher representa para mim, sem a menor dúvida, uma figura materna, de modo que aqui está a explicação dos meus transtornos agigantados nos últimos tempos: estou sofrendo uma tremenda regressão; estou vivendo a vida a partir do meu eu-bebê.

Sim, essa situação foi gerada, ou pelo menos foi avançando caso tenha sido criada antes (embora eu tenha passado várias vezes na vida por essas etapas, mas desta vez está muito difícil sair dela, e tenho minhas dúvidas se desta vez serei capaz disso), foi gerada, como eu ia dizendo, naquela estadia na casa dos meus amigos, que começou em outubro de 1998. E, ao chegar a esse ponto, em que devo retomar a história interrompida, paro de escrever por hoje. Não consigo fazer isso; não agora.

SÁBADO, 2, 4H04

Bom, tive que voltar a corrigir esse macro, porque havia um erro (organizava bem as datas, mas não respeitava a ordem das horas para uma mesma data). Agora parece que funciona bem, mas me arruinou aquela felicidade, e ficou tarde outra vez, e vou dormir com um sentimento, não direi de frustração nem de insatisfação, mas de certo incômodo comigo mesmo.

DOMINGO, 3, 0H09

Aí está Chl mais uma vez, dormindo na minha cama, então não posso me distrair com o computador por muito mais tempo. Não posso corrigir nada no meu horário de sono, mas, depois de uma conversa com minha médica, decidi atacar o problema a partir de uma das suas possíveis origens, que é a comida. É possível que, se eu não encher o estômago e continuar comendo pouco, mas com mais frequência, isso influencie no horário de sono. Recordei dos conceitos da minha primeira terapeuta, que opinava que o tempo individual estava pautado pelo ciclo jejum-ingestão. A tridimensionalidade do ser se completava, de acordo com o que acho que me lembro, com dois vetores que atravessavam esse tempo representado por uma linha vertical: o vetor físico e o vetor significativo. Uma teoria mais do que interessante.

Fui com Chl à Feira do Livro e conseguimos algumas coisas, não muito importantes, mas também, graças a Chl, que a encontrou, uma MUITO importante; o livro não estava em liquidação, mas o comprei assim mesmo. Trata-se do que parece ser uma das obras mais reconhecidas de Rosa Chacel, *Barrio de Maravillas*. Agora estou lendo um livro que tinha comprado faz uns dias, muito barato, de Wilkie Collins: *Por falta de pruebas*. Nem sabia da sua existência, e hoje comecei a lê-lo e não pude largar; que grande escritor. O frescor de algumas passagens é surpreendente, mas, além disso, é narrado com tal determinação que o interesse se mantém intacto a cada página. Se a chegada de Chl não tivesse me interrompido, eu já o teria terminado. Mas por sorte me interrompeu e me levou para caminhar, e compramos esses livros, e agora vou dormir acompanhado.

DOMINGO, 3, 0H56

Incrível: o macro de ontem ainda tinha erros. É curioso como um procedimento pode funcionar corretamente sem mostrar a menor imperfeição até que, zás, num momento específico, por circunstâncias especiais não previstas, salta o tremendo erro. A única forma de ter certeza sobre um procedimento, em especial quando está relacionado ao tempo, é testar e testar e testar, e ainda assim...

DOMINGO, 3, 19H03

Uma pequena variação na minha vida de robô. É claro, graças a Chl que, direta ou indiretamente, sempre me organiza a vida. Ontem à noite ela dormiu aqui em casa e eu fui lhe fazer companhia às três da manhã, ou seja, umas quatro horas antes do horário que para mim se tornou habitual dormir. Antes eu tinha tomado duas pequenas doses de Valium, para ajudar no sono. Li umas páginas e de repente Chl me avisou que eu tinha adormecido. O livro não tinha caído das minhas mãos, mas eu estava dormindo e sonhava. Ela me avisou porque estava acordada. E, além disso, furiosa. Nada a incomoda mais que algo nela não lhe obedeça, e a verdade é que seu propósito de dormir na minha casa sempre é sabotado por uma força interna sua, de um modo ou de outro. Perguntei-lhe se sentia falta da sua casa e ela me disse que sim. Logo adormeci, mas, como sempre, sonhando que estava acordado. Estou acordado e aproveito para fazer exercícios de relaxamento e pensar em algumas coisas, e quando estou no melhor momento escuto a voz de Chl: “Você está roncando”. Isso se repetiu três ou quatro vezes ao longo da noite. Chl não dormiu nada. Eu nunca consegui entrar em sono profundo, porque começava a roncar e Chl me acordava. Eu fazia todos os esforços do mundo para não roncar; me acomodava numa posição que deixava passar o ar com a maior facilidade pelo nariz e vias respiratórias, e repeti a mim mesmo várias vezes: “Não vou roncar”. Então eu me punha a pensar em algum assunto que me distraísse do fato de que ali, ao meu lado, estava o corpo adorável da mulher mais bela do mundo, que não podia nem sequer encostar nela (nem sequer me permitiu espiá-la enquanto se despia para se deitar); assim estão as coisas, e devo respeitá-las. Então eu me punha a pensar em certo assunto que me distraísse e continuava pensando até que era informado de novo que estava roncando. Assim foi até as sete da manhã. Então, Chl se levantou e foi embora. Eu fiquei mais um tempo na cama, mas estava com fome e, no fim, a fome não me deixou dormir, agora que podia roncar o quanto quisesse, e também me levantei. Sete e meia. Um recorde. Telefonei para a casa de Chl para saber se tinha chegado bem, e ela me atendeu com carinho e cordialidade. Preparei o café da manhã e, enquanto a água do chá aquecia, liguei de novo a iogurteira, que tinha desligado antes de me deitar, porque, por algum motivo, fico nervoso de deixá-la ligada. Porém, vi que o iogurte parecia pronto, e provei um pouco de um dos potinhos. Excelente: o melhor resultado obtido até então, graças ao fato de que misturei o iogurte que estava reciclando com outro iogurte que comprei com essa finalidade. Trata-se de um iogurte brasileiro fabricado com lactobacilos de nome japonês; vem numas garrafinhas muito pequenas, de oitenta gramas, e parece que se toma como remédio. Lamentavelmente, adicionam açúcar e um sabor artificial horrível, indefinido, algo com um gosto remoto de chocolate, mas um chocolate ordinário. Não obstante, não havia alterado o sabor do meu iogurte, que atualmente tinha o exato sabor do iogurte natural, e colaborou para que obtivesse uma consistência perfeita, líquida, mas não aguada, ou seja, sólido como uma gelatina, mas que, ao mexê-lo, vira líquido sem formar caroços ou coágulos. Acabei tomando dois potinhos e fiquei esperando as consequências desagradáveis, que não ocorreram. Tomei café da manhã lendo o romance de Leo Bruce que tinha começado na cama, um policial divertido. Com o canto do olho percebia que era um dia de sol, aparentemente muito agradável, e na minha mente ia registrando a ideia de sair e fazer as tarefas antes do meio-dia. Quando terminei o café da manhã, me dei conta de que meu plano de ir ao supermercado não era realizável porque era domingo, e esse supermercado fecha aos domingos. Então me ocorreu que outro supermercado, na Dieciocho de Julio, poderia estar aberto, e fiquei feliz de ter uma desculpa para sair nesse dia ensolarado. Mas antes liguei o computador, conferi o e-mail, li algumas coisas que me enviaram, e logo me ocorreu de procurar uns jogos que, descobri ontem, não tinha apagado do disco rígido, para passá-los ao disco ZIP e apagá-los. Encontrei-os, passei ao ZIP, e depois tive que testar se funcionavam a partir do ZIP. Funcionavam. Fiquei jogando um par de horas, em estado de transe, quase adormecido. Entre uma coisa e outra, consegui sair ao meio-dia. Na rua, tudo indicava que era um domingo de sol. Na sombra fazia bastante frio; no sol, enquanto cruzava a praça, sentia calor. Parecia que a primavera já tinha chegado. De toda maneira, tive que pôr um gorro para proteger a careca do frio. Nesse momento, o efeito do domingo me dominou e senti um desejo vívido de ir à feira de Tristán Narvaja. Não era um horário ruim para ver os livros; costumam, ou costumavam, ficar até mais ou menos duas da tarde. E também havia os sebos que, na época de feira, abrem aos domingos de manhã. A tentação era forte, mas fiz uma pequena análise das minhas forças e decidi não fazer isso. A rigor, estava quase dormindo. Eu tinha que caminhar com cuidado, e me dei conta de que chamava a atenção das pessoas, não só pela barba. Devia estar com uma imagem lamentável, caminhando o mais devagar possível, e com certa hesitação nos passos, com essa rigidez corporal de uma coluna vertebral que não descansou bem. Mas o que mais deveria chamar a atenção era minha expressão, e não pela barba, mas pelo olhar, acho, já que recebi um olhar nervoso por parte de duas senhoras num intervalo de poucos minutos — primeiro uma, logo depois a outra. Vinham caminhando tranquilas e seu olhar recai, naturalmente, sobre essa parte da paisagem que sou eu, e a cabeça segue girando automaticamente até que algo dispara um alarme no cérebro e a cabeça refaz parte do trajeto e a senhora torna a fitar meu rosto, agora consciente, antes de desviar outra vez o olhar. O que se chama sentir um calafrio. Estranha palavra, calafrio.

Resolvida, então, negativamente a questão da feira, continuei meu trajeto e cheguei ao supermercado, fiz as compras previstas, mais alguma inesperada, como um potinho de cola vinil que há tempos tinha desaparecido por acidente da minha lista de compras e algumas baguetes de pão francês que se mostraram saborosas. Não encontrei nenhuma farmácia aberta para perguntar o preço de um dos remédios que está acabando; de resto, minha saída foi um sucesso. Quando cheguei em casa, já tinha fome, porque continuo com meu plano de tentar normalizar meu tempo através da distribuição racional das refeições, e tinha tomado um café da manhã mais do que leve. Escolhi o ensopado; meia porção. Esperava que, por ser meio-dia e não meia-noite, e comendo pouco, a comida não ia me cair mal. Não pude conduzir a experiência de modo a medir os resultados de maneira apropriada, já que, logo ao terminar de comer, fumei um cigarro e tomei um café, sentei na poltrona de leitura e adormeci de forma quase instantânea. Acordei por causa da necessidade de urinar. Estava com os braços adormecidos e as pernas muito doloridas; foi difícil me desvencilhar e sair da poltrona. Fui ao banheiro sem abrir totalmente os olhos e, de lá, direto para a cama. Não me despi. Me enfiei debaixo dos lençóis sem baixar a persiana, o que foi um erro, porque a luz torturava meus olhos. Os olhos me deixaram preocupado durante meu passeio ao meio-dia, já que o direito estava bastante dolorido, e não enxergava bem de modo geral, sentia umas pontadas e as coisas viravam um borrão. Claro, não tenho o costume de andar ao sol; meus olhos se acostumaram à luz artificial, e não sei se conseguiria recuperar uma boa visão ao sol. Tomara que possa tentar; é muito lindo andar enquanto ainda há luz natural no céu. Mas, como dizia, a luz torturava meus olhos e eu não tinha forças para me levantar e baixar a persiana; o que fiz foi botar o gorro e enfiá-lo bem na cabeça a ponto de a parte inferior tapar meus olhos. Não consegui cem por cento de escuridão, mas o suficiente para que os olhos parassem de incomodar. E dormi até agora há pouco; dormi como uma pedra, como um tronco. Não lembro sequer de ter sonhado. É claro, o ensopado não me caiu muito bem; agora estou com um gosto horrível na boca. Mas aconteceria o mesmo com qualquer outra coisa que tivesse comido, já que a posição horizontal atrapalha o processo digestivo. De modo que meu experimento fracassou.

Falando em comer, já estou com fome de novo. Agora será um bife à milanesa. E tomate com alho.

SEGUNDA-FEIRA, 4, 2H21

Novidades: estou escrevendo à mão. Então a data e a hora não foram postas apertando um botão no Word, mas escritas por mim. Fiz uma conta para saber a data e, para a hora, olhei um relógio que está pendurado na parede e não é muito preciso. Descontei um minuto da hora que indicava; leve em conta esse detalhe.

Isso significa que o computador está desligado e eu estou prestes a me deitar. Mantive de maneira bastante razoável minha decisão de espaçar as refeições e agora estou com o estômago razoavelmente cheio.

Depois de jantar, fui ao computador com a intenção de continuar este diário, começando diretamente e sem rodeios a narração que estou devendo sobre minha recaída no ano de 98. Estava abrindo o Word quando disse: "Merda", pois senti que era perversamente desviado por um impulso. Abri, em vez do Word, um jogo de cartas que tinha copiado no ZIP. Joguei três partidas (Free Cell) (Free Cell tem a virtude de sempre ser completável — se você for inteligente; não é como Golf ou Paciência ou outros jogos de baralho nos quais a sorte domina e com frequência frustra os melhores esforços). Ganhei as três. Há sete partidas registradas, com um resultado de cem por cento de acertos. Sempre haverá cem por cento de acertos nessas estatísticas, porque, quando perco uma partida, apago-as para que comecem do zero.

Enquanto jogava a terceira partida, senti que chegava o impulso perverso de procurar pornografia na internet. Consultei meu programa especial, que me informou que a projeção de gastos para setembro está cinquenta por cento acima do limite que me impus. Mas isso não me impediu de abrir o Netscape e perder uma hora e meia baixando vídeos poucos satisfatórios. Depois fiquei com fome outra vez e desliguei o computador. Tomei um chá com duas torradas e duas bolachas com ricota e queijo. Comecei um novo romance policial, algo de John D. MacDonald, com Travis McGee de protagonista. Parece ser dos bons.

E aqui estou, encerrando o dia. Há pouco tomei 2,5 miligramas de Valium e, enquanto lia, comecei a cabecear. Agora tomarei outros 2,5 miligramas.

Está muito claro que fujo da narração desse período que começa em outubro de 98. Deve ser muito doloroso. Não me forçarei; continuarei mantendo-o na mira mental numa posição um tanto periférica, como se observasse com o canto do olho para não perdê-lo de vista; mas me aprofundar nisso, ainda não.

TERÇA-FEIRA, 5, 4H45

Prezado sr. Guggenheim, espero que esteja consciente dos esforços, registrados neste diário, para melhorar meus maus hábitos, pelo menos alguns deles, ao menos na medida em que me impedem de me dedicar plenamente ao projeto de escrever esse romance que o senhor tão generosamente financiou. O senhor pode ver que faço tudo o que está humanamente ao meu alcance, mas tropeço de vez em quando contra esse monte de escombros que eu mesmo, certa vez, derrubei no meu caminho. É necessário remover totalmente esses escombros para poder continuar andando; digo isso porque me conheço e sei, ainda por cima, que não consigo atingir a inspiração de outra maneira. Porque a inspiração de que preciso para este romance não é qualquer uma, mas uma inspiração determinada, ligada a acontecimentos que jazem na minha memória e que devo reviver, à força, para que essa continuação do romance seja uma verdadeira continuação e não um simulacro. Não quero usar meu ofício. Não quero imitar a mim mesmo. Não quero retomar o romance a partir de onde o larguei há dezesseis anos e continuá-lo como se não tivesse acontecido nada. Eu mudei. Meus pontos de vista mudaram. Minha memória mudou, e com certeza alterou os fatos. Lembro-me muito bem, diria quase perfeitamente, para além de pequenas variações inevitáveis — porque a memória é dinâmica e criativa; como já disse muitas vezes, ela põe e tira várias coisas por conta própria —, lembro-me muito bem, como dizia, dos fatos que quero narrar. Inclusive tenho algumas páginas que foram escritas com muito trabalho. Eu as escrevi no ano passado, quando ainda não sabia se o senhor iria me conceder esta bolsa. Estão aí os fatos, mas não estão vivos. Escrevo o que recordo, o que penso me lembrar, mas é pura informação armazenada na parte da memória que armazena informação. Ao escrever, meus sentimentos não apareciam em lugar algum. Não tinha isso que chamam de "vivências". Não tinha inspiração. Portanto, não tinha estilo. Portanto, essas páginas são uma fraude. Pode ser que eu as utilize, conforme o caso, porque de toda maneira são poucas páginas e não tocam o âmago do que quero narrar; talvez não seja possível, quero dizer, eu não consiga, narrá-las melhor. Mas não quero continuar assim. Quero *sentir*, quero *ver* as cenas que estou narrando. E para isso, sr. Guggenheim, é necessário que, a partir deste diário íntimo, eu procure o caminho dos meus sentimentos revivendo fatos mais recentes, diria que quase frescos. Só que faço um monte de rodeios e não consigo fazer isso. Como também não consigo me deitar mais cedo ou me levantar mais cedo. O senhor me dirá: use parte do dinheiro da bolsa para encarar uma psicoterapia. Tem razão; tentei uma vez, de fato tentei, e acho que já narrei isso neste diário; só que não me dei bem com o terapeuta indicado. Mas o senhor tem razão; talvez deva insistir. Na minha experiência, as terapias acabam bloqueando o impulso literário, pelo menos no início. Pode ser um longo caminho. Talvez não haja outro. Para começar, eu teria que conseguir um terapeuta que aceite me atender à noite. Depois, teria que pagar; pagar um valor exagerado, porque a psicoterapia é um luxo. Deveria renunciar a certas compras que desejo fazer com seu dinheiro, sr. Guggenheim, como aparelhos de ar-condicionado, para não passar outro verão como esse último; esse verão acabou me afundando de vez nos maus hábitos. Queria quase morrer. Os verões sempre foram difíceis para mim e a cada ano é pior; ao envelhecer, com certeza minha sensibilidade ao clima fica maior porque tenho menos defesas e, como o senhor deve ter percebido, cada ano o clima fica, objetivamente, um pouco menos tolerável. A terra se aquece e se aquece, e um dia vai explodir. Tenho certeza de que os números oficiais estão adulterados; acho que o processo de aquecimento é muito mais rápido do que afirmam. Os aparelhos de ar-condicionado não contribuem para melhorar as coisas; tenho certeza de que contribuem para piorar o clima. Mas essa é a situação, cada um pensa em si mesmo, e a Terra, o futuro, eles que se virem. O cidadão comum e ordinário não pode fazer nada quanto a esses assuntos. Tem que se segurar. Provavelmente meus netos vão fritar como batatas na frigideira com azeite fervendo, mas eu não posso fazer nada para evitar isso, e comprarei esses aparelhos que me permitirão um verão menos desgraçado. Ou isso, ou a psicoterapia. O senhor, no meu lugar, o que faria? Embora eu imagine que será difícil se pôr no meu lugar, não por falta de boa vontade, e sim por razões culturais. O senhor provavelmente não imagina o que é viver nessas condições de subdesenvolvimento. Certas coisas podem ser simplesmente inconcebíveis.

Bom; não vou incomodá-lo mais com essa tagarelice. Só queria informá-lo que não esqueci nem por um segundo do compromisso que firmei com o senhor, e que estou fazendo tudo ao meu alcance para atingi-lo.

Saudações à sra. Guggenheim.

QUARTA-FEIRA, 6, 4H41

Semana de trabalho. Terça. Dia da minha aluna e dia de oficina virtual. Minha aluna não veio; me apressei inutilmente para voltar para casa depois de devolver o queijo. Devolvi o queijo porque, em vez de maturar, coagulou. Não sei como se chama exatamente esse processo, mas para mim é coagulação. O queijo não fica macio, mas endurece, como um plástico, e causa uma sensação espantosa nos dentes ao mastigá-lo. Faz com que todos os nervos do corpo se retorçam, como quando alguém risca as unhas numa lousa. Parece que os dentes se afrouxaram. A funcionária que tinha me vendido, uma mulher não muito jovem e que não parece muito esperta, não escutou o que eu falei. "Você guardou na geladeira?" "Não, não guardei na geladeira até ontem. Ficou quatro dias fora da geladeira, e soltou soro durante dois dias." "É isso. Não era para pôr na geladeira." "Eu não pus na geladeira." "Mas passe uma escovinha, assim", e me mostrava a parte da casca que estava coberta de fungos. "Coagulou. Não dá para comer." Mas era inútil, ela insistia com a escovinha e que eu não deveria guardar na geladeira. Queria que eu trouxesse de volta e passasse uma escovinha. "Perderam um cliente", eu disse, e fui embora, furioso, deixando o queijo de presente. Eles que o mastiguem, se forem capazes. Ao sair, mantive a dignidade, mas deu para notar que eu estava furioso porque me enrolei com a porta de vidro, puxava e empurrava e não conseguia abri-la. Depois, empurrei a outra porta com força demais, fiz muito barulho e então pude sair. Devem ter pensado que fiz barulho de propósito, para mostrar minha raiva. Mas eu não queria parecer irritado, e sim digno.

Ontem o dentista desmarcou minha consulta, e hoje minha aluna não pôde vir. De toda maneira, tive trabalho com a oficina virtual, mas passei a maior parte do tempo jogando paciência e guardando arquivos no ZIP, fazendo um pouco de limpeza e arrumação, mas só no computador. A cozinha, por outro lado, está um desastre; não me restam pratos ou talheres limpos. Se amanhã a empregada não vier, e sem dúvida não virá, do jeito como anda a semana, terei que arregaçar as mangas e lavar eu mesmo. Vou ficar com dor nas costas. Amanhã também não virá a professora de ioga, com certeza. Mas quinta-feira haverá oficina; é impossível que todos faltem. São muitos. Seria coincidência demais.

Lamentavelmente, não aproveitei o tempo para tentar conseguir um pouco de ócio. Chl não veio; ou melhor, passou à tarde, muito rápido, por causa de assuntos do seu interesse. Cada dia se reafirma mais sua repulsa às relações sexuais, de acordo com ela, não apenas as relações comigo, mas com todos os homens. Das mulheres não disse nada.

Fiquei com sono cedo, antes da meia-noite, mas resisti. Tinha que trabalhar na oficina virtual. Mas, se não tivesse que trabalhar, teria resistido mesmo assim. Não sei por quê; ainda não consigo aceitar que não sou capaz de dominar algo tão simples como desligar o computador e me enfiar na cama. Não importa se durmo ou não; o objetivo é me deitar. Mas não consigo. Sou uma pessoa estranha. Hoje pensei que posso estar desenvolvendo uma psicose bastante grave, porque continuo perdendo peso e, conforme eu me lembro, perder peso pode ser um sintoma de psicose. Se adicionarmos os transtornos de comportamento, especialmente no que diz respeito ao sono, o quadro não é muito alentador. É estranho, porque raciocino bem. Também posso estar emagrecendo por causa de alguma doença maligna. As costas continuam me doendo, na parte de baixo do pulmão direito.

De maneira que hoje também não adiantei nada, em nenhum sentido; nem sequer pude evitar ter sido enganado com o queijo. E a caixa do supermercado, onde compro água mineral, quando passei pelo caixa e pedi para que me cobrasse doze garrafas e me enviasse para casa, me fez buscar uma garrafa de amostra, nas geladeiras lá do fundo. É a primeira vez que me pede isso. Reclamei. Disse: "Antes, quando você me achava mais simpático, você saía correndo do caixa e ia buscar a água". Mas parece que ela estava cansada, porque agora é a única funcionária do caixa e trabalha desde o período da manhã. Isso foi o que ela disse. De todo modo, hoje tenho a clara impressão de que ninguém mais me ama.

QUARTA-FEIRA, 6, 17H43

Tal como eu havia previsto, a empregada não apareceu. Deixou uma mensagem na secretária eletrônica hoje de manhã, algo que escutei entre sonhos, mas sem entender quem ligava ou por quê; pensei que era Julia, que costuma deixar recados de manhã, mesmo sabendo que só os escutarei à tarde, porque diz que, se não liga a essa hora, depois vai desanimando e acaba não telefonando. A mensagem é sempre a mesma: "Me ligue quando puder". A empregada, por outro lado, sempre deixa recados incompletos porque começa a falar enquanto ainda está passando a mensagem gravada e antes de soar o bipe que permite que ela fale, então sempre recebo o final do recado; mas é o suficiente. Não vem e ponto final.

Estou no que se chama "período de centrifugação". Algo intangível em mim afasta as pessoas. Também tenho períodos opostos, de força centrípeta, e aí todo mundo se gruda em mim e não dou conta de receber todos. É preciso ter paciência e esperar a mudança. Também é preciso ter paciência e arregaçar as mangas e lavar os pratos.

Encontrei umas manchinhas de sangue misteriosas num dos travesseiros. Curiosamente, não é o travesseiro sobre o qual apoiei a cabeça para dormir, e sim uma almofada que ponho na parte superior da pilha de travesseiros que monto para ler, e depois tiro para dormir. Associei essas manchinhas de sangue a uma terrível coceira atrás da orelha direita, nesse pequeno buraco que se forma junto ao lóbulo, na união da orelha com a cabeça. Ali sempre aparece o que considero parte da descamação da psoríase, e é uma zona sempre levemente irritada. Agora parecia que eu estava curado da psoríase; faz cerca de dois meses que desapareceu quase por completo da minha testa. Foi desaparecendo aos poucos, para desespero de Chl. Ela adorava as casquinhas da minha testa, e passava um bom tempo tirando-as com as unhas e esquadrinhando outras entre os cabelos que me restam na parte da frente e de trás da cabeça. Tem a atitude de uma macaca tirando piolhos do esposo. O mais impressionante é o estado de concentração quase místico que posso perceber nos seus olhos quando me descasca a testa, parada diante de mim. Era assim no início da nossa relação; depois, nota-se que foi ganhando confiança, e um dia descobri que botava rapidamente uma escaminha na boca, tentando não ser percebida. Eu a repreendi com veemência; não dava para acreditar que ela fizesse uma porquice daquelas. Expliquei que essas escaminhas eram, com certeza, um ninho de ácaros e sabe-se lá o que mais, mas não havia o que fazer. É louca por isso que chama de casquinhas. Adora o gosto e adora a crocância entre os dentes. Ao final, me acostumei a vê-la recolher e comer minhas casquinhas como quem arranca uvas de uma parreira. Depois, as casquinhas começaram a ficar mais escassas, e agora desapareceram por completo. Sempre espero um novo ciclo, mas a essa altura parece que a psoríase não voltará mais. Não obstante, por trás das orelhas continua aparecendo essa espécie de eczema. E ontem à noite senti uma coceira terrível, e não podia acordar por completo para me levantar e passar álcool iodado ou alguma pomada, algo que me aliviasse. Curiosamente, ao acordar, agora à tarde, a coceira tinha sumido por completo. Ainda não conferi se as manchinhas de sangue que estão na almofada são daí, e não tenho certeza de que consiga ver no espelho o que há, exatamente, atrás da minha orelha direita.

Talvez esse sangue faça parte de certo processo que atribuo ao antidepressivo, uma espécie de ressecamento da pele em certos lugares, certos pontos do corpo que não têm nenhum significado especial, como o dedão do pé ou a articulação da base do polegar direito. Também num dos lados do rosto, perto do olho esquerdo. Nesses pontos, de repente, a pele se abriu e saiu uma gota de sangue. Depois ficaram apenas algumas cicatrizes quase invisíveis.

QUARTA-FEIRA, 6, 21H11

> *A vontade precisa de obstáculos para exercitar sua força; quando nunca nada a impede, quando não é preciso esforço nenhum para realizar os próprios desejos, porque você dirigiu seus desejos somente para as coisas que podem ser obtidas apenas estendendo a mão, a vontade se torna impotente. Se você caminha continuamente num lugar plano, os músculos necessários para escalar uma montanha acabarão se atrofiando. Essas são reflexões comuns, mas corretas.*

A citação é de um livro de Maugham que Chl me emprestou e que li entre ontem e hoje. O livro se chama *Lo mismo de siempre* (*The mixture as before*) e o conto do qual tirei a citação, "*El lotófago*" (e não sei por que tem esse nome) (agora olhei o dicionário e vejo que a palavra é definida como um indivíduo de certo povo africano que se alimenta de lótus; pode ser, então, que a citação explique o título: o lotófago só precisa estender a mão para se alimentar).

Essa citação, além de cair como uma luva, pinta cabalmente como é W. Somerset Maugham: inteligente e culto o bastante para se dar conta de que uma reflexão própria é comum; porém, não a omite por isso. Poderia dizer que a maior parte do seu material literário é comum, talvez trivial, ou até mesmo frívolo, mas, para o meu gosto, salva-se justamente por esse desdobramento do autor que lhe permite quase comentar a si mesmo, continuamente, mediante ironias que vão criando uma espécie de negativo dos seus relatos. Os contos deste livro são quase todos muito bons e apreciáveis; só falha em dois ou três, que representam claramente uma tentativa de invenção. Maugham é com certeza um grande observador, mas não sabe inventar; pelo menos é o que penso a partir dos poucos exemplos que conheço da sua literatura.

Há pouco comecei *Barrio de Maravillas*; me animei a começar o livro porque os romances policiais acabaram e terminei o Maugham, e, embora eu quisesse continuar escapando das coisas capazes de me elevar o espírito, de repente tomei uma decisão e comecei a leitura. Deus, que verdadeira maravilha! Fui fisgado desde o início. Que frescor, que manejo do idioma, que intuição psicológica, que capacidade de observação ultrassutil, que insight, que fonte de prazer. A riqueza da sua linguagem é tal que eu já tive que procurar quatro palavras no dicionário; mas não são palavras rebuscadas, apenas fazem parte do que seria o espanhol comum da sua época. Em termos de linguagem e, por que não, de literatura, Rosa Chacel faz com que eu me sinta um anão deformado.

Volto à citação de Maugham que escrevi no início desta

página: ali se explica todo o mistério dos meus comportamentos aberrantes. Perdi a força de vontade por falta de exercício. Por não desejar mais do que aquelas coisas que tenho ao alcance das mãos. E pensar que durante anos me eduquei trabalhosamente para conseguir isso, essa absoluta falta de desejos inconvenientes. E ainda por cima tive a boa sorte, ou a má sorte, de que se realizassem quase todos os meus desejos importantes, se não todos. Às vezes demoraram muitos anos para se realizar, mas quando desejo algo eu consigo. Sem esforço. A chave está na palavra "esforço". Desenvolvi uma espécie de desprezo, ou menosprezo, pelas coisas que são obtidas com esforço. Sinto que, se devo me esforçar para conseguir algo, esse algo não foi feito naturalmente para mim. Que ao me esforçar estou lutando contra a Natureza, a boa ordem do Cosmos. E, depois de tudo, é muito provável que eu tenha razão. Só que com essa filosofia, ao longo dos anos, minha força de vontade foi se debilitando, até desaparecer quase por completo; e esse "quase" é muito fino, muito, mas muito fino. Porém, conforme pude apreciar, ainda me sobram restos de força de vontade para enfrentar o exterior, se isso for imprescindível, como o caso de minha necessidade imperiosa de ganhar a vida, que me caiu como uma maldição neste verão. Eu me esforcei e consegui me dar bem com folga, mas logo chegou a bolsa e me demonstrou que todo esse esforço tinha sido na verdade inútil, produto da falta de fé na Providência que nunca permitiu que me faltassem as coisas imprescindíveis. E, cada vez que penso em algum exemplo do uso da minha força de vontade, caio num exemplo negativo; parece que em cada caso teria sido mais conveniente não me esforçar.

O fato é que agora estou impotente diante de mim mesmo, governado por essa espécie de criança ou bebê que só quer se divertir com o que tem imediatamente ao alcance das mãos, sobretudo dentro do computador. Acho que, nesse caso, impõe-se um mínimo exercício de força de vontade. Não é acertado, agora percebo, enfrentar com violência os hábitos mais difíceis de vencer; acho que um plano razoável seria me exercitar em pequenos atos volitivos, que vão contra os pequenos desejos infantis. Vejamos se dessa maneira minha força de vontade se fortalece e consigo enfrentar o mais difícil. O que pretendo não é grande coisa; apenas normalizar meus horários de sono que me permita, como consequência, ter uma maior atividade quando estou acordado; caminhar pela rua em horários apropriados, esse tipo de coisa. Não é muito, mas, não obstante, é mais difícil do que escalar uma montanha.

Tratarei de começar agora mesmo. Vou lavar a louça.

QUINTA-FEIRA, 7, 20H18

Continua a centrifugação. Hoje, quinta-feira, na oficina das quatro e meia só vieram três alunos. Dois avisaram que não viriam. Dos outros, nem notícias. Claro que o tempo está ruim, nublado, meio chuvoso, mas ninguém me tira da cabeça que a centrifugação é uma realidade. Agora, que comecei a escrever às oito e dezoito da noite, estou esperando os alunos das oito e quinze. Ninguém é tão pontual, e tive notícias de pelo menos uma aluna que virá (e de outra, que faltará), mas veremos, veremos quantos virão. De todo modo, não é um grupo muito grande.

Ontem, antes de começar a lavar a louça, joguei algumas partidas de Free Cell. Hoje também, e ganhei vinte e seis (cem por cento de acerto), depois de ter apagado, esses dias, várias vezes as estatísticas. Mas vinte e seis é um bom recorde. Depois comecei a lavar a louça e fiz uma grande descoberta. Mas agora escuto o elevador; com certeza é algum aluno que está subindo e terei que interromper.

SEXTA-FEIRA, 8, 5H01

Vieram alguns. Leram trabalhos excelentes. Todos escrevem melhor do que eu. Fico satisfeito. Embora seja uma pena que não se dedicarão à literatura: parece que se conformam em escrever para a oficina. Bom. Não há nada que eu possa fazer.

Como de costume, oficina, Sísifo, a rocha que rola etc. São cinco da manhã. Joguei muitas partidas; já não tenho cem por cento, mas sim um honroso noventa e cinco por cento. Duas partidas perdidas em quarenta e quatro. Nada mal, mas qual é a importância? Também naveguei pela internet. Japonesas. Vídeos pornô. Gasto de telefone. Mas a projeção não aumentou tanto porque me controlei perfeitamente durante alguns dias. Está um pouquinho elevada, mas baixará. Este mês, a conta de telefone baixou. Continuará baixando. Acho.

Não devo me esquecer da descoberta de ontem à noite, enquanto lavava a louça. Agora vou contar mal porque estou cansado e com os olhos lacrimejantes. Excesso de tela. Mas vou anotar de qualquer maneira, para não esquecer.

A primeira coisa foi pôr os pratos e talheres e demais utensílios dentro de uma bacia, para tirá-los da pia e facilitar o trabalho. Enquanto eu estava tentando organizar a louça, comecei a ter um sentimento agradável. Tinha desligado o computador e minha mente já não estava envolvida com essas coisas. Começaram a aparecer pensamentos meus, ou não sei de quem, mas quero dizer humanos. Lembranças, reflexões. E enquanto estava submerso no trabalho de lavar os talheres e depois os plásticos e depois os pratos, fiz a descoberta: descobri que isso, e não outra coisa, era o ócio de que eu precisava. Descobri que o ócio não consiste necessariamente em ficar sentado na poltrona, tenso, esperando a angústia difusa. Que a angústia difusa venha por conta própria quando tiver que vir, se é que precisa vir. Eu tentava forçar uma situação anímica e por isso fracassava. Tudo bem sentar na poltrona para descansar ou na outra para ler, quando quiser, quando se tem vontade. Mas se a pessoa faz isso por obrigação, para poder encarar um projeto, como esse da bolsa, isso deixa de ser ócio ou busca do ócio. Ou, melhor, a busca do ócio se torna um trabalho, ou seja, um negócio, ou seja, a negação do ócio. Há muitos anos um amigo me explicou que a palavra negócio vinha daí: neg-ócio, não ócio. O ócio em si mesmo não é como eu pensava — na verdade, não pensava, mas simplesmente agia no sentido errado —, o ócio, digo, não tem substância própria, não é um ente em si mesmo, não é nada; o ócio é uma disposição da alma, algo que acompanha qualquer tipo de atividade; não é a contemplação do vazio, e menos ainda o vazio em si; é, como posso dizer, uma maneira de estar. Sentar numa poltrona sem fazer nada não implica necessariamente o ócio; e lavar a louça pode implicar o ócio, se você tem a disposição adequada. A disposição adequada, no caso de lavar a louça, é lavar a louça como se fosse a coisa mais importante do mundo. Não como se fosse; é a coisa mais importante, como qualquer outra coisa que estivesse fazendo nesse momento, e é ócio na medida em que a coisa que esteja fazendo deixe minha mente livre, não a comprometa, ou não a comprometa mais do que na contemplação da coisa que estou fazendo. E essa coisa não deve ter uma finalidade, tipo um negócio, porque aí estraga tudo. Lavo a louça sem o desejo de estar fazendo outra coisa, sem pressa. E depois de lavar a louça preparo os potinhos do iogurte e ligo a iogurteira. E esse tipo de coisa que faço sempre — mas com a diferença de que, nesse momento, estava ocioso, porque minha mente não estava ocupada em nenhum negócio, porque eu não desejava estar fazendo outra coisa, porque me divertia em fazer o que estava fazendo. Isso é o ócio, ou pelo menos o ócio de que necessito. A oficina não é ócio, porque tem uma finalidade de negócio, apesar de ser prazerosa e ser uma atividade que movimenta bastante o espírito. É uma atividade com horário e finalidade. Não é ócio, e me inquieta os nervos. Por outro lado, ontem à noite, lavar a louça me trouxe paz de espírito e me mostrou o caminho que devo seguir. Procurarei segui-lo.

Depois me deitei relativamente cedo, mas até a hora de sempre não consegui dormir. Não importa; descansei, li, apaguei a luz, continuei descansando, e hoje pude me levantar com tempo suficiente para fazer minhas coisas antes da primeira oficina.

Um pouco decepcionante este livro de Rosa Chacel. Não exatamente decepcionante, porque é fabuloso; tem grande substância e a leitura dá muito prazer. Mas há algo frustrado, algo forçado, algo que não é propriamente dela. Há passagens que lembram as *Memorias de Leticia Valle* e *Desde el amanecer*, ou seja, passagens claramente autobiográficas. Mas ela deixa o enredo emaranhado com digressões filosóficas ou um modo de narrar um tanto simbólico, ou poético, ou sei lá. Também escreve em primeira pessoa do ponto de vista de diferentes personagens, mas todos parecem o mesmo, todos são sra. Rosa. Eu teria gostado muito mais de um romance linear, cem por cento autobiográfico, e com isso não quero dizer historicamente verdadeiro, mas apenas sra. Rosa falando, escrevendo do ponto de vista dessa menina que foi e nunca deixou por completo de ser, seus sistemas de pensamento, sua visão das coisas, sua profundidade, sua mística, suas maneiras de brincar. E tudo isso está no romance, mas emaranhado, inutilmente complicado. E sempre transcorre num nível muito profundo, sem dar descanso; sempre analisando as coisas, os pontos de vista, as inter-relações dos objetos e das pessoas. É muito bom, tudo é muito fino, finíssimo, delicadíssimo e profundíssimo; mas, tal como está desenvolvido, é um pouco exaustivo. Tanto que hoje, diante da perspectiva da oficina, tive que interromper essa leitura, como quem corta uma bebida com outra, e me dediquei à leitura de um delicioso livrinho desses que Jean Ray escrevia para se assustar, para fazer a própria adrenalina disparar. Fantasmas e coisas macabras, mas quase como uma historieta; nada que mexa com meus nervos.

Ler não implica ócio. Por outro lado, sair para caminhar, embora seja com a finalidade de fazer compras, pode ser ócio — se a disposição estiver lá. Preciso me lembrar disso. Preciso me lembrar disso.

Post scriptum: acabo de utilizar o corretor do Word para ver se havia erros, e ele assinalou que a palavra "Joyce" não estava no dicionário. Me sugeriu trocá-la, entre outras, por José.

SÁBADO, 9, 5H07

Mal dia, mal dia. Sexta-feira. Nada para fazer; dia tempestuoso, com chuva. Vou para o Free Cell de número oitenta e cinco. Me mantenho no noventa e cinco por cento; só quatro partidas perdidas. Mas estou com a vista arrasada. E dores musculares, no braço, nas costas. Veio à mente uma imagem da oficina, das oficinas de quinta, como uma pedra que cai na água com muita força e provoca ondas que vão e vêm por vários dias. Por instantes vejo mais como uma pedra que quebra um vidro, mas a visão é muito dramática. A verdade é que me despedaça. Não entendo por completo os motivos.

À noite, Chl veio e me trouxe comida. Foi pega pela tempestade e chegou ensopada e chorando. Mas logo passou. Estava adorável, e senti que se agitavam dentro de mim, perigosamente, os sentimentos e o desejo. Depois que ela partiu, continuei jogando Free Cell. Muitas, muitas partidas. Não consigo mudar de direção. Como disse certa vez, acordei indisposto e continuei indisposto o dia todo. Terei que aceitar que as coisas são assim. É estranho não poder modificá-las.

É possível que essa situação tão estranha com Chl seja uma forma de castigo pela minha adoração. Eu a adorei religiosamente. Acho que ainda a adoro, mas não me dou conta; bloqueei por completo a percepção dos sentimentos. Hoje o bloqueio relaxou um pouquinho e pude perceber que aqui no peito há algo muito forte. Deve ser errado adorar um ser humano como a um deus. Os deuses se irritam.

Dizia, então, há tempos, quase no início deste diário, que me mudei por dez dias para a casa de uns amigos e fiquei por seis meses. Enquanto permaneci lá, procurava um apartamento, mas não era fácil. Olhava o jornal com os anúncios de apartamentos para alugar e caía numa grande depressão; não conseguia lê-los, não tinha forças. Quando Chl apareceu, fazia uns dez anos que eu vivia com a mulher que naquele momento era minha esposa, e por mais que os últimos anos tivessem sido muito, muito difíceis, e já não formássemos exatamente um casal, mas apenas convivêssemos, e por mais que, a princípio, eu sentisse a separação como um alívio, como uma liberação, a verdade é que tive um luto prolongado. Não conseguia reagir, não conseguia voltar aos trilhos. Tinha umas economias no banco e, enquanto o tempo passava, via que elas estavam sendo gastas e o pânico me atacava, o pânico me paralisava ainda mais. Além disso, a situação na casa dos meus amigos era muito complexa. Meu amigo estava doente, e ainda está, agora num estágio que parece terminal. Sua esposa vivia num estado de grande nervosismo; não queria aceitar a doença do meu amigo, e de repente teve que enfrentar uma grande quantidade de assuntos práticos sobre os quais não sabia nada. Lentamente começou a organizar um número enorme de papéis e a aprender como funcionavam as coisas, as contas da casa; e eram muito complicadas. Era uma casa enorme que gerava muitos gastos, e também tinha que levar em conta os ganhos e outras movimentações financeiras que não me dei ao trabalho de investigar, apesar de que, em alguns momentos, eu a tenha ajudado com a papelada. Também a ajudava escutando-a, e fui me enredando nos problemas da família. E dos filhos, que, embora não morassem ali, a visitavam com frequência; tive muitas conversas com um deles. E, sobretudo, me sentia perdido, sem minhas coisas, sem meus livros, sem quase nada meu, e eu sempre fui muito dependente do meu entorno. Meu quarto era um cômodo muito pequeno, com uma cama muito pequena; tive que aprender a dormir às vezes apoiando a cabeça com uma mão, porque os travesseiros não eram suficientes e eu ficava com refluxo gastresofágico. Em certo momento, vi que minha estadia nessa casa teria que ser prolongada por muito mais tempo do que eu tinha pensado, e combinei com meus amigos que eu pagaria um pequeno aluguel e me cederiam um pequeno cômodo onde pôr o computador. Enquanto isso, usava o computador deles, mas estava sem meus programas e arquivos, ou seja, minha memória. A adequação a esse pequeno cômodo levou um tempo. Também havia empregadas na casa, às vezes uma, alguns dias duas, e, por consequência, eu não tinha quase lugar onde ficar durante o dia além do computador, primeiro no deles, depois no meu, quando foi instalado. Foi lá que comecei a me viciar nos jogos de paciência e a ficar acordado até a madrugada, muito além do habitual. Como se só à noite eu encontrasse meu espaço. Mas, de toda maneira, não era o meu espaço. Às vezes ficava sozinho e tinha que cuidar da casa. Se meus amigos iam passar uns dias fora e eu ficava sozinho, durante esses dias não ia dormir antes das oito da manhã. Não podia; estava alerta a noite toda, vigiando. Com esses horários de sono trocados, era cada vez mais difícil procurar um apartamento; minha ex-mulher me ajudava, e às vezes Chl também. Tudo que eu visitava era terrível, apartamentos indecentes. Tive que começar a pensar num valor de aluguel mais alto; para isso, teria que trabalhar intensamente, e contava com o fato de que poderia mesmo fazer isso, mas precisaria de um tempo, uns meses, deveria estar na minha casa. Assim, chegou o verão; todos os verões são como a morte para mim. Me dei conta de que não conseguiria alugar nada até o fim do verão; também não teria tido forças para encarar uma mudança. No verão, minha mente se desorganiza e passo o tempo todo fugindo do meu corpo. Por causa do calor, mas há algo além do calor; há algo mortífero nos verões, algo que me desespera, que me deprime, que me agita os nervos o tempo inteiro, um a um.

Duas vezes por semana, em média, eu tomava um táxi e ia visitar Chl. Nessa época, ainda fazíamos amor. Às vezes ela vinha me visitar na casa dos meus amigos e saíamos para caminhar. Inclusive no verão, sua presença era como um bálsamo; me dava forças, vida, energia. Só pensando nela é que pude sobreviver a esse período terrível.

DOMINGO, 10, 3H26

O que podia ter sido o dia mais sombrio do ano foi salvo no último momento, é claro, por Chl. Ontem comecei a sentir uma dor no dente, do lado direito da boca. É possível que eu esteja com cárie, e também que a gengiva tenha se retraído, mas, acima de tudo, tenho certeza de que estou com uma contratura que surge no pescoço ou talvez na coluna, talvez uma ramificação dessa dor nas costas; tudo é muito provavelmente consequência da posição que fico no computador e da tensão do braço direito sobre o mouse. Antes de me deitar, me apliquei uma digitopuntura; há um ponto no polegar, quase grudado ao início da unha, no lado interior do dedo, ou seja, no lado do dedo que está mais próximo ao resto da mão. É preciso cravar aí a unha do polegar oposto, ou de qualquer outro dedo, inclusive do indicador da mesma mão, e, se a dor tiver alívio, se aliviará. A minha aliviou, o que pareceu me confirmar que era uma contratura, porque, queira-se ou não, enquanto se aperta a unha, a pessoa está concentrada e faz esforço para melhorar, e isso pode relaxar a contratura.

Fiquei lendo uma hora antes de dormir (outro livrinho de Jean Ray, e acabei todos; hoje continuei interrompendo sra. Rosa, mas agora com contos de Henry James. Como escreve bem esse homem, embora eu nem sempre entenda por completo o sentido do que ele deseja contar). Fiquei lendo com uma postura ruim, e a dor voltou. Apliquei outra vez a unha e provavelmente aliviou, pois adormeci.

Acordei por volta da uma da tarde com vontade de urinar e, quando saí do banheiro, me lembrei que minha médica ia me passar uma cartela de comprimidos para hipertensão por debaixo da porta. De fato, lá estava. Tomei o meio comprimido indicado e voltei a me deitar. Adormeci outra vez na mesma hora. Depois, tive que me levantar de novo para urinar, e voltei a deitar e dormir. Em algum momento, minha médica deixou uma mensagem na secretária eletrônica, longa demais para o meu gosto, mas não pude me levantar para escutar o que ela dizia. Continuei dormindo. Sonhei, entre muitas coisas incômodas, complicadas, cansativas, pegajosas (tal como o clima; continua um tempo de merda, tempestade, umidade, calor, chuva, rajadas de frio), sonhei que tinha vontade de urinar e procurava um banheiro. Encontrava um que, como em todos os meus sonhos, não era completamente privado, e sim tinha uma parede de vidro. Era um vidro grosso, mas, de toda maneira, algo podia ser visto através dele. Do outro lado estava minha avó, num lugar que parecia uma sala de jantar. O banheiro estava cheio de objetos que atrapalhavam o caminho até a privada, e, por algum motivo, talvez porque nesse lugar me sentisse mais protegido dos olhares do que próximo à privada, urinava dentro de um carrinho de bebê, para ser mais exato, sobre uma grande almofada branca dentro dele. Mas não parava de urinar e não ficava satisfeito, e além disso me arrependia de ter molhado essa almofada e me enchia de reprimendas. Pensava no que podia fazer para consertar aquilo e não me ocorria nada. Pensava que possivelmente ela secaria sozinha, mas tinha certeza de que não, e de que minha avó ia se dar conta, e eu não tinha nenhum argumento para justificar minha atitude. Mais tarde, falava com minha avó e ela me dizia que eu estava lhe devendo dinheiro; cerca de duzentos pesos. "Já vou te pagar", eu disse, e enfiei a mão no bolso, mas me dei conta de que não tinha dinheiro, só papéis. Depois descobri que esses papéis eram como notas promissórias ou algo do tipo, que cada um tinha um valor diferente e somando todos eu poderia pagá-la, e ficava contente com a solução; mas logo em seguida me dava conta de que esses papéis não eram dinheiro, apenas papéis, embora certos valores estivessem escritos neles. Acordei mais uma vez para ir ao banheiro. Antes o telefone tinha voltado a tocar, e ouvi a voz da minha filha, que contava que tinha dado à luz uma menina. Não tive forças para atender. Acabei me levantando às seis da tarde, com dor no dente, com o corpo maltratado, todo torcido e retorcido, e com um humor maldito. Dei voltas pela casa tentando acomodar o corpo, mas era inútil. Comecei a executar os passos da minha rotina, o computador, o café da manhã, o remédio, ir ao banheiro... Mal tinha me levantado quando Chl me ligou para me repreender por não ter telefonado. Ela também estava de péssimo humor e pedia atenção. Fiz com que ela entendesse que eu tinha tido um dia muito, muito ruim, para que não me exigisse mais coisas; inclusive contei o sonho com minha avó. Também disse que virei avô pela quinta vez, e ela quis saber detalhes. Expliquei que nem sequer tinha escutado direito a mensagem da minha filha. "E o que você está fazendo que não está escutando?", perguntou com insolência. "Estou falando com você, caralho", respondi.

Depois do café da manhã, telefonei para a minha filha e ela me deu detalhes: María de los Ángeles, nascida no dia 6 do corrente mês, às quatro da manhã, três quilos e meio de peso, parto doloroso (duas horas de dor). A primeira mulher da série de netos. Espero que não continue o desfile.

Depois tive curiosidade em escutar a mensagem da minha médica; na verdade, não queria escutar nenhuma mensagem nem saber de nada do mundo, mas algo me dizia que havia uma coisa estranha nessa mensagem. Escutei. Falava algo sobre os remédios, mas também falava dos amores-perfeitos que tinha deixado. Um frio me correu pela espinha. Fui até a porta, abri-a, e lá fora estava isto, uma sacola branca de náilon com três vasos três vasos três vasos três com plantas e flores. Resmungando, coloquei-os na intempérie, na varanda. Ali agonizarão e morrerão. Acho horrível que se trate desse modo seres vivos e sensíveis. Deveria dar à minha médica uma dúzia de macacos para que tenha que cuidar deles. A qualquer momento, Chl chegaria e eu teria que explicar de onde surgiram essas plantas com flores. Ela tem ciúmes da minha médica, especialmente porque minha médica é, ao mesmo tempo, minha ex-mulher. Chl fica muito incomodada que eu mantenha amizade e relação com ela. Acho que existe entre as duas uma guerra secreta, silenciosa, e estou no meio dela. Ontem, Chl deixou as meias-calças, com as pontas molhadas da chuva, penduradas numa cadeira no meio da sala de jantar, à vista de quem viesse me visitar. Sempre tenho que tomar cuidado com essas coisas. Por sorte, quando ela chegou, se viu os amores-perfeitos na varanda, não os mencionou. Acho que não os viu, mas em algum momento os verá. Mulheres. Mesmo uma espécie de deusa como Chl tem esse lado podre que todas elas possuem, esse cultivo dos ciúmes.

Com muitas dúvidas e sem grande entusiasmo, finalmente saímos para o nosso passeio dos sábados: Feira do Livro e boteco. A chuva tinha parado e parece que não ia voltar a chover, não naquela hora, pelo menos. As ruas estavam cheias de gente; quase nunca há tanta gente como havia hoje. Às vezes era até difícil de caminhar. Também era difícil caminhar porque o chão estava úmido e escorregadio. Antes de sair, tive que voltar ao meu tratamento da unha para a dor de dente e, como não foi totalmente eficaz, tomei um analgésico, coisa que queria evitar porque já não sei mais ao que posso ser alérgico; quase todos os remédios me dão alergia, em especial a aspirina.

Comprei outra vez *América*, de Kafka; trinta e cinco pesos. A edição da Emecé, bastante conservada. É possível que logo deseje reler o livro. Não voltei a lê-lo desde a primeira vez, em 1966, quando me inspirou a me tornar um escritor. Sempre que monto minha biblioteca volto a comprá-lo, e sempre acabo emprestando-o ou perdendo-o; mas este livro não pode faltar na minha biblioteca, e ontem, justamente, notei que não o possuía. Na semana passada Chl tinha comprado um exemplar exatamente igual. Hoje conseguiu *A muralha da China*.

Já no bar, eu estava comendo um delicioso croissant recheado, acompanhado de um saboroso café. Chl comia um sanduíche quente e tomava uma média. Me falou de X, uma pessoa que ambos conhecemos; disse que a vira recentemente. Essa pessoa teve uma doença que afetava, por assim dizer, o extremo inferior do seu tubo digestivo. "Já se curou totalmente?", perguntei, e para a minha desgraça dei uma mordida espetacular no croissant; sempre, ansioso que sou, encho demais a boca com comida. "Curou do quê?", Chl perguntou, distraída. Como eu não podia falar porque estava com a boca cheia, estendi o braço esquerdo, com a palma da mão virada para cima, num gesto não desprovido de elegância, parecido com o de certas estátuas; e, sem pensar, sem pensar mesmo, expressei minha resposta movendo um dos dedos significativamente, e só. Ninguém que visse a cena (e me consta que foi vista por muitos pares de olhos, já que o boteco estava cheio) teria suspeitado da menor sem-vergonhice neste movimento, mas a verdade é que, para quem estava por dentro do segredo, aquilo só poderia significar uma coisa: enfiar o dedo no cu. Não foi minha intenção, e até aí tudo bem; eu continuava mastigando tranquilamente o belo pedaço de croissant que tinha na boca, quando de repente vi que Chl — que talvez tenha se dado conta, de repente, da única resposta que sua pergunta poderia ter, ou talvez tivesse interpretado meu gesto perfeitamente ao pé da letra — arregalava de leve os olhos e levava uma mão à boca, depois fechava os olhos, ou os espremia, como se para que não saíssem das órbitas, e se agitava convulsiva e silenciosamente nos estertores de uma risada descontrolada. Ao vê-la, tomei consciência do significado do meu gesto e do absurdo da sua pergunta distraída e de toda a situação e comecei a rir, também, de maneira descontrolada. Foi um pesadelo. Foi como caminhar por uma corda bamba fazendo malabarismos com seis laranjas. Estávamos num lugar público; eu não podia soltar minhas gargalhadas estrondosas. Além disso, estava com a boca cheia de croissant mastigado. Tinha que rir em silêncio e, ao mesmo tempo, respirar e não me engasgar com o croissant. Sentia que todas as minhas vísceras se sacudiam em terríveis espasmos e que meu rosto ia ficando avermelhado, com um vermelho intenso; senti o pânico de achar que estava à beira de um infarto ou um acidente vascular; calculei que a pressão tinha subido para mais de vinte por catorze e olhava para Chl e via que estava cada vez mais descontrolada, rindo como eu nunca a vira rir, e isso me provocava cada vez mais. A cena parecia não ter fim; prolongava-se, enquanto eu sentia que ia sair ranho do meu nariz e controlava um ataque de tosse. Respirar; o essencial é respirar. De acordo com Chl, quando conseguiu falar, muito tempo depois, eu soltava lamentos, algo como um "aaaaaaaahhhh", tentando ao mesmo tempo contê-los para não chamar a atenção. Arrancava um guardanapo atrás do outro do porta-guardanapos para secar minhas lágrimas e, no meio disso, dissimuladamente, as narinas. Deixava cair no chão o guardanapo amassado em bolinha e pegava outro. Evitava com cuidado olhar ao meu redor; não sei como os outros veriam nossa cena, mas achava que todos nos olhavam. Pensei em cuspir o croissant num guardanapo, mas não tive coragem. E continuamos retroalimentando mutuamente nossa risada, até que, pouco a pouco, os espasmos começaram a ceder e os surtos foram ficando cada vez mais esporádicos. Obtive um parêntese de seriedade e aí consegui engolir o croissant sem consequências, o que me deu um alívio imenso. Depois voltaram os ataques de riso, que um ou o outro começava, mas fizemos um esforço e fomos saindo do loop, não falando no assunto e, acima de tudo, não pensando no assunto. Eu disse uma idiotice sobre um bar do outro lado da calçada, que tinha fechado as portas para sempre, Chl me respondeu que já tínhamos falado disso um tempo atrás, e assim fomos voltando ao normal. Além disso, preciso dizer que o dente parou de doer por completo e todas as contraturas e dores do corpo se atenuaram consideravelmente.

No caminho de volta, na altura do Palacio Salvo, disse a ela: "Bom, afinal de contas, tivemos nossos orgasmos".

DOMINGO, 10, 18H31

Estava sentindo falta de algo, eu pensava: mosquitos. Fui acordado por uma picada no antebraço direito às cinco em ponto da tarde. A tempestade continua. Chove, chuvisca, para; trovões distantes, que não param há dias. Calor. E, ainda por cima, a calefação a todo vapor. Mosquitos. Meu dente dói. Malditos sejam todos.

SEGUNDA-FEIRA, 11, 1H57

Estou escrevendo outra vez à mão, testando uma caneta Rotring que Chl me deu de presente. Ontem vi que a utilizava e sua aparência incomum me chamou a atenção; não parecia uma caneta ordinária. Ela me deixou examiná-la e vi que a marca era Rotring; justamente, fazia dias que eu vinha pensando em comprar uma caneta desse tipo, embora não descartável, porque não sabia que existiam. Pois a caneta que uso normalmente não é muito cômoda, não sei bem por quê, e além disso lembrei que o romance luminoso, que acabou ressurgindo neste projeto da bolsa, foi escrito com uma caneta de tinta nanquim, não Rotring, mas Staedtler, "num papel de ótima qualidade". Agora não estou usando um papel de qualidade, e sim um resto de papel contínuo com esses buracos nas laterais; minha nova impressora usa papel comum. Acho detestáveis esses buracos nas laterais, e ainda mais detestável é arrancá-los, então os deixo. Mas isso não é o romance luminoso. Seja como for, Chl me deixou a caneta. Agora, enquanto escrevo, vejo que tem alguns defeitos. Um, a tinta é muito líquida; parece nanquim, mas não tem essa leve adesividade do nanquim, que freia um pouco a escrita, e eu sinto falta dessa adesividade, como se necessitasse de algo que me contivesse um pouco ao escrever, me desse um pouco mais de tempo para pensar o que escrevo, ou no que escrevo. Em segundo lugar, e talvez muito relacionado com a questão anterior, o orifício de saída é muito grande, e forma uma letra um pouco grossa demais. Se minha letra fosse melhor, isso poderia ser uma vantagem, ou pelo menos não uma desvantagem. Mas a péssima qualidade da minha caligrafia atual, depois de anos sem me exercitar (ver "O discurso vazio"), fica pior por causa da espessura do traço, que ajuda a tornar a escrita mais confusa, e especialmente a leitura. Espero poder decifrar esses garranchos. Em terceiro lugar, o corpo da caneta é um cilindro muito fino, de pequeno diâmetro, algo como meio centímetro. Gostaria de algo mais grosso, mais encorpado. Talvez isso pudesse ser solucionado envolvendo esse cilindro em algo, para aumentar a espessura. O fato de ser muito fina me faz juntar demais os dedos para segurá-la e me provoca um pouco de dor muscular. Embora talvez tudo isso seja falta de prática. Nunca aprendi a segurar direito um lápis ou caneta; não sei apoiá-los gentilmente, como se descansassem, sobre o dedo médio, mas junto todos os dedos, ou pelo menos quatro dedos, todos ao redor do cilindro, e aperto como se fosse me escapar das mãos. Tenho que averiguar se fazem com uma ponta mais fina; não muito mais fina, mas algo como um ou dois pontos a menos. Essa tem uma letra F que talvez indique precisamente a espessura do traço.

Chega por hoje desse tema, e chega também de escrever à mão. Seria conveniente recomeçar aqueles exercícios de caligrafia. O mouse me arruinou por completo a mão.

SEGUNDA-FEIRA, 11, 4H56

E agora, frio e neblina.

TERÇA-FEIRA, 12, 3H46

Ai-ai-ai. Quarto dia de dor de dente; à noite fui ao dentista, mas voltei com dor. Tinha começado no que hoje descobriu-se que era o canino inferior direito; isso foi na sexta à tarde. No sábado, ficou mais intenso, e apareceu uma dor em algum dente ou molar superior, quase simétrico a esse. Quando a digitopuntura parou de funcionar, comecei a tomar Dorixina; assim consegui dormir. No domingo, tudo foi exacerbado pela tempestade e a calefação; meu mau humor e minha irritabilidade e meu desânimo aumentavam aceleradamente. Hoje, tudo se reativou com o café da manhã, embora, por sorte, a tempestade tenha parado e o tempo estivesse relativamente bom, ainda que, à noite, quando eu voltava do dentista, ventasse bastante, estava muito frio, em especial na praça e perto do meu apartamento. Antes do café da manhã consegui tomar banho; fazia muito, muito tempo que não tomava banho. E, antes de sair para o dentista, cortei as unhas dos pés; algumas se sobressaíam em quase um centímetro. Por acaso me curei da psicose? De maneira alguma. Só tomo banho às vezes, quando me sinto insuportavelmente sujo, e o banho então é inevitável; hoje foi o caso. Quanto às unhas dos pés, simplesmente não conseguiria continuar caminhando se não as cortasse. Enquanto estava no banho, fiz um movimento com o pé e ele se chocou contra a banheira; dor terrível, ainda que o golpe não tenha sido forte ou perto disso, mas foi porque bati na unha mais comprida. De modo que não houve outro remédio. Agora vejo que as unhas das mãos estão compridas também e está difícil de digitar; cometo muitos erros porque as unhas apertam a letra errada (além disso, o teclado é péssimo; tenho que trocá-lo com urgência).

Acabou que eu tinha duas cáries, uma embaixo, outra em cima, e meu dentista jamais faz mais do que um trabalho por vez; então me tirou a cárie inferior, que eu considerava a mais importante em matéria de sofrimento, e a cobriu com uma obturação. A obturação está num lugar ruim; ele me avisou que pode cair com facilidade. E me disse para não mastigar por duas horas. Eu tinha ido ao dentista com apenas o café da manhã no estômago, ou seja, nada. Considero o jejum uma boa medida para não ter ataque de refluxo na rua, mas hoje não levei em conta a anestesia e menos ainda a obturação. Saí do dentista às dez da noite; não podia comer antes da meia-noite. Felizmente, ainda havia na geladeira um resto de leite longa vida, que sobrou da preparação do iogurte; não havia muito, e o leite desnatado não acalma muito a fome, mas esse copo me ajudou a esperar a meia-noite um pouco mais tranquilo. Nesse interim, minha médica me visitou; a pressão, é claro, estava um pouco alta: dezoito; mas a mínima era bastante razoável, nove, então fiquei mais tranquilo. Acho que o estado de nervosismo provocado pela dor contribui para o aumento da pressão.

Antes do café da manhã, tive outra má notícia: a persiana do living-sala de jantar não subia; parece que a mola que recolhe a parte inferior da fita enquanto a persiana sobe se soltou ou quebrou. Há outra persiana quebrada, neste cômodo do computador, então liguei para o persianeiro ou seja lá como se chama quem conserta persianas; parece que virá amanhã, mas não está certo. Ao voltar do dentista, recebi outra notícia: uma mensagem da portaria dizendo que o dinheiro que deixei para pagar o aluguel não tinha sido suficiente porque, neste mês, os gastos do condomínio subiram de forma absurda. Imagino que estão me roubando, mas não posso me ocupar disso, com os horários de sono trocados. O dente inferior, assim como o superior, precisa de uma coroa. Vá somando: dentista, persiana, condomínio. Desse jeito, o dinheiro da bolsa vai evaporar.

Acabo de passar o corretor do Word e ele quis mudar "interim" por "ínterim". Conheço a forma correta, mas soa mal. Falando, digo "interim", como quase todo mundo; soa mais natural. Também não posso escrever *chófer*, *pánel* ou *vídeo*. Tenho minhas pequenas discrepâncias com o dicionário da Real Academia.

Acabo de passar novamente o corretor, e parece que já não se diz *chófer* nem *pánel*; me sugeriu *chofer* e *panel*. Por outro lado, deixou *vídeo* intacto.

QUARTA-FEIRA, 13, 4H54

Tempo frio e céu nublado, dor de dente, analgésicos atacando o estômago, os persianeiros não vieram. Essas coisas. Mas Chl foi muito carinhosa. Anjinho de Deus.

QUARTA-FEIRA, 13, 17H28

Sonhei que o presidente tinha morrido. Espero que seja só um sonho simbólico, não uma premonição (só falta essa agora, voltarem os mafiosos). Eu ia visitar sua esposa, que me recebia numa salinha na qual não via muitos detalhes; eu estava sentado, muito confortável, e ela se encontrava à minha esquerda, talvez diante de uma pequena escrivaninha. Era uma mulher bastante jovem, de uns quarenta anos, e parece que era amiga da "minha família"; conversávamos sem nenhum protocolo. Ela tinha herdado a presidência; no sonho, não existia nada parecido com um vice. Ela falava das dificuldades em enfrentar essa nova situação, embora não de modo dramático, e não parecia, nesse momento, estar sujeita a nenhum tipo de pressão ou estresse; conversava tranquilamente, como se tivesse todo o tempo do mundo. Em certo momento, eu lhe emprestava dinheiro; dois mil e poucos pesos, que tirava do meu bolso e lhe entregava. Os "poucos" consistia em algumas centenas, duas ou três, e eram representados por pedras oblongas e leves, parecidas com esse tipo de pedra-pomes sintética que se usa para tirar a aspereza das mãos e dos pés. Eram de cor clara, como se fossem de areia, e seu tamanho não era maior que o das cédulas, provavelmente bastante menores.

Acordei e ao voltar a dormir tive uma continuação meio consciente do sonho, no qual eu voltava, depois de certo tempo de prudência, para cobrar a dívida. Como a mulher não estava, eu revistava as gavetas da sua escrivaninha e tirava dali meu dinheiro, não sem certa culpa.

Depois tive outro sonho, muito importante; tanto que não consegui recuperá-lo. Mal acordei e o famoso mecanismo de apagamento começou a funcionar; minha busca mental era travada por música e canções. Pude resgatar só uma cena, ou pedaço do enredo, uma espécie de final ou síntese do sonho. Tratava-se de algo como um pleito, algo que tinha certo prazo para ser cumprido, e havia uma mulher, suspeitosamente parecida com minha médica, que intervinha falsificando certo documento, ou melhor, tirando do dossiê um objeto de prova. No último momento, no último instante, quando o prazo estava vencendo, eu conseguia restituir pelo menos parte desse objeto de prova, que só posso descrever como algo similar a uma bolinha de pão mastigado.

QUINTA-FEIRA, 14, 2H23

Hoje os persianeiros também não apareceram; nem eu liguei para eles. Talvez amanhã. E não veio minha amiga H, com quem tinha combinado, por e-mail, de me encontrar às oito da noite. Tive uma aula de ioga muito boa; me ajudou a relaxar as costas, os ombros, a nuca e as mandíbulas, que, entre o computador e a dor dos molares, ficaram incrivelmente tensas. Continuam doendo, de forma alternada, o molar de cima e o de baixo, apesar de que o de baixo se supõe que já não tenha cárie e está coberto com a obturação. O bom é que nunca doem ao mesmo tempo. O de cima dói quando tomo algo quente, ou como algo quente, ou às vezes só porque sim. Dói muito e de repente a dor passa. O de baixo, ou melhor, o canino inferior direito, não me incomoda muito por bastante tempo, mas de repente começa a doer, e dói mesmo. Depois acalma. Porém, tive que tomar Dorixina; fiz o possível para evitar, mas num surto de dor não aguentei e tomei um.

Continuo interrompendo sra. Rosa Chacel; com Beckett, agora, e com um livro sobre Beckett, um ensaio com algumas anotações biográficas que achei muito interessante, apesar de os ensaios me cansarem. Mas minha curiosidade por Beckett era muito grande, e esse livro me iluminou várias coisas. Antes tinha lido um conto muito, muito cômico chamado "Primeiro amor", e agora estou lendo outros contos. Beckett sempre consegue me arrancar gargalhadas. Sei, é claro, que sua obra não se esgota na comicidade, e esta é precisamente uma das minhas discrepâncias com o autor desse livro aí. O autor refuta quem busca significados filosóficos especiais em Beckett e interpreta sua obra a partir desses significados; com isso estou perfeitamente de acordo. Também penso que a Arte, em geral, não deve ser medida pelo conteúdo. Mas o autor, um alemão, exagera um pouco ao tirar *toda* a importância dos significados. Em parte se guia pelo que o próprio Beckett diz, mas é sabido que os autores nunca dizem exatamente a verdade acerca das suas obras, muitas vezes porque a desconhecem. O que quero dizer, acerca da minha discrepância com o alemão, é que: está bem, Beckett não constrói suas obras em função de nenhum significado ou mensagem ou ideologia, e assim deve ser a Arte; perfeito. Mas minha discrepância está no fato de que não dá no mesmo um personagem se chamar Godot ou de outra maneira. Esse Godot tem um significado, evidentemente uma referência a Deus. Isso, estou de acordo, não explica a obra nem o que dá força a ela, ou o que justifica sua existência; mas não neguemos o fato de que *também* possui significados na obra. O importante da literatura não está nas suas significações, mas isso não quer dizer que as significações não existam e que não tenham sua importância. Muitas vezes disse e escrevi: "Se eu quisesse transmitir uma mensagem ideológica, escreveria um panfleto", com estas ou outras palavras. Mas isso não quer dizer que minha literatura não expõe ideias, ou que não vale a pena mencionar essas ideias.

O sonho com a esposa do presidente ficou rodeando minha cabeça o dia todo. É muito interessante. Por um lado, temo que essa morte do presidente signifique o desaparecimento definitivo, ou pelo menos o ocultamento, de uma parte do meu superego que me permite manter certa ordem na vida; temo que possa enlouquecer rapidamente. Mas minha professora de ioga me apontou, quando comentei desse sonho, que não se deve desprezar a capacidade organizadora de uma mulher. É verdade. O sonho pode significar uma reacomodação da anima, minha parte feminina, que nesse momento se dispunha a se encarregar da ordem da minha vida. Não tenho medo de virar gay. Pelo contrário; quanto mais eu penso, mais acho que deixar essa parte feminina no comando pode dar bons resultados. Veremos o que acontece.

Em outro nível de interpretação, essa mulher seria a Virgem Maria. Isso faz muito sentido, porque a continuação do romance luminoso que estou tentando pôr em andamento começaria com um capítulo protagonizado por Maria. Nesse caso, é preciso entender o empréstimo de dinheiro que eu fazia no sonho como o pagamento de uma dívida; minha dívida consiste justamente em escrever este capítulo. Eu o comecei, como disse antes, no ano passado, mas não estava inspirado, não estava inspirado. Talvez agora, com essa mulher do presidente, apareça a inspiração.

SEXTA-FEIRA, 15, 3H35

Chl sempre foi muito bela, mas hoje irradiava especialmente uma beleza infinita. Acho que está apaixonada (é claro, não por mim). Ela nega. Mas...

Desde que voltei do dentista, não sinto mais dor, apesar de ele não ter descoberto exatamente onde doía nem por quê. É bastante possível que o canino irradiasse eflúvios malignos aos demais dentes; agora o tapou bem e pôs a coroa. Veremos o que acontece. É estranho não sentir dor na boca; já fazia uma semana que eu vivia nervoso por causa da dor. Agora talvez possa começar a me concentrar no que importa.

Antes do dentista, me dediquei a um novo programa de VB. Ao voltar, eu o terminei; faltava pouco. Ficou muito bom. E é muito útil. Serve para renomear séries de arquivos. Estou verdadeiramente satisfeito com o programa, e duplamente satisfeito porque considero que o interesse pela programação é um passo à frente, no que diz respeito ao interesse por jogar partidas estúpidas de paciência. Hoje não joguei nenhuma. Talvez agora jogue algumas... mas não tenho certeza.

SÁBADO, 16, 2H13

Como eu dizia, o dinheiro que eu tinha no banco estava acabando, e se aproximava o momento de ter que começar a usar minhas reservas para os gastos iniciais da mudança. Tinha procurado um pouco por minha conta, e com mais frequência auxiliado pela minha ex-mulher, que, depois de uns meses de desavença, foi aceitando retomar nossa amizade, embora ainda houvesse uns quantos momentos ásperos. Cerca de uma vez por semana me levava de carro para percorrer vários apartamentos que julgava apropriados. Lamentavelmente, eu não os achava apropriados, e sim tenebrosos e detestáveis; assim que punha um pé lá dentro, ou inclusive ao olhá-los da rua, em qualquer deles me enxergava oprimido e encerrado. Há uma espécie de modelo de construção muito comum, que não é muito antigo, no qual os apartamentos são pequenos, estreitos, com má circulação de ar. Possuem o teto baixo, e, se há algum corredorzinho, você passa por ele roçando os ombros nas paredes. Também têm as paredes finas que vibram com o passar dos carros e permitem ouvir muitos dos ruídos dos vizinhos. Às vezes nem subia para vê-los; nem descia do carro. "Não, não, não", dizia sem parar, e ela chegou a achar que eu não desejava de fato me mudar e preferia continuar vivendo com meus amigos. Mas eu queria me mudar; cada dia achava mais angustiante viver naquela casa, cada dia mais sentia falta dos meus espaços e das minhas coisas, cada dia mais me refugiava nos estúpidos jogos de baralho digitais e prolongava minhas vigílias até quase o nascer do sol. Assim, tudo ia ficando mais difícil. Até que um dia Chl me deu a notícia de que tinha visto um cartaz de ALUGA-SE na Cidade Velha, exatamente no edifício onde moro neste momento. Tinha a vantagem de ser um edifício antigo, de paredes sólidas e teto razoavelmente alto, e que nessa zona os aluguéis eram mais acessíveis do que em outros lugares do centro onde eu procurava. Sempre tinha desejado me aproximar o máximo possível da zona onde vivi durante trinta e oito anos, e esse apartamento ficava bem perto dali. Além disso, Chl averiguou por telefone as comodidades oferecidas e o preço, e tudo se adequava ao que eu queria. Então me mexi, tirei forças da fraqueza — como costumava dizer — e, com essa confiança na intuição e na inteligência de Chl, me decidi a visitá-lo quase com a certeza de que teria que alugá-lo. E assim foi; desde que a zeladora, uma senhora muito amável, me abriu a porta desse apartamento 7, quarto andar, já desde esse momento, desde a primeira visão do amplo living, senti que era exatamente o que eu estava procurando.

Já estávamos em abril, e eu tinha começado minhas oficinas literárias; na verdade, só uma delas, na casa da minha antiga secretária. Ela havia se casado e já não era minha secretária e estava para se mudar para uma cidade do interior, mas se ofereceu de todo o coração para organizar as oficinas como nos anos anteriores e me cedeu sua casa para o início de uma. As outras começariam em maio, quando eu já teria me mudado, e eu tinha feito um plano que significava duplicar o trabalho em relação aos anos anteriores, porque agora precisava pagar o aluguel e enfrentar uma quantidade de gastos que antes não tinha. Tudo foi organizado em cima da hora e foi providencial encontrar naquele exato momento o lugar apropriado para me mudar. Aluguei-o, portanto, tendo minha ex-mulher de fiadora, um gesto pelo qual nunca deixarei de agradecer. Chl conseguiu para mim alguns móveis velhos para completar os poucos que eu tinha, e no final de abril, se não me engano, foi feita a mudança, e nos primeiros dias de maio as oficinas já funcionavam no meu próprio apartamento. Paralelo a isso continuava a mudança, que tive a perspicácia de ir fazendo em partes, primeiro o mais urgente, depois o resto — e em meio ao resto estava nada menos do que meus livros —, mas, de qualquer jeito, foi exaustivo, pelo trabalho e pelos meus nervos; não há nada que me destroce mais os nervos do que ter prazo para fazer as coisas, e esperar os funcionários que fizeram a mudança e os que se ocupariam de sei lá quantos outros detalhes. Ao mesmo tempo, devia explorar o bairro para saber onde comprar os alimentos e tudo que me faltasse; o bairro não está muito bem servido quanto ao comércio — lojas úteis para as coisas cotidianas, quero dizer, porque há muitos antiquários, galerias de arte, comércios que prestam serviços para escritórios e coisas assim.

Durante minha estadia na casa dos meus generosos amigos tinha andado de táxi como nunca antes na minha vida; a maioria das vezes para visitar Chl. Com a mudança, as viagens ficaram menos frequentes, porque Chl vinha com muita frequência aqui e às vezes ficava para dormir, e assim fui forjando a ilusão de que poderíamos viver juntos em algum momento. Acho que nesse período nossa relação alcançou o ponto mais elevado e eu — pelo menos eu — vivi momentos de intensa felicidade. Encarava com muito prazer o trabalho da oficina; duas oficinas na quinta e uma na sexta. Quando chegava o sábado, eu estava exausto, porque as oficinas sempre me causaram uma intensa excitação mental; quando terminava as jornadas de trabalho, eu continuava em pé durante muitas horas. Uma das primeiras coisas que foram instaladas, mediante o trabalho de um eletricista, foi, é claro, o computador. E depois das jornadas de oficinas eu recaía nos jogos aos quais tinha me habituado na casa dos meus amigos, mas tudo estava, de alguma maneira, sob controle; especialmente por causa da gratificante relação com Chl, que me dava forças e firmeza, e pela necessidade de me manter em atividade útil para resolver os problemas que a mudança continuou me impondo diariamente durante bastante tempo.

Dia 27 ou 28 de abril foi a data em que me mudei; em maio fui me instalando enquanto trabalhava com as oficinas já na minha casa, e vivia essas horas maravilhosas com Chl, na minha casa ou na dela. Apenas um mês depois, em junho, se não me engano, veio a queda.

Hoje o persianeiro veio; sem o seu sócio. Fez um bom trabalho e as duas persianas estão funcionando. Não cobrou muito nem demorou demais. É possível que minha centrifugação esteja enfraquecendo, porque enfim o homem conseguiu chegar, e também houve uma visita combinada há muitos dias que não deixou de aparecer: Paty, a ex-aluna que tinha me presenteado com o livro de Rosa Chacel que deu início a este diário. Porém, Chl não veio; disse que foi ao cinema com uma amiga. Eu não acreditei; continuo achando que está apaixonada, por outro homem, é claro. Disse que eu podia telefonar para sua amiga e perguntar se era verdade, mas é sabido que as mulheres... enfim, não quero insistir nesse assunto. Sinto ciúmes, talvez injustificados, na verdade sem talvez, porque, mesmo se houver outro homem, eu não sou o parceiro de Chl, e ela tem direito etc. Só que não gosto que mintam para mim, como dizia aquela piada. Mas isso tem muita relação com a história que eu vinha contando, e me faz tanto mal quanto a história que eu vinha contando, de modo que vou parar de escrever agora mesmo.

SÁBADO, 16, 5H48

Viu o que aconteceu? Fiquei jogando Free Cell e já são quase seis da manhã.

Recebi por e-mail as fotos que minha amiga tirou; agora posso fazer a barba, embora não saiba bem por quê. As fotos mostram claramente que sou um velho "nas últimas"; e não é a barba, hein; é a pele, o olhar, a cor avermelhada do rosto, a curvatura das costas. O que se diz de um velho de merda. Um personagem de Beckett.

Faço bem em jogar Free Cell. Que outra coisa poderia fazer?

Curiosamente, estou bastante parecido com Onetti, com quem nunca tive a menor semelhança. O Onetti dos últimos anos, de cama. Eu também deveria estar acamado, mas não tenho quem me atenda; de modo que me levanto todos os dias, com grande sacrifício, mas me levanto — entre outras coisas porque tenho fome.

SÁBADO, 16, 19H00

Quarenta partidas de Free Cell com cem por cento de vitória. Acho que é a primeira vez que consigo manter o cem por cento a esse ponto de quarenta partidas. Alguns dias atrás, eu tinha completado uma série de cem, com noventa e cinco por cento de vitórias, e depois tinha recomeçado as estatísticas várias vezes porque sempre perdia alguma bem no começo da série e a porcentagem ficava abaixo de noventa e cinco por cento, o que por algum motivo me parece inaceitável. Acho que uso os jogos de paciência, assim como os anestésicos, como barômetros; se não entro em transe, ou se não entro em transes malignos, se penso e não me automatizo, é difícil que perca algum; por outro lado, quando jogo por simples desespero, logo entro num loop perverso e perco uma a cada três partidas, ou uma a cada cinco ou seis, e às vezes me tranco numa que não consigo resolver durante muitas tentativas, até que de repente aparece uma solução bem simples. Então, considero essa porcentagem atual como um índice de que algo em mim anda um pouco melhor. Talvez esteja enganado...

* * *

Estou esperando Chl para o nosso passeio de sábado. O que escrevi ontem com tanta dor, não ontem, e sim hoje de madrugada, essa história da mudança e inclusive o impacto dessas minhas fotos que recebi por e-mail, me fez pensar intensamente em Chl, na minha relação com ela, e tenho que contar isso — quando tiver forças. Enquanto isso, li *O sobrinho de Wittgenstein*, um livrinho de Bernhard que Chl comprou há pouco e que me emprestou por uns dias, só por uns dias, porque o relê continuamente. Não é para tanto; tem trechos extraordinários, é verdade, realmente magistrais, e está escrito com a verdade e a sinceridade características de Bernhard, terríveis e comoventes. Mas parece que é uma das suas últimas obras, e se nota um certo desgaste, um... como posso dizer? Uma espécie de cansaço. Até a metade do livro, mais ou menos, a leitura era um pouco difícil, o contrário do que costuma acontecer com os livros de Bernhard, que me causam o efeito oposto: não consigo parar de lê-los, é difícil fazer uma pausa, pela força hipnótica do seu estilo tão, mas tão louco. Neste livro, por outro lado, essa força, pelo menos até a metade, aparece atenuada, debilitada, e seu estilo parece mais uma imitação do seu estilo, como se esse livro precisasse de outro estilo e ele não tivesse sido capaz de se dar conta. Depois aparecem uns trechos memoráveis, que me fizeram dar gargalhadas, como por exemplo quando percorre com seu amigo Paul Wittgenstein uma cidade atrás da outra, quilômetros e quilômetros de viagem, para conseguir um exemplar do *Neue Zürcher Zeitung*. O jornal trazia um artigo que interessava vivamente a Bernhard. Cada vez que menciona o jornal, e o menciona em quase toda linha durante muitas linhas, diz *Neue Zürcher Zeitung* com todas as letras, em vez de dizer "o jornal", ou "*Zeitung*", ou qualquer outra forma mais simples; não, repete e repete, no seu melhor estilo obsessivo, para que não reste a menor dúvida no leitor do que quer dizer. Realmente delicioso.

Esse eu li depois de terminar vários textos de Beckett, inclusive duas obras breves de teatro, uma delas de pura mímica. Agora me resta reler *Molloy* e *Malone morre*, mas interrompi Bernhard e há pouco tentei continuar Rosa Chacel; está cada vez mais difícil. Que erro, que erro este livro, *Barrio de Maravillas*; e, para piorar, parece que é o primeiro volume de uma trilogia, e quando eu conseguir os outros dois terei que engoli-los também; espero que os outros sejam menos indigestos. Solilóquios demais de diferentes personagens, e é preciso adivinhar quem está soliloquiando, coisa que às vezes se consegue depois de muitos parágrafos. Muitos pontos de exclamação e interrogação, muitas reticências, muitas divagações sobre temas que nem sempre são interessantes. Por que continuo lendo? Por amor a sra. Rosa, e também porque entre tanta coisa confusa e tanto palavrório que me soa oco (e que não é; com certeza não é oco, mas apenas malogrado), entre tanta coisa chata, de quando em quando brilha alguma joia, às vezes uma mínima reflexão que coincide justamente com alguma reflexão minha que foi muito difícil de atingir, uma coincidência de certas experiências interiores que não costumo encontrar com muita frequência em outras leituras ou outras pessoas. Enfim, uma leitura meio por disciplina, meio por curiosidade, com pouco prazer, ou grandes prazeres fugazes. O pior do livro é a interrupção constante da ação, de modo inútil, desnecessário, forçado, com essas mudanças de protagonista, embora a voz pareça sempre a mesma.

Quando me mudei, da mesma maneira que quando cheguei a Buenos Aires em 1985, comecei imediatamente a leitura maníaca de romances policiais. Li TUDO que havia na minha biblioteca... Chl chegou; escuto a porta se abrindo.

DOMINGO, 17, 4H16

Muito satisfatório o ritual dos sábados; consegui três livros de Maugham que não conhecia e um de Len Deighton que não tinha lido e já comecei a ler, interrompendo outra vez a pobre Rosa Chacel. Deighton é, na minha opinião, em matéria de espionagem, melhor do que Le Carré, com quem tem alguns pontos em comum (burocracia da espionagem, por exemplo), mas é muito mais divertido. Além disso, um croissant delicioso e um café delicioso no boteco de sempre. E, acima de tudo, a companhia de Chl, que está visivelmente passando pelo melhor momento da sua vida, embora ela não pareça se dar conta disso; esse momento da vida de uma mulher que alcança o máximo de beleza e sedução; muito jovem ainda, mas com um pequeno toque de maturidade. No boteco, conversamos quase exclusivamente acerca de *O sobrinho de Wittgenstein* e de Thomas Bernhard, por quem ela sente uma admiração que parece um tanto desmedida, e que compartilho até certo ponto, mas sem esses elementos de fanatismo. Em certo momento, tive que dizer: "Tomara que, depois que eu morra, algum dia duas pessoas como nós se encontrem num boteco do mundo e falem de mim desse jeito". Essa maneira de sobreviver na arte. Era como se Bernhard estivesse ali, sentado na mesa conosco; até nos dava um pouco de temor, porque concordamos que deve ser um sujeito insuportável (mais insuportável que Rosa Chacel), e ainda por cima temível.

Mas Chl não ficou para dormir como tinha planejado; chegada essa hora, foi para casa. Tudo bem; depois de ter visto minhas fotos, sou capaz de compreendê-la perfeitamente.

Quando partiu, me lancei por completo aos meus vícios. Free Cell (baixei a porcentagem, devo admitir; noventa e seis por cento. Achava, antes de jogar, que ia acontecer isso) (porque cada vez que Chl vai embora, algo se dilacera dentro de mim e jogo por jogar, para não sentir o que acontece por dentro, mas não presto atenção no jogo) (uma vez, no começo da nossa relação, ela tinha me levado para passear de carro, e em certo momento a coisa chegava ao fim, e era preciso que nos separássemos. No instante em que me dei conta de que tinha que sair do carro, senti algo parecido com um coice de cavalo, como se houvesse um cavalo dentro do meu peito e ele tivesse me dado uma patada forte, lá de dentro; ou também era como se uma mão fantasma, invisível, tivesse se enfiado no meu peito, atravessando carne e ossos, e arrancasse num puxão algo que eu tinha ali. Dei um grito desaforado, de surpresa e dor; uma terrível dor moral que era simultaneamente física. Isso não voltou a acontecer, porque se vê que agora estou de sobreaviso e posso freá-lo, ou reprimi-lo, ou frear ou reprimir a percepção do que passa dentro de mim, mas o efeito sempre é aniquilante, como se Chl fizesse parte de mim, e ao nos separarmos um pedaço fosse arrancado de mim) (assim pode se entender aquilo que chamei de "a queda", e que explico agora assim de passagem, como quem não quer nada, sem que me dê muita conta do que estou narrando: quando fazia apenas um mês que eu estava instalado no meu novo lar, Chl decidiu fazer uma viagem. Era uma oportunidade que, é claro, ela não podia perder; teria sido insensato. Eu imaginei que sentiria falta dela, mas, como de costume, reprimi os sentimentos e fiz como se não me importasse. Foi uma viagem longa, de mais de um mês. Mal ela partiu, eu caí numa regressão da qual ainda não saí. Eu sempre soube que sofro de uma neurose de abandono, e conheço bastante bem as causas; não à toa passei por várias instâncias de psicoterapia. Mas nunca me curei, e nessas circunstâncias de recém-mudado, estressado pela mudança de vida, depois daqueles seis meses na casa dos meus amigos, o que incluiu um verão torturante, e em meio ao pânico das responsabilidades dessa nova vida — é preciso ter em conta que há muitos anos eu quase não tinha uma existência oficial; não pagava aluguel, não tinha nada no meu nome; não tinha, a rigor, responsabilidades, e se trabalhava podia guardar a maior parte do dinheiro no banco, e se quisesse podia parar de trabalhar pelo tempo que desejasse, porque minhas necessidades básicas eram supridas e não me interessava sair por aí comprando coisas. Pagava meus vícios e, de resto, sempre fui um bom pobre. Dizia, então, que tendo em conta todas essas circunstâncias de mudança de vida, de assumir responsabilidades, a estranheza do meu novo domicílio e meu novo bairro, e muito mais, entende-se que o sentimento de abandono causado pela viagem de Chl fosse arrasador, demolidor. Foi quando retomei com urgência o hábito dos jogos de paciência, interrompi a mudança — tudo ficou como estava, coisas pelo chão, de qualquer maneira —, e até o dia de hoje ficou paralisada; ainda "não me instalei" no meu novo lar, não criei um lar; é apenas um lugar de trabalho que só agora estou começando a modificar — daí a compra das poltronas —, e poderia dizer que, de algum modo, minha vida se interrompeu; como se tivesse ficado entre parênteses. E foi então, logo depois de Chl viajar, que retomei o hábito que tinha perdido, de navegar na internet em busca de imagens eróticas, e isso se transformou pouco a pouco numa aceitação de imagens pornográficas; saí do meu estilo e dos meus parâmetros e um dia vi que olhava com interesse as fotos quando caí num lugar onde, além de mulheres nuas, havia outras coisas. Comecei salvando as fotos no formato que chamam de *thumbnails*, amostras reduzidas das fotos, que você precisa clicar para ver em tamanho grande e baixar no disco rígido do computador. Depois comecei a salvar também muitas das fotos em tamanho grande).

Escrever entre parênteses me provoca ansiedade, com certeza por temor de esquecer de fechá-los, como se fosse algo tão importante; de modo que continuo fora do parêntese com o tema do parêntese. Em algum momento, analisei minha situação; eu me perguntava por que fazia isso, e o que tinha acontecido com minha repugnância anterior à pornografia. Assim, fui me dando conta de que procurar essas fotos era uma forma masoquista de expressar os ciúmes que eu não chegava a perceber, mas que sem dúvida estavam ali, agindo sub-repticiamente; e procurava as fotos escabrosas como representação do que havia secretamente no meu interior — imagens de Chl sendo possuída de mil maneiras por mil homens estrangeiros. Isso, sem dúvida, me fazia sofrer; mas eu precisava sofrer com isso, pois não sofria, e ficava hipnotizado, noite após noite, com aquela passagem lenta dos bytes de um computador remoto para o meu computador. Ainda não tinha comprado esse computador novo, com um modem muito mais rápido, e gastava muito dinheiro com a conexão telefônica de modo que me prejudicava de muitas maneiras, mas em especial por me submeter a essa espera de que as imagens fossem passando lentamente para o meu computador, enquanto isso vendo o que eu não queria ver, a representação dessas imagens ocultas na minha mente. Também descobri por que a pornografia não me causa mais repulsa; descobri por acaso, quando encontrei num lugar fotos pornográficas com legendas, do tipo fotonovela, e descobri que as palavras incorporadas à imagem me provocavam rejeição e repulsão, e ódio também, e um profundo desgosto. Descobri, então, que o que dá às imagens um significado perverso é nada menos que a palavra, minha ferramenta de trabalho. As imagens em si, salvo exceções (quando a imagem representa uma atitude realmente perversa, por exemplo no caso de posições corporais em que a mulher aparece completamente submissa a um homem ou a vários), as imagens em si, as imagens de um ato sexual normal — e por normal entendo diferentes posições e inclusive o que chamam de sexo oral —, são na verdade bonitas e não me causam nenhuma repulsa. Considero, sim, intolerável, por exemplo, a visão do esperma, especialmente quando se utiliza de forma agressiva contra a mulher, por exemplo salpicando-lhe a cara. Mas a maior parte das imagens me parece completamente aceitável. Não obstante, uma só palavra escrita pode transformar uma imagem que me parece inocente ou bonita numa perversão infame.

As palavras...

SEGUNDA-FEIRA, 18, 1H53

Escrevo à mão, tentando escrever com uma letra legível. Desta vez parece mais fácil, embora não tenha voltado a praticar desde o dia em que estreei a Rotring. Às vezes se pratica mentalmente, de forma inconsciente, e essa prática imaterial com frequência serve.

Desliguei faz um bom tempo o computador; não sei de onde tirei forças. Hesitei uns minutos depois da decisão, pensando na quantidade de coisas que poderia fazer com o computador, entre outras, escrever neste diário e responder a e-mails atrasados; muitas pessoas devem estar se perguntando o que estou fazendo da vida. Mas me decidi e desliguei-o. Agora só espero que esse pequeno monstro que habita em algum lugar do meu cérebro, ou das minhas tripas, não me obrigue a ligá-lo de novo.

Sim, já sei; não deveria me dividir em dois dessa maneira, procurando em quem botar a culpa ("quem quebrou o vaso foi o gato, mamãe"); devo reconhecer que sou eu mesmo quem decide jogar e só me deitar ao amanhecer. Mas para mim é difícil acreditar que meu cérebro seja tão obtuso; *tem* que haver uma formação inconsciente que esteja controlando minha vida. É claro, se esse for o caso, significaria que essa formação inconsciente se fortaleceu às custas do meu eu, e de alguma maneira com sua cumplicidade (ou melhor — para não continuar me dissociando e multiplicando meus fragmentos —, com *minha* cumplicidade).

A verdade é que essa situação aberrante que estou vivendo não surgiu do dia para a noite, e sim foi sendo gestada e evoluindo ao longo de muitos anos — e, em certo sentido, desde que nasci. Pelo menos tenho uma nítida lembrança de quando era muito mais jovem, algo como sete ou oito anos, se não menos, na qual posso perceber, sem sombra de dúvida, como a auto-hipnose e os estados de transe já eram dominantes. Essa recordação, que possivelmente já contei em outro lugar, e, em caso afirmativo, o leitor que aguente, porque este é o meu diário e posso escrever o que quiser, e nesse momento quero escrever sobre essa experiência da juventude. Nessa recordação, como ia dizendo, apareço fazendo uma viagem intermunicipal sem a companhia de nenhum dos meus familiares, o que é bastante insólito. Com certeza minha mãe tinha enchido de recomendações o guarda e vários passageiros, mas é estranho que minha mãe tenha decidido me enviar sozinho. Não era uma viagem muito longa, mas tampouco era muito curta; hoje é possível fazê-la, de carro, em poucos minutos, talvez não mais do que trinta ou quarenta, mas naquela época os ônibus eram mais lentos. O balneário ao qual me dirigia se chamava, e se chama, Costa Azul. Pois bem, a única lembrança da viagem é que quando me vi sozinho no ônibus senti medo, e em pouco tempo encontrei uma fórmula secreta para viajar tranquilo. Não olhava a paisagem, urbana ou suburbana, mas um lugar muito próximo ao ônibus, um pedaço de asfalto da rua e provavelmente também da calçada, e via passar diante dos meus olhos umas manchas confusas e anódinas, variedades de cinza que não diziam nada. E então pensei, e lembro como se fosse hoje: "Tudo chega na vida, e o fim dessa viagem também chegará". Um instante depois, quase ao terminar de pensar essas palavras, cheguei. Magicamente. Reconheci a paisagem familiar que tinha visto tantas vezes quando viajava com meus avós ou meus pais, e vi que faltavam poucas quadras para chegar à casinha, situada numa esquina — a mesma que tinha uma pérgula. E meus avós me esperavam na porta, ou ao menos suponho, porque daquela viagem só lembro desse momento em que descobri, assombrado, que o tempo tinha se reduzido a zero. Não sei de onde tirei essa habilidade para a auto-hipnose, mas me dou conta de que muito antes de ter conhecido a palavra, e muito antes que minha terapeuta tivesse me recomendado o exercício de auto-hipnose segundo o livro de Laurence Sparks, eu já era um especialista na matéria. Embora não possa imaginar qual foi o truque naquela ocasião.

E esses vícios que me perturbam atualmente não passam de vício ao estado de transe; um meio de abreviar o tempo, de que o tempo passe sem que eu sinta dor. Mas também é assim que minha vida passa, que meu tempo de vida se transforma num tempo de nada, um tempo zero.

SEGUNDA-FEIRA, 18, 2H32

De modo que a viagem de Chl veio, por assim dizer, chover no molhado. Simplesmente me senti abandonado, como aquela vez no ônibus intermunicipal, e sofrendo muito mais do que podia suportar, e acudi aos meus sistemas de defesa. Quando ela voltou, pensei que as coisas iam se normalizar e retomar seu rumo. Pedi para que dormisse comigo todas as noites durante um certo período, de pelo menos dez dias, com a ideia de que sua presença na minha cama seria muito mais atraente do que qualquer coisa com a qual a máquina pudesse me brindar. Mas me enganei, porque não contava com minhas emoções ocultas. Ela cumpriu o combinado; veio religiosamente dormir todas e cada uma das noites combinadas. Mas o veneno que tinha sido gerado no meu espírito continuou agindo, e talvez com a ideia de me vingar pelo seu abandono eu a deixava esperando (mesmo dormindo ela me esperava, e se queixava nos sonhos quando notava que eu não estava ao seu lado) e continuava com meus jogos estúpidos na máquina até as três ou quatro da manhã. Acho que nesse período é que a situação atual foi gestada. Ela com certeza se sentiu decepcionada, e ainda por cima maltratada por mim, e de fato o foi. Quero dizer: não por mim, e sim por essa força maldita que me domina; mas não o digo. Passado esse período, ela foi dormir na sua casa e não voltou a dormir aqui muitas outras vezes. A relação sexual também foi se deteriorando. É possível, me ocorre agora, e não é algo que eu possa afirmar ou negar, mas é possível que eu utilizasse nesse período a relação sexual também de maneira agressiva; e ela, como mulher extraordinariamente sensível e perceptiva, não teve escolha a não ser notar e se ressentir. Começou, se não me engano, com temores de uma possível gravidez, que até esse momento tinha controlado perfeitamente por meio de cálculos com as datas em relação ao ciclo menstrual, e ao exigir o uso de preservativos, item que detesto, inclusive nas datas em que era evidentemente desnecessário. Não houve uma ruptura, nada brusco, mas ela foi se retraindo até que por fim resolveu dar nossa relação por encerrada — exclusivamente no âmbito sexual. A relação em todos os outros aspectos não só não se interrompeu, como se tornou mais assídua e, ainda, de certo modo, mais íntima, como uma irmandade, algo que excede até mesmo o conceito de amizade. Pouco a pouco fui me resignando, e, em nível consciente, abandonei a esperança de que a relação de casal voltasse a ser completa. Mas, como comecei a conjeturar esses dias, num nível menos consciente continuo conservando a esperança, que não deve ser chamada de esperança, e sim de ilusão, e o que faço com meus vícios e minhas noites em claro é esperar por ela, esperar que volte para mim com todo o seu ser, com seu antigo amor apaixonado. Como, por outro lado, me convencer de que essa ilusão é estéril, se nos vemos quase todos os dias, e ela sempre me trata com imenso carinho? Porém, só a partir do aniquilamento dessa ilusão absurda eu poderia começar a reconquistar territórios tomados pela loucura.

SEGUNDA-FEIRA, 18, 3H00

Como o senhor pode ver, sr. Guggenheim, estou trabalhando intensamente nos fatores de perturbação da minha vida que me impedem de encarar o projeto da bolsa diretamente e sem obstáculos. Como o material que devo utilizar para o projeto é autobiográfico e vivencial, se não limpar o caminho, nunca poderei percorrê-lo. E o senhor pode contemplar perfeitamente que esses problemas emocionais e existenciais que estou tentando resolver são muito delicados; extremamente delicados. Cada uma dessas sessões comigo mesmo me deixa esgotado, e se fosse um bêbado diria: esgotado e com sede, com uma intensa sede.

SEGUNDA-FEIRA, 18, 3H10

Adeus, Chl, minha amante.
Olá, Chl, minha irmã.

TERÇA-FEIRA, 19, 4H40

Escrevendo no Word.

Hoje fui ao dentista, mas não resolveu meu problema. O dente continua doendo, com água quente, com água fria, com comida, inclusive com o ar frio se eu caminhar pela rua e abrir a boca. Hoje ele apenas fez um molde do dente. Agora só posso voltar dentro de uma semana, na próxima segunda, porque essa é minha semana de trabalho. Ou seja, continuarei com esse sobressalto, e, às vezes, com esse desespero.

Tenho vários dentes, dos poucos que me restam, bastante estragados. Meu dentista me diz para não botar toda a culpa nele; que eu faço minha parte, rangendo os dentes. É verdade que ranjo os dentes, especialmente enquanto durmo.

Minha porcentagem de acertos no Free Cell baixou para noventa e cinco por cento; de todo modo, é satisfatório. Oitenta partidas ganhas de oitenta e quatro.

Ontem eu terminei um Len Deighton e hoje comecei um Maugham.

TERÇA-FEIRA, 19, 5H57

Voltei ao noventa e seis por cento. Noventa e dois jogos ganhos de noventa e seis.

QUARTA-FEIRA, 20, 4H44

Simplesmente para me reportar ao querido diário. Tive que trabalhar na oficina virtual e estou cansado. Queria contar minha volta ao dentista, ontem, e outras coisas, mas não consigo fazer isso agora.

QUINTA-FEIRA, 21, 4H49

Ah, sim, para mim é difícil entrar neste diário durante a semana de trabalho. Não porque o trabalho é muito intenso; acho que disse que tenho uma aluna na terça, mais a oficina virtual; duas oficinas na quinta, e esta sexta tenho uma adicional, de correção, que é uma vez por mês. Duas oficinas no mesmo dia é um excesso. No total, dá umas cinco horas de trabalho, mas é um trabalho que exige muita concentração, e alguma coisa a mais, que não sei como definir. Poderia dizer "entrega"; sim, poderia dizer.

Seja como for, não vou contar o que tinha prometido, ainda não (a volta do dentista; espero não esquecer), porque não estou inspirado. Não tenho vontade de escrever. Estou escrevendo estas linhas por obrigação. É o suficiente.

SÁBADO, 23, 18H31

Isso sim que não é fácil de explicar. Ontem à noite, ou melhor, esta madrugada, enquanto eu me preparava para me deitar e já estava na etapa de trocar de roupa, o momento mais sofrido, me veio à mente uma frase que eu havia lido muitos anos atrás, numa *Seleções da Reader's Digest*, e que tinha ficado gravada na minha memória; ao longo dos anos, eu a recordei muitas vezes, sempre em circunstâncias similares. Não acho que é exagero dizer que li essa frase faz trinta anos, e isso chutando para baixo; poderia ser quarenta ou mais. Tenho a impressão de que eu era muito, muito jovem quando a li. Nunca lembro das palavras exatas, mas costumo recordar com bastante exatidão os conceitos. Ontem à noite, a frase foi formulada mais ou menos assim: "Dizem que para fortalecer a força de vontade é preciso fazer todo dia pelo menos duas coisas que nos desagradam. Eu cumpro rigorosamente essa regra; me deito e me levanto todos os dias".

De última hora, me dei conta de que não tinha começado nenhum livro (exceto o de Rosa Chacel, que continuo postergando). Tinha terminado um livro bem sem graça, *Ah King*, o pior que li até agora de Somerset Maugham. Antes havia lido, do mesmo autor, *Seis novelas*, um livro muito mais ameno e interessante, e *A vida e obra de Semmelweiss*, de Céline. Fui até a biblioteca e demorei para me decidir; inclusive pensei em ler a revista semanal *Búsqueda*, mas temi que as novidades políticas me deixassem agitado ou enchessem meus sonhos de espanto. Finalmente optei por continuar com Somerset Maugham; *Soberba*, péssimo título para o que alguma vez se chamou O *gosto e seis vinténs*, numa edição horrível da Plaza com letra minúscula. Me dou conta de que minha hierarquização de livros para ler vai sendo feita pelo tamanho da letra, e deixo para o final os de letra pequena. Fui para a cama e comecei a ler *Soberba*. Quando cheguei à sexta página de texto, oitava página do livro, para a minha enorme surpresa, encontro o seguinte parágrafo:

> Não recordo quem disse que os homens deveriam fazer todos os dias, para o bem de sua alma, duas coisas que os desagradassem. Sem dúvida era um sábio, e eu posso dizer que segui escrupulosamente esse preceito, pois todos os dias me levantei da cama e me deitei.

Talvez tenha sido esse acontecimento difícil de explicar que provocou alguns sonhos muito inquietantes que tive essa manhã.

DOMINGO, 24, 6H37

E, de bobeira, quando vi já era essa hora. Queria relatar os sonhos, mas não queria; tem um deles que, mais do que desgosto, me causa perplexidade; me parece doido, e, ao mesmo tempo, me dá a sensação de que nessa imagem odiosa, que me envergonha, há uma mensagem importante; não sou capaz de decifrá-la, e o que fiz hoje foi fugir o tempo inteiro do diário, porque preciso registrar o sonho e não me atrevo. Agora estou muito, muito cansado e com dor nas costas; e meus olhos estão completamente arruinados pela tela. Concluí com sucesso um programa em Visual Basic: me permite procurar uma palavra ou uma frase qualquer em todos os arquivos de texto (lamentavelmente, não nos .DOC, porque não são de texto puro e não tenho como acessá-los com o VB) (de qualquer maneira, é muito útil). Na verdade, o programa estava finalizado ontem, mas hoje levantei com a compulsão de adicionar um procedimento a ele. Demorei bastante tempo para conseguir, e no final ficou lindo. Quando termina a busca, faz um som engraçado. Se encontra o termo procurado, faz outro tipo de som, um baque seco, leve. E agora vou me deitar.

DOMINGO, 24, 19H25

Escrevo à mão, com a nova caneta que Chl me trouxe faz uns dias; é outra Rotring, mas de corpo mais grosso e ponta mais fina, ou seja, atende perfeitamente às minhas exigências e é um prazer escrever com ela.

O livro *Soberba* me enche de confusão, porque "é inspirado" na vida de Gauguin, mas o personagem biografado se chama

Strickland e é inglês. Não tenho ideia de quais detalhes poderiam ser autenticamente biográficos e quais são uma invenção ou uma colagem de Maugham. É uma leitura interessante, como quase tudo de Maugham, e como sempre só interessa até certo ponto. Maugham tem a virtude dessa mediocridade deliberada. Todas as suas reflexões são quase triviais e, ao mesmo tempo, são oportunas e exatas. Esse livro é narrado, como muitos outros dele, a partir da primeira pessoa de um escritor, mas não sei até que ponto esse escritor é ele. Quando fala dos outros, é com astúcia; quando fala com os outros, frequentemente parece um estúpido. Há uma curiosa separação, como se o seu ser social, que se manifesta nos diálogos, fosse uma máscara que não tem maior relação com o escritor que narra a história.

A edição é péssima. Por sorte, a tradução não é de todo má, ainda que pudesse ser melhor, é claro. Mas há muitos descuidos, entre eles a qualidade irregular da impressão, o que, somado à letra pequena, exige um grande esforço do leitor. Também há muitas erratas. A mais notável é uma que me deixou perplexo porque não imagino qual pode ser sua origem. Na página 135, aparece:

> Não podia acreditar no que meus molhos viam.

Eu não podia acreditar nos meus quando vi esse M; como pode ter aparecido é um mistério insondável; tanto numa máquina de escrever como nas máquinas de tipografia ou seja lá qual é o nome, o M está bem longe do O, então não foi um erro de digitação. O tradutor não pode ter cometido esse erro de maneira alguma, assim como o tipógrafo; e nenhum revisor, por mais descuidado que seja, poderia ter deixado passar.

SEGUNDA-FEIRA, 25, 3H55

Finalmente fiz a barba. Graças ao fato de que hoje tive a força de vontade de não ligar o computador — pelo menos no início da jornada diária. Levantei tarde; dia cinza e chuvoso, como ontem; não uma chuva intensa, mas sim um chuvisco ocasional; e muito, muito frio. Nem ontem nem hoje pude sair para caminhar com Chl; ontem pelo frio, sim, mas sobretudo pelo clima de comemorações nacionais e pela certeza de que a livraria estaria fechada devido ao feriado. Na sua terapia, Chl está atravessando um desses períodos em que o inconsciente cobra uma quantidade enorme de energia, e portanto não sente vontade de fazer nada (por outro lado, é uma paciente brilhante; é incrível ver como está avançando, passo a passo).

Quanto à minha falta de energia, também pode ser por causa do remédio, em especial, acho, por causa do medicamento para hipertensão. Também pelas dores nas costas e na cintura das quais estou padecendo.

Como ia dizendo, me levantei tarde, e quando Chl chegou eu tinha acabado de terminar o café da manhã. Nos entediamos juntos por um bom tempo e, enfim, ela foi embora mais cedo do que pensava, com vontade de ficar deitada lendo. Quando me ligou para dizer que tinha chegado sã e salva, eu já estava em pleno ato de me barbear; tinha tirado o máximo possível com a tesoura e gastado a primeira máquina de barbear descartável. Depois, comi um prato de lentilhas que Chl tinha me trazido e um tomate com alho. Quando cheguei à fase do café, estava nervoso pela falta de computador, e o liguei, e ali fiquei meio que o tempo todo até agora. Visitei algumas páginas pornô na internet, que não visitava havia muitos dias, e encontrei uma boa quantidade de fotos excelentes, de jovenzinhas japonesas. Fotos excelentes e jovenzinhas muito bonitas e atraentes. Mais tarde, corrigi o programa de Visual Basic que lê o título do CD-ROM no drive e me permite mudá-lo se não for o que eu quero, ou fazê-lo funcionar se for. No meio disso, procurei na Encarta informações sobre Gauguin e comprovei que a maior parte do romance de Maugham é inventada. É curioso que ele manteve intocados alguns detalhes pontuais da vida de Gauguin, como o abandono da sua família e a passagem pelo Taiti. Mas, mesmo nessa parte, as coisas aconteceram de modo diferente. Também me informei sobre Maugham; não descobri quase nada de novo, exceto as datas de nascimento e morte; bastante longevo, esse homem.

Quando falei da minha falta de energia, derivei para outras coisas e me esqueci de contar que tentei fazer um pouco de bicicleta ergométrica e fiquei bastante cansado, com muita rapidez. Por um lado, a bicicleta está obviamente mais "pesada" (sei pelo barulho que faz, do roçar da correia contra o disco que gira); suponho que o frio tensiona a mola mais do que o normal. Mas também é verdade que tenho pouca força muscular, e pouca energia de modo geral. Talvez seja falta de potássio.

Ao levantar a persiana do quarto, vi uma vez o cadáver de uma pomba num telhado muito próximo deste edifício. Tinha visto já faz uns dias, e voltei a vê-lo recentemente, e nessa segunda oportunidade vi a companheira da pomba morta em atitude de velório, parada muito quieta a um ou dois metros do corpo, de costas para mim, olhando fixamente para o morto. Ou quem sabe para onde, porque quando uma pomba quer olhar algo à sua frente, põe a cabeça de lado, como os vesgos; mas a verdade é que seu bico encarava o centro do corpo morto. Hoje tornei a vê-la; parece que é verdade o que li sobre o luto das pombas. Mas hoje a cena teve momentos dramáticos. Sem saber se isso será fiel à verdade, vou designar a pomba viva como "a viúva", supondo que o cadáver é de um macho. Quando o vi pela primeira vez, apresentou-se o enigma das causas da morte. Não podia imaginar que acidente pode ter acontecido a essa altura de um terceiro andar, num telhado que dificilmente será visitado por alguém, já que não tem nada, nem plantas, nem varal, nada. É provável que só passem por ali na hora de limpar a caixa d'água e só. A pomba jaz perto do centro do telhado, que deve ter uns cinquenta metros quadrados, um retângulo cujo lado mais largo é paralelo a este edifício. A viúva estava parada, quieta, no mesmo lugar do outro dia; não posso ter ideia de quanto tempo passou ali, porque faz dias que não olho por essa janela num horário razoável, mas dá a impressão de que não se move de lugar. Embora eu suponha que, à noite, vá dormir em outro local mais apropriado.

Perguntei-me o que as pombas saberiam da morte. Em certo momento, tive a impressão de que a viúva não estava exatamente numa atitude de luto, e sim de espera; como se pensasse que o estado do cadáver fosse reversível. De certa maneira, essa ideia foi confirmada quando o vento começou a soprar. A viúva se empolgou, porque parecia que o cadáver ganhava movimento; uma asa que estava estendida, caída para um lado, agitava-se como se estivesse esvoaçando. Ali a viúva abandonou sua quietude e começou a mover-se nervosamente de um lado para o outro, em linha reta; mas não se aproximou do cadáver. Fazia um breve percurso de ida e volta e mexia nervosamente a cabeça. Quando o vento parava, ela voltava à sua atitude de espera. Isso se repetiu duas ou três vezes, com cada nova rajada de vento. Eu continuava postergando meu café da manhã, fascinado pela cena. Em certo momento, minha memória me entregou a chave da tragédia que eu estava contemplando; lembrei, de repente, que fazia alguns meses eu tinha visto outra cena incompreensível: na sacada do hotel à frente, num andar acima do meu, eu vira um homem, nem jovem nem magro, entregue a uma estranha atividade. O hotel já não funcionava como tal; está fechado e em péssimas condições. Faltam janelas e persianas, e inclusive uma dessas aberturas que leva à varanda não tem porta. No andar de baixo sempre há uma janela iluminada à noite; não sei quem vive ali, nem se são habitantes legais. Outras vezes vi alguém, um homem mais jovem e mais magro do que o outro, tomando um mate na varanda desse andar na altura do meu. Na cena estranha que me trouxe a memória, o homem que não era jovem nem magro atirava pedras com um estilingue, apontando para a esquina, na perpendicular. O homem percebera minha presença na janela e então disparou vários tiros seguidos, de qualquer jeito, e desapareceu dentro do hotel. Imaginei que tinha encontrado um estilingue na rua e não pôde controlar a tentação de fazer uns disparos. Mas hoje compreendi que não, que esse homem odeia as pombas e fabricou ele mesmo o estilingue para matar as que estiverem na mira. Parece fantástico, mas tenho certeza de que foi o que aconteceu. Espero que a viúva se salve.

Enquanto eu continuava absorto na cena, colado à minha janela, vi que um macho chegava voando, se aproximava da viúva e começava uma veemente dancinha de cortejo. A viúva ficou furiosa; reagiu com extrema violência, abrindo as asas e lançando-se contra o sedutor, com o bico aberto e pronto para usá-lo. O macho foi embora a toda a velocidade. A viúva ficou se remexendo furiosa na mureta do telhado, até onde o impulso de perseguição a levou. E caminhou pela mureta desesperada, de um lado para o outro, de um lado para o outro, girando ao redor de si mesma de maneira louca e incompleta; como numa dessas danças de acasalamento, mas muito mal executada, interrompida, raivosa, com a cabeça oscilando para a esquerda e para a direita e com um ar realmente desolado; via-se que não podia conter sua dor, não sabia o que fazer com ela.

Então se acalmou e voltou ao seu posto a um ou dois metros do morto. E depois começou um chuvisco, e ela aguentou o máximo que pôde, mas o chuvisco se intensificou e ela saiu voando.

SEGUNDA-FEIRA, 25, 17H46

Escrevo no Word.

Hoje levantei a persiana e não vi a viúva. Mais tarde, vi uma pomba parada na mureta, mas acho que era outra; provavelmente um macho, porque me parece que era de tamanho maior; e acho que esta tinha uma penugem mais branca do que a da viúva.

Acho que não vou contar o sonho que não contei naquele outro dia. Parece que o inconsciente resiste a se ver exposto dessa maneira e não tenho por que exercer uma violência contra mim mesmo; já fiz isso por tempo demais ao longo da minha vida. Tratemos de viver em paz. Por outro lado, posso contar que hoje sonhei que procurava Jorge Batlle para pagar uma dívida; cem pesos ou cem dólares, não ficou claro. Às vezes tinha em mãos a cédula, que lembro alternativamente como sendo de cor vermelha ou de cor verde. A nota não estava dobrada; parecia nova, rígida, como se tivesse acabado de ser impressa, como as cédulas de cem dólares que o caixa automático expede. Mas Jorge Batlle não era o presidente, e sim o filho do presidente; se bem que eu não consegui encontrá-lo e portanto não o vi, mas o visualizava, o percebia como um homem jovem, um rapaz. Morava com os pais, e fui procurá-lo no edifício onde vivia, um pouco temeroso de tocar a campainha e interromper o presidente em algo importante, mas antes de chegar vi que um carro muito luxuoso saía da garagem; quando o carro se aproximava de mim, fiz sinal para que parasse e me aproximei. No assento de trás viajava um homem que, a princípio, parecia Jorge Batlle, mas, ao baixar o vidro, vi que não era ele. Ele me disse que era o secretário, e que seu chefe estava ocupado não sei onde nem com quê. Mostrei a ele a nota e disse que queria pagar uma dívida, mas não a entreguei, nem ele sugeriu que eu o fizesse. Depois há um lapso e apareço entrando num edifício, que talvez fosse a casa do presidente. De um andar superior, escuto a voz de um homem mais velho, provavelmente o presidente; a voz, áspera, grita para que eu suba, que ele está me esperando. Tenho certeza de que me confunde com outra pessoa e explico, também quase gritando, que sou Jorge Varlotta. Então ele me responde, com voz menos áspera, que há lençóis limpos no armário; dá como certo que, a essa hora (de madrugada, provavelmente), a única coisa que posso fazer é ir dormir; e tem razão.

QUARTA-FEIRA, 27, 3H57

Hoje não tenho vontade de escrever; pouca energia, um tanto distraído e incomodado; talvez porque tenha me levantado antes de completar as oito horas de sono, não sei bem o motivo. Andei lendo parte deste diário; vou aos poucos, porque me cansa. Não sei se me cansa porque está mal escrito ou porque é o meu diário e obriga minha mente a trabalhar mais do que se fosse algo de outra pessoa. Porém, mesmo mal escrito e tudo mais, me parece uma leitura interessante. Teria que corrigir um pouco o estilo, conferir um pouco de densidade a ele; há muitas coisas que são contadas, e às vezes uma frase fala demais. E, como se trata sempre de coisas triviais, se não há encanto no estilo, não resta nada. Veremos o que faço; por enquanto, nada, exceto seguir adiante, seja como for.

QUINTA-FEIRA, 28, 6H03

Escrevo à mão.

Levantei para tomar um café. Parece mentira, mas ontem me deitei às onze da noite. Senti sono depois da comida e adormeci na poltrona de vagabundear; fui acordado pelo telefone (Chl, é claro), e, depois de falar um pouco com ela, disse a mim mesmo: "Por que não deitar agora mesmo?". Havia muito que fazer — lavar os pratos que eu já tinha organizado e deixado de molho com detergente —; ontem, quarta-feira, é claro, a empregada faltou (como sempre ocorre quando a cozinha está um caos) (é evidente que essa mulher tem uma percepção extrassensorial); tinha que fabricar iogurte (a última leva ficou esplêndida, tanto que terminou bem rápido); tinha que esperar as onze e meia para tomar o remédio da hipertensão; tinha que escrever este diário, que está meio abandonado; sem falar de tudo o que eu tinha que fazer no computador. Mas estava decidido e desliguei o computador, tomei o remédio, tomei o café de sempre e me enfiei na cama. Terminei o livro que estava lendo (*El teatro de la memoria*, de Pablo de Santis); excelente. Apaguei a luz e fiquei acordado durante um bom tempo, mas, claro, de quando em quando era despertado por um rugido de leão: estava roncando. Ou seja, não estava acordado, mas sonhava que estava. Às quatro acordei para ir ao banheiro (maldito anti-hipertensivo) e fumei um cigarro: o número dez do dia. Voltei a me deitar, mas acho que não adormeci. De toda maneira, não desperdicei o tempo; me propus a aproveitar esse descanso para exercitar a memória, estimulado pelo livro que tinha lido. Decidi visitar com a mente meu velho apartamento da rua Soriano, e mal tinha começado a visualizar uns cômodos e zz apareceu (uma jovem companheira de alguns anos atrás). Eu a apagara quase por completo da memória, de maneira muito suspeita. Apagara tanto que até agora não consegui visualizar seu rosto. O mais próximo que cheguei foi à lembrança de uma fotografia sua que tenho guardada por aí e que havia encontrado alguns meses atrás. Mas só recordei da fotografia, não o rosto que se enxerga na fotografia; apenas traços imprecisos. Não consegui me lembrar da sua voz. Pude, sim, recordar de umas quantas histórias, algumas muito curiosas, como a dancinha acrobática que fazia quando, durante o período logo depois da minha cirurgia de vesícula, eu a acordava de madrugada para pedir um chá com torradas. Não sei bem por que tinha que acordá-la a essa hora; acho que fazia parte do regime pós-operatório; ou, mais provável, como tinha uma infecção na ferida, estava sem dúvida tomando antibióticos, e os antibióticos me causam mal-estar no estômago se os tomar em jejum. O fato é que ZZ acordava, ou não acordava, como sempre de excelente humor, estado que não era muito frequente enquanto estava desperta. Contudo, mais do que uma questão de humor, diria que era outra mulher; um encanto absoluto. Muito simpática, muito engraçada, muito cordial, muito feliz. Levantava-se no mesmo instante com os olhos fechados ou semicerrados; para mim era sempre uma surpresa acordá-la e dizer que era hora do chá, e ver como sem nenhuma demora ou transição ela se levantava num só impulso e saía em disparada para a cozinha. Quando tudo estava pronto, aparecia com uma bandeja com a xícara de chá, as torradas e os ingredientes que fossem, talvez presunto ou algum doce. Aproximava-se da minha cama, ou melhor, do meu colchão, porque durante o pós-operatório eu dormia fora da cama, ao lado, sobre um colchão no chão; também não sei o motivo. Talvez fosse porque temia contaminar a infecção da minha ferida; talvez, mais provável, porque nesse período, logo depois da operação, conforme lembro agora, eu não podia tolerar a presença de nenhuma pessoa a menos de dois ou três metros; ficava com pânico; temia que fossem bater na minha ferida, ou simplesmente tinha ficado hipersensível ao extremo e só a presença próxima de outro ser me doía. Ela, então, aproximava-se do meu colchão com a bandeja e, em vez de me entregar diretamente, sempre fazia uma estranha dança, maravilhosa, que sou incapaz de descrever. Tinha muito de ritual de oferenda, como a paródia de um sacrifício a um deus, ou de submissão a um rei ou a um sultão. Ao mesmo tempo, tinha o humor e a ternura que só vi nas danças do Gordo e do Magro. A primeira vez achei que ia ser um desastre. A bandeja se movia pra lá e pra cá, o chá ameaçava transbordar da xícara e respingar, ou ainda levar a xícara junto, porque os movimentos eram muito rápidos e aparentemente desmedidos, e a bandeja não parecia manter a horizontalidade. Não obstante, para a minha surpresa, nem uma só gota foi derramada, e compreendi que ela estava em transe, sonâmbula, e que o Inconsciente realizava esses movimentos com a sabedoria que só o Inconsciente é capaz. Essa cerimônia se repetiu pontualmente todas as madrugadas, e jamais houve o menor acidente, jamais uma só gota transbordou da xícara, inclusive quando ela se inclinava, com as pernas cruzadas, numa reverência final, e depositava gentilmente a bandeja sobre minhas pernas.

SEXTA-FEIRA, 29, 3H38

Dia dedicado à programação. Fora do lugar. Inapropriado. Inadequado. Assim não dá.

SÁBADO, 30, 4H23

Já teria que estar deitado, porque hoje "madruguei", e gostei de andar pelo mundo num horário mais decente. Levantei ao meio-dia e meia, um recorde. Não acho que amanhã, ou seja, hoje, depois de dormir, consiga me levantar muito cedo, porque, entre uma coisa e outra, o tempo passou. Por sorte não joguei nenhuma paciência; ontem também não. O tempo bom ajuda, embora não seja exatamente bom, pois há certa ameaça de tempestade. Dizem que amanhã vai chover.

Levantei tão cedo que pude escutar o informe meteorológico do Sodre (Serviço Oficial de Difusão, Radiotelevisão e Espetáculos). A princípio, tem alguma informação interessante, mas o tempo passa e a mulher continua falando, e quando me dei conta de que estava escutando a temperatura mínima e máxima que fez em cada um dos dezenove municípios, mudei para o modo de fita cassete e escutei uma gravação de Piazzolla. Antes, fugi da Radio Clarín como venho fazendo já faz uns dias; exatamente, desde que li o livro de Bernhard, que me contagiou um pouco com sua paixão pela música clássica — mas só um pouco. Não tenho muita coisa para ouvir em fitas, e a única opção é o Sodre. Também há uma rádio chamada Clásica, que me garantiram que quase não tinha propaganda, mas está em FM e não tenho a antena para o meu equipamento, deve estar em algum lugar, e não dá para ouvir direito; e, por outro lado, segundo pude atestar, *tem* propaganda, e o tipo de propaganda que mais me dá nos nervos, a publicidade típica da FM, com locutores untuosos de voz sedutora e hipnótica. Não, senhor; não deixarei que impregnem meu inconsciente com esse tipo de lixo.

Tanto como essa influência de Bernhard, foi importante uma propaganda nova que está tocando na Clarín, de uma erva. Tem um jingle maldito, desesperador de tão estúpido e idiota, com uns desgraçados que ganham a vida cantando com entusiasmo tais imundícies. Anotei o nome da erva para boicotá-la; infelizmente já não posso tomar mate, há muitos anos, exatamente desde os problemas com a vesícula; mas posso tentar convencer meus conhecidos a não consumi-la. Mudei para o Sodre, e com isso minha casa começou a se encher de sons estranhos. Lembrei-me da época passada na casa dos meus amigos; para a minha desgraça, a hora do meu café da manhã coincidia com a hora em que meu amigo escutava o Sodre, e a essa hora tocava, todo santo dia, uma música sinfônica sumamente depressiva e opressiva. Meus cafés da manhã eram tensos, dramáticos. Vinha meu amigo com o rádio portátil na mão, a todo volume, e às vezes deixava ali o rádio e ia embora. Eu não me animava a desligá-lo, porque pensava que ele estava ali perto, escutando, e que eu não podia vê-lo da cozinha mas ele estava ali. E várias vezes não estava. Eu me dava conta mais tarde de que meu amigo tinha desaparecido, talvez até mesmo saído da casa, e eu amargando a vida com aqueles sons depressivos. Agora sou eu quem provoca a situação, mas, por um lado, não ponho o rádio tão alto, e, por outro, depois das propagandas da Clarín e do folclore da Clarín e da maioria dos tangos da Clarín, essa música depressiva me soa um pouco mais tolerável e, como não tenho mais opções, eu a aguento. Às vezes transmitem algo de barroco; muito pouco para o meu gosto, porque, por mim, eu passaria o dia todo ouvindo, com todo o prazer. Também transmitem obras de músicos nacionais e outros americanos pouco conhecidos (por mim), e inclusive tocam com frequência algo de Villa-Lobos, que sempre soa bem. Nesses programas, escuta-se às vezes uns sons muito estranhos, uma música contemporânea que parece feita exclusivamente para alterar o sistema nervoso; mas também é uma mudança favorável. A única coisa que não suporto é a ópera. E o mais difícil de suportar é a música sinfônica. Eu estava perplexo com esse estranho fenômeno das sinfonias; não conseguia entender o porquê de sua existência. Um amigo bonaerense me explicou uma vez: a música sinfônica nasceu quando as cortes dos reis acabaram, ou seja, é um produto da República, e precisam tocar bem alto e fazer muito barulho para alcançar as grandes concentrações de público, já que não é o mesmo tocar num quartinho para o rei e seus amigos ou tocar num teatro, ou ao ar livre. Também caiu, naturalmente, a qualidade, para que o público de massa entendesse ou pensasse ter entendido. São formas musicais muito simples em essência, cujo único mérito é o volume do som. Há exceções, como sempre; sou fã de *A sagração da primavera*, que, se não é bem uma sinfonia, utiliza todos os recursos da grande orquestra e faz todo o barulho possível. Mas é algo criativo, regozijante, cheio de imaginação e cor, não é como essas pancadarias grosseiras de Beethoven, que sempre me lembram uma criança tocando tambor na hora da sesta. Toda essa música tem a simplicidade e a repetitividade e a prepotência das marchas militares. *É* música militar, ou militarista. Sempre é associada a Napoleão e outros personagens brutais.

Mozart é outra coisa. Inclusive nas obras mais popularescas conserva algo da música de câmara, algo fresco e imaginativo.

Tudo isso para explicar por que hoje cheguei a escutar o informe meteorológico, o que me levou à beira da histeria.

A viuvinha não voltou; percebe-se que o luto se encerrou, se é que se tratava de um luto. A pomba morta, depois da chuva e do vento e do sol, parece menos com uma pomba. Mais parece um amontoado de trapos escuros. Agora, com o sol, desaparecendo esse cinza que durante dias e dias e dias homogeneizava toda a paisagem, pude distinguir que no telhado há uma pedra, algo que parece um pedregulho, um seixo rolado. A pedra está perto da mureta em frente ao hotel; a rua é estreita... ou seja, está "a um tiro de estilingue" do hotel. A julgar pelo lugar em que está agora, foi lançada do hotel em linha reta, atingiu a pomba que estava sobre a mureta e a fez cair para trás no telhado, a mais ou menos um metro da mureta. A pomba morta está quase em linha reta em relação à pedra e o lugar de onde, supostamente, partiu o tiro de estilingue.

Também, curiosamente, sobre o chão do telhado há um

prendedor de roupa. Como eu disse, ali não existe varal; mas sim um prendedor. Todo o resto está bastante limpo, exceto pela pomba morta e por algumas penas que foram descolando do seu corpo e que a cercam. Suponho que uma infinidade de predadores pequenos já está trabalhando, e que as penas irão se desprendendo, que serão levadas pelo vento, e que finalmente restará um esqueleto da pomba sobre o telhado — mas não sei se as coisas acontecerão dessa maneira, se há motivos para que essa dispersão das penas seja impossível, e então o cadáver permanecerá com sua vaga forma de pomba e com suas penas o máximo de tempo possível, enquanto alguém não for até esse telhado para retirá-la.

Na rua, minhas costas começaram a doer. Também notei que estou com a vista em más condições; não sei se a volta do sol trabalhará a favor ou contra meus olhos, mas o primeiro efeito foi o de me revelar o estado calamitoso em que se encontram. E me dei conta de que já não sei mais caminhar pela rua, que não tenho reflexos, que me movimento desajeitadamente. Faz tempo que não saio — exceto nesses sábados com Chl — mais do que para andar umas duas quadras até o supermercado.

Resolvi examinar mentalmente a dor nas costas e traçar seu percurso, e de imediato notei que caminho com o centro de gravidade mais perto da garganta do que da pélvis, onde deveria estar. De modo concomitante, ando com os ombros elevados, fazendo muito esforço inútil, e jogados para a frente, o que me curva as costas. Era como se andasse de um lado para o outro preso por um gancho, afixado na altura das minhas vértebras dorsais superiores. Então me concentrei em levar o centro de gravidade para baixo e em afrouxar os ombros; notável. A dor foi embora no mesmo instante e o passo ficou mais firme. Depois, em casa, me dei conta de que também ando o tempo todo encurvado e com os ombros fazendo força na mesma posição, sem a desculpa da fobia à rua. É como se, ao sair do computador, eu conservasse a postura, em especial a postura de escrever sobre o teclado. Fui me concentrando, toda a tarde e a noite de hoje, em vigiar os ombros de quando em quando e em abaixá-los sempre que noto que estão elevados, e isso me traz um resultado muito bom, mas de toda maneira sempre volto à posição viciosa. Quem dera poder ter isso em mente o tempo necessário para corrigir. Ao trabalhar no computador, inclusive quando naveguei um pouco na internet, aproveitando que é o último dia do mês (não achei nada de interessante) e meu limite não será superado por mais de quatro ou cinco pesos, inclusive sentado no computador me preocupei em cuidar dos ombros e mantê-los abaixados sempre que me dava conta de que tinham subido. Outro momento em que encurvo as costas, como pude perceber esta noite, é durante a leitura que faço, invariavelmente, durante as refeições. Como não enxergo bem, ponho os óculos de leitura, que servem para uma distância bastante curta; e o livro me incomoda se estiver muito próximo, de modo que, em vez de aproximar o livro, aproximo minha cabeça, e isso puxa meus ombros para a frente e para cima, e me curva as costas. Muitos vícios para corrigir, mas é necessário, porque a distorção da coluna influi no cérebro, faz com que os dados da percepção, sobretudo da percepção espacial e sinestésica, cheguem distorcidos, e, claro, para o cérebro é como se eu sempre estivesse a ponto de cair, e este tenta corrigir os dados, mas nem sempre acerta, e assim meu passo fica vacilante. Essa contratura nas costas também causa contraturas na nuca e no maxilar, e daí vêm a surdez no ouvido direito e os dentes estragados do lado direito. A nuca estala sempre que giro a cabeça.

Outubro de 2000

DOMINGO, 1, 1H32

Um sábado horrível (já é domingo). Tempo carregado, tempestuoso. Levantei com as vértebras grudadas e o corpo todo dolorido, com uma ameaça de resfriado e de enxaqueca. A única coisa boa desse momento que se seguiu ao despertar foi a comprovação de que o iogurte que eu deixara sendo preparado à noite estava perfeito. Depois, nada, a mente dispersa, leitura, computador (uso improdutivo), mau humor, até que Chl chegou. Ela também não se sentia bem, mas fez todos os esforços do mundo para se mostrar agradável e com certeza teve sucesso absoluto nisso. Além do mais, me trouxe sopa de lentilha. Ontem à noite eu trouxera alguns bifes à milanesa da sua casa. Eu tinha dito que não iria para a casa dela, mas quando me ligou, ao voltar da terapia, notei algo na sua voz e pude constatar que ela andara chorando. Então considerei que deveria fazer um pouco de companhia a ela, e valeu a pena. Hoje, ou seja, ontem, fomos, depois das horas passadas à toa, à liquidação de livros e ao boteco. Eu pensava: "Tomara que não tenha mais livros de Maugham, pois estou farto dele, mas se houver algum que eu não li, vou comprar e vou ler, e estou farto", e, mal chegamos, Chl se jogou sobre um livro e me mostrou, de modo triunfal: Maugham, um título que eu não conhecia. Comprei, é claro. Também comprei três livrinhos de Edgar Wallace, que eu andei desprezando, mas, como fiquei desprovido de romances policiais não lidos, achei que era uma boa estocar. Também consegui um livrinho de Chesterton, que li, talvez, mais de uma vez, mas do qual não consigo lembrar o conteúdo. São, pelo visto, quatro novelas ou contos longos, sob o título de *O clube de novos ofícios*. Uma edição péssima da Plaza, das antigas, com essa letra pequena e de impressão irregular; nem sequer tem índice. Mas não pude resistir, em especial porque estou lendo outro livro de Chesterton que Chl comprara faz umas semanas, *O homem que sabia demais*, que também já li uma vez, ou algumas vezes, mas lembrava pouco dele e, na verdade, é uma leitura muito amena. Foi só; uma colheita fraca. Quando Chl foi embora, lembrei que estava com o corpo dolorido, com ameaça de resfriado e de enxaqueca, e que tinha a mente dispersa. Mas também não joguei paciência. Aproveitando o cuidado que eu tive em setembro com o navegador, reduzindo o gasto em um terço, e já que começamos o mês e está tudo hzerado, depois da meia-noite entrei na internet; não só não havia nada de interessante, como o Netscape fez alguma operação estranha e parou de funcionar. Tive que usar o Explorer, que eu não gosto, e como não está bem configurado encheu meu computador de cookies. Fiquei meia hora dando voltas inúteis e, ao final, me resignei e fechei tudo. Agora vou tomar um chá e espero me deitar cedo.

SEGUNDA-FEIRA, 2, 3H30

Escrevo à mão, e só para cumprir meu compromisso de escrever algumas linhas diárias. Ontem, isto é, anteontem, terminei de ler as páginas do diário que precedem esta. Devo reconhecer que essas últimas partes estão um pouco mais elaboradas; são um pouco mais atraentes como leitura e se aproximam um pouco mais do que poderia se chamar de linguagem literária.

Outro dia com dores musculares, distração, ou melhor, o que minha médica, que me visitou no último horário noturno, qualificou de [palavra que não consigo me lembrar nesse instante; é um sinônimo de "dividido"; ela empregou um termo mais técnico do ponto de vista psiquiátrico]. Antes, Chl tinha aparecido, e ela está com sua TPM a todo vapor, mas é sempre um encanto. Hoje, além da sua beleza radiante, havia o encanto dos tupperwares cheios de bifes à milanesa. Estou com o freezer lotado: pão, milanesas, ensopado. Que mais posso pedir da vida?

Mas estou desvairando. Só registrarei que hoje o computador ficou desligado a maior parte do tempo. Não recebi um só e-mail. Transformei um dos meus programas de VB em outro, que me avisará sempre que eu estiver transgredindo os horários que defini para o uso do computador. Porque hoje acordei furioso com meu vício; fui deitar furioso e acordei furioso depois de ter sonhado — e pensado — a madrugada inteira e boa parte da manhã com um programa que fechasse o Windows quando chegasse a hora prevista. Finalmente optei por outro sistema menos agressivo, porque isso de fechar o Windows automaticamente traz ameaças severas, truculentas, nunca me ajudou muito; tendo a desobedecer. Esse programa, que é muito avançado, se limitará a mostrar um aviso que me lembra amavelmente do meu propósito de desintoxicação. Não tenho certeza de que vai dar certo, mas é meu dever tentar. Continuo fazendo todo o possível, também com a difícil e árdua vigilância dos meus ombros. De quando em quando me lembro e os deixo voltar para sua posição natural. Ontem, ou seja, hoje, pude dormir sem as dores nas costas e nos rins dos dias anteriores. O corpo responde rápido, e de forma muito positiva, aos menores esforços que se faz para melhorar.

De toda maneira, o tempo tempestuoso e úmido me trouxe essas dores musculares e esse mal-estar. Dizem que amanhã despencará, enfim, a tempestade.

SEXTA-FEIRA, 6, 22H48

Não vou explicar por que passei tantos dias longe deste diário, porque eu mesmo não sei a explicação. A verdade é que parei de escrever no dia seguinte à noite em que terminei de ler o que tinha escrito no diário até então. É possível que essa leitura tenha me desanimado, não tanto por considerar que nada daquilo merece ser lido, e que em raríssimos momentos atinge um nível narrativo aceitável — porque eu não tinha muitas ilusões a respeito disso — e sim, talvez, pela ideia de que é um montão de páginas acumuladas sobre as quais eu teria que trabalhar, limpando umas partes e desenvolvendo outras, corrigindo, apagando e acrescentando. E não tenho muita vontade de fazer esse trabalho.

Mas quero, sim, fazer constar aqui meus esforços para me livrar do vício em computadores e melhorar meus horários de sono. Hoje desliguei a máquina às sete da tarde. Nos seis dias que se passaram de outubro, o uso médio é de pouco mais de três horas diárias, enquanto nos meses anteriores não era menor do que cinco horas e meia. Mas essa média de três horas e pouco continuará diminuindo, porque já terminei o programa que mais me consumiu tempo de tela nesses dias — justamente o programa que me avisa que é hora de desligar o computador, conforme o dia e as circunstâncias. Hoje me levantei às duas da tarde, o que depois de uma quinta de oficinas significa um grande avanço. Vejamos como continua essa história; por agora, sofro bastante com a síndrome de abstinência, e me sinto, às vezes, muito fraco e com a mente muito entorpecida.

DOMINGO, 8, 4H11

Passei do limite com o computador, mas era sábado (agora é domingo), e aos sábados e domingos sou mais permissivo. A verdade é que estava com uma grande ansiedade para fazer mil coisas nessa máquina. Tudo bem. Amanhã, ou seja, hoje, domingo, devo desligá-la às cinco da tarde. Sofrerei... mas tenho que aguentar um tempo até que o hábito se atenue.

O ritual de sábado foi cumprido pontualmente; ou melhor, um pouco mais cedo do que nos outros sábados, pois ganhei algumas horas em matéria de tempo acordado — estou levantando um pouco mais cedo. Não muito, mas o suficiente para ver o sol e notar uma diferença em relação aos meses anteriores. Às vezes parece mentira ter vivido submerso por tanto tempo nessa verdadeira escravidão.

Ontem (quero dizer, sexta) tive tempo de ligar para o meu primo; fazia cerca de dez dias que ele tinha me deixado uma mensagem na secretária eletrônica e eu nunca conseguia ligar para ele num horário razoável. E é preciso de tempo para falar com ele; não padece nem um pouco da minha fobia de telefones e pode ficar horas falando, igual às mulheres. Quando a pessoa insinua que está ocupada e precisa desligar, ele continua botando assuntos na roda. Desde que éramos muito mais jovens, ele me apresentava aos amigos dizendo: "Esse é o meu primo, o louco", e eu também o apresentava com as mesmas palavras. Apesar de sermos muito diferentes numa grande quantidade de aspectos, tenho certeza de que temos uma configuração psíquica bastante parecida. Agora, nos distingue o que poderia se chamar de consciência da doença; meu primo não tem nem um pingo dessa consciência, e está convencido de que suas dificuldades vêm de causas totalmente alheias, por exemplo, a situação do país, e talvez uma série de circunstâncias que, por acaso, coincidiram para prejudicá-lo. Eu sou consciente do meu mal e luto contra ele; não tenho, com frequência, o menor êxito, e às vezes obtenho êxitos momentâneos ou pouco duradouros. De toda maneira, sigo consciente do meu mal, embora não possa superá-lo. Eu me pergunto durante quanto tempo continuarei mantendo essa consciência, e conseguindo esses êxitos parciais que me permitem, apesar de sua fugacidade, continuar fazendo as coisas necessárias para a minha sobrevivência. É muito possível que dentro de pouco tempo eu me encontre sem solução, restringindo-me cada vez mais e sem compreender de onde vêm meus males.

Agora estou dedicado a essa ofensiva contra meu vício em computador. Minha teoria é que, se eu conseguir ir me desacostumando, irei recuperando algumas habilidades e, sobretudo, tempo acordado, quero dizer, tempo útil desperto, em horários nos quais eu possa compartilhá-lo com outras pessoas.

SEGUNDA-FEIRA, 9, 0H20

Consegui atualizar minha agenda e imprimi-la e desligar o computador; no total, oito minutos. Aproveitei para dar uma olhada no gráfico de tempo de tela; ainda está um pouco alto para o meu gosto, mas baixou consideravelmente, das minhas cinco horas diárias para três e cinquenta e seis minutos, ou seja, quatro. Agora que penso, talvez esse programa, feito por mim, tenha algo de errado na rotina que executa para obter a média, já que se passaram oito dias do mês de outubro, e se a média é de quatro horas diárias o total deveria ser trinta e dois; não obstante, numa rápida soma das horas diárias, obtive um total de vinte e quatro, o que deveria resultar numa média de três horas diárias, não quatro. E aqui estou, escrevendo sobre o mundo do computador para suportar a síndrome de privação. Inclusive em sonhos o mundo do computador aparece; antes de acordar esta tarde, sonhava reiteradamente com uma operação em Visual Basic. Tratava-se da linha de um programa que, ao ser executado, apagava um arquivo. Mas essa linha continha uma contradição, já que ali também estava a ordem de criar novamente o mesmo arquivo. Eu executava essa linha, ou esse programa composto apenas dessa linha, de novo e de novo, de novo e de novo, e sempre ficava impressionado que as coisas continuassem iguais a antes. Não podia encontrar nessa linha onde estava a segunda ordem, a que invalidava a primeira. Me dou conta agora de que, no sonho, eu não modificava essa linha porque, no fundo, não tinha certeza se queria apagar o arquivo, e provavelmente tinha posto a segunda ordem em caso de me arrepender do que a primeira fazia. Com certeza isso é um sinal da parte mais elevada do meu inconsciente; está me mostrando que minha ambivalência a respeito de alguma coisa está me levando a ser ineficaz, ou, pior ainda, a realizar repetidamente e com um gasto inútil de energia ações contraditórias que não mudam nada, não produzem resultado algum, e, portanto, não servem para nada. Logo vou me sentar e analisar essa mensagem. Agora quero falar de outro sonho, ou fragmento de sonho, também reiterativo, que tive antes do que acabo de narrar. Parece que eu trabalhava numa espécie de laboratório (tinha muitas paredes de azulejo e portas de vidro), num trabalho pouco importante, como de office boy ou estagiário. Em certo momento, meu chefe, alguém de túnica situado à minha esquerda, a quem não só não sou capaz de individualizar, mas também nem sequer cheguei a ver claramente, me estendia uma bandejinha e dizia para eu levá-la a... não sei onde, outro setor dentro do mesmo edifício. A bandeja (ou prato redondo, talvez) continha algumas fatias de pão, de forma quadrada, como pão de sanduíche sem casca (não sei quantas, porém acho que havia mais de uma, ou talvez só uma mas acompanhada de outras coisas). Uma das fatias, se é que eram várias, estava untada com uma espécie de creme, ou algo que podia muito bem ser ricota. Eu caminhava com o prato ou bandeja por um corredor e, de repente, de forma completamente arbitrária e sem nenhum direito, agarrava a fatia de pão untada e a comia com grande satisfação. Logo chegava de alguma maneira a meu conhecimento, fosse pelo gosto ou porque alguém me dizia, que aquilo não era um pão untado com creme ou ricota, e sim uma cultura de germes. Eu me sentia desconcertado, não compreendia por que tinha comido aquilo e me preocupava por alguns instantes com o pensamento de que eu estava infectado por algo que poderia ser terrível, mas logo me acalmava por meio de um raciocínio não totalmente convincente: dizia a mim mesmo que os sucos gástricos dariam conta rapidamente dos germes, iriam dissolvê-los sem maior dificuldade, e logo em seguida toda a cena se repetia e eu voltava a comer esse pão untado. Cada repetição da cena ia aumentando a sensação de asco que eu tinha.

Está sendo bastante difícil escrever com essa Rotring que recarreguei ontem à noite.

SEGUNDA-FEIRA, 9, 1H07

Desmontei de novo a Rotring com o plano de acrescentar umas gotas de álcool à tinta. Ao desmontá-la, descobri que estava quase vazia; isso quer dizer que ontem à noite não a carreguei com a quantidade de tinta necessária. De modo que pinguei umas gotas de álcool com um algodãozinho, e depois acrescentei mais tinta. Ao encaixar a tampa que contém a ponta metálica, transbordaram umas gotas, que sujaram minha mão esquerda — mas não o blusão. Nisso, descobri que na mesma gaveta onde estava a tinta Rotring também está a caneta Staedtler com a qual escrevi o "romance luminoso". É incrível como esses artigos de escritório sobreviveram a tantas perdas, tantas mudanças, tantas rupturas — tantas vidas vividas, em resumo. Assim como meus textos. Dá para ver que essas coisas são as únicas com as quais tomei cuidado. Dos meus textos, só perdi alguns escritos durante a estadia na casa dos meus amigos ou durante alguns dias passados na casa de Chl. Eu me incomodo, acima de tudo, de ter perdido o relato de um sonho onde se sintetizavam alguns aspectos sobressalentes desse período. Mas não tenho certeza de que essas folhas tenham se perdido de fato; tenho a impressão de que, a qualquer momento, podem aparecer, quando eu estiver procurando outra coisa.

E qual é o resultado que obtive da recarga da Rotring? Nenhum apreciável. Só consegui escrever fluidamente, de maneira impecável, a data e a hora. Logo em seguida começou a funcionar como antes, ou talvez um pouco pior. Já pedi a Chl para que me compre uma nova. Não quero usar a Staedtler; lembro-me perfeitamente das dificuldades que surgiam de tempos em tempos, como precisava desmontá-la e limpá-la com frequência, como entortava, invariavelmente, uma agulha finíssima que tinha dentro da ponta metálica e que era, com certeza, o que permitia escrever.

Eu me recuso a continuar escrevendo com essa merda.

SEGUNDA-FEIRA, 9, 4H57

Era muito simples: a linha contraditória do programa (no meu sonho) não passava de uma representação cibernética, uma metáfora cibernética, do que andei chamando de "Sísifo". Não é que eu estivesse pensando nisso o tempo todo; só agora me lembrei, enquanto escovava os dentes antes de me deitar. Estava justamente acomodando uma pilha de livros e revistas que cobriam boa parte do chão da biblioteca e entre muitas coisas encontrei uma coleção encadernada, mais um exemplar solto, de *Luluzinha*, que li inteiro. Também encontrei uma grande quantidade de revistas de jogos das quais fui chefe de redação; num número extra de uma delas havia uma foto na qual apareço com os patrões e com todos os meus colaboradores. E também havia fotos de alguns colaboradores freelancers, muitos dos quais eu tinha recrutado entre os leitores das revistas. E, numa revista *Humor & Juegos*, encontrei um puzzle do qual estava falando poucas horas atrás com Chl — "o chinês que desaparece" (na verdade, "Get off the Earth"), de Sam Lloyd. Amanhã vou escaneá-lo e fazê-lo funcionar. É muito difícil descobrir o truque; ao girar em certo grau um disco sobre o outro, de treze chineses iniciais restam apenas doze.

Estou escrevendo com uma tinta verde fluida demais, e minha letra se desfigura muito por causa da velocidade com a qual escrevo. Mas é melhor do que essa caneta recarregada que, de toda maneira, já joguei no lixo.

P.S.: Quero dizer, então, que o sonho está indicando que tenho uma "linha" contraditória na minha mente, que me faz retroceder em todos os meus avanços. É preciso continuar aprofundando.

TERÇA-FEIRA, 10, 1H03

Estou entediado. É duro ter que confessar isso, confessar a mim mesmo, mas é verdade. Nunca pude entender as pessoas que se entediam, e sempre incomodei os entediados apontando-lhes a etimologia da palavra em espanhol, *aburrido*. Hoje foi minha vez. "Sinto horror de mim mesmo"; "estou aborrecido". Durante cinco anos estive preparando essa armadilha mortal, transferindo meus interesses, um por um, à máquina prodigiosa. Hoje quase tudo que é minha vida está ali dentro, e agora a máquina está desligada. Desde ontem, segunda-feira, às seis e meia da noite (sim, passei uns minutos do horário-limite, mas tinha minhas razões; tive que preparar a impressão de alguns gráficos para a minha médica, gráficos e outros dados que finalmente decidiram pela suspensão do tratamento com o antidepressivo por não ter tido resultados significativos no que diz respeito à diminuição da quantidade diária de cigarros que consumo) (dezessete vírgula três contra dezenove dos meses anteriores ao tratamento) (aproximadamente uns dois por cento, ao longo de dois meses e meio) (é verdade que há algumas coisas a favor do tratamento, que não vou explicar aqui, mas a decisão da minha médica me parece correta) (em outro assunto paralelo, a pressão arterial parece ter se mantido estável: catorze por oito).

Dizia que estou entediado, e devo analisar um pouco esse estado. O tédio vem misturado com algo mais forte, algo como uns surtos que me atacam, de quando em quando, de um sentimento parecido com pânico ou com uma extrema desolação; como se, de um momento para o outro, tudo fosse perder seu significado. Nesses momentos, minha vista se dirige para o local onde está o computador. Não o enxergo, porque estou separado dele por uma parede, mas não tenho dúvidas da intenção do movimento dos meus olhos, porque junto aos olhos há algo que se move dentro do meu peito. É algo parecido àquela laceração que senti quando estava prestes a descer do carro de Chl, mas não tão intenso, é claro. Doloroso, ainda assim. Ao mesmo tempo, noto que a maioria dos meus pensamentos continua dirigida ao computador, à linguagem de programação e, em geral, a qualquer coisa que tenha uma mínima relação com a máquina. Resisti até agora ao impulso de ligá-lo, embora tenha boas razões para isso (certas questões práticas); decidi que isso ficaria para mais tarde, no horário permitido (das oito da manhã até a meia-noite; amanhã, por ser terça-feira e, portanto, dia da oficina virtual, eu me permito, assim como nos sábados, um horário extenso).

Não posso dizer que esteja arrependido dessa relação patológica que estabeleci com o computador. Acho, sim, que essa forma de relacionamento já cumpriu sua função, até demais, e é hora de trocá-la por outra. Lamentavelmente, considero impossível me desprender da máquina, prescindir dela a partir de agora. Também me parece que seria uma atitude estúpida. Não tenho por que me isolar dos correspondentes de e-mail nem por que voltar a teclar penosamente numa máquina de escrever mecânica, nem por que fazer trabalhosas cópias em papel-carbono sempre que modifico algo, nem por que, caramba, me privar de ver essa maravilhosa abundância de japonesinhas peladas. Nem por que me privar de um secretário eletrônico que me informa pontualmente das coisas que tenho que fazer e dos horários combinados com os amigos para um encontro. Devo, sim, domesticar tudo isso que me domesticou, dominar essa força que me tornou submisso.

Cheguei, pois, a essa situação de tédio, como qualquer trabalhador no seu dia livre; meu outrora esplêndido mundo interior parece vazio. Nem sombra do espírito; nem sombra de imagens; nem pensar em relaxar, em, como antes, encontrar-me prazerosamente comigo mesmo, sentir como "o espírito da mente" se liga ao "espírito do corpo e não podem ser separados" (Tao Te Ching). Aquele agradável calorzinho do self. Faz muitos anos que perdi todas essas habilidades; se agora tento recuperá-las, a ansiedade me ataca ou então adormeço.

Mas teria que insistir por esse lado. Talvez hoje não consiga, nem amanhã, nem depois de amanhã, mas em algum momento aquilo pode voltar. Graças ao sr. Guggenheim, cuja generosidade me permitiu empreender essa aventura, essa tentativa de resgate. Não era minha intenção fazê-lo, quando solicitei a bolsa; não sabia que estava perdido. Agora posso me dar conta da magnitude do desastre. Que, como eu já disse, não começou ontem, nem há cinco anos, nem há dez. De modo que, também, se há cura possível, não será hoje, nem amanhã, nem depois de amanhã.

QUARTA-FEIRA, 11, 2H12

Tenho uma nova Rotring, ou melhor, duas; cheguei a tempo no local onde as vendem, quase na hora de fechamento, mas cheguei. E logo passei no cabeleireiro, milagrosamente aberto, e cortei o cabelo, que estava ridículo de comprido. Claro, a barba já cresceu. E as unhas. Não dá para estar tudo curto. Levantei e, antes de lavar o rosto, me vestir ou tomar café da manhã, liguei o computador e resolvi vários assuntos práticos, cujas indicações cobriam o monitor (papéis colados com fita mágica Scotch desgrudável), e também conferi o e-mail e respondi o que não podia de modo algum ser adiado. Comprovei, também, que o procedimento que calcula a média de horas de tela funciona perfeitamente; não sei o que aconteceu quando apareceu aquele cálculo de quase quatro horas, não sei onde estava o erro, mas a verdade é que a média real atual é de duas horas diárias e trinta e quatro minutos, quase exatamente o que eu imaginava. A média de tempo de tela diária foi reduzida à metade. Não acho que seja necessário me esforçar para diminuir mais ainda; se tudo continuar como agora, a média vai baixar um pouco mais, mas não é minha aspiração. Acho que a média de duas horas e meia está muito boa, pelo menos para esta etapa. Se ela se mantiver, depois decidirei, de acordo com como estiver me sentindo e as necessidades de uso racional, se é preciso baixar mais ou não.

Hoje, ao contrário do que tinha imaginado, não pude passar a limpo uma só linha deste diário, que está com vários dias de atraso; logo chegará a hora, acredito. Não tive tempo porque preferi sair para a rua antes que anoitecesse. Comi tranquilo, lendo como sempre, tanto no café da manhã como no almoço-janta ou quase janta, e na janta propriamente dita. Isso significa muito tempo longe da máquina, e me chama a atenção minha tranquilidade a respeito disso. Também teve a visita de Chl. Quando faltava uma hora para a meia-noite, a hora de desligar, foi quando fiz o jantar propriamente dito, e finalmente cheguei à máquina quando só faltavam quinze minutos. Entre outras coisas, despachei a oficina virtual e preparei o menu de opções da oficina virtual para os que terminaram o primeiro curso. Com isso, passei um pouco da hora de desligar e, depois, sim, eu confesso, entreguei-me à divagação e ao transe. Minha transgressão durou até a uma e quinze da manhã. A noite, a madrugada, sempre é o momento mais difícil; à noite, minha força de vontade fraqueja mais do que nunca e desaparece com toda facilidade. A transgressão de pouco mais de uma hora, embora seja uma transgressão, é um grande avanço. Fazia anos que eu não conseguia desligar o computador à noite e muitas vezes ficava em transe até depois do amanhecer. Estou gostando de recuperar algumas horas de luz natural e poder resolver essas dificuldades (estúpidas, pode-se dizer, mas até poucos dias atrás, insolúveis) para conseguir algumas coisas de que preciso, como canetas, ou cortar o cabelo. Ontem, também tive algumas satisfações: pude chegar a tempo ao sebo que fica na esquina de casa e que, ao longo de todo um ano, não consegui visitar mais do que três ou quatro vezes. Peguei dois romances de Colette, e um, horrível, de Edgar Wallace; horrível e, apesar de tudo, devorei-o ontem mesmo. Estava muito angustiado pela síndrome de abstinência e foi uma bênção poder me distrair com uma coisa muito, mas muito idiota. Desprezei Edgar Wallace minha vida inteira, e no último mês li quatro ou cinco dos seus livrinhos. Por tê-lo desprezado, ele é uma total novidade para mim.

A grande surpresa em termos de leituras recentes foi *Sivainvi* (horrível tradução espanhola de *Valis*), um romance de Philip K. Dick. Neste, Dick insere na sua ficção científica dados autobiográficos claramente reais e, mais do que um romance, é um tratado filosófico-religioso de primeira ordem. Fiquei surpreso em descobrir nessa ocasião que Dick viveu certas experiências similares a algumas que vivi, embora, no caso dele, elas tenham ido muito mais longe. De todo modo, algumas das suas conclusões são parecidas com as minhas, embora ele, também nesse aspecto, vá muitíssimo além. Fico infinitamente feliz de jamais ter experimentado nenhum tipo de droga (exceto algumas autorizadas, como o tabaco). Não acho que seria capaz de sobreviver a experiências da magnitude das de Philip K. Dick. Bom, ele também não conseguiu. De qualquer maneira, é muito agradável ler essas coisas que, de algum modo, hierarquizam a própria loucura.

A propósito: não senti hoje nenhum mal-estar por ter pulado um dia de antidepressivo. O plano é tomar dia sim, dia não, durante um tempo, mas se continuar sem sobressaltos o provável é que eu vá me esquecendo de tomar, sobretudo porque meu programa que avisa o dia e a hora de cada medicamento não permite, por falta de previsão minha, avisar sobre a tomada de comprimidos em dias alternados.

Já escrevi bastante com a caneta. Desliza muito bem. É um prazer escrever com ela.

QUARTA-FEIRA, 11, 17H15

Quase desde o começo do meu vício em computador tive a certeza de que esse diálogo com a máquina era, no fundo, um monólogo narcisista. Uma forma de se olhar no espelho. Este diário também é um monólogo narcisista, embora, a meu ver, não tenha as mesmas conotações patológicas do diálogo com a máquina. Não quero dizer que não tem nenhuma conotação patológica, e sim que, ao mesmo tempo, operam certos fatores positivos que de algum modo equilibram as coisas. O diálogo com a máquina, por outro lado — e considerando seu caráter compulsivo —, não contém praticamente nenhum elemento positivo que aja como contrapeso.

Essa reflexão deriva do fato de que ontem à noite, ou seja, hoje de madrugada, com a máquina desligada e o registro deste diário realizado, em vez de ir me deitar sem maiores rodeios, me senti atraído pela revista *Cruzadas*. Nos últimos dias, estive organizando a biblioteca, ao que atribuí o significado de "tomar posse" deste apartamento, quase um ano e meio depois de ter me mudado para cá; dito de outra maneira, nestes dias retomei a mudança que tinha ficado paralisada com a viagem de Chl. Foi assim que começou a aparecer uma grande quantidade de livros e revistas; entre eles, uma coleção enorme de revistas científicas (a maioria, a edição espanhola de *Scientific American*, que Gandolfo deixou para mim quando foi para Buenos Aires, e cuja interessantíssima leitura eu interrompi lamentavelmente desde que o diálogo-monólogo com o computador foi me devorando), e muitos exemplares, supostamente repetidos, das revistas que ficaram a meu cargo durante a aventura de escritório bonaerense. Entre elas, é claro, *Cruzadas*, que foi praticamente minha criação pessoal. Faz algumas noites que tomei um exemplar e me pus a resolver alguns passatempos, o que me provocou uma angústia silenciosa cuja origem não é difícil de rastrear. Eu tinha deixado enormes pedaços de mim mesmo nessa revista durante três anos. E não só na revista, como também na cidade. Toda a bagagem bonaerense ameaçava cair em cima de mim e me esmagar, assim como me ameaçava a bagagem montevideana em Buenos Aires e em Colonia, e ainda, na própria Montevidéu, que até hoje não tenho coragem de percorrer mais do que certos caminhos perfeitamente delimitados e já trilhados. Ontem tinha encontrado num número especial de *Cruzadas* uma foto onde apareço com meus colaboradores e meus patrões, e também uma série de fotos de colaboradores freelancers. Arrepiante foi me dar conta de que alguns deles estão mortos. E muitos estão enterrados em minha memória.

Esta madrugada, então, em vez de ir me deitar, senti vontade de folhear um pouco algumas *Cruzadas*, e resolvi umas palavras cruzadas. Depois fui quase automaticamente para a correspondência dos leitores. Mas essa revista já não era da época em que eu me ocupava com a correspondência. Fiquei curioso e busquei a coleção encadernada. Caí numa das correspondências que eu escrevi e ali fiquei, no loop, no monólogo narcisista, sem poder sair. Li uma por uma todas as páginas de todas as correspondências dos leitores escritas por mim, e depois procurei outro volume da coleção... e assim foi, até as sete da manhã. Quando saí do transe, me dei conta de que o sol já estava bastante alto; aparecia na lateral do Palacio Salvo. E vi que tinha deixado acesas todas as luzes do living-sala de estar. E me dei conta de que estive em pé durante horas, com as costas entortadas, na pior posição para ler, completamente absorto por aquele passado oculto que ia ressurgindo aos poucos diante dos meus olhos. Fui recordando cada um dos leitores (e, sobretudo, leitoras) com quem dialoguei, e o entorno físico onde transcorriam minhas horas de trabalho. Inclusive encontrei uma carta de um leitor que, ao final, adiciona alguns parágrafos cifrados, uma mensagem com letras trocadas, algo como CBJHF XFR. E encontrei minha resposta, na mesma chave. O que diriam aqueles criptogramas? Me pus a resolvê-los. Em pouco tempo, pude ler o que o leitor tinha escrito e também minha resposta.

Todo esse passado é também um criptograma que devo decifrar. O monólogo narcisista está funcionando em outro nível. Não devo abominá-lo nem rejeitá-lo como patologia pura, porque ali há muitas pistas para encontrar o caminho de volta; e não devo me esquecer de que onde não há narcisismo não há arte possível, nem artista.

QUARTA-FEIRA, 11, 21H11

No telhado vizinho, o cadáver da pomba foi se deformando e se achatando com as chuvas, os ventos e os raios de sol — e talvez também pela passagem do tempo. Faz alguns dias que eu me perguntava, olhando para lá pela janela do meu quarto, se eu adivinharia que isso algum dia foi uma pomba, se não tivesse visto quando ainda conservava sua forma. Apesar disso, do ponto de vista das pombas, parece que o reconhecimento continua imediato. Não tinha visto visitantes ao telhado vizinho durante todos esses dias, desde a última vez que mencionei a pomba morta neste diário; tinha visto, sim, não sem surpresa, uma pomba parada uma tarde na mureta em frente ao hotel, mais ou menos no lugar exato que, suponho, a pomba defunta tinha ocupado no momento que recebeu o impacto. Mas não voltei a ver a viúva nem alguma outra pomba se aproximar do cadáver. Mas, nesta tarde, fiquei surpreso ao levantar a persiana e ver que outra pomba tinha se aproximado. Tive a impressão de que não era a viúva, embora a cor fosse similar, escura, um cinza-escuro tendendo ao preto — como corresponderia a uma viúva. Mas me pareceu maior, e, pelo tamanho, um macho, e não uma fêmea, embora, a respeito dessas coisas, tudo são conjeturas ou extrapolações da minha parte. E o que mais me surpreendeu foi que, de repente, esse suposto macho começava uma dança de acasalamento, bastante frenética, ao redor do cadáver. Eu tinha acabado de me vestir e ainda não tinha tomado café da manhã; estava ansioso para fazer isso e começar meu dia, já que a longa noite em claro me fez acordar bastante tarde e tinha muitas coisas para fazer antes que chegasse a hora de desligar a máquina (seis e quinze da tarde) — e a hora da minha aula de ioga (sete horas). Mas não podia deixar de olhar o curioso espetáculo do que eu pensava ser um macho, cortejando o que eu achava ser outro macho, e, para completar, morto e deformado. A dança foi breve e violenta, como se feita sob o impulso de uma compulsão sexual irresistível; mas a imobilidade do objeto de desejo, a falta de resposta, pareceu cortar em seco a inspiração do festejante e mergulhá-lo numa confusão terrível. Soprava um pouco de vento, em rajadas espaçadas, e uma ou outra pena se movia tanto no cadáver como sobre as telhas onde algumas tinham se esparramado, pequenas e brancas. Parece que esse movimento era a principal causa da perturbação do festejante, porque, embora não fosse a resposta adequada, era um sinal de atividade, e, portanto, ele pensaria, de vida. Aí é que surgia o conflito, e o festejante não podia fazer outra coisa além de caminhar de um lado para o outro, como quem passeia nervosamente com as mãos juntas às costas, daqui para lá, enquanto sua mente trabalha com afinco na solução de algum problema urgente ou na tomada de uma decisão. Ia e vinha, e de repente subiu em cima do morto como quem sobe um pequeno morro para dominar melhor a paisagem; caminhou por cima, dando voltas, girando, pisoteando-o. Depois, desceu para as telhas e continuou caminhando, sempre oscilando ligeiramente a cabeça, como se expressasse uma intensa dúvida, uma descrença no que acontecia. Rajadas de vento, leves movimentos de penas, e o festejante subia outra vez, pisoteava, dava voltas, até que, de repente, de costas para mim, sempre sobre o cadáver, realizou uns quantos movimentos frenéticos de cópula. Com certeza conseguiu imediatamente um orgasmo, porque logo ignorou seu objeto de desejo e saiu voando. Pensei: "Não falta mais nada para esse coitado morto". Também pensei: "Tomara que não aconteça o mesmo comigo quando eu morrer".

Fiquei me enrolando na preparação do café da manhã e cheguei a servi-lo, quando algo do qual eu tinha me esquecido, não lembro o quê, me fez voltar ao quarto. Não pude deixar de dar uma olhada pela janela no ensolarado entardecer e, caramba, o que foi que eu vi, se não o macho necrófilo voltando para mais uma. Caminhou ao redor dele, por cima, pisoteou-o; tudo de um jeito mais tranquilo, mas o mesmo ritual. Logo desceu de cima do morto e parou na borda. Bicou-se entre as penas do peito, e logo bicou algumas penas do cadáver, provavelmente da asa, que continua estendida. No bico da pomba viva apareceu uma pluminha branca. Repetiu a operação várias vezes. Por um momento, pensei que talvez tivesse começado a comer o cadáver, mas logo vi que não, ou pelo menos pensei que não. Apareceu outra pluminha branca no bico. Não sei em que ordem, voltou a caminhar ao redor, parou em cima do morto, e caminhou um pouco mais por cima e desceu outra vez e ficou na borda do telhado. Nisso, chegou outro macho, bem maior e agressivo, mais branco e com algumas penas verde-azuladas no pescoço, como um tornassol (um tipo de pomba que, por algum motivo, me desagrada mais do que as outras), e começou uma dança de cortejo. O festejante anterior se afastou rapidamente. O novo macho ficou dono da situação, mas não se interessou pelo morto; o objeto do seu desejo era evidentemente o outro macho, se é que era um macho, porque a essa altura dos acontecimentos deixei de entender ou de tentar entender ou de acreditar que entendia o que estava acontecendo. O suposto macho deu algumas voltas pelo telhado e logo se foi. Eu fui tomar café da manhã, com o estômago um pouco revirado.

QUINTA-FEIRA, 12, 2H55

O encadernador. Agora eu me lembro. Se a memória não me engana, as revistas *Cruzadas* que me mantiveram a madrugada de ontem inteira acordado foram encadernadas (em quatro volumes de vinte números cada) por um encadernador da cidade de Colonia. E, se a memória continua sem me enganar, o sobrenome dele era Saavedra. Pelo menos sei que associei seu sobrenome, naquele momento, com o *Quixote*, e acho difícil que ele se chame Cervantes. Ou Alonso, ou Quijano. Tem que ser Saavedra. Quando levei a coleção, com a alma por um fio, indiquei-lhe que por nada no mundo deveria guilhotinar as revistas — um costume odioso entre os encadernadores. É difícil que, pelo menos nestas latitudes, existam dois números de uma revista com exatamente o mesmo tamanho e exatamente a mesma mancha de impressão. Agora talvez, com os avanços tecnológicos (os assim chamados avanços tecnológicos, diria Bernhard), mas na época da minha passagem pela revista *Cruzadas* não se esperava de nenhuma maneira tal exatidão. Além disso, os primeiros números da revista tinham um tamanho decididamente maior; foi lá pelo número catorze (eu entrei na editora quando preparavam o número treze) que os donos da empresa descobriram que, se reduzissem um pouco o tamanho, poderiam economizar muito papel, e, ao mesmo tempo, imprimir dois números ao mesmo tempo, o que também significava uma economia importante. Foi uma decisão correta em termos econômicos, mas desastrosa em relação à qualidade da revista. Esses centímetros quadrados a menos obrigavam a encolher os jogos e a reduzir o tamanho da letra; tudo ficava mais apertado e mais incômodo. Se antes um jogo de palavras cruzadas comum, incluindo as definições, ocupava uma página, com o novo tamanho precisava de uma página e pouco. Voltando ao encadernador: quando pedi que não guilhotinasse as revistas, me olhou torto e reclamou. Eu lhe disse que este era um ponto essencial, inegociável; não queria revistas guilhotinadas. Se achava que não podia fazer o trabalho nessas condições, perfeito; eu levaria de volta para casa as revistas. Mas guilhotiná-las, de modo algum. Finalmente entramos num acordo e deixei-as lá.

Ele as guilhotinou. Não apenas os exemplares até o número catorze ficaram mutilados de forma atroz; vários outros têm páginas incompletas, fatiadas sem necessidade. Senti uma dor imensa. Foi um autêntico e estúpido crime. Já não havia como reconstruir a coleção. Ficaria assim. E assim ficou. Estrangularia com gosto o encadernador, mas às vezes as leis são injustas.

Saavedra, acho que era o nome dele.

QUINTA-FEIRA, 12, 18H18

Escrevo no Word enquanto espero a visita de Julia, lamentavelmente sem tempo para desenvolver de forma conveniente um tema tão, tão importante como o sonho desta manhã, e outro nem tanto, como o da continuação da história das pombas.

* * *

Sonhei com um programa para DOS, algo facilmente explicável porque dormi pensando nisso. Tive um raro ataque de insônia, apesar do horário tão tarde, e estava inquieto e um pouco sobressaltado, e resolvi pensar num assunto relacionado ao computador, e escolhi pensar num programa que consegui para limpar arquivos desnecessários e deve ser rodado no DOS e não no Windows. No sonho, eu executava uma linha do programa e, de algum modo, o programa me indicava que antes de prosseguir tinha que ir ao fundo de um solar, algo parecido com os fundos de uma casa onde morei em Colonia durante dois anos; mas os limites não eram muito precisos nem minha visão era muito ampla (por exemplo, uma árvore muito importante não aparecia por completo, apenas parte dela, e também não se viam os limites das laterais). Nesses fundos havia uma espécie de bancada, supostamente junto ao limite final do terreno, e sobre ela estava apoiada uma máquina, talvez o computador. Antes de chegar a esse limite, havia uma árvore frondosa, um pinheiro, do qual se via a parte inferior, em especial um galho muito mais longo do que os outros. Esse galho se estendia da árvore até o que poderia ser a frente do terreno; o galho tinha dois ou três metros de comprimento, e surgia do tronco a partir de uma altura aproximada de um metro e meio ou um pouco mais, e ia descendo suavemente até quase tocar a grama que acolchoava o solo. Essa parte do pinheiro e esse galho em específico eram o centro de uma atividade febril e ruidosa; um ir e vir de insetos e bichos, um zumbido constante, barulhento. Também havia pássaros, pelo menos dois; um tinha o peito rosado, ou era todo rosado, com penas muito finas dispostas como alfinetes num alfineteiro, embora muito mais apertadas. O corpo do pássaro era bastante pequeno e o pássaro parecia benigno. No sonho eu sabia o nome desse tipo de pássaro, que não era um pintarroxo. O galho se estendia até o que eu chamei de frente, e até minha esquerda, e, no solo, perto do final do galho, havia outro pássaro, escuro, que identifico vagamente como uma codorna, embora ache que as codornas são maiores. O pássaro, quando me viu, fez um movimento, uma pequena corrida como se fosse para alçar voo, mas logo parou e ficou numa atitude um tanto ameaçadora, esperando para ver o que eu faria. Eu também via uma grande quantidade de insetos, moscas e varejeiras que iam e vinham; possivelmente também abelhas e zangões, e uns insetos grandes, brancos, que subiam e desciam pelo tronco e andavam pelo galho; e, é claro, formigas. Parece que eu via também alguns bichos um pouco maiores que corriam pela grama. O lugar me provocava uma sensação de perigo, sobretudo por esse pássaro que era tipo uma codorna, e parecia prudente não avançar mais e, em vez disso, dar uma volta para regressar ao computador. No sonho havia muito mais, antes e depois, mas não lembro. Acordei para ir ao banheiro (à noite tinha tomado uma segunda meia dose do remédio para hipertensão), com um estado de ânimo entre o temeroso e o alegre. Pensei: "Isso não é nada menos do que a Vida", sentindo que a abstinência de computador começava a me desrobotizar. E pensei: "A Vida sempre é perigosa".

Quando voltei a acordar, depois de outros sonhos que não estão muito claros, protagonizados por uma mulher de forte sensualidade que morava num apartamento e um velho judeu gordo que queria esse apartamento para ele, ou que era o dono; quando voltei a acordar, dizia, voltei a pensar no sonho da árvore; as imagens visuais e auditivas eram muito fortes, e também era muito forte a impressão que tive, essa mescla de alegria e temor. Quando me levantei, logo me ocorreu um nível de interpretação mais profundo e misterioso, e fui até a Bíblia, ao Gênesis, onde li:

3,22 Depois disse Iahweh Deus: "Se o homem já é como um de nós, versado no bem e no mal, que agora ele não estenda a mão e colha também da árvore da vida, e coma e viva para sempre!". E Iahweh Deus o expulsou do jardim de Éden para cultivar o solo de onde fora tirado. Ele baniu o homem e colocou, diante do jardim de Éden, os querubins e a chama da espada fulgurante para guardar o caminho da árvore da vida.

Esses pássaros do sonho bem que poderiam ser dois querubins, e o galho comprido em ebulição, a espada flamejante. Pelo menos cumpriram o prometido de me impedir de chegar à árvore.

QUINTA-FEIRA, 12, 19H18

Computador desligado (nas quintas em que não há oficina, o limite de horário é dezenove horas, mas hoje desliguei-o às dezoito e quarenta e cinco em consideração à iminente chegada da minha amiga que, diga-se de passagem, ainda não chegou: cinquenta minutos de atraso é bastante, ainda mais para este país).

Pombas: hoje levantei a persiana e não vi nada incomum, mas faz um tempo, quando estava com pressa para sair, isso por volta das cinco e meia da tarde, enquanto trocava as sandálias por sapatos, vejo chegar a pomba escura, a necrófila de ontem. Repetiu boa parte dos ritos de ontem, embora sem conotações eróticas visíveis. Estava mais tranquila, mas sempre preocupada e um pouco vacilante. Caminhou de lá para cá, subiu sobre o peito do cadáver e deu voltas para um lado e para o outro, parou sobre a cabeça do cadáver e bicou-lhe o peito, arrancando algumas pluminhas brancas. Não sei se come algo. Depois parou de novo sobre o peito, mas de costas para mim (tem uma manchinha branca, talvez uma pena sobressalente, onde se juntam os extremos das escuras asas dobradas). Não pude ver exatamente o que fazia, mas se movia como se bicasse a cabeça do cadáver. Talvez tentasse reanimá-lo fazendo uma respiração artificial, bico a bico. Talvez o comesse. Talvez comesse os pequenos seres que devem pulular entre as penas. Não sei; mas foi uma longa bicada, incessante, com muita dedicação. Depois desceu e ficou de pé junto ao cadáver, sobre uma telha, sem fazer nada, completamente imóvel. Aí deixei de olhar e saí para fazer minhas coisas. Eu me pergunto se essa pomba escura seria a que eu tinha chamado, no início, de "viúva", e teria crescido; poderia muito bem ter sido uma pomba jovem, ainda em fase de crescimento. Ou posso tê-la enxergado como sendo menor do que era. Eu me pergunto se é macho ou fêmea, e me pergunto de que sexo será o cadáver. Tudo estava muito claro até ontem, quando apareceu esse suposto macho de pescoço de tornassol, e confundiu minhas interpretações. Existirão pombas homossexuais? Como se distingue um macho de uma fêmea? Como as pombas fazem para distinguir o sexo de outra pomba? Quando a ignorância é tão grande quanto a minha, não deveria tirar conclusões dos fenômenos observados.

Minha saída tinha inicialmente a finalidade de encontrar óleo de milho de boa qualidade (argentino, ou mesmo brasileiro), porque o que estou usando parece ser a causa da sonolência que me ataca depois do almoço-janta. Se como só um bife à milanesa, não acontece nada; mas se como o bife acompanhado de salada (e sempre ponho muito azeite na salada), aí me dá um sono quase invencível. Em geral durmo numa das poltronas por um bom tempo. Suspeito do azeite que, por mais que seja argentino, passa por mãos de uma azeitaria uruguaia, e penso que talvez sofra alguma manipulação, alguma mistura. A ideia veio de uma experiência de muitos anos atrás, quando a sonolência me atacava à tarde, depois de um almoço que, nessa época, era feito num horário bastante convencional. Um amigo viu sobre a mesa uma garrafa com o azeite que eu usava e me disse: "Você está se matando. Não dá para usar azeite uruguaio". Levei-o a sério e me esforcei em conseguir um óleo de milho argentino, e nunca mais voltei a consumir outro. Muitos amigos viajantes foram incomodados por mim ao longo dos anos com meus pedidos de azeite. Mas deu certo, porque até agora não voltei a sofrer da sonolência pós-almoço. Então hoje fui a uma casa que não fica longe da minha, onde oferecem "delicadezas" importadas; mas essa oferta parece ser coisa do passado, porque só encontrei mais ou menos os mesmos produtos que se encontram em qualquer canto. O óleo de milho que vendem é o mesmo que venho usando. Também não havia nenhuma marca exótica de café.

Ao voltar, senti a compulsão, apesar de estar apressado, de passar pela banca de livros de rua. Acho que minha conexão telepática já abarca mentes demais, porque nas duas ocasiões que sofri essa compulsão encontrei livros que o vendedor sabe que são do meu interesse (ou seja, romances policiais da coleção Rastros; é o único que sabe neste momento das minhas predileções e, nessas duas ocasiões, não falhou). Minha amiga chegou!

SÁBADO, 14, 2H15

Dia cansativo. Muita atividade. Não há no corpo nada que não esteja doendo; mas me sinto satisfeito.

1) Levantei num horário quase razoável.

2) Liguei o computador e baixei o e-mail. Anotei umas coisas práticas nos programas correspondentes.

3) Tomei café da manhã lendo um livrinho policial (o segundo dos Rastros que comprei; ambos terríveis) e cumpri minha rotina.

4) Olhei pela janela; não vi nada de interessante no telhado vizinho.

5) Deixei-me seduzir pelo computador durante setenta minutos. Baixei vídeos, gravei arquivos em discos ZIP. Enquanto isso, pensava nas coisas que deveria fazer e para as quais juntava coragem; acho que comecei a jogar no computador por causa das fobias, já que as coisas que eu precisava fazer eram todas fora de casa.

6) Fui até o caixa automático e retirei duzentos dólares do sr. Guggenheim.

7) Fui ao câmbio e troquei os duzentos dólares.

8) Sem passar em casa, tomei um táxi na Juncal esquina com a Sarandí. Fui até uma loja de móveis (onde vendem móveis baratos, dos mais ordinários; Chl tinha conseguido para mim o endereço e até um cartãozinho com os preços das estantes que eu queria comprar).

9) Vi as estantes. Não gostei delas. Comprei mesmo assim. Deixei uma entrada mínima para não perder; prometeram entregá-las na minha casa antes das sete da noite.

10) Andei umas quadras, com vontade de continuar caminhando e procurando coisas de que preciso; o ideal teria sido voltar caminhando para casa, porque na rua eu me sentia desencontrado, sem reflexos, e queria me exercitar; mas a empregada estava fazendo um trabalho extra em casa, uma limpeza pesada de um quarto, coisa que tento fazer pelo menos duas vezes por mês. Deveria chegar antes de ela ir embora para lhe pagar. Poderia ter pagado antes de sair, mas não fiz isso porque, de toda maneira, deveria voltar rapidamente, já que às oito da noite tinha hora marcada no dentista. E queria comer antes de ir ao dentista, porque ele com certeza ia me dar anestesia e depois eu não poderia comer antes de sabe-se lá que hora.

11) Peguei um táxi até em casa. O taxista era um rapaz mui-

to jovem que falava pelos cotovelos, comparando a capacidade de trabalho que se observa em outros países com a tranquilidade que se vê neste; edifícios em obras há anos etc. Tinha um lápis fino e comprido na orelha direita (que se entenda bem: não enfiado no ouvido, e sim apoiado sobre a união da orelha com a cabeça e sustentado pela parte superior da orelha).

12) Cheguei em casa, observei que estava tudo em ordem e não havia mensagens na secretária eletrônica.

13) Fiz um pedido de supermercado por telefone.

14) Comecei a preparar o almoço: bife à milanesa do freezer (já restam poucos, e Chl não fará mais por um tempo) aquecido no micro-ondas e salada de tomate, cenoura, cebola e alho (o dentista que me aguente).

15) Liguei de novo para o supermercado, porque vi que só me restava uma cenoura. O pedido ainda não tinha saído, então acrescentariam as cenouras.

16) Almocei, começando a leitura do terceiro Rastros (tinha comprado seis). Foi um almoço-lanche, às seis horas da tarde.

17) Paguei a empregada e ela foi embora.

18) Fernando apareceu, o rapaz do supermercado, leitor do *Quixote* e músico. O pedido chegou bem, exceto os biscoitos. Sempre vem algum quebrado, apesar da minha recomendação expressa de que escolham os que estão inteiros. Quatro maços de cigarro: segunda-feira, 16, é o feriado de 12 de outubro.

19) Às 19h03 liguei para a loja de móveis. Me disseram que já tinham saído para entregar as estantes. Disse que aguardaria até as sete e meia, pois tinha que sair. Falaram que com certeza já estavam chegando. Mas ainda demoraram um pouco.

20) As quatro estantes chegaram. O próprio dono as trouxe, ou pelo menos a mesma pessoa que as vendeu. Disse que as deixasse ali, de qualquer jeito, empilhadas na sala, que depois eu as posicionaria. Insistiu com muita boa disposição em ajeitá-las no

lugar. Eu disse que era meio complicado; ele respondeu que, de todo modo, já tinha pagado o estacionamento e não estava com pressa. Agradeci e expliquei que seria muito bom contar com a colaboração dele porque tenho uma hérnia e não devo fazer certo tipo de esforço. O nome técnico é "eventração", mas as pessoas de modo geral não sabem o que é isso, e, de toda maneira, uma hérnia é algo bastante parecido, um pedaço de tripa que tenta sair do corpo. Acomodou perfeitamente as quatro estantes, duas delas num quarto de difícil acesso. Paguei-o, ele não aceitou ficar com um pequeno adicional de gorjeta, e foi embora.

21) Lamentando estar sem tempo para guardar coisas nas estantes, escovei os dentes e saí rumo ao dentista; já era bem tarde, dez para as oito. Peguei um táxi na Juncal esquina com a Sarandí; mas antes tive que percorrer a Sarandí, uma quadra exclusiva para pedestres, que as tropas da prefeitura estavam enchendo de terra, pedaços de pasto, formações bucólicas variadas que incluíam até pequenas palmeiras. Parece que a única preocupação da prefeitura é dificultar a caminhada dos pedestres. Encheram a rua de pedras que destroem os calçados e fazem com que se tropece a cada dois passos. Não dá para caminhar sem tirar os olhos do chão. Puseram enormes palmeiras *no meio* da rua. Pelas calçadas, pela rua para pedestres e ainda por cima pela praça Matriz circulam impunemente ciclistas, alguns em alta velocidade. Às vezes há palhaços fazendo malabarismos, uns sujeitos realmente estranhos que se pintam de branco e ficam parados fingindo ser estátuas, um saxofonista louco, de cabeça raspada, que toca fragmentos desconexos de sabe-se lá o quê; e mesas, e carros que vendem sorvetes, e cartazes publicitários. É um grande sacrifício ter que andar pela Cidade Velha. Onde não existem esses adornos de inspiração um tanto gay, há azulejos tortos ou faltantes, o que, somado às calçadas estreitas, leva rapidamente qualquer um à beira do pânico ou à desesperança.

22) Cheguei oportunamente à minha consulta com o dentista. Subi. Desta vez a campainha do seu consultório tinha um toque muito rápido, como se fosse acelerado. Às vezes toca "Happy Birthday to You". Havia alguém lá dentro, e outro na sala de espera. O dentista estava pálido e parecia ter emagrecido alguns quilos. Depois me explicou que teve uma semana muito, muito complicada, e que houve dias em que dormiu apenas um par de horas. Está tentando entrar na indústria cinematográfica através do vídeo.

O televisor estava ligado, em bom volume, e passava propaganda. Sorri de forma beatífica e perguntei ao homem sentado à minha frente se ele estava vendo algo. Respondeu que o noticiário, mas que, se eu quisesse, podia mudar de canal e ver o que queria. Respondi que na verdade tinha pensado em desligar o televisor. Isso deu início a uma conversa sobre o assunto, elevando nossas vozes com muito esforço para sermos ouvidos, apesar dos comerciais. Eu não sabia como se baixa o volume; das televisões, só conheço um botão, aquele que desliga. O homem que estava à minha frente era bastante jovem e agradável, de óculos. Não consegui captar por completo seu ponto de vista; abordava diferentes temas com grande entusiasmo, mas logo parecia desconcertado pelo próprio entusiasmo e os liquidava rapidamente sem uma conclusão feliz. As propagandas terminaram e o noticiário voltou. Coisas horríveis, como sempre. Ameaça de guerra em algum canto. Um policial com a cabeça oculta por um capuz preto batendo na cabeça de um civil com enorme dedicação (e com um cassetete igualmente grande). Por um instante fiquei sozinho na sala de espera e me deixei levar por um documentário sobre macacos, e acabou que era um episódio sobre canibalismo. Uma grande quantidade de macacos enormes tirava o filho recém-nascido de uma macaca e o comiam cru. Primeiro plano de um macaco chupando o ossinho com verdadeiro deleite. Tive pesadelos por semanas. Suponho que agora vou ter pesadelos com encapuzados que dão fortes porradas na cabeça.

Depois que passaram a previsão do tempo, considerei-me no direito de desligar o maldito aparelho. O homem não se opôs. "Que alívio!", exclamei — não deu para evitar — quando ficamos em silêncio.

Logo houve uma série de batidas febris na porta que separa a sala de espera do resto da casa. Os filhos do dentista, com certeza, uns pequenos que sentem falta do pai. O dentista saiu do consultório e entrou na casa, murmurando algo. Olhei a hora. Chl devia estar quase chegando. Ia me preparar uma torta pasqualina com o espinafre que a empregada me trouxe. Quando o dentista estava voltando ao consultório, disse-lhe que ia embora. Que por favor descesse para abrir a porta. "Já são oito horas?", perguntou. "São oito e meia", respondi, ainda que fossem oito e vinte.

23) Decidi voltar a pé, disposto a tomar um táxi se aparecessem os sintomas do que chamo de refluxo esofágico e que minha médica chama de pré-infarto.

24) Não tive problemas. Aproveitei que era cedo e entrei no supermercado da rua San José, em busca de óleo de milho argentino. Não tinha, mas achei uma garrafa pequena de vinagre de maçã que não havia encontrado no meu supermercado de sempre. Tive que esperar um tempo no caixa porque as duas caixas estavam com problemas não sei de que espécie; devoluções ou algo do tipo.

25) Subi até a Dieciocho de Julio e voltei alguns metros para entrar em outro supermercado. Encontrei um azeite argentino que não conhecia. Comprei. Também comprei café colombiano e ricota com pouco sal. Por sorte, os caixas rápidos estavam vazios. Os outros tinham filas respeitáveis, com certeza por causa do feriado de segunda-feira. Todos querem se prevenir, como eu.

26) Cheguei em casa sem nenhuma novidade além de ter

voltado a caminhar por essa rua de pedestres que parece um labirinto ou uma pista de corrida com obstáculos. Ainda havia pedreiros trabalhando, acomodando a grama e estendendo de uma maneira ou outra os impedimentos inventados pela prefeitura.

27) Chl ainda não tinha chegado, mas logo chegou. Ficou surpresa ao ver as estantes; nunca imaginaria que eu seria capaz de acordar a tempo, algum dia, de comprá-las. Pedi para que fizesse uns furos com a furadeira no fundo de uma delas, para passar os cabos de telefone e da secretária eletrônica — pois a função principal dessa estante em particular é aliviar a escrivaninha do telefone e de todos os seus acessórios. Ela fez uns orifícios perfeitos, como ela, e como tudo que ela faz.

28) Tomamos um café. Contei-lhe meu sonho da árvore da vida. Ela não me dá mais detalhes da sua terapia; só me disse que tinha sido uma boa sessão.

29) Acompanhei Chl até o ponto de ônibus. Na calçada em frente, parou um bêbado que era tristemente ridículo. Gritou algumas coisas. Depois se dedicou a se dirigir com gestos desajeitados a uma mulher que tentava estacionar um carro grande e comprido. O bêbado, alto e ridículo, fazia movimentos de fantoche enquanto cambaleava. Em algum momento pareceu que ia cair debaixo das rodas do carro. A mulher com certeza ficou nervosa diante da presença patética e de aspecto perigoso, e movia o carro para trás e para a frente sem conseguir estacionar direito. Num certo momento, tive a impressão de que decidira ir embora, mas não; voltou a dar ré e o bêbado, sempre ridículo, esteve outra vez prestes a ser empurrado pelo carro. Enfim o assunto se resolveu, mas eu tinha me distraído com Chl e não vi o que a mulher fez, nem a vi descer do carro. Chl me recomendou que eu tivesse cuidado ao voltar, e entrou no ônibus. Antes, me deixou beijá-la exclusivamente nas bochechas. Comecei a caminhar até a esquina com a ideia de atravessar a rua, mas vi

que na calçada da frente estava o bêbado me encarando, e vi que se movia na mesma direção que eu. Em vez de cruzar para a calçada da frente, continuei na mesma direção e atravessei a rua Bartolomé Mitre. Na outra calçada, decidi atravessar para a calçada da frente, porque o bêbado tinha permanecido na sua esquina, sem descer a rua nem atravessar como eu. Continuei pela Bartolomé Mitre até a Sarandí, sentindo certo mal-estar nas costas, como se o bêbado estivesse me perseguindo, mas não quis me virar nem apressar o passo; pensei que, apesar dos temores de Chl, esse bêbado não podia ser perigoso; jamais poderia caminhar com a velocidade necessária para me alcançar, embora eu caminhe sempre muito devagar, mas ele perde muito tempo com os movimentos laterais e os passos para trás para manter o equilíbrio, e, além disso, se ele me alcançasse e tentasse me agredir, eu poderia me livrar dele com um simples empurrão. A menos que estivesse fingindo, estava muito, muito, muito bêbado. E pensar que estava fingindo era forçar um tanto demais a barra.

30) Cheguei em casa outra vez sem novidades, exceto pela escandalosa visão do ambiente *camp*, gay, kitsch — ou uma mescla de tudo isso — que a prefeitura estava criando na rua para pedestres. Pus um pouco da sopa de lentilha para descongelar; era um pouco tarde para comidas pesadas, mas, ao passar por um dos botecos que ficam na Bartolomé Mitre, respirei um aroma de massa com molho que me deu a inescapável necessidade de comer algo com molho, e a coisa mais rápida era descongelar as lentilhas.

31) Chl me ligou para dizer que chegou sã e salva.

32) Comi a pequena porção de lentilhas e fiquei com fome. Preparei um tomate com cenoura ralada e alho, e botei o vinagre e o azeite novos. Comi e não senti sono; mas a experiência não é definitiva, porque eu estava muito empolgado com as estantes.

33) Descansei uns instantes na poltrona, sem dormir, e logo me levantei para começar a trabalhar nas estantes e tudo mais.

Meu Deus! Fiz muitas coisas. Até troquei de lugar a escrivaninha e o toca-discos, e desmontei uma das mesas e a levei para a salinha dos fundos. Trabalhei e trabalhei. Fiquei com as mãos pretas, me deu calor, cansaço, o corpo me doía, e ainda dói, mas não pude parar até atingir pelo menos uma ordem geral, não ajeitar os detalhes, só o geral mesmo. Acho que meu apartamento está ganhando uma forma apropriada, quer dizer, apropriada para mim e minhas necessidades.

34) Agora estou escrevendo na escrivaninha, e não na mesa, como sempre. A escrivaninha está no living-sala de jantar, debaixo do relógio de parede (já são quatro da manhã!), e está limpa; agora só tem as folhas e essa Rotring. Todo o lixo que a cobria passou para as novas estantes.

35) Vou comer uns biscoitos, tomar um café e me deitar.

SEGUNDA-FEIRA, 16, 0H44

A hiperatividade de sexta, como não podia deixar de ser, desembocou num fim de semana apático. No sábado, acordei cedo demais (não me refiro à hora, e sim ao fato de que não pude dormir o suficiente; a hiperatividade tinha me empolgado, e as dores dos músculos que fizeram movimentos aos quais não estão acostumados também contribuíram para a insônia). Na verdade, levantei para ir ao banheiro, com a ideia de voltar para a cama, mas alguma maldita coisa me chamou a atenção — não lembro o quê — e fui me envolvendo em pequenas atividades e liguei o computador e me vesti... mas não cheguei a acordar por completo o dia inteiro. Chl veio, mas ela também não está muito animada, e depois de um tempo começamos a abandonar a ideia de sair; fazia frio, e o frio não contribuía para me acordar. Chl preparou uma pasqualina e nos pusemos a comê-la. Mas, antes, enquanto ela fazia suas coisas na cozinha, adormeci numa das poltronas. Na verdade, foi uma sugestão de Chl, que inclusive apagou a luz. Quando chegou a hora de ela ir embora, insisti para que pedisse um táxi por telefone; não tinha vontade de acompanhá-la até o ponto; não queria sair para a rua.

No domingo, também não saímos. Chl voltou aqui e eu a entediei; eu me dei conta de que suspirava de tédio e com frequência olhava o relógio, desejando que chegasse uma hora adequada para ir embora sem dar a impressão de estar fugindo. Dessa vez, acompanhei-a até o ponto. Lá, recordei que o bêbado usava uma touca com tapa-orelhas, ou algo parecido, o que aumentava o grotesco da sua aparência.

Na madrugada, tinha abusado do computador. Nem pensava em desligá-lo à meia-noite; tinha começado certo trabalho de organização de arquivos faltando quinze minutos para a meia-noite. Fiquei até quase as quatro da manhã. Por sorte, hoje vi que a média continua diminuindo: duas horas e quinze minutos por dia. Além disso, fiz coisas úteis, entre elas, testar aquele programa de DOS que baixei da internet. Deu várias mensagens de erro (devo adaptar o programa para a configuração da minha máquina), mas continuou funcionando e não causou nenhum problema; e funcionou muito bem para apagar centenas de arquivos temporários completamente inúteis. De minha parte, apaguei manualmente vários outros arquivos temporários inúteis que estavam num diretório que o programa não acessava, e apaguei todo o cache do Netscape. Foi notável perceber que no mesmo instante o computador mudou o comportamento, ficou mais ágil, os arquivos e programas abriam mais rápido, e as imagens no monitor pareciam mais nítidas. Não entendo por que o fato de que o disco rígido esteja muito cheio afeta o funcionamento do computador, mas é assim. Tinha tido uma experiência similar uns anos atrás, com o computador antigo.

Hoje Chl me trouxe, a meu pedido, um CD-ROM com o Guia Telefônico. Foi difícil instalá-lo; não sei por que demora tanto. Depois de um bom tempo, o programa me disse que não podia começar a instalação propriamente dita — só tinha instalado sei lá quais instrumentos secundários para poder realizar a instalação — porque a tela deveria ser configurada de outra maneira. Configurei-a conforme pedia o programa e ficou horrível, tudo ridiculamente pequeno. Pus para instalar e teve que começar tudo de novo; perda de tempo e mais perda de tempo. Finalmente aceitou fazer a instalação propriamente dita. Em certo momento, me disse que para finalizar a instalação eu precisaria antes tirar todos os discos dos drives. Tirei o único que tinha, ou seja, o CD do programa, e me pediu para pôr de volta esse disco, porque sem ele não poderia funcionar. É uma instalação completamente idiota, lenta e ineficaz. Assim como o programa, duro demais e sem graça em termos visuais. Para piorar, na parte inferior aparece uma propaganda sobre publicidade no Guia, e para piorar mais ainda, é uma propaganda animada, que incomoda sem parar. Como se dessem esse disco de graça; não só não é grátis como é bastante caro para o que oferece. Escrevi meu sobrenome para ver se mostrava meu número de telefone — que não deve figurar no guia, pois pago para que não apareça — ou, em todo caso, o do meu primo, que sim, consta no guia. Não apareceu nada; toda a parte de fundo branca continuou branca. Digitei o sobrenome de Chl e aconteceu o mesmo. Pensei que, como personalizei as cores do Windows, talvez tenham posto os resultados com letras brancas sobre fundo branco, e por isso não se enxergava nada. Mas não há como mudar as cores do programa, nem sequer dá para selecionar o texto com o mouse para que apareça em negativo, nem copiar o texto. Aí não pensei mais e usei o *uninstall*. Que também não funcionou bem, porque deixou restos do programa, que tive que apagar manualmente. A famosa indústria uruguaia de software... uma verdadeira merda. Modéstia à parte, devo reconhecer que meus programas, por mais simples e menos ambiciosos que sejam, estão muito mais bem concebidos e desenvolvidos sob qualquer ponto de vista. Voltei a configurar a tela do Windows para que voltasse ao estado anterior e, por sorte, deu certo. Tudo ficou como antes.

Enquanto isso, há novos exemplares do Guia Telefônico (não software, e sim os velhos livrecos), mas para retirá-los é preciso preencher um formulário e ir a certos supermercados. Não há outra maneira de obter um guia, e nenhum dos supermercados da lista fica mais ou menos próximo. A entrega anterior foi mais simples; pagando vinte pesos, dava para retirar em vários locais, muitos deles bem perto da minha casa. Essa entrega é gratuita... descontando o gasto do táxi, que calculo no mínimo uns setenta pesos para ir ao supermercado mais próximo. E é preciso deixar dados pessoais nas mãos de certas cadeias de supermercados, o que com certeza implicará ser fuzilado pela publicidade, inclusive essas malditas mensagens na secretária eletrônica. Maus tempos, meu amigo.

Como pude apreciar quando voltei do ponto, os pequenos lotes com grama e palmeirinhas que a prefeitura pôs na rua para pedestres já possuem, era só o que faltava, cartazes publicitários, bem visíveis. Essa cidade virou um pesadelo, com publicidade e *cumbias* nas ruas e nos ônibus; no final de semana não dá para caminhar pela Dieciocho de Julio sem ficar surdo por causa dos alto-falantes. Um deles está instalado num ônibus da prefeitura, que fica parado entre a Río Negro e a Dieciocho. Não sei qual é sua missão cultural, mas o alto-falante emite umas músicas canalhas, e até acho que as letras dessas canções fazem propaganda política, mas isso não posso garantir.

SEGUNDA-FEIRA, 16, 3H39

Estou com roupa de dormir, mas quando ia me enfiar na cama me lembrei de repente de qual foi a origem das mudanças atuais da minha vida, as que estou tentando realizar e manter vigentes. Este diário me ajudou a refletir e a lembrar; nunca ficou clara para mim a história da situação atual com Chl, e menos ainda minha própria responsabilidade nesse assunto; só ficou claro agora, ao ir escrevendo a história toda (com tanta preguiça, com tanta dor). E me dei conta de que meu vício em computador e outras condutas inconvenientes eram uma forma de expressar meu sentimento de abandono; por um lado, é verdade, fugir da percepção da minha dor, mas, por outro, muito importante, buscar com meus excessos que *alguém* me colocasse limites. Vi que era o comportamento das crianças com problemas de adaptação, a quem seus pais não sabem ou não querem ou não se interessam em pôr limites. Vão cada vez mais longe, e cada passo é um pedido de atenção. Então falei a mim mesmo: *ninguém* vai me impor limites, enquanto minhas transgressões afetarem apenas a mim. É um comportamento destinado ao fracasso. Estava cavando um buraco cada vez mais profundo, do qual já era quase impossível sair. Eu me propus a tentar impor eu mesmo esses limites que uma parte de mim estava pedindo; de prestar atenção às minhas exigências no que elas tinham de razoável e justo, mas combater energicamente a escalada rumo a essa névoa infinita. Limites. Duros. Precisos. Porém necessários.

No sábado abusei, tive uma recaída por algumas horas, mas de modo geral meu plano está indo bem. Verei se é necessário fazer algum ajuste, afrouxar algum parafuso muito apertado, mas com cautela. Não é fácil, todo esse processo não é nada fácil. Mas não há outro caminho.

SEGUNDA-FEIRA, 16, 20H05

As coisas ficaram como estavam. Agora liguei a máquina para ver se alguma vez havia escrito um sonho muito importante, justamente relacionado com o computador e o meu vício, pensando que nunca tinha escrito e que deveria fazer isso. E me deparo com o Word funcionando mal. A instalação, e talvez, para ser mais exato, a desinstalação desse software maldito do Guia Telefônico parece que me tirou alguns arquivos. Durante a desinstalação, o programa me avisou que havia alguns arquivos .dll do tipo que costumam ser compartilhados e que não estavam ligados a nenhum programa, e me perguntou se eu queria apagá-los ou mantê-los. Respondi que, na dúvida, os mantivesse, mas tenho a impressão de que os apagou de toda maneira. Enfim: agora não posso fazer nada no Word sem que a cada tanto apareça uma mensagem dizendo que não conseguiu acessar a biblioteca de .dlls, e isso é algo que não posso solucionar por conta própria; dependo da pessoa que me vendeu a máquina e instalou os programas, e é muito difícil entrar em contato com essa pessoa. Não vi se o Word antigo funciona, o que seria de certo modo um alívio, embora não muito grande. Maldito software da Antel. Tem um comportamento parecido com o de certos vírus.

TERÇA-FEIRA, 17, 5H10

Mosquitos. Estava pegando no sono. Por sorte consegui descobrir um deles a uma boa altura na parede da cabeceira e dar-lhe uma chinelada certeira. Já que estava de pé, aproveitei para ir ao banheiro. Havia outro, enorme, perto do teto. Fui buscar o inseticida e joguei-lhe uma nuvem. Caiu no mesmo instante no chão e ali ficou se revirando. Na dúvida, pisei nele. Cometi, talvez, o erro de ceder à apreensão e continuei soltando essas nuvenzinhas de inseticida por alguns outros lugares da casa. Agora estou longe do odor. Acho que perdi o sono. Acendi um cigarro. Não devia usar inseticida; o cheiro ficará por um bom tempo e me trará problemas respiratórios. O cigarro também.

Talvez deva ler o segundo capítulo do último dos seis romances policiais que comprei outro dia. Tive a força de vontade para fechá-lo ao terminar o primeiro e apagar a luz, apesar do gancho que os autores sempre põem na última linha de cada capítulo. Antes tinha lido de cabo a rabo um número não muito antigo de *Búsqueda*.

O capítulo do romance me levou ao passado. Eu já tinha lido quando frequentava o colégio. Tentei me lembrar se estava no primeiro, segundo, terceiro ou quarto ano. A referência para evocar a lembrança era um professor de francês, a quem perguntei ao final de uma aula o que queria dizer *loup-garou*, termo que me obcecava naquela época. Sabia que se referia ao homem lobo, mas eu me interessava por uma tradução literal de *garou*. Não soube me explicar. Sabia o que era, mas não encontrava um equivalente em espanhol. Ou melhor, dizia saber o que era, mas é óbvio que não sabia, e me dou conta agora de que posso encontrar *garou* no dicionário; pelo menos devia ter falado que se tratava de um vegetal. Por esse professor eu poderia, talvez, deduzir em que ano estava; tenho quase certeza de que no primeiro do ensino médio, ou seja, com doze anos, em francês tínhamos uma professora, a genial *Madame*... (o sobrenome se pronunciava "shabó", mas nunca o vi por escrito; poderia ser Chabot ou Chaveaux, ou talvez alguma outra variante). Não era uma mulher jovem, mas jovial, de muito bom humor e com muita graça. Tinha uma voz bastante grossa, mas não varonil, como se tivesse a garganta arruinada pelo tabaco — embora eu não me lembre de vê-la fumando.

Recordei-me de uma história surpreendente: um dia eu tinha ido para a aula sem sequer ter aberto o livro de francês, e justo essa senhora me chamou para a frente da classe. Não tive coragem de dizer que "não estudei", e desci os degraus de madeira (a sala tinha um piso escalonado, para que os alunos do fundo pudessem enxergar sem problemas, ou talvez para que pudessem ser vistos sem problemas. Eu era bastante alto e estava numa das últimas filas, porque os assentos eram distribuídos por altura; os pequenos na frente). Desci, pois, até o quadro, desanimado até não poder mais, pensando que não ia escapar de uma nota ruim e da vergonha de ser repreendido diante de toda a sala. A professora quase nunca ia diretamente ao assunto; gostava de conversar, filosofar, contar anedotas. Começou se dirigindo a mim com o preâmbulo de outra pergunta, mas engatou algum tema apaixonante e continuou falando. Nunca soube do que ela falou, porque eu estava concentrado no meu terror, sem poder relaxar da tensão, esperando que a lâmina da guilhotina caísse. E a mulher falava, falava, e minha pergunta não chegava nunca. E o extraordinário do caso é que a pergunta nunca chegou. Quando terminou de falar, pegou a caderneta e, enquanto procurava meu nome, me pediu para sentar. Enquanto eu voltava, desconcertado, escalando aquele piso morro acima até minha cadeira, escutei-a exclamar com entusiasmo que esses alunos eram excepcionais, um luxo, que ela podia nos chamar a qualquer momento com a certeza de que sempre tinham estudado a lição. Eu não havia aberto a boca.

Apenas agora me ocorreu que aquela mulher, que tinha muito de psicóloga, talvez tenha percebido o terror que me paralisava e toda a sua fala tenha sido uma manobra diversionista; que se fingiu de distraída, escolhendo não me envergonhar diante da turma porque, apesar de tudo, eu era um bom aluno. É possível; mas até esse exato instante eu pensava que tinha sido apenas uma simples distração.

Ao chegar a esse ponto, esta noite, eu me perguntei quando foi que tivemos um professor de francês, pois me parecia que todos os anos a professora sempre fora a mesma. E então me lembrei que aquele francês era, na verdade, professor de desenho. Por que perguntei aquilo a ele, em vez de perguntar à professora de francês? Porque talvez tivéssemos francês só no primeiro e no segundo ano, e talvez esse professor de desenho tenha sido no terceiro ano. Se foi assim, se essas suposições estiverem corretas, então eu li esse romance policial quando tinha catorze anos.

TERÇA-FEIRA, 17, 12H53

Só para constar que ontem, segunda-feira, 16 de outubro, foi um triste feriado chuvoso. Neste país, o 12 de outubro se festeja, às vezes, no dia 16 de outubro. Também os finais e inícios do século e do milênio são celebrados com um ano de antecipação. O próximo 2 de novembro cairá no dia 6 de novembro. Não sei quando se festejará o próximo 25 de dezembro, para o qual não falta muito.

Minha médica veio (pressão relativamente estável) e comentamos, assombrados, como foi curto esse ano 2000. Estaria a Terra girando mais rápido?

Começa minha semana de trabalho.

QUARTA-FEIRA, 18, 5H02

Hoje, ou seja, ontem, terça, trabalhei; apenas umas poucas horas com minha aluna particular, mas bastou para que logo eu me dedicasse a me enganar desenfreadamente no computador;

não só transgredi bastante os limites de horário, como cheguei a passar fome. Só agora, há poucos minutos, pude desgrudar da maldita máquina e me apressei a encher o estômago com pão, biscoitos e ricota. Aguarda-me uma sessão de sono agitado — se é que o estômago vai me deixar dormir. Enfim… e amanhã, quinta-feira, trabalho o dia todo; duas oficinas.

Já fazia uns dias que eu não via mudanças no telhado vizinho, e pensava que a história ao redor da pomba morta tinha acabado. Porém, esta tarde, antes do café da manhã, enquanto trocava as sandálias perto da janela (troco as sandálias sem tira traseira, que uso para me levantar da cama, por sandálias com tira, que prendem o pé por cima do calcanhar e permitem caminhar com maior firmeza); esta tarde, como dizia, vi chegar a viúva, se é que era a viúva, se é que alguma vez houve uma viúva. Não a reconheci logo de imediato, porque só me oferecia uma visão frontal, e dessa forma parecia completamente preta. De um preto talvez ainda mais escuro por causa do dia nublado. Também não era como da primeira vez que a vi, e sim maior, como a que vi recentemente em atividades necrófilas. Já tenho quase certeza de que era a mesma, que cresceu ou engordou; não seria razoável pensar em termos de duas pombas diferentes, e muito parecidas entre si, em atitude de preocupação pelo morto. Hoje, assim tão preta, parecia que tinha se vestido de luto. Ou era um enviado do mundo tenebroso. Uma pomba fúnebre, muito apropriada para ficar parada ali, ao lado da pomba morta. Ficou quieta, tranquila, mexendo um pouco a cabeça em atitude vigilante. Eu me impacientava porque queria tomar café da manhã de uma vez; é muito chato quando as pombas fazem seu show justo quando estou prestes a comer. Já tinha até servido o chá, que estava esfriando sobre a mesa do living-sala de jantar.

Estava prestes a abandonar minha espionagem quando a pomba se mexeu e começou a dar voltas ao redor de si mesma, lentamente. Pensei que começaria o ritual de cortejo, mas não foi isso que aconteceu. Caminhou um pouco de um lado para o outro, subiu em cima do cadáver, primeiro sobre o rabo, depois sobre o peito. Pensei que ia começar a bicar o morto, mas também não fez isso. Fez a última coisa que eu imaginaria: voltou para cima de uma telha, muito perto do corpo morto, e se sentou. Sentou. Quero dizer: não ficou parada sobre as patas retas, mas sim numa posição de uma galinha chocadeira, como se estivesse chocando um ovo, com as patas ocultas pelo corpo, a barriga apoiada sobre as telhas. E ali ficou. Eu tinha subido na bicicleta ergométrica e começado a pedalar lentamente, para aproveitar o tempo enquanto esperava para ver o que a viúva faria. E fiquei um tempo pedalando e a viúva não se mexeu. Parecia uma cena familiar, a forma que a viúva se instalou criava um ambiente amável e terno, comovente; um ambiente de lar, de ninho. Só faltou a pomba começar a costurar.

Antes da chegada da viúva eu tinha observado que a pomba morta recuperara a forma de pomba; não sei se com a chuva ou com o vento, ou com as manipulações, bicadas e pisoteadas da viúva, a verdade é que, embora continuasse com pouco volume, achatada, aplainada, voltava a ser reconhecida como ave e pomba. A asa esquerda, que tinha estado colada ao corpo, agora estava estendida, ou pelo menos separada do corpo, e se percebia que era uma asa. O rabo também estava estendido. E grande quantidade de pluminhas brancas no peito estava remexida e em diferentes posições, criando no corpo achatado uma ilusão de volume. A cabeça continuava invisível para mim; do lugar de onde observo parece que não tem cabeça. E ali deixei a viúva chocando seus órfãos imaginários, e fui tomar café da manhã. Quando voltei a olhar, já não estava mais lá. Voltou mais tarde e parou sobre a mureta, bem perto da minha janela; o sol estava quase se pondo, e eu sabia que, se esperasse uns minutos, eu a veria partir. Tive paciência e esperei, embora estivesse ficando tarde para fazer as compras; mas não tive que aguardar muito. Logo ela se agitou, coçou as penas do peito várias vezes, e depois, sem olhar para trás, para o defunto, levantou voo rumo a esse lugar desconhecido para onde vão as pombas quando começa a anoitecer.

QUINTA-FEIRA, 19, 3H20

Apesar dos meus temores, o estômago me deixou dormir profundamente; descansei bem. Depois me cansei bem, com a aula de ioga. Nos últimos tempos, as aulas de ioga me deixam embotado e cansado. Chl estava esplêndida e muito carinhosa. Além disso, me trouxe dois quilos de bife à milanesa. Conversou comigo e depois de um tempo conseguiu me acordar. Agora estou razoavelmente desperto, mas preferia estar com sono, porque estou prestes a me deitar. Sinto-me cansado. O tempo ajuda para que eu me sinta assim: umidade, e a temperatura vai me fazendo lembrar que não falta muito para o verão. Terei que resolver agora o assunto do ar-condicionado; estou cheio de dúvidas, mas, por mais prejudiciais que sejam alguns dos seus efeitos, devo ter um resguardo para a crueldade do verão; não quero voltar a fugir do meu corpo com a mesma intensidade do verão passado; não quero voltar a ser um autômato enfeitiçado pelo computador (hoje — ontem — desliguei-o às seis e quinze da tarde) (depois liguei de novo por uns minutos para uma comprovação necessária, mas resisti à tentação de continuar ali) (hoje, quinta-feira, dia de oficina, não há limites — pelo menos até a meia-noite; mas tenho muito medo de que passarei bastante da meia-noite; efeito previsível da oficina, embora não saiba bem os motivos) (apesar de minha transgressão de ontem, a média continua boa; duas horas e dezessete minutos por dia).

E mais nada — li Edgar Wallace, o último livro que me restava: *A porta das sete chaves*; melhor do que a maioria. Consegui mais três Rastros; nenhum me parece atraente. Por sorte Chl também me trouxe a última *Búsqueda*; diz que está muito engraçada. Piadas políticas, essas coisas.

Sem novidades no telhado vizinho.

Mosquitos: havia dois no banheiro. Não maiores do que um chihuahua, como Chandler poderia ter dito. Por sorte apareceram agora; joguei inseticida, mas não estou sentindo o cheiro, acho que já desapareceu. Belezas do clima quente.

SÁBADO, 21, 18H11

Estou escrevendo no Word 6.0 porque o Word 2000 anda ruim; consequência da instalação e desinstalação do programa do Guia Telefônico, essa espécie de vírus de inspiração estatal. Ontem à noite trabalhei horas com Patricia, a técnica de informática, e não conseguimos resolver o problema. Seria preciso desinstalar todo o Office 2000 e reinstalá-lo; todo um drama. É incrível, mas não dá para desinstalar e reinstalar só o Word. Tudo da Microsoft é promíscuo; cada programa está ligado a todos os demais. O Word 2000, além disso, é um verdadeiro retrocesso em relação ao Word 6.0: mais lento, mais complicado, mais pesado. O 6.0 é ágil e rápido. Por que uso o 2000, então? Por razões de compatibilidade; não posso processar arquivos de outras pessoas no 6.0, e, além disso, o Word 2000 tem a vantagem de permitir o uso de títulos longos, com mais de oito letras, e este diário precisa disso. Fui obrigado a modificar alguns macros e criar outros neste 6.0 para lidar com o diário, mas, de toda maneira, quando consertar o 2000, se é que vai ser consertado, terei que converter manualmente os arquivos.

Ontem à noite, como dizia, trabalhamos por horas no computador — na verdade, quem trabalhou foi Patricia; eu sempre observo, e às vezes faço alguma sugestão, que, de modo geral, não dá certo. Além de tentar consertar o Word, consegui alguns arquivos do Windows que não tinham sido instalados e dos quais precisava, e informação sobre outros problemas. E mais, ela me trouxe um teclado novo, muito bom, bem macio. Agora posso escrever com muito mais rapidez e com menos erros. O teclado que eu tinha era péssimo. Paguei dezessete dólares pelo novo, e valeu a pena. Inclusive teria pago mais, com prazer, mas Patricia não deve saber disso.

Como se pode notar, esta página de diário contém informações muito menos interessantes, se é que é possível, do que as páginas anteriores. Estou simplesmente experimentando o novo teclado e vendo como funcionam as coisas no 6.0. Tenho que passar a limpo tudo o que escrevi à mão, várias e várias páginas, mas não farei isso hoje: estou esperando Chl, e vamos cumprir o ritual dos sábados. Apesar do calor. Trinta graus, segundo ela me disse ao telefone. Nuvens, umidade e, ao mesmo tempo, um sol intenso. Por sorte o sol já está quase sumindo.

Como tema mais interessante, e um pouco cruel e duro, está minha descoberta do caráter simbólico da pomba morta. Não vou me esquecer disso, embora quisesse, e desenvolverei o assunto assim que possível.

DOMINGO, 22, 1H27

Continuo praticando no novo e maravilhoso teclado nessa tempestuosa madrugada de domingo. Tenho direito a trabalhar fora de hora; ontem, sábado, mal pude fazer qualquer coisa no computador, pois logo Chl chegou; e quando foi embora, e eu me dispunha a trabalhar um pouco, atendi a uma ligação pensando que era Chl, mas não, era Julia, muito empolgada, com uma quantidade enorme de coisas para comentar. Achei que seria desleal interrompê-la, e além do mais ela falava coisas interessantes, de modo que posterguei meu trabalho na máquina e escutei com toda atenção. Depois fiquei com fome... bom, quero dizer que tenho direito a trabalhar um pouco fora de hora, sobretudo em algo como este diário, que não é exatamente um jogo.

DOMINGO, 22, 2H13

O que eu queria contar é que o ritual de sábado sofreu uma pequena variação: voltamos para casa de táxi. Insisti nisso, porque na ida presenciamos três assaltos, em menos de dez minutos, com os mesmos protagonistas (eu me refiro aos ladrões, não às vítimas), em plena Dieciocho de Julio, cheia de gente caminhando e sem nenhum policial à vista por quadras e quadras. Moleza. Chl ficou muito nervosa; não sei bem por qual motivo. Disse que por medo de ter a carteira roubada, mas que eu saiba ela não anda com dinheiro na carteira, então, se alguém cometer o erro de roubá-la, jogará a carteira fora a poucos metros do local do assalto. Agora que penso, pode haver uma razão mais lógica, e é o medo de se envolver numa cena violenta, de ser vítima de um ato de agressão; isso eu compreendo melhor. Não é agradável.

Também pode ser que temesse que, caso fôssemos agredidos, eu respondesse com violência e alguém me machucasse; possibilidade que só poderia existir na mente de Chl, pelo menos no que me diz respeito. Minha reação costuma ser ficar quieto e tranquilo, e ostentar uma enorme serenidade; dias depois, é possível que eu sofra um colapso, como aconteceu uma vez em Colonia, quando entrou um ladrão na casa. No segundo assalto interveio, além dos dois assaltantes da primeira, um rapaz numa moto, a quem esses dois, antes de se afastar correndo, entregaram o fruto do seu trabalho. Depois vimos um quarto sujeito que, uma quadra adiante, transmitiu a quem correspondia, mediante agudos assovios, o aviso de que havia policiais à vista; percebe-se que há uma surpreendente organização muito bem orquestrada; uma verdadeira gangue. É provável que houvesse vários outros distribuídos pela região. Por sorte, no momento do terceiro assalto nós paramos no meio da rua e a partir dali vimos um amigo se aproximando, para ser preciso, um grande amigo de Chl e um conhecido meu; um homem grandão, robusto, alto, que não se incomodou de nos acompanhar até a porta da Feira do Livro. Chl agarrada à sua carteira andava entre nós dois, como o queijo de um sanduíche. Depois da livraria (não havia nada de interessante, é claro), fomos ao boteco de sempre. Lá conversamos de coisas muito importantes, que nada tinham a ver com os assaltos, e Chl foi se acalmando bastante, o suficiente para questionar a necessidade de tomar um táxi, mas insisti com firmeza, porque hoje Chl estava desanimada e hipersensível, e qualquer episódio desagradável a levaria a um estado quase perigoso, eu diria, ou pelo menos um tanto delicado.

Deixei pendente o tema da pomba morta como símbolo. Devo explicar ao leitor, ou recordar-lhe caso já saiba disso, que uns anos atrás escrevi um texto chamado *Diario de un canalla*. Escrevi-o em Buenos Aires. Meu impulso inicial tinha sido o de continuar o "romance luminoso" (sublinhar esse dado, já que o romance luminoso — sua conclusão — é o projeto da bolsa atual), e mal comecei a escrever quando os problemas com os pássaros começaram. Primeiro caiu um filhote de pomba nos fundos estreitos do meu apartamento do térreo; e, quando o filhote de pomba conseguiu sair voando, caiu outro, dessa vez não de pomba e sim de pardal, e essa presença de pássaros caídos foi se transformando no tema principal do que eu estava escrevendo, quase uma crônica minuto a minuto dos acontecimentos que ocorriam nos fundos da minha casa. Entendi que essa epifania de pássaros tinha um caráter simbólico; a verdade é que às vezes a chamada realidade objetiva torna-se presente com um forte caráter simbólico. E entendi que, de algum modo, eu tinha provocado esses acontecimentos pelo fato de que me pus a escrever. A passagem dos anos não mudou minha opinião, embora eu queira deixar claro que não dá para considerar isso um acontecimento milagroso. Talvez seja um pouco mágico, se entendermos a magia como uma técnica perfeitamente explicável. O Inconsciente sabe e pode fazer muitas coisas que nosso pobre eu consciente nem imagina que são possíveis.

Agora, então, decido dar andamento ao meu projeto de continuação do romance luminoso, inclusive recebo uma bolsa para que possa me dedicar por completo a essa tarefa, e mais uma vez algo estranho acontece com uns pássaros. Aparece uma pomba morta, aparece a possível viúva com seus comportamentos estranhos. Não seria isso, só pensei nos últimos dias, também um símbolo? Um símbolo do meu espírito morto, que nenhuma viúva (digamos, meu eu consciente) poderá ressuscitar apesar de todos os seus esforços. Se for assim, o sr. Guggenheim pode se despedir da ideia de que sua bolsa produzirá os frutos esperados.

Isso é triste, mas coerente. Por que ficar atento apenas aos símbolos animadores? Eu fico muito preocupado com a ideia de que meu espírito esteja morto — pelo menos, o espírito que me levou a escrever o romance luminoso em 1984. A verdade é que agora não consegui me aproximar dele, nem ter sequer um vislumbre da sua presença. É verdade que obtive e estou obtendo resultados interessantíssimos com minha memória e com a manipulação das minhas emoções e que, por exemplo, estou conseguindo nada menos que continuar com a mudança interrompida e ir tomando posse do meu lar. Também é verdade que já completei quase toda a parafernália necessária para o projeto (só falta, acho, o aparelho de ar-condicionado, e o calor de hoje me lembrou disso). Tenho até um novo teclado. Tenho duas canetas Rotring. E tenho uns doze dias completamente livres por quinzena. Desse ponto de vista, não dá para pedir mais nada. Mas o espírito...

Ê, pomba morta, levante-se e voe.

DOMINGO, 22, 17H06

Esta madrugada, enquanto escovava os dentes antes de dormir, tomei uma decisão importante: no dia 1º de dezembro começarei a trabalhar no projeto. Se o espírito continua morto, paciência; escreverei com o que sou agora. A unidade formal se ressentirá, e provavelmente o resultado será lamentável, mas, seja como for, este projeto deve ser terminado; há coisas importantes para dizer, e se forem ditas de maneira pouco apropriada lamentarei, mas essas coisas devem ser escritas.

Dentro de três minutos desligarei esta máquina. Gostaria de ter completado e enviado o menu de opções para os alunos da oficina virtual que desejam continuar; e também estou com os e-mails muito atrasados. Não obstante, devo resistir e continuar com meu plano de abstinência; faz dois dias que estou usando demais o computador, se bem que por causas alheias à minha vontade... bom, já escuto a musiquinha que anuncia o fim da sessão nesta máquina. Falou!

TERÇA-FEIRA, 24, 0H33

Estou numa dessas entediantes transições; nada de interessante para contar. Até os livros que me restam para ler (dos que tenho em mãos, quero dizer) são dos mais chatos. Já estou com tudo pronto para ir me deitar; não sei que horas conseguirei dormir, mas não me resta outra coisa a fazer além de me enfiar na cama. Tudo é tão entediante que hoje até o dentista e a médica cancelaram; nem sequer tive a emoção de receber uma agulhada na gengiva ou de olhar como se movimenta a outra agulha, a do aparelho que mede a pressão arterial.

Tinha pedido o serviço despertador da Antel para as onze da manhã. Escutei o telefone tocar mas não me levantei antes do meio-dia e meia, o que é, de qualquer modo, um avanço. Agora vou insistir com o serviço de despertador para as onze. Suponho que em algum momento o hábito cederá ao tédio e o sono será normalizado. Não me ocorre nenhum outro método. Fico impressionado, além disso, que consegui continuar desligando o computador às seis e quinze da tarde. Amanhã, ou seja, hoje, poderei usá-lo sem restrições até a meia-noite; tomara que consiga me concentrar nos e-mails. Não sei nada do meu filho, nem de quase mais ninguém. Também não passei para o computador essas páginas manuscritas, que já são muitíssimas. Hoje me dediquei a melhorar o programa de lembretes dos remédios, e agora ele me avisa também quando devo ingerir os medicamentos que tomo a cada dois dias. De madrugada, pensei na forma como realizá-lo, e o fiz quando acordei. O Word 2000 continua funcionando mal, e Patricia não apareceu. Chl também não, porque minha médica viria, e elas são como água e azeite. Adormeci na poltrona depois de comer. Já virou algo cotidiano. Fico um pouco assustado; não consigo encontrar nenhuma explicação. O azeite, pelo menos de certa marca, não é a causa, porque estou usando outra marca. Se não for algum transtorno cerebral (e isso é o que me assusta), a única possibilidade que me resta explorar é o pão. Ocorreu-me que talvez a farinha que usam nessa padaria tenha muito brometo, para além do que é autorizado. Para mim é difícil cortar o pão de manhã, ou seja, hoje, mas farei isso para ver o que acontece. Já descartei o azeite, a carne, o tomate e o alho. Ah... outra possibilidade seria o café, mas duvido muito que seja, já que tomo vários por dia e *só* fico com sono depois do almoço-janta. Continuarei investigando.

Surpreendentemente, hoje (ontem) fez bastante frio. Começou de madrugada e até tive que dormir com o aquecedor ligado. E, na rua, ao entardecer, o dia era rigorosamente de inverno.

TERÇA-FEIRA, 24, 15H02

Consertei o Word 2000!!!!!!

Antes de dormir, tive uma ideia de que, se o Word 2000 não conseguia se comunicar com o sistema de macros, esse problema também deveria ocorrer no Power Point, já que usam o mesmo Visual Basic. Abri o Power Point, pedi para que carregasse certo modelo com macros, e, tcharã, apareceu uma janelinha que dizia que não podia carregar porque faltava certo arquivo .dll; ao contrário do Word 2000, o Power Point informou qual era esse

.dll faltante. Procurei-o no programa de instalação e ali estava. Copiei para a pasta Windows/System e o Power Point funcionou, e agora o Word funciona. Fiz mais do que a Patricia. Estou totalmente satisfeito comigo mesmo. Além disso, hoje me levantei às onze e meia da manhã.

QUARTA-FEIRA, 25, 15H49

Word 2000.

Com certeza, este diário está bastante abandonado. Continuo na difícil transição, mas ontem tive um dia bastante ativo. É curioso como ao limitar duramente o uso do computador vou recuperando pouco a pouco algumas habilidades, além de que, ao me aproximar de um horário decente de sono, vou realizando questões práticas que eram impossíveis para mim; por exemplo, ontem pude fazer várias coisas em relação a essas lojas aqui na Cidade Velha que fecham às seis da tarde, como comprar lâmpadas de uma marca especial que vendem na esquina da minha casa e que antes eram inacessíveis, ou comprar algumas coisas necessárias na loja de ferragens. Ontem consegui trocar uma luminária portátil chinesa com braço extensível, resolvendo o problema da luz para ler na poltrona. Tinha comprado a luminária anteontem, e vieram faltando vários elementos para montar (duas molas, um parafuso com porca). Consegui trocá-la, embora não tenha sido fácil, não porque estavam de má vontade, e sim porque todas as luminárias que tinham estavam em estado lamentável: amassadas, riscadas ou incompletas. Finalmente apareceu uma em bom estado. É vermelha, em vez de branca, que eu preferia, mas não fica ruim e, como disse, resolve meu problema. E resolve de forma muito econômica; essas portáteis custam cerca de cinco por cento do que me custaria uma luminária de chão;

e a luminária de chão não resolve tão perfeitamente meu problema. É verdade que esses produtos chineses não duram muito; terei que usá-la com cuidado, mas, caso quebre de maneira que seja impossível consertar, compra-se outra e tchau. Depois comprei essas lâmpadas, de uma marca que não se encontra no supermercado; na verdade, não são fáceis de achar, e tenho sorte que sejam vendidas aqui na esquina. As lâmpadas que vendem em massa no supermercado duram muito menos, e algumas não apenas queimam, como explodem; em vários momentos quase fui atingido porque às vezes disparam como balas de canhão. Essas são umas fabricadas no Brasil sob o selo de uma prestigiosa marca internacional. As que comprei hoje são europeias e possuem sobretensão, suportam esses aumentos repentinos de voltagem que acontecem com frequência neste país. Depois fui à loja de ferragens e comprei dois parafusos com duas porcas para cada um, e uma furadeira de impacto (foi como o vendedor disse que se chamam esses aparelhos que abrem buracos para pôr parafusos comuns), e uma chave de fenda pequena para substituir a que uso para limpar o mouse e está muito gasta, e um tubo de cola pelo qual tive que declarar nome, endereço e número de identidade, e assim fiquei fichado como um viciado. Depois fui até a banca de livros aqui da esquina, mas não encontrei nenhuma novidade; e, na volta para casa, entrei numa livraria vizinha, de livros usados, em que nunca tinha entrado; tinha visto faz alguns dias uns romances policiais na vitrina. O ambiente me lembrou minha velha livraria, e isso me provocou calafrios. Eu me enxerguei na figura do veterano livreiro, tristonho, deprimido, aguentando a conversa dos inevitáveis clientes que folheiam e não compram, e desabafam contando suas histórias. O cliente da vez era um velho que poucos minutos atrás tinha atrapalhado minha caminhada porque estava com um cachorro na coleira e o cão, uma aberração branca com rolinhos e pompons, decidiu cagar no meio da calçada estreita. O velho murmurou algo, mas obedeceu à vontade do seu cão e ficou parado, esperando, obrigando-me a caminhar pelo meio da rua. Agora, esse mesmo sujeito com esse mesmo cachorro estava folheando livros e tagarelando com o coitado do livreiro. Não encontrei nenhuma novidade em termos de romances policiais ali, também, e voltei para casa. Embora tivesse fome, estava ansioso para pôr em prática meu projeto de instalar o telefone verticalmente e ganhar espaço na estante. Fiz um buraco com a nova furadeira, passei o parafuso com porca do lado de lá, e do outro lado coloquei outra porca. Acomodei o parafuso no comprimento conveniente e cortei o que restava com uma serrinha, tarefa mais difícil do que eu imaginava: esses parafusos são mais duros do que parecem, e além disso a posição para trabalhar era incômoda. Depois repeti a operação com o outro parafuso, um pouco abaixo, na altura conveniente para que o telefone ficasse firmemente preso a esses dois dispositivos criados para essa finalidade. Depois de alguns testes e puxões, consegui deixá-lo bem instalado e fiquei muito, muito satisfeito, porque embora para o leitor pareça mentira ou, melhor, uma estupidez, até poucos dias atrás, e ao longo de vários anos, eu era incapaz de realizar um trabalho como esse. Havia desenvolvido uma irritabilidade progressiva em relação a tudo que eu precisasse fazer de outra forma que não através de um clique de mouse, e isso deixou minhas mãos extremamente desajeitadas; além disso, nem sequer me ocorria fazer coisas como mudar o telefone de posição, e, se pensava nisso, deixava de bom grado para alguma outra remota oportunidade. Não digo que tenha me curado dessa invalidez infame, autogerada e cultivada quase amorosamente durante anos, mas digo, sim, que estou conseguindo fazer coisas que até poucos dias atrás eram impensáveis. Não quero imaginar tudo o que ainda me resta fazer; não é terapêutico fixar-se nas carências. Já tenho provas de que, como sou capaz de me entregar a essas tarefas espantosas de tão entediantes, a boa atividade surge por si só, como uma exigência natural do corpo, como uma consequência natural e lógica. Vale a pena chegar ao tédio, mergulhar no fundo deste, porque dali nascem os impulsos corretos.

E já que estamos falando de tédio, uma vez esgotada a coleção de romances policiais que eu tinha adquirido e depois de me meter em outras leituras tediosas, voltei à sra. Rosa. Estou nas partes finais do seu livro espantoso. Não posso simplesmente abandoná-lo, por respeito à escritora tão maravilhosa e também porque, apesar da maneira desajeitada como está construído, muitas das suas partes, consideradas de forma isolada, possuem joias muito valiosas de observação, perspicácia, lógica, sabedoria e uso exemplar da linguagem. O maior erro é a concepção em si do romance, com certeza uma necessidade de sra. Rosa de entrar em sintonia com alguma moda, já que nas suas anotações autobiográficas nunca ocultou sua necessidade de se tornar conhecida e de ocupar um lugar nas letras espanholas; acreditava, ingênua, que o mérito bastava, desconhecendo que a carreira literária, como toda carreira, é acima de tudo uma questão de política ou de máfia. O talento e o estilo natural de Rosa Chacel deveriam tê-la obrigado a se manter voluntariamente na obscuridade, entregue ao cultivo das letras apenas por necessidade espiritual ou vital, mas não foi isso que aconteceu. E foi com certeza dessa maneira que surgiram aberrações como esse *Barrio de Maravillas*.

QUINTA-FEIRA, 26, 3H03

Rotring.

Sim, deveria estar deitado. Ficou um pouco tarde, mas não por causa do computador. Esse dia foi mais tranquilo do que o anterior, porém interessante — exceto pelo retorno ao dentista, à noite —; aconteceu o mesmo que da outra vez, aquilo que prometi contar e não tenho certeza se finalmente contei. Naquela ocasião supus que, entre as causas que provocaram meu mal-estar, estava o fato de ter passado em frente ao meu antigo apartamento. Mas hoje não passei por ali, e de toda maneira sofri esse mal-estar, essa dor paralisante. Em ambos os casos havia um fato em comum: tinha ido de estômago cheio. Muito cheio. Fui de táxi, nas duas vezes, e depois não pensei em voltar de táxi, talvez porque caminho pouco e preciso caminhar, e o clima, hoje, era muito apropriado para isso. Quando começam os primeiros sintomas — um âmago de dor, uma ameaça —, eu deveria parar e esperar um táxi; por algum motivo, não faço isso. Acho que sempre ocorre o mesmo processo, a mesma cadeia de pensamentos: "Não, dessa vez não vai acontecer. É só um temor, autossugestão. Se eu caminhar direito, abaixar os ombros, se relaxar e diminuir a velocidade, não vai acontecer nada". Mais tarde, quando fica claro que sim, que a dor me atacou, também não sou capaz de parar e esperar um táxi. Penso: "São poucas quadras. Se ficar sentado num táxi, talvez seja pior. Caminhando posso relaxar melhor e fazer com que o estômago se abra e solte esses gases que me provocam o mal-estar". Tomo um comprimido de antiácido; esse recurso às vezes funciona bem, mas demora um pouco. Hoje só me restava um comprimido; o melhor é tomar dois ou três. Mas tinha só um e não fez efeito, nem na hora nem depois. Foi algo muito ruim. Tinha que parar de quando em quando, embora isso não me aliviasse e me deixasse nervoso, porque demoro mais para chegar em casa, o que é, com certeza, a única coisa que encerra radicalmente o problema. Chegar em casa, subir de elevador, abrir a porta do apartamento e na mesma hora relaxar a arrotar. A dor desaparece como por encanto. Bom, foi assim hoje, mas o percurso até meu apartamento acabou sendo muito difícil. Eu pensava: "A qualquer momento vou cair morto". São os sintomas de ataque cardíaco, inclusive a dor nos braços. Até a respiração dói; o ar me machuca ao passar pelos brônquios, como se fosse uma substância corrosiva.

Não tinha passado uma hora que eu havia chegado em casa, quando apareceu minha médica; não porque eu a tenha chamado para tratar esse mal-estar, e sim porque havíamos marcado esse horário. Mal ela chegou e eu pedi para que medisse minha pressão e o pulso, com a ideia de que, se ela tiver razão (o que é provável, mas não quero admitir) e se tratar de um problema nas coronárias, o pulso teria que estar muito alterado, assim como a pressão. O pulso estava um pouco acelerado, mas não muito além da minha taquicardia habitual de fumante; tinha acabado de fumar um cigarro, estava nervoso por causa do mal-estar que passei, e só o fato de que meçam meu pulso já o acelera. A pressão estava normal. De todo modo, mais tarde, antes de ir embora, pedi para que medisse o pulso outra vez e tinha baixado de noventa e seis para oitenta, tal como eu imaginava. Acho que esse transtorno, que se produz sempre com a condição de um processo de digestão, se deve a contraturas do tubo digestivo, que deslocam o ar para a eventração. A eventração é consequência daquela operação de vesícula de dezesseis anos atrás, e consiste num pedaço de tripa que escapa por algum buraco interior, a uns dez ou doze centímetros acima do umbigo. Minha fobia às ruas me provoca essa contratura muscular, e a tripa, esse globinho que aparece quando levanto o pulôver, infla e infla, e machuca as paredes desse buraco por onde tenta escapar; isso irradia dor para todos os lados, especialmente para o peito e as costas; as vértebras da metade das costas são as que mais sofrem. Essa é minha teoria; espero ter razão. Se um dia desses eu aparecer subitamente com uma pequena harpa na mão, saberei que estava equivocado e que quem tinha razão era minha médica.

Para amanhã, ou seja, hoje, quinta, tenho duas visitas: Felipe, à tarde, com um novo carregamento de livros para me emprestar, e Malalo, à noite. Malalo é meu amigo, o biólogo que mora nos Estados Unidos; o marido da minha amiga, que citei neste diário como moradora de Chicago.

O interessante do dia, além de uma boa comunicação com minha médica, foi a chegada de várias novidades por e-mail, que ultimamente andava muito quieto por falta das minhas respostas; entre os e-mails de hoje, havia alguns dos alunos da oficina virtual, respondendo às minhas propostas de continuação. Um deles, ontem à noite, me enviou um e-mail com um vírus. Na verdade, não foi ele quem enviou, e sim o próprio vírus. É a quarta vez que aparece; uma verdadeira epidemia. Chama-se Win32. Mtx. Por sorte não me afetou, pois suspeitei do arquivo executável e rodei o antivírus, que o apagou. Acho empolgante receber um vírus. Ontem à noite demorei para dormir por causa desse estado de excitação. É estranho, mas é assim. Como se não confiasse que os antivírus conseguissem eliminá-los definitivamente.

Outra coisa interessante do dia foi uma pequena série de trabalhos manuais. Montei uma luminária portátil que havia desmontado, fixei outra numa estante da biblioteca, onde ontem eu tinha estado regulando as prateleiras para criar um espaço em que pudesse manipular de forma cômoda os dicionários mais gordos. Essa luminária portátil projetará uma luz sobre os dicionários. Projetará, e não projeta, porque só hoje a fixei à estante; falta instalar a parte elétrica, ou melhor, trocar a instalação elétrica, porque tem um fio muito curto e a tomada está um pouco longe; além disso, quero pôr um interruptor colado a uma lateral da estante. Devo conferir a caixa cheia de coisas de eletricidade para ver se tenho todos os elementos necessários e, caso contrário, comprá-los. Adoro, estou adorando fazer esse tipo de serviço. Queira Deus que eu não tenha uma recaída no vício à máquina.

Vou me deitar, não sei se vou dormir.

SEXTA-FEIRA, 27, 3H42

Chuva, chuva e mais chuva. Hoje só fui até a esquina, para comprar cigarros, e à farmácia que fica do lado de casa. Pedi por telefone ao supermercado outras coisas de que eu precisava; não tanto para não sair, porque naquele momento não chovia — embora tudo estivesse saturado de umidade — e sim por falta de tempo. Fiz uma confusão com os encontros marcados; tinha esquecido de Julia, que, por sorte, atinou de me deixar uma mensagem na secretária eletrônica de manhã, avisando que não esquecera e que viria à minha casa às seis da tarde. Fiquei completamente confuso, porque mais ou menos a essa hora Felipe ia aparecer para trazer os livros. Não é, estritamente, que eu tivesse me esquecido de Julia; a última vez que nos vimos, há quinze dias, enquanto eu a acompanhava no elevador ao térreo, combinamos um novo encontro para hoje. Ao voltar para casa, devia ter ido diretamente anotar o encontro na agenda, mas o computador estava desligado, conforme o novo regime, e não anotei em lugar nenhum. É importante sinalizar a diferença: não esqueci de Julia, e sim esqueci de anotar o encontro. Por sorte, consegui ajeitar as coisas com Felipe e ninguém se incomodou. Julia me trouxe de presente uma linda plantinha, muito linda, que coloquei sobre esta escrivaninha. Ela me deu de presente, além disso, sem nenhuma condição, deixando claro que eu podia devolver se não quisesse cuidar da planta. Mas por enquanto não quero devolvê-la; não sei por que gostei tanto da planta. Não me lembro do nome; é estranha. É composta de vários talos que saem de um tronquinho de madeira serrilhado; de acordo com Julia, o tronquinho não fazia parte da planta, o conjunto é resultado de um enxerto que ela fez. De cada um dos cinco talos, nascem na ponta cinco, seis ou oito folhas alongadas, na mesma disposição de uma corola de uma flor; mas as folhas não são todas iguais; formam mais ou menos um semicírculo ocupado por folhas menores do que as da outra metade; e mesmo dentro de cada metade não são exatamente do mesmo tamanho, mas formam uma espécie de dégradé. Um dos cinco talos é muito, muito pequeno, e as folhinhas, que parecem ser seis, são minúsculas. Esse fragmento de planta está começando a criar raízes; agora está por enquanto num pote plástico com água.

Como eu dizia, tive que explicar a situação por telefone a Julia e pedir para que aceitasse os limites do nosso encontro: até as oito da noite. Porque depois Malalo viria. Ela não questionou. E cumpriu religiosamente o horário combinado. Quando foi embora, eu me dei conta de que estava num estado similar ao que fico depois das aulas de ioga. Durante certas partes da fala dela, quase sempre um monólogo esfarrapado, eu me dei conta de que estava num leve estado de transe. Tem uma voz muito agradável e fala suavemente, e a dificuldade para narrar uma história de forma linear ajuda para que a mente comece a divagar. Agora, de madrugada, ainda sinto os efeitos; estou com muito sono e, como dizia, esse cansaço estranho que sinto depois das aulas de ioga.

Malalo também ficou um bom tempo, mais de três horas e meia. Outro tipo de conversa, mais exigente, com muita informação científica e vários outros temas de interesse. Malalo é biólogo, geneticista, e gosto dele porque fala dos seus assuntos num nível que posso compreender, mas sem ser simplista; como se soubesse exatamente qual é o grau dos meus conhecimentos e do meu interesse, ele lida com o assunto científico de uma maneira que é perfeitamente compreensível para mim, mas não sem um intenso exercício intelectual e mnemotécnico. Percebe-

-se que é um professor de profunda vocação. Chl tinha prometido aparecer para conhecê-lo; ele, inclusive, trouxe uma barra de chocolate da melhor qualidade para ela. Porém, como eu temia, Chl arranjou uma desculpa de última hora e não veio. Numa fraca tentativa de compensação, mostrei-lhe fotos dela. Malalo foi quem me apresentou a Fundação Guggenheim pela primeira vez, em 1978. Acho que gostou de se sentar numa das poltronas compradas com o dinheiro da bolsa. E não consigo continuar escrevendo; estou caindo de sono.

SÁBADO, 28, 0H57

Nos últimos dias, este diário se transformou num registro de pequenos sucessos pessoais; algo tremendamente chato. Tudo bem mostrar sucessos pessoais, porque o registro de sentimentos de culpa e de baixíssima autoestima seria, além de chato, deprimente e inútil, mas chega. Acho que não devo continuar escrevendo nesse estilo. Vou esperar até ter algo para contar, algo com um mínimo de argumento, e tentarei contá-lo como deve ser feito.

Estou lendo um livro antigo de Burroughs, *Junky.* Narrador notável; conciso, direto, com substância. Terminei de ler uma obra estranha, muito estranha, o relato de um peregrino russo preocupado com a oração constante. Esse livro de autor anônimo tem um espaço importante em *Franny e Zooey*, de Salinger, e minha professora de ioga o encontrou por milagre num sebo, durante um passeio de final de semana por Buenos Aires. Também é uma narração excelente, apesar de todas as citações religiosas. *Junky* foi Felipe quem me trouxe hoje, junto com vários outros livros que parecem, todos, muito interessantes. Vou me deitar cedo, agora mesmo, ler e tratar de dormir.

SÁBADO, 28, 2H31

Já tinha me esquecido — mas tive que me levantar para aquecer a água para encher a bolsa d'água para os pés —; no final de outubro, parece mentira. Tinha me esquecido, como dizia, de registrar que faz um ou dois dias que terminei, enfim, *Barrio de Maravillas*, de Rosa Chacel. Não poderia dizer exatamente qual história é narrada, se é que alguma é narrada; nem quem é o protagonista, se é que existe, e todos os personagens, masculinos e femininos, eu confundo em um só. Faz parte de uma trilogia... em algum momento vou conseguir os outros dois volumes, e vou sofrer com a leitura — se é que mantêm a mesma linha —; e, ainda assim, não conseguirei ficar sem lê-los, por causa dessa simpatia que sinto, ou empatia, ou identificação.

SEGUNDA-FEIRA, 30, 16H50

Word 2000.

Já faz dois dias que estou acordando tarde e temo que recomece o ciclo de noites viradas; mas também é possível que esteja dormindo mais horas por causa do aquecedor. Deu uma esfriada desconcertante nos últimos dias; o sábado foi um verdadeiro dia de inverno. Ao ir me deitar, tive que ligar o aquecedor e regulá-lo para que não ficasse tão forte, porque o ar me machucava ao entrar pelo nariz e me fazia tossir. Ontem à noite, ajustei numa intensidade ainda um pouco menor, mas de toda maneira o efeito sobre a oxigenação, de acordo com meus cálculos, acabou sendo muito negativo, e isso faz com que eu precise dormir mais tempo — de acordo com minha experiência. Também ontem à noite houve fatores psíquicos determinantes, já que Chl estava num dos seus picos de depressão e não pôde evitar, não digo o contágio da depressão, mas um estado de ânimo desagradável, incômodo, apreensivo. A coisa se acentuou quando me telefonou da sua casa, ao chegar, e contou que no ônibus tinha presenciado uma cena de violência na rua; sua voz soava muito desanimada. Também fiquei sabendo da cena de violência, que se soma às do sábado anterior, aquela série de assaltos um depois do outro; o nível de segurança dessa zona do centro é quase inexistente. Penso que essa incapacidade do Estado em defender os cidadãos é um pouco melhor do que a agressão aos cidadãos por parte do Estado nos tempos da ditadura, mas com certeza estamos vivendo um fracasso muito parecido.

Todos esses fatores, mais alguns outros (a série de mortes recentes entre amigos e conhecidos, por exemplo), desembocaram em sonhos que, por si sós, não eram de todo desagradáveis, mas que acabaram sendo desagradáveis pela dificuldade de me desprender deles e ir ascendendo à vigília. Não podia sair deles, e voltava e voltava, não só recordando alguns trechos, como criando alguns novos, em outra frequência mental que não a do sono profundo, e também diferente da vigília completa, esse estágio intermediário. Fiquei mais de uma hora ouvindo a cada quinze minutos os sinos do relógio da catedral (ou de outro, já que minha teoria é que costumo ouvir o outro, mais perto da minha casa) e notando como o tempo passava no que parecia ser uma velocidade fantástica. Quando consegui me levantar, continuava com a mente confusa, e ainda permaneço assim, e é provável que dê para se perceber na minha forma de escrever essa página.

O sonho principal tinha várias instâncias; uma delas, a que ocupava mais “tempo” narrativo, referia-se a uma série de mortes que tinham um padrão comum, como os assassinatos em série, mas não se tratava de assassinatos. Posso relacionar uma das mortes com a da minha amiga de infância; as outras, duas ou três ou outras quatro, são mais abstratas, talvez diferentes versões da mesma morte. Meu papel no sonho era como o de um detetive, mas um detetive psíquico; estabelecia claramente a lista das semelhanças entre uma morte e as outras. Um desses fatores repetidos era a existência de uma história amorosa. Lamento não poder ser mais claro, porque nem para mim ficou claro do que se tratava. Mais perto do final do sonho, eu explicava, ou tentava explicar, a um amigo (acho que era Álvaro Buela), com certa empolgação, meus pensamentos acerca dessas mortes, mas ele não achava que eu tinha razão e rejeitava por completo minhas deduções. Antes, houve uma imagem muito clara na qual eu pegava uma moeda que mostrava um sinal de morte numa das suas faces. Tratava-se de moedas divinatórias, como um tarô de moedas, e a que eu extraía de um monte muito grande referia-se, de forma inequívoca, à morte. Em outra parte do sonho, eu estava na cama com Chl (por instantes podia ser outra mulher, mas de modo geral era Chl) e iniciávamos o ato sexual. Eu lhe explicava algo usando termos técnicos, como se quisesse dissuadi-la de certos receios que ela tivesse, ou de certa atitude temerosa. Não posso me lembrar se a relação sexual se consumava ou não; suspeito que sim, mas as cenas foram suprimidas. Perto do final do sonho, depois de aquele que eu suponho ser Álvaro rejeitar minhas deduções, entrávamos os dois num local, uma espécie de bar pequeno gerenciado por um homem muito singular, cuja singularidade não sou capaz de explicar agora. Eu queria comprar cigarros, mas parece que aquilo era muito complicado; o homem me dizia que não podia me vender dois maços, porque a lei permitia apenas a venda de um maço por pessoa. Não obstante, havia outra maneira de comprar cigarros, e Álvaro usava essa outra forma e recebia uma sacola de náilon que continha três pãezinhos amarelados, como se feitos de farinha de milho, em formato cúbico. Entregavam algo parecido a mim, apesar de que esperava receber um maço de cigarros; ou melhor, o maço de cigarros consistia nisso que me entregavam. Na minha sacola havia uma quantidade menor desses pãezinhos, não lembro se um ou dois, embora logo eu estivesse lidando com três também. Cada um desses pães estava untado com uma substância pegajosa e amarela, como o mel, que grudava na sacola e impregnava a mão de quem tocasse nela. Eu tentava manipular isso tudo sem sujar as mãos, e ali começava, ou se acentuava, o caráter pegajoso do sonho; vinham as reiterações das cenas, os retornos a cenas anteriores e a impossibilidade de sair, de acordar.

SEGUNDA-FEIRA, 30, 19H58

Rotring.

Acaba de surgir outro elemento, que me parece decisivo, para a gênese dos meus sonhos pegajosos. Quando eu estava me preparando para sair a fim de cumprir uma obrigação, e notando como a violência das ruas incide sobre minha agorafobia — coisa que percebi com maior clareza enquanto ainda estava na rua —, me ocorreu, de repente, quase com o caráter de revelação ou descoberta, que o livreiro da rua Policía Vieja tinha recebido mais livrinhos policiais da coleção Rastros, e que com certeza esse conhecimento paranormal determinara certas características desse sonho — por um entrecruzamento de informações com os materiais propriamente simbólicos do inconsciente. De modo que mudei o esquema que tinha montado; em vez de ir diretamente para o supermercado da Dieciocho de Julio, passaria antes na banca de livros, e se houvesse novidades — que sem dúvida haveria — eu voltaria para casa com os livros e depois sairia de novo, para evitar complicações com os pacotes; já sou bastante desajeitado no supermercado, com as compras que vou enfiando debaixo do braço ou nas mãos, porque detesto usar carrinhos — com os quais sou ainda mais desajeitado. Nem sequer sei se esse supermercado tem carrinhos; a verdade é que nunca prestei atenção nisso, e a verdade também é que jamais nenhuma mulher ou garoto me atropelou com seu carrinho, como sempre acontece em outros supermercados.

Quando cheguei à banca de livros, me decepcionei, porque à primeira vista não havia novidades; quando há Rastros novos, o livreiro os dispõe à frente de todo o resto, com as capas encarando a rua Sarandí. Mas fiz o percurso habitual, e ao chegar à seção de romances policiais, claro, estavam ali. E dos que tinham chegado me interessavam aproximadamente cinco, como os casos de mortes no meu sonho; talvez quatro, se descontarmos um que não tinha capa, e que na substituição da capa o livreiro tinha colado uma segunda contracapa que sei lá de onde tirou. Achei que por esse livro sem capa não podia pagar o mesmo preço que os outros, e perguntei ao livreiro quanto custava aquele em específico. "Cinco pesos", respondeu. Costuma vender os outros a quinze, então achei que tudo bem. Porém, quando fui pagar, não eram sessenta e cinco pesos, e sim quarenta e cinco; por algum motivo que desconheço, ele baixou os de quinze para dez.

Dois dos títulos são significativos em relação ao meu sonho, e em relação a outros assuntos da minha mente ao acordar, como se pode perceber na página anterior deste diário onde anotei esses detalhes. O livro com duas contracapas chama-se *Asalto impune* [Assalto impune], o que o relaciona com a cena de violência que Chl me contou ontem à noite por telefone. E o outro título significativo é *La muerte asiste a la boda* [A morte vai ao casamento] (o que relaciona este livro com o detalhe do sonho, de que cada morte estava ligada a uma história de amor). Os três outros títulos restantes não vejo relação com o sonho; fico feliz, porque poderiam ter desencadeado histórias desagradáveis:

Eleven mi horca [Levantem minha forca], *La tumba de cristal* [A tumba de cristal] e *Crimen a bordo* [Crime a bordo]. Este último tem uma capa bonita, na qual é possível apreciar a figura de um esqueleto dentro de um bote, em posição de quem rema.

Não pretendo fazer ninguém acreditar nas minhas explicações parapsicológicas; e ninguém deve imaginar que eu possa pensar que essas explicações são inquestionáveis. Para mim são muito convincentes, mas só eu estive dentro de mim, ou isso espero, quando tive a revelação, e não posso desejar que esse elemento de convicção seja adotado de forma universal.

Lamento por Truman Capote (*Os cães ladram*) (é um livro lindo, divertido e prazeroso). Começarei agora mesmo a consumir os Rastros.

TERÇA-FEIRA, 31, 3H23

Não deveria estar de pé a essa hora, mas a verdade é que tive uma recaída no uso do computador. Em horário não restrito. Sinto-me um tanto culpado, embora saiba que isso não serve para nada. Quando falho, parece que tudo desmorona; e as coisas não são necessariamente desse jeito. O computador não é exatamente heroína ou cocaína. Andei lendo *Junky*, de Burroughs (sim, estou numa sequência de autores homossexuais) (em Burroughs não se percebe, embora seja expressamente declarado; por outro lado, Capote sim, por mais que dissimule). O livro de Burroughs é um dos melhores argumentos contra a droga, justo porque não é um argumento e sim um relato frio e objetivo. Tanto essas drogas como o computador, quando se é um viciado, têm o poder de roubar o tempo de vida de uma pessoa. Vive-se para a droga, e não sobra muito espaço para outras coisas. Burroughs deixa bem claro que a droga não gera prazer. O computador sim (isso sou eu quem diz). A droga pesada deve funcionar como a outra droga, o tabaco. Para mim, fumar não produz prazer; mas quando não fumo e preciso disso, sinto desprazer. O tabaco alivia o desprazer da falta de tabaco, e isso é tudo. Por outro lado, as coisas do computador, por serem tão irreais como os mundos da droga, elas sim me provocam um prazer positivo. A carência também me gera desprazer, mas, ao contrário do tabaco, é um desprazer ligado à necessidade de fugir de algum sentimento desagradável que não tem relação com o computador, e sim com minha vida; e pode-se resistir perfeitamente ao impulso de usar o computador, sem maior drama do que o tédio, ou o cansaço de si mesmo. E disso se pode fugir de muitas maneiras, mas do desprazer provocado pela carência de tabaco, não.

Minha recaída hoje não foi devido à necessidade de fugir de mim mesmo, e sim pela necessidade de sentir prazer. Foi um dia feio, psiquicamente feio. A confusão mental durou até agora, criando uma distância entre mim mesmo e o mundo. Uma espécie de indiferença, que só foi interrompida pelo sentimento de maravilha diante dos fenômenos paranormais ligados ao meu sonho. Maravilha por roçar esse mundo de dimensões despercebidas habitualmente, apesar dos efeitos desagradáveis. À noite fiz outra descoberta, dessa vez a posteriori. Quando comecei a narrar à minha médica, que veio me visitar (pressão normal, catorze por oito), a história do título de Rastros ligado ao sonho, voltei a me maravilhar ao descobrir outra relação que não tinha percebido; parece que o pacote paranormal foi muito maior do que eu pensava. Escrevi esta tarde, procurando uma expressão que me fizesse ver aquelas moedas com algum significado, que se tratava de um "tarô de moedas". E eu extraía da pilha uma moeda com o símbolo da morte. Isso tem relação com um pensamento que tive anteontem, na cozinha. Lembrei-me de que faz alguns anos, em Buenos Aires, Ruben Kanalenstein tirou o tarô para mim, e saiu a carta da morte, e ele me explicou que o significado correto não era a morte pura e simples, mas uma espécie de morte que é a rotina, a repetição da mesma coisa todos os dias. Apliquei a imagem aos últimos anos da minha vida e vi que sim, que minha rotina era uma forma de morte. Agora, até aí tudo bem, nada fora do normal. Meu pensamento trouxe — entre outras coisas, com certeza — essa imagem das moedas-tarô. Mas hoje, quando saí rumo à banca de livros, o que foi a primeira coisa que vi ao pôr os pés na rua, depois de fechar a porta, senão a grande barriga de Kanalenstein? Estava parado na porta de um hotel que fica a dois passos do meu edifício.

É claro, faz uns dez dias que tinha me encontrado com ele na rua Sarandí, quase com a Juncal, e ele me dissera que estava num hotel... cujo nome depois não pude lembrar. Inclusive um dia cheguei a procurá-lo no guia telefônico; tinha me dito que o hotel ficava na Bartolomé Mitre, justo a rua onde moro, mas não encontrei no guia telefônico nenhum hotel cujo nome parecesse com o que ele me dissera. E depois esqueci da história.

Hoje não podia acreditar que ele estivesse morando tão perto; nem sequer tenho certeza de que alguma vez tivesse visto esse hotel, cuja entrada era muito estreita, embora passe quase todos os dias pela porta. Sou realmente distraído e pouco observador.

O que eu estava falando é que dá para se interpretar a referência a Kanalenstein e seu tarô no meu sonho como a imagem produzida pelo pensamento que tive na cozinha, mas o que permanece sem interpretação é o fato de que hoje me encontrei com Kanalenstein justo quando ia rumo à banca de livros para encontrar outro elemento citado no sonho. Kanalenstein ficou ali por apenas uns poucos minutos, enquanto esperava que sua mulher saísse do hotel. Se eu tivesse saído de casa um pouquinho antes ou um pouquinho depois, o encontro não teria acontecido. Foi assim que aconteceram as coisas, apertadas num pequeno pedaço do espaço-tempo — o encontro com Kanalenstein, os livros —, o que me dá direito a pensar que o sonho foi uma precognição, uma maneira de me antecipar psiquicamente no tempo. Aconteceu isso outras vezes comigo, algumas delas de modo mais claro e dramático. Este caso está aberto para a dúvida, mas eu não duvido. Há outros elementos que se somam para me convencer, como meu estado psíquico especial, ou algo mais objetivo, como o comportamento do vendedor de livros. É um homem lacônico, que não costuma demonstrar nenhuma simpatia. Há anos sou cliente dele, antes da minha viagem a Buenos Aires, e agora, quando comecei a frequentar outra vez sua banca, as coisas não eram diferentes; o homem só tinha envelhecido, mas não mudou sua maneira de ser. Hoje, porém, além de ter me cobrado dez pesos por livros que até pouco tempo atrás cobrava quinze, quando eu estava saindo, ele desatou numa loquacidade irrefreável. Como se durante esse encontro telepático tivéssemos virado amigos. Este é, para mim, o principal fator de convicção; mas o que me convence é o todo, o pacote paranormal inteiro.

Depois de me dar a nota e quando eu já tinha me despedido (pela primeira vez...) com um "Boa tarde", ele me disse, sem mais nem menos:

— Ontem à noite começaram a passar uma série de filmes de terror, antigos, na TV a cabo. Deve ser por causa do dia de finados. — Eu não sabia que esse dia era comemorado; mas deve ser verdade, porque mais tarde no supermercado uma jovem disfarçada de bruxa me ofereceu uma bala, como promoção sei lá do quê. — Passaram vários, da década de quarenta, antiquíssimos. Alguns com Boris Karloff. *A noiva de Frankenstein*, por exemplo. E também outro muito, muito velho, no qual atuava — e disse um nome que não lembro —, aquela que era mulher de Charles Laughton. Fazia o papel de Mary Shelley, a autora de *Frankenstein*.

Eu disse que não tinha aparelho de televisão porque detesto televisão, mas talvez valesse a pena comprar um agora que dava para ver esse tipo de coisa na TV a cabo.

— Bom… se você gosta de filmes antigos — respondeu.

— Não suporto os canais comuns — disse —, têm um nível baixíssimo.

— E o pior é a publicidade — ele disse. — Por causa da publicidade, quase quebrei a cabeça. Adormeci, e caí. E não caí para a frente, e sim para o lado. Bati a cabeça contra os ladrilhos da lareira; podia ter morrido.

— Bom, as propagandas não me fazem dormir; pelo contrário. Fico furioso demais para dormir.

— Eu durmo. Quando estou vendo um filme, estou perfeitamente acordado, mas aí entram as propagandas e começo a cabecear.

Eu já tinha me despedido duas ou três vezes, em meio dessa conversa que foi um pouco mais longa do que como estou contando, mas ele me puxava de volta com outra história. Enfim, tive que partir e deixei-o falando sozinho, pois estava ficando tarde.

TERÇA-FEIRA, 31, 16H31

Não deixa de ser uma experiência levemente perturbadora ler um livro com duas contracapas. Especialmente se for um livro da coleção Rastros, coleção que conheço e consumo desde os dez ou doze anos. As contracapas são bastante mais chamativas e características do que as capas: "Coleção RASTROS" em grandes letras vermelhas, e abaixo uma lista dos últimos dezenove títulos publicados, incluindo o título do livro ao qual pertence a contracapa, mais o título do próximo livro, em letras pretas, tudo isso sobre um fundo amarelo raivoso e cercado por uma moldura azul de aproximadamente um centímetro. Como se fosse pouco, na parte inferior há um círculo vermelho imitando um carimbo gravado no lacre com o nome da editora: "ACME (sic) Agency". Faz, pois, uns cinquenta anos que estou acostumado a ver uma contracapa da Rastros como uma contracapa da Rastros, e quando ocorre algo insólito como encontrar um livro como este, com duas contracapas, cada vez que eu o pego para continuar lendo, a primeira coisa que faço é virá-lo ao contrário, convencido de que está virado sobre a mesa, apenas para me deparar com o mesmo panorama, uma contracapa em linhas gerais idêntica. Dessa maneira, sempre acabo abrindo o livro de cabeça para baixo. Por sorte já terminei a leitura. Não é de todo mal. É o número cem da coleção; eu nunca tinha lido.

Novembro de 2000

SEXTA-FEIRA, 10, 18H53

Bom, bom, bom, bom, bom, bom, bom… Se alguém prestar atenção nas datas que encabeçam cada capítulo, notará que faz um bom tempo que não escrevo nada neste diário. Por quê? Porque recaí espantosamente no vício em computador. Esta é uma tentativa de retomar o costume de pôr nem que seja a data neste diário.

SEGUNDA-FEIRA, 13, 1H01

Minha recaída começou com aquele sonho do tarô e os romances policiais. Por um instante pensei que o sonho era a causa da recaída, mas agora não acho mais isso. Agora eu acho que a causa da recaída foi a extrema dureza com que me tratei durante o período da abstinência, desligando a máquina às seis da tarde.

Isso foi acumulando pressão no inconsciente, e a fuga rumo ao futuro durante o sonho é mais uma consequência, talvez uma proteção diante da recaída que para o inconsciente era algo iminente e óbvio. Acho que é como se essa força maravilhosa que temos dentro de nós tivesse calculado: "Agora vamos entrar num período difícil. Vejamos se é possível fazer algo para proteger esse pobre eu que vai sofrer...", e saiu para ver se podia conseguir alguns romances policiais. Nesse vislumbre do futuro imediato, encontrou-se com Kanalenstein na porta do hotel, e aproveitou para me transmitir essa mensagem de morte do tarô, recordando-me, nisso, que a rotina é uma forma de morte.

Também cabe a possibilidade de que o inconsciente tenha influenciado alguma mente da Feira do Livro, porque no sábado seguinte encontrei pela primeira vez alguns exemplares da coleção Rastros. Além disso, muito baratos: três pesos cada. Havia cinco... Com os cinco que eu conseguira na esquina de casa, tinha romances policiais para dez dias. Onze, contando o que uma aluna da oficina me deu de presente na quinta; nada menos do que um romance de Erle Stanley Gardner, um daqueles com Perry Mason, que, mesmo se eu já tivesse lido, não possuía na minha coleção. (Minha coleção limita-se a Gardner e Rex Stout.)

Romances policiais e computador, então. *Full time.* Com o computador, atingi dez horas de tela, duas vezes. A média até anteontem era de quase sete horas por dia. Das duas e meia com as quais terminei outubro... Bem, ontem a média começou a baixar lentamente; mas muito lentamente.

Hoje, acabei de pensar que todas essas coisas que acontecem comigo podem significar que o projeto da bolsa está além da minha capacidade; que não estou em condições de realizá-lo.

Em todo caso, é óbvio que, para recuperar aquele impulso de 1984, somente o auxílio econômico não basta.

Agora tenho outro tipo de ajuda. Por fim minha amiga, a escultora, aceitou me vender sua obra intitulada *Livro*. Fazia cerca de um ano que eu estava atrás dessa escultura, desde que a vi numa exposição. Pedi à minha amiga para que não vendesse a ninguém antes de eu ver se iria receber a bolsa. Saiu a bolsa, mas ela não se decidia se iria me vender. Tinha outros compradores possíveis, e deles poderia cobrar um preço mais próximo do seu valor real... se é que se pode falar num valor real; para mim, esse valor é infinito. É uma obra-prima, e eu pensava que não poderia realizar meu projeto da bolsa se não a tivesse na minha casa. Não sou um comprador de esculturas nem nada parecido; não compro nada além de comida e algumas pequenas coisas de escritório e para o computador. Mas, nesse caso, me parecia imprescindível; a presença dessa escultura na minha casa era, segundo eu pensava, e ainda penso, mais do que necessária para poder levar o projeto adiante. Diria que essa escultura é o meu livro; é, já terminado, o livro que desejo terminar.

Ela finalmente me trouxe a escultura, e a um preço que é quase nominal — um verdadeiro presente. Não houve como convencê-la a aceitar algo mais próximo do que poderia ter cobrado de outros possíveis compradores. E aí está, um pouco esmagada pelo entorno do meu apartamento, que tem poucas paredes e muitas portas e janelas. Precisaria de um cômodo inteiro para ela, para que reluza em toda a sua presença. É um livro, um romance luminoso.

Tive uma grande satisfação quando a escultora reconheceu que era um bom trabalho. É a primeira vez que a escuto falar bem de algo seu. Sempre menospreza suas coisas, inclusive ela mesma. É tímida, arisca. Acho que padece de um complexo de inferioridade. Mas, desta vez, reconheceu que tinha feito algo valioso.

* * *

E começa minha semana de trabalho. Muito trabalho; na terça-feira, minha aluna particular, na quarta-feira, a oficina virtual, com alunos que começarão um curso 2 que ainda não preparei. Na quarta-feira, devo enviar a primeira tarefa... E algum aluno novo do curso 1. Na quinta-feira, duas oficinas ao vivo. Na sexta-feira, essa oficina de correção que ocorre uma vez por mês, e que no mês passado não dei por problemas dos alunos. Semana intensa. Enquanto isso, tento superar a recaída, voltar a uma atividade um pouco mais normal. Não insistirei com a dureza dos meus limites no uso do computador, mas tenho, sim, que impor limites. Menos dramáticos, porém limites. Não posso continuar assim.

A pomba morta continua uma pomba morta. Quero dizer que conserva a forma de pomba. Achatada e com o peito branco remexido, não sei se ensanguentado, mas ainda com quase todas as suas plumas e sua forma. Acho essa permanência estranha. Os ratos não comem pombas mortas? A carne não apodrece? Ou talvez tenha apodrecido, mas talvez as plumas estejam presas aos ossos; não se esparramam com o vento, deixando o esqueleto que eu esperava.

Não vi mais a viúva.

Hoje estive na casa de Chl. Não deveria ter ido; não me dei conta de que me sentia mal, e fui, só para entediá-la porque não fui capaz de abrir a boca. Olhava para um ponto distante. Não sei o que acontecia comigo. É possível que seja uma reversão do impulso sexual, um decaimento, produto da repressão. Para ser educado e não estuprá-la. Não sei; é algo parecido com o começo de uma gripe, que no meu caso sempre confundi com sintomas de esquizofrenia, e algo há de ser.

Voltando ao tema inicial, agora que falo de gripe, também andei pensando na relação que há entre minhas regressões e a leitura de romances policiais. Não sei bem o que provoca o quê, o que é causa e o que é consequência; mas me lembrei da minha fase bonaerense, da tarde em que, ao sair do trabalho, fui, como sempre, até o novo sebo que abrira na Corrientes, e encontrei uma leva de romances do El Séptimo Círculo, que tinham acabado de chegar, a cinquenta centavos cada. Comprei todos, e enquanto voltava ao meu apartamento, carregado com sacolas de livros, comecei a sentir os primeiros sintomas de gripe. Primeiros sintomas de uma doença nessa fase bonaerense. Quando tinha acabado de chegar a Buenos Aires, acho que já contei, havia em todas as livrarias ofertas da coleção El Club del Misterio, que vinha em caderninhos imitando os antigos *pulps*. Três por um peso, e dias mais tarde, cinco por um peso. Eu ia comprando e lendo pouco a pouco, e isso me ajudou a relevar os primeiros momentos da minha adaptação, da minha hiperadaptação fictícia. Mas, quando consegui outros exemplares de El Séptimo Círculo, minha situação já era outra. Estava chegando ao fim do meu estágio de funcionário de escritório, embora ainda não soubesse disso, não tinha me permitido pensar claramente sobre o assunto. Então, não sei se essa gripe foi produzida pelo desejo de me enfiar na cama e ler dezenas de romances que eu havia comprado, ou se, novamente, o inconsciente tinha antecipado uma crise e procurava entretenimento. Se não me engano, antes de chegar ao meu apartamento comprei uma cama, com a condição de que fosse entregue imediatamente porque não me sentia bem e queria me deitar. A cama que eu tinha estava quebrada e amarrada com cordões, e os cordões também arrebentaram. Essa cama era parte de um pequeno jogo de dormitório ridiculamente barato; como tudo que comprei em Buenos Aires, incluindo a geladeira, previ um gasto mínimo, pensando que, se durasse seis meses, teria valido a pena. A cama durou dois anos. A outra, a que comprei no dia que senti a gripe chegar, estou usando até hoje.

Essa gripe foi o começo da minha tomada de consciência; o trabalho no escritório não dava mais, algo dentro de mim precisava raivosamente de liberdade. Por isso, não posso saber o que veio primeiro, o ovo ou a galinha. Não sei se os romances policiais provocam as crises ou as crises, nos seus princípios, precisam de romances policiais para que eu possa suportá-las. Acho que deve ser esse último caso.

SEGUNDA-FEIRA, 13, 21H06

Quando disse que a escultura é o meu livro, expressei-me mal. Talvez tenha sido bem compreendido, mas não disse direito. Não é o meu livro, nem poderia ser nenhum livro em específico. Esta escultura é simples, branca, pura, contundente e luminosa. Isso não se pode conseguir com a literatura. E, neste caso em particular, faltam à minha alma as virtudes da alma da escultora, e embora a literatura possa atingir essa luminosidade, eu não poderia.

SEGUNDA-FEIRA, 20, 19H58

Rotring.

Hoje me sinto extremamente fraco, em especial no que diz

respeito à mente; tanto que suspendi minha ida ao dentista, apesar de estar com um reparo importante pendente. É possível que seja efeito de um novo remédio, que antes eu tomava na forma herbal e tive que suspender porque me causava certa confusão mental. Venho experimentando em comprimidos faz uns dias, e já o abandonei. Daqui a pouco verei minha médica, que não encontro há muitos dias; talvez tenha que voltar ao antidepressivo, especialmente porque ao suspendê-lo minha maneira de fumar mudou, ficou mais intensa, e a tosse reapareceu.

Nesses dias aconteceram alguns fenômenos: hoje, um deles tem justo uma relação com minha médica. É óbvio que esses fenômenos acontecem graças a um enfraquecimento do eu, e não são perigosos em si, mas são alarmantes como sintoma.

Há algumas horas, na cozinha, pensei de repente em Katia, de quem não tenho notícias faz tempo. Depois de ter publicado seu livro, alguns meses atrás, tenho a impressão de que começou a me evitar. Não conseguimos marcar nenhum encontro ao vivo, nem me enviou seu livro por nenhum meio, e recebi muitos poucos e-mails seus. Enquanto isso, fez grande propaganda minha em várias entrevistas, inclusive na televisão, de modo que não se trata de alguma animosidade em especial. Pensei, nesta tarde, em mandar um e-mail a ela para tentar descobrir o que aconteceu e por que não me enviou seu livro nem me escreve mais. Minutos mais tarde, enquanto ainda tinha Katia em mente, minha médica deixou uma mensagem na secretária eletrônica. Fiquei tão surpreso que não consegui levantar o aparelho e falar diretamente com ela, porque a mensagem dizia respeito... a Katia. Pelo visto, Katia enviou à minha médica um e-mail avisando que tinha recebido um vírus eletrônico procedente do seu computador. Ou seja, minha médica leu essa mensagem e pensou em me ligar para me consultar sobre os vírus e os antivírus, e eu captei seu pensamento, do qual enxerguei apenas a imagem de

Katia. Eu me pergunto quantas pessoas mais invadirão minha mente ao longo do dia (e da noite! e da madrugada!) com tanta facilidade.

QUINTA-FEIRA, 23, 19H36

Acabo de passar para o Word algumas páginas do diário escritas com a Rotring há quase um mês; nelas, narrava em detalhes, da maneira mais tediosa, um ataque de dor na rua. Ontem à noite esse ataque se repetiu, por sorte em presença da minha médica. Tínhamos ido tomar um café num bar em Pocitos, e antes de entrar no bar decidimos, de comum acordo, caminhar algumas quadras, porque estava um dia lindo, e porque os dois tinham ficado o dia todo trancados. Cruzamos o calçadão rodeados por uma maré de carros na típica velocidade do calçadão de Pocitos, e suponho que essa brusca mudança do meu isolamento protegido para um ambiente selvagem tenha desencadeado os mecanismos fóbicos. Também é verdade que pouco antes eu tinha comido. Começamos a caminhar pelo calçadão e, depois de duzentos ou trezentos metros, comecei a sentir a ameaça. Sugeri voltar e, apontando para a eventração, o local onde se originava o mal-estar, disse à minha médica que estava prestes a ter um daqueles famosos ataques. A dor foi ficando mais aguda e em pouco tempo já estava subindo pelo peito, fazendo o percurso exato das coronárias. Minha médica me estudava com cara preocupada, mas logo se deu conta de que o que eu tinha era pânico. Depois me contou, quando estávamos sentados no café e eu tinha melhorado rapidamente, que meu corpo expressava com toda clareza esse pânico que eu estava sofrendo (mas não sentindo). Descartou, enfim, com total convicção, que se tratasse de um problema coronário, e aceitou como válido meu repetido diagnóstico de fobia + contraturas do tubo digestivo. Não deixa de ser, para mim, uma boa notícia.

SEGUNDA-FEIRA, 27, 0H26

Imagine por um momento que você se dedica à floricultura, e que de repente herda uma rede de supermercados. Você não se interessa por supermercados e ignora tudo que se relaciona ao assunto. Você poderia tranquilamente recolher a cada tanto os lucros importantes e gastá-los como achasse melhor, enquanto continuava felizmente dedicado à floricultura, que é o principal interesse da sua vida. Não obstante, em certo momento, você é acometido pela curiosidade, ou talvez por um temor. Como desconhece o assunto, você pode ser facilmente ludibriado, roubado, enganado pelas pessoas que estão a cargo dos negócios que legalmente lhe pertencem; ou simplesmente lhe dá um sei lá o quê, receber tanto dinheiro como se tivesse caído do céu, e pensa que deveria fazer algo por isso. Seja como for, você começa a se interessar aos poucos pelos negócios, e de repente se vê completamente absorto por um grande número de informações que seu cérebro deve processar: esquemas organizativos, contratação de pessoal, as pernas das funcionárias do caixa e suas meias de náilon, o preço da erva-mate e da pasta de dentes, os nomes e sobrenomes dos colaboradores diretos etc. Você descobre pouco a pouco que o tema é interessante e que, apesar de tudo, não lhe faltam aspectos criativos. Você tem ideias e começa a testar isso e aquilo e aquilo lá também. Descobre que certas mudanças inteligentes permitem que você aumente os lucros, e como outras mudanças podem causar perdas. Tudo vai se transformando num jogo muito absorvente, e num certo momento você talvez se dê conta de que abandonou por completo a floricultura; pensa nisso com certa saudade, e ainda com sentimentos de culpa, porque parece que você talvez esteja traindo sua vocação; porém, você se encontra prisioneiro de um sistema; e, embora ninguém vá impedi-lo de sair, você não consegue sair. Provavelmente se viciou na atividade cerebral intensa, algo tão diferente da tranquila atividade floricultora. Toda a sua vida mudou radicalmente. Você não é o mesmo, mas também não é outro. Você se sente possuído por um conflito, ou habitado por algo que lhe é um tanto alheio.

Estou tentando explicar por meio dessas imagens o que acontece comigo em relação ao computador. Por mais que não o tenha herdado, e sim comprado, e por mais que não me gere nenhum benefício material visível, minha fascinação por essa atividade cerebral que fui desenvolvendo a partir do uso da máquina é parecida com o que descrevi acima acerca dos supermercados.

Estou possuído por um sistema. Eu me sinto alheio. E, não obstante, não sou outro. Quero me liberar, mas não quero; há um querer mais profundo que é contrário a esse. Na verdade, é como se eu tivesse herdado não uma rede de supermercados, e sim de prostíbulos. O prazer gerado pelo uso e pela exploração do computador é muito intenso. Não sei como escapar disso.

Enquanto isso, aproxima-se o dia D. Em 1º de dezembro, conforme escrevi neste diário e segundo me propus de modo definitivo e irrevogável, devo começar a trabalhar no projeto da bolsa. Desde que tomei essa decisão, não voltei quase a escrever neste diário e não tirei a cabeça das coisas do computador nem por um instante, nem sequer enquanto durmo. Eu me transformei num perfeito energúmeno. Essa é a primeira vez em quase um mês que estou escrevendo extensamente neste diário. E uma atividade muito mais delicada me aguarda, já que o projeto da bolsa é ambicioso demais. Não implica somente se dispor a digitar umas tantas horas por dia, mas, como acho que ficou claro nessas páginas, significa sofrer um processo psíquico que denominei "retorno". E nunca estive mais longe do retorno do que nesses momentos.

Mas vou fazê-lo. Hoje me dei conta, quando minha vista recaiu por acaso num calendário, que o dia 1º de dezembro é uma sexta-feira. Dia muito apropriado, porque a sexta-feira é o dia de Vênus, mas também da Virgem — o dia do feminino transcendente. E meu projeto aponta precisamente para isso; é, pelo menos, o primeiro tema que devo encarar, começando o que seria o sexto capítulo do "romance luminoso". Que, até o momento, nos cinco capítulos escritos em 1984, não tem nenhum mérito para ser chamado dessa maneira.

Durante todo o tempo que passou desse mês que termina, em vez de me encaminhar tranquilamente rumo aos objetivos desta sexta-feira que será o dia 1º de dezembro, não fiz nada além de enterrar a cabeça nos meandros do computador e seu Windows 95. Descobri o Registro e como manipulá-lo. Obtive êxitos estrondosos no domínio de aspectos da máquina que até então não tinha conseguido controlar. Derrotei Bill Gates em várias das suas monstruosas imposições. Consegui, através da internet, uma série de programas ("utilitários") que me permitem controlar essas coisas. E que, é claro, me controlam, porque cada coisa que a pessoa adiciona à máquina multiplica a necessidade de se informar e exige um grande esforço adicional. Assim estou, como um louco, estudando isso e aquilo e mexendo nisso e naquilo, e cada coisa que eu faço que supostamente facilita enormemente várias operações multiplica, não obstante, meu trabalho e minha necessidade de dedicação. O disco rígido vai se enchendo de porcarias, e é melhor nem falar do cérebro. E tudo é lindamente irreal. Um mundo fechado, ou quase fechado. A realidade virtual.

E a pomba morta continua ali, morta e sem modificações visíveis. Porém, há novidades no seu entorno; há dois ou três dias surgiram uns jovens muito semelhantes à viúva; e apareceu a viúva com um novo marido. Esse casal não faz nada além de arranhar as penas, e não mutuamente, e sim cada um por si. Chegaram a me deixar nervoso; meu corpo inteiro parecia coçar de vê-los se arranhando e se arranhando. Não se aproximam do defunto, mas tampouco ficam muito longe dele; ficam na mureta, quase junto à minha janela. E ali se coçam. Depois chegaram os jovens, que são três, ou pelo menos três são os que vi. Muito parecidos entre si e com a mãe, muito jovens, com as penas brilhantes e lisas. Hoje um deles estava com medo de voar. Seus irmãos tinham ido sem problemas, mas ele ficou ali, na mureta, sacudido por rajadas de vento, e tremendo, mas não de frio. Fazia gestos de quem ia voar, movimentos incipientes de asas que ficavam ali, na incipiência. De repente chegou o pai, ou pelo menos o marido da mãe, e o tratou com prepotência. Aproximou-se com vivacidade e praticamente o empurrava com o peito. O pobre jovem esperneou um pouco, correu para outro lugar, mas logo a mureta acabou; ficou pressionado contra uma parede e enfim se decidiu e saiu voando. Não foi um voo perfeito, mas conseguiu. O pai foi embora para outra direção.

* * *

Faz uns dias, talvez semanas, que a viúva me deixou desconcertado porque ficou ali, nessa mureta, nesse mesmo lugar onde agora o jovem foi espantado pelo pai, e de repente se sentou, como se fosse chocar, com o corpo completamente embolado, parecendo mesmo uma galinha chocadeira. Parece, penso agora, que estava realmente chocando algum ninho, considerando que esses jovens apareceram agora do nada, mas não tinha esquecido do seu marido e, por um instante, penso, abandonou o ninho e foi lhe fazer companhia. Não ao lado, como antes, e sim à distância, mas com o defunto à vista. É possível que isso tudo seja uma construção arbitrária do meu raciocínio, mas assim foram ocorrendo as coisas e assim eu as conto.

Apliquei o corretor do Word 2000. Não reconheceu a palavra "prostíbulo". Também não reconheceu "incipiência", mas aí parece que tem razão, pois a palavra em espanhol não consta no dicionário. Ainda assim, deveria existir.

QUARTA-FEIRA, 29, 15H53

Será que as potências celestiais enfim decidiram intervir para me dar uma pequena sacudida? Estamos muito perto do Dia D. A verdade é que esse dia se mostrou no mínimo atípico.

Do sono profundo, quando fazia apenas cinco horas que dormia, tirou-me um persistente e insolente e urgente miado — justo detrás das persianas de uma das três janelas que formam esse hexágono truncado na proa do meu quarto. Só os gatos são capazes de tal insistência num chamado. Posso dizer que tinha adormecido pensando num gato, e que, horas antes, na rua, ao ver um cachorro estropiado de orelhas grandes teria me acometido a lembrança culpada de outro cachorro? Sei que um cachorro não é a mesma coisa que um gato, mas quero dizer que ontem, na rua, enxerguei vindo na minha direção um cachorro muito engraçado, desses que parecem andar de perna de pau, como se as patas longas fossem quebrar a qualquer instante, e caminham cruzando as patas de um jeito desajeitado ou movimentando-as de forma que parece um tanto temerosa; e o cão tinha umas orelhas compridíssimas, marrons, que quase varriam o chão e estavam unidas por uma dobra sobre a cabeça, como se tivesse posto um gorro com orelheiras e as orelheiras não estivessem presas no queixo, nesse caso no focinho, e sim soltas. Esse cachorro me trouxe no mesmo instante a lembrança de outro, lá em Piriápolis, faz uns trinta e cinco anos — as patas e as orelhas, porque esse cachorro de outrora era branco com manchas pretas e não marrom quase violeta como o de ontem. Mas ambos tinham a mesma forma estropiada de andar e de arrastar as orelhonas, e o mesmo ar ingênuo, quase estúpido, e portanto feliz. Das muitas imagens que a memória poderia ter me trazido, esta escolheu como sempre a mais desgraçada: a cara de surpresa daquele cachorro de outrora quando, preparado para resistir, por amor, heroicamente, o balde de água fria sobre o lombo, recebeu, ao invés disso, um balde de água fervendo que eu pacientemente aqueci na cozinha. Às quatro ou cinco da manhã. Lamentei no mesmo instante, porque o efeito foi terrível. A pobre besta se revirava gritando como louca, soltando um lamento agudo que partia meu coração. O animal ficava uivando sob a janela do meu quarto de modo insistente — veja, leitor, a relação com o gato de hoje — e estava me enlouquecendo de raiva e sono. Não sei se a cadela no cio que ele procurava estava em casa; o melhor, nesse caso, teria sido abrir a porta para a cadela. O problema é que esse cachorro estava preso durante o dia e por alguma razão misteriosa — já que era estúpido demais e ingênuo para servir de guardião — os donos o soltavam à noite. Durante o dia, a cadela andava solta e mostrava seus dotes a quem desejasse, e é provável que à noite preferisse dormir. Ou talvez tivesse ido dar uma das suas andanças, porque, entre outras coisas, essa cadela capitaneava uma matilha de cães de rua que de quando em quando saíam para matar alguma ovelha, conforme pude deduzir de histórias que fui recolhendo daqui e dali e das minhas próprias observações sobre o comportamento dessa cadela — que mais parecia uma raposa. Não era minha cadela, mas vivia na minha casa. Foi recolhida ou simplesmente aceita por uma mulher com quem eu vivia nessa época. Depois a mulher foi embora e a cadela ficou, mas essa é outra história.

E, à noite, antes de adormecer, me veio a lembrança de outra violência a um animal, dessa vez no início da minha infância, e quase como cúmplice, já que a ideia de maltratar o gato surgiu, ou pelo menos quero lembrar assim, da minha amiguinha Sussy. Estamos falando dos três anos de Sussy e dos cinco ou seis meus. Ela tinha um lindo gatinho preto chamado Bijou, muito simpático e amigável. Por algum motivo, um dia decidimos persegui-lo a pedradas, e nos divertíamos muito correndo atrás dele para atirar o que tivéssemos à mão. Fizemos disso um hábito. Em geral, o animalzinho acabava se refugiando em meio a uma pilha de troncos, cortados para lenha, que havia num alpendre no fundo do amplo terreno dos meus vizinhos, lugar que era inacessível para nós. Depois de uns dias, o gato foi embora, acho que para sempre. Eu me lembrava disso quando adormeci.

Fui acordado, então, por esse gato de hoje, num horário bastante impróprio. Ainda continua sendo um horário impróprio para mim, porque não terminei de acordar (quatro horas da tarde e dezenove minutos), nem, pelo visto, terei a oportunidade de fazer isso hoje. Acho que quando essa criatura me despertou era uma e meia da tarde, por aí. As probabilidades de ser acordado por um gato que mia na sua janela costumam ser bastante remotas num quarto andar, mas, como acredito ter registrado neste diário, meus vizinhos de porta são felizes proprietários de duas gatas, e uma delas tem o costume de passear pelas calhas em busca de um namorado ou de outro tipo de vítima, como ratos ou pombas. Pensei que o desejado namorado tinha enfim aparecido e que, então, eu já não voltaria a ter paz ou descanso por muito tempo. Os chamados eram tão urgentes e imperiosos que tive que agir; levantei-me a duras penas e me arrastei até uma das janelas, abri-a e levantei a persiana. Ali estava o gato, miando com a boca toda aberta. Bati no vidro várias vezes, sem o menor sucesso. Abri a janela e o gato tentou vir até mim; eu gritei grosseiramente e fechei de supetão a janela, mas ele não se importou. Continuou abrindo a boca e gritando como se nada tivesse acontecido. Comecei a me desesperar. O gato correu uns metros e logo começou a contornar todas as janelas do meu apartamento, passeando por todas as muretas e as duas sacadas. Quando ficou longe do quarto, voltei a me deitar. Logo o gato e seu miado tornaram a se aproximar, e tive que me levantar outra vez, já disposto a lutar. Lembrei-me da minha experiência com aquele cachorro e resolvi ser menos cruel. Fui até a gaveta da minha escrivaninha e procurei uma pera de sucção, dessas que se usam para enemas e que eu uso para espanar o pó de alguns mecanismos delicados. No banheiro, enchi a pera de sucção com água e voltei para a janela preferida do gato, que é a mais próxima da mureta dos vizinhos. Perguntei-me por que estava obstinado em me incomodar nessa janela em específico. Abri a persiana e vi seus bigodes. Lancei, por entre as frestas da persiana, um jato d'água, e o gato se afastou, ficando fora do meu alcance, mas não parou de miar. Nesse momento, a campainha tocou. Imaginei, então, que os vizinhos tinham se dado conta do drama e tinham algo a dizer a respeito, mas não havia ninguém na porta do apartamento. Alguém tocava a campainha da rua, e não era lógico pensar que eram os vizinhos nem que tivessem qualquer relação com o gato. "Dia ruim", pensei, "dia ruim." Fui até a outra janela e estava começando a levantar a persiana quando ouvi a voz do vizinho, ou da vizinha, não sei quem, pedindo algo como que precisava pegar o gato, por favor, que ele estava machucado e não podia saltar. Então não se tratava de nenhum apaixonado. Vesti as calças e as sandálias. Fui outra vez até a porta do apartamento e a abri. A porta da frente estava aberta. Esperei. Apareceu o vizinho, sem sapatos e de meias pretas; fora isso, completamente vestido. Desculpou-se e o deixei entrar, e comecei a levantar as persianas. O gato, ou seja, a gata, tinha desaparecido. Silêncio absoluto. Sacadas desertas. O vizinho voltou ao seu apartamento para ver se a gata tinha resolvido saltar e estava na sua casa. Não estava. Voltou a olhar de cada janela e enfim a encontrou numa das sacadas, com certeza assustada, talvez pela água que joguei nela, ou talvez diante da voz do seu dono; não sei se eles se dão bem. O fato é que a encontrou, levou-a embora e eu voltei para a cama. A campainha tocou. Várias vezes. Senti fome. Lembrei-me de que tinha lançado alguns anzóis por e-mail e esperava algumas respostas. Fui invadido por uma estranha lucidez, mas lucidez, afinal de contas, e decidi dar por encerrado meu período de descanso.

Depois, enquanto preparava o café da manhã, o telefone tocou. Isso já eram duas da tarde. Pensei em Chl e estava prestes a tirar o fone do gancho, mas soube me conter, por via das dúvidas. Tocou cinco vezes e entrou a secretária eletrônica. Desligaram.

Minutos depois, outra vez o interfone. Alguém está me procurando, eu ou o dr. Turcio. Alguém que não me conhece muito bem, porque, se conhecesse, não tocaria a essa hora nem desligaria quando cai na secretária eletrônica.

Durante o café da manhã, fui incomodado de forma inconsciente, porém constante, por uma música transmitida pelo Sodre. Eu me dei conta de que essa era a fonte do meu mal-estar quando terminei o café da manhã e me sentei na poltrona de leitura para tomar um café. Havia um pianista que parecia epilético, golpeando seu instrumento como se o objetivo fosse incomodar os pais na hora da sesta. Umas cordas o acompanhavam com o mesmo frenesi doentio. "Beethoven", pensei. De fato. Era, segundo a locutora, um trio chamado Arpas. Arpas! De imediato, a voz da locutora me iludiu por um instante: "Erik Satie", disse, e meu humor se adoçou. Pensei: bom, enfim, algo mais positivo. Na mesma hora, a locutora tirou minhas ilusões: "soprano", acrescentou, e desliguei o rádio.

Ou seja, nada de bom no ar, exceto a contingência registrada no início, de que os deuses decidiram me beliscar e me manter acordado.

Dezembro de 2000

SEXTA-FEIRA, 1, 4H43

Já passaram quase cinco horas desde o início do Dia D. É claro, ainda não comecei meu trabalho; ontem, quinta-feira, dei oficina, e depois, como sempre, me joguei no computador para descarregar as tensões e aqui estou hoje, sexta-feira, 1º de dezembro, quase cinco da madrugada, lembrando do meu compromisso. Eu imagino que quando me levantar, amanhã, ou seja, hoje, começarei a pôr lentamente as mãos à obra.

SEXTA-FEIRA, 1, 20H06

Nesta madrugada, comecei meu trabalho pelo que considero ser o início: lendo minha padroeira. Isso depois de ter lido umas quantas páginas incríveis de Bernhard, no seu livro *Velhos mestres*. Encontrou a maneira de dizer as coisas que não podem ser ditas, e amontoa uma série de verdades candentes, uma atrás da outra, mas de tal modo, tão reiterativo e exagerado, que acaba criando um efeito humorístico explosivo.

Minha padroeira, Santa Teresa, não me decepcionou. Recorri a ela, cuja obra *As moradas* conservei durante anos e anos junto aos meus próprios livros, porque na minha época mais produtiva bastava ler umas páginas para sair em disparada a escrever; tanto é assim que nunca pude avançar muito na leitura. Acho que nunca passei do primeiro capítulo. Produzia uma grande excitação psíquica. É uma grande, grande escritora; tem uma força extraordinária. A pessoa começa a ler e pouco a pouco passa a sentir que nesse tecido de palavras está contida uma enorme concentração de energia. E, é claro, de realidade.

Agora não reajo da mesma maneira como há alguns anos; estou blindado e desvitalizado. Não obstante, o mesmíssimo começo me comoveu profundamente, cujas palavras eu poderia ter escrito, se fosse capaz, neste diário, hoje:

> Poucas coisas, das que me tem mandado a obediência, se tornaram tão dificultosas para mim como escrever agora coisas de oração; primeiro, porque me parece que o Senhor não me dá nem espírito nem desejo para o fazer; depois, por ter a cabeça, há três meses, com um zumbido e fraqueza tão grande que, até sobre negócios urgentes, escrevo a custo. Mas, entendendo que a força da obediência costuma facilitar coisas que parecem impossíveis, a vontade determina-se a fazê-lo de muito bom grado, ainda que a natureza se aflija muito; porque o Senhor não me deu tanta virtude, para que o pelejar com a enfermidade contínua e com muitas e variadas ocupações se possa fazer sem grande contradição sua. Faça-o Ele, que tem feito outras coisas mais dificultosas para me fazer mercê, e em cuja misericórdia confio.
>
> Creio bem que pouco mais hei de saber dizer do que já disse

em outras coisas, que me mandaram escrever, antes temo que hão de ser quase sempre as mesmas: porque, como os pássaros a quem ensinam a falar, não sabem mais do que lhes ensinam ou eles ouvem, e isso repetem muitas vezes, assim sou eu ao pé da letra. Se o Senhor quiser que eu diga algo de novo, Sua Majestade o fará ou será servido trazer-me à memória o que de outras vezes disse, e que até com isso me contentaria, por tê-la tão má que folgaria em atinar com algumas coisas, que dizem que estavam bem ditas, caso se tivessem perdido. Se nem mesmo isso me der o Senhor, com me cansar e acrescentar o mal de cabeça, por obediência, ficarei no lucro, embora do que disser não se tire nenhum proveito. E assim começo a cumpri-la hoje...

SÁBADO, 2, 2H29

Reli as poucas páginas que tinha escrito em janeiro deste ano, as que poderiam ser o começo do meu projeto, ou seja, a segunda parte do "romance luminoso". Não são ruins. Também não são muito boas, pelo menos como continuação, já que a diferença de estilo e de enfoque são evidentes; mas acho que é o que posso fazer agora, e que, se tentar começar de outra maneira, não conseguirei nada melhor. Não quero copiar quem eu era em 1984; o único valor que essas coisas podem ter com certeza é a autenticidade. Acho que sim, que vou pegar essas páginas e continuar dali meu projeto. Hoje (ontem, sexta, e hoje, sábado de madrugada) eu me limitei a ler um pouco mais da minha padroeira e a revisar essas páginas. Foi difícil chegar a elas; sou invadido por um peso mortal, uma fraqueza infinita quando penso em mexer nesses materiais. É o que santa Teresa chama de "o natural". Esse louco natural que me deixa louco há tanto tempo; e me restam poucas ferramentas para lidar com ele. Bem, pelo menos hoje consegui evitar por um bom tempo o computador — quero dizer, fora do uso lícito do Word para essas coisas.

Quando fui me deitar na madrugada dessas últimas semanas, o sol já tinha saído. Tem nascido muito cedo, mas também é verdade que tenho me deitado muito tarde. Antes de me deitar, fico um tempo sentado na poltrona de leitura, relaxando esses músculos horrivelmente retorcidos pela posição rígida diante da máquina, e murmurando coisas contra mim mesmo. Olho pela janela para a beleza do céu. Uma vez tive a sorte de contemplar um espetáculo incrível, antes de um dia muito tempestuoso, quando a tormenta ainda não tinha caído e havia um tímido sol que se vislumbrava por onde costuma se vislumbrar o sol. O espetáculo consistia na lenta evolução de impressionantes massas de nuvens cinza e até mesmo pretas, em diferentes alturas do céu, que tratavam de cobrir a cidade. A carga de *smog* de algumas delas deveria ser imensa, pois não imagino que seja possível atingir uma cor preta tão preta sem a presença de fuligem. Sabe-se lá de onde vinha; nossa cidade fabrica bastante porcaria, mas acho que nossas indústrias não são tão ativas para depositar essa carga nas nuvens. O mais atraente do espetáculo era sua inverossimilhança; lembrava um céu pintado pelos estúdios Disney. Os blocos de nuvens eram arredondados, pareciam esponjosos, mas não sei bem o que produzia o efeito Disney. Talvez essa falsa beatitude das formas arredondadas, que dissimulavam os conteúdos mortíferos. Seja como for, acabou sendo muito prazeroso contemplar o espetáculo; há algo na realidade que, quando parece irreal, fascina. Quando um céu se assemelha a panos pintados, o estremecimento que causa é diferente de qualquer outra forma de percepção; a obra de arte, por mais bem trabalhada que seja, sempre tem algo que a denuncia como obra de arte, como a moldura dos quadros.

E esses horários absurdos para me deitar me permitiram acompanhar durante uns dias a saga da família de pombas. Não cheguei a saber bem quantos integram a família porque às vezes parece que se misturava a ela um estranho, mas o estranho era bastante tolerado, embora sem entusiasmo, como um desses tios que impõem sua presença e não podem ser expulsos assim, sem mais nem menos. Acho que há três jovens. Vi dois deles acossar a mãe, tentando obter comida do seu bico, como se fossem pintinhos e não esses marmanjos pentelhos que já são. Vi também o pai, o chefe de família, tolerá-los às vezes, e outras vezes empurrá-los de repente com o peito para fazer com que voassem, num surto inesperado, aparentemente sem causas que o justificassem. Por sorte pararam de se coçar, ou pelo menos não fazem mais de maneira tão frenética como antes; um dia eram os cincos, em fileira, que mexiam nas penas sem parar. Imaginei que viviam num ninho coberto de piolhos. Outro dia vi o casal tirar os piolhos um do outro, num incomum momento de ternura. É uma família tensa; esses pássaros não parecem estar cômodos em momento algum. Movem-se, vão caminhando pela mureta de lá para cá, e inclusive quando estão quietos nota-se que estão nervosos, como se esperassem algo desagradável. O fato é que sempre está a poucos metros, sobre o chão do telhado, o cadáver do antigo marido da fêmea. Ninguém mais dá atenção a ele, aparentemente, mas de alguma maneira sempre há algum que o enxerga; pelo menos há sempre algum olho apontando nessa direção. Agora faz uns dias que não os vejo porque estou dormindo um pouco mais cedo. Não durmo mais cedo, mas me deito mais cedo. Um pouco; quando o sol ainda não saiu, mas já há bastante claridade no céu. Às vezes durmo mais cedo, é verdade, mas só para ser acordado por um mosquito, ou, sem falta, pela necessidade de urinar. O remédio para hipertensão continua provocando esse efeito, e parece que terei que suportá-lo até o fim dos meus dias. Tentei suspendê-lo quando a pressão estava razoavelmente estabilizada, em números normais, mas logo ela subiu. Agora estou num período de pressão alta. Tenho em casa um medidor de pressão eletrônico, e é possível que, ao tirar eu mesmo a pressão, os valores se alterem. Não deixa de me causar uma emoção, uma temeridade, cada vez que o manguito incha e esmaga meu braço.

O mosquito de ontem de madrugada me picou através do lençol, num joelho. Deixou uma bolota enorme, quase como um segundo joelho. Acendi a luz mas não consegui encontrá-lo para arrebentá-lo e decorar a parede com mais sangue. Tive que usar inseticida, e depois senti como me intoxicava. Levantei e enfiei a cabeça pela janela. O sol já estava radiante. Hoje todo o aparelho respiratório protestou; entre o inseticida e o cigarro, esses pobres brônquios estão sofrendo.

Minha amiga, a escultora, andava por uma rua do meu bairro, Ciudad Vieja, um pouco distraída. Um homem, cujo aspecto ela não chegou a registrar, vinha na direção contrária. Quando estava quase ao lado dela, desviou um pouquinho, o suficiente para dar-lhe um golpe surpreendente num tornozelo. Fez voar a sandália desse pé. O homem não parou nem nada; continuou andando, impávido. Ela ficou com um roxo considerável. Montevidéu, ano 2000.

SEGUNDA-FEIRA, 4, 1H49

Eram oito da manhã, ontem, domingo, e eu não tinha terminado o sábado. Estava deitado, lendo uma informação interessantíssima acerca do Registry do Windows, que tinha obtido na internet. De repente uma frase solta se iluminou, então me levantei da cama e liguei outra vez o computador. Não era nenhuma novidade, e sim algo que apenas não tinha me ocorrido até então: configurar o Windows para um segundo usuário, ou seja, eu mesmo, mas com outra personalidade. Depois me assustei, porque tinha dado um passo a mais, e grave, rumo à excisão total, embora não perceba outros sintomas agora. A coisa funciona assim: ao ligar a máquina, agora, ela me pergunta quem sou eu — bom, modo de dizer; na verdade, o que faz é mostrar uma janela com algumas iniciais e esperar que confirme que efetivamente quero usar essa configuração, apertando o.k., ou mudar as iniciais por outras, e abrir o Windows conforme o usuário escolhido. Um desses usuários, o novo, é o escritor. Sua escrivaninha virtual fica bastante limpa de distrações, e aparece um ícone chamativo que permite abrir o Word instantaneamente. A ideia é evitar as tentações fáceis. É verdade que com essa configuração posso acessar, de toda maneira, qualquer programa, mas para fazer isso preciso realizar um esforço adicional, e isso me dá, suponho, tempo para pensar duas vezes. Esperemos que dê certo.

Mexendo nessas configurações e resolvendo algumas dificuldades que apareceram, ficou mais tarde do que nunca, e acabei indo dormir depois das dez da manhã. Uma verdadeira brutalidade. Hoje me levantei depois das cinco da tarde. Depois do café, corrigi algumas coisas da configuração, e iniciei um trabalho sofridíssimo, de eletricista. Teve que se passar um ano para que me desse conta de que não tenho que suportar o teste do scanner sempre que inicio ou reinicio o Windows, teste que demora um tempo insuportavelmente longo para o que costuma ser o tempo do computador. O maldito aparelho não tem botão para desligar, e diz o manual que se você quiser desligar precisa tirá-lo da tomada. Mas minhas tomadas estão em lugares incômodos, debaixo da mesa do computador, perto do rodapé.

De modo que procurei entre as porcarias que guardo há anos em caixas e encontrei um interruptor mequetrefe para acender e apagar a luz, e o cabo adequado, e uma dupla de plugues, macho e fêmea, e com isso pude construir uma espécie de extensão, embora seja mais um intermediário, cujos polos passam pelo interruptor. Deu muito trabalho em todas as etapas, desde o planejamento até a fixação final — com fita adesiva marrom de empacotar — do interruptor e do plugue do scanner sobre uma barra de metal que atravessa horizontalmente a parte inferior da mesa do computador. Cada dia enxergo pior, e meus dedos estão mais desajeitados, de modo que usar os pequenos parafusos e todo o resto foi um suplício. Terminei suando, mas consegui. Agora o Windows carrega em menos de metade do tempo. Ainda consigo melhorar, trabalhando mais um pouco em um ou dois programas meus que abrem no início e que não precisam ser abertos sempre; dá para configurar de modo que só abram em certas condições.

O scanner, de toda maneira, é uma praga. Usa a mesma conexão da impressora, e agora descobri, quando fui imprimir minha agenda semanal, que a impressora não funciona com o scanner desligado.

TERÇA-FEIRA, 5, OHO2

Ontem de madrugada comecei. O melhor seria dizer "continuei", porque resolvi aproveitar o pouco que tinha escrito em janeiro. Acontece há tempos que, na hora de deitar, desenvolvo mentalmente o texto, ou as imagens, ou o clima, do que quero narrar; e várias vezes vou pondo isso, mentalmente, em palavras. Ontem de madrugada estava organizando mais uma vez a continuação da história que eu tinha começado a narrar em janeiro, quando vi claramente que estava me repetindo e que, invariavelmente, isso tudo caía no vazio; sempre pensava "amanhã vou escrever", como quem pensa em começar uma dieta de emagrecimento ou um plano para parar de fumar. Mas hoje eu disse: "Não existe amanhã, não existirá nunca. O projeto não vai andar. Isso que estou pensando devo escrever *já*, porque quando acordar amanhã vou me envolver nas mil coisas com as quais me envolvo todos os dias e o texto vai ser postergado até a hora de ir dormir e...". E, embora já estivesse vestindo a roupa de dormir, liguei o computador — com a configuração do usuário escritor — e comecei a digitar. Não sei como saiu, mas quando fui dormir, setenta minutos depois, tinha parado de me sentir culpado.

Ficou pendente o final da história, a parte "luminosa" propriamente dita, embora também houvesse várias anedotas que poderiam ser narradas. Esse final da história ficou para "hoje", ou seja, o "amanhã" de ontem, e hoje me sinto particularmente nervoso por razões supersticiosas. A superstição, como eu bem sei, é uma construção própria do homem sem religião, é a submissão a alguma espécie de lei superior, embora essa leia tenha sido criada pelo próprio sujeito. Dou-me conta de que sempre estou muito atento aos "sinais", e com frequência cometo o erro de associar dois feitos que não possuem a menor relação entre si, atribuindo a um deles a propriedade de ser um "sinal" para o outro. Por exemplo, hoje, o dia em que eu deveria chegar à parte substancial do meu relato, de repente o monitor do computador explodiu. Fiquei em estado de choque. E logo tomei isso como um "sinal"; a partir de um lugar invisível, superior, diziam-me para não escrever essa parte do relato. Diziam para eu abandonar o projeto.

Como tinham se passado alguns dias desde o fim da garantia do monitor (cálculo perfeito dos fabricantes), tive que comprar um novo. Logo depois de ter queimado (foi realmente uma explosão, como um disparo, com um clarão que parecia um pequeno raio), já estavam me instalando o novo. Daí vi que a qualidade da tela não é a mesma do outro; é inferior. Todas as cores, especialmente as claras, estão perfuradas por pontinhos pretos. Logo telefonei para Patricia, que foi quem me vendeu e instalou, e começou a discussão. Ela disse que esse monitor é o melhor que ela tinha. Eu respondi que é pior do que o outro e que não o aceito. Ficou de pesquisar, para ver se é questão de hardware ou software, mas isso ficou para amanhã — e, como já paguei o monitor, duvido que tenha alguma resposta amanhã.

Então fiquei longe do computador. Agora há pouco é que pude me sentar para digitar este diário. Vinha e me sentava em frente à máquina mas não encontrava nada para fazer. Consultei desnecessariamente o e-mail. Tinha algo parecido com uma sede de computador, mas entre o choque da explosão, a ideia de um "sinal" e a frustração com esses pontinhos pretos da tela, fiquei totalmente desprovido de impulsos cibernéticos. Agora mesmo não estou trabalhando com alegria; sinto-me incômodo, aborrecido.

Intelectualmente, sinto um profundo desprezo pelas superstições (não tanto pelos supersticiosos, porque tenho vários amigos assim e o afeto me impede de desprezá-los), e quando percebo que estou acatando-as estendo esse desprezo a mim mesmo. Não obstante, também intelectualmente aprendi a respeitá-las. Sei que são o substituto para uma religião institucionalizada, e isso num sentido amplo, que pode se aplicar não apenas às religiões e sim a todas as formas substitutas, como a política, o futebol ou qualquer forma de partidarismo (palavra não aceita por nenhum dos meus dicionários). Ao contrário do ciúme, outro componente do meu ser pelo qual sinto a mais intensa rejeição, respeito as manifestações da superstição e tento levá-las em conta, porque se, por um lado, acho duvidosa a possibilidade de ofender um ser superior ao não respeitá-las, por outro, fica claro que assim vou ofender um ser inferior, que vive dentro de mim e com quem tenho que conviver à força. Então estou pensando nesse assunto do sinal em relação ao meu projeto, e acho que optarei por uma solução intermediária, que é: continuar escrevendo como se não tivesse recebido nenhum sinal, mas atento a outros sinais que possam vir a confirmá-lo. Posso escrever, por exemplo, e guardar sem publicar. Conforme o caso, poderia apagar os arquivos. Mas não vou deixar de escrever até ficar mais claro se há algum ser invisível aos meus olhos que prefere que eu não escreva e, em caso de confirmação da sua existência, até ficar mais claro que tipo de ser seria esse ser invisível.

TERÇA-FEIRA, 5, 3H31

Provavelmente eu deveria estar escrevendo agora a continuação do projeto, mas enquanto tomava o chá noturno, e talvez por causa da leitura de um livro muito interessante escrito por um neurologista (*O homem que confundiu sua mulher com um chapéu*, de Oliver Sacks), me apareceu com força uma lembrança de um acontecimento recorrente; não reiterado, e menos ainda nestes anos tão quietos da minha vida, mas que de fato se repete, ou se repetia, em diferentes circunstâncias, sempre igual. Esse acontecimento pode ser definido como um estado de ânimo, e para que ele surja certa situação tem que ser produzida. Por mais que o estado de ânimo tenha muito de angustiante, ao mesmo tempo está acompanhado de um entorno quase artístico, eu diria, e, portanto, prazeroso.

A situação detonante é minha aparição num lugar desconhecido, e é condição fundamental que eu passe nesse lugar certo tempo mínimo, pelo menos algumas horas, de preferência alguns dias. Pode ser um hotel ou, melhor ainda, uma pousada, com um clima mais íntimo do que o de um hotel; pode ser também um hospital ou uma clínica, onde eu devo me ocupar ou ficar atento à evolução da doença de uma pessoa próxima. Pode ser também a visita a uma casa de pessoas não muito conhecidas, aonde chego, por exemplo, acompanhando outra pessoa que tem, sim, familiaridade com essas pessoas. Em todo caso, numa situação similar, o que faço imediatamente é gerar uma espécie de estranha nostalgia, a nostalgia pelo que não conheço. Não é curiosidade, no sentido habitual; quero dizer que não me interesso em saber certos detalhes das pessoas. Mas há, sim, uma curiosidade digamos global, pelo funcionamento de todo um sistema de relações interpessoais, e também por detalhes, não qualquer tipo de detalhes, e uma curiosidade pela história, ou melhor, pelas histórias atuais que se entrecruzam nesse lugar. Por exemplo, se passo vários dias no hotel de um balneário, em algum momento descobrirei a atividade de algumas formigas, e isso me interessará profundamente, genuinamente, apaixonadamente, saber de onde vêm essas formigas e para onde vão. Da mesma maneira, se alguém do lugar fala com outro de questões pessoais, ou pergunta sobre sua família, dando nomes concretos, eu logo em seguida estou de ouvido aberto para escutar essa conversa e tentando nem tanto guardar os detalhes, e sim formar um esboço; algo como uma série de fios e linhas invisíveis que vão traçando uma linha entre o que fala e as pessoas e os locais que menciona, e vou organizando uma espécie de esquema da vida de quem fala a partir desses pequenos retalhos de informação. Não consigo completá-lo, é claro, nem é possível conseguir assim de repente, e isso me angustia. Causa-me esse sentimento de saudade, de algo perdido, de um mundo que nunca poderei conhecer.

Em lugares maiores, por exemplo Piriápolis, onde morei alguns meses seguidos e também vários períodos mais ou menos prolongados durante muitos anos, essa curiosidade não entra em ação. Embora eu tenha diante dos meus olhos as inter-relações de várias e várias pessoas, elas me interessam tão pouco que nunca me lembro delas, e ainda que todos pensem que eu sem dúvida devo saber que Tal é a esposa de Qual, é provável que eu fique surpreso ao saber disso. Não reparo muito no entorno. Por outro lado, no que diz respeito aos vizinhos mais próximos, os das casas juntas à que eu ocupo, eu me interesso pelos mais mínimos detalhes. Mas minha curiosidade não é de uma velha fofoqueira; na verdade, não me interessa saber se esse homem que vive com essa mulher é seu marido, seu amante, seu irmão, seu pai, seu tio ou um amigo, nem tenho interesse em saber com o que trabalha ou quanto ganha; o que me interessa é onde ele trabalha como lugar físico, ou melhor, a linha imaginária que esse homem poderia traçar ao sair de casa rumo ao trabalho. E me interessam os fragmentos de informação que deixam aparecer nas conversas, de preferência com outras pessoas. Uma atitude um pouco de ladrão ou espião, mas não acho que seja fruto de uma perversão; quando falam diretamente comigo, sou obrigado a prestar um tipo de atenção específica, demonstrar que estou escutando e falar algo de quando em quando, e isso interrompe minha fabulação artística, para chamá-la de alguma maneira. Esses personagens que encontro uma vez ou outra nas mesas dos bares do calçadão... seus fragmentos de conversas são ouro em meio ao pó, para mim. Conversam relaxadamente e falam quase em código de coisas que para mim são absolutamente remotas, mas eu vou acumulando esses fragmentos de um dia para o outro e tento desesperadamente compor um quadro, uma história, um algo completo. É isto: o sentimento que predomina é o de incompletude. Se pudesse reunir toda a informação, se pudesse montar toda a história, perderia interesse no mesmo instante, e com certeza me esqueceria dessa história — porque o que conta para mim é a descoberta, ir montando o quebra-cabeça. Algo parecido me acontece atualmente com o computador e o mundo infinito de elementos que contém e que posso acessar, assim como a inter-relação entre suas partes.

TERÇA-FEIRA, 5, 6H12

Rotring.

Estou para me deitar, mas voltou à minha mente o assunto sobre o qual escrevi há pouco, e me dei conta de que não o expliquei direito, em parte porque não está muito claro nem para mim. Faltou dizer que essas atitudes e curiosidades nunca foram conscientes; o que conto agora é o que descubro agora, ao evocar essas instâncias que têm uma cor anímica muito específica. Olho as imagens que se apresentam e me pergunto o que sinto, por que estou angustiado, o que haverá na minha mente — e então surgem essas respostas.

Agora estava pensando que essa angústia ligada a uma espécie de nostalgia ou saudade de coisas desconhecidas é gerada principalmente pelo fato de que estou neste lugar por um *tempo limitado*; é a certeza de que não terei tempo de me integrar a esse lugar, de pertencer a esse lugar e a essas pessoas; quero dizer que mal chego a um lugar e já estou me despedindo, já estou com saudades antecipadas, já estou indo embora, incompleto. É com certeza um dos motivos mais poderosos pelos quais eu deteste viajar, pois me sentindo assim sou estrangeiro em todos os lugares. Às vezes até na minha casa, mas essa já é outra história.

QUARTA-FEIRA, 6, 4H22

Enquanto eu dormia de manhã, minha amiga Inés me deixou uma mensagem na secretária eletrônica. Posso dizer seu nome verdadeiro porque entendo que aquilo que uma pessoa sonha não compromete a pessoa com quem ela sonhou. Sonhei com Inés, um sonho erótico. Quando o telefone tocou, mal acordei; não escutei as palavras da mensagem, mas entendi que era ela. Tenho a impressão de ter dormido muito mais tempo, e sonhado outras coisas antes de sonhar com ela, mas só isto resta, a ideia da passagem do tempo e nada mais.

A mensagem, que depois escutei, dizia que ela não poderia me visitar naquela tarde como tínhamos combinado. No sonho, Inés me visitava. A casa onde eu estava não era esta casa. Na primeira imagem de que me lembro, estávamos num corredor que dava para um quarto, à nossa frente, que continuava até os fundos; eu enxergava a porta do quarto à frente, mas o que havia até os fundos não. Inés parecia preocupada ou inquieta, como se quisesse dizer algo e não fosse o momento propício. Depois disse que faltava um bom tempo, ou algo parecido. Eu comecei a suspeitar do que se tratava, e de alguma maneira facilitei as coisas, tornei-me mais acessível. Então ela se aproximou, me abraçou e me perguntou sem rodeios: "Quando vamos dormir juntos?". "Agora mesmo", respondi com desenvoltura, mas a verdade é que não estava tão confiante assim. Havia outras pessoas no apartamento, embora eu não soubesse bem quem eram, e além disso eu tinha um encontro com Chl no dia seguinte, e sentia uma espécie de culpa antecipada pela minha infidelidade (por mais que Chl, na "vida real", tenha tirado todas as minhas esperanças e com frequência sugira que eu tente ter relações com outras mulheres). Também me provocava certa confusão o fato de dormir com Inés e depois não continuar a relação com ela; a presença de Chl era muito dominante, e a possibilidade de entabular uma relação de casal com Inés me parecia inadmissível; de alguma maneira, Chl era minha mulher (e tenho esse sentimento também quando estou consciente, acordado). Depois estou com Inés num grande quarto, amplo, com uma grande cama. Ela tinha vestido um pijama celeste muito apropriado; ficava muito bem nele. Posso identificar esse quarto com bastante certeza como o dormitório dos meus avós, onde eu dormia com frequência nos primeiros anos de vida.

Estávamos abraçados, em pé junto à cama, quando descobri que nos pés da cama havia muita gente, uma família inteira, além de uma espécie de vendedor ou corretor imobiliário, um homem com aspecto de quem é hábil em ganhar dinheiro, com os olhos vívidos, que tinha em mãos uma caderneta ou um plano da casa. Havia um homem de idade, corpulento, uma mulher que não se distinguia com clareza, sem dúvida sua esposa, e uma menina, ou garota, de vestido azul. Todos, inclusive a menina, eram robustos. E todos olhavam para a minha esquerda, à distância, não sei o quê, enquanto o suposto vendedor falava e parecia listar razões para que o casal decidisse comprar essa casa — ou pelo menos é como interpreto a cena. Aparentavam não notar nossa presença, mas o olhar deles para aquele ponto à minha esquerda era exagerado, e era óbvio que sabiam que Inés e eu estávamos dispostos a ter relações íntimas. Faziam-se de bobos. Depois de suportar a situação por certo tempo, e provavelmente como consequência de algum gesto de Inés, de cansaço ou desolação, senti-me tomado por uma grande fúria e caminhei até eles e os encarei. Disse, com muito vigor, que aquele era um lugar privado, que não tinham nenhum direito de estar ali, que era uma vergonha o fato de terem entrado nesse quarto sem bater e que fossem embora agora mesmo. Começaram a se retirar sem maiores discussões, mas também sem entusiasmo, e quando saiu a última pessoa, que era o vendedor, ele deu meia-volta para me olhar e dizer algo, e eu gritei na cara dele: "Mal-educados!", e bati a porta.

Mas as portas não tinham chave, e havia duas, uma na frente e outra à direita (e não é assim no quarto dos meus avós, que só tinha a porta da frente). Há uma elipse, durante a qual com certeza fizemos amor, porque logo retomei o sonho com Inés e eu caminhando pela rua; eu me sentia leve e satisfeito, e passava o braço pelos ombros dela, uma forma de caminhar que deixava claro que éramos um casal. Eu voltava a ficar nervoso porque não sabia como explicar a Inés que teríamos que parar por aí, que eu tinha outra mulher; não queria machucá-la, e na verdade a relação com ela se mostrava muito satisfatória, mas do meu ponto de vista era totalmente impossível e fora do lugar. Ao mesmo tempo, sentia tristeza porque, para mim, terminar essa relação era uma perda; mas estava cada vez mais nervoso porque as pessoas podiam nos ver e muitos conhecidos poderiam ter a falsa ideia de que formávamos um casal, e parecia que a cada instante que passava ficava mais e mais difícil botar as coisas no seu devido lugar.

Chegamos a uma avenida muito ampla, e tive que segurar Inés, que disparava a atravessar a avenida em circunstâncias que podiam ser perigosas. Garanti que não vinha nenhum carro antes de atravessar com ela e chegar a uma espécie de canteiro amplo, algo que não posso visualizar nem descrever muito bem. Nesse canteiro havia, mais adiante, uma pequena construção, e na parte superior desta, uma janela, ou uma sacada muito baixa; o certo é que dali se via um conhecido (conhecido no sonho) e ele nos saudava alegremente, e, como pude perceber, aprovava o fato de que por fim formávamos um casal. O personagem era mais conhecido de Inés do que meu; talvez um colega de trabalho. Essa construção tinha algo de precário; acho que era formada por troncos, e fora instalada ali provavelmente em função de alguma festa; havia algo político flutuando no ar, talvez algo relacionado com a prefeitura, e com certeza com a esquerda.

É muito provável que esse sonho, prazeroso pelos aspectos eróticos, apesar das angústias, tenha sido facilitado pelo antidepressivo, que comecei a tomar de novo faz três dias. E, sem dúvida, é um efeito do antidepressivo o fato de que hoje, ao me levantar, tomasse um banho. Fazia muitíssimo tempo que eu não tomava banho, nem me ocorria fazer isso.

Falando nisso, hoje descobri que costumo refrear vários impulsos por uma consciência extrema dos meus recursos energéticos. Numa fração de segundo meço, de modo misterioso, quanta energia tenho disponível, e então decido se "quero" ou "não quero" fazer determinada coisa nesse momento. Na maioria dos casos, postergo essa coisa, passo-a para um futuro indeterminado. Isso corresponde, penso eu, a uma depressão muito profunda. É curioso que eu viva há anos numa depressão muito profunda sem perceber; só me dou conta quando ponho a cabeça um pouco para fora, como hoje, por exemplo. Hoje tomei decisões muito rapidamente, mas notei que oscilava entre os surtos de energia e o cansaço paralisante. Depois de fazer algo, sentava na poltrona, mas não ficava muito tempo sentado; ocorria-me algo e eu me levantava num só movimento, com algo que poderíamos chamar de agilidade. Fazia o que fosse que me impulsionara a me levantar e logo voltava a sentar. Isso se repetiu várias vezes. Era, imaginei, como se a droga estivesse lutando contra a depressão, e num momento, uma estivesse vencendo, e no momento seguinte, a outra.

QUINTA-FEIRA, 7, 4H30

Os desastres no computador continuam, agora em nível de software. Não me lembro se contei aqui sobre a explosão do monitor e a troca por outro que não é bom e depois por outro que também não é bom. E agora, enquanto esperava resolver isso do monitor, surgiram problemas de software — devo confessar que alguns muito graves foram provocados por mim. Simplesmente, uma série de erros acumulados há tempos levaram TODOS os programas que criei no Visual Basic a ser apagados. Por sorte, na maioria dos casos os projetos se salvaram. Pude reconstruir quase tudo, mas com muito trabalho, numa noite de muito calor, e estou infeliz.

SEXTA-FEIRA, 8, 2H40

Depois de anos e anos pregando no deserto, e sendo desprezado e vituperado por certas opiniões, eis que me encontro com uma espécie de alma gêmea. Pode se ler na página oitenta de *Antigos mestres*, um livro impossível de classificar, escrito por Thomas Bernhard, versão espanhola de Miguel Sáenz (Editora Alianza Tres, Barcelona, 1991):

> "Veja você, Beethoven, o depressivo crônico, o artista estatal, o compositor do Estado por excelência, as pessoas o admiram, mas na verdade Beethoven é um personagem totalmente repulsivo, tudo em Beethoven é mais ou menos cômico, escutamos sem parar um cômico desamparo quando ouvimos Beethoven, o retumbante, o titânico, a estupidez da música militar até em sua música de câmara. Quando escutamos a música de Beethoven, escutamos mais barulho que música, a marcha militar surdamente estatal das notas", disse Reger.

SEXTA-FEIRA, 8, 4H30

Estou muito cansado. O computador, em geral, e o Windows 95, em específico, continuam complicando minha vida. Isso tem que acabar JÁ. Mas Patricia ainda tem que solucionar esse monitor, que mostra uma imagem toda cortada, picotada; uma tela absurda. Está calor. Tempestade. Como se fosse verão. Estão chegando as festas de fim de ano. Já há fogos e bêbados. Clima de verão no Uruguai.

Vou me deitar muito cansado. É uma pena, pois tenho muita coisa para contar.

SÁBADO, 9, 5H35

Essa história dos programas que desapareceram continua me dando vários problemas. Alguns dos programas que reconstruí com base nos arquivos do projeto têm erros sutis. É um incômodo terrível que me deixou incapaz de fazer outras coisas.

Ontem, quando fechei o diário e ia me deitar, descobri problemas na forma de arquivar este diário, e isso significou outro grande trabalho adicional que, além disso, não concluí. Tudo está além de mim.

Já faz uma semana que o mês começou. Eu deveria estar quase exclusivamente dedicado ao romance. Mas não apareceram novos sinais... Ainda não sei a que devo me ater.

E, além disso, as plantas. E as formigas.

DOMINGO, 10, 4H17

Rotring.

A *angústia do goleiro diante do pênalti* (que os tradutores espanhóis chamaram de um modo levemente diferente dessa tradução caseira minha) é um livro de Peter Handke, um austríaco que, mesmo estando bem longe de ser um Bernhard, também está longe da imagem horrível que Bernhard traça dos seus colegas conterrâneos, ou seja, não parece um idiota. Quem parece é o autor do prólogo, um tal de Javier Tomeo. Vi esse livro já faz uns dez dias na banca da esquina, e achei-o atraente por não sei que motivo que não chegou a se transformar numa lembrança. Um livro bem montado, com capa dura e sobrecapa brilhante; bem cuidado. Tinha marcação de preço de noventa pesos; achei correto, embora seja muito caro para uma banca de rua. Um preço mais adequado para um livro novo, embora os novos sejam mais caros. Enfim, não queria gastar noventa pesos num livro. Em todo caso, perguntei o preço ao livreiro, porque às vezes os livros estão marcados com o preço de livro novo, mas o preço real, de usado, é outro, e ele me disse que cobrava setenta. Voltei a guardar o livro no seu local e respondi que iria esperar que ele o vendesse várias vezes, para ver se o livro se arruinava um pouco e o preço baixava.

Na sexta passada, depois de pagar as contas de eletricidade, gás e telefone, decidi passar pela banca de livros. Tinha em mente este livro, e também olhar se havia aparecido algo novo em termos de romances policiais, embora tivesse certeza de que não haveria novidades na coleção Rastros, porque eu não recebera nenhum sinal telepático a respeito. Não havia novidades, e o livro de Handke continuava no mesmo lugar. Abri-o e vi que continuava com o preço de noventa pesos. "Tinha esperanças de que você tivesse baixado", disse ao homem. "Sim, baixei…", respondeu. “Quanto eu tinha lhe dito? Cinquenta?” Quem sou eu para desmenti-lo, de modo que não disse nada. “Bom, faço por quarenta.” Cinquenta já era um preço razoável, e talvez eu tivesse pagado esse preço, mas desde o início eu tinha botado na cabeça que o preço ideal era de quarenta pesos, de modo que fiquei feliz (nesse momento há um par de formiguinhas caminhando pela minha escrivaninha. Tenho medo de esmagá-las sem querer cada vez que mexo nessa massa de papéis. Continuo escrevendo sobre um pedaço de resma de papel fanfold).

Pela orelha do livro, fiquei sabendo que o romance tinha sido adaptado ao cinema por Wim Wenders. Gostaria de ver o filme, porque, se for bem-feito, pode ser muito interessante, visualmente, quero dizer. Ainda mais se respeitou a intenção narrativa.

Por princípio, jamais leio o prólogo de um livro antes do livro em si, e ultimamente tento nem sequer ler a quarta capa, especialmente se são edições espanholas, porque os espanhóis têm uma verdadeira paixão em adiantar ao leitor os conteúdos essenciais do livro. O cúmulo, acho que já comentei alguma vez, é um romance de Nero Wolfe, no qual se revela quem é o assassino em nada menos do que na capa. Esse prólogo não é exceção, e nunca fui mais grato aos meus princípios; se eu o tivesse lido antes, teria estragado totalmente a leitura. Mas fico feliz em lê-lo depois do romance, porque se mostra completamente cômico. O autor começa dizendo que é um livro difícil de entender, e lá pela metade diz que não o entende, e ao final diz que também não compreende o título. É muito surpreendente, porque até eu entendi o título. Eu, que nunca presto atenção nessas sutilezas. Justo no final do livro um personagem faz um breve relato que explica o título, e já quase no final propriamente dito o protagonista repete exatamente o mesmo relato, embora mudando a circunstância, e ali a pessoa se dá conta mais uma vez do sentido do título. É inequívoco e simples. Mas o autor do prólogo não o entendeu.

Tampouco entendeu o romance, e além disso parecia ignorar que um romance não é para ser entendido. Desconcerta-se com as atitudes do protagonista e recorre à psicologia e chega a narrar uma espécie de parábola criminalista para explicar ao leitor por que não podemos impingir ao protagonista determinada doença mental... É bem divertido, esse sujeito metido a autor de prólogo. O grave, o imperdoável, é que nesse prólogo conta o romance do início ao fim, e em certas partes, até com detalhes minuciosos. Se o autor esperava surpreender o leitor com algum truque de efeito (e há vários), o sr. Javier Tomeo decidiu que não conseguiria fazer isso. Esse caso talvez seja mais grave do que o prólogo espanhol ao meu romance *La ciudad*, no qual não há truques desse tipo, mas o leitor pode querer descobrir por conta própria como se sente diante de certas passagens ou ver por si mesmo como a trama evolui. O sr. Muñoz Molina decidiu poupar o leitor desses árduos trabalhos, embora ele não seja um autor de prólogos qualquer, e sim um senhor escritor. Parece que não é algo específico desses senhores, e sim uma espécie de lei espanhola tácita. Você contará o romance no prólogo. Por sorte, pode ser que as coisas mudem, porque na publicação de *El lugar* Marcial Souto encontrou um senhor, Julio Llamazares, muito digno, que diz detestar prólogos e não antecipa muito da trama nem interfere de modo algum no diálogo do leitor com o romance.

Já não vejo mais as duas formiguinhas. Eu me distraí e elas foram embora.

DOMINGO, 10, 4H39

Pelo menos fiquei bastante em dia com as coisas pendentes do computador, embora não por completo, pois falta limpar os disquetes. Mas tudo já era chato e perigoso demais, então limpei os programas de e-mail e salvei os e-mails em si nos disquetes, e limpei o disco ZIP que uso para guardar os back-ups diários, e salvei TODOS os meus textos, inclusive este diário, e todo o Visual Basic, enfim, os eixos da minha vida. Também joguei um pouco, devo confessar. E do projeto da bolsa, nem cheguei perto.

DOMINGO, 10, 5H10

Ocorreu-me pensar que, se essas pessoas procuram *entender* uma obra de arte, é porque pensam entender o Universo. O que é verdadeiramente patético. Se não pensam que entendem o Universo, por que exigiriam explicações de uma das suas partes? Pode-se expressar de outra maneira: a partir de que referência de entendimento, de quais parâmetros, busca-se entender uma obra de arte? Qual é o modelo perfeitamente inteligível com o qual se possa compará-la?

DOMINGO, 10, 5H17

Porém, esse assunto do prólogo me fez perder de vista o mais importante no que diz respeito ao romance, que é justamente o que o autor do prólogo não viu. O protagonista é afetado por uma percepção fragmentada da realidade. Certo; poderíamos dizer que é um doente mental. Mas o mais chamativo do texto não é a conduta e as percepções fragmentadas do protagonista, e sim o fato de que o narrador onisciente — o narrador que lida com as ações e as percepções e os pensamentos de Bloch, o protagonista — parece sofrer do mesmo mal. Porque seu relato é fragmentado, suas percepções das ações de Bloch são fragmentadas e possuem a mesma curiosa seletividade das percepções de Bloch. De modo que estamos diante de dois personagens que sofrem do mesmo mal, embora não saibamos se o narrador é realmente um personagem ou se é o autor que sofre do mesmo mal que Bloch. Eu estou inclinado a pensar que o narrador onisciente é um personagem criado pelo autor, mas não é exatamente uma fabricação, que surgiu do nada, e sim que há no autor tendências que lhe permitem configurar esse personagem que narra e, abaixo dele, o protagonista Bloch.

Uma possível leitura do livro diz que ele é escrito pelo próprio Bloch, cindido.

DOMINGO, 10, 6H15

Rotring.

A plantinha que Julia me deu de presente acaba de perder mais um talo. Primeiro caiu o menor, o que me causou uma forte impressão. Não havia nada que me fizesse supor que um desses talos juvenis pudessem cair assim, sem mais nem menos. As folhas não tinham perdido nada da sua cor ou firmeza. Telefonei a Julia e disse que tinha acontecido uma desgraça. Ela ficou preocupada, mas depois, quando soube do que se tratava, tranquilizou-se e me explicou que sim, acontece isso com essas plantas, sem que ela saiba a causa. Aconteceu o mesmo com as que ela tem. Perguntei se não seria o momento de transferi-la para um vaso com terra, porque continuava se alimentando só de água, e ela me disse que sim, com certeza. Nesse mesmo dia, passei-a para a terra, o que não foi fácil. Tive que limpar um vaso que estava na varanda, exposto às pombas e a outras fontes de sujeira. Já não havia nada vivo dentro dele, exceto algumas formigas pequenas. Esse vaso tinha abrigado uma erva horrível que um dia decidi plantar em Colonia; na verdade, é muito lindo e gracioso de aspecto, mas em certas épocas do ano, e talvez com muita frequência, solta um odor pestilento, parecido com o de carne podre, ou pelo menos estragada. Lembrei-me do cheiro que o cão Pongo trazia em certas épocas do ano das suas corridas por Colonia (o que será que aconteceu com o cão Pongo?). Eu o imaginava revirando perversamente a carne de animais mortos que encontrava por aí, mas quando descobri as virtudes dessa erva me dei conta de que era muito mais razoável pensar que o cão simplesmente atravessava espaços nos quais havia essa erva em abundância. Claro que havia algo de perverso, de toda maneira, porque ele gostava desse cheiro, caso contrário não passaria por esses lugares. E, certificando a rivalidade inconciliável entre cães e gatos, pude comprovar que a gata dos meus vizinhos detestava essa erva, e foi ela quem se dedicou a destroçá-la, durante semanas e meses, até que a pobrezinha já nem fizesse mais esforços para sobreviver. O vaso foi invadido por uma grama que ninguém regou e também secou. Mas é possível que gatos e cães não sejam necessariamente opostos em tudo; talvez a gata tenha destroçado a planta por amor, porque gostava dela, e talvez a cortasse para comê-la. Lamento não ter prestado mais atenção nisso na época; agora não tenho como averiguar o quanto há de verdade nesses desvarios.

Alguém há de se perguntar por que conservei essa erva durante tantos anos e por que sempre a guardei comigo enquanto ela viveu. A resposta é que eu nunca me ocupei pessoalmente das mudanças de endereço, e houve várias, e os encarregados pela mudança fatalmente transportavam esse vaso com essa planta para onde nos mudássemos; e, quando por fim fui morar sozinho, a pessoa que preparou a mudança considerou que essa planta me pertencia e me enviou, junto com outros vasos com outras plantas que alguma vez eu talvez tenha cultivado, embora não quisesse mais ter plantas, porque aqui, neste apartamento, não há um lugar apropriado para elas, e não gosto de vê-las sofrendo. Pedi para que as pusessem no local onde pensei que menos sofreriam, ou seja, na sacada, a sacada do living-sala de jantar, e ali receberam sol e chuva e ventos e frio e todo o resto, sem que ninguém se preocupasse com elas. Talvez eu tenha sido muito cruel, mas a verdade é que só conseguia cuidar de mim mesmo, e só até certo ponto, além disso. Só até certo ponto.

Uns dias atrás, minha médica me mandou uma planta "*de la plata*". Ela tinha me oferecido, lembrando-me de que era minha, e disse que estava esplêndida, e que sabia do meu carinho por essas plantas (que em Buenos Aires eu cultivei em grande forma). Lembrei-me de que essa planta que ela me oferecia era descendente de uma planta mãe, ou melhor, tataravó ou algo ainda mais remoto, que eu tinha ganhado de presente justo da minha mãe, embora não lembre em que momento ou circunstância especial; talvez tenha sido quando me despedi dela para ir morar em Colonia. Sim, foi naquele momento, lá por 1989. Bem, quando essa planta chegou à minha casa, coloquei-a sobre esta escrivaninha, junto à plantinha de Julia que ainda estava num vasinho com água, e tive a impressão de que a plantinha de Julia a deixava enciumada. É uma planta extremamente sensível, e agora vou dormir. Espero continuar o assunto ao me levantar. Espero não ser capturado pelo computador.

SEGUNDA-FEIRA, 11, 1H09

O computador me prendeu um pouco, mas ainda estou em tempo de escapar; não é muito tarde, e até agora não fiz nenhuma besteira. Limitei-me a limpar disquetes e completar o back-up que iniciei ontem. Também passei a limpo umas quantas páginas deste diário escritas à mão. Estou muito atrasado nisso, mas vou pondo em dia aos poucos. Só me falta passar os primeiros doze dias de outubro (vou copiando de frente para trás, porque pego a primeira folha que está à vista, que sempre é a mais recente), mas o Destino quis que nesses doze dias eu escrevesse como um possuído. Quero dizer, comparando ao meu estado habitual. Afinal, já perdi os pontos de referência; me dei conta de que vivi muito deprimido durante anos, mas foi uma depressão com a qual dava para lidar e não sofri. E só me dou conta disso quando o antidepressivo começa a fazer efeito, um efeito cumulativo que demora a aparecer, e penso "como eu estava mal", o que não deixa de me impressionar. Parece que só noto a depressão nos meus comportamentos estranhos, que possivelmente são, penso agora, formas através das quais a depressão evita que eu tome consciência dela e me ajude a combatê-la. Sei que isso é meio complexo, mas talvez a essência do que eu quero dizer seja compreensível; agora não consigo formular de uma maneira melhor. O fato é que saber que não sei quando estou deprimido não me permite saber se estou deprimido ou não. O ideal seria perguntar a um médico, mas os médicos, especialmente os psiquiatras, são temíveis para mim. Tive algumas experiências muito ruins com alguns, como aquela estúpida que a única coisa que fazia era me dar um remédio diferente a cada semana, para ver se algum dava certo, e a única coisa que conseguiu foi me intoxicar. É verdade que existe minha médica, mas como há amizade no meio ela não pode ser minha psiquiatra, e, por mais que consiga me receitar remédios gratuitos, sempre é depois de um longo debate sobre prós e contras, e no fundo é como se eu me automedicasse. Quero dizer que ela não usa toda a sua autoridade de médica sobre mim, precisamente porque não é minha médica, pelo menos não minha psiquiatra.

Mas eu deveria continuar com o assunto das plantas, só que já não tenho mais vontade de fazer isso, ou melhor, o tema não está mais em primeiro plano na minha mente. Quero registrar que hoje caíram quase todos os demais talos, menos um, que está muito frágil. Ou seja, a planta já deixou de existir, e talvez deixá-la na terra não tenha feito nada além de acelerar o processo. Eu tinha dito que essa era uma planta muito sensível, agora lembro, e que com certeza sentia ciúmes da outra planta, a *de la plata*, que me trouxeram. Talvez tenha adoecido por causa disso. Sua sensibilidade foi demonstrada quando eu me sentia muito mal, e a planta, ainda no seu vasinho com água, piorou visivelmente, a ponto de me deixar muito preocupado. Foi um dia que sofri uma grande falta de energia. Quando me senti melhor, a planta melhorou. E depois notei que estava muito bem nos dias da oficina, como se estivesse feliz na companhia de bastante gente.

TERÇA-FEIRA, 19, 0H36

Passou bastante tempo, acho. Não que eu tenha estado ocupado no projeto da bolsa; de modo algum. Aconteceram muitas coisas, e sempre tive em mente a vontade de anotá-las, mas por um motivo ou outro nunca fiz isso. Essas coisas muito provavelmente não têm o menor interesse para um eventual leitor, mas sim para mim e para a estrutura deste diário, de modo que irei anotá-las, ainda que de modo sucinto, à medida que for me lembrando delas, talvez sem uma ordem cronológica precisa.

No final de outubro, cometi o erro de espaçar e depois suspender em definitivo o antidepressivo, já que não cumpria o objetivo previsto de acabar com, ou de diminuir de forma considerável, o consumo de cigarros. Isso me levou a uma recaída que durou todo o mês de novembro e que ainda se mantém em boa medida, embora pareça estar diminuindo.

A família de pombas parece ter se desintegrado. Faz muitos dias que os jovens foram viver sua vida independente, e durante algum tempo se enxergava o casal a sós, em seu lugar de sempre, na mureta do telhado vizinho. Mas, muito rapidamente, pararam de aparecer juntos. Às vezes aparecia o macho, às vezes a fêmea, e depois não voltei a ver nenhum deles. É muito possível que, uma vez criados os filhos, a viúva tenha considerado que não tinha mais uma boa razão para continuar mantendo ao seu lado esse macho que, provavelmente, não era pai deles. O pai dos seus filhos continua morto, quietinho, ali no telhado; agora, muito sozinho. Outras pombas vêm e vão pela mureta, sempre diferentes, e nenhuma se interessa por ele. Esse cadáver já está me incomodando. É a primeira coisa que vejo todas as vezes que levanto a persiana do quarto. É uma presença ominosa; não combina em nada com a paisagem citadina de ruazinhas antigas que desembocam no porto.

O computador, de acordo com seus acessórios, começou uma rebelião que se prolonga e se prolonga. Primeiro foi a explosão do monitor. Foi como um sinal para que todo o resto começasse a dar problemas. O último foi a impressora, que não avisou que estava quase sem tinta preta. Quando avisou, já tinha acabado, e ficou inutilizável. É uma impressora que usa dois cartuchos, um colorido e outro preto. A pessoa pensa que, se a tinta preta acabar, pode imprimir em cores, mas não; a impressora fica bloqueada e não há quem a convença a usar cores. Não seria grave se eu me levantasse num horário mais razoável, mas, quando estou em condições de sair à rua, os lugares que vendem cartuchos já estão fechados. Pedi a Patricia; ela não tem. Diz que vai conseguir, mas não consegue. Também pedi um mouse, outro dos periféricos que começou a dar problemas, e ela me trouxe um, mas não funciona direito. Patricia disse que eu tenho azar. O monitor novo continua funcionando mal, e ela vai me trazer outro; pelo menos é que o disse, até agora não trouxe. Hoje falou que até quinta tudo estará resolvido. A única coisa positiva que tenho a registrar em relação ao computador é que, seguindo o conselho do marido de Patricia, instalei um novo pente de memória RAM. Agora tenho sessenta e quatro megas em vez de trinta e dois, e isso trouxe grandes resultados. Maior velocidade numa série de operações, e até parece que o Explorer do Windows não dá tantos problemas como antes. Também posso abrir ao mesmo tempo vários programas sem que apareça que não há memória suficiente e sem que fiquem mais lentos. Eu tinha conseguido uma espécie de manual, muito interessante, que se baixa gratuitamente na internet e ensina a mexer no Registro do Windows. Aprendi bastante coisa, mas alguns dos conselhos (*tips*) do autor não funcionam. Escrevi ao autor, mas ele não me respondeu. Também escrevi para uma companhia que instala ares-condicionados, e não me responderam.

A plantinha que Julia me deu morreu de vez.

Chl sonhou, dias atrás, que andava num ônibus pilotado pelo seu terapeuta. Eu era o guarda. Não achei nem um pouco engraçado meu papel subalterno, mas compreendi que o terapeuta tinha conseguido captá-la, e isso era necessário para a terapia. Eu mesmo tinha sugerido a Chl que sua relação comigo podia prejudicá-la, no que diz respeito à terapia, porque via que a transferência não se concretizava e eu sempre aparecia como a figura principal nos seus sonhos. Mas não gostei, e gostei menos ainda da continuação do sonho: as pessoas que andavam no ônibus iam descendo, mas Chl permanecia; depois descemos, o terapeuta e eu, motorista e guarda, e ela continuava, o ônibus seguia andando. Depois disso, enfrentava várias dificuldades, temores e angústias, mas finalmente chegava em casa e se sentia bem. Fico feliz por ela, mas não por mim e, no que diz respeito a mim, o terapeuta pode muito bem explodir. A única coisa que fica clara é que Chl vai me afastar da sua vida. Estava previsto, mas é doloroso. Talvez me faça bem, me ajude a sair desse labirinto afetivo. Estou rodeado de mulheres que me amam e me procuram, mas estou preso à pequena Chl, embora já não seja minha mulher. Agora ela vai ficar longe por um bom tempo. Nós nos veremos esporadicamente, mas essas visitas esporádicas não me aliviarão. Vou sofrer. Já estou sofrendo.

QUARTA-FEIRA, 20, 3H02

No domingo, recebi a visita de Flora. Não pensei que ela fosse aparecer, pois achei que sua visita anunciada era fruto de uma ordem materna. Sua mãe é minha amiga de Chicago, e sei que ela se esmera em criar esse tipo de obrigação para as pessoas. E, já em outra das suas viagens, Flora me deixara esperando plantado. Também tinha minhas dúvidas de que, caso viesse, eu fosse capaz de manter uma boa conversa com ela, com seus interesses e experiências, pelo visto, tão distantes dos meus. Ainda assim, ficou quatro horas e meia. Só à uma e meia da manhã eu a coloquei num táxi.

Flora, ou melhor, esse nome que seus pais resolveram lhe dar pouco antes do seu nascimento, foi a peça detonadora para que eu começasse a escrever um romance chamado *Fauna*, isso há mais de vinte anos. Não me lembro se Flora leu esse romance. Obviamente não tem nenhuma relação direta com ela, mas penso que gostaria de conhecer um romance que tivesse sido inspirado de alguma maneira por mim.

Há algumas horas eu vivi um ataque secreto de ciúmes. Eu sabia que Chl recebia uns amigos na sua casa e por isso não veio me visitar hoje, mas, como costuma acontecer, neguei e me distraí com o computador. Já estava prestes a cair numa série interminável de idiotices com a máquina quando senti, graças a Deus pude sentir, a pontada de ciúmes no peito, e compreendi que estava reeditando minha própria história recorrente. Então telefonei a ela e fiz alguma piada acerca disso. Não me senti muito melhor, mas pelo menos pude escapar desse engodo que teria me mantido hipnotizado até o nascer do sol. Ainda estou com um pouco dessa sensação desagradável no plexo solar, mas, apesar de ser desagradável, e de como faz com que eu me sinta estúpido, tento mantê-la, ou, pelo menos, não perdê-la de vista enquanto está ali. É bom sentir algo, ainda que seja isso.

QUARTA-FEIRA, 20, 15H43

Ontem, durante uma amável conversa com meu amigo Felipe (que tinha vindo me trazer seu periódico carregamento de livros emprestados), ele apontou que em certo momento eu era "bastante autista". Concordei sem pensar muito nisso, mas hoje recordei a expressão e me dei conta de que sempre tinha considerado o autismo em termos absolutos; ou se é, ou não se é. Isso de "bastante" me pareceu um bom achado como diagnóstico. Calculo que sou uns setenta ou oitenta por cento autista. Com a porcentagem restante, me viro bastante bem.

QUARTA-FEIRA, 20, 18H02

Venho da rua. Dia agitado. Chl me levou para ver uma poltrona especial para o computador, bastante cara, mas que, segundo ela, resolverá todos os problemas da minha vida. A poltrona que estou usando está quase me fazendo cair de costas. De toda maneira, tenho que esperar cerca de uma semana para que me entreguem a nova — que, entre outras coisas, permite regular a altura do assento. Ao voltar, entrei na farmácia e comprei antiácido. Depois, estava enfiando a chave na fechadura da porta do meu edifício, quando veio a inspiração: "Tem novidade na banca de livros". Fui para lá. É claro, um Rastros novo. Quer dizer, muito velho, mas que acabara de chegar. Nunca tinha visto esse; é muito difícil de conseguir. Estava faltando a contracapa, que foi substituída por um recorte de revista que mostra um rosto engraçado. O romance é nada menos do que *Seara vermelha*, de Hammett. É claro, eu já o lera várias vezes, mas nunca tinha visto nessa edição; é provavelmente a primeira em espanhol (1945). Nessa época, Hammett não era famoso entre os intelectuais, e *Seara vermelha* foi parar na mísera coleção Rastros. Também consta no catálogo *A maldição dos Dain*, que nunca encontrei.

Dentro de instantes, aula de ioga. Depois, novidades do computador (dizem que me trarão o monitor, o mouse e o cartucho de tinta). Isso pode interferir na visita da minha médica, marcada para as nove e meia da noite, já que essa gente do computador é terrivelmente impontual. Hoje, portanto, não verei Chl, embora ela estivesse disposta a vir aqui. Eu a vi, sim, há pouco, mas na sua personalidade de garota trabalhadora, muito apressada, de óculos escuros; é como se eu não a tivesse visto.

DOMINGO, 24, 6H05

Escrevo à mão, iluminado por luz natural. Passei o sábado inteiro pensando em relatar um sonho perturbador. Finalmente, quando Chl foi embora e fiquei sozinho, fui ao computador e abri o Word com toda a intenção de escrevê-lo. Em vez disso, dediquei-me a baixar dois programas que têm uns quantos megabytes, um deles que um amigo me enviou, outro que procurei expressamente na internet. E agora, seis horas mais tarde, acabei de desligar a máquina. Sem ter escrito o sonho. Em vez disso, fiquei explorando os programas novos.

O sonho: ia urinar e notava uma importante fissura no pênis. Na glande. Como uma ferida indolor, de borda irregular, como a terra quando se abre num terremoto, que o seccionava em um terço da sua espessura. A fissura corria perpendicular à uretra. Não doía, como já disse, nem havia sinais da ferida propriamente dita; como se a carne tivesse se separado tranquilamente, sem sangrar, por um processo natural. Eu compreendia vagamente que nessas condições não poderia ter relações sexuais, porque senão uma ferida dolorosa e traumática seria produzida. Também pensava vagamente que talvez isso pudesse ser solucionado mediante uma cirurgia ou algum outro procedimento médico. Mas, nesse momento, outros assuntos ocupavam minha mente, não sei quais, e o problema do pênis operava no background, surgindo de quando em quando, mas não parecia prioritário, embora, é claro, me preocupasse e me inquietasse profundamente.

A necessidade de urinar voltava e se tornava premente (eu tinha mesmo necessidade de urinar; não era invenção do sonho). Entrava num banheiro que logo se mostrava não ser um banheiro, e me encontrava a uma grande altura do chão, em cima de algo que parecia uma pá de ventilador de madeira, semelhante a uma hélice de avião. Desse lugar, eu urinava para baixo, e, apesar de segurar a ponta do pênis entre os dedos, com a outra mão eu tentava percorrê-lo em toda a sua extensão, mas era muito difícil, pois era comprido demais, quase como uma mangueira pendurada à minha esquerda.

Abaixo havia, também à minha esquerda, mas muito distante, pois o cômodo era bastante amplo, algumas camas com pessoas dormindo. Sabia que eram mulheres. Uma das mulheres, como eu imaginava ou sabia, porque na verdade não via ninguém na penumbra dominante, era minha mãe.

Sim, já sei: a castração, ou a ameaça da castração, como castigo do Édipo. Mas a interpretação não explica o que eu sentia nesse momento, e não compreendo a razão desse comprimento incomensurável do meu sexo.

DOMINGO, 24, 17H13

Pombas estranhas, muito gordas, na mureta do telhado vizinho. Ontem: pomba de cabeça totalmente branca, exceto por dois círculos pretos em cujo centro desapareciam os olhos. Parecia uma caveira. O corpo era, na maior parte, branco, com algumas manchas pretas. Estava parada exatamente na minha frente e arrancava algumas peninhas brancas do próprio peito. Hoje: pomba de cabeça totalmente preta. Anormalmente gorda, como a de ontem.

DOMINGO, 24, 18H00

Há vários dias tenho planos, e além disso coloquei lembretes por todos os lados — no computador, em papeizinhos ao lado do telefone —, de ligar para o meu amigo Jorge, o viúvo recente. Agora quero registrar o sonho produzido, entre outras coisas, por essa minha preocupação a respeito dele. Não sem antes explicar que o apoio da cadeira de madeira está destruindo minhas costas, porque ontem terminei de quebrar, conscientemente, minha poltrona do computador; arranquei o encosto, que estava prestes a me fazer quebrar o pescoço. Quando tentava me recostar, o encosto cedia um pouco mais e provocava uma instabilidade no assento, e eu sentia que estava prestes a cair de costas. Então manobrei para trás e para a frente com o encosto até que o frágil ferro do cano que o sustentava quebrou. Ficou uma banqueta simpática, sem encosto, mas que em pouco tempo me deixa com dor nas costas. Eu pus, então, essa cadeira, com esse apoio que fica encravado na altura das minhas vértebras dorsais. Agora tentarei colar o encosto que arranquei da outra poltrona ontem para ver se as coisas melhoram.

Não foi preciso colá-lo; bastou apoiá-lo sobre o assento da cadeira que as coisas já melhoraram bastante.

O sonho de hoje: (oh! Apareceu uma imagem de um sonho de ontem que eu tinha esquecido; trata-se da última parte de um longo sonho, talvez o mesmo da fissura peniana; havia, em certo lugar, um animalzinho, talvez um rato, que por algum motivo era importante na ação que transcorria e, que maldição, não lembro qual era; alguém agarrava o animalzinho com as mãos, e já não era um rato, ou seja lá o que fosse anteriormente, e sim um gato preto, pequeno. O gato está falando com uma vozinha aflautada; fala lentamente e diz umas frases bem articuladas. Eu olho para o personagem que o segura entre as mãos, e vejo que move imperceptivelmente os lábios. "Ventríloquo!", exclamo, e ele sorri. Esse personagem é muito familiar para mim, muito, mas muito familiar, embora não saiba dizer que se trata concretamente de fulano ou sicrano. Tem um ar europeu, feições muito comuns e agradáveis, eu diria quase femininas, mas não se tratava desse tipo de maricas, do tipo *joker* que aparece de vez em quando nos meus sonhos, embora talvez fosse um dos seus disfarces). O sonho, o de hoje, então:

Estou preocupado porque preciso ligar para o meu amigo Jorge. Não faço isso porque não encontro uma maneira de fazê-lo, porque é com ele que tenho que falar, mas não sei se está em casa, e de todo modo, mesmo que esteja, é mais provável que sua esposa atenda (minha amiga de infância, que morreu este ano) (é claro, no sonho está viva). E eu não quero falar com sua esposa, porque fomos amantes por um tempo (só num passado fabricado por esse sonho, que fique muito claro) e eu a abandonara, provavelmente porque a situação fazia com que eu sentisse uma culpa enorme. Em certo momento eu a vejo, na sua casa, com seus filhos (vivos e saudáveis, pequenos, da época que corresponde à minha "idade de ouro", quando todos nós passávamos temporadas na sua casa de Villa Argentina). Eu a vejo com uma expressão de abandono, preocupada porque eu tinha desaparecido da sua vida, e essas imagens também me provocam culpa. No sonho havia mais, muito mais (entre outras coisas, um sentimento erótico), mas agora não me lembro de mais nada.

Com certeza é a continuação do sonho anterior, já que, como dizia, a castração é o castigo de Édipo, e neste sonho com certeza minha amiga representa uma imagem materna. Parece que o inconsciente está tentando me ajudar a sair desse poço escuro atual. Já tenho a chave: o putíssimo Édipo ressurgente, causa de todos os meus males (e, desgraçadamente, de todas as benesses). Mas não faço nada com a chave. Espero que o inconsciente continue me ajudando.

(O corretor de Word continua sem aceitar a palavra "pênis" e sem me permitir adicioná-la ao dicionário pessoal. Porém, aceitou que acrescentasse a palavra "putíssimo".)

Vou ligar agora mesmo para o meu amigo. Prometo. Já, já.

SEGUNDA-FEIRA, 25, 3H16

Aqui estou, de bobeira no computador. Ocorre-me com muita frequência várias coisas para escrever, mas não as escrevo. Ainda não comecei, ou melhor, não continuei o projeto, do qual só escrevi uma página. Tinha prometido me dedicar *full time* desde o dia 1º de dezembro.

Feliz Natal.

SEGUNDA-FEIRA, 25, 6H58

Rotring.

Continuo de pé, às sete da manhã. Terei que ir dormir com esses raios de sol nos olhos — as frestas da persiana consertada.

Afinal de contas, eu pensava agora enquanto esperava o café aquecer, se me mudei para o mundo do computador, é porque não há outro mundo possível. Para onde poderia ir, que outra coisa poderia fazer? Que outra possibilidade há para um diálogo inteligente? E afetos. Distantes, distorcidos por palavras (e por sons) que os transcrevem, estão, não obstante, ali, ao alcance da mão. Chl foi passar a véspera de Natal com sua família. Está certa; passa tempo demais com este velho chato. Hoje, segunda-feira de Natal, eu a verei, acho, e a partir de amanhã não a verei com muita frequência. Prevendo isso, pedi à minha velha amiga M para que me levasse a passear de quando em quando, como um trabalho de caridade. Na sexta fizemos a primeira caminhada, com boteco no meio. De casa até Ejido, e de Ejido até minha casa, tudo pela Dieciocho de Julio. Foi satisfatório, pelo menos para mim. Esta semana voltaremos a caminhar. E hoje (ontem) liguei para o meu amigo Jorge, que verei amanhã, terça. Ou seja, também posso me movimentar por outros afetos. Mas, esta noite de Natal, o que faria além de dialogar com a máquina? É verdade que também fiquei sentado, na penumbra, em silêncio, ou em relativo silêncio, nessa noite rasgada por rojões e fogos de artifício. Fiquei um bom tempo sentado e consegui relaxar um pouco. Não me senti mal. A angústia não apareceu. Mas, depois de um tempo, o que apareceu foi a compulsão de voltar para a máquina. Usar o cérebro. Enquanto os descerebrados lançam rojões, descarregando toda a agressividade acumulada num ano de escravidão abjeta.

Certamente, o mundo do computador já foi invadido pelos abjetos, e quanto mais barato fica mais cresce a abjeção. Não porque os pobres sejam necessariamente abjetos (com frequência são, às vezes tanto quanto os ricos), e sim porque as pessoas mais vivas usarão as maravilhas tecnológicas para embrutecer mais ainda os pobres, esses pobres das casinhas de lata com antena de televisão. E nisso eles também embrutecem, quero dizer, "os poderosos". Sempre foram brutos, em algum sentido, e agora serão mais ainda, graças à tecnologia. A internet sairá definitivamente da esfera da cultura onde nasceu, e será controlada por comerciantes e estadistas. Mas, mesmo assim, a própria estrutura do computador, a inteligência da humanidade que o criou, isso continuará sempre vigente. Sempre será um mundo para desentranhar, com o qual dialogar, porque é necessariamente regido pela lógica. Sem lógica, a máquina não funciona. Embora aquele que a opere não seja lógico. Um fã de futebol babão já pode apertar uns botões e obter resultados. Logo poderá obter muito mais, com menor desgaste intelectual. Porém, talvez continuem restando indivíduos solitários que preferem dialogar com as entranhas de um sistema operacional na noite de Natal, indiferentes aos fogos de artifício e às bebedeiras. Claro que essa solidão me machuca um pouco; as coisas poderiam ser diferentes. Claro que submerjo no mundo da máquina para não sentir essa dor que, mais do que dor, é nostalgia, ou uma espécie de nostalgia, como a dos tangos, que não se refere obrigatoriamente a um fato concreto, a uma história vivida. Nostalgia do que podia ter sido uma raça, ou um país. Ah, as pessoas...

SEXTA-FEIRA, 29, 0H49

Durante todos esses dias, continuei completamente submerso nas coisas do computador, exceto ontem, quinta-feira, dia que para mim ainda está transcorrendo, quando pareceu — pelo menos pareceu — que o antidepressivo começava a fazer efeito. Seja como for, algo me permitiu uma maior lucidez, maiores possibilidades de exercitar a força de vontade, e deixei a máquina desligada na maior parte do dia. Mesmo assim, as questões relativas ao computador continuavam dando voltas na minha cabeça, por mais que tentasse me concentrar no que quero escrever neste diário, e, é claro, no projeto da bolsa. Tarefas práticas, entre elas a ida ao dentista — que foi marcada para a quinta, pois duas segundas consecutivas serão feriados —, me ajudaram um pouco a pôr a mente em outra coisa, embora não nas que eu queria, e quero.

É como se a máquina fosse o demônio em si. Como li em algum lugar, um rabino norte-americano defende a teoria de que o diabo pode habitar — e de fato o faz com frequência — os computadores. É curioso que a solução que propõe, além dos exorcismos, é mandar a máquina para a oficina para que seja desmontada. Como se, ao remontá-la, o diabo não pudesse voltar a entrar nela.

Hoje me trouxeram a poltrona de luxo que Chl me fez comprar. Não que tenha me obrigado, mas me convenceu. Estou mais confortável do que na velha poltrona que quebrou, mas ainda não consegui domesticá-la bem. Acho que tem um defeito no controle do encosto. Terei que conferir. Enquanto isso, estou sentado um pouco mais alto do que de costume, o que me ajuda a mexer no teclado; é notável como cometo uma quantidade muito menor de erros de digitação. Esta palavra, "digitação", não existe. Só "datilografia", que pode se referir tanto a uma máquina de escrever quanto a uma mecanógrafa. Não dá para dizer também "digitador", apenas "digitar". Mundo curioso.

Acabo de elevar um pouco mais o assento e baixar os apoios do braço; parece que para "digitar" ainda é a melhor posição. Mas o assento não fica fixo na posição mais alta de todas; ao me sentar, afunda bastante. Por um lado é melhor, porque do contrário os pés não encostam no chão. Mas eu gostaria de testar como seria escrever lá do alto. De qualquer maneira, estou alto o bastante.

Minhas ocupações e preocupações acerca do computador me fizeram ver a mim mesmo como um desses sujeitos que me provocam certo desprezo, ou melhor, incompreensão: os que compram um carro e se dedicam a desmontá-lo, remontá-lo, trocar peças, lavá-lo com uma mangueira, lustrá-lo com uma flanela, e, é claro, falar do carro. Eu tento não falar muito do computador porque noto que meus interlocutores — a maioria do sexo feminino — ficam imediatamente entediados. Mais do que isso, irritam-se, passam a me odiar. Deixam claro que não entendem uma só palavra do que estou falando, apesar de que utilizo uma linguagem comum, nada técnica, e, ao meu entender, explico as coisas com total clareza. Acho que na verdade não prestam atenção, como Chl faz quando começo a contar uma piada. Desde o momento em que se dá conta de que é uma piada, ela se fecha. Para de entender. Ao final, não ri, nem entende por que eu acho engraçado. Porém, é capaz de compreender perfeitamente e de rir com as histórias engraçadas mais sutis — desde que não tenham a forma de piada. Cheguei à conclusão de que Chl, como muitas, muitas mulheres, capta intuitivamente o significado psicológico do sistema de contar piadas e se dá conta de que, na verdade, é uma forma dissimulada de penetração sexual. O riso equivale ao orgasmo. Quando um homem conta uma piada a outro homem, está exercitando o direito de sublimar sua homossexualidade latente, um dos poucos direitos desse tipo que é socialmente permitido. Isso é o que eu penso, e me parece bastante convincente. As mulheres que se fecham às piadas, é bem possível que também se fechem (de uma maneira ou de outra) à penetração sexual. "De uma maneira ou de outra" quer dizer que se fecham tanto no sentido de fechar as pernas como no de participar do ato sexual e não atingir o orgasmo, mesmo que abram as pernas. Por isso não riem das piadas. Não porque não as entendam, e sim porque entendem demais. Gosto, gosto bastante da minha teoria.

Como ia dizendo, passei a me achar muito parecido com esses sujeitos que ficam embelezando seus carros. Estive entregue, por dias e dias, semanas, talvez meses, talvez anos, a desmontar e remontar minha máquina, não sua parte material, e sim seus componentes intelectuais. Acerca da parte material tendo a ser mais conservador, e continuo com o mesmo modelo o máximo de tempo possível, até que se torne incompatível ou me impeça de me comunicar razoavelmente com o mundo. O mesmo vale para o sistema operacional: mantive o Windows 3.1 (que firme e estável!) o máximo que pude, e quando tive que atualizar escolhi o Windows 95 (muito mais instável), embora todos já tivessem o 98 (ainda mais instável) e já estava prestes a sair, ou já tinha saído, o 2000. Parece que agora vou ter que atualizar de novo o sistema operacional, pois não se encontra uma solução para o monitor. Trocaram-no três vezes, e sempre tem esse rastro de pontos pretos e as letras parecem recortadas. Disseram que talvez isso se conserte com um Windows mais avançado. Veremos; será, de todo modo, um transtorno. Acabei de conseguir, depois de um ano de tentativa, ficar com a tela exatamente do jeito que eu queria. Estou falando da tela sem programas, quase vazia, que chamam de desktop, e que estou acostumado a usar com um fundo totalmente preto, porque descobri que o preto machuca menos os meus olhos.

Neste trabalho de examinar e tentar mudar coisas na máquina, e de fazer programas que automatizam várias coisas, descobri em mim, nos últimos dias, uma notável vocação para o roubo. Sou, de fato, um ladrão; e gozo enormemente com isso. Tudo começou com um amigo, a quem não vou nomear, que me deu de presente um CD-ROM com alguns programas piratas, entre eles um programa com senhas para piratear uma grande quantidade de programas. Os fabricantes põem um programa em versão para teste, que pode ser baixado da internet, e permitem que você o utilize durante certo tempo para que veja como é. Depois, é necessário se registrar, o que exige o pagamento de certa quantia. Em troca dessa quantia, o fabricante envia uma senha — uma série de número e/ou letras — que, quando introduzida no lugar específico do programa, permite que você continue usando esse programa indefinidamente; adquire-se a propriedade, por assim dizer, o direito de uso. Esse programa pirata que ajuda a piratear outros tem muitas dessas senhas, e, quando você usa a senha correta no programa que quer roubar, fica com um relativo direito de uso; às vezes nem tão relativo, e sim um direito propriamente dito. É relativo quando parte da senha envolve digitar o nome de um usuário que não é o seu; é o nome utilizado por alguém que comprou uma vez o programa e depois se dedicou a compartilhá-lo pelo mundo. Assim, tenho alguns programas registrados em nome de pseudônimos que não são meus, inclusive algum nome de mulher.

O que eu quero dizer é que, no momento de digitar a senha e apertar o botão para efetivar o registro, meu coração palpita de ansiedade, mais ou menos quando a bolinha da roleta está quase parando e você fez uma grande aposta; e quando o resultado de apertar esse botão é uma janelinha que agradece e afirma que você registrou com sucesso o programa, sinto não sei bem o quê, um alívio como de um orgasmo, um prazer um tanto efêmero, mas muito forte, e, acima de tudo, muito específico; algo que eu não poderia obter por outro meio.

Meu lucro material não é muito grande. A maioria desses programas que roubo custa entre cinco e quarenta dólares; os de quarenta são programas muito complexos, fabricados por grandes empresas, e é difícil conseguir uma senha para eles, pois modificam constantemente as versões e, com isso, as senhas; além do mais, entre esses programas sofisticados, não há muitos que me interessem. O roubo, portanto, não se deve principalmente por razões econômicas. Pirateando eu me poupo de incômodos, já que não tenho cartão de crédito válido para a internet, e se tivesse talvez não me arriscasse a usá-lo; é perigoso. A maior parte das vezes que me enviaram dinheiro pelo correio, fui roubado; de modo que também não me animo a mandar dinheiro pelo correio. Há muitos anos, um amigo vendedor de jornais que, por sua vez, era amigo de um dos carteiros que faziam o percurso do meu antigo bairro, contou-me como viu com os próprios olhos seu amigo, o carteiro, revirando a bolsa cheia de correspondência, pegar um envelope e dizer: "Esse com certeza tem grana", abri-lo e tirar de dentro uma cédula. O homem tinha desenvolvido um dom especial, e parece que não é o único. Em Buenos Aires, roubavam também os cheques, por mais que não fossem ao portador; sempre há alguém que os compra e, de alguma maneira, consegue sacá-los.

Quando eu tinha acabado de começar a usar essas coisas da internet e o e-mail, procurei e encontrei um programa que me permitia discar automaticamente para entrar na internet. Naquele tempo não era fácil se conectar; às vezes era preciso discar e discar, e as linhas estavam sempre ocupadas. O discador automático chegou a contar, às vezes, mais de duzentas chamadas sem resposta antes de conseguir entrar. O discador automático significou para mim um grande alívio, e logo montei uma automatização do processo: ao ligar a máquina e iniciar o Windows, aparecia o discador e começava a discar; e o próprio discador iniciava, enquanto isso, o programa de e-mail e um programa chamado Trumpet, que fazia a mediação entre o modem do telefone que atendia e o modem do meu computador (protocolos). Tudo isso agora já está simplificado e oculto no Windows 95, e se se ganhou algo, como sempre, também se perdeu algo. Perdeu-se, por exemplo, esse controle do Trumpet, que mostrava numa janelinha o resultado de cada uma das operações entre uma máquina e outra; da minha parte, perdi o acesso ao número discado a partir de um programa feito por mim, porque não faço ideia de como acessar esses mecanismos ocultos.

Mas aquele programa discador tinha um defeito: enquanto você não se registrasse, pagando algo como vinte dólares, aparecia, ao iniciar, uma janela que fazia uma contagem regressiva de dez a zero, que você tinha que esperar, e depois apertar um botão para fechar essa janela e continuar o procedimento. Além disso, a janelinha lembrava que você não estava registrado e deveria imperiosamente se registrar para continuar usando o programa. Isso me incomodava de forma inominável, porque significava uma falha no meu processo perfeito de automatização. Se eu ligava a máquina e ia tomar café da manhã, não precisava apenas estar atento ao som estridente que designei ao discador para que me avisasse quando conseguisse se conectar; tinha que ficar ali, esperando que aparecesse o programa, que aparecesse a janelinha, que fizesse a contagem regressiva, e depois apertar o famoso botão para que as coisas seguissem seu curso normal.

O fabricante era um texano-mexicano, ou um texano, que acabou se revelando não ser uma pessoa agradável. Eu lhe escrevi um e-mail muito interessante, divertido, ameno, explicando as dificuldades que, por razões da minha idade avançada, eu tinha em ir ao correio, e como de toda maneira sempre roubavam o dinheiro aqui, e que eu era pobre e não tinha cartão de crédito; ofereci-lhe, em troca da senha para tirar essa maldita janelinha, a possibilidade de lhe enviar algumas histórias divertidas. Tudo isso exigiu um grande esforço, porque domino muito mal o inglês, e naquela época dominava ainda menos (porque agora a internet me treinou bastante). Não pude amolecer seu duro coração texano; respondeu-me com brevidade, friamente, e inclusive se atreveu a dizer que, quando ele dava algo de presente, sempre esqueciam de lhe agradecer. Como se alguma vez tivesse dado algo de presente. Para tentar conquistá-lo, escrevi-lhe agradecendo de todo modo por ter me respondido, e terminei repetindo "obrigado", num contexto irônico. Fiquei muito frustrado, e com essa obsessão em resolver o problema. Na internet não havia nenhum outro programa similar; tudo o que existia era pouco adequado para a minha finalidade. Tentei fabricar um discador, mas nessa época eu não tinha o Visual Basic e não sabia o suficiente para conseguir criar o programa.

Uma tarde, uma calorosa tarde de verão, tive a necessidade incomum de tirar uma sesta, costume que eu havia perdido desde que uma certa mulher que morava comigo tinha se mostrado totalmente contra esse hábito, por razões psicológicas que não cabe delatar aqui. Nesse dia, tive a imperiosa necessidade de me deitar, e adormeci profundamente.

Sonhei que estava no Texas, na casa do fabricante do programa. Não vi muito bem o lugar do lado de fora, mas notava-se que era uma casa muito modesta, não digo uma fazendinha, mas algo parecido, muito doméstico, despretensioso. Fui recebido pela sua esposa, uma mulher madura, que também não pude ver com muita clareza, mas em quem percebi um ar doméstico, quase maternal, eu diria. Vestia um avental e me fez passar para a cozinha. Ofereceu-me um café enquanto explicava que seu marido estava dormindo e que seria uma pena acordá-lo. Eu me senti muito confortável nessa cozinha, conversando com a mulher.

Quando acordei, muito atordoado, tinha em mente uma ideia fixa que me levou como um autômato ao computador. Abri o Xtree Gold, um programa para DOS já vetusto naquela época de Windows, mas que ainda possuo e ainda uso às vezes, e nesse programa pude enxergar as entranhas do discador. O programa estava escrito numa linguagem mais críptica do que o chinês, porque nem sequer são ideogramas; mas o Xtree permitia ver na lateral da tela, se você realizasse certas operações, as palavras inteligíveis que se formavam, caso formassem. Ali encontrei as palavras malditas da janelinha, a exortação para me registrar e toda aquela chatice. Então eu fiz algo que nunca mais deu certo depois, que foi usar o modo "editor" do Xtree, e APAGAR esse conteúdo da janelinha. Todas as outras vezes que tentei fazer algo parecido aconteceram coisas horríveis, que sempre terminavam com a tela congelada e com a máquina paralisada e a necessidade de desligar tudo e ligar de novo, às vezes perdendo um programa valioso. Mas dessa vez, comigo nesse estado de transe, conectado por aquele sonho com a mente do texano, funcionou. Suando, suando de nervoso, fechei o Xtree e abri o discador. Não apareceu a maldita janelinha. E o programa começou a funcionar tranquilamente, tal como eu queria. E continuou funcionando tranquilamente, tal como eu queria, durante anos, até que troquei de Windows e ele não me fez falta.

Esse foi meu primeiro roubo.

Não que eu queira me justificar. Não sei bem como são as leis neste país, mas a verdade é que os vendedores de hardware os vendem com o software roubado (traduzindo: quem te vende a máquina, vende com um sistema operacional geralmente pirata, e com alguns programas de brinde, também piratas); e é uma prática muito comum e que não parece escandalizar ninguém. Certo; ainda assim, não me sinto no direito de ser um ladrão. Não gosto de ser chamado de ladrão, nem gosto de me chamar de ladrão. Os ladrões me parecem pessoas desprezíveis, tanto os pobres como os ricos. Dias atrás, perguntei-me: entraria numa casa para roubar? Com certeza não. Se soubesse como fazê-lo, faria transferências bancárias fraudulentas a meu favor? Depende; talvez, se me garantisse uma total e absoluta impunidade. Quero dizer que não tenho razões morais para não fazer isso, desde que se trate da conta de alguém que eu sei que é desonesto. Por exemplo, um ditador, ou ex-ditador, que tem seu dinheiro guardado na Suíça. Na verdade eu lamento não ter, nem de longe, a capacidade técnica para fazer algo assim. Seria pelo menos muito divertido.

Acho que não sou estritamente um ladrão; não tenho a mentalidade necessária para ser um. Então, por que roubo programas?

Eu me respondo que não roubo os programas, e sim o direito a usá-los. O programa não é material; é informação, um meio de informação, como um romance meu é um meio de informação. Eu não me incomodo que alguém empreste um livro que escrevi, e esse livro emprestado circule entre muita gente; pelo contrário, é uma prática que aprovo e busco fomentar. Da mesma maneira, não me incomodo que façam cópias dos meus livros. Inclusive estou tentando publicar meus livros na internet, para que possam ser baixados de graça. Eu me incomodo que um editor me roube, e os editores com frequência me roubam, e roubam todos os escritores, de uma maneira ou de outra.

Conclusão: os direitos autorais, que é o que a pessoa paga para usar um programa, são completamente irreais. Para que haja roubo, alguém deve se apropriar indevidamente de um objeto material. Ou deve obter benefícios materiais do trabalho de outro. Por exemplo, se você compra um livro meu e imprime uma quantidade de cópias para vender, está me roubando. Não estaria me roubando se imprimisse vários exemplares para dar de presente.

Quando eu "roubo" um programa, estou fazendo uso do direito à cultura, que não é propriedade privada de ninguém. Os programas que eu "roubo" não me dão dinheiro; pelo contrário, me fazem perder tempo. Não obtenho nenhum benefício material a partir deles. A cultura, os produtos da inteligência e da sensibilidade, é algo que deve circular livremente, gratuitamente, porque não pode ser propriedade privada de ninguém, já que a mente não é propriedade privada de ninguém. Se eu posso ler na mente de um texano desconhecido um procedimento para usar seu programa, isso quer dizer algo. Se eu escrevo um conto e o destruo porque sinto que não é "meu" (e muito tempo depois encontro prova material de que não era "meu"), isso quer dizer algo. Um texto escrito por mim não é "meu" porque eu sou o proprietário; é "meu" como um filho pode ser "meu".

Seria necessário encontrar uma fórmula para que os artistas pudessem sobreviver sem a necessidade de traficar seus direitos autorais; seria preciso aniquilar esse sistema podre de editores chupadores de sangue, do livro como objeto, das perseguições a quem faz fotocópias ou pirateia. É verdade: um escritor que acerta com um título que cai no gosto popular pode enriquecer da noite para o dia (dificilmente neste país, claro), sem falar dos autores de software. Mas todos sabemos que enriquecer é uma forma também de empobrecer e, de todo modo, os que querem entrar nesse sistema, tudo bem, que vão em frente.

Não tenho ideia de como poderia se resolver o problema dos artistas e dos autores de software (que também são artistas, à sua maneira), mas a coisa com certeza não virá pelas porcentagens cobradas por direitos autorais.

Janeiro de 2001

SÁBADO, 6, 16H16

Tendo abandonado este diário durante muitos, muitos dias — embora, como sempre, em nenhum momento tenha deixado de pensar nele —, os acontecimentos foram se acumulando até minha memória transbordar; e as lembranças que ainda se conservam provavelmente já não mantêm a carga inicial de interesse ou de afetos que tinham no momento em que surgiram ou logo depois — no momento em que eu deveria ter anotado aqui —; e com certeza já não conservam nada da formulação que eu tinha imaginado para essas anotações. De modo que agora, ao tentar voltar a estes, acontecerá o que acontece ou aconteceria com o projeto da bolsa: irão se transformar numa literatura fraudulenta.

O acontecimento mais transcendente foi, sem sombra de dúvida, a morte do meu amigo Ruben — amigo em cuja casa passei aquele período terrível de transição rumo à minha forma de vida atual. Essa morte aconteceu terça ou quarta passada. O telefone tocou; eu estava sentado próximo a ele, na poltrona de leitura, e não me mexi. Já estávamos em pleno período de calor brutal, e o ventilador de teto era totalmente incapaz de agitar o ar. Parecia que a qualquer momento esse ar úmido, pegajoso, espesso, ia travar as pás do ventilador, frear o motor e fazê-lo explodir. A secretária eletrônica entrou em funcionamento e escutou-se a voz da minha amiga, a esposa de Ruben, e pelo tom de voz das duas primeiras palavras, eu já soube qual era a notícia. Eu deveria, é claro, me levantar da poltrona e atender à chamada, mas se eu de fato levantei da poltrona, não fiz nada além de ficar parado ali, próximo ao telefone. Minha amiga disse que, se eu quisesse falar com ela, que ligasse para tal número. Pensei: "Primeiro assimilo a notícia, depois telefono". O que fiz foi ligar no mesmo instante para a minha médica para transmitir a notícia, porque ela nunca deixa de estar presente nos acontecimentos sociais, felizes ou infelizes, o que invejo profundamente porque estou sempre ausente nessas ocasiões e depois me sinto mal. Mas há coisas que vão além da força de vontade e, no meu caso em específico, o número de coisas que estão além da minha força de vontade é esmagador, apavorante. Por exemplo, meu primo Poncho me ligou vários dias atrás para me contar que nossa tia Celia, de noventa longos anos, tinha se machucado porque um pedaço do teto caiu na cabeça dela. Demorei uns dias para responder ao meu primo Poncho, e certamente não liguei para a minha tia Celia, nem fiquei sabendo de mais detalhes do assunto, e, um dia, carcomido pela culpa, explodi em imprecações contra minha tia e fiz uma razoabilíssima defesa de por que era aceitável que eu não telefonasse nem fosse visitá-la. Pode ser que mais adiante eu desenvolva um pouco melhor esse assunto.

Quanto à minha amiga, a viúva recente, direi que liguei

para ela algumas horas depois, embora realmente não tivesse assimilado ainda a notícia, mas me sentia em condições de falar com ela. Já não estava no lugar onde disse que ia estar; ouvi o recado da secretária eletrônica com uma voz talvez não de todo desconhecida, mas que também não era claramente identificável; provavelmente de um dos seus filhos. Deixei uma mensagem que deve ter ficado incompreensível, porque só balbuciei umas palavras inócuas e desliguei. No dia seguinte, não liguei para a minha amiga na sua casa, pensando que ia incomodá-la em meio aos trâmites de enterro e pêsames de familiares; telefonei-lhe no dia seguinte, e a incomodei, porque estava prestes a dormir; mas, ao menos, consegui estabelecer essa comunicação que era tão difícil para mim.

Somente ontem à noite, ou melhor, nesta madrugada, consegui me dar conta de que estava processando a notícia. Meu amigo apareceu representado em diferentes etapas do nosso longo relacionamento, nos bons e nos maus momentos, e tivemos uma boa quantidade de ambos os tipos; senti que revivia algumas fúrias que ele soube me provocar, e que eu soube provocar nele, e também momentos gratificantes, sobretudo assinalados pelo riso, porque a pedra sobre a qual nossa amizade foi fundada, lá na época do colégio, foi precisamente o senso de humor. Ruben, Jorge (o viúvo recente) e eu formamos, em certo momento da nossa adolescência, um trio que era como uma máquina de produzir efeitos humorísticos, alguns deles com certa expressão artística, mas a maioria simplesmente vitais, momentâneos.

Como ia dizendo, isso não está saindo bem; além disso, cansei.

SÁBADO, 6, 18H49

Enfim. Começou a chover, agora há pouco. Em abundância. Trovões. É claro, também não saímos para caminhar hoje; desta vez era I quem faria o papel de dama de companhia do idoso. Não me lembro se anotei neste diário minhas caminhadas com M; mas I e eu, por motivos de clima ou de circunstâncias pessoais, ainda não conseguimos iniciar o ciclo. Não importa: chove, refresca um pouco, a alegria volta aos bairros.

(Outro comportamento incompreensível do corretor de Word; não admite a palavra I, seguida ou não de ponto; não permite adicioná-la ao dicionário. Curiosamente, nesse caso, o corretor aponta I como um erro, e propõe trocá-lo por uma série de palavras possíveis, e essa série está encabeçada pela palavra... I. Se você aceita essa mudança, tudo segue normalmente.)

SÁBADO, 6, 21H04

Infelizmente, e como bem se sabe, as alegrias deste mundo costumam ser efêmeras. Já faz um bom tempo que os trovões foram se afastando, e a chuva abundante se transformou num chuvisco miserável, e o ar fresco parou de circular e já está adquirindo outra vez a consistência dessa esponja pegajosa que vem nos torturando há muitos dias. Neste ponto, talvez eu devesse incluir um duro epíteto dado a um senhor chamado K, mas não farei isso, exclusivamente por razões legais. Ainda assim, acho que tenho a liberdade de dizer que estou pensando em vários epítetos pesados que gostaria de aplicar a esse senhor cujo comportamento considero aberrante e inexplicável. Esse senhor apareceu na minha vida, e, para a minha desgraça, como resultado de uma circular que enviei, numa noite muito calorenta, a uma série de lojas especializadas em ar-condicionado. É verdade que também corresponde a mim uma série de epítetos, e que não hesitei em me aplicá-los mentalmente durante todos esses dias; o assunto do ar-condicionado estava na minha mente havia meses, e desde setembro eu o incorporara à minha agenda como urgente e imprescindível; todos os dias, a certa hora, aparecia na minha tela o lembrete de pedir um orçamento. E eu fiz isso? Não em setembro, nem em outubro, nem em novembro, nem na primeira metade de dezembro. Por quê? Estive refletindo, nesses dias, muito seriamente sobre o assunto. Pode ser que eu tenha usado o fator econômico; mas não tenho certeza de que seja o motivo. Já desde o primeiro dia em que fiquei sabendo que tinha obtido a bolsa, minha mente formulara com muita clareza e determinação o pensamento: "Não voltarei a passar outro verão como o último". No verão passado estive à beira da loucura irreversível. Cada ano que passa considero o clima do verão mais intolerável, e não havia nenhuma razão para pensar que este verão seria diferente. É verdade que me dói gastar o dinheiro do sr. Guggenheim em comodidades, mas também é verdade que o ar fresco no verão é mais do que uma comodidade; no meu caso, é questão de saúde mental, e de saúde em geral, porque quando o calor e o clima úmido desta cidade me paralisam perco a capacidade de raciocinar e de me movimentar, meu corpo vai se imobilizando e me vejo enfrentando riscos prováveis de uma doença grave. Mas ao fator econômico se somava outro que me dificultava tomar a decisão: o temor de que um aparato de ar-condicionado não fosse uma solução, porque talvez eu ficasse impossibilitado de usá-lo por causa dos meus problemas bronquiais. Não sabia como poderia me afetar, e ainda não sei. Esses dois fatores, de acordo com o fruto de meditações destes dias terríveis, unem-se a um terceiro, muito menos claro, mais difuso e difícil de analisar, que poderia ser definido como uma expectativa um tanto mágica de que este verão fosse mais benigno do que os anteriores, ou algo ainda mais mágico, e mais psicótico do que mágico, que é a ideia de que, se eu não pensar num assunto conflitante, as coisas vão se resolver de alguma maneira; ou, se preferir, uma negação direta e simples do assunto — como o assunto da morte do meu amigo, que continua sendo processada muito, mas muito lentamente, enquanto eu me abstenho de ações necessárias tais como ir ao velório e ao enterro e participar socialmente dessas coisas que por algum motivo inventaram. Apenas me distraio com o computador e deixo que a realidade vá transcorrendo em algum lugar, longe de mim, bem longe. Sim; é muito provável que o terror ao verão tenha me levado a negar o fato evidente de que o verão ia chegar e me torturar como tem feito já faz alguns dias. Até que me decidi e enviei um tímido e-mail a uma das empresas que trabalham com ar-condicionado, e fiquei esperando uma resposta que não chegou. Isso me fez demorar mais alguns dias, e o calor começava a se intensificar, e a situação já estava virando dramática, e finalmente, nessa noite de calor, desesperado, agarrei o guia telefônico e procurei os nomes de todas as empresas que publicavam um endereço de e-mail. Por que e-mail e não telefone? Entre outras coisas, porque meu sono continuava trocado, e, quando estava em condições de falar por telefone, as lojas já tinham fechado suas cortinas metálicas. O mesmo acontece com as padarias. Finalmente enviei esse e-mail a quatro empresas diferentes, e nessa madrugada o calor me provocou uma excitação psíquica que me manteve acordado até bem entrada a manhã. Fui dormir por volta das oito, mas não adormeci. Às nove tocou o telefone, e ouvi a voz de uma secretária que respondia ao meu e-mail. Levantei-me e liguei para o número que tinha deixado, e estabeleci o precioso contato para receber a visita de um técnico, que teria de avaliar as necessidades e determinar que tipo de aparelho era adequado. O técnico prometeu vir num dia da semana seguinte; isso me desagradou um pouco, mas achei razoável, porque tinha enviado o e-mail numa quinta-feira à noite, e já era sexta de manhã, e depois haveria um feriado na segunda-feira, precisamente o primeiro dia do milênio. Tudo muito pouco apropriado da minha parte, revelando minha absoluta falta de bom senso prático.

Horas mais tarde, quando acordei depois de seis ou oito horas de sono, encontrei outra mensagem na secretária; o sr. K, que respondia em nome de outra das empresas que receberam minha circular (e, à noite, chegou um e-mail de uma terceira empresa; a quarta nunca se fez presente). Telefonei para o celular desse sr. K, que me respondeu com total amabilidade e segurança de que na terça, primeiro dia útil da semana seguinte, estaria tocando a campainha da minha casa às cinco da tarde em ponto. Soava tão categórico que acreditei nele, e suportei o clima do fim de semana eterno aferrado à esperança de que logo o problema seria resolvido. Na terça, incrivelmente, o sr. K estava tocando a campainha às dez para as cinco da tarde.

DOMINGO, 7, 5H15

... o sr. K, como ia dizendo, estava tocando a campainha às dez para as cinco de terça, e além disso pediu desculpas por ter chegado antes da hora marcada. Acabou que era um senhor elegante, com um quê de galã maduro — cabelo grisalho, ou é assim que me lembro dele, bem-vestido, com algo de playboy na sua maneira de se situar no mundo. Também se mostrou simples e eficaz; não realizou nenhuma pantomima de medir os ambientes, nem me recitou um discurso preparado apontando as vantagens do produto que queria me vender. Explicou-me rapidamente o que ele achava que eu precisava, disse o preço, entregou um folheto, escreveu o orçamento num formulário — e quando digo que não perdia tempo não quero dizer que dera a impressão de estar com pressa ou incomodado; pelo contrário; sentara-se com total comodidade numa das minhas poltronas e parecia uma visita muito mais amável do que um vendedor. O orçamento se mostrou bem mais alto do que eu esperava, embora não fosse algo absurdo; só que reativou minhas dúvidas, e teria gostado de tomar uma decisão naquele mesmo instante, porque imaginava que entre os preços que os competidores poderiam me oferecer não haveria variações muito chamativas; a verdade é que os espaços que desejo resfriar são bastante amplos, e são vários. Enquanto pensava nessas coisas, lembrei-me de repente do conselho do meu dentista, de que comprasse um aparelho portátil. Tinham me falado muito mal desses aparelhos portáteis de ar-condicionado, mas meu dentista falou bem, e respeito suas opiniões. Na verdade, só ontem pude me dar conta dos motivos pelos quais tinham me falado mal desses aparelhos; contarei essa história mais adiante.

Já são cinco e meia da madrugada e estou escrevendo um pouco à força, para não deixar o assunto inconcluso, mas a verdade é que, quando decidi fazer uma pausa no que vinha narrando na entrada anterior do diário, e descansar um pouco jogando no computador, o computador começou a fazer umas coisas incompreensíveis e disparatadas, e eu não fiquei para trás; cheguei a formatar um disco ZIP errado, pensando que estava formatando outro que estava dando problemas, e assim perdi todos os back-ups do último mês e meio, e não quero pensar no que mais. O computador, sem minha intervenção, já tinha me apagado umas seiscentas fotos de nus femininos, das quais e com muitíssimo esforço pude resgatar umas cento e vinte. De modo que meu descanso resultou em desperdício puro, e num cansaço muito maior do que se tivesse continuado escrevendo neste diário.

Mencionei, pois, a esse senhor, o assunto dos aparelhos portáteis, e nunca teria imaginado que minhas palavras fossem causar este efeito: abriu os braços com entusiasmo e declarou de forma enfática e alegre que eu tivera uma ótima ideia; uma excelente ideia. Deu certeza total de que esses aparelhos possuem as mesmas virtudes que os comuns, não portáteis, e que eu me acostumaria, sem grandes dificuldades, aos pequenos incômodos do uso (transportá-lo de um quarto para o outro, o que não parece muito complicado, até que você fica sabendo que é preciso transportar também um pequeno compressor ao qual o aparelho está unido por um cano de uns dois metros, e tirar esse compressor para fora do apartamento, e apoiá-lo no parapeito de uma janela ou no chão de alguma sacada). E com isso eu economizaria quase dois terços do orçamento previsto inicialmente. Disse a ele que mesmo se comprasse dois aparelhos portáteis, para não ter que ficar transportando-o de um lado para o outro o tempo inteiro, ainda assim economizaria dinheiro.

— Compre só um — ele me aconselhou — e veja como lida com esse. Depois o senhor pode comprar outro, se tiver necessidade — ou seja, o contrário de um vendedor prepotente que busca o máximo de comissão a todo custo.

Disse a ele que decidiria logo; com certeza ligaria para ele no dia seguinte. E, enquanto eu o acompanhava até o térreo no elevador, lembrei-me da experiência de anos atrás, com um aparelho de ar-condicionado de outro tipo que eu tinha tentado comprar da mesma empresa. Contei ao sr. K que uma vez eles tinham perdido uma venda por exigirem que eu fosse pessoalmente até a loja fazer o pagamento. O sr. K respondeu que os tempos mudam: que provavelmente essa história já tem vários anos. Eu disse que nem tanto; não mais do que três ou quatro. Ficou surpreso em saber que a empresa para a qual trabalhava pudesse ter sido, em algum momento, tão estupidamente burocrática.

— Em todo caso — acrescentou —, se surgir algum inconveniente, eu mesmo o trago.

E foi embora, tão alegremente quanto viera, deixando-me com o alívio de ter um grande problema quase, quase resolvido. Fazia muito calor; muito. Mas já comecei a sofrer menos, porque não há nada como a esperança para transitar com menos sofrimento entre as dificuldades.

Resumindo: consultei Chl, e ela me disse que claro, que comprasse, e não faltou mais nada para tomar a decisão. No dia seguinte, liguei ao sr. K no seu celular, consultei-o acerca de um par de dúvidas que tinham surgido sobre o funcionamento, ele esclareceu as dúvidas e logo disse que me telefonaria em instantes, quando estivesse livre. Fiquei esperando. E não ligou. No outro dia, quinta, com um calor que já era inclassificável, a primeira coisa que fiz ao me levantar, antes mesmo de ligar o computador ou de qualquer outra coisa, foi ligar para o sr. K no celular. Não sei por onde andava; respondeu nervoso, em meio a um ruído ambiente que parecia a rua ou algum lugar muito barulhento; disse que ele tinha se esquecido de mim, e que estava esperando o aparelho.

— Levarei amanhã — disse —, agora estou sem carro e muito atrapalhado.

— Escute, estou num inferno. Trate de fazer o possível para que chegue hoje.

— Vamos ver... se puder, resolvo hoje, na última hora.

Às quinze para as sete, liguei de novo. Agora estava na empresa. Disse que tinha acabado de chegar. Que no dia seguinte, sem falta, enviaria de manhã. Perguntei a ele por que não agora. Disse que estava sem carro. Perguntei: "Por que não um carreto?". Respondeu: "É porque já é tarde, o setor de vendas está fechado". Muito ruim ouvir duas desculpas diferentes. O sr. K já estava ficando suspeito. Finalmente eu disse que deixaria o dinheiro com a zeladora; que tocassem a campainha da portaria. Achou perfeito. "Amanhã de manhã estará aí", foram suas últimas palavras.

Desci com o dinheiro e deixei com a zeladora. Pedi para que ela mandasse subir o aparelho assim que chegasse, e que tocasse muitas vezes a campainha, para ver se eu acordava e conseguia receber o aparelho — embora já suspeitasse que não seria tão fácil; algum plugue não coincidiria com as tomadas que eu tenho, e coisas do tipo. Mas a esperança de terminar com esse inferno continuava brilhando. Fui dormir cedo, e me imaginava, na manhã seguinte, fazendo força para desgrudar as pálpebras quando a zeladora tocasse a campainha; já me enxergava trocando as calças de pijama por uma bermuda, caso a zeladora ainda estivesse ali em frente quando eu me levantasse. Acordei, sexta-feira, banhado em suor, com uma sensação de asfixia. Não tinha escutado nenhuma campainha, mas em geral não escuto quando estou dormindo; de todo modo, tinha a vaga impressão de que as coisas não iam bem. Vesti a bermuda e fui andando lentamente até a entrada. Detrás das portas envidraçadas da pequena entrada não havia nada. E também não apareceu de tarde. Não voltei a ligar ao sr. K, nem voltarei a telefonar-lhe. Comecei uma busca frenética, antes do café da manhã e de ligar o computador, inclusive antes de tomar o iogurte e o comprimido para a hipertensão; liguei para uma série de lojas de eletrodomésticos e assim fiquei sabendo que esses aparelhos não existem, estão esgotados, que todo mundo está tentando comprar em meio a essa onda tenebrosa de calor; e algumas para as quais liguei ficaram de averiguar e me ligar de volta, mas ninguém telefonou. No meio da tarde, depois do café, conversando pelo telefone com uma pessoa por outro tipo de problemas (no computador, putz), fico sabendo que em certa loja de eletrodomésticos eles têm esses aparelhos, e pela metade do preço oferecido pelo sr. K. Busquei no guia o número dessa loja, liguei, uma vendedora me atendeu, perguntei se tinham um aparelho desses. Ela me respondeu que tinham trazido vinte e vendido quinze, e que naquele momento já estavam vendendo os outros; que eu esperasse na linha, por favor, enquanto ela averiguava se restava algum. Voltou logo em seguida. Restava um. Pensei: acabou o azar. Pedi informações, e ela me explicou, com muita cortesia, a marca, o preço, a forma de funcionamento... Acerca desse último item, escutei que dizia, entre inúmeras coisas, algo como que pode funcionar tanto com água como com gelo. Fiquei uns instantes em silêncio e logo pedi para que, por favor, explicasse essa história de água e gelo.

— Bom — ela disse —, se você quer ar frio, põe água, e se quiser mais frio, põe gelo.

Pôr gelo? Pôr?

— Me diga uma coisa — balbuciei —, eu não entendo nada disso, mas ouvi falar dos milhares de BTUs que esses aparelhos possuem...

— Bem, não; esse não é um ar-condicionado propriamente dito, e sim uma simulação.

Simulação.

Muito bem. Muito obrigado. Você foi muito amável.

Imaginei-me tirando gelo do freezer e pondo num balde em frente a um ventilador comum. A cada meia hora. Imaginei também outro método para refrescar o ambiente, que é alguém assoprando seu pescoço.

E ali acabou minha esperança. No dia seguinte, sábado, era feriado: dia de Reis. E agora é madrugada do domingo. Já saiu o sol, e ainda não fui dormir. O calor já está começando a aumentar; o ar se mexeu bastante nas últimas horas; não direi que refrescou, mas dava para respirar. Agora, tudo parece recomeçar. E amanhã será segunda-feira, e deverei começar tudo de novo, desde o início, esperando que não se esgotem também os aparelhos fixos.

DOMINGO, 7, 6H30

Mas, na sexta à noite, eu me distraí do calor durante umas horas, graças a uma visita. Uma mulher jovem que eu não conhecia pessoalmente. Conhecia algo do seu estilo literário, e fiquei com medo de me deparar com uma dessas mulheres avassaladoras. Mas ela não era como seu estilo literário, que como estilo literário é excelente, mas que ao vivo deve ser difícil de suportar; ela se mostrou uma pessoa muito agradável, de boa conversa, muito inteligente, muito por dentro de diferentes assuntos que também me interessam. Conversamos e conversamos.

Quando chegou a hora de ir embora, levantou-se com pouca vontade de partir e começou a ajeitar suas coisas, mas também declarou que não tinha vontade de ir embora. Que por ela não iria nunca, acho que disse com essas palavras. Nesse momento, não pensei num convite sexual, e talvez não fosse, porque nada na conversa teve esse caráter. Da minha parte, respondi que, se não tivesse decidido ir embora, teria que expulsá-la; pois já tinha chegado a hora dos meus vícios, e realmente sentia que não conseguiria ficar muito mais tempo longe da máquina. E quando descemos, e estávamos juntos na porta da rua, que inclusive cheguei a abrir, ao aproximar a bochecha para esse roçar que chamamos de beijo, ela me abraçou; me abraçou com os dois braços, e deu a entender claramente, por meio de uma linguagem invisível, que eu também deveria abraçá-la, e eu a abracei com os dois braços, e grudou todo o corpo dela contra o meu, e me apertou, e eu a apertei; e ela se separou justo quando eu começava a sentir uma ereção. Foi uma linda despedida. Não é o que eu chamaria de "meu tipo", embora meu gosto seja muito amplo; e não é porque seja feia ou tenha algo de desagradável; simplesmente não encaixa nos meus padrões psíquicos ou físicos do que deve ser uma mulher com a qual quero ter relações sexuais. E, além disso, tem Chl. Quer dizer, não tem mais; abandonou-me novamente, desta vez por quinze dias. Mas está lá; e o abraço que Chl me deu no dia anterior à sua partida, esse abraço me fez chorar. Eu a sentia tanto como carne da minha carne que a separação doeu como se eu sofresse um corte. O abraço da minha visitante foi bom, quase um antídoto para o abraço de Chl, porque só me deu felicidade. Não vou sentir saudades dessa mulher, e quando vai embora não sofro. Mas foi um bom abraço, e me sinto muito agradecido.

SEGUNDA-FEIRA, 8, 4H16

A poltrona cinza-azul-esverdeada, para descansar, é a poltrona que quase nunca utilizo. As visitas a escolhem não pela poltrona em si, e sim porque a outra tem um aspecto quase majestoso, como se fosse um trono e, por cortesia, é claro, deixam-na para mim. Quando estou sozinho, também não me sento na poltrona de descanso, porque quando me sento é para ler, e a poltrona majestosa é a poltrona de leitura, a que mantém as costas retas. E enquanto estou dando esses detalhes não posso deixar de chegar à conclusão de que nunca descanso, nunca perco o tempo num ócio puro. Perco o tempo lamentavelmente, sim, nas minhas atividades improdutivas, que se encerram em si mesmas, mas já faz seis meses, quase, que comprei as poltronas e ainda não consegui realizar meu objetivo de descansar. Ou jogo no computador, ou leio; se não, estou cumprindo tarefas ou indo ao dentista e outras pequenas atividades obrigatórias. Mas o que eu tinha começado a falar, ou melhor, o que eu queria começar a escrever, era outra coisa. Queria escrever que há pouco me sentei na poltrona cinza-etc., com a luz apagada, e fiquei olhando, fascinado, o movimento das nuvens. Formam um teto sobre a cidade, um teto que não deixa evaporar a umidade, e, embora esse teto ande em grande velocidade naquelas alturas, parece que nunca termina nem terminará. Vai desde o calçadão até a baía. As nuvens são brancas e parecem fumaça, fumaça branca, porque tendem a se desfazer, embora não se desfaçam, e têm buracos que vão variando de forma, como se partes de uma nuvem corressem numa velocidade diferente das outras partes. Esses buracos, através dos quais se enxerga um céu escuro, ameaçam constantemente dar uma forma de caveira à nuvem; mas estive olhando por um bom tempo e a ameaça não passou disso. Vieram outros buracos que tentaram o mesmo e tampouco conseguiram. Fico feliz, porque os sinais no céu sempre intimidam, e além disso já há muita morte ao meu redor. Poucos de nós vão restando.

SEGUNDA-FEIRA, 8, 4H40

No que diz respeito ao telhado vizinho, devo dizer que, nestes dias, não o observei com muita frequência, porque tendo a deixar a persiana abaixada para criar uma barreira contra o calor, claro que sem o menor resultado. No primeiro dia do milênio, levantei a persiana em algum momento e vi que, junto à cabeça da pomba morta, à sua esquerda, havia um pequeno objeto que não consegui definir, algo cilíndrico e amarelo. Só pude imaginar que fossem os restos de algum desses fogos de artifício. Dias depois, o objeto tinha desaparecido, e no seu lugar ocupavam, agora claramente individualizáveis, os restos de um rojão. Uma longa varinha amarelada, em parte escurecida, que saía de um rolinho talvez rosado, correspondente à parte do artefato em que vai a pólvora.

Os restos de dois objetos voadores, muito próximos, quase tocando um ao outro; um, fruto de uma estúpida maldade; o outro também.

Quanto à viúva, não me lembro se contei que já não era mais vista com frequência, e nunca mais a vi em companhia daquele macho que fez o papel de pai dos seus filhos. Também não voltei a ver os filhos. Mas a viúva reapareceu, na mureta, outra vez em posição de galinha chocadeira, e agora acompanhada de outro macho, bastante diferente do anterior, muito gordo e muito feio, de cabeça totalmente preta e com uns olhos que lembro como sendo amarelados e brilhantes. A viúva estava quietinha, enquanto seu atual companheiro se arranhava entre as penas em grande velocidade. Bicava o próprio peito, uma asa, a outra, e não abandonava em momento algum a febril atividade. Isso pareceu contagiar a viúva, que lentamente começou a arranhar essa massa de pluminhas brancas que aparecem no lombo, entre os extremos das dobras das asas; e depois se levantou da sua posição sentada para poder alcançar outros lugares com o bico, e logo os dois pássaros começaram a me enlouquecer, os dois com um movimento frenético de se arranhar, e o corpo inteiro começou a me coçar, então parei de olhar.

SEGUNDA-FEIRA, 8, 18H45

Escrevo iluminado pela escassa luz do céu que ainda entra pela janela e, é claro, escrevo à mão. Neste momento, deveria estar a caminho da casa de uma amiga, que viajou por uns dias e pediu que eu regasse as plantas dela e desse uma olhada geral no seu apartamento. Mas o dia de hoje trazia seus próprios desígnios, e nesses momentos opto pela mansa resignação. Levantei-me com o imperativo de resolver o problema do ar-condicionado; minha decisão, antes de ir dormir, tinha sido romper radicalmente com o sr. K, pedir à zeladora que me devolvesse o dinheiro que deixei para o aparelho e ligar para outra empresa e recomeçar o trâmite desde o princípio. Por sorte, ao me levantar, deparei-me com um clima muito mais benigno que nos dias anteriores; mas algo não andava bem em mim, sem que eu pudesse determinar o quê, e fiquei parado junto ao telefone sem me decidir. Deixei para depois do café da manhã; às vezes ele esclarece um pouco as ideias.

Depois do café da manhã, meu humor continuava duvidoso, e não demorei em descobrir a causa, ou uma delas; era um desses dias em que, por um acúmulo de efeitos colaterais do antidepressivo, talvez somado a outras causas, meu intestino se encontrava com graves problemas. Não vou dar detalhes desagradáveis, mas vou dizer, sim, que esse tipo de problema com frequência me ocupa várias horas e me exige uma paciência quase infinita. Quando saí do banheiro, tive um alívio momentâneo; eu sabia que era apenas momentâneo, mas aproveitei para ligar à empresa de ar-condicionado, a mesma da qual um dos vendedores, ou técnicos, tinha me ligado na semana passada e me tratado com muita paciência e cordialidade, tentando me dissuadir de comprar um aparelho portátil (quem dera eu tivesse lhe dado ouvidos). Comuniquei-me, pois, com esse senhor, e expliquei a situação e meu desejo de começar outra vez. Concordou em me visitar na manhã de terça-feira, e, quando chegou o momento de marcar a hora exata da sua visita, me pediu uns quinze ou vinte minutos para terminar uma reunião da qual participava naquele momento e que eu havia interrompido, porque não estava com a agenda em mãos. Chamei a zeladora e disse a ela que tinha desistido da compra daquele aparelho, e que, se por acaso viessem entregá-lo, não o recebesse. Ela me disse que já me devolveria o envelope com dinheiro, junto com um papelzinho com a conta dos gastos do mês. Um minuto depois, ela passou o envelope e o papelzinho por debaixo da porta. Por pouco ela não ficou presa no elevador, porque no minuto seguinte faltou luz, justo no momento que eu me aproximava do computador para anotar o retorno do dinheiro e também o gasto mensal (que continua alto!!). De início, pensei que o computador tinha desligado por algum acidente desses típicos da Microsoft, mas logo descobri que atingia a casa toda. Voltei a ligar para a portaria para perguntar se estavam fazendo algum conserto no edifício, e ela me disse que não, que o apagão atingia pelo menos toda a quadra. Tirei a geladeira da tomada. A luz voltou em meio minuto; me deu tempo de reajustar o horário do micro-ondas e tchau, caiu outra vez. Então me sentei para esperar a ligação do sr. L, vendedor ou técnico da empresa de ar-condicionado. Tentei relaxar na poltrona cinza-azul-esverdeada, enquanto sentia que os intestinos voltavam a demonstrar certa inquietude. Mas não podia atendê-los; a secretária eletrônica estava desligada, e essa ligação me parecia crucial; de modo que me dispus a me distrair e continuar esperando, mas agindo como se não estivesse esperando de fato; voltava à minha mente o pensamento de que eu tinha que regar as plantas de minha amiga, e logo o abandonava; notava como a orelha esquerda se espichava em direção ao telefone, e tentava retorná-la ao seu lugar. "Não esperar, simplesmente descansar", eu me repetia, nem sempre com sucesso. Passaram-se quinze minutos, e vinte minutos, e nisso toca o telefone. Quando tocou pela segunda vez, eu já estava ali, levantando-o do gancho. E a ligação caiu. Fiquei no mesmo lugar, esperando a nova tentativa, mas esta não ocorreu. Quis voltar ao meu estado de não espera na poltrona, mas antes tive que acender um cigarro. Caminhei inquieto de um lado para o outro, tentando gastar os nervos. Enfim me sentei e apaguei o resto do cigarro no cinzeiro. Esperei mais dez minutos. O incômodo intestinal estava se tornando insuportável. Levantei-me da poltrona e disquei o número da empresa do sr. L. Da rua, escutava o barulho de sirenes de diferentes tipos, que se aproximavam e se afastavam, como se houvesse alguma comoção social. A empresa não atendia, nem diretamente nem pela secretária eletrônica que atende sempre. Pensei: "Eles também estão no apagão, e com certeza o sistema telefônico foi cortado". Desliguei. Depois fiquei sabendo que o apagão afetara todo o país; difícil de acreditar, mas é verdade.

Acendi o resto de uma vela, que sobrou de um apagão anterior, e a enfiei num cinzeiro limpo. Levei-o aceso até o banheiro e me dispus a encarar a segunda etapa do meu resignado sacrifício, maldito antidepressivo, enquanto tratava de tirar da cabeça a incômoda ideia de que estava sendo vítima de obscuros desígnios de algumas potências muito obscuras.

Cada vez mais me sinto um personagem de Beckett.

QUINTA-FEIRA, 11, 0H40

Dor de dente provocada pelo dentista. Um conserto que alterou a mecânica da prótese e da boca de modo geral. Não é a primeira vez. Ele defende que esse é o problema das coroas quando se tem uma prótese instalada, e parece fazer sentido. O que não parece fazer sentido é que, cada vez que mastigo, sinto uma dor espantosa e preciso tomar calmantes; hoje ele não pôde me atender e devo esperar até amanhã, e não é certo que o problema seja resolvido (ele precisa limar tanto a coroa como os ganchos da prótese até encontrar o encaixe adequado), e na semana que vem ele sai de férias, como todo mundo menos eu nesta cidade (Rosa, a zeladora, também irá viajar; no ano passado seu período de licença significou alguns incômodos para mim, porque a boa senhora me resolve muitas coisas). Bom, Chl foi embora... já faz uma longa semana que não a vejo. Ontem à noite, ou esta manhã, sonhei com ela, uma cena muito desagradável, muito dolorosa; ela me rejeitava, mas não com a suavidade e o carinho habituais, e sim com um desprezo e talvez com ódio, algo que me incomodava muito e me humilhava. É que ontem eu sofri outra inquietante crise de ciúmes, misturada com a habitual crise de abandono, só porque ela não respondeu a uma ligação que fiz para o seu celular. Basta que num determinado momento eu não tenha controle sobre suas ações para que enlouqueça. Sem ter o menor direito a isso, é claro. Às vezes, sinto que me odeio profundamente.

E hoje descobri outra instância sofrida minha, mas por algum motivo achei-a prazerosa. E acho que sei por quê. Tinha ido ao supermercado da Dieciocho; forcei-me a ir, para ter uma desculpa que me permitisse sair à rua (as damas de companhia desapareceram também nesses dias, depois das tentativas fracassadas durante a onda de calor) (hoje esteve, e está, fresco; em alguns momentos, até frio). A mudança repentina de clima me provocou os mal-estares de sempre, especialmente uma espécie de distração extrema, uma lentidão pavorosa dos processos mentais e acima de tudo da memória imediata, o que me levou a uma série de ações absurdas que não davam em nada, como rodopios no vazio, porque disparava rumo a um lugar da casa e depois não sabia o motivo. Também tive a famosa inversão de hemisférios cerebrais, e nesse caso busco à direita o que está à esquerda e vice-versa. Eu me sentia mais do que desajeitado e desanimado. Também tinha feito um negócio duvidoso; veio me visitar outro técnico de outra empresa de ar-condicionado, e eu imaginara outra solução, substituindo esse ar-condicionado portátil que não se consegue achar; de acordo com meus cálculos, minha solução custaria o dobro do que teria me custado o portátil, mas seria mais adequado a minhas necessidades, segundo minha experiência durante a onda de calor; mesmo assim, me custaria uns dois terços da solução inicial, que contemplava só um aparelho potente instalado no cômodo mais amplo. Minha solução põe um aparelho pequeno aqui, no cômodo do computador, e outro pequeno na sala contígua, onde estão as poltronas, que é contígua mas sem comunicação direta com essa do computador. Deixaria de fora o cômodo maior, que, no final das contas, só estou usando como sala de jantar, agora que as oficinas estão de férias. Mas aconteceu que entre os preços inflacionados com o IVA e a duplicação de gastos de instalação, que sai bem cara, acabei mais ou menos, talvez um pouco mais do que menos, no preço inicial, ou seja, o triplo do custo do aparelho portátil. Isso significa gastar exatamente todo o dinheiro do sr. Guggenheim que resta no banco, e significa um suor frio que escorre pelas costas, um eriçar dos pelos da nuca, pensando que se, por algum motivo inesperado, a segunda metade do dinheiro da bolsa não chegar, estarei absolutamente arruinado e terei que dormir na rua e coisas assim, mas não esperava que fosse tão de repente. Supõe-se que no dia 3 a Fundação teria depositado o dinheiro no banco dos Estados Unidos, e que por esses dias deveria estar chegando. Supõe-se.

Arrisquei. Disse ao homem, o sr. L, que bom, que eu o encarregava do trabalho. Começam a instalar na sexta. Terminam no sábado. Por culpa minha, já que não deixo que trabalhem de manhã; do contrário, terminariam em um dia. Amanhã virão me cobrar um sinal; na segunda-feira, buscarão o resto do dinheiro. Como ainda tenho em casa os dólares que tinha separado para o aparelho portátil que nunca chegou, na verdade restará no banco algo de dinheiro que daria contadinho para o aluguel e os gastos de fevereiro. Para a comida, terei que dar um jeito de alguma maneira. Se o sr. Guggenheim falhar. Se não falhar, minha pulsação se normalizará durante mais uns meses. Vou poupar esse dinheiro; não farei mais compras importantes. Já tenho as duas poltronas, as estantes e terei, espero, o ar-condicionado.

Contava que me obriguei a sair, definindo o supermercado como objetivo. Tinha uma necessidade real: iogurte fresco e ricota fresca, duas coisas que não pude conseguir no supermercado de sempre. Não que o outro seja muito mais distante; são poucas quadras a mais, mas na direção contrária, e aí há o problema de atravessar a praça Independencia. No inverno é uma tortura por causa do forte vento gelado que sopra sem parar, e no verão, pelos raios de sol que atingem a cabeça da pessoa. Hoje era o dia ideal para atravessá-la, do ponto de vista climático; mas há outros fatores que tornam cansativo e desanimador pensar nesse caminho. Um desses fatores é o abominável monumento fúnebre dedicado ao prócer, que os ditadores militares acharam que era bom enfiar justo no meio da praça; uma absurda pirâmide funerária, pretensiosa e escura, grande e absurda, num lugar que antes era simpático. Só os militares poderiam pensar em tal desatino. Eu sempre achei que fizeram isso para se sentir seguros de que o paizinho Artigas está bem morto e sob controle. Há sempre uma guarda permanente ao redor dele, como se não quisessem que escapasse, nas escadarias que descem rumo a profundezas que, é claro, jamais desci. Então, pensar em atravessar a praça é pensar fatalmente em se deparar com essa aberração, que além disso é perigosa, pois as pessoas podem se esconder atrás dela e saltar em cima de você quando está contornando a pirâmide. E esse é outro dos fatores que contribuem para o desânimo de percorrer esse caminho: a chance de ser assaltado. Toda essa zona, tanto a praça como as quadras da Dieciocho que seguem, é uma espécie de terra de ninguém onde ocorrem, impunemente e com muita frequência, cenas violentas. Fui assaltado uma vez na Dieciocho com a Andes, perto do carrinho de *chorizos*, à vista de todos os que estavam comendo *chorizos*. Um amigo que trabalha nessa zona me diz que de tanto em tanto vê perseguições e tiroteios. E nunca se enxerga vigilância policial por ali.

Já estou chegando ao supermercado. Entro. Passeio como um sonâmbulo, sempre dominado por essa espécie de mal-estar ou distração, algo próximo da tontura, mas que não é tontura, ando muito lentamente, trabalhosamente entre os obstáculos espalhados pelo caminho, com um cestinho vermelho nas mãos, rumo ao fundo, o fundo de tudo, à distância, onde estão o iogurte e o queijo. Perto dali também ficam as bolachas sem sal, o café e o pão fatiado, minhas compras habituais. Imaginei que não haveria queijo sem sal, e de fato não havia. Também imaginei que teria iogurte fresco, e não tinha. Consegui, sim, iogurte quase fresco, e as bolachas, e o pão fatiado, e a ricota fresca. Fui de forma sonâmbula até os caixas que estão perto da entrada, embora o caminho tenha sido complexo porque eu tinha me esquecido das bolachas e precisei voltar. No caixa, paguei e enfiei uma segunda sacola por cima da que carregava as compras mais pesadas, que a funcionária distribuiu sabiamente em três sacolas diferentes. Guardei a nota numa das sacolas. Comecei a caminhar rumo às portas da saída. Antes destas, há uma banca de venda de comidas e sorvetes. Há algumas caixas metálicas à vista, ao alcance da mão, cheias de sorvetes de cores maravilhosas; é difícil passar por ali e não se sentir tentado, mas, com a dor nos molares e as mãos totalmente ocupadas pelas sacolas, pude resistir sem nenhuma dificuldade à tentação; pelo menos, a essa tentação. Houve outra à qual também tive que resistir, mas só pela total impossibilidade de me render a ela, pois se houvesse a mínima possibilidade pouco teria me importado com as sacolas e a dor nos molares. Parada em frente às caixas de sorvetes, esperando que uma funcionária a servisse, e ao lado de uma velha que poderia ser tanto sua mãe como sua avó, havia uma jovem. Quando a vi, desapareceu no mesmo instante o problema dos hemisférios cerebrais; foi um choque completamente inesperado. Há tempos, muito tempo, muitíssimo tempo, que não me sinto deslumbrado dessa maneira por uma presença feminina. Algo na minha relação com Chl torna isso impossível, talvez uma comparação automática que me leva a descartar de imediato, de modo subliminar, tudo que seja inferior a Chl, e como não há nada superior, nem sequer igual, tudo é descartado automaticamente sem o menor esforço e muitas vezes sem que eu sequer me dê conta.

Mas o que havia nessa jovem para me provocar tal onda imediata de desejo? Não consigo entender. Estava parada em postura reta diante dessas caixas, completamente imóvel, numa atitude talvez determinada pela timidez ou pela desconfiança. Porque essa jovem tinha um ar campesino; quase montanhês, eu diria, se esse país tivesse montanhas. Tanto ela como a velha, mãe ou avó, que perto dela manipulava trabalhosamente o dinheiro, ou sabe-se lá o quê dentro de uma enorme carteira, ambas tinham um aspecto de grande pobreza, quase de miséria, embora a jovenzinha vestisse uma roupa mais ou menos nova e decente. Usava jeans azuis e um moletom de cor clara. O moletom estava levantado oportunamente por uns peitos duros, ou apertados, não muito volumosos, mas atraentes, por alguma razão atraentes; talvez pela maneira de empurrar o moletom de baixo para cima; era possível imaginar mamilos que apontavam quase para o teto. A jovem teria, não sei, não sei calcular idades, mas imagino algo entre catorze e dezesseis anos. Apesar disso, se comportava como se fosse mais nova, com essa rigidez, com essa dependência da velha que continuava remexendo a carteira.

A jovem tinha o olhar fixo para a frente, o olhar velado, ou como se estivesse ocultando um segundo olhar por baixo. A expressão era de estupidez, de uma estupidez com muita soberba, e dava a entender que era extremamente ignorante, além de pouco inteligente. Mas por baixo desse olhar havia algo que desmentia um pouco o anterior; não desmentia a soberba, e sim a estupidez ou essa distância que punha entre ela e o mundo; como se de canto de olho estivesse observando tudo com deslumbramento, como se não olhasse ao redor para não se deslumbrar porque tinha percebido que se deslumbraria com essas coisas. Caramba, como é difícil explicar. Não era feia. Também não era linda. Não tenho ideia do que me atraía nela, e realmente me atraía de forma violenta. Pude sentir até seu cheiro, não porque fedesse, e sim porque sou sensível e imaginativo; um cheiro de campo, de pasto seco, de sol. Ao passar perto dela, olhei-a arregalando os olhos o máximo que pude. Quando cheguei na porta de saída, me virei para olhá-la outra vez. Meu Deus! Como eu desejava essa garota! Percorri todo o caminho de volta para casa pensando nela e imaginando situações, essas fantasias eróticas que sempre desprezei e que não me permito ter. Fui me dando conta de que meu desejo era violento, e era um desejo mais de violência do que de sexo, ou, em todo caso, de sexo violento. Não me imaginava seduzindo-a, e sim forçando-a. Domesticando-a, como um animal. Isto: era uma pessoa bruta e não entenderia outra linguagem que não a da brutalidade. Mas havia muito mais dentro de mim. Por um momento, imaginei-me como um senhor feudal, dizendo à velha: "Tomarei sua filha", e a velha não podia fazer nada além de entregá-la a mim. Ficava louco de me imaginar num grande quarto a sós com a jovem. Queria fazer durar eternamente a parte da luta, porque ela não se entregaria assim sem mais nem menos; teria que forçá-la, teria que lutar, e ela lutaria e morderia e bateria. Teria que golpeá-la e dominá-la, teria que arrancar sua roupa em pedaços. Ai, meu Deus, meu Deus. E tudo em silêncio, sem palavras; só, talvez, grunhidos. Não cheguei a imaginá-la nua; eu parava na luta, ou antes da luta: no momento em que ela se via encerrada a sós comigo e se dedicava a uma defesa que sabia que seria, no fim, inútil. Tenho certeza de que ela não mudaria seu olhar, essa timidez apresentada como soberba ou distância; que, em última instância, fizesse o que fizesse, eu não conseguiria alcançar seu verdadeiro olhar, e esse seria o seu triunfo e a minha derrota.

QUINTA-FEIRA, 11, 3H11

Faltou dizer que, apesar da descoberta desse senhor feudal sádico que habita no meu interior (sabe-se lá desde quando), a experiência se mostrou prazerosa porque, caramba, embora seja só por um instante, rompeu-se o feitiço de Chl e pude sentir um desejo veemente por outra mulher. Aqui há uma centelha de esperança. Porque isso significa que pode aparecer novamente um desejo por outra mulher, uma mulher mais acessível. E que ainda cabe a possibilidade de que uma nova aventura me traga de volta à terra. Mesmo que seja por pouco tempo.

SEXTA-FEIRA, 12, 2H25

Rotring. Computador desligado, tenho que dormir cedo porque preciso levantar cedo. Passei uma madrugada muito ruim, durante o sono; acordei várias vezes por causa da dor de dente. Tive que tomar calmantes e foi muito difícil acordar; por sorte, ninguém cumpriu o horário combinado (eletricista, cobrador, técnico de computador) e o dia foi se ajeitando, mesmo que eu continuasse irritado por causa da dor. À noite fui ao dentista, que ficou mexendo e polindo até alcançar uma combinação de dentes e próteses que, pelo visto, não provoca grande sofrimento. Mas não posso ter certeza porque o dente está bastante dolorido, há uma inflamação considerável na base, há traumatismo. O pior dessa história é que amanhã, ou seja, hoje, sexta-feira, é o último dia antes de o dentista sair de férias, de modo que, se o dente continuar dolorido, terei que dar um jeito de vê-lo, embora não imagine como, porque às duas da tarde supostamente virão instalar o ar-condicionado, e depois vem o eletricista, e é difícil que o trabalho termine numa hora que me permita chegar a tempo à consulta, pois o dentista disse que às sete da noite era o último horário possível.

Numa das vezes que consegui dormir com certa continuidade, tive um sonho importante com uma mulher. Essa mulher tinha algo de parecido com Ginebra, que suponho que verei esta noite, ou um desses dias, mas não era exatamente ela porque se tratava de uma mulher *possível*, algo que Ginebra, por muitos motivos, não é. É verdade que Ginebra apareceu mais de uma vez em sonhos muito importantes meus; considero que é a representação mais perfeita da anima junguiana que meu inconsciente pôde encontrar. Como tal, protagonizou alguns sonhos com aspectos eróticos, mas diante da pessoa física esse erotismo desaparece por completo, ao contrário do que aconteceu ontem com a garota camponesa no supermercado; só a presença foi capaz de motivar essa incomum explosão de paixão; logo não pude reconstruir na memória nem seu rosto, nem sua expressão, nem nada, e o único sentimento que me produz, ausente, é o desconcerto por aquela minha reação.

Não tenho certeza de ter registrado em algum lugar, pelo menos neste diário, a história completa com suas fascinantes ramificações de um sonho com Ginebra que tive há dois ou três anos. Vou ver se escrevi algo; talvez algum e-mail, coisa muito difícil de rastrear nos arquivos. Sim, contei o sonho em detalhes a Ginebra por e-mail, mas depois esse sonho teve derivações que afetaram várias pessoas, e isso é o que mais me interessa registrar.

Deste sonho de hoje com Ginebra não tenho detalhes, e é uma pena, porque sei que era substancial. O excesso de tempo diante da tela me privou da imaginação, da faculdade de evocar imagens, e assim me esqueço da maior parte dos meus sonhos.

Mas vim até aqui apenas para anotar que tinha sonhado com Ginebra e, sobretudo, uma reflexão que me ocorreu há pouco, ao recordar o que tinha sonhado, embora sem detalhes: que algo está se abrindo em mim em relação às mulheres. Acho que vou encontrar alguém, porque vejo que no meu interior as coisas vão se dispondo a isso. Quem sabe quando e em que circunstâncias acontecerá; e, mesmo estando alerta, serei tomado de surpresa, como sempre.

SEXTA-FEIRA, 12, 2H50

Rotring.

Na minha agenda apareceu o aviso de que eu deveria retirar dinheiro do banco para pagar os ares-condicionados. Mesmo com o cobrador só vindo na segunda-feira, como não confio nos caixas automáticos (nem nos outros) (nem em mim), gosto de fazer essas coisas com tempo de sobra, em previsão de contingências, pois, com o estado atual dos meus horários de sono, chegar ao banco antes do fechamento e realizar os trâmites, o que costuma significar uma espera considerável, é algo que parece estar além das minhas possibilidades reais. Liguei para o serviço automático do banco para me informar sobre o estado da minha poupança; a segunda metade do dinheiro do sr. Guggenheim ainda não tinha entrado. Ao retirar do caixa automático o dinheiro que eu deveria retirar, coisa que fiz perto do fim de tarde, na minha conta restou apenas o suficiente para o aluguel do mês que vem.

Hoje Chl me ligou à tarde. Notei que estava diferente, com uma alegria serena, mais segura de si mesma. Não apenas não está trabalhando no seu emprego de sempre, que a enlouquece, como está se dedicando a um trabalho do qual realmente gosta. Espero que ela mesma perceba a diferença e opte pelo que realmente lhe convém. Quando explico isso a ela, mais de uma vez, ela se irrita comigo. Agora é possível que a experiência a faça ver as coisas com maior clareza.

Eu a aguardo dentro de três ou quatro dias.

SÁBADO, 13, 4H02

HA HA HA!

Derrotei o verão! Tenho ar-condicionado. Festejei com meia taça de vinho. Estou bêbado.

SÁBADO, 13, 20H45

As caminhadas com M têm um matiz onírico; não tenho certeza se esse matiz é providenciado por M, porque nas três ou quatro vezes que caminhamos sempre ocorreram circunstâncias particulares; acho que foram sempre às sextas, e mais de uma delas coincidiu com a proximidade de um feriado importante, como o Natal ou o Ano-Novo, datas em que a cidade ganha por si só um matiz onírico. Mas, na verdade, penso que Montevidéu possui permanentemente um matiz onírico, embora nessas caminhadas com M seja mais acentuado, ou meu estado de ânimo me deixa propenso a prestar atenção nesse aspecto específico. Mais do que onírica, Montevidéu se tornou pesadelesca, e não só por causa da prefeitura. Entre a massa crescente de coreanos e marginais de todo tipo, e a ameaça perpétua de violência imediata, e os níveis disparatados de ruído (isso sim por obra da prefeitura, ou com sua cumplicidade, com sua vista grossa), e algo difícil de definir na atitude das pessoas que lotam as ruas, sim, o pesadelo é permanente. Como todos os velhos, tenho saudades de um passado que penso era melhor, que, no entanto, não era melhor, e sim diferente. Por sorte, tenho uma série de textos escritos décadas atrás que detalham prolixamente o aspecto pesadelesco da cidade; só que agora o pesadelo é diferente, com elementos trocados. Não era melhor, de forma absoluta. Eu simplesmente tinha mais defesas, era mais forte, ou seja, mais jovem. E talvez o ar pesadelesco seja uma característica comum e inevitável de toda cidade; a ideia em si de uma cidade.

Ontem, os pedreiros que eu esperava às duas da tarde, e que por tal motivo me obrigaram a madrugar desatinadamente, chegaram às quatro. Não obstante, terminaram num horário razoável e fiquei livre numa hora apropriada para caminhar com M. Fizemos nosso percurso habitual até um pouco além da rua Ejido. Entramos em alguns botecos, mas logo saímos, por causa do barulho intolerável (um ou mais aparelhos de TV em volume alto, o que obriga as pessoas a falar gritando), e enfim nos instalamos numa das mesas que o La Pasiva tem na calçada. Primeiro entramos para explorar o ambiente, mas além do barulho estava um calor infernal, e, para piorar, a dois passos de mim vi sentada ninguém menos que T, uma antiga amiga que não vejo há uns vinte anos, por sorte, e de quem fujo há uns vinte anos como se fosse a peste. Por algum tipo de loucura muito específica, em certo momento ela se dedicou a propagar de forma vertiginosa toda espécie de fofoca, e todos os seus conhecidos acabaram brigando com todos; fofocas escolhidas com especial maldade e nem sempre baseadas na realidade dos fatos, embora sempre com algum acontecimento real, em geral distorcido, como ponto de partida. Para dar um exemplo, se numa conversa com T eu fizesse algum comentário engraçado sobre X, lá ia T correndo falar com X e contar que eu tinha dito tal e tal coisa; uma palavra ou frase irônica, talvez carregada de ternura ou simpatia por X, era transformada numa palavra séria e desdenhosa, talvez acusadora ou culpabilizante, e extraída cuidadosamente do seu contexto, de modo que se tornava um insulto intolerável. Da mesma maneira, chegaram versões intoleráveis de mim mesmo forjadas por X, Y e Z, sempre na versão distorcida de T, de modo que nossa pequena família de amigos tinha começado a sofrer uma série de comoções incompreensíveis — porque nem sempre se sabia que T havia sido a mediadora; com frequência, a vítima da calúnia limitava-se a cortar relações e guardar um silêncio ofendido, e não foi fácil ir desenredando o novelo até encontrar a causa. E agora lá estava T, mais velha e mais gorda, com um olhar bovino que perdera toda a graça que pode ter tido épocas atrás. Eu me virei violentamente, saí para a calçada e procurei uma mesa em que me sentisse a salvo do reconhecimento de T, para a diversão de M, que não entendia bem por que eu tinha fugido de modo tão vertiginoso. Expliquei. De toda maneira, a mesa que escolhi não ficou completamente fora da vista de T, mas logo me dei conta de que era bem difícil que ela me reconhecesse com essa barba de Papai Noel e com outras mudanças que os anos trouxeram, e de todo modo ela não tirava os olhos das pessoas que a acompanhavam, acho que duas ou três mulheres, como se estivesse hipnotizada por uma conversa apaixonante. Imaginei, não pude deixar de imaginar, alguns dos tópicos dessa conversa. Enquanto isso, na calçada, o pesadelo tinha encarnado num homem muito velho que empunhava um violão e cantava (modo de dizer) primeiro uma valsinha, depois um tango, dos quais me chegavam algumas palavras em rajadas que me permitiam reconhecê-los. Das notas que arrancava do violão não havia uma só que se encaixasse nem remotamente em alguma espécie de melodia ou harmonia; usava-a mais como um instrumento de percussão, batendo em todas as cordas ao acaso em tapas ritmados. A voz... o que restava da voz do velho era um grasnido patético, claro que sem a menor afinação ou entonação. Essas pessoas me comovem, estava disposto a dar algumas moedas a ele quando se aproximasse da nossa mesa. Mas não se aproximou de nenhuma mesa em momento algum da longa meia hora que ficamos sentados; continuou cantando e espancando o violão, e quando terminava uma música começava outra logo em seguida. Como se só estivesse querendo se expressar.

Não me lembro quais foram exatamente as músicas que pude escutar ou deduzir que cantava, mas nenhuma era das mais conhecidas e esperadas; também não se destacavam por nenhum mérito excepcional. O velho tinha uma seletividade particular para o seu repertório, elaborado como consequência sabe-se lá de que história de vida. Como gostaria de estar por dentro dessas coisas que, desgraçadamente, continuarão vivendo em mim como enigmas não resolvidos.

(A palavra "pesadelesco" não existe; não apenas é o que diz o Word, como também o dicionário da Real Academia, o Larousse e todos os dicionários de que disponho.)

SÁBADO, 13, 21H31

Durante essa caminhada com M, e de certo modo traindo Chl porque misturei um elemento do ritual que corresponde a ela, obtive três romances policiais na mesa de ofertas da Feira do Livro. Não estavam muito baratos, mas o preço era aceitável, especialmente porque dois preenchem buracos na minha coleção; nada menos do que um com Perry Mason, e outro de Carter Dickson muito difícil de conseguir. Também havia um, totalmente impossível de achar, de Ellery Queen — o último da série protagonizada por Drury Lane, inicialmente publicado sob o pseudônimo de Barnaby Ross —, mas não o comprei. Não estava em bom estado e realmente não tenho vontade de relê-lo, apesar de ter lido só uma vez há uns quarenta e poucos anos, quase cinquenta, porque, apesar das suas características especiais, lembro perfeitamente de quem é o assassino e inclusive a pista principal que leva à dedução deste e, além disso, apesar de ter sido fanático por Ellery Queen na adolescência, agora tenho muita dificuldade em lê-lo. Possui um estilo abominável.

Já li o livro do Perry Mason. Amanhã vou começar o de Carter Dickson. E devo voltar com mais frequência à Feira do Livro, porque esse setor recém-inaugurado de romances policiais usados, de certa categoria, pode trazer outras surpresas.

SEGUNDA-FEIRA, 15, 3H07

Hoje, quer dizer, ontem, domingo, Chl apareceu de repente. Teve que voltar um dia antes por motivos pessoais, e logo me ligou. Eu estava dormindo e escutei entre um sonho e outro o que a secretária eletrônica gravava; quando acordei, às duas da tarde, já tinha me esquecido dessa ligação e fiquei surpreso ao encontrar uma mensagem. Escutei-a, mas voltei para a cama. Só tinha me levantado para ir ao banheiro e tomar um pouco de água. Chl voltou a ligar mais tarde, e daí sim tirei o telefone do gancho e falei com ela e pedi para que continuasse falando até que eu pudesse acordar por completo. Eram três da tarde. Prometeu aparecer na minha casa em uma hora. Apressei-me em começar o dia.

Mais tarde, estávamos sentados nas poltronas, frente a frente. Comecei a me sentir mal. Enjoado, e com calorões apesar do ar-condicionado. Depois tentei relaxar e meus braços começaram a ter alguns espasmos um tanto controlados. Eu a olhava e não a reconhecia por completo, não a recebia. Nota-se que eu tinha feito todo o possível para esquecê-la a fim de não sofrer em sua ausência. Essa presença me virou de cabeça para baixo.

De repente, dei um salto involuntário para a frente, enquanto os braços também saltavam e do fundo do meu peito saiu um grito. Chl se assustou. É claro que sou histérico. Mas me fez bem; daí em diante, depois que os braços passaram a se agitar em espasmos mais suaves até ficarem parados, eu me senti melhor. E passei a percebê-la melhor, Chl: parece que com esse grito eu permiti que entrasse de novo em mim. Não deixa de me impressionar, por mais que essas coisas se repitam e se repitam, o grau de união que tenho com essa mulher.

Tal como eu tinha notado pelo telefone, está mais madura e mais confiante em si mesma. É possível que essa mudança não dure, porque quando acabarem suas férias e esse outro trabalho que está fazendo e tiver que voltar ao anterior... Espero que possa dar uma guinada na sua vida, que aproveite o estado atual para se afirmar no que ela propriamente é.

TERÇA-FEIRA, 16, 16H42

Os malditos burocratas me fisgaram; que Deus os amaldiçoe. Hoje, num dia por alguma razão cheio de heroísmo, levantei-me ao meio-dia e tomei um banho. Depois de cumprir minhas rotinas, telefonei à empresa de energia UTE para solicitar o que chamam de "aumento de carga contratada". Para isso, conto com dois certificados da empresa onde comprei os ares-condicionados; mediante uma estranha convenção, se você possui esses certificados, a UTE cobra muito menos pelo aumento de carga. Preciso aumentar a potência contratada, pois, se o aquecedor do chuveiro está ligado, não posso ligar o forno de micro-ondas, e agora também não consigo ligar os aparelhos de ar-condicionado; cai o disjuntor, o que, entre outras coisas, desliga o computador. Por telefone, uma senhora adorável me disse que eu deveria fazer o trâmite pessoalmente. Isso por causa dos certificados; não dá apenas para enviá-los pelo correio. Também não pode ir outra pessoa no meu lugar. Conferi, com a mesma senhora, onde ficava o escritório da UTE mais próximo (fica na Mercedes, entre a Paraguay e a Ibicuy, se é que essas ruas continuam com esses nomes), e o horário de atendimento ao público (das nove da manhã às cinco da tarde). Certo; eram por volta de três da tarde, de modo que decidi embarcar na aventura. Às quatro em ponto pedi um táxi por telefone; a temperatura nas ruas está pavorosa. Cheguei ao escritório da UTE sem nenhum outro drama além do calor sufocante. Lá dentro estava fresco. A recepcionista, uma personagem paradigmática do ambiente burocrático *criollo*, me passou as orientações e um papelzinho com um número. Subi as escadas para um mezanino e aguardei ser chamado. Não esperei muito tempo. Por alguma razão, os que tinham os oito números anteriores ao meu desapareceram como num passe de mágica. Sentei-me diante de uma escrivaninha e a funcionária pegou o envelope com os certificados. Tirei minha carteira de identidade do bolso e a entreguei. A funcionária sofreu um pequeno choque.

— Esta carteira está vencida! — exclamou, como se tomada por um horror que me pareceu injustificado.

Fiz cara de surpresa, embora soubesse muito bem que estava vencida. Observei a carteira que ela tinha me estendido diante dos olhos e murmurei: "Novembro…".

— Novembro de 99! — exclamou a mulher, sempre com esse tom que seria justificável se eu, por exemplo, tivesse depositado um frasco cheio de merda sobre a escrivaninha ou tivesse feito propostas de sodomia.

Continuou, num tom um pouco mais normal:

— Você, primeiro, terá que renovar a carteira, ou pelo menos trazer um atestado de que iniciou o trâmite.

Ou seja, um papel. Papéis; o mundo da burocracia. Para que essas pessoas querem que eu tenha uma carteira de identidade atualizada? Não dá para perceber que sou a mesma pessoa? (Bom, talvez não. Agora estou de barba, e onze anos mais velho) (mas por que não dava para fazer o trâmite por telefone? Que merda importa saber se eu sou o mesmo da carteira de identidade ou não? Tudo o que precisam fazer é mudar uma chave cujo valor real é cinco dólares por outra cujo valor real é cinco dólares e cinquenta centavos, e me cobrar por isso algo entre cinquenta e duzentos dólares, a ainda por cima querem que eu vá lá pessoalmente, e leve uma carteira de identidade atualizada).

Bom. Ao voltar, também de táxi, passei pela banca de livros; sabia que havia algo. Dois romances policiais da El Séptimo Círculo. Trinta pesos cada, mais quarenta de táxis, cem pesos no total. Gastar cem pesos é tudo o que consegui fazer me levantando ao meio-dia.

E agora vem a luta com a burocracia para renovar a carteira. Vamos ver o que acontece. O local fica exatamente na esquina de casa, mas na porta há sempre filas terríveis, debaixo de um grande cartaz que diz algo como: "NÃO É NECESSÁRIO FAZER FILA". Tudo certo. Também sei que as senhas são entregues num horário impossível, acho que às cinco da manhã, e depois é preciso voltar ao horário indicado, no dia indicado, e fazer fila debaixo desse cartaz.

TERÇA-FEIRA, 16, 21H35

E já sei o que acontecerá: quando for renovar a carteira, esses outros burocratas me exigirão a apresentação do título de eleitor. Aí vão se dar conta de que não votei nas últimas eleições para prefeito (mesmo se tivesse vontade de votar, não teria em quem votar; pelo amor de Deus) (além disso, naquele dia fazia frio e chovia, e levantei às seis da tarde). Então vão me dizer: ah, primeiro tem que ir ao Tribunal Eleitoral (ou seja lá onde for) e pagar a multa; depois pegue outra senha e faça fila outra vez debaixo do cartaz, e traga o comprovante de pagamento da multa, e renovaremos a carteira de identidade.

Enquanto isso, quando quiser ligar o forno de micro-ondas, continuarei desligando o aquecedor do chuveiro e/ou os aparelhos de ar-condicionado e/ou o computador. Malditos sejam todos eles.

QUINTA-FEIRA, 18, 1H18

Já no começo do dia, estive prestes a sofrer um ataque de nervos. O serviço da Adinet faz alguma coisa que trava a máquina, e tive que reiniciá-la não sei quantas vezes. E depois começaram os saltos do disjuntor que corta a corrente elétrica de TODO o meu apartamento, e é claro que também desliga o computador. Em meio a um calor asfixiante, ficava sem ar-condicionado a cada poucos minutos. Não entendi nada do que estava acontecendo, e liguei para Ulises, o eletricista. Era o eletricista que realizava todos os trabalhos em Colonia, e por sorte fiquei sabendo que estava em Montevidéu; veio no dia em que estavam instalando os aparelhos de ar-condicionado para ter uma ideia dos problemas que eu queria resolver. Decidimos esperar que eu conseguisse o aumento de potência contratada para fazer as coisas, já sabendo no que ele deveria se ater em matéria de disponibilidade de energia. Depois das aventuras burocráticas de ontem, parecia que esse aumento de potência contratada se afastava indefinidamente. Os rostos das funcionárias de UTE apareciam, como fantasmas, de quando em quando. Sobretudo o da recepcionista; um rosto e uma atitude corporal de mulher derrotada; os anos de exercício da burocracia faziam-se perceber um a um, e pareciam ser vários. Com todos os vícios inerentes ao seu trabalho; angústia e decepção, sim, mas também uma espécie de astúcia maligna, a espera constante de uma mínima oportunidade para exercitar alguma forma de poder. Quando cheguei, estava conversando com uma mulher; depois compreendi que não era uma conversa, e sim que a recepcionista aplicava naquela mulher alguma forma de refinada tortura. Mal me viu chegar e me aproximar da escrivaninha, despediu-se dela com uma indicação final, e, enquanto a mulher ia embora com sua própria cota de angústia, a funcionária me enfrentou com a avidez do vampiro que observa um garrafão cheio de sangue fresco. Lamentavelmente, para ela, meu problema era muito simples, e não teve nada que pudesse usar para me castigar. Só exerceu pressão ao me perguntar se eu era o titular da conta da UTE, esperando que eu dissesse que não, mas respondi que sim, e aí não teve escolha além de me dar a senha e pedir para que eu subisse uma escada à minha esquerda.

Hoje, então, liguei para Ulises, sem nenhuma esperança, pois tudo estava dando errado e errado. Apesar disso, ele estava em casa e me disse que o aguardasse às seis da tarde. Cumpriu. E deixou tudo resolvido em poucos minutos. Simplesmente trocou o disjuntor por outro de maior capacidade. Agora resta saber se esse disjuntor cumprirá o prometido. No caso, cair quando houver sobrecarga ou curto-circuito, e evitar que a chave geral seja derrubada. A chave geral fica na casa da zeladora. Quando essa chave caiu uma madrugada, pouco depois da minha mudança, não tive como restabelecer a luz e fui dormir com os dentes apertados, deixando interrompido tudo o que fazia no computador. Antes de dormir, li um pouco à luz de uma lanterna, o que é uma má experiência. No dia seguinte, já estava contratando Luis, o eletricista anterior, para que solucionasse o problema. Tive que pedir um aumento da potência contratada, mas felizmente o trâmite podia ser feito pelo telefone; não havia ainda essa história de certificados. E me cobraram muito caro. Mas, até agora, fiquei tranquilo pensando que a chave geral não cairia. Agora tenho minhas dúvidas, porque o disjuntor que Ulises instalou no meu apartamento tem exatamente a mesma capacidade do que está na casa da zeladora, e não tenho certeza de que evitará a queda da chave geral. Enquanto isso, pude desfrutar pela primeira vez de todos os aparelhos e todas as luzes do meu apartamento funcionando simultaneamente, sem que nada caísse. Liguei o aquecedor do chuveiro, pus um bife enorme para assar no forno de micro-ondas, liguei a torradeira, os dois aparelhos de ar-condicionado... e não aconteceu nada.

Dedos cruzados.

Antes que o eletricista chegasse, desci para comprar cigarros e enviar algumas cartas na farmácia, porque, neste país, as cartas não se levam ao correio, mas à farmácia, embora nunca tenha visto carteiros distribuindo remédios. Na farmácia, me queixei à farmacêutica, numa dessas conversas triviais de vizinhos, dos sofrimentos por causa da burocracia. Disse que tinha que renovar a carteira de identidade e ela se ofereceu para me ajudar a conseguir uma senha, por certos mecanismos que ela conhece e eu não, o que seria magnífico porque, como penso ter comentado, a senha é distribuída por volta das cinco da manhã, e há filas terríveis, e as senhas nunca são suficientes. Agora tenho que estar alerta; se a boa farmacêutica me avisar que a tal hora me esperam para me submeter aos vexames que precedem a entrega da nova carteira, terei de estar lá pontualmente. Tenho vontade de fazer a barba, porque não quero ter uma carteira de identidade na qual eu apareça barbudo. Talvez faça isso agora.

Que deus abençoe Ulises.

SEXTA-FEIRA, 19, 3H32

Incrível: a farmacêutica me conseguiu a senha para renovar a carteira de identidade. Dia 1º de fevereiro, às cinco da tarde. Se quisesse, poderia começar o trâmite na UTE ("aumento de potência contratada") hoje mesmo. Não farei isso; o tempo está muito feio. Chove, garoa, e o calor úmido é envolvente e asfixiante (não neste momento; agora está bastante fresco). De toda maneira, cheguei a passar frio na minha casa; os ares-condicionados estão fazendo um bom trabalho. Se me descuido, já fico tiritando. Não sei que temperatura fez hoje; os ares-condicionados criavam um ambiente agradável a vinte e três graus, e até mesmo a vinte e quatro, o que em outras circunstâncias teria me parecido um calor insuportável. Ulises voltou e continuou fazendo pequenos trabalhos que lhe pedi. Há pouco me dei conta de que tinha feito umas besteiras; espero que amanhã conserte. De momento, não tirarei seu crédito; todos os artefatos elétricos continuam funcionando alegremente. De acordo com Ulises, não preciso realizar esse trâmite de conseguir o aumento de potência contratada, mas acho que farei mesmo assim. Quando a zeladora não se encontra e a chave geral se torna inacessível, sinto certo temor de que qualquer ação me deixe sem luz até o dia seguinte. Às vezes o disjuntor cai quando queima uma lâmpada. E se deixasse passar o curto-circuito até a chave geral? Quem vive a maior parte do tempo durante a madrugada precisa estar muito atento a essas coisas. A previsão deve ser levada a extremos quase patológicos.

SEXTA-FEIRA, 19, 19H50

Sai à noite
dorme de dia,
Dizem que estuda
filosofia...

Isso me atingiu quando saí há uma hora para fazer minhas compras no supermercado. Três ou quatro veteranos, um de cabelo branco, mais uma figura ambígua um tanto punk, martirizando os ouvidos numa calçada da Sarandí, em frente à praça, na lateral do bar que tem mesas externas, na mesma praça Matriz. As mesas estavam repletas de alegres consumidores, e inclusive havia várias pessoas, algumas de terno e pasta de couro, e nenhum jovem, paradas na rua, escutando *isso*. Sempre o estilo particular e difícil de digerir que a prefeitura impôs a Montevidéu, especialmente neste "passeio da Cidade Velha". Até então, eu sentira o tempo todo um mal-estar indefinido, que atribuí à mudança brusca de temperatura (baixou uns vários graus); mas ao sair à rua o clima voltou a ser ambíguo, o que me altera os nervos ainda mais: uns sopros de ar fresco, quase frio, envoltos passo a passo numa espécie de neblina invisível e cálida, um bafo de verão típico do clima atual da cidade. E pensar que fugi de Colonia por causa de um clima desses, e em poucos anos o clima foi me alcançando, como se a maldita cidade me perseguisse onde quer que eu fosse — o que me trouxe mais uma vez à mente aquele poema de Kavafis que, certo dia, precisamente em Colonia, encontrei num livro de Lawrence Durrell.

Isto é uma retradução, mas, apesar de tudo, o que se entende do sentido continua me dando arrepios:

Você diz: partirei
para outra terra, outro mar,
para uma cidade muito mais bela do que esta
pôde ser ou almejar...
Esta cidade onde cada passo aperta o nó corredio,
um coração num corpo enterrado e empoeirado.
Quanto tempo terei que ficar
confinado nestes tristes subúrbios
do pensamento mais vulgar? Onde quer que eu olhe
alçam-se as negras ruínas de minha vida.
Quantos anos passei aqui
desperdiçando, jogando fora, sem benefício algum...
Não há terra nova, meu amigo, nem mar novo,
pois a cidade te perseguirá,
pelas mesmas ruas andarás interminavelmente,
os mesmos subúrbios mentais vão da juventude à velhice,
e na mesma casa acabarás grisalho...
A cidade é uma jaula.
Não há outro lugar, sempre o mesmo
porto terreno, e não há barco

que te arranque de ti mesmo. Ah! Não compreendes
que, ao arruinar tua vida inteira
neste lugar, você a desgraçou
em qualquer parte do mundo?

Então meu mal-estar indecifrável foi se definindo como mau humor, e agora posso dizer que estou mal-humorado. Não melhorou o fato de que M me avisasse por telefone que não poderia caminhar hoje; sugerira postergar para amanhã. Deixou essa mensagem e insistiu para que eu ligasse; telefonei várias vezes, mas não respondeu. Comecei a me perguntar se deveria sair sozinho ou não sair. Tinha muita vontade de ir à Feira do Livro e dar uma olhada no setor de romances policiais. Mas, ao mesmo tempo, estava com fome. Enquanto esperava o rapaz do supermercado, que deveria vir "em dez minutos" carregando minhas compras, comecei a preparar um almoço-jantar leve; tomate com alho e pão. O rapaz não chegava, então não pude deixar de comer o tomate. Isso arruína minha ida à Feira do Livro, pelo menos enquanto a comida que dá voltas no meu estômago me ponha em risco de sofrer um desses ataques de pânico que estouram o tubo digestivo. Liguei para o supermercado; todo mundo achava que o pedido já tinha sido entregue. Desculpas. "Agora vai." Enfim chegou. Agora escrevo à mão. O computador está desligado e não tenho vontade de ligá-lo. Algo está errado, e não sei se a culpa é da Adinet ou do meu modem, ou ambos. Patricia tem que vir e estudar o assunto, e pôr uma nova placa de vídeo para ver se resolve de uma vez por todas o problema do monitor, e aproveitar para instalar a última versão do Windows. Isso, já sei, me trará mais problemas, porque vários programas deixarão de funcionar e terei que adaptar de novo um sistema operacional às minhas necessidades, que é algo parecido com domar um cavalo arisco. Mas Patricia não virá hoje, e as coisas serão adiadas para a semana que vem. Enquanto isso, sinto certo desapego pelo computador, o que seria uma boa notícia se tivesse surgido um apego por algo mais vital; do jeito que estão as coisas, só resta o mau humor.

SÁBADO, 20, 3H37

Rotring.

No final, acabei saindo sozinho; fui à Feira do Livro e voltei com quatro romances policiais; um eu nem sabia que existia, e é de um dos autores que coleciono. Outro é aquele de Ellery Queen: *Drury Lane abandona la escena*. Ainda estava lá e decidi comprá-lo, apesar dos pesares. Em última instância, quando estou num desses períodos prolongados em que prefiro ler romances policiais a qualquer outro tipo de livro, meu raciocínio é: melhor ter algo muito bom para ler do que não ter nada. Assim funcionam os vícios, e a pessoa chega a sofrer grandes humilhações por necessidade da droga. Já sei que um dia vou acabar lendo Agatha Christie.

Na ida, fui acometido pela ameaça dessa dor que me dá nas ruas. Desta vez, reagi rapidamente e mastiguei uma pastilha de antiácido antes que o processo atingisse a fase aguda. Como a ameaça persistia, mastiguei a segunda. Consegui arrotar um pouco, o que foi animador. Ao mesmo tempo, tentava relaxar os ombros e levar o centro da gravidade para a pélvis, e afrouxar as pernas e os pés para que ficassem mais pesados e me dessem maior segurança. De toda maneira, a ameaça continuava ali; não avançava, mas também não retrocedia. Procurava me distrair olhando as coisas e as pessoas. Entrei em duas livrarias que ficam no caminho e têm umas ofertas lamentáveis. Numa praça havia um alto-falante com propaganda. Em outra praça, um conjunto que tocava música latino-americana; acho que eram bolivianos. Tocam muito bem e o que fazem é menos ofensivo do que essas outras coisas que se escutam, mas, de todo modo, não sei por que temos que suportá-los. Para isso servem os teatros e outros lugares fechados. As ruas não têm por que se transformar em lugares de tortura psíquica; as pessoas são obrigadas a caminhar por elas e, se não queremos ouvir determinado tipo de música, ou publicidade, não há o que fazer além de aguentar e passar por esse mau bocado. O barulho, nesta cidade, atinge níveis intoleráveis. Assim como o mau gosto.

Em uma esquina, Dieciocho de Julio com a Julio Herrera y Obes, um dos semáforos emite bipes eletrônicos quando a luz verde permite atravessar a Julio Herrera y Obes. Supõe-se que, quando não emite bipes, é porque a luz verde permite cruzar a Dieciocho de Julio. Penso, assim como outras pessoas com quem conversei sobre o assunto, que puseram esse mecanismo para ajudar os cegos. Em primeiro lugar, podiam ter instalado um tipo de sinal que não perturbasse a mente, como esse bipe insistente e incômodo; algum sinal em Braille ou qualquer outra convenção silenciosa. Mas o mais extraordinário é o fato de que essa ajuda para os cegos, se é que se trata disso, só existe nessa esquina; como se os cegos tivessem que cruzar somente a Dieciocho de Julio na esquina com a Julio Herrera y Obes. No resto das esquinas de Montevidéu, os cegos têm que se virar como puderem. Além disso, nunca vi um cego atravessando essa esquina. A pessoa é capaz de pensar que puseram esse aparato porque se realizou um estudo estatístico e se concluiu que é o lugar favorito dos cegos, mas, se alguma vez algum cego atravessou ali, não fiquei sabendo, e ninguém que eu conheço também percebeu tal coisa. É um assunto tão ridículo quanto o dos sininhos de Natal que a prefeitura pendurou em algumas ruas, por exemplo na frente da porta do meu edifício. Uma fita verde que imita um galho de pinheiro cruza a rua de uma calçada a outra, e no meio há uma fita vermelha formando um primoroso laço, e a seu lado um sino de plástico que finge ser de metal. Um adorno de mau gosto numa rua toda esburacada e com merda de cachorro nas calçadas, e muita sujeira de tudo quanto é tipo.

Como a ameaça continuava — e além do mal-estar na altura da eventração, eu sentia essa dor nos braços, como se viesse dos ossos, e nas costas, que continuava se encurvando —, recorri a um quarto de um Valium 10 que sempre carrego como um talismã no bolso da calça. Coincidiu com o momento em que a subida da Dieciocho de Julio tinha terminado e começava o terreno plano, o que sempre ajuda; e a ameaça desapareceu rápido. O resto da minha caminhada foi muito agradável, e mais ainda no regresso, pois eu carregava alegremente a sacolinha com os quatro livros.

Depois, em casa, voltei a ter problemas com o computador. Não anda bem, não anda bem. Agora estou escrevendo enquanto se completa um processo de desfragmentação do disco rígido, o que demora um bom tempo. Antes tinha conferido todo o disco rígido com o antivírus. Não havia vírus. Só um sistema operacional pouco estável: Windows 98.

SÁBADO, 20, 20H36

Escrevo à mão, e não porque o computador está desligado nem porque tenho uma necessidade especial e profunda de escrever à mão, e sim porque o computador está ocupado. Falta pouco, mas está ocupado há horas; esta madrugada caí na armadilha do novo DEFRAG do Windows 98. Com os Windows anteriores, aplicava o DEFRAG e em poucos minutos as coisas se resolviam. Compreendo agora que não ficavam BEM resolvidas.

Esta madrugada, executei o procedimento e ficou muito, muito tempo funcionando sem efetuar mais do que dez por cento do seu trabalho. Mas, apesar de tudo, quando suspendi o procedimento e abri alguns programas para ver se continuavam funcionando, descobri que rodavam muito melhor.

Depois de perceber, após uma longa espera, que este DEFRAG do Windows 98 era muito diferente dos anteriores e demorava muitíssimo mais tempo, desliguei tudo e fui dormir, mas antes pus um papelzinho na tela da máquina para me lembrar que hoje eu deveria aplicar o DEFRAG até completar o cem por cento. Foi o que fiz.

Agora, depois de não sei quantas horas de trabalho contínuo, o procedimento DEFRAG está prestes a chegar em cem por cento. Acho que demorou quase quatro horas. Enquanto isso, procurei me distrair, fazer minhas coisas, tomar café da manhã, ler meus romances policiais, mas a curiosidade por esse procedimento não me deixou em paz e muitas vezes fiquei contemplando como funcionava, quase em estado de transe, tentando entender o que o programa estava realmente fazendo. Na verdade é, como tudo da Microsoft, um programa muito críptico, sem muita informação útil.

SÁBADO, 20, 21H12

Fui ver a máquina. O trabalho andava em noventa e cinco por cento. Agora está em noventa e sete por cento. Esse programa me lembra Sancho Pança e seu conto das cabras que deveriam ser transportadas num barco, uma a uma, para o outro lado de um rio. Se o interrompiam, Sancho não podia continuar a história e precisava começar de novo. Se você interrompe a ação do DEFRAG, também precisa começar tudo de novo.

Bom, suponho que o trabalho já terá terminado. Vou ver os resultados.

DOMINGO, 21, 1H14

No Word, muito depois do DEFRAG.

Escrever diariamente sobre os acontecimentos recentes é um erro. De modo geral, as coisas interessantes me vêm à memória no dia seguinte, ou vários dias depois, se é que vêm. A anotação imediata é uma referência, mas é difícil transmitir o fato vívido porque não houve elaboração sobre ele; a informação transmitida é crua, sem pele, sem vida, e o pior é que a pessoa não se dá conta, porque, ao escrever, e ao ler o que acabou de ser escrito, lê na realidade o que tem em mente e não o que está no papel (ou na tela). Se, tempos depois, volta a ler a mesma coisa, é provável que não tenha a menor ideia do que estava tentando dizer; a menos que o acontecimento tenha sido gravado a fogo na memória por motivos próprios, essas linhas não conseguirão trazê-la de volta, e não compreenderá a razão de tê-las escrito. E compreenderá muito menos o leitor que não seja a própria pessoa.

Esse raciocínio surgiu a partir do fato de que hoje me apareceu na tela minha caminhada de ontem, que pensei ter transcrito nos seus pontos fundamentais. Porém, omitira o mais transcendente, o que me lembrei hoje. Trata-se do encontro com uma garota. Eu caminhava pela Dieciocho de Julio, como sempre, e não lembro bem em que ponto desta; provavelmente não muito longe da praça chamada de Entrevero. Andava um pouco preocupado com aquela ameaça de dor. De repente, vejo vir pela minha direita uma garota muito linda e agradável. Carregava uns rolos de cartolina enormes debaixo de um braço, e talvez outros nas mãos. Ela me viu e sorriu, e fez um pequeno avanço na minha direção. Senti que os céus se abriram para mim; um sorriso desses era exatamente o que eu precisava na minha caminhada solitária, e por um louco, louquíssimo instante, esperei alguma proposta maravilhosa ("Poderia segurar meus peitos enquanto acomodo essas cartolinas?" — paráfrase de Woody Allen) ou pelo menos uma mínima abertura para uma conversa amistosa que desse lugar a alguma proposta minha. Mas o que realmente disse foi: "Quer um pôster?", e isso me atordoou; respondi que não, com muita rapidez, e logo ela saltou para um sujeito às minhas costas e perguntou: "Quer um pôster?". Não escutei a resposta do sujeito, nem me interessei em ouvi-la; estava ocupado chutando meu próprio rabo mentalmente. Em primeiro lugar, desperdicei a oportunidade de um mínimo diálogo. Poderia ter perguntado: "Pôster do quê?", e assim não dar espaço à curiosidade que me invadiu depois. Ainda me pergunto que imagem ou que palavras haveria nesse pôster. Era enorme, numa cartolina não muito grossa, talvez um papel especial, mas, seja o que for, era de boa qualidade. Também me pergunto se estaria vendendo ou dando de presente; mais parecia uma atitude de distribuir do que de vender. Talvez o pôster tivesse uma foto dela mesma. Poxa, que sujeito sem graça, eu. Depois me queixo da esterilidade das minhas caminhadas. Naquele momento, só pensei no incômodo de ir até a Feira do Livro, e voltar por toda a Dieciocho até minha casa carregando esse rolo enorme debaixo do braço.

DOMINGO, 21, 16H57

Ainda não tomei café da manhã, mas tenho a compulsão de anotar isso neste diário: outra morte no meu grupo de amigos. Desta vez foi Tuli. Ontem à noite pensara bastante nele; com certeza Lilí, que me deu a notícia há pouco, pensava em me avisar. Curiosamente, não pensei em Tuli como protagonista de nenhuma notícia fúnebre; apenas me lembrei dele, e de que nunca tinha lhe pagado uns lençóis que comprei há cerca de vinte anos; também nunca devolvi o dinheiro que ele me emprestou uma vez, talvez duas, para pagar a UTE. Pensei, com um pouco de humor, mas sério: "Seria bom se eu pagasse agora". Não sabia que já era tarde.

Por essa necessidade de comunicar essas coisas, resolvi fazer uma lista mental de amigos que conheceram Tuli, mas só achei pertinente avisar minha amiga de Chicago. Enviei um e-mail, no qual apareceu, enquanto buscava a maneira de dar a notícia, uma imagem muito afetuosa:

> Como você não me disse nada, talvez não saiba; morreu na quinta-feira passada e acabo de ficar sabendo agora através da Lilí, a que dá essas notícias. Tenho certeza de que você o conhecia porque ele esteve na sua casa, pelo menos uma vez; foi comigo a não sei qual festa que vocês davam, e levamos sacolas com algum tipo de comida. Eu nos anunciei pelo interfone como "Mr. Laurel e Mr. Hardy", porque nesse momento senti que formávamos uma dupla cômica. Seu nome era Tuli, ou seja, Natalio.

QUARTA-FEIRA, 24, 18H48

"Tudo é duplo." Impactante conclusão do sonho que tive faz algumas horas.

O argumento é bastante complexo e confuso, e o mecanismo de apagamento dos sonhos que começa a funcionar assim que acordo, ou estou acordando, fez sua parte; de modo que é difícil para mim fazer um relato nítido. Sempre esses odiosos "era como", "me pareceu que", "embora possa ter sido".

Havia um homem que tinha feito, ou queria fazer, um filme; uma parte já estava pronta, porque a primeira coisa que me lembro do sonho é um filme onde se mostrava o Cerro San Antonio de Piriápolis completamente diferente. Estava absolutamente coberto de edifícios de todo tipo, uma cidade construída morro acima, ao acaso e emaranhada como costumam ser nossas cidades. O tortuoso caminho até o topo corria pelo meio dos edifícios. A pequena cidade tinha uma viva e variada coloração, com predomínio do branco e do rosa forte. Por esse caminho até o topo passava, no início do filme, um veículo com um alto-falante (ou talvez fosse uma voz que comentasse em off, embora o veículo fosse visto parcialmente de tanto em tanto quando algum espaço entre os edifícios permitia. Mais do que um caminhão, parecia um carro, pequeno e azul-escuro. Era noite). A voz retumbante que se escutava se referia ironicamente às benesses desse novo morro, civilizado, e a ironia era vertida inclusive sobre o próprio estilo publicitário com o qual essa voz difundia a mensagem, um estilo untuoso e mentiroso como todo bom estilo publicitário.

Ao ver essas imagens, tive alguns pensamentos breves, tais como "Não sabia que Piriápolis tinha mudado tanto"; depois se introduzia a dúvida acerca da veracidade dessas imagens: "Pode ser um truque". Mais tarde, o artista Tola Invernizzi, da ponta de um mirante não sei onde, fazia uma única intervenção no sonho para me confirmar que sim, tratava-se apenas de uma maquete.

Logo eu me via de algum modo envolvido no projeto cinematográfico, e o homem que ia dirigir o filme me dava algumas tarefas da produção. Esse homem, que não consigo identificar nem associar com ninguém conhecido, era o que eu chamaria de "sólido", tanto no seu aspecto físico como na impressão que dava de confiança em si mesmo e de capacidade. Não era um gigante como Tola, mas era bastante alto e de uma, digamos, armação ampla, sem que eu possa aplicar o termo "robusto", que levaria a pensar em alguns quilos a mais. A idade também é difícil de precisar; nem muito jovem nem velho, talvez com cerca de trinta e cinco ou quarenta anos. Havia, no meio disso, algum tipo de trâmite complicado que levava tempo, vários dias. E houve também um episódio, impossível de lembrar, que reforçava a conclusão do sonho.

Então esse homem apareceu em certo momento e disse que tinha acabado de resolver as coisas com uma ligação telefônica. Perguntei, então, por que me encarregara dessa tarefa, sendo que ele tinha uma solução simples. Ele ficou desconcertado; não soube o que responder; ficou perplexo. Logo acrescentei esse outro dado similar que não me lembro, e também acrescentei as duas versões de Piriápolis, a do morro real e a maquete, e então exclamei: "Mas tudo é duplicado!", e ao meu redor vários personagens obscuros que estavam ali ficaram sérios, digerindo o que eu tinha dito, e logo mexeram a cabeça afirmativamente, dando-me razão.

QUARTA-FEIRA, 24, 19H57

Tive que me apressar para sair à rua antes que o câmbio fechasse. Ontem não consegui, e fiquei devendo no supermercado. Hoje, além disso, veio a senhora que faz a limpeza, e não tinha nada em dinheiro uruguaio para pagá-la. Também quis me apressar para chegar a tempo na banca de livros. Toda essa pressa vem do fato de que estou dormindo todos os dias a uma hora muito imprópria, por volta de oito da manhã. Ir à banca de livros era importante porque eu *sabia* que teria novidades. Sei disso há dias, mas fosse pela chuva, que faz o livreiro e seus livros desaparecerem, ou por motivos próprios, eu não tinha acesso às bancas de rua. Hoje consegui, depois de especular durante minha viagem ao câmbio e de lá à banca sobre que tipo de livro eu encontraria; e não foi possível chegar a uma conclusão. Não eram Rastros, é claro; nem sequer tinha certeza de que seriam romances policiais. Mas algo havia, algo havia.

Quando cheguei, senti-me desolado: apesar de que, segundo meus cálculos, ainda faltava mais de meia hora para que o livreiro saísse do seu posto, a banca estava vazia, as mesas peladas, ou quase. Restava apenas um monte de livros no centro da maior mesa, e um caixote sobre a calçada com alguns livros desprezíveis, mais alguns objetos de uso do livreiro. Fiquei parado uns instantes, esperando que o livreiro voltasse para completar o translado, levando esse montinho de livros e o caixote para seja lá onde os leva quando vai embora, mas não aparecia. Dei uma volta insensata e fui me afastando até a esquina, e antes de abandonar a luta virei a cabeça mais uma vez para o beco, e aí sim apareceu o homem. Fiz gestos à moda italiana, que poderiam significar algo como "ma cosa é...", ou "como assim você já levantou acampamento?", e ele respondeu sinalizando o pulso da mão esquerda, onde supostamente deveria haver um relógio. Aproximei-me, ele chegou mais perto e explicou: "Este mês eu fecho às seis". E logo em seguida: "Tenho romances policiais". "Tem?", perguntei, com alegria, tanto pelo fato de que tivesse como por não ter me enganado na minha recepção telepática. "Já vou trazer", disse. E entrou por um portal. Apareceu em poucos minutos com uma pequena pilha de livros. Depositou-os sobre uma mesa vazia e eu os conferi um por um. Não, nada que me servisse. Ou já os tinha, ou não me interessavam. "Tem mais", ele me disse, "mas não encontrei. Peguei os que estavam à mão." Agradeci e disse que voltaria amanhã mais cedo. Mas fui embora contente mesmo assim; embora os romances que ainda não vi não me interessem, eu me interesso por essas confirmações dos vínculos telepáticos. O livreiro vê romances policiais e se lembra de mim. E eu recebo a mensagem. Para que serve isso tudo? Para nada. Mas é um fato.

QUINTA-FEIRA, 25, 5H35

Rotring.

Vou dormir sentindo uma grande satisfação. Também diria que estou emocionado. Foi uma luta difícil, mas pela segunda vez desde que tenho computador pude modificar um programa. Sei que é muito chato ler esse tipo de detalhe, do qual abusei generosamente neste diário, e portanto vou pulá-los em benefício do hipotético leitor. Só registrarei que esse programa fazia uma coisa que me incomodava sempre que eu o usava, e a verdade é que o utilizo com muita frequência. É um programa excelente, mas seus realizadores têm um espírito muito invasor e dominante, até soberbo, eu diria. Depois de suportar esses vexames durante alguns anos, em diferentes versões do programa que eu ia conseguindo para atualizá-lo segundo as novas demandas do sistema, e depois de ter conseguido, de uma maneira ou de outra, suprimir alguns dos incômodos que me provocava, hoje enfrentei o último desses incômodos, e depois de ter tentado outros tipos de solução, que, por sua vez, causavam outros incômodos, decidi abrir o programa num editor e ver o que poderia fazer. Primeiro fiz uma cópia do programa, caso eu o estragasse. Por sorte, pois de fato, antes de conseguir o que eu queria, estraguei horrivelmente o programa algumas vezes. Depois procurei entre a bagunça de símbolos estranhos certas palavras orientadoras e as encontrei. Fui apagando aqui e ali, isso e aquilo, fracassei em algumas tentativas, mas na terceira consegui. Correu muita adrenalina. Foi uma aventura muito excitante. E, como sempre, depois de um triunfo desses, fiquei atordoado por um bom tempo, sem poder acreditar. Fiz alguns testes e funciona. Desliguei a máquina e tornei a ligá-la, porque às vezes certas mudanças e suas consequências ficam vigentes quando se reinicia o Windows. Continuou funcionando. Por fim, fiz uma cópia do programa e a salvei com a advertência de que é uma versão corrigida, de modo que se, por algum motivo, o programa for alterado ou perdido, não será necessário refazer todo o processo.

Espero voltar ao diário e dar um pouco de ordem aos assuntos. Já me preparei e imprimi os dois primeiros meses, agosto e setembro. Tenho muita vontade de relê-lo com tranquilidade e anotar coisas, corrigir, mudar, acrescentar. Também tenho vontade de retomar o projeto. Outro dia acrescentei um novo trecho, e quero continuar.

Chl vai embora outra vez, amanhã de manhã, por uns dias. Isso me dará mais disposição para me ocupar das minhas coisas, se é que conseguirei superar a dor inicial da separação; porque é uma separação de uma semana, não é como nos tempos normais, quando há uma separação quase todos os dias. Isso, penso, me desequilibra mais. E, sem fugir do assunto, já se verá o porquê, anoto rapidamente que quero incluir no diário um comentário sobre certo livro de Burroughs, e transcrever algumas passagens surpreendentes.

SÁBADO, 27, 3H32

Ontem, sexta-feira, consegui chegar à banca de livros antes das seis da tarde, e antes que a ameaça de tempestade convencesse o livreiro a fechar a banca; quando cheguei, parecia que ele tinha começado um certo movimento nesse sentido. A colheita não foi nada de outro mundo; um Chandler que, com certeza, já tinha lido mil vezes, mas não havia na minha biblioteca, e um livrinho de Kenneth Fearing, policial com certas pretensões literárias. Nisso, aproveitei para comprar duas *Seleções da Reader's Digest*, de cerca de trinta ou quarenta anos atrás; não sei muito bem o motivo, mas sou assim (talvez esteja preparando uma transição do romance policial para algo mais leve, algo que me permita interromper a leitura sem lamentar muito). Mas houve, sim, uma interessante colheita de informação.

No outro dia, aparecera no beco um competidor. O livreiro me explicou que o dono dessa banca, que no momento não estava por ali, era alguém que localizei primeiro vagamente e depois com certeza como um jovem que tinha se iniciado no vício de manusear livros naquela livraria que tive muito anos atrás. Eu o encontrara faz um tempo na feira de Tristán Narvaja; ele tinha montado uma espécie de livraria num local que levava a essa mesma feira, um bom ponto para livrarias, mas tanto o aspecto do local, pouco maior que um saguão estreito e comprido, como o aspecto (e conteúdo) dos livros lembravam mais um lixão que uma livraria. Na verdade, eu passava reto por ela quando o jovem me chamou (não deve ser tão jovem, pensando bem, embora pareça): "Ei, Guardia Nueva" ("Guardia Nueva" era o nome da minha livraria). Ficamos conversando por um tempo e, como deferência a um velho cliente, entrei no local e olhei todos os livros, um por um, mas sem tocá-los.

— Mas já não tem mais o local — continuou falando o livreiro aqui da esquina, naquele dia. — Deu tudo de presente porque o fim do mundo estava chegando.

— Como? — perguntei, como um idiota, pois não acreditava no que tinha escutado.

— Sim, deu tudo de presente porque o fim do mundo estava vindo, e ficou sem nada. O fim do mundo não chegou e agora teve que recomeçar do zero.

Absolutamente fantástico. Mas isso foi da outra vez; ontem, sexta-feira, a colheita foi diferente; não sei explicar como esse homem deixou passar mais de trinta anos sem me dizer o que disse ontem: que ele tinha feito uma grande compra de livros meus.

— Você tinha uma livraria, não? Guardia Nueva. Ou era Guardia Vieja? Sim, Guardia Nueva. Uma vez fiz uma compra grande lá. Mas, nessa noite, me roubaram tudo. Eu tinha um local na Mercedes com a Paraguai e tive que abandoná-lo e voltar para o Ruben.

Ruben foi um dos primeiros, ou o primeiro, neste negócio de escambo de livros.

— Ruben ainda está vivo? — me ocorreu perguntar.

— Morreu no ano passado. Ou no anterior, não lembro. Mas, afinal, já estava tomando comprimidos o tempo todo.

Não quis averiguar mais sobre o assunto. Mas o fato é que esse homem, o livreiro aqui da esquina, me conhecia há muitos e muitos anos, e isso explica, embora "explicar" não seja a palavra exata, que exista essa ponte telepática entre nós.

Agora, pois, sei que tenho dois velhos clientes como vizinhos. O do fim do mundo e esse.

TERÇA-FEIRA, 30, 20H23

Fragmentos escaneados de *O lugar dos caminhos mortos*, por William Burroughs. Penso que esses fragmentos justificam a existência do livro. Tive uma enorme surpresa quando li este trecho; logo explicarei o motivo.

> O fenômeno do parceiro sexual fantasma tinha um interesse especial para ele, que já experimentara alguns encontros extremamente vívidos. Conjecturou que tais incidentes são muito mais

frequentes do que se costuma supor: as pessoas se mostram receosas de falar sobre o assunto por medo de que pensem que são loucos, como na Idade Média se mostravam receosas a admitir por medo da Inquisição. Sabia que os súcubos e os íncubos da lenda medieval eram seres reais e tinha certeza de que essas criaturas continuavam ativas [...] A reputação maligna dos parceiros fantasmas provavelmente deriva, em grande parte, do preconceito cristão, mas Kim conjecturou que existia uma grande variedade dessas criaturas e algumas eram malignas, outras inofensivas ou benéficas. Observou que algumas eram pessoas aparentemente mortas; outras, pessoas vivas e conhecidas [...], em outros casos, desconhecidas. Repassou os casos que pôde para averiguar se no momento de tais visitas, o... digamos... beneficiário estava consciente do encontro. Em alguns casos, não estava nada consciente. Em outros, parcialmente consciente [...] Concluiu que o fenômeno estava relacionado com a projeção astral, mas não era idêntico, posto que a projeção astral geralmente não era sexual e tátil. Decidiu chamar esses seres com o nome geral de "familiares" [...] Seus estudos e seus encontros pessoais o convenceram de que esses familiares eram semicorpóreos. Podiam ser tanto visíveis como táteis. Também tinham o poder de aparecer e desaparecer [...] e então o garoto começou a se fundir lentamente dentro dele, ou melhor, foi como se Kim entrasse no corpo do garoto sentindo os dedos dos pés e as mãos arrastando o garoto cada vez mais para dentro, e então houve um clique fluido quando suas colunas se fundiram num êxtase quase doloroso, uma doce dor de dente... e Kim se viu sozinho, ou melhor, sentiu que Toby estava totalmente dentro dele [...] Kim concluiu que essa criatura era simplesmente composta de matéria menos densa do que um humano. Por essa razão, a interpenetração era possível.

TERÇA-FEIRA, 20H58

Depois de ler *Junky*, quis ler mais Burroughs; Felipe me emprestou outros dois livros, não sem me avisar que eram bem diferentes de *Junky*; não tinha muita certeza se eu ia gostar. Felipe conhece meus preconceitos contra autores homossexuais, que na verdade não são preconceitos, e sim juízos estéticos; e, de fato, quando comecei a ler *O lugar dos caminhos mortos*, descobri que, ao contrário de *Junky*, o tema da homossexualidade ocupava o primeiro plano. Além disso, o livro estava no ponto antípoda do rigor narrativo de *Junky*, e estive prestes a abandonar a leitura. Mas há algo de especial em Burroughs que me impulsionou a continuar lendo, com total desconcerto diante da minha própria atitude, porque realmente não entendia as razões secretas que eu pudesse ter para ler esse livro. Na verdade, isso já faz algumas semanas, e ainda me faltam umas páginas para terminá-lo. Não é uma leitura fácil nem gratificante, e, não obstante, considerei impossível deixá-lo de lado, embora tenha intercalado sua leitura com o consumo de uma legião de romances policiais. Além disso, as fantasias homossexuais e a imensa quantidade de expressões e descrições macabras e grosseiras não me incomodaram, e continuo sem compreender a razão. Por algum motivo, Burroughs é incapaz de me ofender.

Foi só ao chegar na página duzentos e trinta e pouco do livro que encontrei esse trecho que copiei acima, e tive a impressão de que todo o livro era um invólucro repleto de insensatezes para que esse trecho ficasse dissimulado como apenas outra insensatez. Mas eu sei que o que está dito ali não tem nada de insensato. Talvez algumas interpretações ou algum adorno dos acontecimentos sejam discutíveis, mas não me resta a menor dúvida de que o autor experimentou realmente a situação básica ali narrada. E eu sei porque comigo aconteceu a mesma coisa.

A partir desse trecho, comecei a considerar seriamente que tudo o que parece ser uma fantasia produto da droga em Burroughs, nem sempre é; e cheguei a pensar que certos drogados, como ele e Philip Dick (e talvez como eu, guardando as distâncias em todos os sentidos), não devem sua obra à droga, e sim que a droga é para eles uma fuga imprescindível para poder continuar vivendo com toda essa percepção natural do universo, tão distinta ou tão distante da percepção do universo comum. É muito difícil viver carregando essas percepções, entendimentos e/ou intuições nas costas. Daí vem a necessidade da droga, e não o contrário.

No início da minha relação com Chl, há cerca de dois anos e meio, eu havia me deitado para dormir uma madrugada, mas não tinha adormecido. Tampouco estava perfeitamente acordado, e sim num estado que poderíamos chamar de alfa, em trânsito da vigília ao sonho. Eram cerca de quatro da manhã. Lembro disso agora como se naquele momento, no meu quarto, a luz estivesse acesa, o que me parece estranho, porque jamais tento dormir antes de apagar a luz. Talvez, então, não estivesse exatamente nesse trânsito rumo ao sonho, e sim que talvez estivesse lendo e nesses momentos deixara de lado o livro para ir apagar a luz e dormir. Não tenho como saber com certeza. Também não posso dizer que sei como começou; o que eu sei é que, em certo momento, passei a me sentir invadido por uma presença estranha, comecei a me sentir acariciado por dentro, como se alguém tivesse se enfiado no interior do meu corpo e ali de dentro me desse amor e carícias. Num primeiro momento, me assustei. Pensei que se tratava de um ataque cardíaco ou cerebral, que estava em risco de morte. E a ideia não era de todo absurda, porque sentia que por todo o meu corpo transcorria uma espécie de superenergia, uma impressionante tensão arterial, algo que eu sentia efervescendo e percorrendo todo o meu corpo. Logo decidi que a experiência era agradável e transcendente demais para permitir que fosse interrompida; não pedi ajuda, nem à minha mulher, que dormia no quarto contíguo, nem aos serviços de emergência médica que poderia chamar através do telefone na mesa de cabeceira. Fiquei muito quieto, tentando respirar pausadamente e me abandonar ao prazer infinito daquelas carícias, e pensando que, se tudo aquilo desembocasse na morte, valeria a pena ter nascido para viver aquele instante, embora, na minha vida, não houvesse outras razões que a justificassem.

Alguns meses mais tarde, um exame médico de rotina deu no resultado uma aparente cicatriz de infarto. Nunca averiguei exatamente o que tinha provocado esses sinais no eletrocardiograma; poderia ser, segundo me explicou uma cardiologista amiga a quem contei o caso por e-mail, que fosse uma cicatriz de infarto ou não. O fato é que, quando me deram essa notícia da suposta cicatriz, minha mente voou até a experiência dessa noite, uma experiência de amor fantasmagórico, ou melhor, espiritual. Mas de uma espiritualidade muito ligada à carne.

QUARTA-FEIRA, 31, 1H29

Continuo com o tema suscitado por Burroughs. No dia seguinte àquela extraordinária experiência, encontrei-me com Chl e comentei por alto o que tinha acontecido. Ela respondeu que, precisamente por volta das quatro da manhã tinha acordado, e que pensou em mim, que me acariciava e me beijava e fazia amor comigo.

Eu não acreditei nela, nem deixei de acreditar. Arrependi-me de ter contado minha experiência com esses detalhes de que me sentia acariciado, porque desse modo ela poderia ter inventado a história a partir do que contei. Mas outros acontecimentos posteriores me levaram a acreditar. Uns dias mais tarde, pela primeira vez na minha vida, e espero que pela última, vi um fantasma. Tomei um susto espantoso. Eram duas da manhã e eu estava no meu quarto, ainda vestido, de pé, e a porta estava entreaberta. Através desse espaço vi que pelo corredor se aproximava a uma boa velocidade e muito silenciosamente uma figura estranha, que não correspondia a nenhuma pessoa que estivesse na casa, ou seja, minha mulher ou seu filho. Era uma figura pequena, feminina, embora não pudesse explicar por quê, já que só vi uma espécie de vulto escuro, sem nenhum detalhe, como uma sombra. Caminhava de modo estranho, quase como se flutuasse, e ao mesmo tempo, com todo o aspecto de quem tenta passar despercebido, meio torto, como se estivesse agachado, e com bastante rapidez. O fantasma não entrou no meu quarto, mas virou à esquerda, onde o corredor fazia uma curva, e seguiu para o dormitório da minha ex-mulher ou do seu filho. Senti as palpitações do medo e do desespero, como se não pudesse conter nem digerir o horror que havia na minha mente; não sei bem por quê, mas as coisas de aspecto sobrenatural sempre me assustaram muito. Tomei coragem e decidi investigar. Espiei o quarto da minha mulher, onde ela dormia com a luz do abajur acesa. Estava claramente dormindo, e não teria tido tempo de se enfiar na cama e fingir que dormia se tivesse sido ela quem veio flutuando pelo corredor. É claro, eu sabia que não era ela, mas queria ter certeza absoluta. Depois fui ao quarto do filho, pensando que talvez tivesse trazido sua namorada de contrabando na casa e agora estariam os dois na cama, mas era uma ideia delirante. Essas ações que precisei descartar, tanto da mãe como do filho, não correspondiam em nada à psicologia deles. De todo modo, o filho roncava placidamente na sua cama e não havia nenhuma namorada à vista, nem debaixo da cama, nem escondida no banheiro, que com certeza conferi. A ideia de ter visto um fantasma me deixou num estado de choque e demorei muito tempo para tranquilizar a mente e as batidas do coração.

No dia seguinte, Chl me disse que tinha sonhado intensamente com o filho da minha esposa. Daí deduzi que foi ela quem vi passar pelo corredor em direção ao quarto, mas ainda me restavam dúvidas, porque nunca tinha tido esse tipo de experiências e não pensava que eram possíveis. Também nunca tinha sofrido de alucinações, e a ideia de ter sofrido uma me parecia detestável.

Chl sem dúvida estava preocupada com a situação que minhas relações com ela tinham provocado na minha família, e nota-se que de alguma maneira queria pacificar os ânimos exaltados com o início surpreendente dessa relação; eu não a ocultara em momento algum, porque há muito tempo me sentia totalmente desligado da minha mulher e pensava ter todo o direito do mundo para fazer o que bem entendesse. Esse estado de coisas criara em nosso grupo um constante estado de tensão, e com frequência havia explosões de violência numa pessoa ou outra. Assim foi como, segundo penso, Chl continuou, e por sorte finalizou, seu ciclo de visitas etéreas àquela casa. Eu estava no meu quarto, sempre a essa hora da madrugada em que os demais estão dormindo e eu estou prestes a me deitar, quando escutei que minha mulher me chamava. Fui até seu quarto e a encontrei meio adormecida, e ela falou comigo com a voz pastosa de sono. "Tinha uma garota", me disse. "Não sonhei, estava ali, encostada no batente da porta. Me entregou algo, uns papéis, e falou comigo. Depois desapareceu." No dia seguinte, não contei nada a Chl a respeito disso, mas perguntei a ela se tinha sonhado algo. "Ah, sim, desta vez sonhei que falava com sua esposa por horas."

Nunca tive uma explicação para esses fenômenos, exceto

a explicação parapsicológica já conhecida: a pessoa percebe o pensamento de uma mente alheia e o somatiza de alguma maneira. No primeiro fenômeno, a somatização foi aquele aumento de energia e pressão que percorria meu corpo, produzindo um prazer infinito. Até aí tudo bem. No segundo caso, mais do que uma somatização, a leitura do pensamento alheio levou meu inconsciente a me mostrar isso mediante uma alucinação. Não uma alucinação propriamente dita, mas sim através do mecanismo das alucinações, que permitem ver coisas que não existem. Mas, no terceiro caso, que afetou outra pessoa, achei que passou do limite. Tinha que haver algo a mais.

A explicação de Burroughs não é exatamente uma explicação, mas se aproxima mais da verdadeira dimensão desses fenômenos. Eu a associo, agora, à minha conclusão naquele sonho recente: "Tudo é duplo". Sim, parece que todos temos um duplo "astral", ou seja lá como você quiser chamar isso, embora Burroughs, como visto, faça uma distinção entre os fenômenos astrais e esses outros, mais tangíveis, mais, se preferir, materiais. "Kim concluiu que a criatura estava simplesmente composta de matéria menos densa do que um humano." Penso que o fenômeno é humano, e que Chl, embora tenha todo o aspecto de uma deusa, é humana. Mas, se aceitarmos que "tudo é duplo", cada um de nós bem poderia ter uma parte de si mesmo composta de "matéria menos densa". Gosto disso da "matéria", porque o primeiro dos fenômenos foi, para mim, inegavelmente material. Ainda que essa matéria tivesse a forma de energia, não deixava de ser matéria.

Evidentemente, nunca saberei a verdade por trás dessas coisas tão estranhas e perturbadoras. Nunca, pelo menos, nesta vida.

QUARTA-FEIRA, 31, 22H11

Faz três dias que estou gripado. Sei que à noite tenho febre, porque meus sonhos são confusos e acordo com os lábios ressecados. Estou com todo o corpo dolorido. Há pouco medi minha temperatura: 37,6°C. É muito ruim, pois me sinto mais idiota do que o normal. São poucas as coisas que posso e quero fazer. Leio romances policiais.

Amanhã tenho que estar às cinco da tarde na esquina de casa, para tirar a nova carteira de identidade. Toda uma epopeia (de acordo com o dicionário, "conjunto de feitos gloriosos, dignos de ser cantados epicamente". Talvez eu quisesse dizer "odisseia").

Fevereiro de 2001

QUINTA-FEIRA, 1, 20H14

Consegui a nova carteira de identidade.

SEXTA-FEIRA, 2, 2H27

Tive tempo de memorizar o cartaz, mas em caso de dúvida, quando enfim saí desse inferno, copiei num papel (o "NÃO ANTES" está escrito em letras vermelhas):

NÃO FAÇA FILAS
DESNECESSÁRIAS
SE VOCÊ VIER
NO HORÁRIO
INDICADO NO
BILHETE

— NÃO ANTES —
VOCÊ SERÁ
ATENDIDO
SEM ATRASO

Esse é o cartaz que eu sempre via quando passava na calçada em frente, e tinha notado que sempre havia sob o cartaz e ao redor dele uma multidão impressionante, boa parte dela fazendo fila. Atribuí isso à mentalidade das pessoas, ao costume ancestral de fazer fila que nós, uruguaios, temos. Mas, conhecendo como eu conheço a burocracia, não estava me sentindo muito confiante. Tentei me fortalecer dizendo que o papel que eu tinha dizia claramente: cinco horas da tarde, e avisava que era inútil chegar antes, e além disso concedia uma tolerância de trinta minutos. Como eu moro a quatro passos desse lugar, saí com oito minutos de antecedência, fiz uma breve visita à farmacêutica, sabendo que ela estaria preocupada se eu conseguiria acordar a tempo ou não, e cheguei com alguns minutos de antecedência. Havia bastante gente, mas, sempre otimista, pensei que muitos estavam ali para uma hora posterior. Vi uma fila para a esquerda e entrei no fim da fila. Perguntei, em todo caso: "É para os das cinco?". A garota, moreninha, agradável, respondeu que sim. Mas um jovem mais à frente esclareceu: "Agora é que vão entrar os das quatro e quarenta". Achei que não fazia muito sentido ficar ali na fila, e botei na cabeça que eu deveria me apresentar ao porteiro e dizer que tinha horário marcado para as cinco horas, para ver o que ele dizia. Cheguei bem perto. Havia um grupo grande próximo à porta, e o porteiro estava acossado por várias pessoas. De repente exclamou em voz alta, dirigindo-se ao público em geral: "Ainda tem alguém das quatro e quarenta?". De modo que aquele jovem tinha razão. E restavam uns vários das quatro e quarenta, que continuaram entrando e entrando. Pude ver que o interior do local estava cheio. Eu tinha pensado que, se marcaram meu horário para as cinco horas, seria só chegar às cinco horas, e ali estariam me esperando de braços abertos. Mas não. Tinham agendado um montão de gente para as cinco, um pouco como meu dentista. Comecei a entender alguma coisa do mecanismo: estavam atendendo os das quatro e vinte e, enquanto isso, deixavam passar os das quatro e quarenta. Quando, às cinco e vinte, deixassem entrar os das cinco, começariam a atender os das quatro e quarenta. Isso me dava tempo para voltar para casa, me sentar, ficar de braços cruzados, fumar, ir no banheiro, ler o romance de Ellery Queen que eu tinha deixado em suspenso ou qualquer outra atividade mais interessante do que ficar parado ali, na calçada estreita, entre uma multidão heterogênea de pessoas, e atacado de tanto em tanto pelos perfumes abomináveis de algumas mulheres. Por sorte, a maioria das pessoas era da chamada classe baixa, e os perfumes que essas mulheres usavam não eram dos mais abomináveis, pois os mais abomináveis são os mais caros, esses pegajosos e penetrantes. Estes eram simplesmente desagradáveis, mas não insuportáveis. Depois tinha o escapamento dos carros que de quando em quando ficavam presos no engarrafamento nessa estreita ruazinha chamada Rincón, e por instantes temi cair envenenado no chão. Mas os engarrafamentos não duravam muito tempo, e depois de algo como um minuto ou dois era possível respirar um ar menos contaminado. Por que não voltei para casa? Porque meu raciocínio era um raciocínio lógico, e na burocracia não existe a lógica habitual que todos conhecemos. As coisas eram sem dúvida como eu as imaginava, mas sempre existe a possibilidade de uma irrupção do arbitrário, por exemplo alguém que saísse lá de dentro gritando meu nome. E, se eu não estivesse ali, tudo estaria perdido. Preparei-me então para um plantão de vinte minutos na rua, com a ilusão de que, uma vez dentro do local, haveria assentos suficientes para todos. Pois quem pensaria em marcar hora para mais pessoas do que há cadeiras disponíveis? O fato é que só pude me sentar quando tudo terminou, quase duas horas mais tarde, e pude me sentar durante os três minutos que demoraram para me chamar numa janelinha para me entregar a carteira de identidade e sair para a rua com vento fresco.

Fiquei ali, então, tentando me entreter com a observação das pessoas e ouvindo trechos de conversas. Mas não havia nada de interessante. De quando em quando eu relia o cartaz para memorizá-lo. Depois comecei a tentar lembrar dele sem olhar, mas nunca conseguia acertar tudo. Há algo na linguagem da burocracia tão próprio da burocracia que as pessoas alheias à burocracia dificilmente são capazes de imitar, ou sequer recordar.

NÃO FAÇA FILAS
DESNECESSÁRIAS
SE VOCÊ VIER
NO HORÁRIO
INDICADO NO
BILHETE
— NÃO ANTES —
VOCÊ SERÁ
ATENDIDO
SEM ATRASO

Na verdade, é um texto perfeito. Não há o que criticar. A palavra exata no lugar exato. Não, eu jamais conseguiria escrever algo assim.

Às cinco e vinte, como eu pensara, o porteiro decretou: “Os das cinco, façam fila deste lado, uma fila só” (“este lado” era à direita, ou seja, o lugar oposto ao que ocupavam os que estavam fazendo fila muito antes que eu chegasse). Fui até o fim da fila da direita; o final era um tanto impreciso, porque havia uma mulher cheinha, cujas carnes não eram de todo mal, com um vestido violeta, e depois um espaço onde podiam caber duas ou três pessoas, e depois uma velha de aspecto miserável encostada contra a parede, e depois uma idosa e um garoto sentados nos degraus da entrada de uma casa comendo picolés. Perguntei à velha de aspecto miserável se essa era a fila das cinco horas, e ela me respondeu que não estava na fila. Fui até a mulher de vestido violeta e fiz a mesma pergunta; ela me respondeu: "Não, essa é a fila das cinco e vinte". Encontrei a fila das cinco, não muito substancial nem organizada, perto das escadas de acesso, e fiz a pergunta a um senhor de túnica branca, grandalhão e careca, que daí em diante seria meu ponto de referência. Ele me confirmou que sim, que essa era a fila das cinco horas. Precisei me esforçar para evitar que alguém se interpusesse entre esse senhor e eu, pois rondavam muitas pessoas que não faziam nenhuma espécie de fila e buscavam uma oportunidade para furar a fila. Finalmente cheguei ao porteiro, mostrei meu número e ele me deixou passar, não sem antes me recomendar que eu seguisse o senhor de branco. Segui o senhor de branco num percurso muito curioso e lento, primeiro por um corredorzinho limitado pela parede da esquerda e por uma barreira de baixa altura à direita. Quando se chegava, depois de um bom tempo, ao final desse corredorzinho, era preciso entrar em outro corredorzinho, grudado ao anterior, limitado agora à direita pela mesma barreira e à esquerda por uma série de cubículos com computadores sem ninguém os utilizando. Ou seja, o percurso era no sentido inverso, agora rumo à rua. Esse trajeto foi o mais lento. Por fim, ao chegar aonde o corredorzinho desembocava, a pessoa se encontrava no lugar por onde tinha entrado, bem perto do porteiro, mas agora tinha que voltar a caminhar na primeira direção, afastando-se da rua — "bustrofédon", acho que se chama isso. Lembrei-me dos labirintos para ratos, desses testes de laboratório. Dali era possível observar que o imenso local estava repleto de gente. Havia alguns assentos, calculei que mais de trinta, todos ocupados, mas com pessoas de pé transbordando para todos os lados. Sempre à direita, depois dos assentos, havia uma série de mesas com letras e cabines com números. As letras iam de A a F, e os números que consegui ver, de 7 a 9. Depois vi que lá adiante, pendurado sobre um balcão longo em forma de L, estavam os números anteriores, brancos sobre fundo azul, e que o 1 dizia "RENOVAÇÃO". Deveria chegar até ali para iniciar o trâmite. Mas, à direita, sobre as mesas, havia dois cartazes importantes, também em branco sobre azul, que diziam algo como que a pessoa deveria ler e conferir bem todos os dados antes de... e não dava para ler o resto, porque estava tapado pelo gracioso círculo de uma enorme guirlanda natalina. O segundo cartaz dizia exatamente a mesma coisa, e uma nova graciosa curva da guirlanda também tapava o resto. Guirlanda de Natal no dia 1º de fevereiro. Tapando informação importante.

Cansei do assunto e estou cansado; acho que vou dormir. De qualquer maneira, não tenho grandes novidades para acrescentar, exceto essa espera cansativa, sempre de pé, em meio a uma massa humana transpirante, que foi com certeza o que causou a horrível expressão no meu rosto na foto da carteira.

SÁBADO, 3, 20H48

Um parente dentista, muitos anos atrás, expressou em minha presença a teoria de que as gripes duram três, sete ou vinte e um dias. Os números são cabalísticos demais para acreditar neles, mas a verdade é que, ao longo de todos esses anos, no meu caso em específico, essa teoria funcionou bastante bem. Estou no sexto dia da minha gripe e espero que amanhã ela termine, porque já estou farto dela, e pensar em mais duas semanas nesse estado seria muito deprimente. O pior de tudo é não poder sair à rua; não porque sair me dê um intenso prazer, e sim porque ficar encerrado por tanto tempo me deixa mais cheio de manias e ansioso. E preciso do exercício, e não posso fazer muito exercício porque estou sem forças. Nesse horário, minha temperatura sempre sobe um pouco e a fraqueza aumenta. Por sorte, ontem recebi um importante conselho telefônico de Julia: para a dor de garganta não há nada melhor do que mastigar um pouco de cebola crua. Argumentei que a cebola tem o inconveniente de impregnar o suor das axilas com seu aroma; em poucas horas, o cheiro da transpiração vira ofensivo. Então Julia me deu um segundo conselho: jogar um pouco de bicarbonato de sódio nas axilas. O fato é que antes de dormir mastiguei um pouco de cebola, e hoje a dor de garganta desapareceu quase por completo. Agora estou com bicarbonato espalhado pelas axilas e espero que o segundo conselho seja tão bom quanto o primeiro.

O assunto da carteira de identidade tem suas derivações interessantes. Eu pensava que, quando me dessem a carteira nova, iam me tirar a velha; não foi um pensamento descabido, pois já aconteceu isso. Não desta vez, de modo que mantive a carteira antiga. Mas, como não sabia disso, no dia anterior à renovação decidi escaneá-la para não perder essa foto. Não porque seja uma foto extraordinária, mas porque, a meu ver, registra um momento da minha vida do qual penso que não conservo outras imagens; além disso, as fotos das carteiras têm um quê particular, não sei bem o quê, impossível de encontrar em outro tipo de foto. Sempre revelam traços ou detalhes que, por bem ou por mal, geralmente por mal, não são revelados por outros mecanismos.

Depois de obter um arquivo .jpg com a foto da carteira velha, ocorreu-me experimentar com as simetrias, aproveitando que é uma foto totalmente frontal, ou quase. Faz alguns anos que acho fascinante experimentar com um espelhinho, para obter os personagens imaginários que surgiam da duplicação de cada hemisfério. Alguns resultados foram horripilantes, do tipo Dr. Jekyll e Mr. Hyde: um assassino psicopata convivendo com um pamonha bondoso. Nessa experiência com a carteira de identidade vencida, não obtive um resultado tão pavoroso, mas tem algo de interessante. Melhor não falar dos resultados com a carteira nova.

SEGUNDA-FEIRA, 5, 21H01

Perto do final de um longuíssimo sonho, numa casa que não consigo identificar como conhecida, encontro num quarto um cão negro, grande, tipo um lobo; e logo descubro que também entrou ali uma cadelinha pequena, muito parecida com Diana, a cadelinha que me deram de presente quando tive sarampo. Por um momento, temi que o cachorro grande atacasse a cadelinha, mas logo vi que não demonstrava o menor interesse por ela. O cachorro grande estava perto da porta de saída para um suposto quintal, e eu imaginei que ele queria sair. Quando fui até a porta, vi que estava fechada à chave, e ali o sonho me mostra em primeiro plano uma fechadura de ferro, grande, oxidada, mas que não estava inserida propriamente naquela porta escura de madeira, e sim numas barras que pareciam o fragmento de grades de prisão. Comecei a dar essas voltas intermináveis dos sonhos buscando a chave e, quando a encontrei, tentei abrir essa fechadura. Mas estava muito oxidada, e por mais esforços que fizesse, quase até entortar a enorme chave, também de ferro, o mecanismo permanecia solidamente travado. De modo que fui buscar óleo... também dei muitas voltas... e me entretinha com outras coisas, com gente que conversava etc.; num dado momento, encontro-me derramando jorros de óleo na fechadura, mas já nesse momento tinha perdido de vista tanto meu objetivo quanto os cães, embora de algum modo continuassem presentes. A seguir há uma cena longa, muito interessante, com um jovem que poderia ser médico ou psicólogo; um sujeito loiro, de óculos, com uma personalidade agradável. Eu havia escrito toda uma história para que ele a lesse — ou para que a visse, porque penso que eu a escrevera em forma de quadrinhos —; o que eu contava ali era algo como o equivalente a uma sessão de terapia. De modo não explícito, parece que esse homem era uma espécie de terapeuta que eu tinha, que consultara antes, mas de forma extraoficial, num nível amistoso. Nesse momento, ele se preparava para ir embora, não sei se de férias (como minha médica de fato entrou de férias nesses dias), ou se partia definitivamente daquele lugar, povoado ou cidade, talvez balneário. Quando vou com minha história até onde esse homem estava, vejo que está acompanhado de uma mulher jovem muito atraente, desconhecida para mim. Logo, e com muita desenvoltura, eu me dirijo a ela, e, enquanto com a mão esquerda entrego as folhas de papel ao médico, com a direita separo mais umas, que correspondiam a outra espécie de quadrinhos que eu havia desenhado (e tinham certa relação com o Super-Homem) e as entrego à moça, e digo algo a ela. Não sei o quê, mas o tom tinha o caráter firme e decidido de uma insinuação sexual, e eu punha em jogo toda a minha capacidade de sedução, e com muita energia e segurança eu a convidava para que nos encontrássemos mais tarde.

23H59

Tinha esquecido um fragmento desse sonho. Pelo visto, conseguia abrir aquela porta para que os cachorros saíssem, porque em algum momento eu me encontrei parado diante de uma porta aberta, e no exterior havia uma cadelinha (diferente da anterior) me olhando fixamente. Tinha uma carinha cômica, redonda, com grandes olhos ávidos e bastante tristes. Pelo visto, tinha muito carinho por mim e queria entrar, mas eu não podia deixá-la entrar porque criaria um conflito com alguém (não sei se cadela ou mulher...) que se incomodaria, talvez por ciúmes. De modo que eu fazia uma manobra complicada para não ofender essa cadelinha fechando a porta no seu focinho, e saía para fora, e de alguma maneira a distraía e a afastava da porta, e depois voltava a entrar com naturalidade e fechava a porta; deixava a cadelinha para fora.

QUARTA-FEIRA, 7, 21H47

Como já imaginava, hoje a empregada ligou para dizer que estava com pressão baixa e viria na sexta. Sempre fica sabendo pontualmente quando transformei minha cozinha num inferno. Como já imaginava, já me resignara de antemão, e em certo momento arregacei as mangas e lavei os pratos. Lavei tudo menos um pirex onde, ontem à noite, Chl preparou uma invenção de batatas fatiadas com casca, ovo, um pouco de presunto e queijo ralado. Comeu sua porção e foi embora. Fui comer um pouco depois, mas as batatas, ao esfriarem, viraram pedra. Só consegui mastigar uns poucos pedaços, e estavam deliciosas. Então pus tudo no forno de micro-ondas durante vários minutos e as batatas amoleceram e pude comer algumas. Quando esfriaram outra vez, voltaram a ficar como se fossem pedra. Hoje deixei o pirex sujo porque estava com muita coisa grudada nele; enchi-o de água para que facilitasse a limpeza.

A visita de Chl me deixou muito perturbado. Apesar de que,

há alguns dias, eu tinha resolvido abandonar para sempre minha vida sexual e me dedicar a desfrutar do tempo de vida que me resta sem voltar a me complicar com relações difíceis, ontem Chl me deixou muito transtornado. Irradia atração sexual — entre outras coisas, todas boas e extraordinárias. Desde o momento em que foi embora, fiquei desconcertado e comecei a fazer coisas inúteis. Arruinei muitas coisas no computador e tive que refazer tudo trabalhosamente. Acabei dormindo muito tarde, e hoje me levantei mais tarde que nunca. Tomei café da manhã depois das seis da tarde. Antes de dormir, pensara intensamente na minha professora de ioga, como num pedido de auxílio. Depois sonhei com ela; só recupero do sonho um fragmento no qual eu chorava e dizia à minha professora que não sabia o que fazer para me livrar da influência de Chl. Ela tentava me tranquilizar e me impedir de tomar decisões drásticas. Hoje à tarde, minha professora de ioga me ligou para me dizer que tinha voltado. No final, não conseguimos marcar uma aula para hoje, mas tentaremos na sexta.

Se por um lado consegui superar a terrível ação do calor graças aos ares-condicionados, por outro, me dei conta de que o verão é muito mais do que o calor, e que de toda maneira me afeta negativamente. Claro que estou muito melhor do que nos verões anteriores. Mas há algo de tempestuoso, de eletricidade estática, de viscosidade subtropical e de umidade que está sempre presente. A tormenta de ontem me afetou muito; quero dizer, as horas antes que caísse a tempestade. Depois, tudo melhorou. Mas fiquei com muita sede, como poucas vezes senti, e essa sede durou até que, pouco antes de dormir, animei-me a comer uns grãos de sal. Embora pareça paradoxal, o sal me aliviou a sede. O corpo pedia sal, e demorei a lhe dar atenção, por temor de que minha pressão subisse.

Mas o verão tem outros inconvenientes, por exemplo, o Carnaval. Embora, há tempos, graças à prefeitura, "todo ano é

Carnaval", especialmente nos finais de semana, agora que estamos num período oficial de Carnaval que começou no dia 1º do mês e não sei quando terminará, os finais de semana na Dieciocho de Julio são supercarnavalescos. No domingo, finalmente saí para caminhar com I, uma saída muitas vezes adiada. Por sorte, I é uma acompanhante das mais agradáveis, e assim pude superar o sentimento de estranheza, e de terror, que surgia continuamente ao caminhar pela avenida. Havia um alto-falante a cada poucos metros, ao longo de toda a avenida, e num volume inexplicavelmente alto, trovejante. Além disso, nem todos os alto-falantes transmitiam a mesma coisa; a cada poucos passos, mudava da *cumbia* para o candomblé e outras atrocidades semelhantes, e, na zona intermediária, as duas formas musicais se mesclavam e se sobrepunham. Também havia performances ao vivo, como os bolivianos outra vez e, na volta, dois músicos de tango que não tocavam mal, mas que também eram amplificados a um nível insuportável. As pessoas tinham formado um círculo amplo, e no centro do círculo uns casais ridículos dançavam tango. Poucos metros adiante, música tropical. Também passamos, na volta, pelo que parecia o final de não sei qual monstruoso recital, na praça Libertad, em tempo para escutar a despedida e os agradecimentos a não sei quem "que tornou isso tudo possível". Malditos sejam.

Esses passeios por algo muito parecido com o Inferno me provocam uma sensação de irrealidade que às vezes se mostra alarmante. Há algo que está radicalmente equivocado e fora do lugar, e não sei se sou eu ou se é todo esse mundinho urbano do novo milênio. Alguma relação há entre essa mentalidade e o fim — e o início — de século e milênio. Se não me engano, a febre pelo barulho começou por volta de 1995, com a publicidade e a música ordinária em alguns supermercados, nos quais reclamei e obtive, de início, alguns resultados, mas depois já não me deram bola e tive que deixar de ir aos supermercados e fazer minhas compras em lojas dispersas; logo a febre chegou também a essas lojas, e a todas as lojas da avenida e seus arredores, e a todos os bares e restaurantes e confeitarias, e depois aos ônibus (onde agora também há televisão), e aos táxis e, enfim, às ruas. Devo dizer que jamais escutei desses alto-falantes uma música que valesse a pena. Mas, mesmo se valessem, a forma como são impostas é intolerável, é puro fascismo, um fascismo associado a uma subcultura subdesenvolvida e oligofrênica. A prefeitura não só tolera, como participa ativamente nessa produção de barulho estupidificante; e imagino o que será o país dentro de alguns anos... o reino da grosseria, da delinquência e com certeza de um novo terrorismo de Estado.

QUINTA-FEIRA, 8, 3H59

Rotring.

Para a minha grande surpresa, e contra um regime vigente há muitos anos, a Feira do Livro estava aberta no domingo. Consegui outro romance que faltava na minha coleção de Erle Stanley Gardner; dessa vez tinha levado as listas, impressas a partir da base de dados, com os nomes dos livros que possuo e dos que me faltam. Isso chamou bastante a atenção de I; não podia acreditar que eu fosse tão cuidadoso nesse assunto. Expliquei a ela que, se não for assim, nunca posso ter certeza de que não tenho um romance, porque li muitíssimos, quase todos, e sempre tenho a impressão de que já os tenho. Este, por exemplo, parecia familiar, pelos nomes de alguns personagens que aparecem no início. A lista estava com razão, pois quando cheguei em casa vi que não tinha esse romance; mas minha memória também tinha razão, porque comprovei que já o possuía... em inglês. Como podia saber que o título original de *El caso de la chantajista sentimental* era *The case of the gilded lily*, algo como *O caso do lírio dourado*, embora ao lê-lo em espanhol não tenha encontrado nenhum lírio, mas, por outro lado, havia um chantagista sentimental? Talvez "*gilded lily*" seja uma expressão ou modismo com algum significado especial, ou talvez tenha aparecido algum lírio dourado, que passou despercebido por mim; não procurei o significado de "*gilded lily*" até terminar o livro, de maneira que não o li buscando uma referência a um lírio. Também comprei um romance policial de suspense, de um autor mais atual, mas, ainda que tenha me entretido, não achei grande coisa.

Sempre é muito interessante falar com I, tanto pelo que ela conta como pela forma extremamente engraçada de contá-lo. Nunca sei muito bem o quanto do seu humor é intencional; parece que brota naturalmente, e que ela mesma não se dá conta de que está contando uma história humorística, embora às vezes ria, mas uma risada que mais parece nervosa do que de diversão. Nesse passeio, foi muito torturante tentar nos comunicarmos em meio a um ambiente criado para a incomunicabilidade. As pessoas obrigadas a se deslocar pela avenida (que, no todo, e ainda mais agora que a polícia reapareceu, é um percurso mais seguro, ou menos inseguro, do que os outros); as pessoas, ia dizendo, se querem se comunicar, precisam gritar, e uma conversa não pode durar muito nem ser muito profunda enquanto se está gritando. No café ao ar livre conseguimos conversar de forma um pouco mais confortável, mas o ruído ambiente também era considerável.

SEGUNDA-FEIRA, 12, 1H06

Faz uns dias que comecei a ler e fazer correções neste diário. Fiquei surpreso ao notar que agora, passados esses meses, consigo lê-lo com interesse; não me parece uma leitura tão desprezível como antes. É difícil ter uma ideia do seu interesse para um leitor que não seja eu mesmo, mas o fato de que seja interessante para mim já é suficiente. Ontem li numa revista semanal já antiga uma crítica muito desfavorável, escrita por um jornalista uruguaio, do diário escrito por Bukowski numa idade mais avançada do que a minha. Gostaria de lê-lo, apesar da crítica, já que parece ter pontos de contato com este diário, quanto à trivialidade das coisas narradas, e quanto à presença neste diário de relatos insistentes acerca de um assunto: as corridas de cavalos, que poderia assemelhar-se à minha insistência no assunto do computador. Não acho ruim ter pontos de contato com Bukowski.

Mas o fato é que, depois de ler e corrigir metade do mês de agosto, parei de escrever este diário ou qualquer outra coisa, e também parei de lê-lo e corrigi-lo. Gostaria de saber por quê, embora a curiosidade não seja tanta a ponto de me levar a realizar um trabalho mental a respeito disso. Continuo muito preguiçoso, muito perturbado pelo verão e pelo Carnaval, e acima de tudo pela ausência de Chl (e às vezes pela sua presença; quando aparece, de quando em quando, vê-se que juntei tanto rancor e tanto sentimento de abandono que é difícil para mim estar com ela) (inclusive, nas últimas vezes, notei que, quando me abraça, logo me solto do seu abraço e até mesmo a empurro um pouco para trás, com as mãos apoiadas nos seus ombros) (esse assunto é um espinho permanente). Deve ficar claro que não tenho nada contra a conduta de Chl; faço o possível para que meus sentimentos andem de acordo com meus pensamentos, mas não há nada que eu possa fazer; no meu interior existe um ser obstinado, teimoso, um cachorro que não larga o osso.

SEGUNDA-FEIRA, 12, 18H59

Memória *vs. database*: encontrei um livro de Gardner na banca ao lado, e minha lista impressa no computador me dizia que faltava na coleção, mas minha memória dizia que não faltava. Comprei-o de toda maneira. Chego em casa e lá estava ele na estante. Mas a base de dados estava certa: faltavam páginas ao livro da minha biblioteca. Nada menos do que o final. Do modo que eu tinha e não tinha ao mesmo tempo.

Devo anotar o sonho de hoje, o do "abismo". Agora estou sem tempo.

TERÇA-FEIRA, 13, 3H12

O sonho foi muito "realista", sobretudo no que diz respeito ao desenvolvimento das ações em tempo "real"; tudo narrado de modo minucioso, com detalhes e naturalidade. É uma pena que tenha esquecido a maior parte do que acontecia, embora suspeito que o esquecido era substancialmente preenchido, ou uma forma de me entreter para que eu dormisse tranquilo. Tudo transcorria num lugar indeterminado, embora pudesse ser Piriápolis, ou Colonia, ou uma mistura desses lugares, especialmente no que eles têm de balneário. Quase toda a minha família estava representada: meu pai, minha mãe, acho que minha avó, além do meu amigo Ricardito (Tinker), ou pelo menos um menino que se parecia muito com ele no que diz respeito às atitudes ou maneira de ser. Minha família cuidava de um negócio — como nos tempos em que eu tinha a livraria e minha mãe colaborava —, embora eu estivesse aparentemente bastante desligado, como na época posterior a Piriápolis, quando a livraria já era da minha mãe, e quem às vezes colaborava era eu. Apesar disso, perto do fim do sonho, fico sabendo que fizeram um gasto importante, compraram muito material, provavelmente bibliotecas inteiras, e sinto certa angústia ou apreensão, porque "a alta temporada está chegando ao fim, não é época de comprar". Mas não digo nada a eles e finjo ficar alegre com a compra. Isso é estranho, porque na época da livraria era eu quem queria comprar, e minha mãe se opunha a todo gasto.

Mas, antes disso, vinha a parte mais importante, e a que melhor recordo: minha mãe anda por uma rua com esse menino (ou Ricardo). Nessa rua (num panorama muito despojado, muito aberto; não se via a cidade, nem nada além dessa rua ou estrada); nessa rua há um muro da altura aproximada de uma pessoa, ou talvez mais baixo; mas eis que do outro lado do muro há outra rua ou estrada, talvez no sentido contrário, e essa outra rua ou estrada está muito mais abaixo do que a primeira. Isso pode corresponder a uma zona da costa de Colonia onde há vários níveis. Mas o clima era muito diferente.

Eu me escondo atrás desse muro, numa operação na dimensão onírica que não consigo explicar agora, já que primeiro estou escondido atrás do muro, com a intenção de ouvir a conversa da minha mãe com esse menino, para depois caçoar deles repetindo a conversa na frente dos dois e fazer com que pensassem que sei das coisas magicamente; mas, depois de ter passado por cima desse muro para me esconder, percebo que a única forma de me esconder é ficar pendurado pelas mãos, agarrado no topo, porque o muro é liso, sem nenhuma saliência onde apoiar os pés; e a outra rua, como disse, fica muito abaixo; de modo que me encontro suspenso verticalmente sobre um abismo, e uma queda poderia ser mortal. Apesar disso, não sinto vertigem nem medo, exceto, sim, um leve receio de que a manobra para sair dali seja difícil. Também há um pequeno raciocínio quase abstrato, mais um sentimento, que corresponde a algo como "não valia a pena se arriscar tanto para fazer uma brincadeira". De todo modo, quando minha mãe e o menino já se afastaram, consigo me levantar com os músculos dos braços e alcançar a parte superior do muro, ainda que com um pouco de dificuldade. Há, ao mesmo tempo, uma leve, levíssima consciência da minha idade real…, e o pensamento, ou sentimento, de que não deveria me arriscar a fazer esses esforços porque já não tenho o mesmo estado físico que tinha antes.

O tempo durante o qual estive pendurado pelas mãos não foi muito longo, mas o bastante para que ficasse bem registrado na memória; suficientemente longo e intenso. Não foi exatamente um pesadelo, mas poderia muito bem ter sido.

Quando acordei, perguntei-me em que tipo de abismo estava prestes a cair. Loucura, devorado pelo inconsciente? Ou talvez fosse apenas a expressão do medo de ficar sabendo dessas coisas que sepultara, de "cair" entre esses materiais desagradáveis.

SÁBADO, 17, 19H24

Rotring.

Esperando M para caminhar.

Talvez o hipotético leitor, assim como o não menos hipotético sr. Guggenheim, esteja convencido — se olhar as datas que encabeçam este diário — de que abandonei por completo tanto o diário como o projeto. Erro crasso. Na quarta passada, comecei a trabalhar com horário marcado, das quatro às seis da tarde, e consegui cumpri-lo com bastante precisão; e, como estava um tanto previsto, já na sexta-feira tinha se tornado um hábito, e, muito melhor do que isso, eu me vi trabalhando com entusiasmo, inclusive fora de hora, durante um bom tempo. Hoje, sábado, decidi descansar, porque andava dormindo mal. Para poder começar a trabalhar às quatro, tive que pedir o serviço de despertador para a uma e meia e as duas da tarde; e durante esses três dias levantei-me às duas horas sem ficar na cama nem um minuto a mais, apesar de não ter mudado o horário em que fui dormir, e sentia muito sono ao acordar. Ontem foi mais difícil do que nunca, porque estava sonhando com algo erótico, embora não muito explícito, com relação à minha amiga de infância que morreu faz alguns meses. Acho de mau gosto ter um sonho erótico com uma mulher que não apenas está morta, como, além do mais, está vivendo alegre e placidamente numa dimensão que podemos muito bem chamar de "Reino dos Céus"; algum dia terei que explicar o porquê dessa afirmação. Mas, como apontam unanimemente os teólogos e santos, ninguém é responsável pelo conteúdo dos seus sonhos.

O fato é que durante três dias andei com déficit de sono, e por isso hoje decidi descansar. Mas trabalhei bastante na correção de agosto e setembro deste diário, e de alguns materiais relacionados ao projeto, inclusive essas poucas páginas que com certeza formam parte do projeto propriamente dito. O que mais me entusiasmou foi que, ao ler a última página que tinha escrito do projeto propriamente dito, brotou em mim, de forma espontânea, um pranto breve (em boa medida reprimido, e por isso breve), porém muito saudável. Isso significa que pelo menos um trecho dessa página está escrito com veracidade e com o espírito apropriado.

M me telefonou faz alguns minutos; vem para cá de táxi, de modo que já deve estar chegando.

SÁBADO, 17, 20H07

Algo deve ter acontecido com M, porque já faz mais de quarenta minutos que avisou que estava vindo de táxi e ainda não chegou. Mesmo se tivesse tomado um ônibus, já teria que estar aqui. Fico muito nervoso em esperar desse jeito, porque me sinto incapaz de fazer qualquer coisa. Só caminhei e caminhei pelo meu apartamento como uma fera enjaulada. Enquanto isso, as coisas vão se complicando, porque estou começando a sentir fome e, se comer algo, depois não posso sair logo em seguida para caminhar. Tenho que me acalmar, e para isso comecei esta página, sempre escrevendo à mão, porque o computador está desligado e prefiro não ligá-lo.

Não é que M seja o ápice da pontualidade, mas esse caso é muito estranho; não imagino o que pode ter acontecido, pelo menos não imagino nada de bom.

Amanhã acho que vou caminhar com F; marcamos às sete da noite. F ficou sabendo que I tinha me levado para caminhar e se ofereceu a fazer o mesmo. Está virando moda, isso de levar o sexagenário para tomar um ar. Eu acho muito bom; as últimas vezes que saí sozinho, fui atacado pela fobia. A campainha está tocando.

DOMINGO, 18, 4H35

A essa altura da vida, supõe-se que eu deveria conhecer melhor as mulheres; mas não, sempre me surpreendem. M chegou uns cinquenta minutos depois de ter dito que ia pegar "agora mesmo" um táxi, e fiquei preocupado. Apesar disso, chegou muito tranquila, e achou muito estranho que eu tivesse ficado nervoso. O que tinha acontecido? Nada — apenas tinha feito umas ligações telefônicas antes de sair. Além disso, contou que o táxi veio muito, muito devagar. "Você deve ter achado isso porque estava com pressa", comentei. "Com pressa?", franziu o cenho, espantada. Não, não tinha pressa alguma. Cinquenta minutos de atraso não é nada. Para mim, as coisas tinham se complicado enquanto isso; fome, por exemplo. Resolvi comendo um pedacinho minúsculo de presunto e tomando um café. Isso me permitiu chegar sem dramas ao boteco da Ejido.

Passamos pela Feira do Livro; eu estava muito ansioso em conferir a seçãozinha de policiais, porque fazia tempo que não passava por ali. Para o meu deleite, encontrei *dois* romances de Gardner que eu não tinha; e um deles nem sequer estava na lista, pois eu nem sabia que existia: *O caso da falsa solteirona*. Já li metade do outro, que decidi ler antes porque era mais curto: *O caso da sombra assassina*. A brevidade é uma virtude bastante tardia de Gardner; seus primeiros romances com Perry Mason eram longos folhetins.

No boteco, M continuou me deixando desconcertado. Contou-me alguns episódios da sua vida que me pareceram extraordinários; eu não tinha a menor ideia de que ela vivera essas coisas. Pensava que a conhecia muito bem, depois de tantos anos, e que a história da sua vida não podia guardar nenhuma surpresa, e também me enganei nisso. As mulheres são realmente imprevisíveis.

Verão, Carnaval e, apesar disso, a avenida estava muito tranquila. Um fluxo normal de pessoas, pouco barulho. É provável que a maioria da população tenha se transladado para as praias. Mas a prefeitura também parecia sossegada. Menos alto-falantes, menos *cumbias*. Tudo bastante incomum. Apesar disso, justamente hoje M resolveu falar que essa cidade é muito esquisita, muito estranha. "Há anos que eu a vivo como um pesadelo", eu disse. Talvez tenha percebido minha permanente sensação de estranhamento, porque é de uma sensibilidade quase suprassensorial. Mas hoje, justamente, a cidade estava, por assim dizer, mais normal do que de costume. Eu me senti enjoado em alguns momentos; pela sensação de estranheza, pelo calor, talvez, por meu longo tempo encerrado, pela atmosfera fóbica que cada vez fica mais densa ao meu redor. E M deve ter captado tudo isso, sem dúvida. Na esquina, encontrei um amigo; estava sentado na mesa de um boteco, quase na calçada da avenida. Veio me saudar de forma muito cordial e, em certo momento, ao nos despedirmos, agredi-o de maneira absurda e gratuita. Eu o insultei, diretamente, e não sei por quê, e ele não pareceu sequer registrar. Mas eu fiquei espantado e assustado. Não só as mulheres se mostram imprevisíveis e incompreensíveis; pelo visto, eu também sou imprevisível e incompreensível, até para mim mesmo.

Mais tarde, em casa, tive uma grande satisfação. Baixei da internet um programa *muito* importante e útil, depois de ter averiguado certos detalhes com um amigo por e-mail, e o melhor de tudo é que o programa pode ser crackeado para que me ofereça, sem restrições, o melhor dele, sem propagandas ou qualquer outro obstáculo. Essas coisas sempre me deixam perfeitamente satisfeito.

TERÇA-FEIRA, 20, 19H47

No domingo, F chegou acompanhada por P, tal como eu esperava. Saímos para caminhar e tomar um café, sempre seguindo meu percurso habitual; pelo menos um de nós se divertiu bastante, ou seja, eu — apesar da grande barulheira que virou a avenida, agora por causa de uns alto-falantes prestes a explodir, disparando ondas sonoras num nível inconcebível de decibéis.

Os alto-falantes pertencem a uns bares, um não muito longe do outro, que põem mesas na calçada e na rua. Não havia ninguém sentado nas mesas, e eu pensei que ninguém conseguiria se sentar ali pelo sofrimento auditivo que isso implicaria, mas quando voltamos já havia bastante gente sentada ali; provavelmente todos são surdos, e se não são estão a caminho de se tornar. F, P e eu tínhamos que proteger os ouvidos ao passar em frente aos alto-falantes, ou com as mãos, ou abrindo bem a boca (eu) (conforme aprendi de um parente marinheiro, que foi aconselhado a abrir a boca sempre que um canhão era disparado no treinamento de guerra). De volta ao meu apartamento, P e eu engatamos numa dessas conversas que eu só consigo ter com P, dado que ele parece ter uma mentalidade semelhante à minha e um nível de informação sobre assuntos científicos muito parecido com o meu, embora provavelmente um pouco superior e mais atualizado. F se assustou, porque lidávamos com naturalidade e displicência com os dados de certas fenomenologias que destroçam a noção habitual que temos do universo.

E ontem, segunda-feira, saí para caminhar com I. Mas não conseguimos caminhar muito; estava um clima de tempestade, ao atravessar a praça Independencia o vento era muito forte, e inclusive caíam umas gotas de chuva isoladas. Eu era partidário de suspender a caminhada, mas I insistiu que não iria chover (e não choveu). O céu estava de um cinza-escuro, em algumas zonas quase preto, e quando o vento parava, dava para sentir um calor insuportável; mais do que calor, uma força elétrica asfixiante que envolvia o corpo. Tudo dava a impressão de que viria um estouro de trovão muito violento em instantes, mas não aconteceu nada disso. À noite, minha médica apareceu e, quando lhe contei acerca desse episódio, ela não acreditou em mim; disse que, nesse mesmo horário, estava no calçadão, não muito longe dali, e fazia uma tarde esplêndida e aprazível, sem sinais de tempestade alguma.

Contava que não fui muito longe com I; eu me senti muito cansado e com todo o corpo dolorido, e era difícil para mim respirar normalmente. Demos a volta e paramos num boteco que fica a uma quadra da minha casa, e ali tomamos um café e conversamos. A conversa foi muito interessante, e hoje fiquei sabendo por e-mail que esse também é o parecer de I, que deseja continuá-la em breve.

Eu jurava que veria Chl hoje, mas eis que Chl mudou seus planos e voltou a viajar hoje. De modo que não nos vimos. Sinto falta dela. E ela disse que sente minha falta. E como tudo é estranho.

QUINTA-FEIRA, 22, 17H39

Neste momento, a viúva está sozinha na mureta, bem longe do cadáver, mas olhando para ele. Adotou de novo a pose de galinha choca. Sentada ali, imóvel.

SEGUNDA-FEIRA, 26, 4H53

Rotring.

De acordo com o estado da minha barba, às vezes, quando estou me preparando para escovar os dentes antes de ir dormir, vejo no espelho um rosto muito parecido com o de Salman Rushdie (autor que não li nem cogito ler). É muito provável que essa semelhança seja uma ilusão de ótica, e de todo modo há diferenças notórias: muito menos cabelo, mais idade, o olhar não tão astuto nem tão satisfeito consigo mesmo. Mas, em todo caso: aviso a todos os muçulmanos que Rushdie não está em Montevidéu. Repito: Salman Rushdie não está em Montevidéu. Por favor, conferir com atenção a identidade da pessoa antes de agir.

SEGUNDA-FEIRA, 26, 16H54

Perto do fim do mês passado, eu tinha escrito neste diário, a partir de uma leitura de Burroughs, a história com o "fantasma" de Chl; fiquei preocupado com o assunto dos "familiares" que costumam nos possuir à noite, adormecidos ou despertos, conscientes ou não dessa possessão, e recordei de um sonho muito peculiar com minha amiga Ginebra, não muitos anos atrás, e num período muito especial da minha vida. Foi pouco antes, muito pouco antes de conhecer Chl pessoalmente, e esse sonho teve outras derivações que também quero resgatar. O fato é que naquele momento eu tinha muito interesse em contar meu sonho a Ginebra, mas não sabia se seria capaz de fazer isso com delicadeza; de modo que lhe escrevi um e-mail preparatório, e depois escrevi também por e-mail o relato do sonho, de forma bastante elíptica. Eu perdi esses e-mails. Salvei todos, todos os meus e-mails (exceto os de spam), e procurei esse material em todos os meus discos de backup, por horas, sem encontrá-lo. Ao que parece, esses e-mails são de um período durante o qual uma operação errada me fez perder vários. Dias atrás, escrevi a todos com quem me correspondo pedindo para que, por favor, me reenviassem meus e-mails desse período, e muitos o fizeram, mas pelo visto Ginebra não foi uma delas. Tenho salvos os arquivos mais inúteis, porém parece que é uma regra que, quando perco algo, é algo importante, como aquela vez que perdi numa só péssima manobra *todos* os programas que fiz. E alguns eu nunca pude reconstruir.

Para conseguir esses e-mails com o relato do sonho e sua saga, escrevi então a Ginebra e pedi para que os procurasse. Demorou a encontrá-los… embora, como boa telepata que ela também é, justo no dia anterior os relera, só que em cópias impressas que tinha guardado. Enfim me enviou os e-mails, todos juntos, num só documento .rtf, mas eis que os cabeçalhos não indicavam a data. Voltei a importuná-la pedindo para que encontrasse as datas, e finalmente pude ficar sabendo que enviei esses e-mails ao longo do período que vai do dia 14 ao dia 18 de maio de 1998. Não tem como ser mais preciso do que isso, mas me parece o suficiente.

Agora vou pedir ao hipotético leitor para que tenha um pouco mais de paciência, pois vou copiar e comentar essa série de e-mails. Para mim, para a investigação atual que estou fazendo sobre mim mesmo, é muito importante. Em todo caso, o leitor está autorizado a pular o que quiser, inclusive todo o resto deste diário.

Escrevo a Ginebra, provavelmente no dia 14 de maio de 1998.

> *Subject*: acontece que…
>
> … em determinado marco do tipo terapêutico, foi-me sugerido que (meu ser interior) torne manifesto quais são os obstáculos que o impedem de fazer o que ele realmente quer. No dia seguinte, sonho com um antigo patrão que tenta me convencer a participar de certa empreitada (algo não muito claro, aparentemente relacionado a um dentifrício e com farmácias; algo que implicava certa publicidade pouco atraente — como um projeto muito fechado, com pouca margem para a criatividade ou a individualidade —; tudo isso foi muito vagamente exibido no sonho; são mais minhas impressões a posteriori). Bom: minha resposta (ou seja, a resposta esperada do meu ser interior) consistiu de

uma só magnífica palavra: "Seduzam-me", eu disse, e me afastei dali.

Depois, não mais no sonho, mas acordado, saí para caminhar à tarde e olhava o mundo e pensava "claro, que diabo mais estúpido, não há nada REALMENTE atraente". Passeei sobre o mundo meu olhar indiferente e petulante de sempre. Lembrando-me do sonho, dizia ao mundo: "Me seduza", e abria bem os olhos, mas não. Tudo terrivelmente monótono e até mesmo abominável.

Mas o diabo não é tonto.

Hoje... (não, não; a caneta resiste).

A timidez me impediu de fazer o relato do sonho mais recente. Depois, não sei se no mesmo dia, talvez no seguinte, encontrei uma maneira elegante de fazer isso:

Subject: talvez você conheça...

... esse célebre pedaço de uma obra-prima, não lembro bem se de Michelangelo ou de quem, no qual a mão do homem quase chega a roçar a mão de Deus. Bom, no meu sonho de hoje, a situação era parecida, mas não se tratava de mãos, nem exatamente de Deus nosso Senhor.

Outra vez bloqueado pela timidez, ou, mais do que pela timidez, pela necessidade de ser obscuro, já que a última coisa que eu desejaria no mundo era dificultar a vida de Ginebra com seu companheiro, naturalmente ciumento. É preciso esclarecer que quando conheci Ginebra eu a defini como "a mulher mais bela do mundo". O terceiro e-mail vai um pouco mais longe:

Subject: *gasp*

Claro que eu tinha uma espécie de anão ajudante (o Tinker de Nick Carter, se é que você leu *Nick Carter se divierte etc.*), e sua presença não permitia que as coisas fossem muito longe, mas de qualquer jeito foi excitante. Pelo visto, eu estava escrevendo algo como um diário pessoal, mas na verdade não era um diário, e sim um romance, e estava relacionado, muito relacionado, com Carlos Gardel; poderia ser uma biografia de Gardel, mas em primeira pessoa, mesclada com fragmentos de coisas que eu pensava; tudo isso também é uma impressão, nada era dito às claras. Mas o importante é que o projeto avançava; havia um avanço temporal, cumulativo. Em certo momento, percebo que uma amiga tem um projeto similar, e me ocorre, claro, que era necessário unir os dois projetos. Telefono para ela, com todas as dificuldades que às vezes os sonhos nos apresentam para poder se comunicar por telefone, e vou para a sua casa. Sou muito bem recebido. (E se não fosse pelo maldito anão... mas, de toda maneira, foi muito bom.) Além do mais, o romance, ou seja lá o que fosse, de início, deveria se chamar *Gardel, Gardel*. Ou seja, cutuquei o diabo e o sujeito me ataca com tudo! Você acha que vou perder a alma?

Ginebra, que não é tonta nem preguiçosa, entendeu perfeitamente que a amiga do sonho era ela. Não posso saber, agora, se ela fez alguma censura a esse e-mail, ou se minha autocensura foi o suficiente; o fato é que a parte mais interessante não foi narrada. Como, pelo visto, tínhamos um encontro ao vivo pendente por aqueles dias, é provável que eu tenha esperado para contar pessoalmente a parte mais difícil.

Nessa parte do sonho que não contei no e-mail, depois de chegar na casa de Ginebra e ser "muito bem recebido", de repente eu me encontro deitado no chão, com as costas contra o piso, e Ginebra está acocorada sobre mim, na posição de fazer sexo na qual a mulher fica por cima do homem. A citação da mão do homem quase roçando a mão de Deus era porque no sonho não havia penetração de fato; os sexos estavam muito próximos entre si, mas não se tocavam; e entre os sexos fluía uma corrente de energia muito poderosa. Eu sentia claramente esse fluxo, como uma vibração. Acordei com uma sensação muito prazerosa e cheio de energia. Os e-mails que seguem não têm maior importância, exceto o P.S. do último, supostamente do dia 18.

No nono e-mail, aparece algo muito importante:

> *Subject*: as coisas se complicam
>
> É maravilhosa a complexidade do Universo. Hoje um amigo veio me visitar... já vou te contar. Já vou te contar.

Essa visita de um amigo tem estreita relação com meu sonho, e vou narrá-la um pouco mais adiante.

No e-mail seguinte, estou respondendo a um e-mail de Ginebra (por isso o *Subject* diz "Re:") no qual Ginebra me pedia para que eu o apagasse depois de ler, porque falava da minha situação naquele momento com minha mulher, e fazia uma análise muito pesada e muito pertinente. Copio as partes que são relevantes:

> *Subject*: Re: *Trash after reading, plis!*
>
> À famosa cena do sonho, a do "intercâmbio de energia", pode-se acrescentar mais uma série de interpretações, perfeitamente sobrepostas (já que essa é uma das grandes virtudes do sonho: condensar vários níveis de interpretação sem que haja obrigatoriamente contradições) [...] Só resta, neste terreno, a possibilidade (teórica) de que uma linda mulher se apaixone por mim. Talvez a isso eu não pudesse resistir tão heroicamente, porque atuaria a favor do meu narcisismo, não contra ele. Mas isso não depende de mim, e, a rigor, também não depende da hipotética linda mulher, já que não são coisas que podem ser controladas pela nossa

vontade. De modo que estou (não poderia ser de outra maneira) rigorosamente à mercê do que Deus quiser. [...]

P.S.: Haha. Acabo de me dar conta de que minhas últimas divagações acerca da única possibilidade de salvação que é ser amado por uma linda mulher não só remetem aos contos de fadas (beijar sapos etc.) como reproduzem exatamente a frase do sonho "Seduzam-me".

Pelo menos, não dá para negar que sou coerente nas minhas incoerências.

Fim da série de e-mails a respeito disso. Mais tarde narrarei a história do meu amigo, e comentarei um pouco mais sobre tudo isso.

SEGUNDA-FEIRA, 26, 18H52

Estou esperando I para caminhar. Ontem saí com M. Não achei nenhum romance policial. Na volta, entramos no supermercado da Dieciocho, que fica aberto até as dez da noite, e quando, carregados de sacolas, passávamos ao lado do Palacio Salvo, voltando para casa, M virou rapidamente quarenta e cinco graus para a direita e desceu a rua, e começou a atravessar para a calçada do outro lado. Eu a segui, sem entender o que estava acontecendo. Perguntei a ela. Respondeu, com o canto da boca: "Trombadinhas". As mulheres são muito rápidas para perceber o entorno; eu não vi nada além das costas de dois rapazes que se afastavam, de volta para a rua Andes, e isso quando M me mostrou os dois. Ela contou a história: um deles, vestido de azul, chegou bem perto e olhou para a sacola que M carregava (dentro, um pacote imenso de ração para cachorro). Então ele se sentou na escadaria da entrada de um prédio. Enquanto isso, o outro, mais baixinho e de camisa branca, tinha se aproximado de mim e olhava minha sacola (dez pacotes de bolacha sem sal e dois potinhos de iogurte). Então fez com a cabeça um sinal negativo para o de azul e foi até onde estava o de azul, que tinha se levantado, e os dois se afastaram juntos. Não sei o que esperavam encontrar nas sacolas, mas com certeza pensaram que bolachas sem sal e ração para cachorro não justificavam o risco.

Em casa, M aceitou ler o primeiro capítulo (agosto) deste diário. Eu tinha certeza de que abandonaria a leitura depois de poucas páginas, mas não; leu tudo, até o fim, e com muita atenção — a ponto de marcar alguns erros. Perguntei-lhe se não tinha lido com atenção por causa da curiosidade que todos nós temos, especialmente as mulheres, pelos detalhes íntimos dos demais. Disse que com certeza sim, mas que, até onde era capaz de julgar, embora seja difícil fazê-lo, também tinha um interesse literário. E comentou alguns trechos que a entusiasmaram, ou pelo menos a comoveram. Depois me telefonou, da sua casa, para fazer mais um comentário: disse que para o leitor comum talvez este diário possa passar por um romance, com um protagonista e situações inventadas por mim. Gostei do comentário. Isso me dá um impulso para continuar trabalhando.

TERÇA-FEIRA, 27, 17H30

Chamarei de "Rafael" o amigo que está nessa história ligada ao meu sonho "do dedo de Deus".

Rafael não mora em Montevidéu, e sempre me visita quando passa por aqui de quando em quando. É o tipo de pessoa que, de certo modo, é completamente oposta ao que poderia ser meu tipo de pessoa, mas, de outro modo, nem tanto; os pontos de semelhança existem nele subterraneamente, mas sempre estiveram ali. Em termos de dessemelhanças, devo apontar sua constância na amizade; nunca parou de me escrever, apesar de nem sempre eu responder. Outra diferença destacável é sua extrema modéstia, sua grande humildade, sua extrema coerência no pensamento e nas ações. Por anos e anos e anos ele se manteve muito fiel a si mesmo e aos demais, entre eles sua esposa.

Há alguns anos começou a desenvolver, ou talvez tenha continuado desenvolvendo e deixando isso ainda mais evidente, um estado de ânimo que foi se revelando como depressivo. Quando, através da nossa correspondência irregular, comecei a notar que sua depressão ia se agravando perigosamente, permiti-me recomendar a consulta com um psiquiatra, e que estudasse a possibilidade de tomar remédios, um desses antidepressivos "da nova geração" que deram um resultado tão bom para muitas pessoas que conheço; não porque eu seja partidário dos medicamentos psiquiátricos, mas entendo que as depressões costumam ter origens diversas, algumas delas de ordem física, talvez inclusive virótica e que, às vezes, podem se tornar muito perigosas. Rafael ia demonstrando em cada carta — e com as novidades tecnológicas, em cada e-mail — um desapego crescente em relação à vida.

Ele me levou a sério. Foi ao psiquiatra, recebeu medicação, melhorou rapidamente de modo perceptível. Não vou dizer que se transformou num sujeito otimista, fátuo e brincalhão; não mudou em nada nenhuma das suas características, mas o desapego em relação à vida foi se dissolvendo com rapidez e sua atitude diante da vida e de si mesmo se tornou muito mais adequada.

Durante o período do meu sonho que já contei, recebi um e-mail de Rafael me comunicando que ele viajaria a Montevidéu nos próximos dias e tinha que me contar algo extraordinário que havia acontecido e que de algum modo dizia respeito a mim. Percebia-se que estava muito preocupado com esse assunto.

Quando chegou, não demorou em abordar a questão; cheguei a pensar que viajou a Montevidéu exclusivamente ou pelo menos com a principal finalidade de me contar sua história.

— Acho que estou louco, ou prestes a enlouquecer — disse.

QUARTA-FEIRA, 28, 16H27

— Tudo começou com um sonho... — disse. — No sonho, estávamos ao redor de uma mesa parecida com essa. — Eu tinha recebido meu amigo numa espécie de sala de jantar, com uma longa mesa de madeira. — À minha frente estava Renata. — É claro, mudei o nome; escolhi Renata por "renascida", dado o fato de que irrompera de uma época que parecia completamente enterrada. — Você a conheceu.

Com certeza não me lembrava dela. Depois ele definiu com total precisão as circunstâncias nas quais eu a conhecera e, como costuma acontecer, cheguei a "ver" nitidamente a cena, mas nunca pude ter certeza de que fosse uma lembrança verdadeira. De acordo com Rafael, eu tinha ficado muito impressionado com a beleza de Renata, e comentara isso com ele.

— No sonho — meu amigo prosseguiu —, eu estava diante dela, e você também estava lá, num canto. Os três ao redor de uma mesa como essa. Fiquei muito surpreso em vê-la, ali, com tanta nitidez, e muito confuso, porque sem dúvida ela tinha tido um grande significado para mim.

Não lembro maiores detalhes desse sonho, se é que ele os deu; por outro lado, não posso deixar de me lembrar do final impressionante, que me arrepiou os pelos da nuca e me deu algo como um calafrio por todo o corpo:

— Ela me pedia ajuda — continuou meu amigo —; dizia que somente eu poderia ajudá-la, e me pedia de um jeito muito dramático, imperioso. Estendi um braço para tocá-la, e minha mão se aproximou muito da sua, mas não chegamos a nos tocar. Foi como aquele afresco de Michelangelo na Capela Sistina, no qual ***a mão de Adão quase chega a roçar o dedo de Deus***.

Palavras quase textuais; devo conferir se realmente é um afresco, se é Michelangelo e se realmente se trata da Capela Sistina; são noções vagas que, na minha falta de cultura geral, possuo, e sempre esqueço esse tipo de detalhe. Mas as palavras que destaquei em itálico, negrito e sublinhado são inesquecivelmente como foram ditas.

A essa altura, cerca de três anos mais tarde, não poderia garantir que o sonho do meu amigo foi mais ou menos simultâneo ao meu sonho do "dedo de Deus", ou com o uso que fiz dessa expressão para contá-lo naquela série de e-mails a Ginebra, a coprotagonista do meu sonho; mas com certeza foram duas experiências muito próximas entre si no tempo — se é que foram duas, e não uma só que se manifestara de maneira diferente em cada um de nós.

Rafael pensava ter tido uma recaída na depressão. Ele me disse que a partir desse sonho se sentiu profundamente perturbado e que não conseguia se libertar da sua influência. Para mim, não pareceu deprimido, e sim assustado. E esse temor era medo de enlouquecer, porque tinha começado a viver um tipo de experiências que eram completamente estranhas a ele. Por um lado, estava obcecado em encontrar Renata no mundo "real" para ver de que maneira poderia ajudá-la; sentia que tinha acontecido uma verdadeira comunicação no sonho, e para ele era indiscutível o fato de que o pedido de ajuda de Renata era autêntico. O problema é que não fazia a menor ideia de como encontrá-la.

Mas o medo de enlouquecer não vinha só dessa obsessão que o dominava, e sim de que, além disso, tinha começado a viver uma série de experiências estranhas quando estava acordado. Renata aparecia e falava com ele. Ele a via, falava com ela. Umas semanas depois, quando Rafael voltou a Montevidéu, durante um passeio de carro tive o privilégio de assistir a um desses encontros. Rafael me disse tranquilamente que Renata estava ali, e começou a me contar o que estava dizendo. Fez isso com total naturalidade, sem sobressaltos, sem que eu me desse conta de que tinha mudado de tema (e, mais do que isso, de dimensão). Depois continuou com seu comportamento normal de sempre.

Durante aquela conversa na qual me contou o sonho e o que derivou disso, fiquei nervoso também e me senti em parte responsável, sem saber bem por quê, mas o fato é que eu tinha estado presente naquele sonho que deu origem a essa situação, e tinha motivos para pensar que essa imagem do dedo de Deus não era uma estranha coincidência. A primeira coisa que fiz naquele dia, enquanto continuávamos sentados na mesa parecida com a do sonho, foi tratar de tranquilizá-lo. Expliquei que esse tipo de experiência costuma mexer muito conosco quando acontece pela primeira vez, e que ele tinha passado a vida inteira ignorando por completo a existência de outras dimensões. Que comigo aconteciam coisas parecidas com muita frequência. Que tudo poderia ser reduzido a um fenômeno telepático. Que também poderia ser por causa de uma irrupção do arquétipo da anima. Falei sobre Jung. Inclusive emprestei-lhe um livro de Jung. Enfim, tentei, por todos os meios, tirá-lo daquele estado de medo que, a meu ver, era a única fonte de perigo verdadeiro para a sua saúde mental. O resto, os fenômenos estranhos, poderiam ser explicados de muitas maneiras além da loucura, embora incluíssem alguma forma de alucinação. Às vezes a alucinação, quando é significativa, é uma forma de expressão do inconsciente, mais útil do que prejudicial. Por último, recomendei-lhe que desse uma volta por alguma igreja, de qualquer credo. Que entrasse e se sentasse para descansar ali. Eu também queria cobrir todos os aspectos possíveis.

Também me propus a ajudá-lo na sua busca material por Renata, e fiz uma série de sugestões sobre distintas formas de empreender a busca, principalmente com ajuda da internet. Isso me levou, nas semanas e talvez meses seguintes, a uma série de adversidades de tal calibre que me vi obrigado a renunciar à busca por motivos de saúde. Meu amigo entendeu, quando eu o comuniquei por e-mail. "É uma tarefa minha", disse, e recomendou que eu me cuidasse. Não sei que forças estavam agindo, mas me deram sinais muito, muito claros de que não queriam saber da minha intervenção nessa busca.

O resto da história, que se prolonga até hoje, não tem muito interesse para ninguém além de Rafael, e não tenho o direito de continuar expondo intimidades alheias. Mas posso dizer que os encontros com Renata continuaram e que ele foi melhorando em todos os aspectos da sua vida, inclusive no profissional. Que finalmente a encontrou (no plano físico, digamos) e se comunicou com ela por e-mail e por telefone. Que depois a perdeu outra vez, por causa de uma manobra estranha, quase inexplicável, e que os encontros "virtuais", ideais, imaginários, alucinatórios, ou como quiser chamá-los, continuaram num ritmo razoável, e sempre, até agora, o mantiveram numa qualidade de vida que parece superior à que tinha conhecido até então. Leu várias coisas de Jung e de outros autores, aferrou-se na convicção de que esses fenômenos são naturais e não há por que temê-los, e inclusive chegou a ter alguma experiência telepática ou de clarividência muito interessante. Um dia Renata aparece e lhe diz:

"Imagino que você deve estar bem contente". Ele responde que não via nenhum motivo especial para estar feliz. "Como não?", pergunta Renata, com um tanto de jocosidade. "E a carta?" Logo depois chega uma carta com ótimas notícias relacionadas à sua profissão.

Março de 2001

QUINTA-FEIRA, 1, 14H59

Ao levantar a persiana do quarto, vejo um pequeno boneco de neve na mureta do telhado vizinho, justo à minha frente. É uma pomba branca, totalmente branca, imaculadamente branca, como eu nunca vira. Branca, gorda e parecida com um repolho. Ela me fita com um olho, dando piscadelas.

SÁBADO, 3, 16H56

No qual se explica o curioso nome "Chl"

Estive procurando, para completar a história do dedo de Deus e adjacências, a data exata do meu encontro ao vivo com Chl. Como no caso do sonho com Ginebra, não encontrei nenhum e-mail preciso. Também procurei entre as cartas, mas nossas cartas como *attachments* criptografados por e-mail são posteriores, quando já tínhamos que nos dizer coisas que não podiam ser lidas por outros olhos. A data do encontro pode ser situada com exatidão quase total no mesmo mês de maio de 98, quase com certeza na terça-feira dia 26.

Mas quando eu procurava agora entre as cartas, abri uma por acaso, e encontrei com a data de 5 de julho justamente minha declaração de amor, clara e concisa, e a origem do nome "Chl":

> ... Serei breve, então: te amo, te desejo, gosto muito de você, você me impressiona incrivelmente. Você deslocou meu ponto de equilíbrio e é provável que eu afunde irremediavelmente. Pelo menos agora estou sorrindo.
>
> Muito obrigado, pequena *chica lista*, garota esperta.

Chl significa, então, "*chica lista*". E, de fato, afundei irremediavelmente, tal como previa minha hiperlucidez desse momento.

DOMINGO, 4, 17H47

Acho que o eventual, hipotético, sofrido leitor deve ter se perdido há muito tempo, não sei se por completo, mas pelo menos no que diz respeito à história que estou narrando há dias. Entre a busca pelo material (e-mails, cartas) e o trabalho de correção deste diário, que continuo realizando e que envolve várias atividades, não me resta muito tempo para o diário propriamente dito, para ir narrando as pequenas anedotas de todos os dias. Não aconteceu nada de espetacular, e espero que não aconteça, mas com certeza fui deixando passar oportunidades de avançar algumas das linhas que vão formando o corpo do argumento.

Agora gostaria de tomar uns minutos para recapitular, para resumir um pouco os pontos essenciais da minha recente investigação, e ver se posso anotar algumas conclusões ou reflexões. Os fatos que integram esse bloqueio são:

1) Meu sonho inicial, de origem terapêutica, no qual desafio "o mundo" a me seduzir.

2) Meu sonho no qual Ginebra intervém, e a menção ao dedo de Deus no e-mail em que conto o sonho a G.

3) Minha convicção, um tanto desesperada, neste último e-mail dessa série a Ginebra, de que só o beijo de uma princesa poderá romper o feitiço:

> Só resta, nesse terreno, a possibilidade (teórica) de que uma linda mulher se apaixone por mim.

4) A aparição de "Rafael" e a narração de um sonho em muitos aspectos similar ao meu, com menção expressa, de sua parte, ao dedo de Deus.

5) O encontro pessoal, inicial, com Chl, no qual sou imediatamente seduzido. E, pelo visto, a sedução é mútua. Mais adiante incluirei um sonho de Chl sobre isso.

Tudo isso num período que vai de 6 a 26 de maio de 98; o dia 6 é a data provável do sonho no qual desafio a que me seduzam, e 26 é o dia do meu encontro com Chl.

Há, é claro, mais perguntas do que respostas. Eu me questiono, por exemplo, se o sonho do "dedo de Deus" com Ginebra está mostrando um encontro real, se Ginebra é um desses "familiares" que Burroughs descreve. Está claro que não é um simples sonho erótico; no sonho eu não sinto desejo, não há nenhuma preparação, nada anterior a essa possessão surpresa que Ginebra exerce sobre mim, estirado no chão. E há esse fluir de energia de sexo a sexo, que não equivale, para o meu gosto, a um ato sexual. Está bem claro que há um contato entre dois mundos que não podem se tocar, mas entre os quais é possível, sim, uma troca de energia, e me parece natural, e há antecedentes a respeito disso, o fato de que essa energia flua através de canais sexuais. Pelo visto há uma união indissolúvel, ou uma mesma identidade, entre a chamada energia psíquica e a chamada energia sexual que alguns denominam libido.

Também me pergunto que relação pode haver entre esse sonho e meu desafio a que me seduzam. O lance com Ginebra não é uma sedução, mas, não obstante, algo me diz que essa cena intervém no processo, que é uma primeira resposta do mundo (ou do diabo) ao meu desafio. Talvez nessa cena eu esteja recebendo a energia necessária para as mudanças que deverei enfrentar muito em breve.

Também devo sublinhar que no sonho não é fatal nem necessário que quem aparece como Ginebra seja realmente Ginebra. Ela não mostrou, nas suas respostas, nenhum indício de ter percebido nada; se preocupou mais com minha situação, com o estado da relação com minha esposa etc., apesar de ser uma mulher muito dada à bruxaria e às percepções místicas. Agora me ocorre que essa Ginebra do sonho bem poderia ter sido, na verdade, Chl, que eu não conhecia pessoalmente, mas sim por e-mail, e com quem já tinha levantado a possibilidade de um encontro ao vivo. Acerca disso, no e-mail no qual Chl me conta esse sonho que prometi copiar aqui, acabo de encontrar linhas ilustrativas:

> É que para mim não foi uma surpresa te conhecer, para começar já tinha visto fotos suas nas revistas, e depois [X], ao me contar

todos esses detalhes imperceptíveis que são importantes para nós, me ajudou a finalizar seu retrato, e quando você abriu a porta da sua casa, eu já sabia que era você.

Isso sugere "um encontro prévio"; e é muito curioso o fato de que, se eu não tinha conscientemente nenhuma expectativa erótica em relação ao encontro com Chl — que eu imaginava vividamente de forma muito diversa de como é na verdade, e muito pouco atraente —, na madrugada anterior ao encontro eu decidi fazer a barba. Exatamente às quatro da manhã, num processo complicado que demorou cerca de uma hora.

Seja como for, a partir do relato do sonho de Rafael tenho a convicção de que em algum lugar, em alguma dimensão, aconteceu algo; produziu-se um acontecimento importante, que eu pintei no meu sonho como a troca de energias com Ginebra e Rafael pintou no seu como o encontro com Renata.

Esse acontecimento pode ter chegado a muitas outras pessoas, que podem tê-lo percebido de múltiplas maneiras distintas, embora mantendo o esquema básico de masculino-feminino *quase* se encostando. Eu me pergunto que papel Chl poderia ter tido nesse acontecimento. Se ela o percebeu, se inclusive o criou, se participou dele. Não há respostas, nem haverá.

Também estou convencido de que, a partir do sonho do meu desafio, comecei a viver, e vivi durante vários dias, num estado muito diferente dos meus habituais, e que com certeza me movi no tempo, especialmente para a frente, por dizer a Ginebra que uma linda mulher deveria se apaixonar por mim, ou por ter feito a barba naquela madrugada.

DOMINGO, 4, 21H56

Talvez o escrupuloso leitor se lembre de que há alguns dias falei de *Seara vermelha*, de Hammett, provável primeira edição em espanhol da coleção Rastros. A seguir, acrescentava que no catálogo também havia *A maldição dos Dain*, outro livro de Hammett que eu jamais tinha visto na Rastros, e olhe que acompanho a Rastros há mais ou menos meio século. Bom, hoje eu o consegui. Por cinco pesos. Junto com mais onze Rastros, embora talvez eu já possua algum dos títulos na minha biblioteca. Mais outro exemplar, esse sim repetido de propósito, de *Memorias de Leticia Valle*, de Rosa Chacel; não pude resistir ao preço, quinze pesos, e é um livro que a qualquer momento pode desaparecer da minha biblioteca porque eu o empresto com muita frequência.

Tudo isso durante o passeio com F, por uma cidade que padecia de um clima de trinta e três graus centígrados, segundo me disseram; desta vez sem P. Saí para a rua com temores adicionais, porque F estava belíssima e tinha posto um vestido branco muito leve, um tanto transparente, e com amplos decotes na frente e atrás, como se quisesse que os invejosos uruguaios me atirassem pedras. Mas parece que o calor tranquilizou todo mundo, porque não percebi nenhum tipo de agressão. Não consegui os livros na Feira do Livro, e sim nessa outra livraria que teve o bom tino de adicionar alguns romances policiais usados na sua espantosa mesa de ofertas.

Os ares-condicionados, por sua vez, transmitem por meio de um código de luzes uma mensagem que, pelo visto, significa que está com baixa tensão. Curiosamente, quando um dos aparelhos mostra essa mensagem, o outro não. Terei que estudar melhor o problema, mas neste momento não sei o que poderia fazer. De todo jeito, parecem funcionar, porque o clima do meu apartamento é bastante tolerável, quase fresco, eu diria.

SEGUNDA-FEIRA, 5, 0H59

Já estou quase terminando essa história complicada. Agora, o sonho prometido, o de Chl. É a cópia de um e-mail dela de 21 de junho, quando ainda faltava exatamente um mês para que concretizássemos nossa união física, mas quando já sabíamos muito bem como seriam as coisas.

> ... ontem à noite tive um sonho. Sonhei que estávamos no telhado de dois edifícios, você em um, eu em outro. Por entre os dois edifícios passava uma rua estreita, mas os edifícios eram tão, mas tão altos que não dava para ver a rua. Estávamos um em frente ao outro nos olhando, com as pontas dos pés no ar. Eu te falava: "Você precisa se transformar num gato; é muito fácil, e aí você poderá saltar até aqui, e quando você chegar eu te transformo de novo no Mario". Então você se transformava num gato grande, um pouco disforme, e saltava para o meu telhado, e quando você estava virando Mario outra vez eu acordei.

Nota-se que o sonho me interessou muito e pedi mais detalhes, porque no dia seguinte ela me escreveu:

> No sonho, tínhamos muito medo de altura (eu tenho pânico de altura), mas não importava. Eu vestia um sobretudo cinza, escuro, longo, e um lenço no pescoço, e você algo preto, mas não me lembro o quê. Nós nos balançávamos um pouco no vazio (com as pontas dos pés no ar) em silêncio até que eu me decidia a falar com você. Eu ficava surpresa com quão fácil foi te convencer a virar um gato, e além disso, que saltasse, bastava eu falar que você já estava se transformando, eram duas ações quase simultâneas.

Uma linha em branco, e finaliza o e-mail com uma comovente nota doméstica:

Comprei xícaras de café com pires.

De modo que virei um gato e pulei. Na verdade, pulei duas vezes; a primeira, para fugir daquela morte em vida que eu levava havia vários anos e aterrissar nos braços da maravilhosa Chl. A segunda foi algo como a realização no tempo e no espaço materiais desse primeiro salto, e aconteceu quando fui embora para sempre da casa onde eu morava e passei esses seis meses na casa dos meus amigos, procurando apartamentos daquele jeito tão sofrido como já contei. Eu passei esses meses no ar, com a vertigem do pulo nas alturas, e quando caí... Chl mal estava lá para me receber, porque logo aconteceu aquilo da viagem e, de certo modo, eu ainda continuo nas alturas, com vertigem, com a sensação de uma queda interminável em câmera lenta, e o sentimento de um desastre inevitável.

"Você sabe que está escolhendo a solidão", afirmou, mais do que perguntou, minha terapeuta, numa sessão especial, uma consulta que solicitei quando já não era minha terapeuta. Pedi essa sessão para que avaliasse meu estado psíquico, quando estava quase dando o passo definitivo para fora daquele que era o meu lar. A avaliação foi positiva, como também foi essa afirmação, mais do que uma pergunta — e que na verdade era uma advertência.

"Sim", respondi, com firmeza e convicção. Sabia que a aventura com Chl não poderia durar muito, porque eu mesmo talvez não fosse durar. Mas estava disposto a assumir a solidão final, que é esta, embora nunca imaginei que fosse assim, com essa ambiguidade.

Senti que, de algum modo, aquela boa velhinha me dava sua bênção, e que de algum modo estava satisfeita com isso que era o verdadeiro fim da terapia. Minha libido tinha conseguido aparecer e se fixar "num objeto exterior" (palavras minhas, porque ela raramente usa uma linguagem psicanalítica).

Há pouco falei por telefone com "o objeto exterior"; amanhã eu a verei... e depois ela irá embora de novo por vários dias.

Mas não consigo encerrar o assunto, e sempre me disperso, e divago com lembranças e e-mails antigos. Em algum momento desses dias, pensei que estava misturando o diário com o projeto e não tinha certeza de que essas páginas não corresponderiam ao romance luminoso. Depois pensei que não há luminosidade nesta história; há magia, sim, mas não aquela magia luminosa que busquei, e busco, registrar no romance, sem sucesso à vista.

Essa magia de maio de 98 tem algo de obscuro, quase tenebroso, eu diria. Os "familiares" se associam mais aos mortos e demônios (íncubos e súcubos), e uma noite vi um fantasma no corredor da minha casa. Não quero dizer que Chl seja um demônio, e, se há algo de luminoso em tudo isso, é ela mesma, luminosa, pletórica de luz, e tão cheia de graça e bondade que cheguei a adorá-la como um ser sobrenatural.

Minha conclusão final, ao reviver essa história, é que provavelmente Chl tenha sido a resposta ao meu desafio, e que todos os acontecimentos estranhos foram causados por ela, do sonho do meu amigo Rafael ao fantasma no corredor da minha casa. No começo da nossa relação, naqueles meses de inferno e paraíso extremos, Chl era um ser completamente diferente do que é hoje. Hoje se mostra como uma jovem comum e ordinária, quase vulgar, eu diria, com gostos vulgares e atividades vulgares, ou pelo menos comuns e ordinários. Em certo sentido, é uma pessoa mais sã, e talvez mais feliz. Quando eu a conheci, sofria de frequentes depressões, durante as quais não conseguia nem falar. Vivia longos lapsos de silêncio, voltada para si mesma. Também, com frequência, tinha sonhos prodigiosos; cada um desses sonhos que me contava era quase um romance, e um romance de ficção científica, no qual tanto ela como outros personagens que apareciam, e como os cenários, faziam parte de um mundo diferente, talvez arquetípico. Naquela época, cheguei a suspeitar de que havia na terra seres de outros planetas, e que Chl era um deles. Os fenômenos paranormais eram frequentes entre nós. Sua compreensão dos problemas humanos mais complexos era instantânea e natural.

Quando estávamos juntos num cômodo que ia sendo invadido pelas sombras do anoitecer, ao atingir certa forma de penumbra eu percebia seu rosto se transformar numa grande variedade de caras esbranquiçadas, fantasmagóricas. Uma delas, que se repetia com frequência, era a cara de Julia. Mas logo começavam a desfilar com bastante velocidade outras, algumas muito feias, uma que parecia o diabo, outra que parecia um índio, uma mulher velha, e várias outras que não se repetiam, mas que apareciam só uma vez, e muitas que não era possível distinguir. É fácil dizer que eu "projetava imagens do meu inconsciente", mas... Eu sacudia a cabeça, me movimentava, fazia o possível para sair de um hipotético estado de transe, e as figuras fantasmagóricas não iam embora.

Depois, toda a fenomenologia estranha foi desaparecendo, apagando-se, inclusive aqueles sonhos arquetípicos ou extraterrestres, e Chl foi se tornando uma garota esperta comum e ordinária. Muito bela, às vezes irradiando essa beleza quase sobrenatural que registrei em algumas partes deste diário, mas comum e ordinária.

Uma personalidade deu lugar a outra, talvez mais conveniente para ela. Essa personalidade já não me ama mais, embora sinta por mim muito carinho; mas a paixão terminou, a magia terminou.

Acho que quando surge o amor, o amor verdadeiro, entre um homem e uma mulher, ambos se transformam e adquirem certas virtudes mágicas. Talvez não se deem conta. O amor passa a guiá-los, a dirigi-los, e ambos têm a possibilidade de fazer coisas que normalmente pareceriam impossíveis. Vive-se uma realidade com mais dimensões.

Estou prestes a ser quase blasfemo, porém, mais uma vez, mais uma vez, ao chegar a esse ponto, não posso evitar uma volta ao mesmo assunto: no amor erótico, no sexo com amor, na tensão do desejo, na projeção das energias do homem e da mulher para a criação de uma nova vida, ali, nesta tensão e nessa circunstância íntima, é quando em ambos se torna presente o que em cada ser, habitualmente escondido, há de Deus. Só Deus pode criar a vida, e não é outra a função do sexo.

Na tensão do nosso desejo, Chl e eu fomos, por um momento, como deuses. Uma forma sobrenatural de magia que está ao alcance de todo mundo, mas que poucos percebem.

SEGUNDA-FEIRA, 5, 2H26

Consegui confirmar na internet aqueles dados: de fato trata-se da Capela Sistina e de Michelangelo.

SEGUNDA-FEIRA, 5, 18H07

Devo fazer constar neste diário que a telepatia com o livreiro da esquina não está funcionando. Faz uns dias, fui à banca com a total certeza de que havia novidades importantes, e não havia nada. Hoje, se por um lado senti a necessidade de ir lá, porque fui pagar a UTE e é quase rotina passar por ali na volta, tinha a convicção de que não ia encontrar nada, e haviam chegado vários romances policiais. O livreiro me esperava com alegria.

Do meu passeio de ontem com F esqueci de mencionar que na volta, na *rive gauche* da praça Libertad, cruzamos com Gérard de Nerval. Tive que olhar duas vezes, coisa que não costumo fazer com os homens, e ele percebeu e me olhou, e na sua expressão se notava algo como um reconhecimento, como se soubesse que alguma vez eu lera seus livros com certa devoção. F não tinha lido nada dele; depois, em casa, procurei entre meus livros e encontrei *As filhas do fogo*. No livro há uma foto de Gérard de Nerval, e F ficou enormemente surpresa que tivéssemos passado por ele — sobretudo quando expliquei que ele tinha se enforcado muitos anos atrás, pendurando-se num farol, ou tinha sido enforcado, porque o fato nunca foi esclarecido. "Os mortos se reciclam", expliquei. Ela levou o livro.

TERÇA-FEIRA, 6, 15H03

Ontem à noite Chl leu essas páginas recentes do diário nas quais nosso encontro é narrado. A leitura teve nela o mesmo efeito que eu senti ao escrever, e ficou com os olhos avermelhados e as bochechas úmidas. Não digo que outros leitores irão se comover da mesma maneira, mas essas lágrimas não deixam de ser um comentário estimulante para o meu trabalho.

QUARTA-FEIRA, 7, 22H19

Terminei de ler *No es asunto mío*, de Raymond Marshall, um romance policial publicado na velhíssima coleção El Elefante Blanco, da Editora Saturnino Calleja. Não há data de publicação em nenhuma parte do livro. O começo era notável, com um grande clima e encanto narrativo. Algo ressoava na minha mente enquanto eu o lia, algo como uma impressão de déjà-vu. Depois pensei em Graham Greene, mais especialmente no clima tão particular de *O terceiro homem*. Muito mais adiante encontrei uma cena que parecia saída de Chandler, e ali pensei ter entendido. "Raymond Marshall é um pseudônimo de James Hadley Chase", disse a mim mesmo, e parece que alguma vez soube essa informação. Fui ao livro de Vázquez de Parga, que perto do final apresenta uma lista de pseudônimos junto aos nomes verdadeiros correspondentes, e para a minha decepção descobri que Raymond Marshall se chama, ou talvez se chamasse, René Raymond.

Fiquei com a pulga atrás da orelha, e um pouco depois voltei a conferir a lista de nomes e pseudônimos e então saltou a informação: James Hadley Chase é um pseudônimo de René Raymond. Chandler, embora não por esse livro, acusou Chase de plágio uma vez e ganhou o processo. A leitura de hoje me informou que René Raymond é, ou era, um hábil plagiador; mas, além disso, era bom no que fazia. Sabe construir um relato ameno. Tinha pensado: "Menos mal que com esse pseudônimo não escreve com o sadismo mórbido de Chase", sadismo que me levou a parar de lê-lo, e não sem lamentar, pois publicou muitos livros e, como disse, escreve bem e de forma amena. Mas continuei lendo e, sim, apareceram a violência gratuita e o sadismo e a desvalorização da mulher, quase as impressões digitais de James Hadley Chase.

QUINTA-FEIRA, 8, 19H55

Ontem, ao levantar a persiana do quarto, apenas um pouco para que entrasse um pouco de luz, mas não o sol, vi que havia alguém no telhado vizinho. Um homem, agachado, de costas para mim, ou quase, que olhava através de uma coisa que parecia uma câmera fotográfica. Achei estranho que alguém subisse ao telhado para tirar fotos, mas não pude investigar mais o assunto porque estava com pressa, não sei bem por que razão; tinha algo para fazer, talvez tomar café da manhã.

À noite, acordei e fui ver se tinham levado o cadáver da pomba, mas estava tudo muito escuro e não consegui enxergar.

Hoje, ao levantar um pouco a persiana, vi que havia uns homens trabalhando; nota-se que não era uma câmera fotográfica o que o homem carregava ontem, e sim algum aparelho de medição. Os homens estavam ocupados em levantar um enorme mastro que tinha algo na ponta, uma espécie de caixinha metálica quadrada. O cadáver da pomba tinha mudado de lugar; agora estava mais perto da mureta do lado oposto do telhado, junto com uma caixinha de ferramentas. Voltei a me perguntar se enfim levariam o cadáver. Agora é noite e fui olhar pela janela, e mais uma vez não se enxerga nada sobre o piso do telhado. O que dá para ver é o mastro e o sinistro aparato que tem lá em cima, na ponta, provavelmente algo eletromagnético que provoca tumores cerebrais. O mastro está firmemente sustentado por várias tiras amarradas. A paisagem foi arruinada, e espero que seja só a paisagem que se arruíne.

SÁBADO, 10, 2H42

Acabou de chegar um e-mail com uma resposta que eu esperava; essa resposta me permite incorporar ao diário, com certo atraso, o relato de um sonho. A pessoa que sonhou se chama Carmen e é uma nova amiga de e-mail, mexicana. No último dia 21 de fevereiro me escreveu:

> Ontem à noite sonhei com você: você vinha ao México, estava perto do closet do meu quarto, e eu te via, te via, e pensava como era maravilhoso que nos encontráramos. Então você começava a fuçar na minha roupa e a tirar peças do closet, o que me divertia ao mesmo tempo que eu achava aquilo estranho; rindo, perguntei: "O que você está procurando, Mario? Precisa de algo?", e você me respondeu: "Só quero ver sua roupa, para te conhecer".

SÁBADO, 10, 16H27

Li umas cinquenta páginas de *Diplomatic Copse* [O cadáver diplomático], de Phoebe Atwood Taylor (Rastros nº 175), surpreso com o senso de humor dessa senhora; poucas vezes encontrei romances policiais tão divertidos.

Ontem saí para caminhar com M e demorei um bom tempo para compreender que estava alterada, e um pouco mais para deduzir os motivos. No meio do caminho rumo ao boteco da rua Ejido, em meio à sua verborragia habitual, sempre desordenada — ou, mais do que isso, sem hierarquias no que diz respeito à prioridade dos assuntos —, me revelou que tinha largado um emprego que conseguira havia pouco, e me contou a cena violenta que protagonizou; uma violência, de sua parte, totalmente justificada, mas também desnecessária. Nesse momento, lembrei-me do episódio da cadela e fez-se a luz. A cadela, segundo ela tinha me contado por e-mail há alguns dias — e ontem narrou a cena de forma notável na minha sala —, abriu sua sacola, tirou do seu interior um recipiente de plástico fechado onde guarda os remédios psiquiátricos, e depois de comer parte do plástico engoliu seis dos nove comprimidos. M teve que chamar o veterinário.

— Em que dia você largou o emprego, e em que dia a cadela comeu os comprimidos? — perguntei.

Ela riu nervosamente e me disse que eu tinha me enganado nos meus cálculos, que o pedido de demissão foi anterior ao episódio da cadela. Era verdade que sentia alguns transtornos pela falta de medicação, mas sua demissão não tinha a menor relação com isso. Como sei que está tomando dois tipos de remédios, um antidepressivo e um tranquilizante, perguntei quais foram os que a cadela comeu; eram os tranquilizantes. "E o antidepressivo?", perguntei, extremamente inquisidor, porque me dei conta de que tinha entrado num dos seus períodos autodestrutivos. "Bom, o antidepressivo tinha acabado uns dias antes." "Arrá", eu disse. "Não comprei porque estava sem dinheiro", ela acrescentou. "Por que você não me pediu?", perguntei. Aí ela encontrou não sei qual desculpa, mas estava claro que M estava sem a principal medicação havia vários dias, e que, tal como eu deduzira, sua demissão foi uma ação autodestrutiva. Não pela demissão em si, mas pelo jeito que acabou queimando pontes com essa violência. Há uns meses tinha feito o mesmo com outro emprego, também durante um hiato na tomada de antidepressivos. Ela, segundo me disse, sente que o medicamento que lhe faz bem é o tranquilizante, e não dá muita importância ao antidepressivo. E, na verdade, é exatamente o contrário. Ao final, consegui que prometesse que veria seu psiquiatra naquela mesma noite — num horário insólito — e conseguiria receitas para os dois medicamentos e começaria a tomá-los imediatamente. Já estávamos sentados numa mesa do boteco e eu peguei um guardanapo de papel e anotei "Controlar medicação de M" e a data. Disse que eu iria cuidar para que ela não ficasse sem remédio, e ela concordou. Já agendei o lembrete no programa.

O resultado final disso tudo foi que fiquei horas grudado ao computador e fui dormir muito tarde; M tinha me contagiado com sua ansiedade e com algo desse estado tão difícil de descrever, uma espécie de desorganização mental e um esforço permanente em se organizar, o que resulta num discurso entrecortado, fragmentário, cujo sentido final é muito difícil de perceber; com frequência desliza de um assunto para outro de modo imperceptível, e eu demoro a me dar conta de que está falando de outra coisa, e me perco, e as situações e os personagens se misturam, e quase sempre tenho que perguntar: "Do que você está falando?".

Hoje me deixou uma mensagem na secretária eletrônica, contando o número de comprimidos que tinha conseguido. Farei esse controle com prazer. Nota-se que não consigo apagar da cabeça o episódio ocorrido há um quarto de século, quando M resolveu se suicidar, se entupiu de comprimidos, saiu para caminhar e meio que por acaso acabou tocando a campainha da minha casa. Em pouco tempo me encontrei mergulhado no maior desespero, lidando com o peso morto do seu corpo, estirado sobre as lajotas do corredor do meu velho apartamento.

DOMINGO, 11, 2H43

Esta tarde anotei, à mão, enquanto esperava F para a caminhada: "Acho curioso o fato de que nas traduções do inglês, inclusive nas boas, encontre-se com tão pouca frequência 'ter fome'". Nesse momento, F chegou e parei. Faltou apontar, embora tenha esquecido tudo o que pensara sobre isso — e, pior, também esqueci como falar disso —, que esse "estar faminto" que os tradutores usam em vez de "ter fome" não é muito equivalente; pelo menos para mim soa muito mais dramático. Para mim "tenho fome", que expressa uma situação normal na hora da refeição, não é o mesmo que "estou esfomeado", que a meu ver contém certa angústia entranhada, como se houvesse passado muito tempo da hora da refeição. Não obstante, para a maioria dos tradutores, "ter fome" parece não existir.

Hoje F também veio sozinha. Não estava de tão bom humor como na semana passada, e as causas apareceram durante a conversa na caminhada. Desta vez, tivemos que mudar de boteco; o da rua Ejido não tinha croissants, e por acaso era justo o que eu e F queríamos comer. O garçom de sempre também não estava lá; é um garçom muito simpático, com algo da alegria natural dos centro-americanos, embora não tenha sotaque centro-americano, mas sim certa configuração facial parecida. Sempre sorri ou tem um gesto cordial ou faz um comentário humorístico. Penso que me cumprimenta com entusiasmo especial, talvez porque me veja três vezes por semana, alternando três acompanhantes femininas diferentes, mas não tenho certeza de que se dê conta de que são diferentes. Seja quem for a dama, ele a cumprimenta como se a tivesse visto ontem. Mas hoje havia um garçom seco e pouco cordial. Quando ficamos desconcertados, olhando um para o outro porque não havia croissants, e a oferta de trocá-los por sanduíches quentes não nos satisfazia, ele foi atender outras mesas. Nos levantamos e fomos embora. É uma coisa que gosto de fazer nos botecos para expressar meu incômodo, ir embora do nada. Caminhamos mais umas quadras e fomos a um boteco que não tinha mesas do lado de fora, mas uns belos croissants. Ao entrar, lembrei-me de que também tinha ido embora desse lugar havia uns meses, porque veio um garçom e disse que ali onde estávamos sentados, eu e Chl, era uma área reservada para não fumantes. A indicação da área reservada estava escrita com letra pequena num cardápio que você só via depois de se sentar. Era preciso, portanto, apagar o cigarro ou mudar de área, mas, já que tínhamos nos levantado da cadeira, fomos embora. Adorei. Hoje, F me disse que havia uma área de fumantes ao fundo e lá fomos nós. Devo dizer que, ao contrário da área para fumantes, muito concorrida, a área de não fumantes não tinha muito sucesso: estava praticamente vazia, exceto por uma mesa perto da vitrine, com três pessoas; uma delas fumava.

Sentados à mesa, cada um diante de uma boa xícara de café e um bom croissant recheado, a conversa fluiu muito mais fácil do que na rua. Fiquei sabendo de várias pequenas coisas que desconhecia sobre gente que conheço, e que não sabia que se conheciam entre si, ou pelo menos que se viam. Fiquei feliz em saber, especialmente porque se conheceram, segundo penso, através de mim.

Nas mesas de ofertas das livrarias não havia nada para mim. Na Feira do Livro, nem sequer o lotezinho de romances policiais. Perguntei a um funcionário e ele me explicou que o retiraram para dar espaço aos didáticos. Começara a época de volta às aulas. Podiam ter retirado outra coisa. Mas parece que vão repor o lotezinho mês que vem.

SEGUNDA-FEIRA, 12, 20H48

Não me lembro de ter me entediado tanto com um romance policial como com *Cara ou coroa* (*Double, double*), de Ellery Queen. Mas não tenho dúvidas de que, no meu inconsciente, o dado estava bem arquivado, pois quando vi o livro, a capa me deu uma má impressão. Sei que na minha adolescência, quando era fã de E. Q., só um romance seu me deixou furioso e desencantado, e não só eu como todo o grupo de amigos entre os quais circulavam os romances que eu comprava. Há uns dias, na banca de livros, ficara pensativo olhando essa capa, na dúvida se deveria comprá-lo; revirei a memória mas não encontrei nenhuma lembrança precisa. Só de não gostar da capa.

Há muitos anos tenho a teoria, ou a suspeita, de que os primos que assinam "Ellery Queen", uma vez que sua fama foi consolidada, pararam de escrever. Foram os editores da *Ellery Queen's Mystery Magazine*, publicação periódica que também teve grande sucesso, dedicada à seleção de contos e novelas. Devem ter ganhado muito dinheiro.

Pararam de escrever, de acordo com minha teoria, mas não de publicar livros sob o nome de Ellery Queen. Talvez alguém saiba algo sobre isso; deveria procurar na internet. *Cara ou coroa* está muito longe de ter a menor semelhança com os romances anteriores. Só resta o frouxo e engenhoso enigma policial, muito do estilo de E. Q., mas que não dava mais do que para um conto de vinte páginas. Este romance tem cento e noventa e duas páginas com letra pequena (talvez em corpo oito), e entedia, entedia até não poder mais com a história paralela da amizade, quase romance, entre o detetive e uma garota. Não é difícil que o grosso do romance tenha sido escrito por uma mulher. Os toques românticos e as cenas sentimentais se acumulam até quase dar ânsia de vômito, envoltos numa prosa cheia de pretensões literárias, como se os primos Dannay e Lee tivessem passado por uma oficina literária uruguaia. Citações de autores célebres, filosofia barata, repetições de discussões policiais que são contadas várias e várias vezes no decorrer dos raciocínios dedutivos... Ah, a quantidade de páginas que pulei, e a quantidade que deveria ter pulado. Ontem à noite pegava no sono e continuava lendo, sem força de vontade para pular; estava abobalhado com essa conversa fiada inesgotável, com essa história que não avançava e não avançava e não avançava... Este diário, em comparação, é uma leitura dinâmica, que entretém, divertidíssima.

SEGUNDA-FEIRA, 12, 23H07

Recado de Lilí na secretária eletrônica; espero que ninguém tenha morrido. Não parece, pela voz cantarolante, mas... Na verdade não deixa recados; ela fala para ver se eu levanto o fone do gancho.

Isso foi no regresso de uma breve saída com Chl, de passagem fugaz por aqui. Sempre com sua beleza radiante que machuca.

TERÇA-FEIRA, 13, 3H35

Fascinado com a informação disponível na internet. Procurei "Ellery Queen" e encontrei muitas referências. Uma delas é de um site com grande quantidade de páginas que narra exaustivamente a vida e obra desses primos. Também encontrei o que mais me interessava:

> *Since 1950 they started recruiting and training ghost-writers they already had used on some juvenile adaptations of Queen movies and radioshows.*

Ou seja: desde 1950 começaram a usar outros (eles os chamam de "ghost writers", escritores fantasmas). O romance que acabo de ler e que tanta irritação me causou foi publicado em espanhol em 1951. No dia 28 de agosto, para ser mais preciso.

Com essa investigação, que ainda me dará muito trabalho, porque copiei várias páginas para imprimir e ler, estou homenageando o adolescente fanático que fui. É curioso resolver alguns enigmas cinquenta anos depois com tanta facilidade. Tenho fresca na memória, como se fosse hoje, a imagem de mim num ônibus, voltando da feira. Estou num assento à esquerda do corredor, folheando maravilhado um livro da Série Laranja; provavelmente era *Novas aventuras de Ellery Queen*. Nas primeiras páginas revelavam o mistério da sua verdadeira dupla personalidade — oculta durante vários anos — e havia duas pequenas fotos redondas, em preto e branco, é claro. Manfred B. Lee tinha uma cara horrível, especialmente por causa dos lábios cruéis e apertados, e todo um ar de líder nazista.

TERÇA-FEIRA, 13, 16H18

Uma prática médica para a cura radical de certas doenças, prática tão comum como as operações cirúrgicas, consistia em matar o paciente e depois ressuscitá-lo. Ao ressuscitar, o paciente ficava completamente curado e inclusive rejuvenescido.

Minha médica tinha me levado a um hospital e me deixou instalado numa cama; foi embora, e eu fiquei esperando a médica do hospital encarregada de me matar e me ressuscitar. Ela estava falando ao telefone num quarto vizinho; falava com uma voz muito alta, para me incomodar, mas não cheguei a distinguir as palavras, ou talvez o assunto não me interessasse muito. Eu estava tranquilo, com uma curiosa indiferença diante do que ia acontecercer comigo. Só me irritava a demora daquela mulher que falava sem parar na peça vizinha. À minha direita havia um desses aparelhos que usam para pendurar as bolsas de soro; este tinha no extremo superior um frasco parecido com uma vinagreira antiga, facetado, e eu estava conectado de alguma maneira a esse frasco; provavelmente recebesse oxigênio dele através de um tubo. O frasco tinha, além disso, um dispositivo metálico na frente, algo como uma válvula ou uma torneira pequena. Minha médica tinha me explicado que ali seria encaixado outro dispositivo que faria circular um gás que me mataria rapidamente. O dispositivo estava ao meu alcance, e vi que era muito fácil de usá-lo, e até tive a louca ideia de que, se essa médica continuasse falando no telefone e demorando, eu mesmo poderia encaixá-lo e ganhar tempo.

Fiquei um bom tempo examinando essas coisas e me convencendo de que era muito fácil manusear o dispositivo; e, enquanto pensava no assunto, de repente tive uma revelação, uma inspiração súbita. Chamei minha médica, que pelo visto ainda estava por ali, e enquanto me levantava da cama e me vestia rapidamente disse a ela que não ia me submeter a esse procedimento. "Se me matarem e eu ressuscitar, já não serei mais o mesmo: serei eu mais a experiência de ter morrido." Enquanto falava, ia ficando empolgado e com cada vez mais veemência. Minha médica se mostrava totalmente indiferente; não me contradizia nem concordava. Talvez fosse isso o que me excitava, como se ela não compreendesse a tremenda verdade das minhas palavras, e eu repetia o discurso, com gestos e movimentos, mas ela se mantinha igualmente alheia. A outra médica, que eu não via claramente, apareceu, e tinha a mesma atitude de indiferença.

"Entendem?", eu quase gritava. "Se morrer e ressuscitar, não serei o mesmo. E não quero deixar de ser eu mesmo. Não me importo de continuar doente. Até preferiria que me cortassem as pernas!"

Elas assentiam, sempre distantes e alheias.

TERÇA-FEIRA, 13, 17H56

Na ligação entre quatro azulejos do banheiro houve, por um instante, uma dimensionalidade espacial. Havia sobre ela um emaranhado de cabelos, provavelmente a soma de vários fios caídos do pente e talvez reunidos por alguma corrente de ar; o emaranhado era de um tamanho considerável, e também era considerável a quantidade de cabelos reunida. Pois então: por instantes, esse emaranhado parecia estar submerso numa poça d'água, embora não se visse exatamente como água. Havia algo similar a uma massa transparente, como aquelas restaurações com resina transparente que eu fiz um tempo atrás; mas essa poça ou esse bloco de resina não tinha limites claros, não tinha fronteiras, e, ainda assim, não se estendia indefinidamente, mas apenas transbordava um pouco por todos os lados da massa de cabelos. Pensei que algo ruim ocorria com meus olhos; mas, se fosse isso, o efeito deveria ter se deslocado para outros lugares do banheiro quando eu movia o olhar ou a cabeça, mas não: sempre estava no mesmo lugar. Eu me aproximei, com um pouco de temor; pensei: "Se meter minha mão aí e pegar a massa de cabelos, minha mão será engolida por algo, entrará em outra dimensão; vai saber que dobra no espaço-tempo havia ali, e se eu meter a mão ali é capaz de aparecer em alguma galáxia remota e algo desconhecido pode morder meus dedos" etc. Enfim criei coragem e levantei o emaranhado de cabelos. Era só isso, um emaranhado de cabelos. A poça, bloco de resina ou efeito visual desapareceu. Depois voltei a pôr os cabelos neste lugar, e mais uma vez ocorreu o efeito estranho. Coloquei-os em outros lugares e nada. Depois eu os coloquei no mesmo lugar, mas a sua configuração já tinha se alterado e não produzia o mesmo efeito; era uma massa idiota de cabelos, comum e ordinária.

Há alguns truques visuais fabricados pelo computador que

estiveram na moda uns anos atrás; inclusive foram publicados vários livros explorando esse efeito. Era preciso olhar de certa maneira (eu fazia isso envesgando os olhos) certas figuras, e de repente, tcharã, surgia um efeito tridimensional e as coisas apareciam flutuando num espaço aparente. Pois bem, essa massa de cabelos conseguiu, por acaso, gerar o mesmo efeito, inclusive com maior eficácia do que aqueles desenhos, já que não era necessário envesgar nem fazer nada especial com os olhos. Bastava pousar o olhar sobre a massa.

QUARTA-FEIRA, 14, 21H48

Mal dia, hoje. Começou de madrugada, com o que suponho que são efeitos de um novo remédio para a cistite. Quando minha médica ficou sabendo que eu continuava igual, depois de vários dias de tratamento, trocou o remédio. Este parece muito eficaz, porque os sintomas aliviaram rapidamente, apesar de eu ter voltado a dormir com o ar-condicionado ligado. Quando fui me deitar, eu o desliguei, depois de ter medido minha temperatura duas vezes no intervalo de uma hora, porque me sentia com febre, estava com a testa muito quente e os lábios ressecados, e com as pontas dos dedos com essa sensação desagradável que a febre dá às vezes. Mas a temperatura estava perfeitamente normal. Ao mesmo tempo, se por um lado sentia muito sono, apesar de que era cedo para mim — três da manhã —, por outro, também sofria com uma grande inquietude, uma estranha excitação que não me deixava dormir. Além disso, um dos efeitos do novo remédio foi me fazer urinar bastante, o que deve ter contribuído para o alívio; tinha que me levantar com muita frequência para ir ao banheiro. Quando vi, eram cinco da manhã e continuava acordado. Eu me dei conta, então, de que, apesar da sensação de febre, estava com calor; e às cinco liguei o aparelho de ar-condicionado e tomei algo como um oitavo de um Valium 10, que, curiosamente, pouco a pouco foi me acalmando até que finalmente adormeci. Mas o Valium tomado a essa hora sempre me faz acordar confuso. Despertei no horário habitual desse momento da minha vida, à uma e meia da tarde, mas não consegui me levantar logo em seguida. Fiquei mais de uma hora tentando me livrar do resto do sono e esperando que a mente ficasse mais clara. Enfim me levantei, mas incomodado. Estava com dor no corpo, em especial na cintura, e tinha todos os sintomas de uma gripe, e era muito difícil para mim coordenar os movimentos habituais para realizar minha rotina; cometia erros, os objetos caíam das minhas mãos, não fazia as coisas numa ordem lógica nem na ordem de sempre, seja esta lógica ou não. Assim foi a tarde. No último instante consegui descer e dar uma olhada na banca de livros e comprar cigarros. Tinham chegado, outra vez, muitos livros — policiais, quero dizer. Trouxe um novo pequeno lote, e uma lista de cinco ou seis que eu não sabia se tinha ou não (em casa conferi que eu só tinha dois da lista). Depois apareceu minha professora de ioga, mas não quis ter aula porque não me sentia bem, e além disso estava com fome.

QUINTA-FEIRA, 15, 16H54

Revisando este diário, encontro, em meados de janeiro, uma preocupação com os curtos-circuitos que poderiam ocorrer num horário inadequado para religar o disjuntor que fica na portaria. Ulises, um sujeito cuidadoso, tinha me garantido que não havia motivo algum para que isso acontecesse. Pedi para que fizesse um curto-circuito controlado, para ver o que acontecia, mas ele riu e não fez nada. Bom, faz alguns dias, já prestes a dormir, depois das cinco da manhã, fui ao banheiro e, ao acender a luz, BANG!, deu um estouro fenomenal numa das duas lâmpadas e, é claro, o disjuntor do apartamento caiu. Pensei: "Com certeza também caiu o de lá de baixo", e comecei a xingar Ulises por antecipação enquanto caminhava com cautela até o disjuntor do corredor que há ao lado da cozinha. De fato, liguei e desliguei o disjuntor várias vezes; nada. Armei-me de paciência e andei lentamente na escuridão procurando a lanterna que sempre deixo à mão na cabeceira; com ela, voltei à cozinha e desliguei a geladeira da tomada, depois mexi no bolso da camisa onde guardo, no caso de uma eventualidade, o número do telefone de Rosa, a zeladora, e o copiei com números grandes num papelzinho que colei com fita adesiva no telefone, depois voltei ao quarto, desliguei a luminária, para que, quando a luz voltasse, não ficasse com a lâmpada acesa por acidente, e tentei dormir enquanto repetia mentalmente "ligar para Rosa mais tardar às dez horas", porque a comida do freezer podia começar a estragar. Por sorte, tinha lido até ficar cansado, de modo que não precisei realizar esse penoso exercício que era ler à luz da lanterna ou de uma vela.

De modo que o assunto da potência contratada volta à tona. Estou esperando que passe esse calorão, porque sair antes das cinco da tarde é quase suicídio. Enquanto isso, sempre que ligo um interruptor, tremo de medo. Especialmente na madrugada.

QUINTA-FEIRA, 15, 17H23

Na mureta do telhado vizinho, exatamente em frente à minha janela, que observo enquanto me visto para sair, há duas pombas. À direita, uma muito parecida com a viúva; à esquerda, a um metro de distância, uma muito parecida com aquela espécie de marido que a acompanhou enquanto cuidava das suas pombinhas. Ambos se coçam como se estivessem possuídos. Esse é um dado a favor das identidades suspeitadas, mas ainda estou em dúvida. A viúva, se for ela, está muito mais gorda, a menos que seja um efeito de ela estar se coçando e de certas rajadas de vento que fazem suas penas esvoaçarem; talvez isso dê a ideia de que está inflada. Tem a mancha branca no lugar de sempre, e agora posso ver que se estende por quase todo o lombo, porque, para se coçar, às vezes desdobra as asas e deixa o lombo descoberto. Mas essas asas são de um cinza mais claro do que lembro ter visto na viúva. Ocorre-me que talvez as plumas se renovem de quando em quando, e que talvez a cor das novas seja menos intensa, pelo menos por um tempo. O cadáver continua no telhado, no lugar onde os pedreiros que instalaram o misterioso mastro o deixaram. Perdeu toda a dignidade; provavelmente tenha sido empurrado com um pé, ou chutado, até esse lugar próximo à mureta oposta, que está sempre à sombra. Tem uma forma bastante confusa, algo que parece um espanador velho e gasto sem cabo.

SEXTA-FEIRA, 16, 15H40

O Tola morreu. Trinta e um anos depois. Recebi a notícia no mesmo instante; minha professora de ioga deixou um recado na secretária às onze da manhã. O recado dizia que o Tola "deixou o corpo", de modo que a mensagem, além da informação, continha um elemento ideológico.

Não é para ficar triste; viveu uma vida boa, longa e produtiva. De minha parte, mesmo voltando a ficar órfão, agora de modo absoluto — ou quase, porque sempre há alguém próximo que faz o papel de pai ou mãe —, não me sinto assim. Fazia vários anos que não nos víamos, mas, como ele mesmo disse à minha filha, "há muitas formas de encontro"; em nenhum momento me senti desconectado ou sentindo falta da sua presença ou apoio.

Há trinta e um anos fui avisado num sonho — três vezes — da morte de Tola. Quando, às onze da manhã, o telefone tocou, fui atender com a certeza total de que iam me confirmar a notícia do sonho, mas não, houve um erro de tradução da mensagem do inconsciente, e quem tinha morrido era meu pai biológico. A figura de Tola como imagem paterna tinha se imposto em mim de tal forma que, quando algo ou alguém me comunicou telepaticamente da morte do meu pai, eu li o recado como se fosse a morte de Tola. E, naquele momento, sim, eu teria tido motivos para chorar aos berros. Agora não; tudo está bem, tudo é como deve ser.

Levantei-me para escutar o recado da secretária eletrônica, porque só tinha ouvido a voz sem distinguir as palavras, e achei que era a voz da minha professora. Era fundamental que me levantasse para escutar o recado, porque ela jamais me ligaria às onze da manhã sem um motivo forte. Depois voltei à cama, mas não consegui dormir, e fiquei um tempo pensando nessas coisas e me lembrando da história daquele aviso há trinta e um anos. Foi assim que cheguei a uma conclusão interessante: as mensagens telepáticas são transmitidas por meio de símbolos, símbolos primitivos, essenciais, com certeza arquetípicos. Lembrei-me do que tinha lido sobre certas experiências com macacos. Dão a eles uma espécie de teclado de computador que responde aos seus desejos, e os macacos aprendem a ser compreendidos através da combinação de pouquíssimos símbolos; recordo em especial do caso de um macaco viciado em café, que, para pedir café, aprendeu a apertar a tecla através da qual lhe traziam água, e uma tecla que representava a cor preta. Água preta.

A transmissão de inconsciente a inconsciente deve recorrer a mecanismos parecidos; "morte" e "pai" devem ser, sem dúvida, dois símbolos universais, e dos mais fortes. Recebi o pacote morte + pai, e quando a informação chegou ao inconsciente, a consciência abriu o pacote e traduziu como "o Tola morreu", porque o símbolo "pai" estava, naquele momento, associado com mais força à sua figura do que à figura do meu pai.

É verdade que às vezes se transmitem telepaticamente palavras que quase nunca correspondem a símbolos universais, o que indicaria que não há uma única forma de transmissão telepática. A transmissão por símbolos é a mais universal e primitiva, e sabe-se que está ligada às emoções. Digamos que é uma transmissão emocional, mais do que intelectual. As mensagens são mais nítidas e coloridas do que quando a transmissão não está especialmente ligada a emoções ou laços afetivos fortes e é, digamos, de ordem intelectual. Essas mensagens intelectuais se perdem com mais facilidade, ou se confundem com pensamentos próprios, ou talvez cheguem muito ocasionalmente à consciência; por outro lado, as mensagens que partem dessa zona emocional, talvez o núcleo mais primitivo do cérebro, o "cérebro de réptil", ou talvez nem sequer do cérebro, e sim de algum plexo, provavelmente o plexo solar; essas mensagens, dizia, trazem um impulso tão forte que é difícil não escutá-las; não acho que em nenhum caso deixem de chegar à consciência, e inclusive, quando a consciência está obstinada em não recebê-las, buscam outra forma de ser ouvidas, muitas vezes de modo um tanto drástico — como aquele relógio que caiu da parede no momento da morte da minha mãe.

Muito bem, Tola; seguimos em contato.

SEXTA-FEIRA, 16, 19H52

Passando a limpo as correções de janeiro, vejo que há um relato acerca do "novo vizinho", o competidor do livreiro de sempre. Bom, ficou dois ou três dias e não voltou mais. Perguntei ao livreiro o que havia acontecido, e ele me disse que não vendia muito e tinha muito trabalho, porque precisava vir de muito longe carregando num carrinho os tampos de mesa, os cavaletes e os livros. "É uma pena, porque era bom para mim", acrescentou. Achei estranho. "Sim, sim. Veja por exemplo a rua Bacacay. Tinha um restaurante e estava sempre vazio. Agora tem dez, e estão todos cheios." Ele tem razão.

DOMINGO, 18, 5H59

Rotring.

Hoje se sentem os primeiros embates do outono. A caminhada de hoje (ontem, sábado) foi na companhia de M e sua filha — pequena, encantadora, séria, calada. Entre os farrapos do dia de calor, breves rajadas de vento formavam redemoinhos e amontoavam prolixamente folhas secas das árvores (já!) sobre a calçada, em grupos de distintos tamanhos, porque havia vários redemoinhos, quase simultâneos, uns maiores do que os outros. Pensei, e disse, que seria lindo poder enxergá-los; deveriam ser coloridos. A verdade é que acho difícil imaginar sua forma exata. Seria necessária uma substância mais leve do que a das folhas (talvez plumas, por exemplo) para que o movimento de cada redemoinho fosse mais bem desenhado. Logo nos metemos no centro de um deles; não era um tornado, mas assustava um pouco. Tudo girava ao redor de nós, como se quisesse nos envolver e nos arrancar dali; as folhas secas giravam na altura do chão, com nós como centro.

Dentro de um mês, exatamente, começam as oficinas. Devo organizá-las desde já.

SEGUNDA-FEIRA, 19, 15H23

O clima continua desenvolvendo sua tendência de ontem, e o outono segue avançando. Dentro do meu apartamento, a ambiguidade (ventinho fresco que entra pelas janelas do leste, calor, embora já não canicular, que se filtra pelas janelas do oeste) vai resultando numa mistura bastante agradável. Hoje ainda não liguei os aparelhos de ar-condicionado, e também não os deixei funcionando enquanto dormia; isso me aliviou bastante os incômodos da cistite, da qual parecem ser a única causa. Sim, foi, e ainda é, um verão atípico, de modo algum torturante como os anteriores, se minha memória não falha. Inclusive as caminhadas na companhia das minhas tutoras, ainda com temperaturas de trinta e três graus, foram, mais do que um tormento, um alívio para o frio que estava passando. Os aspectos negativos foram uma bronquite moderada e uma cistite moderada, e uma surdez que ainda não foi embora, como todos os anos, ao chegar o verão. De todo jeito, o outono é bem-vindo, e com ele, e muito especialmente, o ar com algo de oxigênio que está entrando pelas janelas do leste e tirando o ar viciado, como do interior de uma geladeira, neste apartamento com suas janelas fechadas por tempo demais.

QUARTA-FEIRA, 21, 17H15

Eu gerenciava uma livraria e uma distribuidora tinha me dado uns livros em regime de consignação; tratava-se de pelo menos dois tomos de tamanho considerável e que pareciam muito caros. Não lembro de ter visto nem vivido nada disso, mas se deduz do que me lembro: apresentam-se no local dois rapazes que são vendedores da distribuidora e me olham de soslaio, com ar um tanto acusador, mas não me dizem nada diretamente, apenas fazem algumas alusões. Compreendo, com certo esforço, que esses dois tomos muito caros não estão na minha livraria, e que eles pensam que eu tinha vendido e ficado com o dinheiro. Depois aparece um personagem mais importante, o dono ou o gerente da distribuidora, e eu digo decididamente que há dois livros que desapareceram; eu não os vendi, provavelmente foram roubados, mas, de qualquer maneira, é responsabilidade minha. Não tenho certeza de ter fundos suficientes para pagá-los, mas suponho que poderei parcelar. O homem, apesar disso, não dá muita importância ao assunto, e mostra-se mais preocupado com umas cartas que minha mãe enviou à imprensa, nas quais promove livros escritos por mim, ou dos quais eu sou o autor. Isso é bastante confuso. Eu me incomodo, pois não gosto que minha mãe, nem ninguém, faça essas coisas, menos ainda sem meu conhecimento. E, pelo visto, cometeu alguns erros nessas cartas, como usar a palavra "fumatura" em vez de "literatura". Depois o sonho rapidamente fica mais confuso e só registro a impressão de que a ação se desloca, de alguma maneira, para um lugar que ambiguamente lembra tanto o UJC quanto o Club de la Guardia Nueva.

Ao acordar, interpreto rapidamente esse sonho, no cerne, como uma tentativa de chamar a atenção ao fato de que "perdi" (parei de trabalhar em) dois livros, ou seja: este diário e o projeto da bolsa. Estou me sentindo como um devedor.

Tentarei ir pagando essa dívida, mesmo que seja em parcelas.

QUARTA-FEIRA, 21, 18H08

Não dá para negar que o outono foi pontual este ano; começou, na verdade, ontem, com uma garoa persistente, e hoje se afirmou com uma tempestade que está durando o dia inteiro. Fico chocado ao ver a velocidade com que o verão passou; esse período que para mim sempre foi um inferno interminável, que parecia durar vidas inteiras. Minha estratégia de ar-condicionado, romances policiais e computador me manteve em estado de transe quase permanente, e não direi que hoje acordei como a Bela Adormecida, com o beijo do príncipe Outono, nem que estou funcionando a todo vapor, mas que abri os olhos o suficiente para ficar pasmo com essa pulverização do verão que, com certeza, não vivi. Não dá para ter tudo, e se consigo eliminar o sofrimento perco, ao mesmo tempo, várias outras coisas. Mas a verdade é que passei bem o verão, o que a essa altura da vida e das circunstâncias já é bastante. Só que essa desaparição instantânea de um quarto do ano dá muito que pensar.

Do verão me resta a lembrança das caminhadas alucinantes com minhas fiéis tutoras, por uma Montevidéu desconhecida, estranha, ridícula, sofrida, circense, infernal no sentido estético da palavra, e talvez em outros também. É uma lembrança muito mais onírica do que a lembrança de um sonho ou de um pesadelo, algo como a recordação de um filme fantástico. *Blade Runner*, por exemplo. Philip K. Dick teria sem dúvida se interessado muito por uma experiência como essa.

Quando pensei na Bela Adormecida, lembrei-me de que a

tradução mais exata dos contos que eu lia ou que liam para mim na infância não é essa, e sim "A Bela do Bosque Dormente", um título muito mais sugestivo e muito mais lógico, porque a tradução daqueles livrinhos da minha infância inclui um bosque insosso, indistinto, que na verdade não precisava aparecer no título; "A Bela Adormecida" não só era suficiente como informação mas, além disso, era literariamente mais forte do que *A Bela Adormecida do bosque*. Mas a imagem, já indicada pelo título, de um bosque adormecido, que, além do mais, contém uma Bela, é de um poder sugestivo inigualável. E a verdade é que no conto o bosque também dormia; era como um morto.

No meu caso, se de fato abri um pouco os olhos, não despertei, e o bosque tampouco. Parece que não há príncipe capaz de despertar esse bosque.

Chl voltou. Ainda não a vi, mas quero dizer que a partir de hoje aparentemente retomaremos o ritmo anterior ao verão. Espero que eu consiga resistir. Além disso, se minhas tutoras estiverem dispostas a continuar me arrastando por aí, gostaria de manter as caminhadas.

QUINTA-FEIRA, 22, 18H10

Hoje sonhei com Vargas Llosa, o escritor. Nota-se que a literatura continua empenhada em me acossar. Uma reflexão primária sobre o sonho ("por que justamente Vargas Llosa?") me fez lembrar de uma informação que, semanas atrás, fora transmitida por e-mail pela minha amiga Ginebra; de acordo com ela, Mario Vargas Llosa se chama, na verdade, Jorge Mario, como eu. O sonho deve ter aproveitado essa identificação para desenvolver sua história.

Como sempre, há todo um trecho longuíssimo e confuso sobre o qual não consigo dar muitos detalhes. Sei que Elvio Gandolfo estava presente, e havia uma história em relação a algo, talvez um disco que logo aparecerá na parte final que, isso sim, recordo. A incapacidade de recordar essa parte do sonho me incomoda em especial porque *sei* que havia vários pontos muito interessantes.

Eu estava visitando a casa de Vargas Llosa. Eu o via tal como ele aparece nas fotos, e tinha essa presença elegante dos peruanos aristocráticos, embora, ao mesmo tempo, fosse uma pessoa de trato simples, digamos democrático, porque me tratava como um igual — embora eu me sentisse claramente inferior, no que diz respeito a classes sociais.

(Acabo de ser interrompido por uma maldita mosca. Ela pousou exatamente na minha frente, sobre o monitor do computador, e me olhava fixo enquanto esfregava as patas dianteiras. Tive que me levantar, fechar a porta, abrir a janela, levantar a persiana, apagar a luz e abanar com a mão para que ela fosse embora. Acho que foi, mas não a enxergo mais, não a vi sair.)

Eu me sentava numa poltrona e me jogava para trás, me espichando, provavelmente porque a forma da poltrona me obrigava a isso; na verdade, não me sentia muito confortável. Ele se movimentava pelo cômodo e punha um disco, que eu deveria escutar de cabo a rabo. Era um LP, e eu calculava que iria durar cerca de uma hora, e a verdade é que eu não tinha a menor vontade de escutar esse disco, muito menos de cabo a rabo. Mas Vargas achava muito importante que eu o escutasse, e dava a impressão de que esse disco continha um segredo ou uma verdade que eu deveria conhecer. Quando começou a tocar, me dei conta de que eu o conhecia; era uma dessas peças jazzísticas pretensiosas, do tipo "Rhapsody in Blue". Tentei dizer algo assim a Vargas, mas ele me interrompeu e me fez sinais para prestar atenção ao disco. Logo adiante, a obra incluía, completo, um famosíssimo fragmento operístico, algo que não tenho certeza se chama "Cavalleria rusticana", ou "Cavalaria leve", esse trecho que também irrompe de modo surpreendente na obra original, que eu tinha escutado havia poucos dias. Imita o galopar de um cavalo, e antigamente se usava nos filmes de caubóis para complementar as cenas da cavalaria partindo ao resgate.

Depois o disco continuava e continuava, enquanto Vargas, parado a poucos passos à frente de mim, mantinha a expressão que significa mais ou menos "espere e verá", sempre em relação a esse disco.

(Agora sou interrompido, não pela mosca, e sim por minha velha amiga Georgette, de Paris, afetada pela morte de Tola; o estremecimento chegou até lá. Aqui ainda se escutam os lamentos por toda parte.)

DOMINGO, 25, 17H54

Tinha terminado um trâmite, diante da mesa de um escritório; não sei de que trâmite se tratava, embora tenha a curiosa sensação de que eu tinha me inscrito num clube ou associação na qual se praticavam esportes, e agora só faltava um detalhe administrativo para que eu pudesse ter acesso ao local social. Também não faço ideia do tamanho do escritório; minha visão estava restrita a esse balcão, e a jovem atrás dele que me atendera. Essa jovem me explica que tenho que ir a outro escritório para completar o trâmite e conseguir o documento que me credencie como sócio. Explica que devo descer uma escada. Não entendo bem a explicação. Ela sai de trás do balcão e me aponta, com certa impaciência e fazendo um pouco de graça, uma porta que está à minha direita, na qual se enxerga o início de uma escada que leva a um andar inferior. Ali surge uma dúvida se devo descer por essa escada ou por outra que não está à vista, mas que se alcança seguindo por um pequeno corredor. A jovem me explica as coisas com total clareza, mas agora não me lembro por qual escada eu desci.

No escritório do andar inferior a cena se repete: um balcão e uma mulher atrás dele. Essa mulher parece um pouco mais velha do que a outra. Ela me atende e, depois de alguns passos que não recordo, me mostra um papel, que segura a certa distância dos meus olhos, e me diz que esse é o documento que vai me entregar, mas que, por razões um tanto burocráticas, que não consigo entender, não pôde usar o papel certo e teve de usar outro de qualidade inferior, e que portanto o documento não vai durar muito. Como acompanhamento dessas palavras, vejo que no documento, no lugar onde a mulher está apoiando o polegar para segurá-lo, estende-se uma pequena mancha que borra um pouco as letras. Ela me entrega o documento e saio para a rua. Enquanto caminho pela calçada, me afastando do edifício, penso nessa última mulher, que tinha se mostrado muito agradável e atraente. Penso que gostaria de vê-la outra vez, e sei que nesse momento ela vem caminhando atrás de mim, na companhia de uma criança pequena que é seu filho.

Na sexta à noite Chl voltou, já para ficar na cidade. Ela me visitou, e desta vez a sua presença não me permitiu relaxar; estava muito tensa, quase num ataque de histeria e com uma série de preocupações imediatas. Passou todo o tempo tentando falar ao telefone com umas pessoas que não atendiam às ligações e mascando chicletes com ansiedade. Uma caixa inteira de doze chicletes.

Ontem, sábado, estava um pouco mais tranquila. Essa manhã eu tinha sonhado com ela, uma infinidade de cenas sexuais.

O sonho era pouco nítido e não havia emoções especiais associadas a ele, e não me deu prazer nem enquanto eu sonhava nem ao acordar. Não me pareceu uma "visita" do tipo dos "familiares", e sim um sonho comum de realização de desejos.

Tentamos retomar nossa rotina aos sábados, mas, tal como ela anunciara quando chegou — uma hora e meia antes de sairmos —, ao pôr o pé na rua começou a chover. Vivemos esta cena várias vezes: sair, caminhar uma quadra e ter que voltar por causa da chuva.

Ela tinha me trazido bifes à milanesa. Comi os bifes. Em duas sessões; a última, muito tarde, de madrugada, muito depois de ela ter voltado para a sua casa.

Faz uns cinco dias que chove de forma quase constante, com muito poucas interrupções breves. Hoje não chove, mas está completamente nublado. Em pouco tempo I virá para me acompanhar na caminhada; não saí todos esses dias, além da tentativa frustrada de ontem, e é muito provável que a tentativa de hoje também se frustre.

Tenho uma grande quantidade de trabalho à minha frente: a nota para a revista, o projeto, este diário, a organização das oficinas... Para mim é muito difícil encarar isso, sobretudo no início do outono. Também, desde o início do outono, tive alguns surtos de angústia, como se as defesas criadas para o verão não se estendessem ao outono. E não se estendem mesmo. Continuo preso à leitura de romances policiais e ao computador, mas os romances estão começando a me entediar e a me exasperar, e no que diz respeito ao computador, passo mais tempo jogando, fazendo coisas inúteis e me preocupando com detalhes insubstanciais.

Esses focos de angústia me interessam; mas é preciso haver uma saída.

SEGUNDA-FEIRA, 26, 4H25

A chuva continua suspensa e isso permitiu que eu saísse para caminhar com I. Meu corpo reclamou o tempo inteiro; não havia parte do corpo que não me doesse. E não atingi a harmonia corporal que geralmente alcanço depois de caminhar várias quadras, certa elasticidade, certa coordenação. Hoje parecia que as pernas e os pés faziam movimentos arbitrários, ou pelo menos descoordenados, e em nenhum momento me senti mais ou menos seguro. Não me entreguei à percepção do ambiente; faltavam-me reflexos para me movimentar com facilidade pela rua, ia me concentrando na conversa com I, como se estivesse isolado numa bolha. A única coisa que me mantinha aparentemente inteiro era o movimento; sentia que, se de repente parasse, minha relação com o mundo acabaria seriamente afetada por algo como um caos repentino, como se na verdade fosse eu aquele que, com meus esforços, mantivesse essa aparência de ordem no mundo. Depois, sentados no boteco, numa das mesas que ficam do lado de fora, na calçada, I me fez gargalhar várias vezes. Sempre é engraçada. Inclusive quando é um tanto trágica. A forma de narrar o que poderia considerar "suas desgraças" também me faz rir. Embora, em mais de uma vez, tenha percebido e sentido como própria sua dor profunda.

I se despediu na porta do meu edifício e entrou no carro. Quando voltei ao prédio, o elevador estava descendo. Dele saiu uma mulher de cabelo branco, vestida com um casacão preto. Pensei que se tratava de uma empregada doméstica, pela pobreza da sua roupa e pela humildade do seu semblante, e talvez fosse. Fiquei surpreso quando, ao me cumprimentar, ela perguntou: "O senhor é professor?". Respondi que costumavam me chamar assim, mas erroneamente. Logo perguntou se eu dava oficinas de literatura, e ao responder que sim, ela me explicou que tinham dito a ela que deveria frequentar minhas oficinas. Ela disse que escrevia, e disse isso de forma muito envergonhada, como quem confessa um pecado. Também lamentou não poder ir às minhas oficinas porque tinha que trabalhar. Sabia muito bem quem eu era, e pelo visto tinha lido alguns livros meus. Ao nos despedirmos, voltou a me chamar de "professor". Pedi a ela que não me desse esse título, porque eu era apenas um escritor que tentava transmitir minha experiência de algum modo aos alunos. Sacudiu a cabeça, enquanto se afastava, dizendo: "Os melhores são sempre os mais humildes". Isso me alegrou o coração, não por me sentir um dos melhores, mas pela bondade dessa mulher. Quando uma pessoa é realmente bondosa, sempre encontra um jeito de alegrar o espírito dos outros.

TERÇA-FEIRA, 27, 18H32

Hoje morreu meu "amigo invisível".

QUARTA-FEIRA, 28, 16H32

Tenho muito pouca vontade de escrever. Também não tenho muita vontade de fazer qualquer outra coisa. Ontem foi um dos dias em que me senti pior, pelo menos nos últimos tempos — pelo menos desde minha mudança. Tinha passado a madrugada acordado numa das minhas tarefas obsessivas delirantes: um programa instalado recentemente ousara inserir um péssimo procedimento no meu computador, procedimento que não descreverei em detalhes, fiel à minha decisão de não cansar o leitor com essas coisas. Sabia que a intrusão poderia ser eliminada usando o famoso Registry do Windows, mas não sabia como. Depois de um tempo de trabalho, consegui eliminar uma das formas de intrusão do programa, mas a outra resistiu com tenacidade, e tive que ir dormir sem ter resolvido o problema. Só consegui resolver na madrugada de hoje, seguindo uma inspiração súbita que me levou diretamente ao local onde se ocultavam as pistas para a solução. Apesar disso, depois de eliminar o problema, não fiquei com a alegria que costuma me invadir nesses casos, e penso saber o motivo: parece que toda aquela obsessão, embora muito legítima em si, muito minha, quero dizer, considerando que sou hipersensível a intrusões no meu computador, estava na verdade bloqueando outra coisa. Ou melhor, outras coisas.

Uma dessas coisas vinha aparecendo quando acordei ontem ao meio-dia; eu me sentia moído, desconjuntando e, o mais extraordinário de tudo, com um pensamento suicida, para piorar, reiterado várias vezes. Isso me assustou um pouco, não posso negar. Depois tive o imperioso desejo de ficar na cama durante muito tempo; pensei que eu precisava disso, que fazia muito tempo que não me permitia tal coisa e estava cansado das minhas rotinas, do meu computador, dos meus romances policiais e de mim mesmo. O melhor nesses casos é descansar e, se possível, dormir. Mas eu me lembrei que às cinco da tarde viria um amigo, com quem eu combinara havia dias esse encontro, e que mais tarde viria minha médica, com quem esperava encarar de uma vez por todas e com a maior seriedade o problema da bexiga, que continuava me incomodando. E depois pensei que no dia seguinte, ou seja, hoje, a empregada viria, e que depois eu teria aula de ioga, e que nos dias seguintes também haveria compromissos na minha agenda, e lamentei profundamente não poder me dar esse descanso. Fiquei com fome e me levantei, e ao me levantar, percebi que meu ventre estava monstruosamente inchado; tive certeza de que o problema não era uma simples cistite, e sim pelo menos um câncer na bexiga ou nos intestinos, um câncer que crescia rapidamente. E o pior de tudo era meu ânimo, desfalecente, desagradável, algo bem parecido com uma dor moral. Não demorou muito para que o telefone tocasse: minha médica me comunicava a morte de Jorge, meu "amigo invisível"; embora não nos conhecêssemos pessoalmente, senti nesse momento que estivemos muito ligados, que nossa amizade era muito mais profunda do que pode se supor entre correspondentes por e-mail. É preciso levar em conta que meu amigo tinha seu lado bruxo, e com certeza também tinha algo de telepata. Minha médica estava muito comovida, apesar de que ela também tinha uma amizade bastante recente com meu amigo, mas no seu caso a relação foi muito mais intensa, porque imediatamente tinha se comprometido como médica e o acompanhara em várias instâncias delicadas da sua saúde. Além disso, meu amigo tinha tido um papel essencial, do tipo terapêutico, e foi ele quem curara magicamente minha médica da dor da nossa separação, quando vim morar sozinho, e permitiu que a amizade dela comigo voltasse a florescer. Eu me dou conta de que isso tudo está mal contado, e peço desculpas por envolver o suposto leitor nessas tentativas de organizar a mente através da escritura.

Entendi, então, que a obsessão que me manteve acordado até as sete da manhã estava bloqueando a percepção do agravamento e mesmo da agonia do meu amigo, e que minhas ideias suicidas ao acordar não passavam da mensagem da morte que ele estava enviando ao mundo. Essa compreensão permitiu o alívio do incômodo intenso no ventre, e observei que este se deslocava, agora, para a altura do estômago, e entendi que todas as moléstias se deviam a uma forma oculta de ansiedade que me fizera engolir toneladas de ar.

O outro componente do pacote que gerou a obsessão era uma percepção de certas atitudes e palavras mínimas de Chl, que eu tinha deixado passar sem uma devida análise. Quando ela esteve aqui ontem à noite, contou-me que o assunto principal da sua sessão de terapia tinha sido eu. Porém, não quis dar detalhes. Continuava ansiosa; não tão louca como nos dias anteriores, mas ainda muito ansiosa e com algo estranho no olhar. Tive, então, outra pequena iluminação — a primeira do dia, porque ainda não havia resolvido o problema cibernético — e pedi a ela que fosse clara; notava-se que tinha algo atravessado e que o melhor era dizer isso logo de uma vez. Ao mesmo tempo, lembrei-me de um sonho dessa madrugada, muito perturbador, no qual ela se mostrava desagradável comigo e exibia no rosto um cinismo repugnante, totalmente diferente da sua personalidade verdadeira, enquanto afirmava que tinha uma lista de amantes.

— É que estou me desapegando... — disse, e seus olhos se encheram d'água. Os meus também; lágrimas que tentei segurar e que queimavam meus olhos.

— Bem — eu disse —, é o natural, e o normal, e é o que eu procurava desde o início.

Eu me sentia morrer, mas falava a verdade. Desde o início eu lhe recomendara que iniciasse uma terapia, conselho que ela demorou anos a aceitar. Agora chegava ao desapego de mim e, sobretudo, segundo imagino, ao muito mais importante desapego em relação a seu pai. Minha querida Chl está crescendo, ou pelo menos faz o possível. Perderá muito..., e eu perderei mais; mas penso que seu ganho será infinitamente mais valioso. Como, por exemplo, resgatar sua libido. E poder fazer essa lista de amantes que meu sonho mostrava.

Nesse momento dramático, enquanto as lágrimas avermelhavam os olhos de ambos, estávamos de mãos dadas, e senti o calor da sua mão como nos velhos tempos, e vi que sua cara recuperava as cores maravilhosas da sua saúde habitual, e que sua beleza começava a resplandecer de novo. Eu me dei conta de que as causas dessa ansiedade que a vinha torturando havia dias encontravam-se nesse doloroso processo de crescimento.

Espero que o processo abarque nós dois, e que eu também possa, enfim, me desapegar dela e crescer um pouco... não muito, só o imprescindível.

QUARTA-FEIRA, 28, 18H40

Esta manhã tive um sonho que tinha dois capítulos; poderiam ser dois sonhos distintos, mas tenho certeza de que um era continuação do outro, embora não possa saber como nem por quê, já que só disponho de fragmentos dispersos.

Um dos capítulos se mostra absolutamente críptico para mim, e portanto deve ser perfeitamente transparente para qualquer especialista (homossexualidade latente, essas coisas). Tratava-se de um homem jovem que era homossexual, embora não mostrasse nenhum trejeito e sua conduta fosse totalmente normal; era, inclusive, uma pessoa agradável. O assunto da homossexualidade se tornava presente em certos diálogos, ou numa dessas formas misteriosas de informação que existem nos sonhos, que dizia que o homem fazia parte de uma organização de homossexuais, e que tinha vindo a esta cidade para cumprir uma das tarefas encomendadas pela organização. Pelo visto, uma dessas tarefas estava relacionada a um restaurante, ou melhor, um local onde se faziam comidas para vender. Cheguei a ver uma série de bolos e tortas. Inclusive provei vários, um triângulo de massa que tinha algo por cima, não sei se pedaços de presunto ou de algo doce.

O outro capítulo do sonho (e, agora que penso, o jovem homossexual do capítulo já narrado *poderia* ser o mesmo personagem masculino dessa segunda parte) tem relação evidente com as notícias de Chl recebidas na noite anterior ao sonho. Ela estava numa imensa garagem subterrânea, ou algo similar, e ia sair dali dirigindo um carro. Eu estava fora do carro, na frente dele, e percebia que, justo sobre o lugar por onde o carro deveria sair, havia outros estacionados de tal forma que o espaço livre que deixavam no meio era muito pequeno; não tinha certeza de que o carro de Chl pudesse sair por ali. Ao mesmo tempo, o lugar onde estavam estacionados esses carros era um local ao ar livre, e junto aos carros havia uma árvore retorcida; não era exatamente como se a garagem subterrânea tivesse se transformado em outra coisa, e sim que esse pedaço de estrada no campo devia começar na saída da garagem.

A solução de Chl era comprar outro carro. E, para isso, deveríamos subir num andaime muito grande. Ela subia com um homem, talvez o homossexual, e se fechava com ele no que parecia um elevador comum, instalado sobre uma parte desse andaime. Eu ficava de fora dessa espécie de elevador, e me incomodava muito que Chl tivesse se trancado com esse homem e tivesse me deixado para fora; sentia ciúmes e, ao mesmo tempo, me sentia rejeitado, deslocado, sentimento que confirmava a expressão de Chl, séria e nada carinhosa em relação a mim, indiferente. Pelo visto, tinha que negociar com esse homem e minha presença era excessiva, mas de toda maneira eu abri a porta do elevador e me juntei a eles lá dentro.

Com certeza, tratava-se de Chl e seu terapeuta (interpretação A), ou Chl e seu namorado presente ou futuro, mais provavelmente futuro (interpretação B), e é muito possível que as duas interpretações sejam corretas (polivalência dos símbolos). Faz tempo que Chl deixou de comentar comigo detalhes da sua terapia, e notei como o terapeuta tinha alcançado consideráveis avanços para recuperar a libido da sua paciente; isso me incomodou muitíssimo, é claro, mas também ambiguamente me senti contente com o avanço da terapia. Fiquei preocupado por meses pelo fato de que eu continuava sendo o principal ponto de referência de Chl, enquanto o terapeuta era uma figura mais secundária; nessas condições, a terapia não traria bons resultados.

SEXTA-FEIRA, 30, 17H43

Minha forma de processar o luto é involuntária e talvez pouco eficaz, mas não tenho possibilidade de escolha. Como também não posso escolher as formas de percepção de certas coisas; fiquei sabendo pela minha médica que meu "amigo invisível", Jorge, estava, nos seus últimos momentos, com um ventre bastante inchado — a médica me explicou como o sangue tinha inundado o fígado, coisas horríveis que não quis registrar com muitos detalhes — e eu tinha acordado assim nesse dia, mais ou menos na mesma hora em que ele morreu. Quando minha médica me ligou para me dar a notícia, eu, da minha parte, lhe dei a notícia de que havia algo terrível crescendo na minha barriga, e fiz uma brincadeira de muito mau gosto sobre a possibilidade de estar grávido, ou, o mais aceitável, de estar desenvolvendo rapidamente um câncer.

Mas, de todos os lutos que se acumularam nos últimos tempos, o mais difícil de lidar é o luto por Chl, ou melhor, pela minha relação com Chl, sobretudo porque se mistura a uma furiosa onda de ciúmes paranoicos, completamente fora do lugar. E é assim que estou batendo recorde de tempo de tela, baixando da internet programas exóticos e poucas vezes úteis, ou criando um banco de dados para organizar tudo relativo a esses programas, e outras coisas tão intranscendentes como essas. Assim passei as últimas quarenta e oito horas. Espero que estas linhas estejam indicando o início de uma mudança de orientação desses comportamentos esquivos.

Dentro de algumas horas receberei a visita de Pablo Casacuberta e do seu amigo, e sócio em termos de cinema, o japonês Yuki.

Não sei como faremos para nos entender; o japonês não fala espanhol, eu não falo japonês, e o inglês de Yuki, segundo Pablo, não é grande coisa, e o meu tampouco.

Hoje fiquei pensando no assunto dos "familiares" de Burroughs e associei-o a essa redescoberta recente de uma matéria, chamada por algum motivo "escura", embora seja transparente, que coexiste com a matéria que nós conhecemos. Pelo visto, ocuparia os espaços vazios ou se misturaria com a matéria conhecida por uma questão de menor densidade — não sei bem como é a teoria. Mas é só uma teoria, embora eu tenha lido em algum lugar que alguém afirmou ter encontrado fortes indícios para confirmá-la. Imagino esse outro tipo de matéria, habitada por gente feita desse outro tipo de matéria, e a possibilidade de que, em certas condições, seja possível perceber algo desse outro universo.

SEXTA-FEIRA, 30, 18H12

Saindo para as obrigações do fim de semana; mas quero anotar isto para não me esquecer: assunto das percepções distorcidas (inseto no cabelo); assunto do sonho de hoje (comício importante, fotos com meu amigo?, perda da câmera e outras coisas).

Abril de 2001

SEGUNDA-FEIRA, 2, 5H21

Não é uma hora adequada para começar a escrever neste diário, mas a culpa está me devorando. A culpa não se refere especificamente à relação deste diário com o projeto, embora em parte ao projeto, mas, acima de tudo, refere-se aos meus comportamentos inadequados; quero dizer que a culpa não se deve tanto ao que faço, mas ao que não faço. E o que faço há vários dias, mais precisamente desde as últimas mortes, as duas mais recentes no meu grupo de amigos, o que faço é me dedicar apaixonadamente, com todo o meu ser, a certas atividades no computador. Uma delas é a clássica busca por programas, grandes ou pequenos, mas acima de tudo pequenos, pequenos utilitários, na internet. Consegui um endereço que contém centenas de arquivos e cada arquivo contém vários endereços onde baixar uma variedade de programas gratuitos, e baixei muitos, alguns bem úteis, mas a maioria apenas curiosos ou de uma utilidade bastante relativa. Algumas coisas que consigo não servem para nada, ou não funcionam na minha máquina, ou são programas criados de maneira tosca que não contemplam várias possibilidades de erros. Mas entre todas as coisas que consegui e que sem dúvida conseguirei há alguns programas, pequenos ou não, que são realmente muito engenhosos, úteis e gratificantes. Outra das minhas atividades relacionadas ao computador é um pequeno mundo que se abriu diante dos meus olhos faz uns dias: o mundo dos ícones. Sempre fui bastante viciado em usar e criar ícones, especialmente para identificar meus próprios programas, mas não sabia que há um mundo de artistas de ícones, e que a criação de ícones se assemelha bastante a uma arte; arte modesta, pode-se dizer, mas, a meu ver, bastante valiosa. É a arte de sugerir muito com um mínimo de elementos, de criar uma ilusão de realidade com recursos que parecem quase mágicos.

Mas comecei a escrever com a ideia de contar esse sonho e não lembro qual era a outra. Agora vou dormir; amanhã, amanhã, amanhã me dedicarei ao diário e aos e-mails atrasados.

SEGUNDA-FEIRA, 2, 19H41

Honestamente, não posso dizer que depois de ter escrito as páginas anteriores eu tenha ido dormir; quando finalmente consegui me desgrudar dessa maldita máquina já eram cerca de nove da manhã. De mal a pior.

SEGUNDA-FEIRA, 2, 20H17

Tinha me esquecido totalmente do sonho que eu queria contar, e faz alguns minutos, na cozinha, enquanto limpava um cinzeiro, uma cadeia de pensamentos que não tinha a menor relação aparente me trouxe à mente, de súbito, um certo personagem, e então aí surgiu a lembrança do sonho, da qual esse personagem, embora elíptico, fazia parte. Achei curioso esse sonho porque há tempos não sonhava esse tipo de sonho social, com participação das massas. Tratava-se de uma espécie de comício ou festejo gigantesco, que afetava boa parte da cidade; grande quantidade de pessoas tinha ido às ruas, e havia diferentes pontos de encontro e de atrações. Era uma espécie de festejo patriótico (que já não existe mais, com todo mundo mais alegre e relaxado, passeando sem medo em meio à multidão), e em certo lugar central havia um palco e pessoas que falavam lá, embora não soasse como um comício político mesquinho, e além disso, a maioria das pessoas não prestava muita atenção; quase todos estavam em movimento, percorrendo ruas e lugares. Nesse clima, eu entrava num lugar que poderia ser um museu ou um edifício histórico (embora, ao mesmo tempo, a ideia de um zoológico que me vem agora em mente não fosse muito estranha ao sonho). Estava na companhia de uma mulher, provavelmente Chl, e um casal de amigos, que agora identifico como F e P, mas que também poderiam ter sido X e Z (X é um velho amigo, ou ex-amigo, porque desde que virou milionário quase não nos falamos mais). Muito perto da entrada desse edifício, numa parede, acima de uma porta larga, havia pendurado um espelho muito grande e muito comprido. Eu carregava comigo uma câmera fotográfica, e achei interessante tirar uma fotografia desse espelho, que estava levemente inclinado para a frente na sua parte superior, mostrava nosso reflexo e de boa parte do amplo espaço que havia na entrada, e propus a meu amigo, fosse quem fosse, que, como ele também tinha uma câmera, que ele tirasse uma foto ao mesmo tempo, de modo que apareceríamos na foto refletidos cada um num canto diferente do espelho, tirando fotos mutuamente um do outro, mas com as câmeras apontadas para a imagem do espelho, e não para a pessoa. Mais uma vez estou escrevendo um monte de merda.

QUARTA-FEIRA, 4, 16H40

Não dá para esconder de ninguém que leia estas linhas, a esta altura do meu relato, que estou vivendo um dos mais graves períodos de loucura galopante. Vejo que cheguei ao ponto de me irritar com meu próprio estilo narrativo, não sem motivos, é claro — porque sinto essa confusão e essa falta de jeito quase como uma ofensa pessoal, com o agravante de que a ofensa tem sua origem em mim mesmo —, e parei de escrever abruptamente sem ter terminado o relato do sonho que vinha rememorando. O pior desse caso é que, naquele momento, nem me dei conta de que o relato estava inacabado, tal era a força da obsessão que me dominava, e em boa medida continua me dominando hoje, obsessão ligada à manipulação de certos programas rebeldes. Bem sei que essa obsessão não é causa, e sim consequência, e tenho bem à vista as causas, e tê-las em vista não me ajuda em nada a melhorar meus comportamentos. Um bom material para um terapeuta, mas onde, onde encontrarei o terapeuta de que preciso?

Tentando pôr um pouquinho de ordem no caos, retomo o relato do sonho:

Depois da cena do espelho, sobre a qual não sei se essas fotos foram tiradas ou não, embora com certeza tenham sido tiradas, mas quero dizer que não tenho a imagem concreta nem a sensação de clicar um botão para disparar o obturador; depois dessa cena, como ia dizendo, e sem que possa dar conta da forma que ocorreu a transição, volto outra vez à rua, agora sozinho, sempre com minha câmera pendurada no ombro esquerdo, e noto que boa parte da festa acabou; resta pouca gente se movimentando pelas ruas, apesar de que a série de alto-falantes continua transmitindo vozes, discursos e um certo ambiente de algazarra. A reunião em frente ao palco principal continua, embora o número de pessoas estacionadas ao redor dele tenha diminuído bastante; de todo modo, é um grupo considerável, digamos de umas centenas de pessoas. O que me chama a atenção é o fato de que, nos alto-falantes, uma voz insista reiteradamente em mencionar o Partido Socialista, e sinto certa indignação diante do fato de que um partido político esteja tentando se aproveitar de uma festa popular que reuniu uma parcela considerável de cidadãos. Penso que por trás dessa manobra está uma conhecida figura do Partido Socialista. Vou me afastando desse centro de atividade que perdura dentro do clima geral de fim de festa enquanto as sombras vão dominando as ruas. Viro a esquina e caminho por uma ruazinha solitária; paro por certas razões que não posso lembrar, e faço algo; talvez tire o casaco, porque sinto calor, de acordo com o que ocorre a seguir no sonho; mas não recordo exatamente o que faço. Logo sigo andando, volto a virar na esquina, e a poucos metros me dou conta de que já não estou com a câmera fotográfica, nem com o casaco, nem com outro elemento que não consigo lembrar agora. Faltam três coisas (deixo claro aos psicanalistas). Por um instante, me sinto assustado, mas logo recobro certa confiança e volto alguns passos e, de fato, a poucos metros da esquina, na rua anterior, encontro minhas coisas no chão. O casaco, a câmera e...?

SEXTA-FEIRA, 6, 5H15

Hoje voltei a ver a viúva, no seu lugar habitual sobre a mureta mais próxima ao meu edifício, sempre a certa distância de seu companheiro, que, segundo meus cálculos, é seu terceiro marido. Devo dizer que este me incomoda menos do que o anterior, aquele que a ajudou a criar os pequenos; não tem o papo iridescente como o outro. Por alguma razão que não chego a entender, esse papo lustroso me incomoda profundamente. O próprio papo, quando é muito pronunciado — e as pombas de papo iridescente costumam tê-los desse jeito —, me incomoda; dá um ar à pomba entre o arrogante e o afeminado; às vezes parece estar estufando o peito e exibindo uma papada de velha obesa. Demorei um pouco para reconhecer a viúva; abandonou o luto. As penas ficaram de fato bem mais claras, mudando de um cinza-escuro, quase preto, para um cinza-claro. Mas é ela; reconheço seu estilo e sua mancha branca. É provável que a instalação desse horrível mastro e dos fios que o sustentam tenham mantido o casal à distância durante um tempo; mas finalmente voltaram a esse lugar tão arraigado para ela, a viúva. O cadáver, é claro, continua ali, quase irreconhecível. Mas a verdade é que faz tempo que não contemplo com atenção o panorama a partir da janela do quarto; quando era verão, levantava pouco a persiana para que o sol não invadisse demais, e agora que continua chovendo, ou chuviscando, ou nublado quase o tempo todo, a partir do dia em que o outono começou oficialmente, estou com os horários de sono e vigília tão loucamente alterados que, quando acordo e me levanto, já está tarde demais para tudo, e embora levante a persiana por completo quase não olho para fora, porque estou muito atrasado e me sinto pressionado por diferentes obrigações urgentes. Hoje, pelo visto, ou seja, ontem, insinuou-se uma certa recuperação; estive menos ansioso e menos obcecado com o computador, e pude dar uma olhada um pouco mais tranquila no mundo exterior.

Ontem à noite tive uma conversa de negócios. Fui visitado por um homem que se movimenta com desenvoltura e habilidade no mundo empresarial, e que escutou atentamente a proposta que eu queria lhe fazer. Pelo visto, interessou-se. Disso pode sair, ou não, embora eu espere que sim, um projeto muito interessante que, se der certo, pode me trazer uma renda mensal razoável. Ainda falta muito para que o projeto comece a andar, se é que começará algum dia. Mas estou confiante.

SEXTA-FEIRA, 6, 16H13

Lembro-me de ter anotado faz alguns dias a intenção de relatar um incidente. Agora, a história me soa indigna, no mínimo, mas naquele momento parecia interessante. Vou narrá-la, embora, mais adiante, talvez decida eliminar deste diário qualquer referência a ela.

Era uma noite tempestuosa, como costumam ser ultimamente todos os dias e todas as noites nesta cidade. O ambiente estava bastante carregado e a chuva ameaçava despencar a qualquer instante. Na minha caminhada com I, tínhamos chegado ao boteco de sempre, e estávamos sentados numa mesa, tomando café e conversando. De repente senti que algo caía na minha cabeça e se acomodava num lugar um pouco acima e atrás da minha orelha direita. No mesmo instante, senti algo como um desespero frenético, porque aquilo parecia ter o tamanho nada desdenhável de uma folha de plátano, e *se mexia*, se mexia buscando desentranhar suas patas do meu cabelo, que ainda existe nessa zona e é bastante comprido, e me veio a imagem, primeiro, de um sapo — um desses sapos quase planos, redondos, que não parecem sapos — e depois, tendo descartado rapidamente a imagem do sapo porque me parecia que o animal era leve demais para ser um sapo, a de uma aranha. Uma tarântula. Que outra coisa poderia ter esse tamanho? Dei tapas desesperados e talvez gritos de excitação humilhantes. O bicho continuava ali, preso, avançando penosamente e me assustando. Então I, que não tinha feito nada para me acalmar, muito pelo contrário, tinha arregalado os olhos numa expressão de horror, acentuando minha ideia de que eu tinha algo terrível na cabeça, espichou um braço e delicadamente, com um dedo ou dois, derrubou ao chão a besta agressora. Quando olhei para baixo, preparado para saltar e esmagar a tarântula, vi que se tratava de um inocente, inofensivo, pequeno, muito pequeno escaravelho. Como foi que tive a impressão de que era de um tamanho que o multiplicava umas dez ou quinze vezes? Só no dia seguinte me veio uma explicação: talvez meus cabelos, longos e enredados, tenham transmitido ao cérebro, com os movimentos gerados pelos movimentos do inseto, dados precisos acerca da localização espacial do objeto estranho; mas os cabelos, em contato com as patas do inseto, não tinham raízes contíguas, já que estavam desordenados e eram muito compridos, e desse modo o cérebro construiu uma imagem falsa, muito maior. Se meus cabelos estivessem arrumados, o inseto teria movimentado cabelos de raízes contíguas, e assim o cérebro poderia ter calculado com exatidão seu tamanho real. Não é uma grande explicação nem estou muito convicto de que seja a explicação verdadeira, mas não me ocorre nenhuma outra.

SÁBADO, 7, 17H48

O enigma do sr. Matra:

— Isso pode ser uma conspiração, dirigida veladamente para prejudicar o sr. Matra — eu disse à mulher.

Ela era a esposa de alguém; na verdade, todas essas pessoas me pareciam bem distantes, como se eu estivesse entre elas apenas por motivos circunstanciais — apesar de que parecia bastante comprometido com elas e com suas atividades, que não sabia bem quais eram. Ao dizer o nome desse sr. Matra, eu vacilara, porque não tinha certeza de que se chamasse exatamente assim; pronunciei-o um tanto confusamente, como se estivesse envergonhado de ter dúvidas acerca do nome de uma pessoa tão importante. Era algo como um chefe, ou patrão, de todos nós; exercia um enorme poder, não só sobre nós, como sobre muita gente, um poder calcado no dinheiro. Era um homem de imensa fortuna. Todos estávamos ali à espera de conseguir algo. E, depois de muita espera, fazia um tempo que ele enfim se dirigira a mim e me dissera: "Cento e cinquenta palavras, fonte [Tahoma], corpo [seis]" (os colchetes indicam que não tenho certeza de que os dados exatos são esses). Eu tinha lhe pedido um instante para buscar um lápis e um papel para anotar o que me dizia, e havia começado a procurá-los, e depois tinham ocorrido essas demoras e confusões frequentes nos sonhos. Na verdade, não cheguei a anotar os dados, apesar de que esse trabalho que o sr. Matra tinha me pedido era muito importante para mim. Depois ocorreram alguns acontecimentos, não sei quais, que me levaram a deduzir que certas coisas poderiam estar dirigidas não tanto contra mim, ou contra alguém em específico do nosso grupo, e sim contra o sr. Matra.

E não tenho muito mais para contar desse sonho tão longo e tão carregado de acontecimentos; como sempre, há ali todo um romance que fui perdendo.

Esse nome, Matra, me deixa obcecado. Obviamente remete à ideia de mãe, *madre*, e no meu caso em específico se complica com histórias pessoais, como por exemplo o fato de que minha avó materna, que me deu todo o afeto que minha mãe não soube me dar, chamava-se Marta. Mas o que essas figuras femininas têm a ver com esse poderoso senhor... Tentei ir pelo caminho de outros anagramas, nenhum satisfatório e alguns desagradáveis, como "matar". Trama. Marat: esse é interessante, porque de imediato, por causa daquela obra de teatro famosa, eu o associo a Sade, e isso, ligado a um personagem poderoso, já é um assunto para alegrar os psicanalistas.

Finalmente cheguei a uma conclusão, não muito satisfatória, mas bastante verossímil, de que o sr. Matra não é nada menos do que o sr. Guggenheim, esse personagem que inventei para personificar a Fundação Guggenheim. Ou melhor, o sr. Matra é a Fundação propriamente dita. Que outra pessoa teria me encarregado de escrever tantas páginas? E não dá para negar que há vários meses a Fundação me alimenta e me protege como uma mãe, ou como uma avó carinhosa.

QUARTA-FEIRA, 25, 17H07

Misterioso desaparecimento do cadáver da pomba!
Desenvolveremos.

Maio de 2001

QUINTA-FEIRA, 3, 1H07

Hoje (ontem) recebi uma visita fugaz de Chl. Estamos nos vendo pouco. Não sei se eu estava num estado especial, porque hoje houve certas mudanças, espero que permanentes, no meu horário de sono e na minha relação com o computador, mas, se eu já estava, não tinha me dado conta. O fato é que, ao vê-la, senti-me estranho, como se estivesse tonto, e pouco a pouco fui reconhecendo que uma angústia profunda me invadia, a ponto de ter estado perto de derramar algumas lágrimas. Ao mesmo tempo, via nela algo de indefinível e estranho, quase como se eu a desconhecesse. Talvez a culpa em parte fosse do tratamento que fizeram no cabelo dela; ficou liso demais, como se estivesse molhado. Diga-se de passagem, ela tem ido com muita frequência ao cabeleireiro, calculo que umas três vezes por semana, ou pelo menos é o que ela diz. Não deveria me importar com isso, mas me importo e me incomodo com o fato de que me importo.

A expressão que tinha hoje no rosto, sobretudo nos olhos habitualmente maravilhosos e francos, arregalados e transparentes como os de uma menina, era um tanto fugidia. Ela me deu impressão de estar escondendo algo. Ultimamente, com frequência passa essa impressão, e tento não levar isso a sério, mas minha percepção de hoje parece completamente autêntica e exata. Ficou por alguns minutos, comeu umas fatias do meu queijo e tomou um café, depois vestiu outra vez o casaco impermeável e saiu. Não quis acompanhá-la até o ponto de ônibus. Não quis acompanhá-la várias vezes já, talvez porque quase não saio o dia todo, e sair a essa hora me dá uma preguiça infinita. Sempre ofereço dinheiro para que tome um táxi, o que poucas vezes aceita, e fico mais tranquilo; mas hoje não ofereci nada. De repente, ao olhá-la, a angústia veio rapidamente e tive uma sensação de perda irreparável. Faz tempo que devo ter essa sensação guardada; por isso desapareci há várias semanas.

Muitos dias atrás, uma amiga invisível de e-mail me deu abertura para que eu escrevesse a ela contando sobre Chl:

> ... hoje veio resplandecente; a terapia está levando-a cada vez mais por um caminho melhor. Disse que tínhamos que conversar... já se sabe o que as mulheres querem dizer com isso. Ela disse: "Acho que é hora de terminarmos o que nós temos". Eu ri bastante, com gargalhadas estrondosas. "O que nós temos acabou já faz muito tempo. Está morto e enterrado, seis metros debaixo da terra." Ela também riu, mas estava preocupada. "Mas não quero que deixemos de nos ver nem de sairmos para caminhar, nem quero parar de te preparar bifes à milanesa." Voltei a rir estrondosamente: "E qual seria a novidade?". Bom, parece que a novidade estava em dizer isso em voz alta, como se legitimasse a realidade dos fatos. É o rompimento mais insólito que já vivi.

Semanas assim, com esse luto por Chl e pelos mortos-mortos. Um luto oculto, subterrâneo, que aparentemente não dói. Acho que parei de escrever neste diário quando meu amigo invisível morreu; a gota que fez o copo transbordar. E hoje essa angústia me ataca toda junta. Faz horas que Chl foi embora e eu continuo igual, como se estivesse prestes a cair em prantos. Deveria fazer isso. Deveria afrouxar meu controle.

O mistério do cadáver desaparecido: nesse dia em que anunciei seu sumiço, tinha levantado a persiana e visto que a pomba morta já não estava no telhado. Havia, perto de onde se encontrava, uma garrafa vazia, de plástico, que não sei como foi parar ali. A garrafa era de uma bebida de tamanho família, que o vento deslocava várias e várias vezes. Também havia uma vareta de madeira, de vários centímetros de comprimento, que provavelmente foi abandonada pelos instaladores do mastro. E algum outro lixo pequeno que aparece e desaparece conforme o vento. Tudo isso estava lá, mas o cadáver não, o que me chamou muito a atenção. Se alguém tivesse a intenção de limpar o telhado, não teria tirado apenas o cadáver; o que custava tirar a garrafa e a vareta? Além disso, parece que tinha passado tempo demais para que esse cadáver, que agora era um monte de penas esmagadas e grudadas, fosse uma presa interessante para um rato. Isso me chamou a atenção, mas não deixei que o enigma me dominasse, e preferi dar lugar ao alívio. Realmente alegrou meu humor saber que já podia olhar pela janela sem me deparar com a feia, patética e horripilante presença da morte.

Mas, no dia seguinte, quando levantei a persiana, a garrafa tinha desaparecido e a pomba estava outra vez em seu lugar.

Antes de elucubrar sobre estranhas manobras, prefiro pensar que a garrafa tinha tapado a parte mais visível do cadáver, a parte clara, e que a parte escura tinha se confundido com as sombras do chão do telhado, auxiliada pelo céu nublado. É a explicação mais razoável. Quanto à garrafa, sem problemas; movimenta-se com o vento, e teria sido levada a uma zona do telhado que está fora do meu campo de visão. Hoje apareceu de novo, no mesmo local de antes.

TERÇA-FEIRA, 8, 3H41

Ao levantar a persiana, quando comecei o dia que ainda não terminou, vi a viúva pela primeira vez em meses no chão do telhado, a um ou dois metros do cadáver. Na mureta mais distante do meu edifício havia outra pomba, olhando para a baía. Essa pomba foi embora. A viúva ficou um tempo parada, sem se mexer além do necessário para ajeitar nervosamente as penas com o bico de quando em quando. Não se aproximou mais do cadáver. A viúva tinha um ar bastante distraído, ou confuso. Ou como se estivesse esperando que algo acontecesse. Depois voou até a mureta e ficou ali, mais ou menos onde havia estado a outra pomba, também olhando para a baía. Então eu também olhei para a baía, mas não vi nada de interessante. Parei de olhar pela janela porque estava muito atrasado; tinha me levantado muito tarde, por culpa de um mosquito que me picou quando começava a cair no sono, às cinco da manhã. Eu me levantei, procurei-o e o encontrei — um maldito mosquito, pequeno, frágil, mas de picada eficaz — e o matei com um só golpe. Mas não pude voltar logo a seguir para a cama; fiquei agitado, não sei bem por quê, e fumei um cigarro, e depois me deitei e fiquei lendo até as sete e meia.

Seria muito sofrido tentar preencher com alguma história todo esse branco que é o meu diário nos últimos tempos — já não sei se são semanas ou meses desde que parei de escrever de forma razoavelmente sistemática.

Pelo menos posso registrar que em meados de abril recomecei as oficinas. Tenho vários alunos; só na quinta, em dois horários. Fico acabado, como sempre, até domingo. Depois começo a me recompor.

Queria poder dirigir um pouco melhor minha vida, meus horários, meus interesses. Mas cada vez me parece mais difícil, mais distante. O controle que posso ter da minha mente é ínfimo, quase nulo. Eu me movimento apenas por puro automatismo.

QUINTA-FEIRA, 10, 3H08

Estou drogado, com sono, porque às nove da noite comecei a tomar pedacinhos de Valium, com a intenção de dormir cedo porque amanhã tenho oficinas a partir das quatro e meia da tarde. Tomei uns quatro miligramas, segundo meus cálculos, e é o suficiente para me deixar com a mente embotada, embora não adormeça drasticamente. Em alguns instantes, tomarei o miligrama que me falta para completar a dose e me deitarei.

Hoje Chl apareceu trazendo muitas carnes (o açougue do seu bairro tem uma carne muito melhor do que a que eu encontro no mercado), além de uma boa quantidade de bifes à milanesa feitos por ela. Essa mulher é uma santa. Mas esse romance está perto do fim...

Ela me trouxe uma sacola com umas fitas de videocassete que eu tinha emprestado a ela; hoje à tarde, enquanto procurava uma roupa minha, encontrei no armário uma roupinha dela. E, quando ela apareceu esta noite, encontrou por conta própria outras coisas suas, e eu me lembrei dessa roupinha e entreguei a ela, e me lembrei de outras coisas dela que estavam em outro cômodo e também as entreguei. Concomitantemente — que palavra feia — descobri, depois que ela foi embora, que dentro da sacola com as fitas também estava meu pente, o que eu deixava na casa dela. Isso me deixou muito triste. Pensei: "O romance está acabando". Este romance também está acabando, pois parece que ambos são o mesmo.

Chl estava lindíssima hoje.

DOMINGO, 13, 5H56

Mais uma vez Beethoven; de novo o *Ode à Alegria, Freude, Freude* — me faz pensar em alemães fazendo ginástica, dirigidos por uma professora de rosto equino. Ontem também aconteceu a mesma coisa. É como um pesadelo, mas essa parte do pesadelo é a mais suave; não direi que esteja enfim gostando de Beethoven, não das suas sinfonias, embora tenha escutado alguma sonata que soou bastante digna, mas que o estou considerando um mal menor. Há várias semanas troquei da Rádio Clarín para o Sodre, coincidindo mais ou menos com o começo da transmissão contínua do Sodre; já não tocam mais o Hino Nacional à meia-noite e vão dormir, mas continuam a noite toda, como a Rádio Clarín, que ficou insuportável; repetem sempre a mesma coisa (agora noto que o Sodre também, mas fazia anos que eu escutava a Clarín e já tinha memorizado tudo), e incorporaram alguns anúncios insuportáveis, dramatizados, fora do contexto habitual. Tudo de muito mau gosto. Mas às vezes devo voltar a ouvir a Clarín; antes testo a emissora FM do Sodre, e às vezes está boa, mas à meia-noite tocam o Hino e vão dormir. Têm um locutor estúpido, de voz persuasiva, que não suporto, embora por sorte não há muitos anunciantes. Mas o que é realmente um pesadelo, em ambas as emissoras do Sodre, mas especialmente na AM, é a ópera. Parece que a ópera voltou à moda, ou talvez nunca tenha saído de moda; mas fico chocado com a quantidade de horas diárias que se dedicam a esses homens e mulheres vociferantes, seja numa ópera propriamente dita, seja em canções maltratadas por baixos-barítonos ou por tenores ocos, ou, pior, o mais absolutamente insuportável, por sopranos. Todos são pessoas que eu estrangularia com prazer, usando minhas próprias mãos. Não consigo imaginar que tipo de perversão, de demônio interior, de desvio, de tara, pode levar essas pessoas a proferir esses gritos monstruosos, repulsivos, a forçar a voz dessa maneira antinatural, insolente, afetada, como se participassem de uma competição nas Olimpíadas, demonstrando um esforço físico, querendo bater algum recorde. Nada mais remoto, mais distante, mais oposto à arte. Como chegaram a conjugar esse estúpido esporte com a música é algo que não consigo explicar, nem quero que me expliquem. Fico doente. Às vezes deixo o rádio ligado e entro no banheiro, e o pessoal do Sodre aproveita para meter um soprano, e lá estou eu, sofrendo, em dúvida se devo suspender minhas importantes atividades para desligar o rádio ou suportar, suportar mais disso. O mesmo acontece quando estou concentrado no computador; com frequência fico distraído, como se estivesse num estado de transe, de repente noto que estou me sentindo mal, angustiado, que tem algo que não vai bem no mundo, e enfim me torno consciente do fato de que está tocando ópera no rádio e que estou sendo bombardeado há um bom tempo com seus sujos exercícios vocais.

Por sorte nunca houve nenhum fã de ópera na minha família; quase diria que eu nem sabia da sua existência por muitos felizes anos. Por outro lado, o pai do meu primo Pocho torturava sistematicamente seu filho, noite após noite, durante e depois do jantar, com umas óperas transmitidas pela rádio (com certeza o Sodre). Meu primo Pocho, desde criança, tapava os ouvidos e gritava para tirar "esses homens que gritam". "Homens que gritam", homens e mulheres que gritam, é uma definição perfeita para a ópera. E como gritam, com que entusiasmo.

As óperas costumam ter aberturas interessantes. Deveriam parar aí. Tenho a impressão de que é a única parte na qual o compositor se sentiu livre para deixar a inspiração correr solta. Depois vêm os atos dramáticos e precisam seguir um estúpido libreto. A inspiração é substituída pelo trabalho de pedreiro, uma lajota depois da outra. Ontem passaram a abertura do terceiro ato de *Lohengrin*; gosto desta, apesar de toda a grandiloquência wagneriana. É possível que eu goste porque tinha o disco de setenta e oito rotações por minuto quando criança e o escutava com frequência.

Agora Beethoven terminou e estão transmitindo uma coisa contemporânea bem bizarra. Há produções notáveis na música contemporânea, mas o que é transmitido pelo Sodre padece de um mal infelizmente tão comum nesse tipo de música, um excesso de cérebro, um excesso de efeitos calculados, e uma absoluta falta de inspiração, de liberdade e alegria. Sons estranhos, descoordenados, longas pausas, como se criassem uma expectativa que dificilmente virá a desembocar em algo prazeroso.

Bom, às vezes também transmitem algo de Bach, ou de Vivaldi, ou de Brahms, ou de outros gêneros menores, porém muito interessantes; fiquei surpreso com Dvorak, que eu não conhecia bem — apenas sua sinfonia *Novo mundo*, da qual gosto —, e me vi nos últimos tempos escutando com atenção uma música estranha, cuja origem sou incapaz de determinar, e às vezes fico parado próximo ao rádio, de madrugada, adiando a hora de ir me deitar, escutando essa música e esperando que o locutor informe qual é; e várias vezes era Dvorak. E agora vou me deitar, enquanto o rádio continua cuspindo sons desconexos e insignificantes, completamente impróprios para essa hora da madrugada, em que as pessoas querem algo mais cálido, mais amável — seja quem acabou de se levantar e está prestes a tomar café da manhã, seja quem, como eu, está prestes a dormir.

QUARTA-FEIRA, 16, 20H50

Como eu ia dizendo, meu amigo, este romance está acabando. Ontem vi Chl fugazmente outra vez; apareceu meio dormindo, tomou um café e foi embora, mas ficou tempo suficiente para que eu sentisse outra vez a maneira horrível como continuo ligado a ela. Os impulsos sexuais habitualmente adormecidos despertam só de vê-la; e quando digo "impulsos sexuais" não falo apenas de desejo, mas de muito mais. Continua sendo a única presença feminina que me comove até a raiz mais profunda; continua sendo parte de mim, do meu corpo, da minha alma. Hoje acordei com uma desorientação cósmica que pouco a pouco foi tomando forma de nervosismo e, mais tarde, de fúria; reagi com violência diante das mínimas perturbações, e com as pessoas com quem tive contato, inclusive por telefone, falei como se estivesse latindo. Depois, intrigado pela falta de notícias, liguei para Chl; esperava vê-la hoje outra vez, mas ela me lembrou de algo que eu nunca soube: que tinha convidado NNN para jantar um dos seus ensopados, o indivíduo que considero há algumas semanas que é seu namorado atual. Afirma ter me dito ontem, e é muito provável que seja verdade, mas eu não quis registrar a informação e agora se somou à fúria uma enorme tristeza. Vontade de chorar aos gritos. Ela vai me mostrando suas cartas muito lentamente, e acho que eu preferiria ouvir a verdade inteira de uma só vez, de súbito. Não consegui, nessa ligação, arrancar mais informação dela, mas algo na forma de se expressar e no cuidadoso desvio de respostas claras e diretas confirmou-me em noventa e oito por cento que as coisas são como imagino.

E me dá mais raiva ainda o fato de que eu esteja com raiva. Entendo a tristeza, mas não a raiva. Nem o ciúme.

É justamente essa detestável parte minha que vem me governando há tempos demais, e é hora de dar um golpe de Estado na minha estrutura psíquica e pôr no poder uma pessoa razoável. Esse garoto voluntarioso, esse réptil primitivo, essa massa de dor e sofrimento precisa ser apagada, afundar, soltar de vez esse poder que dirige minhas condutas. O que foi que eu fiz esses meses todos? Colecionei programas de computador, baixando-os da internet, aprendendo a usá-los, descrevi-os e ordenei as descrições num banco de dados, porque são muitos; a essa altura, são exatamente trezentos e noventa e quatro programas que acumulei, e ainda continuo procurando. São programas de tudo quanto é tipo, alguns terríveis, outros geniais; alguns grátis, outros pagos, e esses pagos, de modo geral, eu consigo dar um jeito de não precisar pagar por eles. Percorro a internet em busca de cracks para os programas em páginas de crackers. Cheguei a abrir programas e a examiná-los num visor hexadecimal para poder modificá-los, e, às vezes, poucas vezes, consegui. Gostaria de estudar isso, a forma de crackear e remendar programas. Nessa atividade apaixonante, passei centenas de madrugadas. A pornografia ficou muito no passado; já não tenho o menor interesse de baixar uma só foto, e inclusive apaguei os conteúdos obscenos de dois ou três discos ZIP, o que significa jogar fora uma quantidade considerável de horas de navegação e de dinheiro gasto em conta telefônica.

Pensei que o desinteresse por fotos *soft* ou *hard* era um sintoma positivo. Realmente era, ou tinha sido, se não tivesse dado lugar a esse novo vício. Fiquei fascinado pelos pequenos robôs, suas cores alegres e seu funcionamento, muitas vezes preciso e elegante, em tarefas de que poderia perfeitamente prescindir, mas que se tornaram imprescindíveis, como limpar o disco rígido de arquivos desnecessários, limpar o Registro do Windows, desfragmentar o disco rígido, manipular arquivos com programas que são muito melhores do que os malditos programas da Microsoft, trocar ícones, criar ícones novos, retocar ícones velhos, adicionar sons, encher os cantos da tela com barras de ferramentas que se ocultam quando não estão sendo usadas, nas quais é possível abrir com um toque de mouse essa infinidade de programas que vou acumulando.

É verdade que não uso todos, longe disso; diria que vou desinstalando a maior parte, mas, enquanto descubro como funcionam e em que medida podem ser úteis, mantenho-os ali, ao alcance, nessas barras.

Minhas atividades dos últimos meses foram essas, e além da leitura de romances policiais, sempre no ritmo de um por dia em média, e pouca coisa mais. Tenho me deitado, em geral, às sete da manhã, e levantado às três da tarde, embora às vezes também às quatro, às cinco e até mesmo às seis. Amanhã, quinta-feira, tenho oficina; terei que madrugar, o que significa estar em pé às duas da tarde, e isso, nessas condições, é um ato heroico que nunca tenho certeza se conseguirei realizar. Até agora consegui, e espero poder amanhã também.

Mas a raiva continua me dominando, e a tristeza, e dou golpes cegos sobre o teclado buscando a forma de terminar esse romance e dar-lhe um final decente, embora dificilmente feliz.

QUARTA-FEIRA, 23, 2H53

Esta madrugada eu não conseguia dormir, embora estivesse morto de sono, com os olhos grudados e lacrimejantes de raiva por falta de descanso. Além disso, tive que me levantar com muita frequência para ir ao banheiro urinar, para a minha surpresa, sempre de forma muito abundante. Estava com frio e me cobri com o edredom térmico; isso, mais o aquecedor ligado, me provocou rapidamente um mal-estar insuportável nas pernas, que não toleram nem calor nem peso, e tive que tirar o edredom e deixar só uma manta fina, o que me fez sentir frio nos pés. Levantei e enchi a bolsa de água quente, pela primeira vez no ano. Ao me deitar, comecei a tossir e a sentir que ficava sem oxigênio, então me levantei outra vez e desliguei o aquecedor. Depois me dei conta de que a tosse era provocada principalmente pelo refluxo gástrico, o que significa que devo dormir quase sentado, e isso sempre me deixa com dores no pescoço e nos ombros. Quando tudo ficou mais ou menos organizado e pensei que poderia enfim dormir, me dei conta de que não conseguia; estava com uma estranha inquietude, que me fazia virar para um lado e para o outro. Depois descobri que estava realmente mal do estômago, o que chamam de "indigestão". Não fiquei surpreso, porque lembrei que tinha jantado bem mais tarde, e comera um ensopado espetacular que Chl me trouxe. Esse ensopado não foi feito para mim, e sim para quem eu considero meu rival, esse jovem que a visita com muita frequência ultimamente; e o fato de que está cozinhando para ele me provoca um mal-estar do qual penso já ter falado neste diário. Segundo Chl, o jovem deixou-a plantada esperando, e então peguei o ensopado para mim, o que não deixa de ser uma triste vitória sobre meu inimigo. De modo que, por causa disso, e pelo fato um pouco menos psicológico da grande quantidade de fritura e de pimentão no ensopado, é natural que não tenha me caído bem. Ainda assim, penso que com o tempo que fiquei de pé depois de comer teria conseguido digeri-lo bastante, se não fosse pelo fato de que, imediatamente depois do ensopado, preparei uma carne e o clássico tomate com alho e cebola. Como ultimamente tenho suprimido o pão, tive que usar de acompanhamento uma enorme quantidade de bolachas, que também me caíram mal, pesadas, porque faz tempo que não encontro as da minha marca preferida. Consigo digerir perfeitamente as bolachas da minha marca preferida. Mas, além disso, antes de ir me deitar, comi várias colheradas de geleia de pêssego. É estranho que eu esteja comendo doces; só faço isso raramente. Mas, quando me ataca a necessidade compulsiva, não posso resistir. O doce, claro, não pode ser comido sozinho, não tem graça; de modo que tive que empurrá-lo para dentro com mais algumas bolachas. Tudo isso trabalhava dentro de mim enquanto eu tentava dormir e me virava de um lado para o outro sem encontrar posição. Sentia a eventração inchada e prestes a arrebentar. Quando acordei, por volta das cinco da tarde, depois de ter conseguido dormir lá pelas sete da manhã, estava com um gosto horrível na boca, e compreendi melhor meu mal-estar. Mas, enquanto tentava dormir e achava estar com insônia, pensava neste diário.

Tenho um grande problema com este diário; antes de dormir, pensava que, graças à sua estrutura de romance, já teria que estar acabando, mas sua qualidade de diário não me permite, simplesmente porque faz muito tempo que não acontece nada de interessante na minha vida para chegar a um final digno. Não posso apenas pôr a palavra "fim"; precisa ter algo, algo especial, um fato que ilumine o leitor acerca de tudo que foi dito antes, algo que justifique a sofrida leitura dessa quantidade de páginas acumuladas; um final, em resumo.

Hoje, ao acordar, continuei com esse assunto. Pensei que deveria fazer algo; já que não aparece nenhuma novidade, nenhuma mudança, nenhuma surpresa interessante, eu deveria tomar a iniciativa e criar um assunto adequado para o final. Depois pensei que não era lícito fazer isso. Não posso sair para a rua fantasiado de macaco para criar uma história divertida e diferente para terminar o livro; não posso começar a viver em função do diário e dessa necessidade de completá-lo. Também pensei que o final ideal seria algo como isto:

"Estou cansado dessa situação, estou cansado dessa vida cinzenta, estou cansado da dor causada por essa estranha relação com Chl, de saber que eu a perdi mas que ela está ao meu alcance, a tensão sexual de cada encontro, que não se resolve em nada além de um vício absurdo em computador; estou cansado de mim mesmo, da minha incapacidade para viver, do meu fracasso. Não consegui cumprir o projeto da bolsa; foi mal planejado, é inviável, não me dei conta de que o tempo não anda para trás nem que eu sou outro. Tenho colado à minha pele esse papel de escritor, mas já não sou um escritor, nunca quis ser, não tenho vontade de escrever, já disse tudo o que queria, e escrever parou de me divertir e de me dar uma identidade. Não é verdade o que meu amigo Verani afirma em alguns ensaios, especialmente no seu trabalho sobre *El discurso vacío*, que meu desespero nasce do fato de não poder escrever. Eu posso escrever; veja como estou escrevendo agora e como faço isso bem. Posso escrever o que me der na cabeça; ninguém me incomoda, ninguém me interrompe, tenho todos os elementos e o conforto de que preciso, mas simplesmente não tenho vontade, não quero fazer isso. E estou cansado de representar esse papel. Estou cansado de tudo. A vida não passa de um fardo idiota, desnecessário, doloroso. Não quero sofrer mais, nem levar essa vida miserável de rotinas e vícios. Assim que fechar essas aspas, pois, arrebentarei minha cabeça com um tiro."

Isso talvez fizesse o livro vender muito bem, porque neste país a morte gera um interesse incomum pela obra do morto. O mesmo acontece com quem se exila. Mas não tenho interesse em vender livros; nunca tive. E, para piorar, não é verdade que estou cansado de viver. Poderia continuar levando exatamente esse tipo de vida que estou levando agora durante todo o tempo que o bom Senhor queira me outorgar, inclusive de forma indefinida. Se é verdade que alguns dos meus comportamentos me incomodam, também é verdade que não me esforço demais para modificá-los. Na verdade sou feliz, estou cômodo, estou contente, embora dentro de certo domínio depressivo. Minha dependência afetiva a Chl me impede de me envolver com outras mulheres, mas isso também pode ser um jogo astuto do meu inconsciente para me proteger de maiores complicações e problemas. Hoje Felipe apareceu e me trouxe outro carregamento de livros, ficamos conversando, e ele me disse: "As pessoas te amam". E é verdade, e respondi que não consigo conciliar isso de me sentir universalmente querido com minha paranoia, minha notória paranoia. Acho que não posso pedir mais do que tenho nem me sentir melhor do que já sinto. Espero que Deus me dê longos anos de saúde; de minha parte, nada mais distante das minhas intenções do que pegar um revólver e arrancar minha cabeça — especialmente se levarmos em conta que nem sequer sei como segurar um revólver. Descartado, então, este final para o romance.

De modo que sigo com o problema. Não sei como fazer para manter o leitor, para que continue lendo. Precisa aparecer algo logo, ou todo este trabalho terá sido em vão.

QUARTA-FEIRA, 23, 4H32

Eu tinha desligado o computador e começado o ritual de ir me deitar, quando escutei que o locutor do Sodre dizia "soprano", palavra-chave que me faz disparar rumo ao rádio para desligá-lo com fúria e xingamentos, mas logo ouvi que dizia "Villa-Lobos" e sorri. Então liguei outra vez o computador, porque perdi o costume de escrever à mão e não me ocorreu escrever à mão, embora tivesse sido muito mais rápido e simples, e aqui estou, escrevendo no Word para deixar clara a minha opinião um tanto radical e sujeita a mudanças caso receba uma informação melhor para complementar minha esquálida cultura musical, de que Villa-Lobos é o único músico que conseguiu usar uma soprano — nas suas *Bachianas brasileiras* — com arte e elegância, sem machucar o ouvido ou o espírito, sem me provocar impulsos homicidas. Também compartilho com ele seu amor pelos violoncelos.

DOMINGO 27, 18H16

Sonho do verme; devo contá-lo.

SEGUNDA-FEIRA, 28, 1H16

Como sempre, o sonho era longo e complexo, e tenho certeza de que estava cheio de situações muito interessantes e significativas, mas apaguei-as ao acordar. Só restaram algumas imagens, e quase todas se perderam logo depois. Agora resta apenas o que se refere ao verme.

Digamos que, no início do sonho, para assinalar que há bastante distância do que aconteceu no final, eu entrava num ambiente, provavelmente uma cozinha, embora não possa ter certeza; só enxergava uma parte dele. No chão havia um enorme cesto de vime, de cor clara; dentro desse cesto havia alguns objetos, um prato e algo mais; mas, sobretudo, e isso vi claramente e lembro-me bem, havia um grande e grosso verme esverdeado, quase amarelo. O tamanho era desproporcional — meio metro de comprimento, ou mais, e uns dez centímetros de diâmetro, ou mais —, como se fosse um boneco com forma de verme, ou um adorno de mau gosto; mas era um verme de verdade. Alguém tinha lhe dado uma facada, e a grande faca, como a que uso para cortar carne crua, ainda estava enterrada no corpo; o corpo tinha se dividido em duas partes, mas não por completo. A parte esquerda era maior do que a direita, e dava para ver em cada lado da faca um círculo dessa carne seccionada, que era de uma cor mais clara que a do exterior do corpo. O verme estava completamente quieto, então supus que estava morto; e não havia sangue à vista ou qualquer coisa que pudesse ter cicatrizado a ferida; o corte era nítido e, digamos, seco. Essa visão me incomodava, mas eu estava ocupado com outras coisas e não podia me fixar nisso; de alguma maneira, o sonho continuava e continuava, cheio de acontecimentos. Ao final, eu voltava a esse lugar, e voltava a ver o verme cortado exatamente nas mesmas condições de antes. Voltava a me sentir cansado, e pensava algo como: que não tinha feito direito as coisas; que, se queriam cortar o verme em dois, que o fizessem por completo e não deixassem um trabalho inacabado. Então eu me aproximava, me inclinava sobre o chão, empurrava a lâmina da faca com força para baixo, e o verme ficava separado em duas partes, agora sim por completo. No mesmo instante, cada uma das partes começou a se mexer, como se tivessem estado imobilizadas pelo fato de ainda estarem unidas por um pequeno ligamento, e com o corte recuperaram a liberdade. As partes se moviam em direções diferentes, e não davam nenhum sinal de estarem sofrendo, como se cada uma delas fosse completa, saudável e normal.

Ao acordar e me lembrar do sonho, meu primeiro pensamento foi, é claro, sobre o complexo de castração. Depois fui me dando conta de que havia outro assunto, também ligado a castração, mais importante. Vi claramente que esse verme era formado por mim e Chl, que alguém (Chl) tinha começado um corte, uma separação, mas não conseguia concluir seu propósito, e que era minha obrigação dar o corte final e nos devolver a liberdade. É como castrar-se, sim; num sentido mais amplo, é como se mutilar, ou sem a palavra "como": *é* uma mutilação. Necessária, por mais dolorosa que seja. Mas no sonho não havia dor.

Agora sim, há um pouco de dor em mim, mas acima de tudo preocupação; não tive notícias de Chl nem ontem, sábado, nem hoje, domingo (já sei que é segunda-feira, mas meu domingo ainda não terminou). Durante o dia não senti necessidade de ligar para ela, e essa atitude pareceu estar em consonância com a separação que o sonho mostrava; pensei que o sonho não estava me aconselhando a dar esse corte, e sim que simplesmente me mostrava que o corte já tinha sido feito, ou que o realizava neste exato momento. Mas às dez e vinte da noite comecei a ficar preocupado, depois de ter voltado cansado, neste dia que parecia de verão, da minha caminhada com E; não encontrei nenhuma mensagem na secretária eletrônica. Liguei então para a casa de Chl e deixei um recado. À meia-noite em ponto, eu já estava muito, muito preocupado, e liguei para o celular dela; ninguém atendeu. Voltei a ligar para a casa dela e deixei outro recado; pela quantidade de bipes, compreendi que ninguém tinha escutado o anterior — embora talvez alguém o tivesse ouvido. No novo recado, pedi que me ligasse assim que possível. Mas até agora não o fez, e já sei que não terei notícias suas até amanhã, ou seja, até hoje à tarde, quando eu acordar e ligar para o seu trabalho, quando ficar sabendo das coisas horríveis que podem ter acontecido com ela, ou mais provavelmente de algumas histórias em que não acreditarei. Mas neste momento só queria saber se está viva e bem.

Junho de 2001

SÁBADO, 16, 23H13

É verdade que me distraí um pouco nos meus controles sobre Mónica (a quem estupidamente chamei de M ao longo deste diário, da mesma maneira como chamei Inés de I e Fernanda de F, como se tivesse algo de pecaminoso a ocultar na minha relação com elas; não há; só me levavam para passear) (o caso de Chl é diferente, com quem também não houve nada pecaminoso, mas sim uma importante relação de casal, que por sua própria e sábia determinação nunca se tornou pública). Como ia dizendo, andei um pouco distraído, não só em relação a Mónica como a todas as pessoas e coisas, exceto o computador; isso pode ser facilmente percebido olhando as datas que encabeçam as últimas páginas deste diário. Por mais que eu tenha tentado me comunicar com Mónica quando apareceu o aviso na minha tela de que era data de controlar sua medicação, e no dia seguinte, e no outro, o fato de que não consegui me comunicar me alertou de que algo de anormal estava acontecendo. Também contornei o fato de que a última vez que tinha efetivamente conseguido falar com ela para um controle não me conformei com o que ela me disse. Parecia-me que estava mentindo; que tinha parado de tomar seu remédio e talvez fizesse isso há vários dias. Dá para perceber; algo na voz, na sua maneira de falar. Disse-lhe isso e ela me garantiu com ênfase que não, não estava mentindo; que tinha tomado pontualmente seus comprimidos e que ainda restavam dois, que no dia seguinte iria ao médico para pedir uma nova receita. Eu não tinha opção além de acreditar nela, afinal, o que mais poderia fazer; mas fiquei com essa espécie de incômodo subterrâneo, que se acentuou bastante quando não consegui me comunicar com ela nesses dias, mas de todo modo continuou subterrâneo e, novamente, eu me pergunto o que poderia ter feito.

E foi assim que chegamos à quinta-feira passada. Quinta-feira é meu dia de trabalho, o dia inteiro, em duas oficinas literárias; levantei-me com a mente confusa, como de costume, mas desta vez mais, pois tive que acordar ainda mais cedo, e para isso solicitei o serviço despertador da Antel para uma da tarde, uma e meia e duas, e não foi exagero, porque só com a ligação das duas, sabendo que era a última, consegui sair da cama e começar, de forma lenta e trabalhosa, o dia. Tão lenta e trabalhosa que, quando tocou a campainha com a chegada dos primeiros alunos, às quatro e meia, ainda faltava fazer algumas coisas da minha preparação (entre outras, escovar os dentes). Pouco antes dessa primeira campainha, o telefone tinha tocado, e deixei que a secretária eletrônica atendesse, e enquanto arrumava as coisas ouvi a voz de Mónica, e não parei para prestar atenção; parecia resfriada, falava com um tom nasal e com uma perceptível falta de energia, com um fiapo de voz. Não me ocorreu que pudesse estar chorando, e não levantei o fone do gancho; imaginei que simplesmente ligava para avisar que não viria à oficina da noite porque estava gripada. Não esperou que eu levantasse o fone do gancho, como costuma fazer, e não o fiz; escutei uma breve despedida, e desligou.

Depois, entre as cinco e as seis da tarde, ligou outra vez. Deixei meus alunos de lado por um tempo e me aproximei da secretária eletrônica, como costumo fazer, para averiguar se é uma ligação que devo atender ou se posso ignorá-la. Mal ouvi as primeiras palavras de Mónica e me dei conta da situação, sentindo meus pelos da nuca se eriçando. Uma voz monótona, uma pronunciação defeituosa, como dos bêbados, um tom distante, quase um murmúrio:

— ... quero pedir por favor que você cuide dos meus arquivos, que não deixe que ninguém além de você toque neles, você sabe o que fazer com eles...

Levantei o fone e disse:

— Não, não vou cuidar de nada. Por favor, chame alguém.

SÁBADO, 16, 23H56

Escrito à mão.

"Quando enfim vou à missa", dizia meu avô em ocasiões parecidas, "encontro o padre bêbado." Pode crer o leitor que, depois de tanto tempo sem tocar neste diário, quando enfim começo a escrever, *bang!*, um apagão? Sabe-se lá o quanto consegui salvar do que tinha escrito no Word; espero que bastante, porque a luz não foi cortada de um milissegundo para o outro, mas foi diminuindo, com muita velocidade, é verdade, mas se o Word tem um mínimo de esperteza terá se dado conta de que a situação era problemática e salvará tudo. Teve um segundo inteiro para fazer isso.

Como sempre, fui primeiro buscar a lanterna que deixo à mão na cabeceira, e de lá fui até a cozinha desligar a geladeira, e depois voltei ao quarto para ligar o aquecedor — para que, segundo me explicaram uma vez, sua resistência absorva o excesso de tensão que costuma acompanhar a volta da energia, e desse modo as lâmpadas e os motores não queimem. Fui espiando cada uma das janelas, e em todas o panorama era idêntico: escuridão intensa, pelo visto na cidade inteira. Demorei um tempo antes de acender uma vela, pois poucas coisas são mais irritantes para mim do que a luz elétrica voltar quando acabo de grudar uma vela a um cinzeiro. É o que há de mais parecido com uma brincadeira de mau gosto. Levei a vela ao banheiro e escovei os dentes, para tirar, acima de tudo, os restos de chocolate. Ultimamente, e em especial depois do sonho do verme, fiquei com um desejo por doces, e não passo quase uma noite sem comer uma bala, contrariando meus costumes de quase toda a vida. E às vezes chocolate, de forma compulsiva (na verdade, tudo o que faço é de forma compulsiva; sou uma pilha de compulsões. Não me resta um átomo de força de vontade). Dei um tempo para que a energia voltasse, e enfim cansei de esperar e acendi mais duas velas — convencido de que, ao colar a terceira ao cinzeiro, a luz voltaria —; mas não. Desta vez não foi brincadeira. A coisa parece séria. Imagino as pessoas presas, num sábado à noite, em cinemas, teatros, elevadores e, os mais sortudos, em motéis. Voltou a luz; acho que ouvi o *bip* da secretária eletrônica.

DOMINGO, 17, 1H51

O Word se comportou muito bem; salvou quase tudo que eu tinha escrito quando houve o apagão. Agora estou escrevendo de novo no Word. Antes fiquei um tempo relaxando; o apagão me deixou nervoso. Não quero aceitar isso, porque parece infantil, mas a verdade é que durante os apagões fico com muito medo. No momento, nem me dou conta, mas depois noto que fico instável, mais ansioso do que o normal.

Na quinta, então, eu disse a Mónica que não cuidaria dos seus textos nem de nada dela; que avisasse alguém imediatamente, de preferência à sua assistência médica, para que fossem ajudá-la; que eu estava trabalhando e não podia fazer nada, e nem sabia qual era o endereço da sua casa.

— Não, não... Estou trancada à chave e não vou deixar ninguém entrar. É sério.

E começou a me explicar que tinha dívidas, que o irmão tinha falado mal dela, tinha dito isso e aquilo, e continuou acumulando argumentos para me atingir com um peso contundente. Entre seus argumentos, estava este: "E pensava que estava irritado comigo porque não saí mais para caminhadas".

— Mónica, por favor, chame alguém. Você sabe que essas coisas passam e depois você ri delas. Pense na sua filha...

Esse argumento fez com que eu me sentisse perfeitamente idiota, porque é a primeira coisa que diria qualquer imbecil que não pensa no drama dela e se apoia, sem mérito algum, no superego. Ela continuou falando, repetindo seus motivos, e eu os meus, e cada vez ia me sentindo pior, porque me dava conta de que não tinha como convencê-la; ela esperava que alguém a salvasse. Como na outra vez, em circunstâncias parecidas, embora muito piores, há uns vinte e cinco anos, tinha certeza de que desta vez eu também não a deixaria na mão. Eu estava ficando irritado, e agora me dou conta de que não era algo contra ela, e sim contra essa coisa que a possuíra; uma coisa repugnante, que fazia com que sua voz soasse odiosa, como a de um demônio fingindo ser alguém bom. Há nas pessoas que sofrem de psicose algo que provoca essa repulsa; algo não humano, ou extra-humano, algo parecido com uma espécie de réptil arcaico, algo meloso e temível, e mais temível quanto mais meloso for, e acima de tudo isso, repugnante. *Isso* não era minha amiga. Eu estava ficando irritado e falei para ela que ia desligar porque estava tagarelando comigo para que o tempo fosse passando e as coisas fossem ficando irreversíveis.

— Não vou mais te ouvir — falei. — Chame alguém — e desliguei.

Se eu fosse um pouco mais resistente, teria voltado aos meus alunos e continuado a oficina como se nada tivesse acontecido, com a certeza de que, ao se ver sozinha, terminaria pedindo ajuda a alguém da sua assistência ou mais sensível do que eu. Mas eu estava em estado de choque. Meus alunos, na sala, estavam numa grande algazarra. É um grupo extraordinário, e muito integrado, apesar do pouco tempo que estão juntos. Mas não imaginava quão extraordinário eles eram até o instante seguinte.

Eu me aproximei para interromper a algazarra, com os braços estendidos e as mãos abertas, como quem empurra alguma parede que está à sua frente.

— Desculpem por ter abandonado vocês. Estou em estado de choque. Uma amiga e aluna da oficina noturna, Mónica, que alguns de vocês conhecem, acaba de tomar alguma coisa e não consigo convencê-la a chamar um médico. Não sei seu endereço e neste momento não sei o que fazer.

Horror, incômodo e impotência em mim. Eles reagiram no mesmo instante:

— Você tem o número dela?

— Sim.

— É preciso perguntar ao serviço de lista telefônica; vão dar o endereço.

— Nesse momento não consigo fazer nada — eu disse, e desabei na poltrona de leitura.

DOMINGO, 17, 3H06

Noite de sabá. Legiões de bruxas passam zunindo pelo céu nas suas vassouras, arrastadas pelo vendaval. Nunca ouvi o vento assoviar de um jeito tão agudo; não sei explicar o que está causando esse fenômeno. Tive que baixar todas as persianas e fechar uma fresta aberta da bandeirola da cozinha, porque o ar que passava por debaixo das portas esfriava demais a casa e, além disso, fazia algumas portas baterem. Tive que ligar o ar-condicionado; desta vez para aquecer, não esfriar. Faz uns dias, durante o veranico, tive que ligá-lo no frio, e não porque não suportava o calor, e sim porque ligaram a calefação no edifício. Sra. Rosa, a zeladora, diz que cumpria ordens da dona. Para mim, isso significava o dobro do gasto. E por que a dona queria que nossas veias explodissem é algo que eu não sei.

E não tenho como deixar de ouvir esse assovio do vento, pois não tenho como abafá-lo; tanto o Sodre como a Rádio Clarín pararam de funcionar. Sei que é inútil pensar em outras rádios, mas de todo modo percorri as estações para ver o que encontrava; poucas estavam funcionando. A que funcionava com mais energia e volume transmitia um louquíssimo discurso de um pastor ou guru, ou seja lá como se chama, de uma seita; vociferava numa mescla de idiomas, entre eles o espanhol, de um jeito alarmante. A Clarín talvez volte, mas o Sodre com certeza não; seus funcionários são funcionários públicos.

Agora posso explicar o apagão, pois esse vendaval, antes de chegar aqui, com certeza estava derrubando postes (e tetos, e árvores, e animais) em outras partes do país. A situação até que foi consertada com rapidez, considerando as condições.

* * *

Volto à tarde de quinta:

Logo vários telefones celulares acenderam, e cada um dos seus respectivos donos começou uma investigação por conta própria; não entendi o que faziam, nem como. Lentamente comecei a reagir, e tentei ordenar meus pensamentos. Busquei na minha mente e encontrei alguns dados valiosos: por exemplo, eu tinha o número de celular da sua amiga Beatriz, pois ela também foi minha aluna ano passado ("a aluna particular" que penso ter mencionado neste diário). Levantei-me e peguei uma caixinha de plástico da estante, que fica abaixo do telefone, e uma série de papeizinhos que ficam empilhados ali, todos com números de telefone, e voltei a desabar na poltrona e a olhar lentamente um a um, muitas vezes sem registrar o que estava escrito neles. Enfim encontrei o número de Beatriz. Levantei outra vez e fui até o telefone. Disquei, esperei, mas não respondeu. Desliguei e voltei a discar com todo cuidado, caso eu tivesse digitado errado da primeira vez. Sem resposta.

E não posso seguir contando essa história, que já foi interrompida por um apagão e por posteriores tarefas de resgate do arquivo do Word. Perdi o impulso. Resumo: encontrei, enfim, o número de Daniel, ex-chefe de Mónica, ele me atendeu, escutou atentamente o que eu disse e respondeu: "Fique tranquilo. Vou cuidar de tudo". E foi assim. A donzela foi resgatada mais uma vez da garganta do maldito dragão.

DOMINGO, 24, 3H45

Quinta-feira, dia da oficina, fazia muitíssimo frio, e ao me levantar me senti instável, como se estivesse com pressão alta.

Tentei várias vezes medir minha pressão com o aparelho eletrônico, mas provavelmente o frio o afetou e só funciona bem dentro de certos limites de temperatura; ao mesmo tempo, quando tenho a pressão acima do normal, o aparelho não mede bem na primeira tentativa, e, em geral, ele mesmo se corrige. Mas dessa vez não se corrigia e marcava "erro". Já no início da oficina, como continuava bastante tonto, liguei para a minha médica. Depois de pensar um pouco, disse que eu tomasse outra dose do remédio para hipertensão, e que ela passaria aqui logo, talvez interrompendo a oficina, para medir minha pressão com seu aparelho tradicional. Junto à segunda dose do remédio para hipertensão, também tomei uma minúscula porção de Valium e, durante a primeira oficina, não sei se entretido com o trabalho, não me senti mal. Mas minha médica não apareceu, e no intervalo entre as duas oficinas voltei a me sentir instável e liguei para ela. Tinha recebido a notícia de que um tio seu estava em estado grave, internado no CTI, e teve que cuidar dessa prioridade. Mais tarde, quase de madrugada, ela me ligou para me perguntar como eu me sentia; eu continuava meio mal, e ela me recomendou que ficasse na horizontal. Ela tinha recomendado a mesma coisa antes da segunda oficina, e obedeci à sua ordem por uns bons quinze minutos; deixei uma aluna muito pontual de zeladora, e apostei que os outros chegariam tarde, como sempre. Nesse descanso, adormeci e até sonhei.

Neste dia, fui deitar mais cedo que de costume. Dormi com o aquecedor ligado, porque meu quarto é o cômodo mais frio da casa. No dia seguinte, sexta-feira, levantei-me outra vez tonto, e o aparelho eletrônico continuava dando erro. À noite tinha uma reunião com ex-alunos, para tratar do assunto de um projeto editorial meu que, por sorte, eles assumiram. Minha médica prometeu passar aqui, interrompendo essa reunião, mas não apareceu de novo. Acho que desta vez simplesmente se esqueceu, entre tantas coisas que tem em mente. Liguei para ela depois da reunião e finalmente veio aqui, bem tarde, acompanhada como sempre de seu cão Mendieta.

Mendieta é um cachorro muito estranho. Acho que já falei dele neste diário, do trauma advindo da educação à qual foi submetido por um treinador brutal. Eu e ele nos tratamos com respeito mútuo; mantemos distância um do outro. Eu tenho um pouco de medo dele porque não se sabe quando pode atacar; já fez isso, embora não comigo. Minha médica chegou apressada, tirando o medidor de pressão que carregava numa sacola de náilon, e me disse para tirar a jaqueta. Tirei-a e a joguei sobre uma poltroninha que fica na sala de jantar, e fui me sentar na poltrona de leitura. Ela ajeitou o manguito no meu braço e começou a bombear o aparelho. Neste momento, o cão Mendieta, que estava na divisa entre os dois cômodos, olhando de soslaio para a janela a certa distância, começou a rosnar, e vi que os pelos da sua nuca se eriçavam, e inclusive dava sinais de que ia recuar, como se alguém o ameaçasse. Latia para algo que, pelo visto, enxergava na sacada. Depois minha médica me contou que, nesse momento, a agulha do medidor de pressão saltou para além do máximo de vinte. A medida final foi dezoito. Muito alta, de fato, mas era lógico, com o susto que o maldito cachorro me deu. Fomos olhar e não havia ninguém na sacada. Se o gato estivesse lá, eu o teria visto passar pela mureta, da janela que fica muito perto da minha poltrona de leitura. Não podia imaginar o que o cachorro tinha visto, mas me deixou nervoso. Baixei totalmente a persiana. E também todas as outras, porque dessa maneira não apenas deixava para fora os perigos misteriosos, como também o frio; pelo menos era uma defesa contra o frio.

A médica me deu amostras de um novo medicamento e me disse para tomar meio comprimido naquele mesmo instante; avisou que continha um diurético. O diurético me manteve acordado até as seis da manhã; só então pude me deitar com relativa tranquilidade, mas, na dúvida, deixei um recipiente plástico junto à cama. Não precisei utilizá-lo; só uma vez acordei com a necessidade de urinar, mas fui até o banheiro, pois não sentia frio. Na verdade sentia calor, com o aquecedor, o edredom, a manta e a bolsa de água quente.

Mas, muito antes de me deitar, e pouco depois que minha médica foi embora, procurei minha jaqueta e vi que tinha deixado naquela poltroninha. Então me ocorreu que talvez o cão Mendieta latisse para esse volume, porque ele fica nessa poltroninha sempre que minha médica o traz aqui; gosta de arranhá-lo, arrodear um pouco e se deitar ali. Esta noite, como era bem tarde, nota-se que o cachorro estava com sono e quis usar a poltrona; a jaqueta o desconcertou, sentiu que seu lugar fora usurpado por algo estranho que não podia definir, e então começou a rosnar e a latir. É a melhor explicação que pude encontrar; não me deixa de todo satisfeito, mas é melhor do que nada.

Há algumas semanas notei que, no telhado vizinho, o cadáver da pomba parece estar mostrando uns ossos brancos. A distância não me permite ver com clareza se é isso mesmo ou uma ilusão de ótica gerada por plumas brancas reviradas. Mas isso que se enxerga parece ter a forma do esqueleto de uma ave.

Não tornei a ver a viúva, ou não sei se a vi. Na verdade, tenho olhado pouco pela janela, e lá fora está sempre meio escuro, por causa do céu nublado e da hora tardia em que me levanto. São os dias mais curtos do ano, e faz bastante tempo que não vejo o sol. Vi, sim, uma grande quantidade de pombas diferentes que possuem, quase todas, algo da viúva. Suponho que aqueles filhotes, já crescidos, devem andar por esses lugares que conheceram quando pequenos. Mas é curioso; a maior parte das pombas que pousam nas muretas do telhado vizinho tem alguma coisa parecida com a viúva, tanto que preciso pensar bastante para decidir se é ela ou não. Em alguns casos, fico na dúvida.

Agosto de 2001

QUINTA-FEIRA, 2, 1H43

Aqui em cima há um subtítulo que fala do tempo (data, horário), mas o tempo perdeu o significado, quase por completo, para mim. Posso dizer: "faz tempo", mas não tenho nenhuma certeza de quanto tempo pode significar esse "faz": semanas, sim, mas talvez meses. Bom, seja como for, faz tempo que me vieram à mente estas palavras: "Uma única, eterna madrugada", e senti que deveria ser esse o título deste livro. Como título é um tanto pretensioso, poético demais; mas assim vieram as palavras, e essas palavras me parecem muito adequadas, muito verdadeiras, muito apropriadas e exatas. Uma única, eterna madrugada, tem sido, e é, minha vida nestes últimos anos — não pergunte quantos.

Dizer "madrugada" não é a mesma coisa que dizer "noite"; são parecidos pela escuridão, mas a madrugada tem algo de definitivamente inapropriado para a vida — talvez o caráter inapelável da solidão de quem, a estas horas, está sozinho. Ainda mais se estiver acordado.

(Na verdade, "madrugada" é uma forma incorreta de designar as horas a que me refiro; a uma, as duas, as três da manhã; mas me parece absurdo falar de "manhã", quando o céu está totalmente escuro.)

Neste tempo difícil de medir, muitas coisas aconteceram, e continuam acontecendo, e me dá muita preguiça entrar num relato ponto a ponto. Agora descubro que não estou me sentindo confortável para escrever; a relação das minhas mãos com o teclado não é apropriada, o ângulo não é correto, fico cansado, cometo muitos erros. Pelo menos me dou conta disso; vem me acontecendo o tempo inteiro, mas só agora me dou conta. Deveria, talvez, ter uma cadeira mais alta, embora essa poltrona seja bastante alta, ou talvez o teclado devesse estar um pouco mais para baixo, ou eu deveria baixar os apoios de braços, mas não tem como; dá para levantar, mas não baixar mais do que como estão agora.

Agora experimentei subir os apoios um pouco, e na verdade acho que é melhor assim, mas não posso dizer que esteja confortável. Talvez esse problema da posição dos braços seja uma boa razão para a minha preguiça em escrever, embora, é claro, deva haver muitíssimos outros fatores. Às vezes penso em escrever e formulo as coisas na minha mente, mas não as escrevo.

No dia 30 de junho acabou o ano da bolsa. Sete dias depois, a Fundação enviou o esperado pedido de um relatório acerca das minhas atividades e meus gastos. Decidi ser totalmente sincero, mas alguém me aconselhou que eu não fosse, especialmente porque me pediam um relatório breve e conciso. Finalmente expliquei que o projeto inicial havia se complicado, tinha crescido, e que ainda me faltava muito para terminar. É verdade, porém impreciso. Para eles, de qualquer maneira, não importa; só precisam que eu seja responsável com esse dinheiro que recebi, para mostrar aos doadores que eles não jogaram dinheiro pela janela. Da minha parte, posso afirmar terminantemente que não desperdiçaram dinheiro; pelo contrário, acho que fizeram um investimento estupendo.

QUINTA-FEIRA, 2, 3H18

Um objeto estranho que estava perto da pomba morta mostrou-se, visto na rara luz de sol de uma rara tarde na qual saiu o sol, e na qual eu estava acordado para ver sua luz, mostrou-se ser, como ia dizendo, a cabeça da pomba; isto é, a caveira. É lógico, depois de tudo isso, mas fiquei impressionado com o fato de que era uma bolinha insignificante com uma grande protuberância em forma de bico, ou seja, o bico. A cabeça de uma pomba sem penas nem carne é quase apenas bico, enorme em relação ao seu crânio. Por isso são tão estúpidas.

O ROMANCE LUMINOSO

Primeiro capítulo

Já faz algum tempo que, com bastante frequência, se forma espontaneamente a imagem de mim mesmo, escrevendo tranquilo com uma caneta-tinteiro sobre uma folha branca de papel de ótima qualidade. Isso é precisamente o que estou fazendo neste momento, cedendo ao que parece ser um profundo desejo, embora meu costume de toda a vida seja o de escrever à máquina. Infelizmente, essa imagem que me ataca de repente quase todos os dias não vem jamais acompanhada do texto que se supõe que estou escrevendo; não obstante, de forma paralela e completamente independente dessa imagem, está o desejo de escrever sobre certas experiências minhas, o que corresponderia a algo que chamo, para mim mesmo, de "romance luminoso" e que se contrapõe ao chamado — também para o meu âmago — "romance obscuro". Esse romance obscuro existe, embora talvez inacabado e talvez inacabável. Sou como um prisioneiro dele, da sua atmosfera, das obscuras imagens e dos mais obscuros sentimentos que, já há alguns anos, me impulsionaram a escrevê-lo. Quase diariamente acordo — durante certos períodos de semanas ou meses — com a imperiosa necessidade de destruí-lo. Durante outros períodos me esqueço por completo dele. E, de quando em quando, eu o releio, e o considero aceitável e me disponho a continuá-lo. Às vezes consigo trabalhar durante uns dias nele. Há pouco queimei o original.

O romance luminoso, por outro lado, não pode ser um romance; não tenho como transmutar os acontecimentos reais de modo que se tornem "literatura", nem consigo liberá-los de uma série de pensamentos — mais do que uma filosofia — que se associam de forma inevitável. Teria que ser, então, um ensaio? Resisto a essa ideia (resisto à ideia de escrever um ensaio, e, ao mesmo tempo, quero dizer, talvez, inconscientemente, que resisto à ideia, às ideias — e em especial à possibilidade de ideias como impulsionadoras da literatura).

Contemplo a primeira página que escrevi e me parece aceitável; não pelo que diz — que não li —, mas por coincidir com aquela imagem que me aparece de forma recorrente.

De início, tentei integrar o romance luminoso ao romance obscuro. Quase achei que era possível. Mas, mesmo sem ter escrito nada, compreendi que não era. O romance luminoso, seja um romance ou qualquer outra coisa, deve ter uma vida completamente independente. Talvez, penso agora, a imagem se apresente desse jeito para me indicar justamente isso. Na imagem há a expressão de um prazer na escrita, prazer que, devo dizer, não sinto há muito tempo (o romance obscuro se transformou em algo muito parecido com uma obrigação, embora eu não tenha a mais remota ideia de por que eu me impus essa obrigação — se é que fui eu quem a impôs).

Obviamente, a forma mais adequada de resolver o romance luminoso é a autobiográfica. E é também a forma mais honesta. Apesar disso, não deve ser uma autobiografia ao pé da letra, pois então seria o livro mais sem graça da história: uma sucessão de dias cinzentos da infância até este instante, com essas duas ou três centelhas ou relâmpagos ou momentos luminosos que o título sugere. Mas, além disso, os momentos luminosos, contados de forma isolada, e com o agravante dos pensamentos que necessariamente os acompanham, pareceriam demais com um artigo otimista da *Seleções da Reader's Digest*. Nunca tive problema similar; na verdade, nunca tive problemas para escrever. Escrevia impulsionado pela inspiração, num ritmo febril que me exigia a utilização da máquina, ou não escrevia e ponto final. Agora devo escrever (o romance obscuro) e desejo escrever (o romance luminoso), mas não sei como. Escapou de mim o espírito travesso, alma penada, demônio familiar, ou seja lá como queira chamar aquele que trabalhava em meu lugar. Estou a sós com meu dever e meu desejo. A sós, comprovo que não sou literato, nem escritor, nem escrevinhador, nem nada. Ao mesmo tempo, preciso de dentadura postiça, dois novos pares de óculos (para perto e para longe) e operar minha vesícula. E parar de fumar, por causa do enfisema. É provável que o *daemon* tenha se mudado para um domicílio mais novo e confiável. A vida não começou, para mim, aos quarenta. Tampouco terminou. Estou bem tranquilo, em alguns momentos — escassos — sou feliz, não acredito em nada e estou dominado por uma muito suspeitosa indiferença a quase todas, ou todas, as coisas.

Talvez o romance luminoso seja isso que me pus a escrever hoje, há pouco. Talvez estas páginas sejam um exercício de aquecimento. Talvez eu só esteja tentando dar vida à imagem recorrente. Não sei. Mas é provável que sim, que escrevendo — como sempre — sem planos, embora desta vez saiba muito bem o que eu quero dizer, as coisas comecem a sair, a entrar em ordem. Já estou sentindo o velho sabor da aventura literária na garganta. Não é uma metáfora: é um sabor autêntico, entre o amargo e o doce, algo que associo vagamente à adrenalina.

Aproveito, então, essa comprovação, para começar a contar o que penso ter sido o ponto de partida de meu nascimento espiritual — embora ninguém espere sermões religiosos no momento; estes virão mais adiante. O ponto de partida foi uma reflexão suscitada por um cachorro. É claro, o terreno estava abonado por uma série de circunstâncias pessoais; nem vamos falar disso. Mas eu me pergunto como teria sido minha vida sem esse cachorro anônimo, que numa tarde quente farejava com prazer um arbusto. Via-se com muita clareza que estava completamente entregue a essa fruição olfativa, seu corpo esguio tenso e percorrido como por uma onda quase visível de ritmos vitais, num comportamento que parecia, em parte, de caçador, embora faltasse algo para isso — era outro tipo de tensão; as orelhas não estavam eretas, e sim caídas, bem como o rabo —, e, em parte, de sujeito em estado de transe. Não duvidei nem por um instante que o animal estava sentindo o rastro de uma cadela. Eu ficaria tremendamente desiludido se me dissessem que era outra coisa. Mas o que desencadeou minha reflexão — a primeira reflexão transcendente que tive em minha vida, e eu já tinha vinte e cinco anos — foi notar que o cachorro não estava seguindo ou perseguindo um rastro, e sim que parecia estar diante do objeto em si. Lembrei-me, então, que tinha lido, certa vez, em algum lugar, que o olfato é, para o cão, um sentido similar à visão para os humanos; que um cachorro reconhece seu dono quando pode sentir seu cheiro, embora o esteja vendo antes disso — o animal o vê e o reconhece, mas não tem certeza, precisa sentir o cheiro para comprovar que é ele mesmo.

E então pensei: se o olfato é para o cachorro como a visão é para os homens, esse cachorro está enxergando a cadela, e não seu rastro. Como quando eu vejo alguém vir à distância; de alguma maneira, esse alguém está aqui; não é futuro, mas presente — pelo menos, uma forma de presente.

Essa simples reflexão — mas o leitor teria que ter estado em meu lugar, sob aquele sol e aquele céu, entre aqueles aromas das árvores e da praia, e com todo o tempo do mundo à disposição para não fazer nada —, essa simples reflexão me provocou um efeito perceptível na fiação — ou, para ser mais atual, na química — do cérebro. Senti algo parecido com uma complicada série de engrenagens que se põe trabalhosamente em movimento — mas não era algo pesado, e sim leve, muito leve —; senti a alegria de uma descoberta íntima, e o temor, e o medo, como se acabasse de penetrar num recinto distante e misterioso, como se tivesse aberto uma porta proibida. Não em vão associo o sabor da adrenalina com a literatura, embora nesse momento a literatura ainda não tivesse aparecido; só estava se criando a alma, demônio ou espírito, seja lá o que for que, um ano depois, começaria a escrever.

Devo abrir aqui um breve parêntese — dentro desse longo parêntese que talvez seja este exercício de escrita à mão que tão cautelosamente empreendi — para explicar que não me tornei escritor por vocação, e sim por complexas razões sociopolítico-econômico-psíquicas. Neste exato instante, por exemplo, mais do que estar escrevendo, queria estar, por exemplo, bolando um jogo de computador, gravando um filme, tocando algo de Bach no órgão de uma catedral antiga (europeia), ou simplesmente plantando minha semente numa série de ventres femininos, postos em fileira um ao lado do outro até onde minha vista alcança. Minha relação com a literatura é o que posso, apenas, me permitir; o que, na verdade, os demais — até certo ponto — me permitiram. Dizendo com palavras mais duras e exatas, escrever é mais barato e menos perigoso, ou mais cômodo para mim. Sou preguiçoso e covarde, além de pobre; devo, portanto, resignar-me a escrever e, ainda, dar graças a isso. Fecho aqui este breve parêntese.

Falava de uma porta aberta, de uma engrenagem que se punha trabalhosamente em movimento, e do temor mesclado com deleite que sempre acompanha a coisa proibida. Quem tinha me proibido, então, de pensar? Deixo a resposta em suspenso por agora, já que é o tema central deste romance luminoso e devo dosá-lo cuidadosamente para não cair na crônica ou no panfleto. Perceba, além disso, que o *daemon* (não sei se o mesmo ou se outro diferente) está de novo comigo e me leva pela mão enquanto escrevo. Perceba também que estou escrevendo com liberdade, com a liberdade de um condenado à morte (é provável que esteja exagerando um pouco os riscos de minha próxima operação na vesícula, mas uma operação é sempre uma operação e, além disso, exagerando seus riscos é como obtenho essa preciosa liberdade: só assim se deveria escrever, só assim se deveria viver; pensando que não é preciso enfrentar as consequências, pensando no prazer do momento — com a liberdade com a qual o condenado à morte deve fumar seu último cigarro, sem pensar em câncer ou enfisema). Escrevo, pois, como escrevi uma época, ou seja, sem pensar que pudesse haver leitores, menos ainda um crítico para julgar os resultados de meus jogos, e acima de tudo sem o peso determinante de uma trajetória prévia, esse "estilo" que os demais querem enxergar, que talvez exista — mas que prefiro ignorar, para me lançar de novo na aventura do desconhecido.

Paramos, então, na existência não explicada de uma proibição de pensar. De pensar, quero dizer, numa determinada direção; ou de não pensar e poder deixar a mente vazia, para que outro pensamento autônomo, subjacente, possa emergir na consciência. Por exemplo, depois da reflexão acerca do cachorro e do olfato, e da visão e sua relação com o tempo, veio espontaneamente a ideia — não lembro se nesse mesmo dia, ou mais tarde — de que a Terra não era o Inferno, como se poderia pensar, sem muita dificuldade, mas o Purgatório; que o Inferno estava em Marte e o Paraíso em Vênus. Não sei se isso é verdade, mas depois encontrei a mesma ideia numa publicação ocultista (de baixo nível), o que parece indicar que se trata de uma ideia inconsciente de caráter simbólico ou, em outras palavras, uma verdade, ou realidade, simbólica. A "proibição de pensar" estaria dirigida precisamente a essa realidade simbólica, ou realidade da alma que precisa dos símbolos para se expressar, pois faz parte de todo um universo de experiências que diferem de nossa experiência cotidiana. A reflexão motivada pelo prazer olfativo do cão, embora seja simples em si e talvez estúpida, não deixa de ser um rudimento de pensamento científico-filosófico; essa outra ideia espontânea, de Purgatório, pertence a outra pista, a outra ordem de pensamentos, ou, para ser mais exato, a outra mente que coexiste com, ou forma parte de, nossa mente "habitual". Tudo isso aconteceu comigo muito antes de tomar conhecimento das teorias e experiências atuais sobre os hemisférios cerebrais, as ondas alfa, o hipotálamo etc. Além disso, todo esse conhecimento não teria auxiliado em nada a experiência própria — ao abrir essa porta, esse prazer e esse temor —, assim como não ajuda os pesquisadores, nem mesmo me ajuda, agora, quando quero retomar esse caminho (e não posso!). Uma crença equivocada — a Terra-Purgatório — vale, nesse terreno, mais do que a mais brilhante e comprovada verdade científica.

Saí da literatura; caí no panfleto. Certo: me dou conta, suspendo, retomo (que o leitor tenha paciência comigo, sou um passarinho que testa as asas antes do primeiro voo, e meus pais não estão ao meu lado para me guiar e proteger).

Ao querer retomar o fio da narração, que até agora só descreveu meu encontro com um cão desconhecido, porém providencial, noto que surge um problema similar ao daquela imagem recente que eu quis explorar ao começar a escrever estas linhas, e que só comecei a reconhecer como ligada ao romance luminoso que desejo escrever precisamente quando comecei a desenvolver o tema por escrito. Agora, sem nenhuma relação aparente com a história do cão e contra a continuidade linear da trama, fico obcecado por outra imagem — desta vez, uma lembrança — que só me atreverei a narrar graças a uma confiança cega, impossível de fundamentar, que ficará realmente integrada de forma harmoniosa ao romance luminoso porque faz parte deste — embora eu não saiba disso neste momento. Em outras palavras, confio cegamente no *daemon*. Essa lembrança obsessiva refere-se a uma experiência sexual que, para mim, foi bastante insólita, embora não descarte que seja, para outros, algo trivial; devo sempre levar em conta minha singularidade, para não cair em estupidezes tais como descobrir a pólvora (ontem, só para dar um exemplo próximo, e aos quarenta e quatro anos, perguntei timidamente à minha oculista como se lê normalmente, com os dois olhos ou só com um. Ela respondeu que com os dois, algo que eu já suspeitava; e acrescentou que eu lia só com um porque tenho miopia no olho direito e hipermetropia no esquerdo, e os óculos que uso de forma permanente não me servem para a leitura. Relato essa pequena história para que se possa notar a prudência que adquiri em relação ao perigo de querer generalizar as próprias singularidades, e vice-versa). (Ainda nesse assunto, não consigo imaginar o que exatamente faz o olho esquerdo enquanto o direito se dedica a ler.)

Ela (refiro-me à protagonista de uma história sexual que mencionei acima, e não à minha oculista) era, e suponho que ainda é, o que se chama de uma velha amiga. Um dia, já faz uns bons anos, nos reencontramos e começamos uma relação muito livre e que se deixava levar pelo acaso. Quero dizer que ela vinha me visitar quando sentia vontade, embora, de modo geral, e por essas curiosidades da natureza, coincidia com minha própria vontade. Durante um longo período que, hoje, eu não saberia determinar com exatidão, ela me deu felicidade — e suponho que também recebeu. Nós nos dávamos bem, especialmente porque nos víamos pouco fora da cama, e quando conversávamos evitávamos na medida do possível tratar dos assuntos que, sabíamos, provocariam discussões. Até que uma tarde...

Espero que os críticos não tomem as reticências como uma tentativa infantil de criar suspense; acontece que, ao me lembrar daquela tarde, começo a perceber a relação dessa história com o romance luminoso (este, que estou tentando escrever), embora ainda não tenha chegado à história obsessiva que trata da mesma mulher, mas muito mais adiante. Na tarde que deixei em suspenso, não ocorreu o acontecimento cujo terreno estou preparando, e sim outro, mais difícil de contar, por ser mais sutil. Aconteceu que fizemos amor escutando música, como sempre, mas uma música se mostrou decisiva, em muitos aspectos; era um disco de música hindu, belíssima e com certas virtudes psíquicas, conforme descobri tardiamente (por exemplo, coloquei este disco uma vez que uma família amiga estava me visitando, e uma das crianças dessa família, ao escutar a música em outro cômodo, onde brincava com suas irmãs, às primeiras notas desta obra, veio correndo e, sem dizer nada, se espichou no colchão que eu deixava no chão nessa época, especialmente para escutar música, e começou a fazer uma espécie de ginástica lenta que muito se assemelhava à ioga. A obra não era breve; ocupava todo um lado do LP. O menino, que não tinha mais do que quatro ou cinco anos — e nenhuma instrução em ioga, e menos ainda nesse tipo de música —, continuou até o final em perfeita concentração — e combinação de movimentos — diante do assombro permanente meu e de seus pais. Quando a obra chegou ao fim, ele se levantou como se impulsionado por uma mola e, assim como veio, foi embora sem dizer nada, saiu correndo da sala e voltou a brincar com suas irmãs, como se não tivesse acontecido nada).

Bem. Ah, como eu queria poder chamar essa mulher por seu próprio nome, e veja, leitor, por que é tão difícil para mim escrever isso, quero tanto desviar desses materiais autobiográficos! Não consigo encontrar nenhum outro nome para ela que não o seu próprio; nenhum outro lhe cai bem; não posso dizer nada aqui que não seja estritamente real, porque senão tudo desabará com estrépito; lembre-se: estou escrevendo com a liberdade de um condenado à morte — mas, mesmo condenado à morte, se a pessoa for um cavalheiro, não deixará de ser em nome de uma liberdade que, então, já não seria mais liberdade —; de modo que não posso nomear essa dama de maneira alguma, nem mencionar um só dado que possa permitir sequer a suspeita de sua identidade. Posso parecer um pouco antiquado com essas delicadezas, já que uma simples relação sexual não abençoada pela Igreja não é um escândalo para ninguém hoje em dia, mas deve-se entender que, mais adiante, darei certos detalhes íntimos que ninguém gostaria — suponho — de ver publicados, como sem dúvida será publicado este romance luminoso de um escritor que, com este, tenta demonstrar que não o é e nunca o foi.

Naquela tarde, então, a música provocou misteriosos efeitos em nossa psique e tivemos um ato sexual estranhamente belo, estranhamente prolongado, estranhamente pleno de espiritualidade — não saberia dizer quantas vezes estendi o braço para recolocar o braço do toca-discos no começo do vinil, nem saberia dizer nada além do que já disse a respeito. Essa tarde nos deu muito que falar — entre mim e ela, é claro, e com uma nostalgia que deve ser a nostalgia pelo paraíso perdido. Porque, e aqui devo intercalar uma nota panfletária, as coisas desse tipo são irrepetíveis, e o espírito nunca é movido duas vezes pela mesma alavanca. E o espírito nunca se manifesta duas vezes da mesma maneira; por exemplo, outro encontro espiritual (e que raros, que miseravelmente escassos são esses encontros de dois espíritos! Já o encontro com o próprio espírito de si mesmo é um encontro memorável); outro encontro espiritual, com outra mulher inominável (mil vezes seja bendito o seu nome, e ela também), deu-se de maneira quase exatamente oposta à que acabei de narrar. Ocorreu por renúncia, quando notei, uma noite, que ela se entregava a mim para me dar prazer, mas com desgosto; que ela queria pensar em outras coisas e meus ataques sexuais eram inoportunos, mas que, por sua santa natureza, era incapaz de manifestar isso. Enfim, que eu mesmo me dei conta um segundo antes do que teria sido, sem dúvida, uma nova violação, e apertei as mandíbulas e reprimi o impulso e me deitei de costas a seu lado e peguei sua mão. Ela suspirou com um imenso alívio e, logo em seguida, apoiou a cabeça em meu peito. Então aconteceu aquilo.

O que vou dizer a seguir deve ser tomado ao pé da letra; não é algo simbólico, não é modo de dizer, não é uma tentativa de ser poético. É um fato, e quem não acreditar nele que saia, por favor, daqui, que não continue sujando meu texto com seu olhar desconfiado — e que não tente, jamais, ler outro livro meu.

Aconteceu, então, que algo começou a sair de nós; algo psíquico, quero dizer, embora não saiba o que quer dizer "psíquico", e esse algo, por estar fora, não deixava de estar dentro ao mesmo tempo; embora, talvez, não houvesse propriamente um "dentro" e um "fora" — poderia dizer, também, que senti uma expansão do meu eu, como se eu ocupasse muito mais espaço (e mais tempo!), embora meu corpo continuasse ocupando o mesmo espaço e assim eu o sentia dentro de minha parte da cama. Algo se movia fora de nós e em nós, e esse algo não era exatamente eu e não era exatamente ela, mas éramos eu e ela, embora não por completo, posto que parte de mim precisou falar com uma parte dela para perguntar: "Você está sentindo a mesma coisa?", e a parte dela respondeu, com absoluta tranquilidade e segurança, que sim. E não precisávamos comunicar mais detalhes, porque eu sabia, mesmo sem perguntar, que estávamos nos comunicando intimamente, sabendo tudo, em alguma linguagem secreta, um do outro. Poderia ser mais gráfico dizendo que esta noite tivemos um filho, não de carne, e sim de renúncia de carne — e às vezes estremeço pensando que esse ser pode ainda estar vivo, em seu mundo, e envolvido sabe-se lá no quê; porém, intuo que foi um ser efêmero, mais efêmero do que meus amores com essa mulher. (Não do que meu amor por essa mulher; disse "meus amores", ou seja, a relação espaço-sexo-temporal.) E dormimos percebendo esse algo, que por sua vez nos percebia. No dia seguinte, quando acordamos, aquilo não estava mais lá.

Noto que o romance luminoso avança, de um jeito muito diferente do que eu tinha imaginado, mas avança. Curiosamente, do que narrei até agora, só tinha em mente falar do cachorro, e outras coisas que espero narrar em breve; essas mulheres, e o disco de música hindu, não estavam previstos em minha lista mental de experiências que queria deixar escritas como testemunho, antes de enfrentar o bisturi (porque nunca se sabe). E são, apesar disso, tanto ou mais significativas do que as que eu tinha em mente. Obrigado, *daemon*.

Volto, então, à mulher anterior, a da lembrança obsessiva — que continuo tentando alcançar para ver se descubro sua essência, embora, como se pode notar, já me deu bastante. Mas, na verdade, por me parecer sempre pouco oportuno, venho atrasando demais um pequeno ato de justiça; trata-se de outra mulher, embora neste caso não haja sexo nem romance no meio. Não só por justiça, e sim porque tem também seu lado misterioso, mas não sobrenatural ou de difícil explicação. Trata-se do papel de qualidade sobre o qual estou fazendo deslizar esta caneta-tinteiro. Uma jovem que mal conheço, com quem falei apenas uma vez, ficou sabendo há certo tempo, por meio de uma amiga em comum, que eu andava numa situação econômica tão desesperadora que não tinha nem papel para escrever. Ninguém se impressiona que eu diga que não tenho nada para comer, e eu também tento não me impressionar. Mas quando falei que não me restava papel — o que nunca tinha ocorrido — nem dinheiro para comprar cem folhas que fossem (quantidade que o leitor pode achar exagerada, mas não é; deve-se pensar que essa coisa tão delicada que é a inspiração, ou o demônio, tem suas exigências; e eu jamais me permitiria começar um texto se tivesse a menor possibilidade de não poder terminá-lo — seja da extensão que for — em folhas do mesmo tamanho, brancura e espessura); quando percebi, ia dizendo, que pela primeira vez em dezesseis anos não tinha papel nem como consegui-lo, tive um ataque de pânico. Tinha atingido o fundo, dessa vez sim tinha atingido o verdadeiro fundo da miséria.

Bem: essa mulher, quase desconhecida, ficou sabendo da situação e, no mesmo instante, sem vacilar, roubou uma quantidade considerável de folhas de um escritório onde trabalhava e fez com que chegassem até mim. Admirável sensibilidade, incrível capacidade de compreensão. (Se tivesse me enviado dinheiro, minha carne fraca teria me obrigado a comprar comida, pagar o aluguel ou coisas do tipo; talvez não pudesse me enviar dinheiro, e só pensou em me ajudar com o que tinha em mãos, embora fosse algo estranho. Mas tenho certeza de que qualquer outra pessoa teria feito qualquer outra coisa, menos esta, que era a mais indicada. Porque essas folhas me deram muito mais do que a satisfação de uma necessidade — me fizeram sentir que minha literatura era mais importante do que eu mesmo, o que, independentemente do valor objetivo de minha literatura, é verdade; porque, boa, regular ou ruim, ela me transcende.)

Essas folhas ficaram sem ser utilizadas por mim até que comecei a escrever isto. Um tempo atrás dei de presente algumas delas a um amigo desenhista, pensando que seria mais útil a ele do que a mim, já que se trata de um papel excelente para desenhar, e que, para escrever, dá para usar qualquer coisa. Na verdade, até o instante em que comecei este texto, não tinha me sentido à altura da qualidade destas folhas; inclusive comecei a utilizá-las não desprovido de culpa ou cuidado, só para dar atenção àquela imagem recorrente; sabia, de modo obscuro, que deveria escrever com tinta nanquim sobre este papel — ou não escrever nunca mais. Obrigado, moça. Também não posso dar seu nome, mas espero que seu roubo — junto com todos os seus pecados, se os tiver — tenha passado despercebido, e que sua vida se desenrole entre rosas e mel.

Continuo com a história da mulher A (para dar uma ordem). As consequências daquela tarde de sexo mágico foram, na verdade, bastante funestas. Se havia algo que não podíamos nos permitir, nem ela nem eu, e por razões muito diferentes que infelizmente não posso detalhar, era ter um filho. E não o tivemos; aí está o trágico — porque no meio disso houve um aborto, que ainda me pesa, embora eu saiba que Deus o perdoou. Ela foi, talvez, a pessoa que mais conseguiu calar fundo na alma, e que com maior exatidão conheceu o grau de minha fragilidade; de várias formas — e de preferência através do silêncio — soube me manter afastado de diferentes perigos. Acho quase incrível, ao comparar esta mulher com as outras, que nunca tenha se aproveitado desse conhecimento para competir, humilhar-me ou tentar me reformar. Ela me aceitava tal como sou, e intuía, sem dúvida, que qualquer modificação que me impusesse, por mais positiva que fosse, me faria perder algo que ela considerava importante em mim. O fato é que fiquei sabendo de seu aborto quando este já tinha acontecido. E ela me disse isso como se não fosse nada, no ponto de ônibus, e acho que simplesmente para explicar por que naquela tarde não quis fazer sexo comigo.

Eu sofria, então, uma de minhas tantas e prolongadas crises depressivas. No extremo oposto das experiências que desejo incluir no romance luminoso, encontra-se essa imagem que conservo de nós no ponto de ônibus, uma tarde provavelmente fria e outonal. Lembro-me de minha voz, que brotava com esforço do fundo de um grande cansaço; lembro-me de meus músculos tensos, as mandíbulas apertadas, a incapacidade de girar a cabeça sobre o pescoço, a vontade de dormir o outono e o inverno inteiros. Lembro-me da percepção exata de minha completa impotência, e da preocupação que me percorria, acrescentando à depressão um pânico da consciência. Apesar de que o fato estava consumado, a notícia me deixou mal. Ou melhor, não sei, porque de outro modo eu não teria, talvez, percebido o grau de minha doença.

E vamos chegando, então, à imagem obsessiva. Esta mulher A desapareceu, desde essa cena no ponto de ônibus, por um tempo. Aqui, a noção de tempo está toda alterada para mim. Não sei, na verdade, quando foi que Deus tornou a me perdoar, a me liberar dessa culpa. Mas o fato é que reapareceu, uma tarde, para me dizer que estava com leite nos seios; e me deu o peito para beber, e depois sim foi embora, sem intenções de voltar.

Eu havia descoberto um tempo atrás — muito depois da história do cachorro, e muito antes da mulher A — que minhas depressões correspondiam a castigos por certas culpas. Tinha desenvolvido toda uma teoria a respeito, e a teoria era útil para suportar as crises. Não digo que seja verdadeiro; digo que funcionava bem. Simplificando, a teoria dizia que Deus punha as pessoas presas dentro de si mesmas. Uma pessoa conserva uma série de liberdades para ir e vir e sobreviver por seus próprios meios, mas fica presa dentro de uma área — por assim dizer — onde se produz a falta. Nesse caso, minha falta tinha sido sexual; portanto, deveria cumprir minha pena, secretamente, me privando do gozo sexual e, também, do afeto de uma mulher. Intimamente eu percebia, ainda que de forma vaga, o tempo que duraria essa pena. E, com o exercício dessas crises, aprendi a aceitá-las. O pior que poderia fazer era tentar nadar contra a corrente, porque desse jeito não só não conseguiria escapar da pena, como minha vida começaria a se destroçar por todos os lados. Ao invés disso, ao aceitar, tudo andaria bem, do jeito que as coisas podem andar bem num estado depressivo (que, mediante o truque da aceitação, descobri que costumava se transformar num estado melancólico, quase prazeroso) ("Transforme sua depressão em melancolia através da aceitação, e viva!", poderia ser o título do meu artigo para a *Reader's*).

Nesses estados, pois, eu estava em — ou tentava atingir, lutando contra a impaciência — uma pacífica espera pelo fim da pena, e devo ter percebido que, nos momentos muito difíceis, quando a vida se tornava realmente insuportável — não sei como explicar direito: é uma dor, não física, mas compatível com a mordida de uns cães, constantemente, dia e noite —, cabia esperar, nesse transe, por um sinal de Deus. Esse sinal poderia ser qualquer acontecimento insólito, que surgisse de modo espontâneo, e que, ao mesmo tempo, fosse gratificante (tenho minhas dúvidas, por exemplo, no caso de uma pomba que entrou certa vez em minha casa, pela janela; não achei isso gratificante, embora a imagem do Espírito Santo seja clássica, e o acontecimento, insólito) (por outro lado, não me restam dúvidas acerca de outros sinais, por exemplo o de um cacho de uvas, que comentarei mais adiante).

Ao beber daqueles seios naquela tarde, senti que Deus me perdoava e que a pena a que fui condenado já estava perto do fim. E queria poder afirmar que foi assim que ocorreu, mas como quero ser honesto, e não panfletário, devo confessar que não tenho a menor ideia do que aconteceu depois. Meu estado depressivo pode ter durado mais alguns dias, ou mais alguns meses. Penso que foram apenas uns dias, pois, do contrário, teria perdido a confiança em minha teoria, diante da comprovação experimental de seu fracasso. Mas não me lembro de nada, de modo que deixo assim.

Não chegamos, ainda, à imagem obsessiva em torno da mulher A; continuo nas preliminares inevitáveis; mas a verdade é que, pouco a pouco, e respeitando os desígnios do *daemon* que me guia pela mão, vamos nos aproximando. Não posso ocultar, nem me ocultar, que há, porém, uma resistência importante à narração desta história (cuja pertinência de sua inserção neste romance luminoso continua sendo, para mim, um elemento de dúvida), mas, como a imagem continua surgindo obsessivamente, todos os dias, há de ter suas razões, e já verei como me aproximar aqui dela. Fico um pouco incomodado, além disso, por ter criado de modo completamente involuntário todo esse suspense em torno dessa cena que, ao que parece, não tem a menor relação com o tema do romance. O que posso, sim, fazer agora — sobretudo agora, momento no qual me parece que o *daemon* me abandonou — é definir um pouquinho melhor minha ideia acerca do tema. Há pouco relia parte do que escrevi, e na passagem que narra esse "nascimento" de um filho efêmero e não carnal, fruto da renúncia (cena com a mulher que chamarei de B, para simplificar), notei que não tinha usado a cômoda palavra "dimensão" — talvez porque já tenha sido muito usada, e de maneiras muito distintas para tratar desses assuntos. Não obstante, se eu dissesse que, nesses momentos em que me percebia de modo tão curioso, eu tinha "uma dimensão a mais", é possível que se compreenda melhor o que eu quero dizer. Não me atreveria a falar de uma quarta, e menos ainda de uma quinta dimensão (a quarta teve seu momento de popularidade, logo foi trocada pela quinta) e confesso que entendo muito pouco a respeito da discussão sobre o tempo como quarta dimensão (do espaço, segundo algumas pessoas; outros dizem que não). Também não houve nenhum fenômeno chamativo que acompanhasse essa autopercepção — como nas outras vezes, com o aporte de algum elemento mais ou menos objetivo que viesse reforçar meu sentimento de sobrenaturalidade do fenômeno. Apesar disso, penso que pode ajudar na compreensão do que senti (e não quero dizer "sentimos", embora me conste que a mulher B sentiu o mesmo), dizer que nesse momento me senti completo, como se fôssemos seres de mais do que três dimensões, limitados a perceber-nos em apenas três e, de repente, uma barreira se levanta e surge, então, a percepção do real — de outra maneira: como se uma fotografia fosse de repente vista com óculos especiais e se visse a mesma imagem, mas em alto-relevo — e de outra maneira: como olhar *As meninas* de Velázquez num espelho.

Mas aqui surge outro problema, que sem dúvida eu vislumbrava quando contei a história de minha oculista: será que *minha* percepção da realidade está alterada e um instante de percepção normal, comum para outros, me parece mágico? Não devo descartar essa possibilidade, mas, se fosse assim, lamentaria muito ter que admitir que vivi toda a minha vida imerso num profundo erro. Devo descartar por um momento essa hipótese, para que o romance não desabe. Talvez não devesse escrever sem o *daemon*. Sinto-me tremendamente perplexo e desamparado, sem pontos de referência — estou a sós, não tenho a quem perguntar, e nem sequer saberia, penso, formular a pergunta correta. Perdi a confiança no que escrevo e também a confiança em mim mesmo. Devo dar uma pausa aqui e esperar o regresso do *daemon*.

Segundo capítulo

É inútil: não poderei dar continuidade a este romance. Hoje acordei cheio de fúria, com os olhos injetados de sangue, com os dedos tremendo de desejo de triturar as duas cópias e o original do primeiro capítulo. Não porque ache que o que escrevi seja definitivamente ruim e irrecuperável, e sim pela certeza da impossibilidade de continuá-lo:

a) Porque sou jovem demais para trabalhar com materiais autobiográficos; por mais que me sinta uma verdadeira ruína, tanto no aspecto físico como no psíquico, moral e espiritual, e que dentro de muito pouco tempo deva enfrentar, desarmado, nu e com os sentidos letargiados, o bisturi do cirurgião, sou, objetivamente, um homem jovem — pelo menos para escrever esse tipo de coisa. Deveria esperar no mínimo uns trinta anos. Essas coisas se escrevem quando a maioria dos conhecidos já morreu ou estão suficientemente deteriorados para não compreender bem o que está escrito, não se reconhecer, reconhecerem-se sem se sentir magoados, ou nem sequer ficar sabendo que alguém escreveu algo.

b) Porque, apesar de me achar jovem demais para este trabalho, sou suficientemente velho para me esquecer e confundir um montão de coisas; por exemplo, essa história do cachorro que contei com tanto entusiasmo está repleta de erros e mentiras involuntárias: não aconteceu na época em que falei (um ano antes que o *daemon* disparasse a escrever), e sim um ano depois, ou pelo menos acho; na verdade, o que fiz foi confundir a história do cachorro com a história da garota de olhos verdes. É compreensível, de um ponto de vista psicológico profundo, pelo impacto similar que ambas as histórias tiveram sobre mim; mas, mesmo assim, sou uma merda como cronista.

c) Porque, ao vislumbrar os materiais com os quais, ao continuar escrevendo, eu deveria lidar quase de imediato, noto que não posso continuar me esquivando de certas definições ideológicas — definições que incomodariam muito certos setores do poder: o governo, a oposição, a extrema esquerda, a esquerda, o centro, a direita, a extrema direita, e também essa massa flutuante e anônima que nas pesquisas aparece sob a categoria "indecisos" ou "não sabem/não responderam". Provavelmente também incomodará a Igreja católica, os maçons, os mórmons, as testemunhas de Jeová, a ciência cristã, as distintas seitas ocultistas, os rotários e os leões e, provavelmente, alguns clubes sociais, desportivos e de bocha.

d) Porque para mim é impossível assumir tão descaradamente meu narcisismo; todo o primeiro capítulo está trasbordando de eu, me, meu, minha, comigo, e nada me faz pensar que isso pode mudar mais adiante.

e) Porque, e esse é o item principal, sei que é um trabalho inútil; que será impublicável, não só porque não interessará a nenhum editor, e sim porque eu mesmo o esconderei, enciumado.

Pois bem: porque é um trabalho inútil, por isso mesmo devo realizá-lo. Estou de saco cheio de perseguir coisas úteis; há tempo demais vivo afastado de minha própria espiritualidade, acossado pelas urgências do mundo, e só o inútil, o desinteressado, pode me dar a liberdade imprescindível para me reencontrar com o que honestamente penso que é a essência da vida, seu sentido final, sua razão de ser, primeira e última. Há um problema: quando faço algo inútil, me sinto culpado, e todo o meu entorno — familiar e social — colabora ativamente para que eu me sinta assim. Para poder continuar, devo estar preparado para resistir tenazmente a esse fantasma da culpa, a atacá-lo em seus próprios redutos e pulverizá-lo — armado apenas com a convicção oscilante de que tenho direito a escrever.

Uma vez então resolvido esse ponto, começarei o capítulo propriamente dito corrigindo alguns erros e completando algumas informações do capítulo precedente. Antes de tudo: pressionado pelas urgências de ordem do enredo, não pude em momento algum me deter a explicar que já não estava mais escrevendo com nanquim sobre um papel de ótima qualidade. Aconteceu que, cansado de ler minha própria letra, em determinado ponto do trabalho precisei passá-lo à máquina; e, ao fazê-lo, fui corrigindo, suprimindo e acrescentando, e finalmente segui diretamente na máquina para as partes finais. Assim pude compreender a razão pela qual comecei a escrever à mão, a que será exposta mais adiante se encontrar uma forma de fazer isso sem ferir certas sensibilidades. Agora, devo contar imediatamente a história da garota de olhos verdes; é muito simples.

Eu andava de bicicleta, não muito distante daquele lugar onde, um ano mais tarde, eu me encontraria com aquele cão providencial. Naquela época, embora pareça mentira, eu me levantava todos os dias às sete da manhã e saía de bicicleta para entregar jornais. Mesmo se fizesse frio, vento ou chuva. E fazia isso de graça, sem ganhar um centavo. Isso porque, como agora, era consequente com meu modo de pensar — só que pensava de maneira muito diferente. É deplorável que meu pensamento atual não implique uma compulsão madrugadora nem o saudável exercício da bicicleta; é deplorável que a força de vontade só possa ser desenvolvida sob o império de uma crença errônea — como bem demonstra a História. Mas não posso me estender agora nessas considerações nem explicar como pensava e como penso; estou devendo aqueles olhos verdes, aprisionantes, incendiários e liberadores. A moça, muito jovem, estava sentada numa cerca (devia ser um muro, já que as cercas não são muito confortáveis para se sentar, mas lembro como sendo uma cerca), e havia outras pessoas por ali. Desci da bicicleta, atravessei um trecho com grama ou um caminho de terra e entreguei o jornal — não lembro a quem dos que estavam ali. Sei que vi a jovem, e a vi muito bem, embora não lembre de ter olhado para ela; é possível ver sem olhar e olhar sem ver. Sei que a vi porque depois sonhei com ela.

Disse que havia em mim uma proibição de pensar (em determinada direção), mas não disse que havia uma proibição, ligada àquela, muito mais terrível: a proibição de amar.

Estou me metendo numa encrenca enorme. Não posso continuar de um jeito honesto esta narração sem explicar exatamente como tinha sido minha vida até então, mas também não posso fugir do tema nem romper o encadeamento do enredo de tal modo que eu o despedace; além disso, sinto um gigantesco cansaço só com a ideia de enfrentar outra vez tudo aquilo, mesmo que seja apenas em evocação. Poderia, talvez, enquanto tento digerir tudo isso, me limitar a umas linhas sobre o problema da consciência.

A pessoa tende a perceber as coisas de tal modo que possam integrar-se bem à rotina de seus dias. Se qualquer coisa em nós parasse para perceber seja lá o que fosse, com a intensidade que qualquer coisa que fosse merece, não haveria rotina possível, nem contrato social possível. A percepção é controlada pela consciência a seu bel-prazer, e quanto mais estreita for a consciência, mais apagada será sua percepção. A percepção é um ato doloroso, um ato de entrega, um ato de desintegração psíquica. Por isso somos cuidadosos na seleção e nos alcances de nossa percepção. Cegos porque não queremos ver; e não queremos ver porque sabemos, ou acreditamos, que não temos a força necessária para mudar tudo.

Não me convinha, não convinha à minha estreita consciência perceber aquela moça. Minha vista deveria resvalar sobre sua agradável superfície. É possível que tenha chegado a pensar: "É bonita", mas nada mais. Ao mesmo tempo, outra enorme quantidade de pensamentos que naquele momento deveriam necessariamente se acotovelar, frenéticos, diante das portas de minha consciência foi barbaramente reprimida. Percorri o caminho de volta até minha bicicleta e continuei pedalando, completamente alheio à coisa mais importante que tinha acontecido em minha vida.

Naquela madrugada, acordei sobressaltado, suando e batendo os dentes, como se tivesse sofrido um pesadelo. Liguei a luz do abajur e acendi também um cigarro. Evoquei o sonho que tivera e, quando enfim apaguei a luz e me dispus a continuar dormindo, eu era, já, outra pessoa.

Havia sonhado simplesmente com os olhos daquela moça; não era nada além da percepção que aflorava — tardiamente, mas fazia isso apesar de todo o rigoroso sistema de censura — do que tinha acontecido apenas poucas horas atrás. Muito simplesmente, ela tinha me olhado com amor.

No sonho, os olhos pareciam me acusar, me penetrar, me queimar, me destruir. Mas o olhar continuava ali, apesar desses truques da censura; e a censura deve ter me acordado, apelando de forma desesperada aos recursos de minha fraca vigília para interromper a coisa toda. Mas o olhar continuava ali. Não havia nada de acusador, nem penetrante, nem queimante, nem destrutivo nela. Havia apenas amor, um amor que eu não estava preparado para receber. Um amor que, além disso, não estava necessariamente dirigido a mim, embora eu fizesse parte do que ela com certeza amava — que provavelmente eram todas as coisas do mundo —, porque não tinham destruído a capacidade dela de amar. Até esse momento eu não tinha visto amor no olhar de ninguém. Nem sequer no cinema. Não eram os olhos brilhantes de uma apaixonada — era o olhar tranquilo do amor. E o olhar continuava ali. E continua ali. E continua aqui, posso assegurar que segue vivendo dentro de mim, magnífica garota; não importa que eu nunca tenha voltado a vê-la, não importa que você seja uma gorda cheia de filhos e seu olhar seja bovino: eu lhe asseguro que aquela moça está viva e sempre estará, porque existe uma dimensão da realidade na qual essas coisas não morrem; não morrem porque não nasceram nem têm dono, nem estão sujeitas ao tempo e ao espaço. O amor, o espírito, é um sopro eterno que sopra através dos tubos vazios que somos nós. Não é sua fotografia que levo em minha alma, moça sem traços: é seu olhar, justamente o que não era seu, o que não era você.

Eu não sabia, não podia saber, enquanto fumava aquele cigarro esperando que a pulsação voltasse ao normal, tudo o que estava em jogo naquele momento; se tivesse previsto, provavelmente teria encontrado forças para reprimir, para suprimir em definitivo a imagem daqueles olhos. Porque nesse momento estava sendo secretamente determinado o fim de meu casamento, minha próxima vida marginal — à beira da sociedade — e o que muitos, e eu entre eles, consideramos "minha loucura". Curiosamente, até esse momento, ninguém tinha cogitado dizer, e suponho que nem mesmo pensar, que eu estava louco. E estava completamente louco. Minha consciência era mais estreita do que a cabeça de um alfinete. Ninguém me aplaudiu quando terminei meu casamento, abandonei o trabalho e me dediquei a vagar e a fazer "coisas estranhas" — mas me engano outra vez: houve um homem jovial, franco até a brutalidade, galego, que quando soube de meu divórcio me parabenizou calorosamente, em meio a grandes gargalhadas; e a ele devo o escasso oxigênio que respirei durante um longo e difícil período. Em todos os demais rostos conhecidos, tanto de familiares como de amigos, estava pintada a condenação, a suspeita ou a piedade, ou uma mescla de todas essas coisas.

Se voltei a trabalhar — e até com certo entusiasmo, mas com grandes margens de liberdade e desapego —, foi para compensar meu isolamento gasto em cultura, álcool e prostitutas. Isso do álcool, porém, não deve ser levado muito a sério; em parte era uma pose, fundamentalmente para mim mesmo. Por outro lado, devo muito aos filmes que assisti nesses dias, aos livros que li, e quanto às prostitutas, estas merecem um capítulo à parte. Uma delas merece.

Tudo isso foi resolvido insensivelmente enquanto evocava o olhar do sonho e o olhar real, que eram o mesmo, fumando o cigarro, e o aceitava. Ao apagar a luz para voltar a dormir, tinha me entregado por completo a ele. Estendia-se por todo o meu ser, abrindo novos e novos canais de sensibilidade, preparando-me para um novo destino. Depois, fiz as coisas direito. Não procurei a moça; na verdade, eu esqueci dela durante muito tempo, mas, quando enfim me lembrei, também não cogitei procurá-la. Não, não. Fiz tudo direitinho. Tinha que destroçar tudo o que havia sido, acreditado, pensado, sentido. Tinha que arrasar com todo vestígio daquela vida delirante que eu arrastara como um horrível verme durante vinte e cinco anos. Não fiz isso de forma consciente, deliberada; pior para mim. Acostumado à consciência estreita, continuei com ela; mas o olhar tinha me injetado a dimensão do amor, e sabe-se que esta trabalha por conta própria.

Minha consciência estreita se opunha à dimensão do amor; pior para ela. A batalha estava perdida — ou seja, ganha — porque Deus não permitiu que aquele sonho passasse despercebido. ALTO AÍ! VOCÊ QUER NOS FAZER PENSAR QUE VAI FALAR DE EXPERIÊNCIAS LUMINOSAS, MÍSTICAS, ESPIRITUAIS, E SÓ NOS FALA DE MULHERES, DE DESTRUIÇÃO, DE ÁLCOOL, DE PROSTITUTAS? SÓ ESTÃO FALTANDO AS DROGAS! VAMOS, BELEGUINS, LEVEM ESSE MISERÁVEL, ENTERREM-NO NA MASMORRA MAIS INFECTA. Velhinhas com casacões verde-escuros me batem na cabeça com seus guarda-chuvas. Escuta-se o batuque de um tambor. Multidão de mães, com suas criaturas nos braços, os olhos chorosos, formam silenciosamente com seus lábios as letras de uma maldição. A fogueira já está pronta. Enquanto meu corpo arde resignadamente, penso: "Não tiveram paciência nem curiosidade. Se tivessem continuado a ler...". E elevo os olhos ao céu, e quero exclamar piedosamente: "Perdoai-os, Senhor, porque não sabem o que fazem", mas um último sopro de consciência me faz gritar: "Filhos da puta! Filhos de uma grandessíssima puta!".

Peço desculpas ao leitor por essa digressão, um pequeno assunto que precisei debater com meu superego. Já voltei ao romance. Um pouco agitado e confuso, é verdade, mas penso que vitorioso. Não esqueçam que, para sobreviver nos últimos anos, tive que mimetizar, até chegar — na medida do possível — a pensar como eles. Quanto trabalho interior destruído! Quanta sutil elaboração arrasada! Mas já estou de volta com vocês — embora deva fazer uma pequena concessão ao superego:

Explico aos jovens: não há nada de bom no álcool, no cigarro, nas prostitutas, na pornografia ou nas drogas. São todas coisas que destroem o corpo e a mente. Não é para se pensar, nem por um instante, que possam servir como instrumentos de liberação: pelo contrário, criam dependência, alienam, destroem e, enfim, matam. Meu instrumento de liberação foi exclusivamente aquele olhar de amor que Deus fez chegar até mim através dos olhos de uma mulher; o resto da história só foi um longo desencontro com meus meios e meus fins; a ignorância; a solidão; a falta de apoio e carinho; um mundo enorme que esse olhar desprendeu dentro de mim e que eu não sabia controlar. Devia me destruir porque não conhecia as ferramentas para me construir. Não é uma receita. Não sigam meus passos. Além disso, aquilo foi só uma liberação — nada definitivo.

E, se não ficou claro, volto a explicar aos jovens: não há nada de bom na televisão, nos jornais, no dinheiro, na política, na religião, no trabalho. São todas coisas que destroem o corpo e a mente. Não é para se pensar, nem por um instante, que possam servir como instrumentos de liberação: pelo contrário, criam dependência, alienam, destroem e finalmente matam.

Só em sua alma, rapaz, está o caminho. Dê corda a ela, deixe que entre em movimento, e seja o que Deus quiser. O sublime, a dimensão que não temos em conta, o que nos falta não está em lugar algum e pode estar em qualquer um; hoje, aqui, amanhã, lá, o passado desapareceu, dentro de vinte anos reaparecerá, talvez, ou não; tudo depende da Graça — e de como a pessoa anda consigo mesma. Uma vez, talvez por acaso, a Graça me tocou numa Igreja. Eu tinha trinta e seis anos, e essa experiência, que já relatarei no momento oportuno, fez com que eu comungasse pela primeira vez. Até nas igrejas a mão de Deus pode nos alcançar.

Mas retomo com urgência a história de A, que deixei interrompida no capítulo anterior e devo concluir necessariamente neste, para dar espaço ao resto do romance que, entre uma coisa e outra, parece que está escapando de minhas mãos.

Ela voltou. Passou muito tempo, não sei se um ano, dois, três. Mas voltou. Já não era a mesma. Notei que outros homens tinham passado por sua vida, deixando novos sinais. Outros homens, outros problemas, quem sabe — na verdade, eu sei, mas não direi. Não tenho dúvidas de que o aborto tinha feito sua parte, e isso ficou claro em seu comportamento sexual: temerosa, preocupada, nunca chegava a se entregar por completo; não alcançava sempre o orgasmo e depois, claro, brigava comigo. Tinha começado a encontrar defeitos em mim. Quase, quase chegamos a nos comportar como casados. Compreendi muito bem o que acontecia, quando, uma vez, chegou a me empurrar para fora de seu corpo, com medo de engravidar de novo. Então, um dia, decidi agradá-la com algo que com frequência expressava, de um jeito leve, mas insistente, ao longo do tempo, algo que eu atribuía a experiências que tivera com outro tipo de homens e que para mim eram, e são, bem pouco atraentes. Ela queria o coito anal. Bom, se tanto temia a gravidez, pensei que eu poderia aceitar; que, pelo menos dessa vez, ela poderia se entregar livremente. Consegui deslizar com rapidez e facilidade em seu interior; sentia-me estreitamente pressionado, mas não o suficiente para que não pudesse realizar o necessário movimento de vaivém. Só houve um pequeno problema: havia três razões para uma hiperexcitação de minha parte, a constar: a excessiva pressão supracitada; a posição; e, last but not least, a besta sádica que às vezes a pessoa libera num caso desses, a sensação de um domínio absoluto, o desejo de machucar e causar sofrimento, mesclado com o prazer perverso da transgressão, de enganar a natureza. Em resumo, rapidamente notei que o orgasmo chegava de modo impossível de conter, e que, se tentasse segurá-lo com algum truque mental, a hiperexcitação seria capaz de me levar a matá-la a golpes. Pensei que aquilo resultava num terrível fracasso, por sua brevidade. Não obstante... apenas a primeira gota de sêmen irrompeu em suas mucosas, e se desatou nela o orgasmo mais impressionante que é possível imaginar. Todos os músculos de seu corpo começaram a se sacudir, como se estivessem diretamente conectados a uma tomada, em ondas irreprimíveis, como de mares de maré intensa, um em cima do outro, em cascata; e, antes que a corrente elétrica terminasse seu percurso, outro jorro de esperma desencadeava um efeito exatamente igual, sem nenhuma queda de tensão, e se sentia como as ondas em fluxo e refluxo chocavam umas contra as outras, as que voltavam eram empurradas com violência pelas que tinham acabado de começar e os músculos se sacudiam incontrolavelmente por debaixo da pele, em todo o corpo, embora o corpo estivesse perfeitamente quieto; como música de fundo, sua voz, que eu sempre sentia como se nascesse dentro de mim, modulava as queixas amorosas mais profundas e prolongadas, cheias de matizes, com notas que chegavam do próprio Inferno, lamentos de almas penadas, até cantos de pássaros nos galhos de uma árvore repleta de frutas, em pleno sol, e sob o céu povoado de anjos com bandolins que entoavam canções e cânticos sublimes, e um maestro de orquestra, de fraque impecável com uma rosa na lapela, assinalava com total precisão a entrada de cada voz, de cada matiz, de cada suspiro; e assim até espremer de mim a última gota de esperma que, confesso com patético espanto, poucas vezes esteve tão bem empregada. Depois, as ondas foram se acalmando, e as vozes também, e, por fim, silêncio e quietude, e, de minha parte, assombro e mais assombro.

Não sei se dá para notar que dei vida a um monstro delirante que me persegue sem parar; por algo, por algum motivo eu resistia a começar a escrever as primeiras linhas deste romance. Os episódios mais disparatados de minha vida se acotovelam em minha mente e não me deixam descansar; estou comendo e dormindo mal, acordando muito tarde e me deitando quando o sol já está saindo; ontem houve sérias ameaças de novas cólicas hepáticas e, desde antes de começar a escrever, vivo num permanente estado de gripe, que tudo indica ser falso: uma desculpa para perder o tempo escrevendo. Vivo para o romance; penso nele o tempo inteiro; passo a limpo as folhas de rascunho, acrescento e corto, e penso, penso, penso, penso. Minha vida se transformou num discurso, num monólogo interrompido que já se tornou completamente independente de minha vontade. É o delírio, a busca pela catarse, a imposição do trabalho que devo realizar — queira eu ou não — com a única, fugidia esperança de chegar algum dia a um ponto final, ficar vazio, exausto, limpo — e pronto para outra. Pois devo insistir no fato de que nenhuma das experiências luminosas e nenhuma das experiências liberadoras serviram para poder dizer "pronto", "atingi", "era isso". Além do mais, se alguma vez busquei — ou até se consegui — alcançar algo que me permitisse dizer "pronto", "atingi", agora tenho bastante consciência de que isso só se alcança com a morte, e contra isso, pois, disparo mais do que contra o demônio em si. Que ninguém se engane: não tenho nenhuma grande sabedoria para transmitir e espero nunca ter. O nome da sabedoria é: arteriosclerose.

Corro, então, atrás de meus pensamentos porque eles exigem ser transladados ao papel, e fazer isso é o único recurso que me ocorre para que acabem.

Como sou muito escrupuloso com meu trabalho, ao retomá-lo agora devo, em primeiro lugar, definir algumas coisas neste segundo capítulo. A pessoa se deixa levar pela literatura e sacrifica, com frequência, a veracidade dos fatos; ou simplesmente pega um aspecto parcial dos acontecimentos, o que deseja destacar — e mais ainda quando se trata de uma literatura panfletária, como é o caso. Assim se cometem muitos erros e injustiças; assim se engana, quase sem querer, o leitor. Por exemplo, ao ler o episódio da moça de olhos verdes, pude notar que escrevi de tal modo que não posso ser bem interpretado por ninguém. Descrevi esse olhar e suas consequências de um jeito tal que lembra certos quadros religiosos, o olhar de certas virgens ou certos apóstolos ou santos. Na verdade, há algo disso; mas há também algo mais: sexo, desejo, carnalidade, matéria. Quero dizer que a presença da dimensão ignorada não anula a presença das dimensões habituais, mas que a completa. Nada mais enganoso do que a ideia da falsa oposição entre espírito e matéria, que foi tão profundamente gravada em nós. Voltarei a esse tema mais adiante, com uma informação que considero muito pouco divulgada — sobre o número quatro, da Virgem e do Diabo —, obra de um célebre pensador. Agora queria explicar um pouco melhor meus problemas com isso que chamo de "dimensão".

Tanto filósofos como cientistas, como ocultistas e escritores, ocuparam-se extensamente da "quarta dimensão"; para alguns, essa quarta dimensão é o tempo; outros negam que a dimensão do tempo possa ser incorporada ao espaço; outros falam da "quinta dimensão", e na matemática se chega com facilidade às infinitas dimensões, com a mesma facilidade que é possível chegar a qualquer infinito. Eu entendo muito pouco disso tudo, e quando falo da "dimensão ignorada", por falta de termos mais precisos, quero falar de algo que faz parte da existência natural das coisas, mas que só se revela quando acontece algo especial em nosso ser mais íntimo. Não sei nada que possa ser feito para alcançar voluntariamente esse estado. Há, porém, uma forma de percepção que guarda certa afinidade com a experiência luminosa, embora não seja exatamente o que chamo de experiência luminosa, e que pode dar certa razão àqueles que falam do tempo como quarta dimensão do espaço. Eu a alcancei só por necessidade de intensa comunicação com alguém. Ocorria que, de repente, eu começava a ver variações no rosto da pessoa que estava à minha frente. Na maioria das vezes, o rosto variava como se fosse retrocedendo rapidamente no tempo, e no lugar de ver diante de mim, por exemplo, uma mulher de quarenta anos, via uma menina de seis. Em pouquíssimos casos pude comprovar a certeza dessa percepção, sua correspondência com a realidade — seja através de fotos ou algum dado concreto: se, quando criança, usava tranças, se era gordinha etc. Com menos frequência, cheguei a perceber toda a gama de idades, até a maturidade, ou ainda a velhice da pessoa. Sei, em meu foro íntimo, que certa garota muito jovem que conheci há alguns anos está a caminho de se transformar numa mulher obesa. E certas confirmações ou certezas da realidade dessas percepções chegaram até mim de forma indireta, pois sempre obtinha, junto à imagem do passado ou do futuro, algum dado íntimo dessa pessoa, geralmente algo médico — já que sou um médico frustrado. Me deu o que pensar um quadro de Velázquez, A *Vênus ao espelho*; olhando-o bem, pode-se perceber essas variações temporais no rosto refletido no espelho oval; inclusive os olhos abertos, e de repente fechados; a juventude, a velhice e a morte. Pensei que Velázquez devia sofrer com esse tipo de percepções. E não consigo explicar como conseguiu realizar esse quadro animado.

Isso daria lugar ao que se poderia pensar no tempo como quarta dimensão — eu não diria tanto do espaço, e sim da vida. Esse tipo de percepção não funcionou jamais com objetos inanimados (e, para falar a verdade, também não funcionou muito com homens), mas não quero dizer que não seja possível. [Nessa revisão que estou fazendo no ano 2002, noto que a memória me enganou quando escrevi isso. Houve, sim, um acontecimento extraordinário desse tipo com objetos inanimados em 1968.] Ainda assim, para me limitar à minha própria experiência, direi que tenho toda a impressão de que nós, os seres vivos, somos tetradimensionais, e que, não importa o que façamos, somos um só objeto já terminado e completo, o que inclui o nascimento e a morte; que nos vemos crescer e envelhecer porque vamos nos percebendo pouco a pouco, mas o velho e o menino coexistem permanentemente no mesmo ser; somos como uma espécie de salsicha que vai passando por uma ranhura, e só podemos perceber o que essa ranhura mostra da salsicha. Há uma infinidade de pessoas que, provavelmente partindo de uma experiência similar, pensam como eu, ou algo mais ou menos parecido. Mas eu não poria as mãos no fogo por esse jeito de pensar, e como, no momento, não há nenhuma utilidade prática, e como, no momento, tudo que não apresenta a menor utilidade prática é altamente perigoso para a própria subsistência, simplesmente parei de ter essas percepções. Mas preste atenção: desde que parei de ter essas percepções, e toda outra percepção ou intuição da "dimensão ignorada", foram se acentuando e se prolongando meus estados depressivos.

Já que falei da garota que está se transformando numa mulher obesa, devo falar que ela ocupa um bom lugar nessa torrente de pensamentos que se desencadearam em mim, e não em relação ao assunto de minhas percepções, que acabei de lembrar, e sim em relação ao tema da necessidade imperiosa que muitos têm de um louco. Quando todo o resto falhar, quando você estiver totalmente sem pontos de referência, quando sentir que ninguém pode ajudá-lo, procure um louco. É muito provável que eu não seja recordado como escritor, embora, por um tempo, figure nas análises críticas desta época, por motivos que suspeito serem de emergência ou escassez; mas tenho bastante certeza de que serei lembrado por um bom tempo por aqueles que me conheceram, e que me recordarão por nada além do fato de eu ser louco. Em outras palavras: minha autêntica função social é a loucura.

Provas disso: recebi consultas sobre problemas pessoais de todo tipo de gente, e sobretudo de pessoas "qualificadas": médicos, escrivães, psicólogos, psicanalistas, dentistas e, é claro, artistas. Foi justo um psicanalista quem me deu a chave dessa misteriosa corrente que, desde aquela reflexão sobre o cachorro, fluiu sem parar até minha porta. "Venho ver você e te consulto sobre estes problemas", me disse o analista, "porque você é louco. Não poderia falar disso com mais ninguém, menos ainda com meus colegas." Curiosamente, faz pouquíssimo tempo que minha filha me disse palavras bastante parecidas; até então, não tinha encontrado uma maneira de me aproximar dela; até que ela precisou de um louco. "Sei que você é louco", ela me disse, e a partir desse instante, e para a minha enorme felicidade, começamos um diálogo fluido e livre. (Entre parênteses: este romance, que prometi a ela, faz parte da resposta a suas perguntas. E saiba o leitor que, ao escrever, ponho toda a boa-fé e responsabilidade que um pai tem em relação à sua filha. Ela tem que saber essas coisas, para que sua vida valha a pena.)

Aquela moça, pois (estou me referindo à mulher obesa), apareceu um dia acompanhando não sei qual amigo em comum. Eu me encontrava no apogeu de minha loucura. Poucos dias depois, reapareceu sozinha. Não exatamente sozinha, e sim acompanhada de um belíssimo e enorme buquê de rosas que, como fiquei sabendo muito mais tarde, tinha roubado de um parque. Veja você, leitor, que triste é a estreiteza da consciência: a partir desse momento, dediquei-me com absurda tenacidade a tentar violá-la. Ela sempre resistiu, e na verdade eu não faço esse tipo, de modo que as coisas nunca aconteceram de fato, e ela conservou, não sei com qual finalidade, seu precioso hímen intacto. Também nunca pude saber — embora agora tenha minhas suspeitas — o que ela procurava. Vinha e ficava em silêncio. Depois ia embora e, apesar de minhas segundas intenções, voltava. De novo e de novo. É inútil, agora, que eu fique deplorando a estreiteza de minha consciência. Precisava saber o que sei agora, para não agir de forma tão estúpida. Essa história me dói, me inferioriza, me envergonha. Ela precisava de um louco, não de um estúpido. Ainda assim, ainda assim, eu me consolo um pouco pensando que ela encontrou em mim algo do que estava buscando, já que voltava e, de quando em quando, me trazia um buquê de flores. Séria, calada, concentrada — jamais deixou de me tratar por "você", mesmo quando eu tentava tirar sua roupa —, acho que o que obteve finalmente de mim foi a risada. Fiquei muito surpreso um dia quando a escutei rir pela primeira vez, uma gargalhada cristalina, tilintante. Acho que isso deve ter curado algo nela, porque logo depois desapareceu.

Uns anos mais tarde, apoiado em minhas reflexões sobre esta experiência e em outras experiências e, acima de tudo, na ajuda psicoterapêutica que recebi, pude encarar de modo muito diferente uma relação que era, em certo sentido, similar, e em outros sentidos, quase oposta. Vi, sentada na mesa de um bar, uma moça, também muito jovem, que eu conhecia; eu a vi tão deprimida, tão triste, tão sozinha, que entrei no bar e me sentei diante dela. Tentei averiguar o que acontecia com ela, mas ela não quis me dizer. Falei, então, que considerasse recorrer a mim; que se pensasse, em algum momento, que eu poderia ser útil, que viesse me ver. E, certa tarde, apareceu. E começou a me atacar com tudo de ruim que levava dentro de si. Poucas coisas foram mais tóxicas, dolorosas, difíceis de aguentar. A moça se valia do cinismo, sentia prazer — aparentemente — ao me relatar toda e qualquer uma de suas experiências perversas, que não excluíam quase nenhuma das perversões sexuais que existem no mundo. Eu escutava com uma passividade de monge no exterior; por dentro, agitava-se e retorcia-se cada uma de minhas fibras morais e afetivas. Foi embora. Voltou logo depois, com mais uma dose.

Eu sabia, com certeza, que se demonstrasse a menor rejeição, ou tentasse dar o mais mínimo juízo moral, essa alma se perderia sem dúvida entre as chamas de seu inferno. Porém, sentia que eu devia agir, dizer ou fazer algo, e não sabia o quê. Estava desesperado. Falei com um amigo, de antiga vocação sacerdotal. Ele me disse: "Você precisa amá-la, amá-la muito". Era o que eu estava fazendo, mas o conselho me reafirmou e me ajudou a resistir. Não havia, por sorte, nenhum problema com meu sexo. A terapia me ajudara a superar em boa parte a desconfiança em relação à minha própria virilidade, e já não precisava transar com todas as mulheres que eu conhecia. Além disso, andava bastante nutrido nessa época de aventura intelectual, e, ainda, estava vigente um dos períodos de minha relação com A — e, ao mesmo tempo, gestava-se uma relação paralela com uma mulher que dançava e tocava castanholas. Podia me entregar, portanto, a esse amor verdadeiramente paternal que me exigia o "cordeirinho desgarrado", que é como meu amigo sacerdotal e eu a chamamos. Um amor difícil, desgarrador — esse amor no qual a pessoa precisa dar, dar, dar, dar, dar, até ficar exausto, e receber apenas esses dardos putrefatos do cinismo. Uma tarde, propus a ela que se deitasse ao meu lado na cama. Ela me olhou com desconfiança, mas o que viu deve tê-la tranquilizado, pois ela se deitou. Ficamos um longo tempo em silêncio. Depois, espontaneamente, ela se deitou sobre meu corpo — vestidos, quietos —, calados. A paz voltou a ser tangível, e baixou sobre nós e se instalou em nós uma paz que recordo apenas como uma cor branca que preenchia por completo meu corpo. O sexo, a mente, os sentidos — tudo parecia morto, alegremente morto. Passou um tempo impossível de medir; de repente, sentimos que aquilo tinha terminado, nós nos levantamos, ela me deu um beijo na boca e foi embora. Outro dia voltou. Fizemos o mesmo; palavras já não eram necessárias. E voltou. De vez em quando falava algo, algum resto de algum pecado que lhe faltava confessar, alguma porcaria mínima que eu podia absorver com total placidez. Uma tarde, durante uma dessas estranhas sessões, num certo momento, algo me levou a pôr minha mão esquerda sobre sua cintura e exercer uma leve pressão. Nada mais. Como se tivesse acionado a chave de uma máquina, de repente e sem transição, o cordeirinho se pôs a chorar. Chorou e chorou e continuou chorando e chorando. Um pranto antigo, primitivo, que eu conhecia muito bem por experiência própria. E quanto mais ela chorava, maior era a minha alegria. Ela, enfim, estava livre.

A história deveria terminar aqui para ser perfeita, mas nada é perfeito neste mundo, e quase sempre há um epílogo pouco elegante. Prometi, e necessito, ser verdadeiro. Ela voltou, ainda, mais uma vez. Eu estava completamente desligado dela; o amor tinha terminado, o louco havia cumprido sua função, o que mais ela poderia querer agora. O repouso não funcionou, a paz não desceu, estávamos tensos e incômodos. Ela disse algo que não gostei; não lembro o quê. Em resposta, dei umas palmadas muito sonoras em suas nádegas. Ela não gostou muito disso; pelo visto, eu tinha falhado em minha imagem de pai puramente bom e permissivo. Ela me olhou com fúria e soltou lágrimas que não estavam relacionadas à mínima dor física que eu posso ter lhe causado; e, num instante, arrancou todas as suas roupas e com o máximo desprezo e rancor na voz me pediu que eu a possuísse. Fiz isso com muito pouca vontade, com verdadeiro esforço e sem nenhum prazer. Só então foi embora e nunca mais voltou. Anos depois, encontrei-a na rua. Tinha um rosto são e alegre, e em seu olhar havia pureza e maturidade. Disse-me que se sentia muito bem; tinha casado, tinha filhos, e todas essas coisas que devem concluir as boas histórias terapêuticas. Às vezes, penso que o que aconteceu na última visita não foi nada além de sua necessidade de me pagar a terapia. Édipo realizado etc.? Não nego; mas que o leitor não me negue essa outra dimensão que tento tornar manifesta com este trabalho, que não negue a tangibilidade daquela paz misteriosa, branca, que descia sobre nossos corpos e nos iluminava por dentro.

Terceiro capítulo

Para alcançar este humilde cacho de uvas, para que essas uvas possam chegar a ser compreendidas como uvas e algo além disso, bem além, devo fazer o esforço de me arrastar (mais uma vez!) por esse caminho difícil, tortuoso, espinhoso — e triste — pelo qual me arrastei. Não tenho muita vontade de fazer isso. Retomei a caneta-tinteiro e o papel de ótima qualidade — por vários motivos que deixo momentaneamente às escuras — e me desfiz de um montão de folhas já escritas à máquina que, a meu ver, só turvavam o desenvolvimento do romance. Senti pena de fazer isso, mas está na hora de ir me afirmando no enredo e nas imagens; acho que o segundo capítulo não ficou muito bem montado; tem muita porcaria ideológica e pouca substância. Porém, não devo parar para revisá-lo, porque estou submerso há dias nesta parte da história, a que conduz às uvas, e sem tempo para escrever; e, para falar a verdade, quero sair disso o quanto antes; tirando as uvas, todo o resto — de que não posso me esquivar, se pretendo que essas uvas tenham para o leitor o sentido que tiveram para mim — é sujo, cinzento, deprimente e até ridículo. Se me sinto bastante satisfeito com o papel que me foi dado representar no caso do cordeirinho, não posso dizer o mesmo de meu papel nesta história. Na verdade, se pudesse reduzir meu trabalho a esta única história, com todos os detalhes de cada um de seus dias e cada uma de suas noites, talvez o resultado valesse a pena — pois foi um tempo, apesar de tudo, rico em situações e personagens. Aconteceria, porém, que eu já não estaria escrevendo o romance luminoso, mas outro, com um centro de gravidade muito diferente. Aqui devo me ater à mínima quantidade de dados e deixar muitas coisas de lado e cometer, com isso, grandes injustiças. Sempre acontece tal coisa quando a pessoa deseja ser eficaz.

Para chegar às uvas, então, devo passar por G. A rigor, esta G teria que ser C, para manter a ordem alfabética que me impus no primeiro capítulo; porém, apesar da sua fugacidade, a mulher obesa e a cordeirinha mereceriam ser C e D, respectivamente, e tenho motivos de organização interna para excluir por ora E e F e chamar de G a mulher que passo a descrever. Se tivesse que resumir essa descrição numa só palavra, diria: deusa. G era uma deusa. Imagine, leitor, uma deusa, e terá a imagem exata de G — mas com uma ressalva: trata-se da imagem que eu havia construído sobre o mistério de sua realidade de mulher; e digo mistério porque ainda não digeri bem essa realidade subjacente à imagem, realidade que talvez seja bastante pobre, como bem poderia ter compreendido muito tempo atrás, se tivesse pensado.

Primeira visão: alta e altiva, bem formada, cabelo muito escuro, vestido branco; suave, elegante, cálida e culta. Acompanhada por um homem alto e altivo, atlético, elegante e culto. Apareceram no local onde eu trabalhava, naquele tempo que veio depois do episódio da moça de olhos verdes: cinema, livros, álcool e prostitutas. Ficamos falando um tempo e, quando foram embora, meu sócio e eu ficamos em silêncio, contemplando o lugar onde ela havia estado parada; meu sócio com um leve ataque de asma. Com o passar dos minutos, crescia inadvertidamente o pedestal invisível que a sustentava. Logo em seguida, meu sócio e eu nos atrevemos a trocar um olhar. Logo movemos a cabeça para cima e para baixo, mas com esse ligeiro desvio da testa para a direita, entre a afirmação e a negação, adiantando o lábio inferior num gesto que simulava decepção. Queríamos dizer, enfim, que é uma lástima que uma mulher dessas não poderia ser para um de nós. Nos dias seguintes, começamos a evocá-la em voz alta. Meu sócio, muito observador, ou de grande imaginação, sempre acrescentava algum novo detalhe que eu não tinha visto ou não recordava: o bom gosto dos adornos de seu cinto de couro, como lhe caía bem o forro de lã branca que mal se vislumbrava de dentro de suas botinhas de couro, o caracol preto que se enroscava atrás da orelha esquerda. E, depois de uns dias, nos esquecemos dela, pelo menos até certo ponto.

O que dá para dizer que é bom ou ruim para nós? Somos capazes de julgar um acontecimento qualquer, com a certeza de não estarmos equivocados? Pois o resto da história tem uma marca que lhe foi imposta, indiretamente, por meu pai — e na data de hoje, depois de... muitos, muitos anos, não sei se devo amaldiçoá-lo, como fiz, ou abençoá-lo, como também fiz, alternadamente, tantas e tantas vezes. Além disso, eu também sou passível de sofrer maldições ou bênçãos, já que pude optar, como em outras oportunidades, por fazer o que me desse na telha; não obstante, dessa vez, acatei, submisso, seu veredito. O que aconteceu foi que, depois de meu divórcio, eu queria viver sozinho e ter uma vida sem testemunhas, por minha própria conta e risco. Busquei um apartamento e encontrei o mais apropriado que pude imaginar. O dono simpatizou comigo e concordou em me alugar o imóvel — simpatia indispensável, porque ele vivia no mesmo edifício e gostava de escolher seus vizinhos. Inconveniente: como sempre, o aluguel — sempre um pouco, ou muito, mais do que era possível pagar. Naquele caso, eu conseguiria pagar; e se, a princípio, tivesse alguma dificuldade, dois ou três meses depois da inflação que disparou naquela época o teria transformado num aluguel bastante acessível. Por que falo de tudo isso? Porque meu pai se opôs terminantemente a que eu alugasse esse apartamento, e me pressionou com a ameaça de que eu não deveria esperar a menor ajuda de sua parte. Para ele, era um gasto supérfluo. Para mim, estar a sós era questão de vida ou morte. Ainda assim, eu me acovardei e não aluguei esse apartamento. Em vez disso, aluguei de um amigo uma — como se chama? — um espaço desses onde se guardam vassouras e baldes, por um quarto do preço do aluguel que eu teria que pagar pelo apartamento. Nesse espaço — onde, logicamente, eu só entrava um pouco agachado —, o que podia fazer era enrolar durante o dia um colchão e guardá-lo ali, atrás da porta fechada desse espaço cujo nome desconheço. À noite, o aluguel que eu pagava me dava direito a tirar o colchão dali de dentro e desenrolá-lo sobre o chão do consultório de um psiquiatra (esse espaço que eu alugava fazia parte de um casarão onde operava uma clínica médica, administrada por meu amigo; e meu amigo, além do mais, morava ali com sua família). Às oito da manhã, meu amigo me acordava, às vezes com a ajuda de algum pontapé amistoso, e eu me levantava, dobrava os lençóis, abria as janelas para ventilar o cômodo, enrolava o colchão e o guardava junto com os lençóis nesse espaço que alugava. Depois, tomava um café da manhã ao lado da clínica e pegava um ônibus até o centro. Às nove, chegava o psiquiatra ao consultório — meu dormitório —; às nove, eu levantava a grade metálica da loja onde trabalhava.

E aqui aparece um relâmpago "luminoso" imprevisto, que me obriga a me afastar mais uma vez do relato principal, se é que ainda resta um relato principal; mas não posso deixar que escape. Devo obrigatoriamente narrar que estava dormindo, justo naquele colchão de borracha sobre o chão de madeira do consultório. Sonhava um desses sonhos lentos, confusos, desajeitados, com idas e vindas reiterativas, obstáculos estúpidos, esses sonhos impossíveis de recordar em detalhes, que ficam apenas como um mapa, ou como um ruído na memória. De repente, o sonho ganhava um novo rumo, e eu me encontrava fazendo sexo com uma mulher que era apenas um esboço de mulher, alguém cujo rosto eu não conseguia ver — e nem fazia falta, pois sabia que era muito feia; o próprio corpo era feio, um tanto escurecido e esquálido, clara concessão a contragosto do avarento superego quando, derrotado pela pulsão sexual, não tem mais o que fazer além de permitir umas migalhas de prazer. E, de um momento para o outro, *clac*, estou completamente desperto e percebendo as últimas instâncias de uma ejaculação espontânea. Esse fenômeno da chamada "polução", embora não fosse frequente para mim, tampouco era desconhecido; o que eu desconhecia por completo era a forma de percepção que, desta vez, o acompanhava. "Eu" ocupava todo o quarto. Não o meu corpo, que sentia o palpitar gozoso, porém muito tranquilo, sobre o colchão, saboreando infinitamente cada microssegundo de um orgasmo amplificado em suas ressonâncias, que repercutia em cada uma das células e circulava por todo o organismo. "Eu" — que não estava desligado de meu corpo, nem via, como nas experiências que outros descrevem, meu corpo de fora —; "eu" ocupava todo o espaço disponível no amplo cômodo. Não posso dizer mais do que já disse. Foi algo muito parecido com a experiência do "filho espiritual" com B, que aconteceu uns seis anos depois; neste caso, é claro, não havia nada parecido com um filho espiritual, nem uma mútua contemplação — nem sequer uma curiosa exploração de nada. Simplesmente — simplesmente! — era a percepção de mim mesmo em todas as minhas dimensões reais, ou pelo menos numa dimensão além das que posso perceber.

Curiosamente, não senti nenhum medo nem fiz nada para reprimir a percepção e "voltar para mim"; tudo estava bem do jeito que estava, e de repente, *clac*, voltei a dormir.

Nos anos seguintes, tentei repetir a experiência, sem o menor sucesso. Por mais que dispusesse colchões de borracha sobre pisos de madeira e que, ocasionalmente, obtivesse alguma outra polução noturna, nunca mais consegui aquela percepção maravilhosa — a que, não obstante, ocorreu em outras circunstâncias e de outras formas. "Nunca o espírito é movido duas vezes pela mesma alavanca", falei e repito: "E nunca o espírito se manifesta duas vezes do mesmo jeito".

Volto à história de G; tínhamos parado comigo levantando a grade metálica da loja às nove da manhã. Pois bem: a deusa reapareceu, bem cedo numa manhã, naquela loja. Eu estava sozinho; meu sócio chegava de tarde. Ela reapareceu, curiosamente, com uma estatura bastante parecida à minha; tinha trocado os saltos para combinar com o atleta, e estava muito ao alcance do meu um metro e setenta e sete centímetros e meio. Direi mais: começou a falar comigo de forma bem coloquial. E direi mais: encomendou-me uns livros e deixou seu número de telefone. E direi mais — saiba, leitor, que as lágrimas estão queimando meus olhos ao escrever isso. E direi mais: antes de ir embora, me contou que tinha se separado de seu marido.

O que há nestas lágrimas? Não sei. Talvez dor, vergonha, autocompaixão, humilhação, saudades. Não sei, não sei. Que o leitor me desculpe, mas faz anos que espero em vão por umas lágrimas. Deixe-me a sós por uns instantes; já continuo a história.

Continuo, dizendo que essas lágrimas significavam tudo aquilo e algo mais — a lembrança de ter sido muito feliz por algumas horas; enormemente feliz, delirantemente feliz. Essas lágrimas também dão conta do abismo que há entre aquela idade e minha idade atual; eu tinha manhãs, tinha trabalho, o dinheiro que eu ganhava era suficiente para várias coisas; podia tomar café da manhã com croissants e café com leite, não só pelo poder aquisitivo, mas também pelo poder digestivo de que desfrutava na época. Porém, do que mais sinto falta, embora pareça mentira, é de minha ignorância das coisas do mundo — porque, então (ainda *recém* então), eu já estava prestes a me lançar em sua descoberta. Sei tudo hoje? Não; hoje só sei o que não vale a pena saber — estou me referindo a "essas coisas do mundo". É preciso saber algo para não sucumbir, para poder me arrastar melhor pela lama, para não perder *sempre* de lavada *em tudo*; mas, quero dizer, esse conhecimento não contribui em nada para que uma pessoa melhore ou pelo menos se sinta melhor. Alguém sabe do que estou falando? Não importa; eu entendo.

Consegui os livros, claro que logo em seguida. Telefonei para ela. Ela veio. E foi tudo tão fácil que... Ficou conversando até a hora de fechar. Baixei a grade e continuamos conversando e eu pensava o tempo inteiro: "Agora ela vai embora"; "Já deve estar indo"; "Como ainda não foi?"; "Tem que ir embora". Não sabia como tirá-la de cima de mim. Convidei-a para sair e ela aceitou. Saímos. Passeamos. "Agora vai pegar o ônibus. Agora vai embora. Tem que ir. Por que não vai?" Entendo que o leitor esteja se perguntando se eu sou idiota ou o quê. Garanto que faria muitas outras perguntas, e acrescentaria outras coisinhas às suas perguntas, se tivesse visto aquelas pernas robustas espremidas em meias-calças pretas, que exibira generosamente ao se sentar na livraria; se tivesse notado seu olhar, teria percebido seu ar de docilidade e disponibilidade. Sim, leitor; você tem direito a pensar assim. Eu também pensei, e às vezes ainda penso, especialmente quando acordo com o fígado revirado. Mas, naquele momento, só queria tirá-la de cima de mim, que ela fosse embora.

A questão é que eu a tinha disposto num pedestal e não sabia como tirá-la dali. Na verdade, não gostaria de tirá-la. Na verdade, precisava que as coisas acontecessem exatamente desse jeito.

Ou não? Não sei. Teria que jogar uma moeda para o alto. Não sei como queria que as coisas tivessem acontecido. Só posso contar o que ocorreu.

Aconteceu que eu tinha uma força criativa reprimida por completo dentro de mim. Se escrevia algo, escondia e destruía rapidamente — desde que meu pai, quando eu era muito jovem, encontrou um poema que eu tinha escrito e riu de minha cara, e expressou a opinião de que os poetas eram veados; que pelo menos isso foi o que um colega de trabalho tinha lhe explicado. Aconteceu que eu fiquei anos e anos sem me atrever a me expressar. Aconteceu que ainda hoje, agora, neste preciso instante, tenho vergonha de escrever e sinto desejos furiosos de destruir tudo o que faço.

— Está bem — diz o leitor —, eu o entendo. Mas o que não entendo é por que merda de motivo você descarrega todo esse lixo em seu romance, em vez de conversar com seu terapeuta. Pare de encher o saco — acrescenta o leitor — e escreva algo que seja mais divertido: imagens e não choramingos. Algo como aquelas pernas enfiadas em meias-calças arrastão pretas.

— Certo — respondo —, certo. Eu também evito cuidadosamente os poemas das donas de casa e tudo na literatura que deseja me encher de choramingos e materiais psicanalíticos. Mas espere um pouco, tenha um pouco mais de paciência e confiança. Prometi um cacho de uvas, e não posso chegar às uvas autênticas sem atravessar essa miserável zona canalhesca.

— Está bem — responde o leitor. — Dou-lhe mais meia página para masturbar sua adolescência atrasada; mas garanto que, se isso se prolongar, não continuarei lendo este livro. Na minha cabeceira estou justo com um Chandler que…

— Está certo, está certo; deixe-me continuar do meu jeito e não me interrompa mais. Eu também teria algo melhor para fazer; na minha cabeceira há um Beckett...

Mas meu pai não era um sujeito ruim; pelo contrário. Era muito melhor do que eu. Isso que relatei foi apenas um acidente, dos dois ou três acidentes parecidos que houve, e quem não faz dessas? Bem: queria dizer que todo o mundo da cultura, o de dentro da cultura, parecia-me mágico, venerável, inalcançável. Podia ler, mas não escrever; escutar, mas não fazer música; embelezar-me com um quadro, mas não pintar. E tinha uma forte vocação criativa, assim como outra forte vocação científica, não canalizadas e, para piorar, reprimidas por fora, e não por meu próprio interior. E aconteceu, creio eu, que botei todo esse mundo nessa mulher; eu a escolhi, das profundezas ignoradas de minha alma, como símbolo, mas também como alavanca, ou catapulta, que me arrancasse das entranhas obscuras da repressão, e me lançasse, por cima dos muros, para o mundo desejado. Se, na verdade, acabou que não passava de uma dessas borboletas que ficam voando ao redor das camas dos intelectuais e das mesas de boteco — e isso é o que suponho, embora não por desprezo, e sim pelo meu conhecimento atual "dessas coisas do mundo" das quais falava hoje —; se minha deusa não passava de, enfim, uma mulher, e uma mulher, enfim, com, enfim, essas necessidades das mulheres normais e, enfim, se não fosse capaz de ver em mim nada além de um falo potencialmente ereto — enfim, enfim, enfim, não há por que julgá-la, e sim minha visão distorcida das coisas, isso que o leitor acabou de chamar, com grande tino, de "adolescência atrasada". Aos meus vinte e seis anos, tinha recaído numa adolescência que, além disso, mesmo na época, havia sido sofrida por vários motivos.

E caminhamos para cá e para lá, entramos aqui e ali, e demos voltas e voltas até que enfim consegui cansá-la, e ela sugeriu que eu a acompanhasse até em casa, porque já era um pouco tarde. Como eu não tinha alugado aquele apartamento, fiquei com a ilusão repentina de que, talvez, pudéssemos ir ao apartamento dela. Tudo era muito simples: eu precisava de um lugar apropriado para levar meu amor e minha adoração pelos caminhos que minha alma exigia; não concebia a possibilidade de que a deusa manchasse seus pés pisando nos azulejos de um motel, e menos ainda maculasse seu divino corpo entre aqueles lençóis recém-limpos que cheiram a esperma. Também não podia jogá-la sobre aquele frio colchão de borracha, no chão do consultório. Em meu hipotético apartamento, ou mesmo no dela, agora, eu daria um jeito de conciliar os aspectos culturais e intelectuais com o exercício da carnalidade. Devo deixar claro, neste desabafo, que nessa época não estava mal servido no que diz respeito à carne e aos motéis, e inclusive com certos matizes de ternura (chamarei de H a prostituta que merece um capítulo; e penso que será este capítulo mesmo). Mas deixo um instante em suspenso a viagem com G até seu apartamento, num prosaico ônibus noturno — onde todos os homens, e o ônibus estava bem cheio, olhavam-me com ódio e inveja —; e antes de falar com H, pois este é o momento justo para inserir essa pequena homenagem, passo, em poucas linhas, por um breve comentário técnico: deve haver leitores freudianos, e sempre há, que gostariam de ver em meu relato da frustração amorosa com G as funestas consequências do complexo de Édipo; e não me oponho em nada a que façam tal coisa, pois minha mãe, dentro do que foi meu núcleo familiar, era, por assim dizer, a mais avançada em termos de cultura: tinha ido a algumas conferências, lido alguns livros, e professava uma respeitosa admiração por todas as manifestações artísticas. Para os freudianos, deve ter agido em minha proibição do incesto, com a consequente ameaça de castração. Não nego, mas que me permitam contar as coisas do meu jeito, e fiquemos em paz.

Menos simpático seria, por outro lado, um diagnóstico de sadismo, de modo que, para evitar ansiedades inúteis ao leitor, adianto que, nessa noite, G não quis que eu subisse ao seu apartamento; que, portanto, essa noite não dividimos a mesma cama; e que tampouco o fizemos na outra vez que saímos juntos; que nunca fizemos isso e que, a esta altura da minha vida, acho que jamais faremos. Mas a história com G e, acima de tudo, suas consequências, não terminam aqui; não obstante, posto que a urdidura de nossa existência é sutil e complexa, não é possível concluir a história de G sem antes falar de H. Ela sim eu poderia permitir, embora tivesse também um corpo exuberante e pudesse se enxergar com muita facilidade a mãe de alguém nela, e eu gostava de amassar seus peitos e chupar seus mamilos escuros — até onde me permitia, já que nossas prostitutas são, ou eram, então, não sei agora, muito especiais, como contarei a seguir. Mas ali não havia problemas de incesto nem ameaças de castração — problema que deixo a cargo dos leitores freudianos, já que foram eles que se meteram a interpretar o romance.

Falei, se não me engano, de meu isolamento, de minha solidão, do rosto torcido dos familiares e amigos a partir do divórcio, e de minha busca às cegas por não sei o quê; do sentimento de inferioridade que começou a me dominar, das dúvidas sobre minha sanidade e minha virilidade, de algo como uma atmosfera de fracasso que me rodeava. Na verdade, o problema com G não deveria me chamar tanto a atenção, se penso que também não me atrevia a sair com outras mulheres, porque sentia que não tinha nada a oferecer. Um amigo, o dono da clínica, o único com quem me confessava brevemente em balbucios, me disse: “Você tem seu corpo”.

Que seja; eu tinha meu corpo, mas não o considerava valioso; para começar, me achava pequeno, apesar de meu um metro e setenta e sete centímetros e meio; o complexo de inferioridade faz mesmo milagres. Olhava de cima a maior parte da população e, mesmo assim, sentia que todos me olhavam de cima. Há razões para tudo isso, mas não quero continuar falando mal de meus pais, ainda mais agora, que tenho filhos com motivos demais para falarem mal de mim. Em resumo, que a necessidade sexual e a necessidade de algo parecido com um afeto me levaram à busca por prostitutas, como solução emergencial, enquanto via o que diabos ia acontecer em minha vida que, de repente, desde aquele olhar da moça de olhos verdes, tinha se transformado num cambalear incerto, andando em círculos e batendo contra muros invisíveis, como se fosse uma mosca que se enfiou dentro de uma garrafa, não consegue sair e vai ficando sem ar (ricochetear contra G me serviu, enfim, para encontrar uma saída).

E comecei a experimentar essas mulheres frias, cruéis, duras e sempre muito apressadas e com muito medo, sem encontrar maior satisfação, até que uma noite, numa esquina não muito distante de minha casa, encontrei H. Dá para acreditar que ela sorriu para mim sem hipocrisia, sem esforço? Não observei, no entanto, seu corpo; gostei de seus olhos, seu sorriso, e logo em seguida sua voz e sua facilidade no trato. Não era essa massa de nervos, só olhos buscando homens para se oferecer ou policiais dos quais fugir; recostada tranquilamente numa parede, parecia esperar o ônibus, e por um instante temi confundi-la — tanto que me aproximei e não disse nada, para não ofendê-la se não fosse. Mas era. Não disse nada grosseiro nem sujo ("Passeando?", perguntou, como forma de me cumprimentar), combinamos o preço e saímos, sem pressa, rumo ao motel. Pela primeira vez não senti o temor de ser visto por algum conhecido. Tratei a todas, sem exceção, sempre como damas: deixava-lhes o lado da parede, abria a porta para elas e cedia o passo com uma ligeira reverência, essas coisas: e, surpresa, neste caso descobri que ela respondia, na medida do possível, como uma dama.

Entreguei o dinheiro antes, porque é o costume, e essa foi a única vez que o aceitou; depois responderia: "Não, por favor, há confiança entre amigos". Pediu-me que baixasse o fecho do vestido em suas costas. Vestida, não deixava suspeitar como era o seu corpo, uma fascinação de carne exuberante e firme. Tirou a roupa de baixo com essa velocidade de prestidigitador que elas possuem e se deitou na cama. "Faça o que quiser", disse, "mas não desarrume meu penteado"; um penteado muito armadinho com laquê. Estava banhada num perfume doce que ficava em minha roupa por dias, e eu até dormia com essa camisa para mergulhar no sonho com uma beatitude infinita. Cheguei alguma vez a estar apaixonado por ela? Pode ser.

Deixava que eu brincasse pouco com seu corpo; como as outras, buscava uma penetração rápida e que tudo terminasse o quanto antes. Disse a ela que, se não me apressasse, eu pagaria mais; e nunca voltou a me apressar no ato em si, e quase sempre, depois de um breve descanso, havia outro; mas não me deixava brincar com seu corpo, não havia o que fazer, e também não permitia — nenhuma permitia, porque era algo reservado ao seu homem — que eu a beijasse na boca. Um dia me propôs, de brincadeira, que eu me casasse com ela. Depois fiquei pensando se tinha sido brincadeira; com o tempo fui conhecendo algo, muito pouco, de sua vida; e cheguei a suspeitar que ela tinha ficado sem homem há muito tempo — imaginei que ele estaria preso. Um dia me mostrou uma foto dele, que carregava na carteira: um rosto de delinquente quase de filme, grosseiro e tosco, até com um gorro típico dos delinquentes. Mas, pelo visto, carregava a foto porque já não estava mais com ele. Se hoje as circunstâncias fossem as mesmas, talvez eu me casasse com ela, ou pelo menos tentaria averiguar se a proposta era séria; naquele momento, sorri de um jeito bobo. Talvez eu a tenha machucado com esse sorriso besta. Mas se eu ainda não tinha começado a rejuvenescer, ela, por outro lado, envelhecia a olhos vistos. É um trabalho cruel, muito cruel. Cinco ou seis anos depois, quando a reencontrei por causa de outra história que não vem ao caso, já era uma ruína.

Eu me divertia com ela. Ah, se me divertia! Saía do motel completamente renovado, e depois trabalhava contente, para juntar dinheiro e esperma para ela. A história com H foi interrompida com a aparição, ou melhor, desaparição de G; interrompe-se, mas não termina, embora termine para este romance.

Termina, uma noite de garoa leve, uniforme e constante, que foi a noite que atingi o fundo do poço, quando bebi até o fim o cálice de minha loucura adolescente.

Não obstante, não posso me afastar tão facilmente de H. O que antecede, deste capítulo, foi escrito ontem à noite, e ontem à noite eu me encontrava totalmente absorto pela história com G; passei pela pobre H sem vê-la, sem senti-la, como um recheio necessário de minha narração — apenas uma necessidade de enredo. Porém, não posso me afastar tão facilmente de H. Só hoje, ao acordar, comecei a me dar conta de sua importância em minha vida; e, nisso, devo confessar, incidiram o preconceito, a hierarquização social, os cânones estabelecidos que tanto pesam e determinam quem acredita ser livre. Deus me livre de achar que sou livre! — mas eu acho, com muita frequência. Esse preconceito se manteve ativo durante — sim, por que não dar as datas? — durante quase vinte anos. Só hoje posso dizer — e quando digo hoje, quero dizer hoje, 27-8 de abril de 1984 —, só hoje posso dizer que sim, eu amava aquela boa mulher. Veja, leitor, como age a consciência estreita, como evita — aparentemente — problemas insolúveis. Um homem jovem, comerciante, com inquietudes intelectuais e espirituais, apaixona-se por uma prostituta de rua — o mais baixo nível da hierarquia deste ofício. Não só se apaixona, como a ama. Procura-a com afã, duas ou três vezes por semana, e quando não a encontra sente uma dor estranha. Não pensa, não deseja pensar que ela está, com certeza, no motel, trabalhando. Caminha e caminha pela cidade noturna que, já há algum tempinho, começou a ver melhor em sua feiura e em sua beleza — e chegou a sentir a beleza de sua feiura.

Antes, passava pela cidade como um sonâmbulo; tinha os olhos abertos, mas não via mais do que o indispensável para poder fazer o percurso necessário. Mas logo, nesse tempo aberto pelo olhar da moça de olhos verdes, a cidade tinha ganhado três, ou quatro, dimensões; vivia nela, respirava nela e sentia que respirava, e conhecia seus bons e maus odores. Comecei a distinguir os matizes de tristeza de certos tubos de neon quando se refletiam em certas calçadas, ou a alegria fugaz de algum reflexo inesperado — a cor vermelha de um carro numa poça d'água, a luz dos semáforos nas noites de chuva (que alegria imensa, o vermelho brilhante ou a doce pureza da luz verde, molhados pela chuva, ricocheteando contra as calçadas; paredes de mármore ou superfícies brilhantes de carros, que contrastavam com a doce tristeza infinita dessas chuvas de março ou abril que, mansas e infatigáveis, caíam e caíam na cidade acolchoada de amarelo e marrom das folhas dos plátanos). Sim, há outonos felizes, como há felicidade na tristeza, e também no desespero: o lance é estar vivo e saber, sentir — e amaldiçoo mil vezes esse medo surdo de todos estes anos, quando a vida de todos nós foi secando, encolhendo, apequenando, sem lugar nem sequer para a tristeza: nada além de medo, nada além de ódio, nada além, talvez perdida, muitas vezes oculta, de uma ínfima porção de esperança, gasta de tanto ser manuseada, querendo espremer dela algumas gotas que fossem, mais umas gotas para suportar o presente de horizonte fechado, sob um teto de chumbo, impenetrável —; como cheguei a odiar também esta cidade, que ia caindo aos pedaços, que ia nos enterrando entre paredes cada vez mais altas e escombros e poeira e ruído e silêncio e opróbio.

Mas naquele tempo eu também odiava, com frequência, a cidade; e era, embora não soubesse explicar, outro tipo de ódio. Talvez o ódio ou rancor daquele que ama e não é retribuído; a cidade não tinha um lugar para mim, era bela e distante. Não era esta cidade que, até pouco tempo atrás, ia nos encurralando como uma fera desesperada, coberta de feridas e arranhões, atiçada e destroçada por forças maléficas; nem esta cidade de hoje, que enxergamos com a ternura com a qual se vê uma mulher doente, uma mulher ferida, uma mulher, quem sabe, em dores do parto. Aquele ódio me dava vida, me obrigava a dar golpes desesperados para tentar encontrar um lugar para mim, um ódio igual ao que mais de uma vez senti em relação a uma mulher que me rejeitava.

Todas essas coisas têm a ver com H — a quem não caía bem a palavra "puta", só agora me ocorre e vejo que não lhe serve. "Prostituta" é mais técnico, menos ofensivo, e insuficiente para ela. Considero impossível desentranhar seu mistério; há um fator comum a todas as mulheres desse ofício, um algo específico distinto, inefável; e ela não tinha isso. Porém, conhecia o ofício e trabalhava bem; era uma profissional honesta, consciente, diria que uma funcionária qualificada. Todas as demais que conheci, e foram várias, tinham em comum esse algo inefável — que eu deveria dar um jeito de explicar com mais detalhes, apesar do tema difícil e escorregadio. Ocorrem-me alguns componentes, embora faltem outros tantos: o desprezo pelo cliente, a desonestidade, a baixeza moral, espiritual e afetiva; como já disse em outro momento, o medo; a simulação — uma atitude que tem lá fora e que é oposta à que possui dentro do motel, e está relacionada estreitamente à mentalidade do comerciante desonesto; busca de um dinheiro fácil, às custas, até mesmo, da falcatrua. (H, em contraste, buscava fazer com que o cliente voltasse. "Ontem eu queria te ver, mas estava sem dinheiro", comentei uma vez com ela, e ela quase ficou irritada comigo. Por quem eu a tomava?) (Nas ruas, ela passava quase despercebida; a roupa que usava não destacava suas formas; não chamava os homens, nem sequer olhava para eles — não tinha olhos de puta, esses olhos meio saltados, numa permanente expressão fingida de luxúria, que, depois de um tempo, se fixa para sempre como uma máscara.)

Porém, em seu trabalho, no que era estritamente o seu trabalho, H dava mais do que as outras, e, em certo sentido, menos. Tentarei explicar: as prostitutas (pelo menos as de rua que eu conheci, todas elas) se transformam, quando estão no quarto, em algo parecido com uma boneca inflável. Não dão nada além da superfície, da pele, inclusive a pele da vagina, mas só a pele. Tecnicamente, deitar-se com uma puta não tem uma diferença considerável da masturbação — além, é claro, da tridimensionalidade da mulher —; mas se a mente do homem não ajuda de um jeito ou de outro, o ato é doloroso, é como introduzir o pênis numa caverna pedregosa (a imagem que tenho, na verdade, é a de um peixe com espinhas); isto é, até que começam a funcionar, caso comecem, os lubrificantes do rapaz. Então a dor cessa. Mas o prazer não chega, pelo menos não chegava para mim, enquanto não forçasse um pouco as coisas usando a imaginação. Elas sabem e, astutamente, utilizam palavras que estimulam a imaginação — pois, além disso, precisam do orgasmo rápido do cliente, para sair em busca de outro logo em seguida. Algumas não utilizam esse recurso porque, suponho, seu desprezo pelo cliente é tão grande que não querem dar *nada* a ele, absolutamente nada. H não o utilizava, suponho também, por outros motivos: respeitava a si mesma, até onde era possível. E não dava nem para cogitar alguma variação mais ou menos perversa. "Com que tipo de mulher você andou? Quem você pensa que eu sou?", me respondeu, furiosa, uma vez que propus algo.

E H não dava mais do que a pele, como as outras. Faltava-lhe excitação e, portanto, lubrificação, e a penetração era dolorosa. Era uma boneca inflável, que mascava chiclete e olhava para o teto como se estivesse em transe, igual às outras, esperando o fim do suplício. A diferença? Pois penso ter enfim descoberto, depois de escrever todos esses detalhes bastante desagradáveis e pouco literários, porém indispensáveis para chegar ao conhecimento. A diferença de H em relação às outras do ramo era que ela não desprezava o cliente — ou melhor: não me desprezava. Tinha piedade de mim, o que é algo muito diferente, se é que o leitor conhece o sentido exato da palavra "piedade". Podia ler em seus olhos: "Por que você vem até mim? Você é jovem, tem dinheiro, poderia arranjar uma mulher de verdade. Por que você vem a mim?". Essa piedade incluía paciência e tolerância. Está certo, eu pagava, e sempre mais do que ela cobrava. Mas, com o mesmo incentivo, nenhuma outra mudou em nada sua atitude. Não sei se chegou a entender que eu precisava de sua presença, sua companhia, seu olhar, e que pagava por isso um preço muito mais alto do que em dinheiro; se muitas vezes eu precisava do primeiro orgasmo, o segundo sempre era dispensável. Era o recurso secreto — secreto até para mim — que me permitia ficar com ela muito mais tempo. O intervalo para fumar um cigarro — eu — e conversar sobre qualquer assunto (e assim fui sabendo de algumas coisas de sua vida, embora muito poucas) e ter uns minutos de paz comigo e com o mundo, ao lado dela. Como pude contestar cinicamente "pode ser" quando, apenas umas páginas atrás, eu me perguntava se a amava? Merda, como eu a amo!!

E não será este o verdadeiro motivo de ter ocorrido o que aconteceu com G? Se meu coração pertencia a outra... Ainda hoje, em certas noites, percorro aquela zona e sinto, claro que sinto (como sou imbecil, que não posso me conectar aos meus próprios sentimentos sem escrever como um condenado), sinto uma doce dor; e olho, claro que olho, olho de relance e não me atrevo a olhar melhor nem me aproximar daquela figura, apertada sob a entrada de um prédio, porque pode ser ela, o que resta dela, destruída como a cidade, pela força miserável e cruel, pela mesma estúpida mesquinhez, pela infinita cegueira do homem. Tenho medo de ver você arruinada, e tenho mais medo ainda de que você me reconheça e que alimente a ilusão de que estou voltando para você; não me atreveria a insultá-la com uma esmola, você, que era íntegra, e por nada no mundo, por nada no mundo poderíamos voltar àquele quarto, ao cheiro de esperma recém-limpo, à campainha das portas, à rádio dos funcionários, que transmitia tangos de Canaro ou Roberto Firpo ou partidas de futebol.

Sinto que você, literatura, também tem algo de prostituta honesta e piedosa; também abandonei você, ensimesmando-me assim, evocando-me às suas costelas. Também vou perdendo você, mas era necessário. Espero que compreenda: estou tentando montar meu próprio quebra-cabeça, estou chamando com um grito que deve atravessar túneis de quinze, dezoito, vinte anos de comprimento, chamando meus pedaços dispersos, os cadáveres de mim mesmo que jazem insepultos, fantasmas grotescos sem descanso, imagens que nunca tiveram um espelho para ser refletidas, vidros partidos, moídos, espatifados pelas rodas de mil carros que passaram e passaram pelo caminho de uma só direção, de um sentido único.

Terceiro-quarto capítulo

Por instantes, minha vida atual parece viajar num enorme ônibus a toda a velocidade; está cheio de gente amontoada, não para nunca, não consigo ver o motorista nem tenho a menor ideia de para onde está indo; sinto pânico, quero descer, mas, quando me aproximo da porta, vejo através dos vidros sujos que debaixo do ônibus não há estrada alguma, e nenhuma paisagem nas laterais; nada. Queria poder meditar sobre esse problema, recordar como cheguei ali, imaginar algum destino para a viagem ou procurar algum jeito esperto de descer num lugar seguro sem me machucar; mas os demais passageiros, que parecem, por sua vez, não perceber ou não se preocupar com a situação, me incomodam, precisam de mim para várias coisas, fazem barulho, me distraem me chamando a atenção com questões que, logo descubro, não possuem valor algum. E se tento comunicar a alguém o que percebo e sinto, a pessoa me olha com espanto e troca de assunto ou se afasta o máximo possível de mim dentro do ônibus.

Essa imagem me lembra, em alguns aspectos, pelo menos,

de uma teoria minha de uns anos atrás acerca "dos trens"; segundo essa teoria, a pessoa vai tomando trens que vão para diferentes destinos e andam a diferentes velocidades — e toma vários desses trens ao mesmo tempo, inclusive alguns que viajam em sentidos exatamente opostos. Por exemplo: pego um trem para uma data próxima, data em que devo cobrar certa quantia de dinheiro. O trem parece que nem se movimenta, de tão lento e preguiçoso. Ao mesmo tempo, perto dessa data tenho que pagar uma quantia de dinheiro; pego esse trem, que viaja com a velocidade de um raio. Mas, ao mesmo tempo, também, tomo um trem de um romance policial interessantíssimo, cujo desenlace sinto curiosidade em saber, e outro trem, muito mais veloz, que passeia rápido demais por cenas coloridas e pela apreciação estética do mesmo livro; simultaneamente, tomei o trem de certos problemas que minha filha enfrenta, e este viaja a passo de tartaruga rumo a uma solução nebulosa, e só muito de quando em quando para uns instantes em alguma estação, onde recebo alguma carta dela; e tomei o trem (um verdadeiro bólido) rumo à extirpação de minha vesícula, e o trem quase imóvel rumo à hipotética mudança deste apartamento, que desejo trocar por uma casa agradável num bairro agradável, e um trem por cada carta que envio, por cada projeto editorial, por cada amigo que queria ver — e pequenos trens, alguns que ficam mais ou menos inadvertidamente pelo caminho, ou seguem e chegam a um destino sem que eu saiba disso, como o trem que peguei ontem, por exemplo, quando troquei olhares bem significativos com uma menina de catorze anos numa sala de espera de consultório (ela estava com sua mãe, claro, mas de todo modo eu não estava disposto a empreender nenhuma aventura erótica; não obstante, foi um trem que tomei, e continuo viajando nele, de certa forma obscura), ou o trem que peguei no dia em que estava formulando esta teoria, olhando pela janela de casa — e assim foi como expliquei numa carta a um amigo —: vejo o carteiro vindo, pela calçada do outro lado; ele atravessa a rua e entra no edifício onde moro, talvez com alguma carta para mim; sai logo em seguida, e eu queria olhar a caixa de correio no térreo, mas, sem saber no que estou me metendo, pego esse trem do carteiro; fico atento ao seu percurso, por uma curiosidade totalmente ociosa ou pelo desejo de que um ciclo se complete; se apareceu pela direita de meu campo visual, há algo em mim que me faz esperar que desapareça pela esquerda, para poder abandonar em paz comigo mesmo a sacada e me dedicar às minhas coisas. Em breve o homem atravessa outra vez a rua, e deixa provavelmente alguma carta na fábrica de massas que está em frente à minha casa; sai e entra em outra loja vizinha; volta a sair, e toca o interfone de um edifício (sim, o que tem a tinturaria); alguém libera sua entrada, e o carteiro desaparece de minha vista. Porém, porém, estou esperando que saia. Dá para acreditar que nunca o vi sair, e que isso já faz dois ou três anos? Perdi boa parte da manhã esperando, e fazendo conjecturas cada vez mais complexas acerca do que poderia ter acontecido com ele (ficou preso no elevador; caiu morto repentinamente e seu cadáver jaz num canto escuro; mudara-se recentemente para um apartamento neste edifício, e ali terminou o percurso e se deitou para dormir; foi sequestrado; saiu por uma porta secreta para a rua San José; não era um carteiro, e sim uma alucinação; saiu disfarçado e eu não o reconheci etc.) até que, enfim — não lembro se por fome ou sede, ou por quê —, renunciei, dei-me por vencido, e comecei a escrever a carta para este amigo, com a ideia de contagiar alguém com a frustração que sentia. O que aconteceu com esse trem? Para mim, continuaria viajando eternamente, comigo prestando ou não atenção nele; mas esse trem, como todos os que tomo, avança sobre as costas de minha energia psíquica. E assim, querido amigo, não dá para viver.

Seria preciso retocar um pouco a imagem inicial do ônibus para chegar a uma síntese de minha Teoria Global de Minha Vida: o ônibus, além do ônibus, é uma grande estação móvel de trem, da qual partem continuamente trens que chegarão ou não ao seu destino, que voltarão ou não à estação, portando cada um deles um pequeno eu ansioso, com seu rosto amarelado colado à janela e os olhos muito abertos; e no espaço para bagagem carrega uma enorme sacola de biscoitos de água e sal. E explico, então, que este romance se transformou num desses trens, um dos mais importantes; ali viaja um eu maior do que quase todos os outros juntos, embora seu destino seja tão incerto como os dos demais. Ao mesmo tempo, e de outro ponto de vista, a partir desse trem, esse eu faz partir uma imensa quantidade de outros pequenos trens, nos quais também viajam outros pequenos eus — e onde espero que alguns eus dos leitores tenham subido. Saber combinar o andamento dos trens em conjunto é a arte da escrita, como seria a arte de viver saber combiná-los na vida real; esta última arte, eu desconheço de tal modo que chega a me intimidar; espero, por outro lado, embora não conte com isso, que a arte literária me dê alguma compensação. Assim, comecei este capítulo com entusiasmo renovado, sobre as cinzas, ou melhor, sobre o confete de uma versão anterior a esta que acabo de reduzir a inúmeros pedacinhos de papel (duas cópias à máquina, dezenove páginas tamanho carta com espaço duplo, cerca de uma semana inteira de trabalho). O capítulo terceiro que eu tinha previsto — e que cheguei a escrever — versava sobre G e H e tinha a pretensão de alcançar um humilde cacho de uvas, cuja história havia prometido; fracassei em todas as linhas, já que, enquanto escrevia, G e H foram mudando de signo, fui compreendendo a verdadeira importância de cada uma, ambas me fizeram chorar de amor e de frustração, descobri várias coisas sobre elas e sobre mim mesmo, compreendi quão equivocado eu estava na valorização de várias coisas, tive minhas pequenas catarses e me senti primeiro vazio, depois um pouco mais livre — mas isso tudo lutando com o braço quebrado contra a literatura e, também, contra o bom gosto, até que consegui derrotar ambos. Só eram resgatáveis algumas passagens acerca da cidade, e, como conservei o original, de repente encontro um lugar onde inseri-las; mas o resto, tudo se mostrou uma verdadeira porcaria. Suspeitava disso enquanto escrevia, pois tinha perdido por completo de vista as experiências luminosas que deveriam ter guiado minha mão, e sentia que revirava os mesmos lugares ermos onde o romance luminoso ficou atolado; mas deveria continuar, porque considerava vital averiguar essas verdades que estava descobrindo. Hoje, já fora dessa aventura, passados alguns dias, pude reler tudo e tirar, sem sofrimento, essa versão inútil deste mesmo capítulo. Espero que, desta vez, meu trabalho sirva *também* para o romance.

Nas páginas descartadas, narrava meu encontro com G (e explicava um pouco essa ordenação alfabética: conhecemos A e B; a mulher obesa e a cordeirinha seriam, por sua importância, e apesar de sua fugacidade, C e E; reservo as letras E e F por questão de organização interna); e como tinha elevado G a um altar do qual, ai, depois não soube tirá-la para deitá-la sobre um colchão. Explicava meus problemas de habitação; como meu pai tinha me impedido de alugar um apartamento precioso, e, no lugar deste, aluguei o direito a dormir no chão de um consultório psiquiátrico e o direito a guardar durante o dia o colchão enrolado e os cobertores numa peça pequena debaixo de uma escada, onde se guardava uma vassoura e um balde. Logo me dedicava à pornografia, ou a um tratado sobre a prostituição, e aparecia H, aquela prostituta que merecia um capítulo. De fato, merecia muito mais do que eu pensava: escrevendo sobre ela, pouco a pouco fui me dando conta de que eu a amava — e o preconceito social me impediu de tomar consciência disso naquele momento. Escrevi com lágrimas de raiva e humilhação acerca de G, e com lágrimas de ternura acerca de H. Eu queria preparar o clima para chegar ao cacho de uvas; precisava passar pela noite em que um fio sutil uniu as histórias de G e H em meio à garoa e minha loucura febril, mas não cheguei a essa noite e, menos ainda, às uvas; o capítulo terminou muito antes, eu me perdi em voltas e detalhes mas, enfim, resgatei o uivo de amor por H que tinha preso na garganta desde 1966 e que valeu a pena. Só agora ambas, G e H, ganham cada uma, para mim, sua real dimensão de mulher; e, mulher a mulher, H ganha de cabo a rabo. Eu tratava as prostitutas sistematicamente com o respeito que uma dama merece, e incrivelmente H se esforçava para estar à altura. Por outro lado, G não se esforçou para se manter à altura de uma deusa. Pode ser que volte a falar delas no ignoto discurso deste romance.

Mas agora não posso continuar no assunto, pois meu espírito errático ou *daemon* caprichoso já está, pelo visto, focado em outra coisa, e devo entregar a caneta a ele. A que se dedica, então, agora? Examina formigas. Na verdade, é uma ocupação fascinante, à qual eu gostaria de ter dedicado, se não a vida toda, pelo menos a parte mais importante dela. Minha escassa dedicação deu, ainda assim, alguns frutos. Começo pela última experiência, bastante recente. Há alguns meses, durante as férias de verão num balneário, e graças a uma relativa imobilidade fruto de meus males vesiculares, fiquei a observar as atividades de dois tipos de formigas que, entre outras, andavam nos arredores. Um desses tipos de formigas, de cor preta e com um grande abdômen esbranquiçado, às vezes amarronzado, costuma habitar na madeira, embora não tenha visto destruírem-na — entre outros exemplos, uma porta, oca, da casa, que chegaram a preencher por completo com seus minúsculos corpos, entrando em fila pela buraco da fechadura. Bem: essas formigas, de aspecto pouco simpático, bem nervoso e agressivo, além dessa porta, rondavam dessa vez o piso de concreto ao redor da churrasqueira e um cômodo localizado aos fundos da casa. Chamou-me a atenção a atividade, como de patrulha, que realizavam constantemente alguns desses indivíduos, sobre um setor do chão cercado de grama. Iam e vinham furiosamente ao redor de um ponto que era como seu posto de vigia; na maioria de seus percursos, topavam com um semelhante ocupado na mesma tarefa e, invariavelmente, ambos se tocavam com certa violência, no que parecia ser um ato de mútuo reconhecimento; logo se soltavam e continuavam seu caminho. Esse encontro me fazia lembrar de dois ímãs, pela atração e a violência do choque.

Nos dias seguintes, encontrei umas curiosas bolinhas pretas que, quando examinadas de perto, revelavam ser um par dessas formigas, mortas, misteriosamente enlaçadas entre si. Tudo sugeria ou um luto pela morte ou um ato sexual; embora seja difícil considerar essa última hipótese, já que, por mais que existam antecedentes como a aranha viúva negra, que devora o macho depois da cópula, ou o assassinato dos zangãos por parte das abelhas operárias depois que um deles fecunda a rainha, não concebo nenhuma razão pela qual a Natureza deva perseguir a morte de ambos, macho e fêmea, cuidadosa como é, beirando o exagero, em matéria de preservação das espécies. Aquilo devia ser, portanto, uma luta. Mas o resultado invariável seria a morte de ambos, ou essas bolinhas negras eram exceções? Poucos dias depois, pude me deparar com dois lutadores que tinham acabado de começar a briga, ou pelo menos que ainda não tinham morrido. Pela atitude de cada um, não restavam dúvidas de que um era o vigilante e o outro um civil que teve a má sorte de passar por ali; o guarda tinha a expressão corporal de quem ataca, e o civil a expressão de quem só deseja fugir — puramente defensiva. Como não podia ver direito o que acontecia ali no chão, eu os levantei com uma folhinha e os depositei sobre a mesa. Aproximei meu olho míope deles e pude ver, então, que o guarda tinha uma pata do civil — forte, decidida e sem dúvida definitivamente — apertada entre suas poderosas mandíbulas. O civil só queria tirar a pata dali, dando uns puxões até onde era possível. O outro se limitava a apertar. É claro, eu simpatizava — e tinha chegado a me identificar sem nenhuma dificuldade — com o civil; quando vi que seus movimentos se tornavam mais lentos, que parecia ter se entregado ou estar abatido, peguei uma faca e cortei essa pata, esperando vê-lo fugir dali, manco, mas vivo. Porém, não consegui fazer isso. O outro com certeza tinha inoculado algum veneno nele — provavelmente formol — através da mordida, e o apertava sem dúvida esperando que fizesse efeito. O curioso deste caso é que o guarda, aparentemente ileso, também estava envenenado. Não pude averiguar se o civil tinha conseguido mordê-lo, embora, por sua atitude defensiva, acho difícil, ou se, ao liberar o veneno para o outro, o guarda precisava fatalmente envenenar a si mesmo. Seja como for, a segunda explicação é a correta em certo plano de existência; e lembrei-me daquela parte do Eclesiastes: "Quem torna alguém prisioneiro, vive como prisioneiro" — e sua continuação um tanto jocosa — "e o que tiver ouvidos para escutar, que ouça".

O outro tipo de formigas — do qual cheguei a pensar que talvez as anteriores fizessem parte, como uma variedade especializada em defesa —, também negras, porém belas, com o abdômen proporcional ao tórax e andar elegante, proporcionou-me outra investigação, ao redor de uma bala que um menino tinha cuspido no mesmo chão da churrasqueira, dessa vez debaixo de uma pia, perto do centro da construção. No dia seguinte, por volta do meio-dia, a bala era uma massa fervilhante preta; as formigas a cobriam por completo. Havia uma fileira que ia e vinha da bala e se estendia ao longo do piso até se perder na grama. Como me incomodava a ideia de matar formigas ao caminhar, e precisava passar com frequência por ali, provoquei uma chuva artificial com uma chaleira e as formigas se dispersaram com toda a pressa. Logo eu as reintegrei à bala num lugar mais apropriado, não muito longe de onde aquelas outras estavam em posição de guarda. Quando descobriram e voltaram a tomar conta da bala, pude observá-las com atenção. Ficavam em êxtase, ou transe, sobre a superfície doce; não levavam nada para o formigueiro, e sim pareciam consumir ali mesmo o açúcar. Curiosamente, em algumas formigas que passavam por ali, a bala não parecia despertar o menor interesse. Isso me levou a tentar outra experiência: no caminho feito por outras formigas, que estavam trabalhando no recolhimento de algum tipo de vegetal, posicionei um pouco mais longe uma nova bala, assim como uma colherada de açúcar e um pedacinho de marmelada. Perguntei-me se seriam capazes de abandonar seu trabalho para se dedicar ao êxtase. E, que surpresa, descobri que, assim como nossa espécie humana, algumas sim, outras não. Algumas, ao descobrir a natureza desse objeto que a Providência havia depositado em seu caminho, deixavam cair com uma cômica velocidade a folhinha que carregavam e trepavam no doce e ficavam instantaneamente em transe. Outras, por sua vez, davam uma volta bem distante do objeto de tentação, como se conhecessem e quisessem se precaver de suas próprias fraquezas; outras chegavam inclusive — embora sem soltar a carga — a examinar com atenção a isca para concluir que era mais importante para elas continuar seu trabalho. E houve mais de uma que ficou com a carga grudada, ou ao açúcar úmido, ou à marmelada, e realizaram todos os esforços necessários para desgrudá-la dali e continuar sua viagem; uma delas, particularmente tenaz e obstinada, ficou lutando por uma quantidade incrível de tempo para resgatar seu pedacinho de vegetal que, ao ter uma ponta liberada, grudava a outra; eu teria abandonado a folha muito, muito antes.

Fiquei contente com essa porcentagem de individualismo; embora fosse reduzida, essa capacidade de transgressão me fez alentar alguma esperança no futuro das formigas, esse domínio da Natureza que parecia tão perfeito, tão definitivo, tão mecânico como o das abelhas em seu modelo de organização social, no qual o indivíduo não conta. E o que aconteceu com os transgressores individualistas? Interpreto que ficaram bêbados com o açúcar e que essa noite se dedicaram à orgia e ao desenfreio sexual. Essa é minha opinião. Na verdade, o que pude ver à luz artificial dessa noite foi que um grupo de formigas formava outra vez bolinhas pretas; com a intervenção do homem, ou seja, eu, com seu galhinho, dispersavam-se com certa dificuldade, movendo-se lenta e desajeitadamente, e sem se afastar muito do centro da reunião; não havia nenhuma formiga que apertasse a pata da outra; e o centro dessa reunião era, invariavelmente, uma formiga do mesmo tipo, porém de corpo um pouco menor. O homem foi ainda mais longe; separou duas formigas de um grupo e as levou para cima da mesa. Pois ficaram um tempo ali, dando voltas sem muito entusiasmo, com atitude de grande desorientação e com escassos reflexos de fuga quando o homem as toureava com um palito. No dia seguinte, não havia cadáveres de formigas em lugar algum; e, curiosamente, também não houve nem uma só formiga que tornasse a se ocupar de minhas iscas; todas estavam dedicadas às suas tarefas individuais.

Deve ter se percebido, ao longo destas linhas, que eu sou fortemente individualista; sou assim por formação — filho único adoentado e superprotegido etc. — mas também por convicção (e que outra saída além de se convencer do que há de bom naquilo que somos obrigados a relevar!); porém não, é claro, sem trabalho e sem culpa, e sem pagar um preço horrível por isso.

Por instantes, sinto, ou penso — através do superego — que essas formigas relaxadas e eu somos como as respectivas células cancerosas de nossos respectivos indivíduos sociais; lutando com o braço quebrado contra o superego, posso chegar a pensar de modo exatamente oposto: essas formigas e eu somos as células salutares de nossas sociedades. Até onde me é dado julgar, considero o formigueiro como um indivíduo absolutamente doentio, decadente e inútil, que só é capaz de bastar a si mesmo (subsistência); e da mesma maneira considero a sociedade humana atual — esse ônibus louco do qual falava no início —; se fosse Deus, só perdoaria os pouquíssimos "homens justos" bíblicos ou, de meu ponto de vista, em virtude desses magníficos indivíduos, sujeitos extraordinários que, assim sendo, ou entraram para a história ou os conhecemos pessoalmente. E os que conheço pessoalmente são extraordinários como sujeitos, não importa sua função social aparente e sua maneira de pensar; encontrei-os em filas comunistas, nazistas, católicas, ocultistas, maçônicas etc., ou apenas como loucos perdidos. Na verdade, o que têm em comum, de um jeito ou de outro, conscientes ou inconscientes, é participar do que chamei de "dimensão ignorada"; e devo avisar que os "fatos", se é que podemos chamá-los assim, que transcorrem ou fazem parte dessa dimensão nem sempre são assimiláveis a experiências "luminosas"; os sujeitos extraordinários podem ter seu lado sinistro, inclusive ser totalmente sinistros e, não obstante, por esse lado sinistro superdimensionado, valer a pena.

Não estou renegando o instinto gregário nem a sociedade humana; estou, justamente, buscando a síntese entre as distintas atitudes e as distintas doutrinas, para que possa ser vislumbrada a possibilidade, mesmo que apenas em teoria, de harmonizar o indivíduo com sua espécie. Mas não tentarei edificar uma ideologia, palavras de conotações e ressonâncias tristes e estreitas; vou me limitar a cumprir meu papel social — o de louco — que, paradoxalmente, consiste em se manter contra o vento e a maré na atitude individualista.

Desviei-me um pouco das formigas que tenho em mente para abordar esse tema que, como disse, me perturba na hora de escrever meu romance com liberdade, porque penso que todo mundo estará contra mim; depois, mais adiante, lamentavelmente devo insistir nele. Agora vou falar de formigas mais antigas, da época do cachorro que farejava com prazer (e do cacho de uvas, caramba), cerca de um ano depois do olhar de olhos verdes, e pouquíssimo tempo depois do término de minha relação com G e de meu ignorado amor por H; foi por causa desse término que, mais uma vez, abandonei tudo e fui, pensava que para morrer — embora não soubesse como —, à casa de praia onde, um ano antes, tinha distribuído jornais e meu casamento havia fenecido. Tive sorte porque, ao descer do ônibus, encontrei um amigo, justo o protótipo do sujeito extraordinário de que falava, que deve ter lido algo em meu rosto, porque, daí em diante, ocupou-se pessoalmente em não me deixar morrer. Não sei quantos dias se passaram até que comecei a sair do profundo estado depressivo e pude, timidamente, ir me interessando pouco a pouco pelos entornos; o mais próximo — sempre se começa por aí — era a própria casa onde eu vivia, que, como costuma acontecer, eu usava, mas não via. É claro, antes que se manifestasse essa atenção, digamos, positiva, em relação às formigas, as uvas e outros seres similares, foi útil para mim ter que me ocupar, de forma mais imediata, em prestar atenção, digamos, negativa, em outra espécie de seres: aranhas e pulgas. As aranhas entravam, suponho, enfiando-se entre as chapas de zinco que serviam de teto — sobre essa casinha de paredes tão finas que um golpe com a mão as fazia tremer, e que davam medo de que se quebrassem a qualquer instante —; umas aranhas negras grandes, com patas bastante grossas, que apesar de tranquilas e inofensivas me provocavam calafrios de terror; eu sabia que seria desagradável matá-las, mas, ao mesmo tempo, achava intolerável a possibilidade de que alguma entrasse em minha cama enquanto eu dormia; o pesadelo diário era, perto da hora de me deitar, descobri-las e assassiná-las uma a uma; em geral, estavam bem à vista, sobre alguma parede, e ao final eu me conformava em matar essas e deixar que as que pudessem estar ocultas continuassem vivendo enquanto não aparecessem; e, assim que eu apagava a luz, tentava afastar essas imagens de minha mente. Essa experiência não era nada luminosa, é claro, mas junto com a formiga que logo apresentarei, e com aquele cachorro, é claro, ajudou a formar essa impressão de que existia uma dimensão ignorada ou que pelo menos eu não tinha levado em conta até então; as aranhas tinham — e têm — tal presença psíquica que com frequência eu sabia onde elas se encontravam antes de acender a luz, quando voltava para a casa à noite.

As pulgas, por sua vez, tomaram posse dos colchões e cobertores com a umidade. Todas as noites, antes de me deitar, tinha que secar a umidade dos lençóis e cobertores e, também, na medida do possível, do colchão e dos travesseiros, com santa paciência, usando a chama de um fogareiro — único meio de calefação que eu possuía. De todo modo, ao me deitar, sentia a umidade que ia subindo das entranhas do colchão; e, junto à umidade, as pulgas; uma infinidade de pulgas pequenininhas que buscavam o calor de meu corpo, e contra às quais eu não podia fazer absolutamente nada, exceto deixá-las andar a seu bel-prazer. Curiosamente, nunca chegaram a me picar; nem senti picadas nem encontrei as pequenas manchas de sangue que costumam deixar nas roupas. Além disso, depois de subirem do colchão e se acomodarem em meu corpo, paravam de se mexer de um lado para o outro e, suponho, dormiam tranquilas; só buscavam calor, ou talvez companhia. De manhã, quando eu acordava, já tinham desaparecido todas, e durante o dia nunca me incomodaram, nem eu encontrei nenhuma, por mais que conferisse detalhadamente as roupas e o corpo.

A umidade cessou, ou se atenuou bastante, quando o vento teve início. Foi um vento constante, lá pelo mês de julho, ou agosto, não lembro, e durou cerca de um mês — ou isso é o que parece agora; de repente estou exagerando, e não quero mentir. Mas do que tenho certeza é de sua insistente e exaustiva permanência. Soprava bem forte, para obrigar as pessoas a andarem sempre pelas ruas formando um ângulo considerável com o chão, seja por caminhar contra ou a favor dele; soprava dia e noite, sem interrupções, sem trégua. As chapas de zinco do meu teto golpeavam constantemente uma contra a outra, o dia todo, a noite toda — substituindo, à noite, os furtivos galopes dos ratos e dos gatos. Depois de um tempo, as pessoas aparentavam estar esgotadas, com os olhos de sofredores, e falavam pouco, como se conservassem suas últimas energias para continuar lutando contra o vento. O mar, sempre bravo, formava, com a intensa batida das ondas, grandes e múltiplos flocos de espuma que o próprio vento se encarregava de distribuir pelo calçadão e por algumas ruas adjacentes, dando a impressão de uma nevasca. Mas eu me perdi nas lembranças do que foi, sem dúvida, a época mais feliz de minha vida — apesar das aranhas, pulgas, ratos, umidade, gatos, vento e algumas outras coisas que não conto para não cansar o leitor —; foi a mais feliz por ter sido a mais livre, por ter rompido absolutamente todos os laços com meu passado imediato e de médio prazo e, segundo acreditava, com a sociedade humana, que eu tinha descoberto como sendo culpada por todos os meus males — sem perceber que também provinha dela todas as minhas benesses, incluindo essa liberdade de que gozava graças à proteção da maravilhosa família que, à sua maneira, tinha me adotado desde que meu amigo me viu descer do ônibus, e sem pensar que essa família era, também, a sociedade humana. De qualquer modo, devo contar que às vezes acordava deprimido, ou raivoso, e minha forma de me curar consistia em ficar na cama, murmurando palavras em voz alta contra a sociedade, e repetindo de novo e de novo "não tenho *nada* para fazer; podem se virar muito bem sem mim; não tenho que fazer *nada*", fórmula que inconscientemente tinha adotado como mantra, prece ou indução ao relaxamento, cuja técnica desconhecia, mas que, logo aprendi, é muito parecida; não fazer nada, pensar em não fazer nada, repetir sem parar a mesma fórmula. E assim meu humor melhorava notavelmente em pouco tempo, e cada vez mais ao longo dos dias. Por que perdi essa liberdade? Como sempre, por uma mulher, mas essa história não corresponde a este romance.

Bem: já chego à formiga. Acabou que nesta casinha havia formigas por todos os lados, do mesmo tipo daquelas que anos mais tarde participaram da orgia: negras, simpáticas, elegantes. Havia entradas de formigueiros, não sei dizer com que finalidade, até mesmo no quarto. Mas minha entrada de formigueiro favorita, por suas condições especiais para observação, encontrava-se no corredor de entrada da casa, quase debaixo do foco de luz elétrica. Um pouco para experimentar, outro para que não se interessassem demais pelo quarto, comecei a deixar alimento perto da entrada dessa caverna. Testei diferentes coisas, e fui descobrindo suas preferências: cascas de limão ou laranja, pedaços de carne e até, numa oportunidade, um pedacinho de sabão. Também doce, pão, balas. Não lembro exatamente o que escolhiam e o que desprezavam (só uma vez levaram o sabão; pegaram apenas uma pequena quantidade, mas depois não voltaram a tocá-lo); lembro-me, sim, que nem sempre se interessavam por uma segunda ou terceira dose de algo que tinha lhes interessado antes; parece que só deviam cobrir certa cota de determinadas substâncias.

Eu as observava com uma lupa que, depois, também utilizava para tirar fotografias me aproximando muito dos objetos pequenos; cascas de árvore, pequenas teias de aranha, pedaços de parede descascada — e isso foi o que me fez sair por completo daquele poço escuro onde G me fez cair (e dou graças a Deus por ter saído, mas também por ter caído). Uma vez, já em estágio de franca experimentação, vi que havia uma só exploradora nos arredores do formigueiro, e fui buscar algo para lhe oferecer, pensando em descobrir como chamaria as outras, algo que nunca pude observar. Trouxe uma isca e deixei perto dela, a um metro ou um pouco mais do formigueiro. Esperei. Quando a formiga descobriu a isca, estudou-a bem por todos os lados e, considerando-a conveniente, fez a última coisa que eu esperava que fizesse: ficou parada sobre duas patas, e seu corpo, num precário equilíbrio auxiliado pelo movimento das patas que agora eram superiores, começou a oscilar devagar, como se percorrido por uma onda; e, ao mesmo tempo, movia ritmicamente as antenas. Tinha algo de guerreiro watusi numa dança ritual.

Mas, se a atitude da formiga se mostrou desconcertante, a resposta do formigueiro foi mais ainda: quase de imediato começaram a surgir, um atrás do outro, os indivíduos em perfeita formação que marchava rumo à isca. Parecia-me impossível acreditar no que via e, ao mesmo tempo, a cena me enchia de uma estranha alegria, como se encontrasse em zonas de meu espírito fatores de ressonância. E mais incrível ainda foi observar que esses indivíduos nem se aproximavam da formiga que continuava transmitindo sua mensagem, mas iam diretamente para a isca e começavam a trabalhar nela como se fosse algo rotineiro, sabendo muito bem o lugar que cada um deveria ocupar e o que fazer. A formiga transmissora foi observada por mim com uma lupa, em todos os detalhes que descrevi sem inventar nada.

Bem, quando, tempos depois, contei essa história a meus amigos, sobretudo aos médicos, que a meu ver deveriam conhecer o tema — eu me perguntava simplesmente o que a formiga usava para se comunicar, se ondas sonoras, odoríferas ou eletromagnéticas ou o quê —, pois esses médicos quase me internam.

Como pensavam que o eletrochoque não era realmente uma boa técnica e eu não podia pagar psicanálise, conformaram-se a rir de jeito bonachão de mim. Depois, a vida me deu razão em várias coisas, inclusive nesta; hoje, um desses médicos admite "ter lido alguma descrição a respeito" e tira a importância do assunto, "que já é conhecido". Caguei para esses filhos da puta. Por que não acreditaram em mim na época? Por que me fizeram duvidar de mim mesmo, nessa dúvida permanente que ainda me persegue em muitas de minhas percepções, assuntos de interesse e reflexões? São uns imbecis; e eu sou imbecil, é claro: em quem vou confiar, se não em mim mesmo?

A formiga, pois, juntou-se ao cachorro — e à moça do olhar dos olhos verdes! — e a tanta coisa que já tinha começado a acontecer comigo, e foi assim que, nessa época, pude escrever um romance (não sem antes ter lido *América* e *O castelo*; Kafka representou para mim algo como um irmão mais velho, que tinha chegado antes a uma visão de mundo parecida com a que eu estava descobrindo; mas, sobretudo, convenceu-me de que não era necessário *escrever bem*). (Não disse "merda!", como García Márquez, mas falei algo como "caralho!".) Foi nesse ambiente de fermentação espiritual, rodeado por uma natureza agressiva, porém saudável, e com essa tremenda — e dolorosa, difícil — liberdade que havia conquistado que, mais uma vez, acordei deprimido uma manhã. Através da janela via um céu cinza, e se olhava para a minha própria mente também via um céu cinza. Não sei por que tinha recaído numa tristeza um pouco feia, com algo de cansaço, angústia surda, teto baixo. Levantei-me com indiferença e andei em círculos pelo quarto; não imagino o que mais posso ter feito, sempre com esse humor cinzento, até que me ocorreu, pela primeira vez desde que estava ali, apoiar os cotovelos no batente da janela e olhar para fora; provavelmente não tinha me ocorrido antes porque, ou ficava na cama repetindo meu mantra antissocial, ou me levantava e saía logo em seguida, e ficava fora o dia todo — pois, nessa época, passava o dia inteiro fora de casa. Olhei, pois, por um tempo pela janela, até que, de repente, para a minha grande surpresa, tive a impressão de distinguir uma forma familiar entre as folhas do parreiral que serviam de teto para o jardim em frente à casa; olhei bem e, de fato, fui inundado por uma alegria imensa: havia ali um cacho de uvas, milagrosamente esquecido por quem tinha vivido nessa casa durante a temporada, e que não tinha sido descoberto pelos garotos da vizinhança. Saí rapidamente, pela primeira vez em muitíssimos anos, com uma autêntica oração ao Senhor, de agradecimento e de felicidade; arranquei o cacho, de tamanho médio, com uvas escuras, muito cheias e gordinhas; lavei o cacho na torneira do tanque onde eu lavava a roupa, e comecei a comer as uvas com deleite, uma a uma. Já era julho, ou fins de junho; as uvas tinham virado vinho e eu, que tinha bebido álcool de forma autodestrutiva e agora o rejeitava com repulsa, recebi esse álcool para o café da manhã como uma verdadeira bênção, como um presente de Deus; o que era, de fato, pois Deus tinha traçado todos os meus passos para que eu chegasse a esse sinal, preparado cuidadosamente para mim; tinha tornado o cacho invisível para muitas pessoas, com a única finalidade de que eu o recebesse na forma de um vinho que, Ele sabia, eu ainda não estava em condições de pedir em nenhuma missa. O céu, sempre cinzento, me parecia brilhante. E me embebedei com essa pequena quantidade de vinho abençoado, e comecei a cantar a plenos pulmões, e fui me deitar cantando e dormi cantando, e acordei com a plena consciência de que Deus existe e me ama; de que existe uma dimensão da realidade que estamos muito ocupados em esconder; e eu nunca mais perderia de vista essa dimensão, embora recaísse milhares de vezes na depressão e na ausência de Deus em minha vida — como agora, por exemplo —; nunca a existência de Deus voltaria a ser um tema de discussão, embora com frequência mude de forma, símbolo, lugar e até de sexo.

Eu já suspeitava, de toda maneira, que, não interessa como contasse essa história das uvas, o leitor ia se frustrar. Não há nada de mágico, nada de inexplicável, e minhas conclusões, que acabo de registrar, não se extraem da história de modo lógico e racional. Precisamente por isso foi tão difícil chegar a esse trecho das uvas, e cheguei por um caminho que não esperava, falando de formigas, embora elas também fossem pretas. Além disso, não se trata de conclusões. A existência de Deus não se extrai naturalmente da história, mas surgiu em mim ao mesmo tempo que a percepção do cacho entre as folhas da parreira. Não me converti por evidenciar um milagre, mas a história virou milagrosa por essa presença de Deus que se revelou simultaneamente em mim. Podia não ter sido com uvas. As uvas são como minha ajuda-memória para fixar o que senti naquele momento, e o que senti não pode ser explicado, nem posso sequer evocar com palavras. Um sentimento mudo de maravilhamento, que em outras mil histórias chamativas, mais chamativas do que essa, não esteve presente; e que, muitas vezes, depois, esteve presente sem necessidade de nenhuma ajuda-memória.

A história das uvas marca a transição, o eixo, o ponto de máxima gravidade entre uma forma de viver, ser e pensar, e outra, completamente diferente, que teve que abrir caminho destroçando a anterior; como a segunda parte de um movimento pendular — a moça de olhos verdes me empurrou para lá; atravessei vertiginosamente, preso por uma corda, um abismo interminável que se abria debaixo de meu corpo, e no outro extremo a mão de Deus que me recebia, e, como o arco-íris bíblico, selava o pacto com esse vinho, para mim sagrado.

Quarto-quinto capítulo

Estava sentado, lendo um livro, debaixo de uma árvore que lembro como sendo um pessegueiro que dava pêssegos estragados, impossíveis de comer, mas que, agora, me parece grande demais para ser um pessegueiro; não importa. Estava lendo quando, de repente, tive uma repentina necessidade de suspender a leitura e olhar para cima. Fiz bem: vinha descendo uma aranha da copa da árvore, num ritmo constante e bem veloz, justo em direção à minha cabeça. Não era uma aranha grande, daquelas que entravam na casinha, mas suas patas desdobradas faziam com que parecesse imponente. E, como se verá, tinha um bom peso. Embora nessa época — não posso lembrar se foi na época do olhar de olhos verdes ou na do cachorro ou na da formiga, mas penso que deve ter sido a primeira, porque eu estava de alpargatas —; a época pós-G, por outro lado, que ocupa uma parte do capítulo anterior, ocorreu principalmente no final do outono e no inverno, e não acho que eu estaria lendo de alpargatas no jardim em frente à casa. Talvez fosse uma época posterior…

Embora nessa época, como eu ia dizendo, tenha ficado surpreso com o fato de ter olhado para cima justo no momento, e não é por isso que estou contando agora, e sim pelo que vem a seguir: dei um salto para um lado, tirei as alpargatas, peguei uma em cada mão e esperei, atentamente, o momento preciso para dar o golpe; poderia ter estirado os braços e alcançado neste mesmo instante a aranha, mas, não tanto por preguiça e sim para dar a ela uma oportunidade de se arrepender, já que não gosto de matar ninguém se possível, preferi esperar que, prosseguindo seu caminho de descida, a aranha se pusesse por conta própria entre os dois sapatos de sola de juta. E me frustrei, não porque ela se arrependeu — pelo contrário, continuou sua descida nesse mesmo ritmo um pouco maníaco —, e sim porque, causando-me a segunda grande surpresa desse breve lapso, alguém arrebatou a presa de mim.

Depois, quando fiz o Preparatório Noturno de Medicina, estudei isto nos livros: há uma vespa, cujo nome não serei capaz de lembrar por nada no mundo agora, que é especialista em caçar aranhas. Ela as imobiliza, depois crava certo ferrão posterior, por meio do qual injeta seus ovos fecundados no corpo da aranha — que continua viva e imóvel — e ali a deixa. Dos ovos saem larvas, que vão se alimentando do organismo da aranha até destruí-lo por completo, no método de tortura mais diabólico já inventado pela Natureza. É importante que a aranha viva o maior tempo possível, para que as larvas possam crescer graças a um alimento fresco, são e nutritivo; portanto, a Natureza as concebeu para que os órgãos vitais sejam atacados só num último momento, quando as vespinhas estão prontas para enfrentar o mundo por conta própria. Conto da mesma maneira como me foi contado. Mas, naquela época, eu ignorava tudo isso, e o que vi foi que algo furioso, que vinha de muito longe diretamente em nossa direção, atropelava a aranha que quase, quase estava para ficar entre meus sapatos, e ambas se reviravam furiosamente pelo chão; a luta foi tremenda, apesar de sua brevidade, e quando me recuperei da surpresa pude ver com clareza, a alguns metros de mim sobre o chão, que foi uma vespa quem atacou e que a aranha já estava imobilizada quase por completo; apenas mexia com fraqueza uma de suas patas. Pensei que estava morrendo.

Fui me aproximando sem que a vespa desse o menor sinal de se sentir incomodada em minha presença; estava muito atarefada, ainda que a luta tivesse terminado. Quando pude olhar bem de perto o que acontecia, senti-me maravilhado: a vespa tinha algo como um serrote no nariz, e com ele cortava, uma a uma, as patas da aranha. Deixou o corpo sem nada, e de alguma maneira o carregou nos ombros — sempre com movimentos nervosos, como os de uma dona de casa que espera visitas para o jantar e precisa cuidar de mil detalhes — e tentou voar. O peso da aranha a impedia de fazer longos voos; mais pareciam grandes saltos, de um par de metros, elevava-se um pouco e em seguida caía ao solo. Mas, de um jeito ou de outro, foi levando-a, sabe-se lá até onde; eu a perdi de vista ao chegar na esquina, a meia quadra de casa, porque de todo modo não tinha interesse em averiguar onde a vespa vivia. E por que conto isso, que pode ser lido com mais detalhes em qualquer livro didático? Conto porque foi uma das experiências que, de um modo ou de outro, ajudou-me a pensar, ou talvez a não pensar; darei um jeito de explicar melhor.

Você nunca pensou, olhando para um inseto, ou uma flor, ou uma árvore, que, por um instante, a estrutura de valores, ou a hierarquia, estava sendo alterada? Não sei quando foi a primeira vez — talvez na infância, embora essa história da vespa caçadora me pareça a primeira —, mas sei que me aconteceu várias vezes. É como se olhasse o universo do ponto de vista da vespa — ou da formiga, do cachorro, da flor — e descobrisse que este é mais válido do que meu próprio ponto de vista. De repente, perdem o sentido a civilização, a História, o carro, a lata de cerveja, o vizinho, o pensamento, a palavra, o homem em si e seu lugar indiscutível no vértice da pirâmide dos seres vivos. Toda forma de vida me parece, neste momento, equivalente. E, como tentarei mostrar a seguir, o inanimado deixa de ser assim e não há espaço para uma não vida.

Quero dizer: abismado na contemplação do trabalho, agitadíssimo, da vespa, compreendo de repente a tremenda importância desse trabalho, e sua precisão, e o que custou à sua espécie chegar nisso, e sinto, embora neste momento não pense nada, que não é algo inútil, desprezível ou secundário; que os jornais estão cheios de notícias que talvez não tenham o mesmo peso informativo do que essa história que acabo de contar; ou que, de outro ângulo, a vespa não se importa com a cotação do dólar ou o duplo homicídio na rua X e que, por outro lado, ela é importante para si mesma como eu sou para mim, e que é importante em si, que Algo se importa; ou, de outro ângulo, que, se eu fosse uma vespa, não sentiria diante dos homens nenhum complexo de inferioridade. Há árvores que me fizeram pensar o mesmo. E pedras.

Não sei dizer isso de uma forma melhor. Provavelmente porque me assusta um pouco e não quis aprofundar e desenvolver esse sentimento quase secreto, secreto até para mim mesmo. Intuo que há, ali, uma verdade imensa, que ali está, simplesmente, a verdade; mas para compreender isso integramente, tanto quanto para poder explicar melhor, seria perigoso demais. Não sei por quê. Ou sim, sei.

Onde, meu Deus, transcorre a vida? O homem se reproduz utilizando o espermatozoide e o óvulo, ou o homem é um instrumento do espermatozoide e do óvulo, um estojo de luxo? Onde pôr a ênfase, no ovo ou na galinha? O essencial, o importante, o que vai permanecer, o que realmente é — desvanecendo toda a aparência —, é micro ou macro, ou alguma outra categoria desconhecida? Para quem estamos trabalhando? Para quê? E etc.

(Noto que todas as psicoterapias, todos os meus esforços de adaptação, este viver na Terra, minha aparência decente ou mais ou menos normal dos últimos anos, é só um verniz ou uma forma de simulação, que se desvanece como por encanto quando mal começo a escrever, a pensar, a tentar me resgatar de minhas depressões, a enfrentar a ideia da morte que a necessidade de me operar gerou — quando busco os recursos da vida e da esperança, encontro-me com essas coisas, sempre essas queridas coisas.)

Sim, eu sei; até o bom Jung pensava que a *participation mystique* implica uma forma de percepção regressiva, correspondente ao período anterior da formação de um "eu" na criança. Mas este "eu" não estará hipertrofiado em nós, não terá crescido às custas de uma formação psíquica que seria a fonte de saúde da humanidade? Dito em outras palavras: há alguém, por Deus, que esteja satisfeito com isso que chamam de "realidade"? Há algum imbecil que pense que o mundo é habitável? Sim, sim, eu sei; há sim, há sim, há sim. Enfim.

Um paciente paranoico foi quem meio que convenceu Freud da existência de uma antiga linguagem, de que a linguagem dos sonhos seria um vestígio sobrevivente; e Freud pensa que essa linguagem onírica abunda tanto em símbolos que se referem ao sexo por ser a atividade sexual a ocupação principal da humanidade antes que certas condições (não explicadas) fizessem necessário reprimir o sexo a favor do *trabalho*; o "princípio do prazer" subjugado pelo "princípio de realidade". Por que "a realidade" é o trabalho e não o sexo? Mas prestem atenção, psicólogos, filósofos, operários e público em geral: tenho comigo uma pequena maravilha da técnica contemporânea, que me custou apenas trinta dólares, e estou pagando em módicas parcelas em pesos uruguaios (estou falando de uma calculadora-relógio-

-agenda). Com muitos poucos dólares a mais, pode-se fabricar, e de fato deve estar sendo feito, um aparelhinho não muito mais complexo do que esse, não muito maior ou mais pesado, que seja capaz, por exemplo, de manter uma fábrica em funcionamento com um ou dois operários que se alternam para dar uma olhada de quando em quando. A tecnologia contemporânea é quase o triunfo do espírito sobre a matéria, e por esse mesmo motivo é, e não há outra possibilidade, o começo da outra volta do parafuso, de outro movimento pendular. Sabe o leitor por que ainda existem no mundo operários e empregados? Porque são, ao mesmo tempo, consumidores. Sabe o que aconteceria se esses operários e empregados parassem de consumir? O que aconteceu com os charruas? O que acontece sempre que alguém com músculos fortes, ou seus equivalentes técnicos, incomoda a presença de alguém mais fraco ou mais atrasado? De qualquer maneira, operários e empregados, vocês estão condenados; no melhor dos casos, a uma extinção lenta e progressiva; e, no melhor do melhor dos casos, a um trânsito rumo a um nível superior de educação e vida. (Enquanto isso, por favor, não parem de consumir; pois, para produzir, realmente já não precisam de vocês.)

Queria dizer que hoje, estando o homem liberado da necessidade do trabalho, e se levarmos a sério as teorias de Freud e de seu paranoico, podemos muito bem voltar ao "princípio do prazer", cuspindo sobre o "princípio de realidade". Vejamos o que pensarão, então, da *participation mystique* dos psicólogos, e quais serão suas pautas de saúde mental, se é que então restará de pé alguma pauta (e algum psicólogo).

Temo que o leitor não tenha me acompanhado nessa série de incursões panfletárias, um pouco desconexas. Em todo caso, sintetizo: acho que tudo está indo à merda, por bem ou por mal (mas, o que é o bem e o que é o mal?). Que, com todo o conhecimento que obtivemos, já não podemos continuar sendo imbecis por muito tempo. Ninguém vai pagar salários mensais a uma centena de operários, podendo cuidar do que fazem com um aparelhinho quase imaterial de um dólar e noventa e cinco centavos. Toda uma sociedade baseada no trabalho alienado, na escravidão física, intelectual, moral e espiritual, será inexoravelmente derrubada pela obra e graça dela mesma e de seus vícios, e, ao mesmo tempo, da imposição de uma real realidade: a força do espírito, e dará passagem ou a um nada nuclear, ou a uma sociedade orientada ao *prazer.* E no centro do prazer está a possibilidade da *participation mystique*, ou seja, do desmoronamento de um eu hipertrofiado a favor da percepção da realidade *com todas as suas dimensões* ou, pelo menos, com todas as dimensões que somos capazes de perceber, embora não utilizemos, claro, esse direito natural.

Tenho noção do perigo que significa dizer essas coisas, mas estou cansado de calar como se fosse um crime dizer isso. Conheci o caso de um rapaz que um dia descobriu que gostava de ir ao zoológico. Sentia-se bem entre os animais, embora estivessem enjaulados. Sentia-se tão bem que pouco a pouco foi se dando conta de que podia se comunicar com alguns deles. Cometeu o erro de comentar isso com seu psicanalista. Acredite, leitor, não voltou a ser o mesmo de antes; ninguém volta a ser, depois de uma boa série de eletrochoques. Sabendo disso, abstive-me de comentar que, uma vez, conheci umas rochas enormes, que se evidenciavam numa praia como dorsos de baleias, com as quais era possível entabular uma conversa quente. Abstive-me de comentar que, uma vez, a luz de um semáforo me fez saber que eu — e também ela, é claro — estava vivo; não me disse isso em palavras, pois, assim como as rochas, os semáforos não falam nossa língua; simplesmente eu compreendi a sua. Abstive-me de comentar, por anos e anos, que a mão de uma mulher me acariciou o rosto, a uma distância de uns quatro ou cinco quilômetros, e que outra mulher, a uma distância de cem quilômetros, mordeu minhas costas. E que outra mulher, a uma distância similar, disse meu nome e eu a escutei. Abstive-me de comentar, por anos e anos, que tenho elementos para supor que, de alguma maneira superposta ao nosso mundo conhecido, existe uma — dimensão? — povoada de seres imensos, invisíveis e intangíveis, que não possuem, pelo visto, nenhum interesse em nós. Abstive--me de comentar, por anos e anos, que uma planta fabricou certa vez uma semente muito estranha por influência de meu amor por uma mulher; que me comuniquei telepaticamente com um cachorro e que, anos depois, na noite em que esse mesmo cachorro foi envenenado, sonhei com ele, a muitos quilômetros de distância — sonhei que fazia muito frio, que estava nevando, que encontrava esse cachorro na rua e o pegava nos braços, e a neve caía e caía sobre nós. Abstive-me de comentar, por anos e anos, que soube que as flores viajam sem sair do lugar, ou sonham. Abstive-me de comentar, por anos e anos, que uma vez pude enxergar as cores de uma paisagem — num sonho — com a mente de um amigo pintor; e que uma vez escutei uma canção com a mente de outra pessoa. E me abstive de comentar muitas outras coisas que continuo me abstendo de comentar.

No assunto das rochas, não vou negar, C teve um papel decisivo — a moça de dezoito anos de, pelo que sei, hímen intacto. Uma vez me convenceu a fazer um certo passeio, até um lugar que só posso suspeitar vagamente de onde fica, dado meu conhecimento limitado, fragmentário e muito impreciso da cidade em que habito. Muitas vezes tinha me falado, em seu peculiar estilo críptico e entre longos e meditativos silêncios, de "seu" lugar; um lugar que ela tinha descoberto e que, se na Terra houvesse justiça, deveria ser sua propriedade: era seu refúgio, sua paz, sua válvula de escape, seu mito. E, bem, com tanta propaganda prévia — e eu era jovem, e meu espírito de aventura não tinha morrido por completo —, finalmente aceitei. Naquele dia — escolhido por ela, é claro — deveríamos nos encontrar em tal hora numa pequena praça. Explicou-me que ônibus pegar, onde pegá-lo e onde descer. E lá fui eu. O ônibus rodou e rodou por ruas desconhecidas durante muito tempo, quase o suficiente para sair dos limites da cidade. Desci com total precisão no local combinado — um pracinha que nunca vi nem jamais voltei a ver depois — e ela apareceu com se tivéssemos sincronizado nossos relógios. Ali me deu a notícia: era preciso pegar outro ônibus. Não me pergunte qual. Pegamos outro ônibus, que rodou e rodou e rodou — muito mais tempo, ou assim sentiram minhas nádegas, do que o anterior. Bem poderíamos ter saído das fronteiras do país ou do planeta. Os edifícios iam ficando mais esparsos, e descemos num lugar que podia muito bem ter sido o pampa infinito. A partir daí, caminhamos. E não pouco. Não lembro se foi na ida ou na volta que passamos entre o que pareciam ser chácaras, ou fazendas, com árvores frutíferas carregadas de, justamente, frutas. Não lembro outros sinais de vida humana além dessas árvores bem cuidadas e as cercas que tentavam protegê-las; C, devo dizer, assim como roubava flores, sabia também roubar frutas. Não consigo lembrar se roubou neste dia, ou se simplesmente me contou que roubava; mas penso lembrar que fomos comendo algo pelo caminho. Ela estava com os olhos brilhando, cheia de vida e entusiasmo; gostava da ideia de compartilhar seu lugar secreto comigo, e acima de tudo, creio, gostava de me ver tão desprotegido e ignorante acerca de nossa geografia, assumir ela o comando, que eu me entregasse mansamente aos seus desígnios. O que também lembro claramente é a aproximação, depois de muita caminhada, ao lugar assinalado. Uma paisagem agreste, um solo pedregoso, duro, onde cresciam com dificuldade umas matas hirsutas e algumas arvorezinhas e arbustos retorcidos — amplificados por todas as características daquela tarde: como acompanhando esse hálito trágico que nos rondava sempre que estávamos juntos, por mais que nos sentíssemos bem ou estivéssemos alegres, o dia de sol virou tempestuoso. Grandes e pesadas nuvens surgiram de repente — ou como se nós tivéssemos caminhado tanto a ponto de mudar de clima — e acinzentaram tudo e provocaram tremendos contrastes de luz e sombra que realçavam os significados das coisas simples — a grama, os arbustos, as pedras, e depois as rochas. Campos protegidos por telas. Um cartaz: propriedade privada, proibido passar. O enganchar das roupas no arame farpado. "Tem certeza de que podemos passar aqui?" Ela ria, feliz. "Às vezes nos expulsam a tiros." Eu olhava para todos os lados sem ver ninguém, mas não teria desprezado, de modo algum, um convite a nos forçar a dar meia-volta e sair correndo. Insinuei alguma coisa assim; que o passeio estava muito lindo, mas que, na verdade, o tempo parecia virar; estava prestes a chover a cântaros. Gargalhada feliz dela, tilintante, desenfreada, perversa de um jeito infantil e encantador. E chegamos à prainha — um lugar em que entrava um mar que saía não sei de onde, formando uma pequena baía ou enseada, desses lugares ideais para contrabandistas marítimos, e acho que ela me contou alguma história a respeito. Praia sem areia, ou com areia escassa e grossa e, sobretudo, pedregulhos e pedras maiores — e aquelas rochas, negras, lisas, como dorsos de baleias encalhadas, prisioneiras da terra, na ilusória espera de uma liberação.

Soprava o vento. Ela procurava esses lugares com muito vento e água salgada. Às vezes me levava pelos arredores do porto, onde também havia alguns cantos mágicos, próprios, e eu deveria esperar que ela cumprisse seu ritual de dar a cara ao vento, como se precisasse respirá-lo enchendo-se de lágrimas, às vezes por um bom tempo. Parecia estar orando, e teria sido inútil falar com ela. Ela sabia quando isso terminava. Ali, na prainha, fez o mesmo. Tirou os sapatos e as meias, arregaçou as calças e entrou na água, com o rosto para o vento, que agora trazia também algumas gotas d'água minúsculas. Eu levantei a gola do casaco e busquei me refugiar junto a um dos grandes dorsos de baleia, com um estado de ânimo que não me era de todo estranho; me fazia lembrar o cansaço e a dor de cabeça que invariavelmente seguiam minhas tentativas de violá-la, ou pior ainda, suas pequenas concessões — quando, ocasionalmente, permitia, ou pelo menos opunha uma fraca resistência, a que eu descobrisse seus peitos e os amassasse e os beijasse e os chupasse e os aspirasse e voltasse a amassar e a beijar e a chupar e a aspirar até que as sucessivas ereções me deixassem com o membro feito uma gosma, pequenino e úmido, e uma progressiva inflamação me subia dos testículos aos rins e da nuca aos seios da face; época heroica aquela, sem dúvida. Bom, assim, mas sem dor, eu me sentia naquela tarde. Estúpido, vítima do capricho estúpido de uma garota estúpida — e ela vai ver só quando estivermos apenas nós dois em minha casa... Ela estava com o rosto para o mar. Sentei-me na rocha, apoiei uma mão nela e a senti palpitando. O que palpitava? Minha mão ou a rocha? É claro, minha mão. Mas que morna, que quentinha é essa rocha. Como se estivesse viva. Parece que era o lombo de um animal semienterrado, tão morna, tão lisa... E por que minha mão palpita, se é realmente ela que palpita? Isso é estranho, isso é muito estranho.

E meu estado de humor mudou. Não sei que espécie de trabalho psíquico ela realizava, a uns trinta metros de mim e de minha rocha, mas a verdade é que meu estado de ânimo mudou por completo e, sim, lá estava outra vez essa dimensão que me faltava, que me falta sempre, e que serenidade, que lindo calor, como me sinto seguro, como tudo está bem. Obrigado, C; obrigado, obrigado, C, por seu passeio, e sua praia e seu segredo. Podem vir, sem problemas, nos arrancar daqui a tiros. Podem soltar os cachorros. Quem será tão idiota a ponto de gastar seu tempo sentindo medo? Dispare, dispare logo de uma vez sua pistola, canalhinha do cartaz: pode me matar, mas sou eterno. Esta rocha me ama. Esta garota me ama. Esta praia me ama. Este céu, este vento, estas gaivotas, estes cascalhos. Deus! Bendito seja, e bendita seja tua Criação, pelos séculos dos séculos, amém. E bendita seja tua lei do amor.

Não espere que eu conte o que conversamos com a rocha, pois não sei. Mas tenho certeza de que nós dois aprendemos segredos da vida que, depois, foram aflorando aos poucos, nos momentos de necessidade. Nisso consiste o verdadeiro aprendizado. Não saber que se sabe, e de repente saber.

O final da história não vale a pena. De repente, a comunicação foi cortada. Fome, frio, noite, viagem interminável. Ela completou seu céu com o rosto para o vento e eu o meu nessas rochas, e voltamos em silêncio. Não lembro se ela foi para a minha casa, nem, se foi, o que aconteceu com seus peitos. Talvez tenha descido naquela praça. Não sei, não importa.

A história do semáforo é mais curta, mas teve uma intensidade similar. Dessa vez, nada de feiticeiras ou de outro tipo de intermediários. O semáforo e eu. Um velho e conhecido semáforo, perto de casa. Eu esperava que a luz mudasse, para atravessar a rua. Era de tarde, provavelmente no pôr do sol; o pôr do sol que nunca enxergamos na cidade. O céu estava tingido de uma infinidade de matizes de cores opacas, entre laranjas e violetas com muito de uma escuridão crescente. Os edifícios arruínam tudo, é pouco o que podemos ver do céu — um dia, apesar disso, conto que vinha abobalhado contemplando umas nuvens rosadas que acolchoavam o céu ao entardecer; nuvens de outono que pressagiam o frio. Encontrei-me com um conhecido, alguém do bairro com quem sempre cruzava. "Que maravilha, o céu, não?", falei. Não posso descrever o olhar que ele me lançou. "Ah, sim", disse, mas dava para ver claramente seu pensamento, algo acerca de um imbecil de merda que caminha com a boca aberta olhando para cima. Assim é a vida, leitorzinho.

Então eu olhava, aquela tarde, não para o semáforo à minha frente, e sim para o que estava ao lado. Não sei por quê. E o vi mudar do verde para o amarelo, e não me disse nada além de "atenção", e do amarelo para o vermelho e aí, sim, blop, um jorro de sangue, de vida, de amor, um "Olá, meu amor, como está?", um "Deus existe e lembra de você" — sei lá, a mensagem mais perfeita, mais redonda e completa de amor e solidariedade. O riso e o pranto, esse doloroso prazer de estar vivo, a onda palpitante de animação. Passou o Espírito por essa luz vermelha, como pode passar por qualquer outro lugar — e uma só vez. Nos anos seguintes, e venho observando, o mesmo semáforo continuou sendo só um velho semáforo. Aquela tarde, não obstante, me deu vida, alento, calor; ajudou-me a continuar vivendo, e me ensinou algo bom — algo que, depois, fora aflorando pouco a pouco, e na medida do necessário, como dizia hoje.

E bem. Vamos chamá-la de I, por que não, I me disse uma tarde: "Ontem, antes de dormir, pensava em você. Pensava que acariciava seu rosto". Sim, eu tinha sentido essa suave pressão, quase um sopro, e sabia, não sei como, que era ela (provavelmente porque junto à carícia senti o aroma de um perfume, que talvez reconheci; era o mesmo que usava quando a vi depois e me contou sobre sua carícia). Isso foi confirmado, por isso estou contando. Outras vezes, casos similares não puderam ser confirmados; esses casos eu guardo para mim.

Tenho uma coceira incômoda nas costas, um tanto dolorosa. Eu me coço. No dia seguinte, sinto novamente a mesma coisa, e não passa. Devo viajar a um lugar que fica a uns cem quilômetros. Ao sair de casa, dou uma olhada na caixa de correio: há uma carta para mim, mas não a levarei agora — não sei por quê, talvez porque reconhecera a letra e sabia que essas cartas nunca são urgentes, e porque pensava ver nas próximas horas a pessoa que me enviara a correspondência, justo naquele lugar para onde me dispunha a viajar. Viajo. Quando chego, como essa coceira continua, peço a alguém em quem confio para que dê uma examinada em minhas costas. Levanto a camisa. Essa pessoa diz: "Você está com uma mordida. Quem te mordeu?". "Ninguém me mordeu", respondo. "Dá para ver claramente as marcas de dentes, superiores e inferiores. Dentes de uma pessoa." E essa pessoa de minha completa confiança que observa minhas costas, e que é minha mãe, me encara com um velho olhar desconfiado. "Sei que você não vai contar à sua velha mãe de suas aventuras eróticas", pensa, sem dúvida, "mas você deveria saber, de toda maneira, que não nasci ontem." Ela me passou uma pomada porque pensou que havia um princípio de infecção.

Volto a casa, e volto sem ter visitado a pessoa que me enviou aquela carta; simplesmente porque "não tinha vontade de visitá-la"; passo pela caixa de correio, abro a carta. "Outra noite, sonhei que mordia suas costas..." Minha amiga O assina. Pense o que quiser; não vou acrescentar uma só palavra a essa história.

E me cansa continuar desenvolvendo esses pequenos assuntos que anotei mais acima. A história da voz que ouvi também se confirmou pontualmente, até com a hora exata. O cachorro, de fato, tinha morrido envenenado na noite em que sonhei com ele e com a neve. Do resto, e de outras coisas que não mencionei, pode ser que fale mais adiante, se vier ao caso. Não prometo nada. Agora, preciso sair para buscar o *daemon* que, verdade seja dita, acompanhou-me até minha despedida das rochas como dorsos de baleias, e depois evaporou. Bom, suponho que não será nada difícil adivinhar onde encontrei o *daemon*: de fato, lá está ele, preso gulosamente mais uma vez naqueles peitos mencionados em linhas anteriores. Apalpa, sorve, contempla, amassa, lambe, admira — um verdadeiro porco. "Vem, *daemon*", digo, "ou meu romance se perde, se é que já não se perdeu. Lembra-se, *daemon*, do que se trata o romance luminoso? Queremos escrever algo que ressoe como um hino, que desperte as mentes adormecidas, que faça vibrar a dimensão ignorada em ondas impossíveis de conter, para a grande glória de Deus." Ele, como forma de resposta, tateia levemente esses peitos como se os pesasse, e me fita, dizendo-me com seu olhar: "Que hino melhor — que glória maior? Imbecil!", e continua apalpando-os. Eu, pessoalmente, não esclareço por completo a relação, ou as relações — pois são muitas — entre a religião e o sexo. Teria muito que filosofar a respeito. Porém, vou me limitar agora a uma imagem, que foi sugerida, é claro, pelo *daemon*, imagem que vale mais do que mil palavras, e se refere a essa difícil, embora imprescindível, relação entre a religião e o sexo. Trata-se de Q (saltei a P, para evitar suspeitas e piadinhas; antes, tinha chamado de O a que me mordeu as costas, porque J, K, L, M e N têm outras conotações, e Ñ não me parece elegante). Q era uma garota amiga que, também, tinha algo de especial em matéria de peitos (aquela outra, O, talvez fosse a campeã — mas não tenho a menor desculpa válida para falar de seus peitos neste romance, pelo menos agora. E é uma pena, porque mereceriam um romance inteiro). Se a amizade entre mim e ela (estou falando de Q) foi longa, o romance foi bastante curto, por muitos motivos; e penso que fundamentalmente por um em específico: para fazer sexo, tirava tudo o que vestia exceto um enorme crucifixo, com Cristo e tudo, que deixava pendurado no pescoço; e um Cristo particularmente mortificado, retorcido, com expressão de angústia — uma angústia muito compreensível, além do mais. Se eu sugerisse que tudo seria mais cômodo e fácil se, além disso, tirasse o crucifixo, ela respondia: "Não é o Deus do amor?" — e ponto final. Veja você, leitor — e que desta vez as leitoras do sexo feminino me desculpem pela exclusão obrigatória —, veja você, leitor, como ter uma boa ereção diante da imagem do Redentor sofrendo, por mais bem localizado que estivesse entre aquelas tetas magníficas? Você, talvez — como bom ateu. Eu, não. Era muito difícil, acredite, muito difícil. A moça era linda, doce, suave, cálida, perfumada — um verdadeiro luxo. Você fechava os olhos e se deixava levar e, por um instante, esquecia-se de tudo, e de repente, *crac*, o crucifixo batia na boca, ou no olho, ou arranhava a bochecha. Ou abria os olhos — e é preciso abri-los, é claro, e bem abertos — e lá desfilava inevitavelmente a História Sagrada, a Morte e a Ressurreição, a Sexta-Feira Santa, o Sábado de Aleluia e o Domingo de Páscoa; as três negações de Pedro, o sermão da montanha, as bodas de Canaã, a ressurreição de Lázaro… enfim, o Apocalipse. A imagem do Redentor, que impõe, mesmo se você não for exatamente um beato, um respeito sobrenatural; que predispõe ao exame da consciência e à confissão dos pecados, contraposta àqueles mamilos eretos e cobertos de saliva e… enfim: conseguia levar numa boa, mas depois disso minha cabeça, coluna e rins ficavam destruídos. Penso que essas coisas não deveriam se misturar, apesar de que, certamente, "é o Deus do amor", e da existência de uma íntima e profunda relação entre religião e sexo. Adeus, Q. Temo, por instantes, que meu romance luminoso se transforme numa mescla desse tipo. Quero pensar que não. Quero pensar que soube equilibrar os polos do que penso ser um fenômeno único. Temo, também, que seja considerado cínico, mentiroso ou herege. Herege talvez eu seja, e tenho uma teoria para me defender (muito simples, além disso: se o cristianismo foi imposto a sangue e fogo e dinheiro e Inquisição e umas várias coisas do estilo, e eis-nos aqui, educados sem alternativas e com a jaula do dogma — e pior: da superstição popular emanada de um dogma mal digerido —, temos direito, pois, a fazer todas as adaptações necessárias para poder continuar sendo crentes — e, ao mesmo tempo, ser livres). Mas, queira-se ou não, vou chegando, sem ter me proposto a isso — partindo de uns mamilos eretos —, à minha conversão. Ou "conversão"; que isso é algo que também não está nada claro para mim. Não sei qual é, hoje, minha exata relação com a Igreja — e estou escrevendo isso, em parte, também para descobrir. Também não sei qual será amanhã minha relação com a Igreja: estou aberto, ou quase. Mas que houve uma conversão, houve; e que foi uma experiência luminosa, foi.

Primeira comunhão

Quando me mudei para este apartamento, há alguns anos, achei simpática a descoberta de um azulejo que se via do alto da escada, acima da porta, que tinha uma imagem da Virgem. Mais abaixo, presa ao dintel, havia uma plaquinha com as palavras "Ave Maria Puríssima". Pensei numa fazenda: alguém espalma as mãos e grita: "Ave Maria Puríssima", e eu respondo de dentro, também gritando, entre latidos dos cães: "Concebida sem pecado!".

Esse azulejinho me ajudou a me sentir protegido na aventura de viver sozinho depois de ter perdido o costume. Não faz muito tempo, uma aluna que saía da minha casa depois do fim da oficina, da porta do elevador se virou e apontou para o azulejo.

— Você é católico? — perguntou.

Fiquei olhando para ela por vários segundos, num estado de extrema perplexidade. Tratava-se de uma pergunta para a qual eu não tinha resposta.

— Não sei o que te dizer — respondi, e a questão ficou dando voltas em minha mente por muito tempo depois que os alunos foram embora, e continuou aparecendo e dando voltas por vários dias. Uma tarde, na cozinha, enquanto eu lavava a louça — maravilhosa oportunidade de reflexão —, encontrei a resposta. Formulei-a de forma lenta e clara: "Sim, sou católico, da mesma maneira que sou uruguaio". Não por escolha, e sim por nascimento.

É claro, minha entrada nesta nação foi através de minha mãe; e, menos evidentemente, também foi através dela que tive meu primeiro contato com a Igreja. O que em outros países teria sido o normal e comum, neste tinha se transformado numa possibilidade que dependia do acaso. Não soube se por adesão às ideias do sr. Pepe Batlle, se por ser anarquista ou apenas por ser ignorante e cabeça-dura, meu avô materno era fanaticamente ateu, ou, para ser mais preciso, violentamente antirreligioso, anticlerical e blasfemo, e é muito difícil que algum de seus discursos, inclusive os mais curtos, estivessem livres de alguns adjetivos pesados, completamente gratuitos, destinados a qualquer dos integrantes da Sagrada Família, e muito em especial ao Deus Pai. O ambiente social, sem ir mais além, era (e é) pelo menos alegremente alheio às questões religiosas; o sr. Pepe tinha lutado e obtido um triunfo decisivo contra as prerrogativas da Igreja, mas a luta não tinha parado aí: concluíra exterminando o sentimento religioso da maioria da população, pelo menos em suas formas visíveis. Um amigo que tinha sido sacerdote me contou uma vez que, lá por meados ou final dos anos 1930, os padres eram até apedrejados na rua.

Atualmente, por bem ou por mal, toda essa religiosidade reprimida, subjacente, explodiu na aparição de dezenas, talvez centenas de seitas, e os locais de diferentes igrejas vão se multiplicando como fungos por toda a cidade.

* * *

Quando eu tinha oito anos, fui voluntariamente batizado, e minha mãe aproveitou para se batizar também. Dos anos anteriores, só recordo alguma estranha visita a alguma igreja na Sexta-Feira Santa, e de um padre que falava em latim em cima de uma espécie de guarita, de costas para as pessoas; e minha mãe ficava como um poço de seriedade, com uma expressão de grande amargura que lhe curvava os lábios para baixo; e um véu preto cobria sua cabeça. E meu desconcerto, entre culpado e atemorizado, sem saber o porquê da culpa ou do temor.

Também houve um breve período durante o qual me levavam para um lugar chamado de "escola dominical"; do pouco que posso lembrar, tinha a aparência de um templo evangélico; não havia esses bancos incômodos das igrejas católicas, mas umas cadeiras de madeira, bem mais cômodas, e de aspecto reluzente, muito bem envernizadas. É provável que eu nunca tenha erguido muito a vista, pois só lembro das cadeiras; todo o resto em relação a esse lugar é um profundo mistério para mim. Pelo visto me levavam com outros garotos, porque tenho a lembrança de que formávamos um grupo, mas também não faço a menor ideia de quem poderiam ser os outros; nem sequer consigo recordar quem nos levava, embora me parece que era uma mulher muito jovem. De acordo com minha experiência atual, calculo que mal me deixavam ao cuidado dessa pessoa e eu já entrava num estado de transe e percebia poucas coisas dos meus entornos, como me acontece agora, com frequência, quando saio para a rua; se estou acompanhado, é possível que depois de umas quadras comece a elevar o olhar e a sentir certa curiosidade pelo que está ao meu redor, mas, de início, sempre ando com a vista cravada em meus sapatos. Como consigo atravessar as ruas ou não bater em outros pedestres ou em postes é um mistério. Provavelmente tenha uma visão periférica mais ou menos inconsciente, ou talvez emita ultrassons como os morcegos.

Dessa escola dominical conservo uma imagem muito nítida, uma só: meu sapato direito, que vai saber com que material perverso foi fabricado, e que forma diabolicamente pontiaguda teria, traçando um desenho ao acaso no assento da frente, ou seja, arranhando aquele verniz impecável. Isso causava um leve e muito agradável som áspero que, eu pensava, só eu podia escutar, enquanto retumbava no recinto a voz de algum ser invisível para mim lá adiante. Tenho a impressão de que nunca ouvi claramente uma só palavra, e se cheguei a ouvir não entendi ou não me interessou; a verdade é que dessa escola dominical não obtive o menor aprendizado, nem a menor ideia do assunto que estavam expondo. Junto à agradável imagem do desenho que eu traçava com meu sapato, aparece outra muito menos agradável: o rosto franzido de alguém, talvez a mesma jovem que nos guiava, que me olhou severamente e me fez sinais para que não continuasse fazendo aquilo com o sapato. A reclamação me coibiu e com certeza me fechei mais ainda, envolto num tédio infinito.

O tema dos batizados simultâneos surgiu quando já tínhamos nos mudado para o centro, a partir de um homem que não sei de onde teria saído; nós o chamávamos de dom Tomás, e nunca, nem sequer agora, consigo achar uma etiqueta capaz de defini-lo claramente. Era contador de profissão, porque eu sempre via que, em certo momento, minha mãe lhe entregava, com a maior dissimulação, um rolinho de notas de dinheiro — e, como hobby, ele, digamos, trabalhava de curandeiro. Mas não se tratava de um curandeiro comum e ordinário. Nascido em Maiorca, era um homem digamos culto, ou pelo menos o suficiente para dar essa impressão; bom de conversa, embora não tagarela demais, tinha várias informações sobre diversos temas. O mais curioso era sua relação com pessoas da Igreja católica; sabe-se que os católicos, em especial os padres, não têm a menor simpatia por curandeiros, espíritas ou charlatões de qualquer espécie; não obstante, dom Tomás era amigo inclusive de algum alto dignitário, tanto que, se não me engano, nosso batizado orquestrado por ele aconteceu nada menos do que na catedral.

De acordo com dom Tomás, fato energicamente confirmado por sua esposa, ele enxergava os mortos. Com frequência se encontrava com algum e o cumprimentava, e dizia que era uma experiência comum para ele. Seu método terapêutico era bem misterioso; em algum momento, sem aviso prévio, quando ninguém esperava, caía num estado de transe (chamava-o de "concentração"). Fechava os olhos bem apertados e ficava ali, muito quietinho, enquanto ao seu redor fazia-se um respeitoso silêncio. Às vezes ninguém se dava conta e a conversa continuava por um tempo, até ser interrompida de repente, num sobressalto entre aqueles que estavam falando, embora dom Tomás tivesse explicado mais de uma vez que, quando "estava concentrado", podiam disparar um canhão que ele nem ficaria sabendo. De todo jeito, ficávamos num silêncio abismal, embora não fosse por nada além de um temoroso respeito. Que coisas estranhas estariam acontecendo ao nosso redor por influência daquela concentração? Eu quase não respirava. Todos ficávamos esperando seu despertar, o que, às vezes, nos fazia esperar um bom tempo. Nunca soube se aquilo era uma farsa. Uma vez minha mãe resolveu perguntar a ele o que lhe acontecia durante essas concentrações. Ele deu uma resposta, que, como todas as suas, era bem vaga, ou talvez indireta, mas essa resposta incluía algo como "que podia ver com total nitidez e percorrer o interior do corpo humano". Não disse que era isso o que ele fazia; disse que poderia. Daí em diante, eu me perguntava, durante os transes, se ele estaria me conferindo por dentro e que coisas poderia encontrar.

No início, os encontros com dom Tomás aconteciam na casa de uns galegos de boa posição social, um casal que eu nunca tinha visto e que nunca voltei a ver. A cena que melhor ficou gravada em minha memória dessas reuniões foi uma em que o dono de casa recebeu por parte de dom Tomás o diagnóstico de que tinha uma costela quebrada ou rachada; e o método de tratamento me pareceu dos mais insólitos: ficar em cima de uma cadeira e dar um salto para trás. Fez com que ele repetisse o movimento várias vezes. Desconheço o resultado.

Também não sei o que meu pai pensaria de tudo isso. Meu pai era um homem, em aparência, simples; empregado de uma loja. Ainda assim, com o tempo fui descobrindo nele uma sabedoria provavelmente inata, que lhe permitia agir do modo mais correto e indicado em cada uma das situações em que poderia se encontrar envolvido. Um de seus princípios mais firmes, penso eu, era o respeito em relação ao que desconhecia, unido a um franco e natural reconhecimento de suas próprias limitações. Nesse caso, sempre fez o certo; respeitou, acompanhou, com certeza pagou, porque minha mãe não ganhava seu próprio dinheiro nessa época, e ele suportou sem esforço aparente todas e cada uma dessas reuniões, às vezes bastante longas. Mas nunca pude saber o que ele pensava sobre o assunto. Talvez nada.

Muito em breve aqueles galegos deram um jeito de nos passar o fardo: herdamos dom Tomás e as reuniões começaram a ser em nossa casa, e isso durou muito tempo; com certeza meses, talvez mais de um ano. O método do galego dono da casa tinha algo de muito simples e direto, já que sempre era ele quem encerrava as reuniões na sua casa dizendo: “Bom, a reunião está muito interessante, mas amanhã preciso trabalhar”. Ficava de pé e no mesmo instante todos nós o imitávamos e íamos embora.

Lá em casa as coisas eram diferentes. Uma das habilidades de dom Tomás era a de fazer sua esposa chegar muito antes dele, deixando-nos numa situação das mais incômodas. Que eu saiba, nunca houve um acordo explícito; um belo dia em que havia uma reunião marcada, a mulher tocou a campainha, abrimos a porta, ela entrou, sentou-se e ali ficou, acompanhada às vezes por minha avó, às vezes por minha mãe. Era uma mulher gorda e muito feia, e não demonstrava ter nenhum talento especial. Não tinha assuntos sobre os quais conversar; ficava ali como um vegetal, às vezes cochilando. Vai saber o que seu marido andava fazendo enquanto isso; às vezes demorava muito. Com o tempo, até minha mãe e minha avó a deixavam sozinha e iam fazer suas coisas. Ela não se importava; seu rosto era completamente impassível, quase amorfo.

Depois de tudo isso, agora me dou conta, deve ter sido meu pai quem, de alguma maneira discreta, deu um fim àqueles encontros, porque agora lembro com clareza que em determinado momento começou a expressar em voz alta suas dúvidas sobre os poderes desse homem.

— Se ele tem o poder de curar — escuto-o dizer —, por que não cura isso que ele tem nos olhos?

De fato, dom Tomás, que usava óculos, sofria também, fosse por cansaço, fosse por algum tipo de infecção, de uma secreção esbranquiçada que aparecia nos cantos externos das pálpebras. Além disso, penso que a rebelião de meu pai estourou quando dom Tomás comentou uma vez que "a caspa vem por contágio dos cabeleireiros". O médico de meu pai lhe dissera que a caspa provinha de disfunções estomacais, e, para ele, a palavra de seu médico era a palavra de Deus. Na verdade, conforme penso agora, acho que a caspa tem uma origem múltipla; como quase todas as coisas, não provém de uma só causa, mas de uma concomitância de fatores. Em todo caso, a explicação de dom Tomás me parece mais aceitável que a do médico de meu pai, mas nenhum dos dois tinha razão absoluta. Não obstante, escutei meu pai repetir essa argumentação várias vezes, e é muito provável que a partir de então as horas de dom Tomás na nossa casa estivessem contadas. Meu pai, como eu, não era violento, mas muito persistente.

A presença que não encontro em lugar algum nessa rememoração é a de meu avô; como se nessa época já estivesse morto. Porém, acho que ele morreu um tempo depois; é muito provável então que, quando havia um encontro desses lá em casa, ele se fechasse em algum cômodo da casa, porque quase nunca saía para a rua nessa época. É curioso que, se é que ainda estava vivo, eu não seja capaz de me lembrar de uma só história sua em relação ao nosso curandeiro; deveria haver várias, e muito jocosas, ou pelo menos com partes numa linguagem muito pitoresca.

A origem dessa história com dom Tomás éramos eu e aquele famoso sopro no coração que tive que suportar desde os três anos de idade. Na época de nosso tratamento com dom Tomás, os médicos falaram que o sopro "estava cicatrizado". Minha mãe nunca duvidou de que dom Tomás tivesse realizado o milagre. Mas minha teoria é que esse sopro jamais existiu; um médico me disse, quando eu tinha uns trinta anos, que muito provavelmente todos aqueles médicos que diagnosticaram o sopro teriam escutado, na verdade, o som da ponta de um dos meus pulmões. Além disso, os que diagnosticaram eram médicos do centro, diferentes daqueles que tinham me tratado numa policlínica qualquer de sabe-se lá onde, e que me controlavam de quando em quando para certificar a vigência do sopro. Obviamente, liam minha história clínica e não iam desmentir o diagnóstico inicial, porque se sabe que quase todos os médicos são mafiosos que se protegem entre eles. As enfermeiras também eram mafiosas desse dispensário da Saúde Pública, que ao final de cada visita perguntavam à minha mãe se ela "precisava de algo". Minha mãe sempre precisava de um litro de álcool ou algo do tipo, que conseguia em troca de uma modesta gorjeta. A corrupção neste país não é uma novidade, como se pensa hoje em dia. Lembro-me de minha tia, a professora, que tinha em sua casa quantidades industriais de cadernos, lápis e outros materiais que roubava da escola pública onde trabalhava. E todos os empregados públicos eram mais ou menos igualmente ladrões. Roubar o Estado era o natural e lógico, e ninguém achava isso ruim. O Estado também não, porque nunca tomou, que eu saiba, nenhum tipo de medida; e não venham me dizer que ninguém sabia o que eram *vox populi* e não sei como se diz "visão do povo" em latim, mas o fato é que não eram apenas boatos, tudo era grosseiramente visível.

Em resumo, o que eu queria contar antes de partir alegremente nestas digressões era que dom Tomás foi quem promoveu meu batizado e o batismo simultâneo de minha mãe, o que me faz ser grato a ele, apesar de sua mulher gorda e horrível, e de todo o tédio daqueles encontros intermináveis.

Não deixa de me maravilhar essa seletividade da memória; suponho que algumas cenas se fixam com mais força do que outras por alguma razão especial do inconsciente, mas meu consciente não pode explicar quais seriam as razões para que, por exemplo, de tudo o que vivi em relação ao batizado, só me recorde de descer alegremente as escadarias da igreja quando tudo terminou; e que fazia sol. Essas escadarias podiam muito bem ser as da catedral; havia alguns degraus. Só esse pedaço de pedra e sol como lembrança de um ato que se supõe transcendente e que deveria ter me interessado e me impressionado muito. Do interior da igreja, do padre, da água benta sobre minha cabeça, de minha mãe... de tudo isso tenho apenas uma impressão nebulosa, obscura, sem imagens definidas, e, mais do que qualquer outra coisa, parece criada por uma necessidade lógica.

A única crítica mais ou menos justa que pode ser feita a meu pai, entre tantas que secreta ou claramente devo ter feito a ele quando era jovem, é a de sua ausência. Já contei muitas vezes, em diferentes lugares, minha primeira preocupação, minha pergunta insistente quando mal comecei a falar: onde está meu pai? E as respostas não eram compreensíveis nem preenchiam esse vazio. Onde estava: trabalhando, numa loja, de pé ao lado de um balcão, oito horas por dia, para nos sustentar. E, mais tarde, depois dessas oito horas, dedicava suas noites aos alunos de inglês. Ainda de corpo presente na casa, não estava disponível para mim.

Isso de que ele trabalhava na loja para nos sustentar é uma formulação um tanto dramática; na verdade poderia ter feito outras coisas aparentemente menos sacrificadas. A verdade é que gostava desse trabalho, ou, mais do que gostar, preenchia necessidades profundas que sentia. Sempre tinha se dado mal com seu pai, sobre quem sei apenas é que era duro, quase brutal. Uma vez meu pai me contou, um pouco de passagem, falando de outros assuntos, que quando era garoto só tinha em sua casa um lugar que lhe pertencia: uma caixinha de madeira, com cadeado, onde guardava suas relíquias — e nunca pude imaginar que coisas podiam ser —; e que seu pai, de quando em quando, arrancava o cadeado com uma ferramenta e conferia a caixinha, dizendo que um filho não podia manter segredos dele. De modo que foi embora de casa assim que pôde e, para poder, decidiu arranjar um emprego. Não é preciso ter um diploma de psicanalista para desentranhar o segredo de seu vício em trabalho; a primeira loja onde se empregou chamava-se Paternostro, e esse era o sobrenome do dono. Quando a loja fechou, passou a trabalhar na London-Paris, e ali ficou até sua aposentadoria. Falava do dono dessa outra loja com a mesma reverência com a qual falava de Paternostro; evidentes figuras paternas, ambas; quase como deuses. Nas lojas encontrou o lar que nunca teve e, apesar de serem seus patrões, figuras paternas mais benevolentes do que a de seu verdadeiro pai. O dono da London-Paris tinha o sobrenome de Tapié, e jamais escutei meu pai se referir a ele de outra forma que não "o sr. Tapié". Quando o sr. Tapié ficou gravemente doente, meu pai chegava em casa ao meio-dia para almoçar e nos repassava, bastante consternado, as informações médicas. E, quando o sr. Tapié morreu, meu pai viveu um verdadeiro luto.

Relato essas coisas para explicar o vazio de uma figura paterna em minha infância, e as dificuldades que tive durante a vida para poder me disciplinar minimamente, porque nunca pude me identificar com uma figura que tivesse verdadeira autoridade. A autoridade era exercida por minha mãe, mas como não era uma autoridade verdadeira ela sempre a exercia dessa forma ambígua das mulheres, ambígua e arbitrária, e de modo exagerado, espalhafatoso, histérico — quando só era necessário um pouco de amor e um pouco de inteligência. Dá para notar que esse autoritarismo ficou incorporado em mim, pela forma como trato a mim mesmo quando quero agir disciplinadamente; conforme alguns amigos me fizeram perceber, chego a ser uma espécie de sargento fascista para mim mesmo. É claro, com míseros resultados, como costuma acontecer a qualquer autoridade ilegítima.

Vistas as coisas dessa maneira, chegou um momento, perigosamente perto de minha puberdade, no qual, pelo visto, me tornei bastante impossível de controlar para a minha mãe; não sou capaz de me lembrar de nenhum episódio que justifique essa afirmação, nenhum mau comportamento em específico, já que eu era um sujeito bastante tranquilo; com certeza era alguém caprichoso, e quase sempre com razão, mas não era de fazer escândalos nem de manifestar atitudes antissociais ou aberrantes. O fato é que um dia minha mãe não soube o que fazer comigo e apelou a um remédio completamente desproporcional: me atirou uma Bíblia. Literalmente atirou, e me disse para ler aquilo e que eu ia aprender muitas coisas e que eu visse o futuro que me aguardava.

Peguei a Bíblia com muito interesse; parecia que finalmente ia ficar sabendo como era essa história tão famosa de Deus, de quem eu tinha escutado versões parciais e contraditórias, entre elas de meu avô. Com muita rapidez travei relações com Jeová, o deus dos judeus que surge tão cedo, e com muita rapidez também essa figura terrível se incorporou à minha vida e, em certo sentido, penso que ainda está aí. Muitos anos depois, antes de morrer, minha mãe me pediu desculpas por todo o dano que tinha me causado. Eu respondi que não dissesse besteiras e que não havia nada a perdoar, mas a verdade é que nesses momentos dramáticos eu não podia ser muito objetivo. Tinha muitas coisas para perdoar, e espero ter conseguido; entre elas, isso da Bíblia deve ter sido uma das mais graves. A partir dessa leitura que estava além de mim, pois, afinal, eu não entendia muito do que lia, e penso que ainda não sou capaz de entender grande coisa dessa mistura de textos que para alguns é a "palavra de Deus", a partir dessa leitura, como ia dizendo, passei a viver muito tempo, talvez anos, aterrorizado. Já tinha vivido um longo tempo de terror, sobretudo à noite, desde que tinham explodido umas bombas atômicas sobre Hiroshima e Nagasaki e se falava do perigo atômico e da reação em cadeia; uma vez, lá pelos meus oito anos, tinha ouvido falar que a forma de se proteger da radiação era se cobrindo por completo com um lençol branco, de modo que toda noite, antes de dormir, eu tapava meu rosto com o lençol, mas ficava em dúvida se os cobertores que tinha sobre o resto do corpo não tirariam a eficácia do recurso. Noites e mais noites sem fim esperando a explosão da bomba e a completa destruição de tudo ao meu redor e provavelmente também de mim mesmo, pois na verdade minha desconfiança acerca do sistema do lençol branco era bem grande; tinha visto documentários que mostravam experiências de explosões atômicas em algumas ilhas, e me perguntava o que um pedaço de tecido conseguia fazer contra isso. A imagem de Jeová não melhorou muito as coisas; pior, pois agora eu tinha em meu interior alguém que controlava meus pensamentos, e eu tinha maus pensamentos, e tentava dissimular esses maus pensamentos até para mim mesmo. Não saberia dizer quanto tempo durou esse terror, mas com certeza não foi embora por completo até hoje; ainda está aí, mais ou menos oculto, mais ou menos subterrâneo — especialmente quando fiquei sabendo, muitos anos depois, que é totalmente verdade que Deus conhece todos os nossos pensamentos. Só que esse Deus não é o Jeová dos judeus, e não me incomoda tanto que os conheça, embora meus pensamentos continuem sendo bem maus.

O grave da atitude de minha mãe naquele gesto de me jogar a Bíblia foi que essa ação me punha em comunicação direta com Deus, ou com o que eu achava que era Deus, sem a intermediação de nenhum sacerdote. Isso é demais para qualquer pessoa lidar, ainda mais para uma criança. É possível que, naqueles momentos, um bom padre tivesse posto as coisas em seu lugar.

Desde aquele primeiro encontro na Bíblia, minhas relações com Deus vinham mudando. Por volta de meus vinte e cinco anos, tinha se aberto em mim uma porta para o mundo espiritual, e pouco a pouco foram ocorrendo experiências extraordinárias que me fizeram saber que a realidade tem muito mais dimensões do que eu pensava; e me dedicara a investigar isso, de modo vago e desordenado, mas tenaz, na mais variada coleção de fontes — sem desdenhar, também, a aventura pessoal. Enfiei-me em alguns problemas dos quais pude sair com ajuda psicoterapêutica, mas também obtive alguns benefícios; a literatura não foi o menor deles. Investiguei, como disse, de forma desordenada e ao acaso materiais espíritas, ocultistas, psicanalíticos, religiosos e científicos, e consegui saber que existia realmente algo que poderia ser chamado de Deus se você quisesse, embora também pudesse admitir outros nomes; em todo caso, era algo que superava minha capacidade de percepção e compreensão; mas havia, sim, algo vivo e transcendente, algo que implicava uma multidimensionalidade do universo. Também soube que havia estranhas formas de comunicação com esse algo, e que essas formas nunca eram iguais entre si e que eu não podia alcançá-las quando bem quisesse.

Um ex-sacerdote, nessa época dedicado à parapsicologia, complementou as terapias psicológicas com uma terapia parapsicológica que me resgatou até certo ponto daquele mundo perigoso e cheio de incertezas. Não me deu nenhuma certeza, mas sim algumas regras muito simples para que a fenomenologia paranormal não me fascinasse nem se apoderasse de mim de forma irreversível. Ainda mantinha o vínculo com esse terapeuta paranormal quando apareceu Cándido, numa festa de aniversário.

Para a minha surpresa, ele me foi apresentado como um sacerdote. Não tinha aspecto de um. Tinha feições toscas, embora agradáveis, de camponês europeu; de início, me deu a impressão de ser um catalão, pela altivez de sua expressão. Era provavelmente alguns anos mais velho do que eu, que tinha uns trinta e cinco ou trinta e seis, mas seu cabelo, abundante, já era grisalho, quase branco. As bochechas tinham essa cor rosada que faz pensar em saúde e maçãs, mas não é para imaginar um desses padres gordos de rosto redondo; ele era um homem magro. Também tinha o olhar agudo e um pouco desconfiado dos camponeses. Mais do que falar, balbuciava, com os dentes apertados, lutando contra o idioma que não dominava, num espanhol que demorei em reconhecer distorcido pelo italiano — porque estava longe do sotaque típico dos imigrantes que você espera de um italiano; com certeza era de origem camponesa, e sua língua original era um dialeto. Para completar essa imagem que está me fazendo suar, porque a descrição de personagens nunca foi meu forte, só vou dizer que vestia roupas muito modestas, rústicas; em especial umas calças que formavam sacos em seus joelhos. Ah, sim: e que todo o seu ser emanava um ar de obstinada honestidade. Mal o vi e pensei: "Eis alguém em quem se pode confiar".

Naquele momento não me dei conta, mas, quando saímos da festa de aniversário e nos pusemos a andar pela rua, já éramos amigos. Fomos caminhando até meu apartamento, que não ficava longe, e o convidei a subir. Mal entrou em meu escritório e viu o tabuleiro de xadrez sobre uma mesa. Sem nenhuma cerimônia, esvaziou a caixa de peças sobre o tabuleiro, sentou-se e começou a acomodar metade das peças. As brancas, é claro. Eu me sentei, acomodei as peças pretas e logo peguei dois peões de cor diferente, um em cada mão, troquei-os de lugar com as mãos nas costas e apresentei os punhos fechados para que escolhesse. Não sei quem ficou com as brancas dessa vez, nem quem ganhou. Também não me dei conta de que nesse momento estávamos inaugurando um ritual, ou pelo menos um forte vício em comum. Cándido começou a aparecer com frequência em minha casa, e sempre ia direto ao tabuleiro de xadrez, e dificilmente ia embora sem definir um ganhador com as duas ou três partidas de praxe. Falávamos pouco ou nada. Às vezes ficava bem tarde; uma, duas, inclusive três da manhã. Para ele era grave, porque tinha que rezar a missa, sem falta, às oito, uma missa que não o deixava feliz. "Para essas velhas...", dizia, com as mandíbulas apertadas. Odiava as velhas beatas, em especial as madrugadoras.

A investidura sacerdotal, de qualquer religião, sempre me provocou respeito. Pressuponho que há um vínculo permanente entre Deus e o sacerdote, e que esse vínculo é uma forma de presença divina. Diante de um sacerdote aparecem em mim meus melhores aspectos, e os piores se ocultam; de certa forma, a proximidade de um sacerdote é terapêutica para mim, porque quando esses aspectos superiores vêm à tona a pessoa se sente, de alguma forma, melhor; e assim trata melhor a si mesmo e aos demais. A presença divina pode ser real ou imaginária; se é imaginária, o sacerdote não age mais do que como uma lembrança de que no universo há instâncias superiores, mas isso já é bastante num mundo que te metralha o tempo todo com a baixeza, a vileza e a canalhice.

Ainda assim, certo dia chegou o momento em que precisei dividir meu amigo Cándido em duas personalidades: o sacerdote e o amigo ou, para ser mais exato, o inimigo em termos de xadrez. Da primeira vez fiquei muito surpreso, tanto por sua atitude como pela minha. Em determinado momento de uma partida, ele se distraiu e deixou a dama sob ameaça de uma das minhas peças.

— Cándido — disse a ele —, não sei se você se deu conta de que vai perder a dama.

Ele olhou o tabuleiro e rapidamente voltou uma jogada.

— Ah, sim — ele disse. Não disse “obrigado”. Um pouco depois eu deixei minha dama inadvertidamente exposta a uma peça dele. Impávido, Cándido deu um tapa e arrancou minha dama do tabuleiro, e em seu lugar depositou sua peça. Num primeiro instante, tomei isso como uma forma humorística de me mostrar meu erro, e esperei que me devolvesse a dama. Mas não. Continuou olhando placidamente o tabuleiro e esperando minha jogada. Eu explodi de fúria.

— Cándido, mas puta que te pariu! — exclamei, sem me lembrar de sua dignidade sacerdotal. — Você não é um cavalheiro — acrescentei, mais sossegado, mas ainda furioso —, você é um imbecil.

Ele me olhou sem entender e sem me devolver a dama.

— Cándido — insisti, recorrendo a toda a minha paciência —, há pouco você me entregou a dama sem se dar conta e eu te avisei, e permiti que voltasse atrás. Por que precisa jogar com vantagem, como um pirralho?

Então ele balbuciou coisas incompreensíveis em não sei que idioma e recolocou a dama em seu lugar e esperou que eu fizesse outra jogada.

Acho que esse estilo desapiedado, mais esportivo do que intelectual, vinha das partidas que jogava habitualmente com os rapazes da república estudantil que dirigia. Esse modo de jogar que se aproveita da distração do oponente me tira todo o interesse no jogo. Passa de um enfrentamento intelectual a uma questão de esperteza latino-americana. Mas ele também jogava futebol com os rapazes e não tinha os tornozelos cheios de machucados. Nunca consegui tirar-lhe o costume de jogar xadrez desse jeito, e não foi essa a única vez que tive que xingá-lo; cada vez que eu mostrava sua distração, ele voltava uma jogada; mas na menor distração minha, paf, lá estava Cándido agarrando minha peça como um falcão que despenca sobre um animalzinho desprevenido.

Enquanto não fazia esse tipo de coisa, eu continuava enxergando nele uma constante consciência de sua condição de sacerdote e o tratava com o correspondente respeito; ele, de sua parte, parecia não se dar conta, e tenho certeza de que era algo a que não dava importância.

Uma vez puxei o assunto da religião, por causa de alguma das minhas várias inquietudes acerca disso. E voltei a puxar o assunto várias vezes, coisa que ele nunca fez. Suas respostas não eram exatamente brilhantes, por mais que me levasse a sério, abandonando por um momento a partida de xadrez e me dando toda a atenção. Suas respostas eram esquemáticas, o dogma em suas expressões mais simples, quase infantis. Era completamente inútil tentar aprofundá-las; as coisas eram assim, porque sim; embora não as formulasse de jeito autoritário, e sim com uma convicção absoluta. Era o que tinham lhe ensinado, e ele repetia tudo honestamente porque acreditava no que tinham ensinado a ele. Demorei bastante tempo para começar a distinguir entre sua fé e sua crença ou, diria se não fosse de mau gosto fazer trocadilhos com seu nome, sua candidez.

Uma vez eu o convidei a uma conferência sobre parapsicologia a cargo de meu amigo, o terapeuta. De início, negou-se a ir, e vociferou contra a parapsicologia e os parapsicólogos. Disse a ele que esse parapsicólogo em específico era uma pessoa séria, que tinha também sido sacerdote como ele e deixara a batina para se casar; e que sua seriedade estava avalizada pelo fato de que a conferência ocorreria num colégio católico. Continuou negando de forma persistente. Eu sabia que, se fosse, ficaria encantado; e a essa altura eu já o conhecia o suficiente para explorar seus pontos fracos:

— Além disso — eu disse —, o palestrante vai levitar e entrará na sala de conferências pela janela. A sala de conferências fica no segundo andar.

Não disse mais nada, e eu também não. Na verdade, não pensei que acreditasse em mim, mas o fato é que na hora de sair para a palestra ele apareceu lá em casa; resolveu me acompanhar sem que eu precisasse repetir o convite. Fomos, pois, e de fato ficou encantado. Na volta, caminhávamos até o ponto de ônibus, e comentávamos trechos da conferência. Eu tinha me esquecido da isca que havia jogado, mas, quando enxergamos o ônibus se aproximando, Cándido me olhou de forma acusadora e disse:

— Não entrou pela janela. — E ficou me olhando, esperando minhas explicações. Eu ri. Ficou mal-humorado por um tempo.

Mas, junto à credulidade, havia sua fé; e essa fé lhe dava toda a sua força. A fé dele é a única coisa que me permito invejar em sã consciência. Graças a essa fé, ele podia se instalar em qualquer lugar como se estivesse em sua casa, em qualquer parte do mundo e em qualquer circunstância. Eu, por outro lado, mesmo em minha própria casa, estou permanentemente inquieto, como se temesse incomodar, ou que venham me desalojar a qualquer momento; mesmo nas épocas em que moro sozinho.

Uma vez, Cándido expressou timidamente seu desejo de que eu o visse rezar a missa. "Um domingo à noite", disse. Haveria um belo grupo de pessoas, entre elas meus amigos da festa de aniversário, e muitos jovens, e Cándido queria que eu o visse na função dentro desse ambiente favorável. "Não nos outros dias, porque vão essas velhas. Aos domingos." Respondi que sim, e no dia seguinte percorri essas quadras com bastante expectativa; não podia imaginá-lo rezando uma missa, e menos ainda dando o sermão, ou a homilia, como ele chamava com muito mais propriedade. Sentei-me num banco nas últimas fileiras; das poucas vezes que eu tinha ido antes a uma igreja, sempre fizera o mesmo. Um pouco por humildade, outro pouco por timidez, outro pouco para manter distância de uma religião que, apesar das várias aproximações, sempre foi estranha para mim.

Fiquei surpreso de ver Juan José, meu amigo da festa de aniversário, subir ao pequeno pódio, ou seja lá como se chama — os padres devem ter algum nome técnico para isso —, uma espécie de palco protegido por um apoio e com um microfone, de onde os laicos leem e às vezes cantam. Meu amigo começou a cantar com sua bela voz, potente e profunda, o hino que precede a entrada do sacerdote. E lá apareceu Cándido, com incríveis vestes violáceas que não lhe caíam mal e que trajava com naturalidade e dignidade. Não me lembro exatamente da ordem de cada um dos passos da missa, embora depois eu os tenha revivido várias vezes. Leu-se, e veio a homilia, e Cándido se expressou com notável clareza e bom senso. Depois, quando chegou a celebração, ou seja lá qual é o nome — o que seria a missa propriamente dita —, ao oferecer pão e vinho, realmente se transfigurou e não era Cándido quem estava ali. Estava evidentemente em estado de transe, ou, se preferir, em êxtase; concentrado, pleno, desligado de todo o entorno, um bom tempo, com os olhos fechados. Os fiéis faziam fila, impulsionados pelo canto de meu amigo que tornou a ocupar aquele lugar, cantando tudo aos gritos (havia uma mulher, provavelmente não muito jovem e claramente muito histriônica, que sempre se destacava por uns agudos líricos, como uma soprano na ópera. Não lembro de ter visto seu rosto; sua voz soava sempre em algum lugar que não estava ao alcance de minha visão). Quando começou a distribuir as hóstias, Cándido, ou seja lá quem ocupava seu lugar, permanecia distante e concentrado; já não tinha os olhos fechados, mas espremidos. Era interessante ver as distintas maneiras de receber a hóstia que os fiéis tinham; alguns simplesmente abriam a boca para que o sacerdote a depositasse ali, o que sempre me pareceu um pouco obsceno. Outros a pegavam com a mão, que é o que eu faria, disse a mim mesmo, se tivesse que fazer a comunhão.

Sentei-me e me levantei muitas vezes nessa noite, seguindo as ordens que escutava ou conforme o que os outros faziam; o principal para mim é respeitar os costumes de um lugar. Por outro lado, não me ajoelhei, porque não me parecia adequado, e me aproveitei do fato de que havia outros que também não se ajoelhavam.

"E agora nos despedimos, como sempre, cantando à nossa mãe, a Virgem Maria", disse meu amigo Juan José, outra vez em cima daquele pódio, e começou, em meio a um novo coro, a procissão para a porta de saída, encabeçada pelo próprio sacerdote. Ali na porta se instalou Cándido, que voltou a ser Cándido, mas um Cándido exultante, rejuvenescido, com as bochechas muito coradas e um sorriso típico de criança feliz.

Daí em diante penso não ter faltado nenhum domingo. Às vezes, aos sábados à noite, Cándido interrompia a partida de xadrez para me consultar. "Amanhã tenho que fazer uma homília sobre..." — e mencionava um tema. "Tem alguma ideia?", perguntava. Eu sempre tinha. Do ponto de vista de um leigo com toda a liberdade do mundo para dizer qualquer coisa, eu lhe jogava todos os pensamentos mais ou menos secretos que me acompanharam durante toda a vida; curiosamente, ele os aceitava sem maior discussão, porque, claro, tinha me perguntado e eu respondia. Para a minha surpresa, no dia seguinte, durante a homília, costumava ver que Cándido se apropriara de minhas ideias e as usava tranquilamente. Não repetia minhas palavras nem meus conceitos, mas os desenvolvera, digerira melhor, processara e ajustara numa formulação própria; e não porque limpasse as asperezas e adaptasse minhas coisas ao dogma, mas porque simplificava as ideias sem desvirtuá-las, e nessa simplificação perdiam toda a malevolência intelectual; e às vezes ia mais adiante, muito mais adiante do que eu. Uma vez fiquei absolutamente horrorizado, esperando nada menos do que a excomunhão de Cándido, quando, a partir de alguns raciocínios meus do sábado, disse no domingo do púlpito: "O batizado é totalmente desnecessário".

Certo domingo, cuja data poderia calcular com total exatidão, fui à missa de Cándido como em qualquer outro domingo. A missa transcorreu como sempre, sem nenhum detalhe especial que a tornasse memorável, até o final. Cándido pronunciou o seu "Ite, missa est", seguindo a fórmula em espanhol que neste momento não consigo lembrar, e Juan José, do alto de seu pódio, recordou-nos que "como sempre, nos despedimos cantando à nossa Mãe, a Santa Virgem", e, como sempre, eu fiz cara feia numa expressão de desgosto, porque, de todas as coisas que tinha dificuldade em engolir do dogma, essa história da Virgem era a mais dura de todas. Eu sou o homem do Espírito Santo; ao contrário de Borges, é o único que entendo, o único que conheço e o único em quem acredito. As outras figuras me parecem um tanto vagas; não tenho uma imagem precisa do Pai, e a imagem que tenho do Filho está manuseada demais para ser atraente. Como Machado, prefiro o que andou sobre o mar, mas sempre me aparece o da cruz, o que não gosto. Mas naquela época a ideia dessa Mãe de Deus, para piorar virgem, me parecia mais do que desagradável; me chocava, e me incomodava em especial sua popularidade. Então, fiz cara feia, como sempre, e continuei em meu assento, esperando que terminasse de passar a procissão que se deslocava para a saída cantando a plenos pulmões. Foi quando começou a chover; caiu uma gota sobre minha camisa, na altura do peito, sobre o lado esquerdo, onde se acredita estar o coração. Minha surpresa foi grande. Como podia chover dentro da igreja? Havia uma rachadura no teto? Olhei para cima e, é claro, não vi nada além desses desenhos (se é que havia desenhos; na minha imaginação, o teto daquela igreja me aparece quase como o da Capela Sistina; provavelmente não tinha "desenhos"). Caiu outra gota, simétrica à anterior, e comecei a ficar nervoso; não tinha trazido uma capa de chuva, nem um casaco, e eram várias quadras até minha casa. Imaginava que, para que a água passasse por essas goteiras num edifício tão sólido como parecia ser a igreja, a chuva deveria estar com uma força tremenda. Mas enfim me dei conta de que não estava chovendo, e sim que meus olhos choravam. Digo "meus olhos" porque eu ainda não tinha começado a chorar; estava totalmente alheio ao que estava acontecendo em meu interior, ou sabe-se lá onde — nesse lugar onde os sentimentos são gerados. E, cheio de confusão ao sentir que as lágrimas escorriam por minhas bochechas e continuavam molhando minha camisa, fiquei uns instantes no maior desconcerto, e bastante assustado, porque não estava acostumado a essa esquizofrenia que permitia que alguém chorasse em mim e que eu só ficasse sabendo por dedução. Mas essa esquizofrenia terminou de repente e vi, vi, não me perguntem com que olhos, mas vi, em meu interior, o rosto de uma mulher conhecida e amada, e depois outra, e depois outra, e foi uma legião de mulheres amadas, que incluía minha mãe, e em tal quantidade e a tal velocidade que não pude reconhecê-las uma a uma, mas estavam todas ali, desfilando, aproximando-se de mim, e todas pareciam me dizer a mesma coisa, uma reprimenda, um "por que você não me ama?", e soube que isso que falava comigo, essa essência pura do feminino, esse dominador comum a todas as mulheres e a todos os amores, era Ela, a própria Maria, em toda a sua força e toda a sua presença. Não se parecia com a imagem dos santinhos. Uma abstração viva e presente. Fui me deslocando no banco, meio sentado, meio agachado, para a esquerda, procurando um corredor livre de pessoas, e fugi, cheio de angústia, e envergonhado por meu pranto que não só não tinha acabado como parecia ter acabado de começar; o famoso nó na garganta, a angústia insuportável que só pode ser resolvida no pranto, subindo da altura do peito. Fui me escondendo por trás de cada coluna, grudado às paredes, até encontrar uma saída discreta, e desci pelos degraus mais afastados da entrada, onde Cándido e meus amigos com certeza me aguardavam, e apequenado, encolhido, busquei meu caminho entre as sombras da noite e da rua até chegar à minha casa, sem parar de chorar nem um só instante. Quando cheguei em casa, sem ter me encontrado com ninguém conhecido no caminho, joguei-me na cama, assim como estava, e continuei chorando, e dormi chorando, e no dia seguinte acordei chorando.

É muito difícil para mim acreditar que tenha saído de casa sem tomar café da manhã, mas também não me imagino tomando café da manhã enquanto chorava ao mesmo tempo. Tenho certeza de que liguei para Cándido assim que me levantei, e de que disse ter um problema grave e que precisava consultá-lo urgentemente. Ele me respondeu pedindo para vê-lo em seu trabalho, na residência estudantil que dirigia e que ficava na mesma quadra da igreja. Com ou sem café da manhã, para lá eu fui. Cándido fez com que eu me sentasse numa poltrona confortável. Ele ficou atrás de sua escrivaninha. Expliquei-lhe brevemente o que estava acontecendo comigo, sempre chorando e assoando o nariz. Ele ficou uns instantes em silêncio, e depois estendeu um braço para pegar uma Bíblia que deixava num canto da escrivaninha. Abriu-a ao acaso. "Vamos ver o que diz a palavra de

Deus", disse, e olhou para a página que tinha aparecido. Como no I Ching, a resposta foi perfeitamente adequada à pergunta. Cándido leu em voz alta uns parágrafos que narravam o estranho episódio dos Evangelhos no qual Jesus chora:

> Chegando ao lugar onde Jesus estava, Maria, vendo-o, prostrou-se a seus pés e lhe disse: "Senhor, se estivesses aqui, meu irmão não teria morrido". Quando Jesus a viu chorar e também os judeus que a acompanhavam, comoveu-se interiormente e ficou conturbado. E perguntou: "Onde o colocastes?". Responderam-lhe: "Senhor, vem e vê!". Jesus chorou.

Marta e Maria eram irmãs de Lázaro. Cándido explicou-me que a função das mulheres é a de impulsionar os homens a realizarem sua obra; sem o impulso da mulher, o homem não faria nada. Marta e Maria incentivam Jesus a ressuscitar o irmão morto, tal como a outra Maria, a mãe, o levaria a transformar água em vinho (Jesus se irritou, reclamou, mas enfim lhe deu atenção).

"Acho que você está maduro o suficiente para fazer a comunhão", acrescentou Cándido. E concordei, e o pranto cessou.

"Entendo que para isso falta toda uma preparação", eu disse. "Você está mais do que preparado", respondeu Cándido, "e a receberá diretamente no próximo domingo." Quando disse que, se fosse preciso, seria capaz de estabelecer as datas com total exatidão, é porque esse domingo de minha primeira comunhão calhou de ser o dia de Corpus Christi, a festa em homenagem à Eucaristia, ou seja, o sacramento que, sob os elementos do pão e do vinho — segundo a doutrina católica —, contêm a presença real de Jesus Cristo.

Nesse domingo de Corpus Christi fiquei na fila para receber a hóstia. Cándido respeitou bastante meu pedido de anonimato, mas não se privou de avisar meus amigos mais próximos; depois da cerimônia houve inclusive uma pequena reunião, até com bolo e salgadinhos, numa peça contígua à nave da igreja. Ali estavam o parapsicólogo e sua esposa, e naturalmente Alicia e Juan José. E Elisa, minha amiga de infância e da vida toda. Mas durante a missa eu tinha me sentado como sempre distante e sozinho; e só havia ido para receber a primeira comunhão. Ninguém tinha direito a me roubar nada desse momento totalmente meu.

Essa noite, Cándido apareceu em casa como sempre, para jogar xadrez, com suas calças largas e sua expressão de camponês; não restava nada, como de costume, de sua transfiguração na missa. Dessa vez eu o interrompi ao entrar em meu escritório e, antes que se sentasse diante do tabuleiro, ergui-me em toda a minha estatura e apontei para ele acusatoriamente com o indicador:

— O que vocês põem nas hóstias? — eu o repreendi.

Ele ficou perplexo por um instante. Depois respondeu com naturalidade:

— Água e farinha.

— Isso eu sei, Cándido. Não sou idiota. O que mais põem além da água e da farinha? Quero dizer: que tipo de droga.

Ele ficou perplexo por um bom tempo. Depois apertou os dentes e repetiu:

— Água e farinha. Nada além de água e farinha.

— Certo. Mas na minha, em específico, para a ocasião de hoje, puseram algo.

Cándido já estava alarmado.

— Eu nem te vi — confessou.

E compreendi que era verdade; ele distribuiu as hóstias em estado de beatitude ou transe, com os olhos entrecerrados, e repetia com voz mecânica "o corpo de Cristo". Não tinha me visto, não poderia ter escolhido a hóstia drogada especialmente para mim.

Eu tinha tomado a hóstia de sua mão e a levado à boca; sem mastigá-la, regressara lentamente ao meu lugar num banco, e ali tinha fechado os olhos para explorar o que sentia, enquanto a hóstia ia se dissolvendo, agora auxiliada por um pequeno trabalho dos dentes. Eu a engolira e seguia meditando, ou tentando meditar, mas tudo tinha se tornado nebuloso em minha mente, ocupada em sua totalidade por algo com aspecto de algodão, mas não de todo branco, com algumas zonas cinzentas. Foi nesse momento que fui roçado pela asa de um anjo. No peito. Por dentro. No plexo solar, talvez. Mais do que a asa, a pena da asa. O contato físico mais sutil que se pode imaginar; inclusive foi menos do que físico, como se fosse de uma matéria enormemente mais sutil do que a matéria mais sutil que conhecemos. Nesse momento, formulei desta maneira: a asa de um anjo, e nunca mais encontrei uma fórmula melhor para expressar o que houve. E, depois, nada mais.

No domingo seguinte, fui receber minha hóstia com o desejo antecipado de voltar a sentir aquele sutil roçar. Tudo se repetiu exatamente da mesma maneira, menos o roçar. Dessa vez, em meu banco, quando fechei os olhos e degluti a hóstia, minha mente não ficou repleta daquela substância com aspecto de algodão, mas de repente, sem nenhum aviso prévio, enxerguei a mim mesmo cravado a uma cruz. A vertical da cruz era uma madeira que parecia fina e flexível como uma vareta, por efeito da distância; tinha quilômetros de altura, e lá de cima eu via a Terra pequena, quase um pontinho lá embaixo. A madeira vertical meio que se curvava por meu peso, ou pela curvatura do espaço. Senti vertigem e pânico. Aquilo durou uns instantes; logo desapareceu.

E nunca mais uma hóstia voltou a me provocar outro efeito perceptível.

De modo que sou católico, embora faça muitos anos que eu não pise numa igreja. Penso que não é necessário; quando você incorporou esse símbolo de algo inominável que chamam de Cristo, incorporou-o para sempre, e a Igreja está dentro de você; a Igreja de verdade, não a terrena e política.

Quando Cándido foi transferido para o interior do país, e depois fugiu para a Itália, após prometer me escrever com frequência, sem que jamais chegasse a me enviar uma carta, fiquei desconcertado por um tempo; andei por uma igreja e por outra, mas aquilo soava totalmente vazio, e as hóstias eram feitas com água e farinha de qualidade inferior.

Muitos anos depois, eu estava vivendo em Colonia. Uma tarde, Cándido me telefonou; estava em Montevidéu.

— Vou até aí — ele me disse. Alguém tinha lhe explicado como me localizar. E veio; em poucas horas, tocava a campainha de minha casa.

Lá estava ele na porta, o mesmo de sempre. Depois fiquei sabendo que estava vindo da Austrália. E acho que não foi a Colonia apenas para me ver; em Colonia estavam rodando um filme com Marcello Mastroianni, e no dia seguinte o procurou até que o viu e pôde lhe perguntar, em italiano, se estava bem. “Bene”, Marcello respondeu, e Cándido ficou satisfeito.

Mas, essa noite, parado na porta de minha casa, muito sério, com os dentes apertados, nem sequer me cumprimentou, nem me perguntou como eu estava. Só perguntou:

— Onde está o tabuleiro?

Epílogo do diário

27/10/2002 – 23H31

Terminei isso. Ou melhor, isso terminou comigo. No fundo, minha mente sempre se recusou a aceitar qualquer tipo de final.

J. D. Salinger, *Seymour: Uma introdução*

Um diário não é um romance; com frequência abrem-se linhas de enredo que depois não continuam, e dificilmente alguma delas têm uma conclusão nítida. Acho fantástico, e bastante intrigante, o fato de não ter quase nunca uma memória precisa acerca das coisas e das pessoas que entram e saem da minha vida. É raro que eu saiba quando conheci alguém, ou em que circunstâncias, e muitas vezes noto que alguém desapareceu da minha vida sem que eu me desse conta. Algumas desaparições duram uns anos e depois o personagem volta a aparecer; outras parecem definitivas, e algumas somem até o ponto de se apagar da minha memória, sem deixar, aparentemente, nenhum rastro.

Gostaria que o diário da bolsa pudesse ser lido como um romance; tinha a vaga esperança de que todas as linhas de enredo abertas tivessem alguma espécie de conclusão. É claro, não foi isso que aconteceu, e este livro, no seu conjunto, é uma mostra ou um museu de histórias inconclusas.

Este epílogo não pretende fechar essas linhas abertas, mas apenas mostrar o estado atual de algumas delas.

Antidepressivo. No domingo, dia 13 de agosto de 2000, às cinco e trinta e cinco, escrevi: "Acho que o antidepressivo está me intoxicando". Vários meses depois, já no período posterior ao que o diário registra, pude comprovar que essa primeira impressão tinha sido totalmente correta. Uma tarde, estava na cozinha e tive um episódio de vertigem. Logo se repetiu, em outros dias, e sempre na cozinha. Pensei em algum fenômeno ótico, relacionado ao desenho dos azulejos. Mais tarde, comecei a ter episódios similares em outras partes da casa e na rua. Especialmente na rua, cada vez que eu parava diante de um semáforo com a luz vermelha acesa; às vezes precisava me agarrar na pessoa que me acompanhava e, se ninguém me acompanhava, no próprio poste do semáforo. Em certo momento tive a intuição de que a vertigem era consequência do antidepressivo e parei de tomá-lo, e busquei limpar meu organismo tomando muita água. Pouco a pouco a vertigem foi diminuindo; demorou cerca de um mês para desaparecer. É curioso como a primeira impressão, imediata, tenha permitido uma adaptação do organismo para então, depois de muito tempo, voltar com força muito maior.

Iogurte com vitamina C. Atualmente estou tomando aquele iogurte excelente e incrível que não podia tomar porque me dava hemorroidas, segundo meus cálculos porque usava ascórbico como conservante. Descobri que o ácido, ou seja lá o que for, flutuava concentrado na superfície do líquido, provavelmente retido por um pouco de nata, porque, apesar de ser iogurte desnatado, sempre resta algo de nata. Agora tiro com uma colher um pouco desse líquido da superfície, e o iogurte já não me faz mais mal.

Trilogia de Rosa Chacel. No sábado, 16 de setembro, escrevi: "parece que é o primeiro volume de uma trilogia, e quando conseguir os outros dois terei que engoli-los também; espero que os outros sejam menos indigestos". Pois não são. Consegui outro volume e não pude lê-lo. Depois Chl me deu de presente outro livro da sra. Rosa, que não faz parte da trilogia, que também não consegui ler. Isso não diminui minha admiração, mas acho uma pena.

O *monitor de má qualidade.* Continua igual.

Defrag. Consegui na internet um programa que corrige os defeitos do DEFRAG do Windows 98, e a operação que antes exigia umas quatro horas agora é realizada em no máximo vinte minutos.

Fantasmas. Uns meses atrás, neste ano, minha médica veio me visitar acompanhada, como sempre, pelo seu cão Mendieta. Ela se sentou numa das poltronas e eu lhe ofereci café. Aceitou. O ar-condicionado estava ligado, então tinha fechado a porta que dá para o corredor que é preciso atravessar para chegar à cozinha. O corredor estava às escuras e, ao abrir a porta, iluminou-se apenas com a luz do cômodo das poltronas; nessa penumbra, vi passar rapidinho o cachorro Mendieta rumo ao meu quarto, que também estava no escuro. "Que estranho", pensei, porque o cachorro Mendieta sempre vai onde estamos para pedir comida ou, se não está com fome, vai à poltroninha que fica perto da varanda para se acomodar e dormir. Dei meia-volta e perguntei à minha médica se ela sabia onde estava o cachorro Mendieta. "Deve ter ido para a sua poltrona", respondeu. "Mas eu o vi passar por aqui. Como foi para o corredor?" Porque eu tinha certeza de que a porta de comunicação entre a sala de jantar e o corredor estava fechada. Fiquei em dúvida, porque tinha visto passar um vulto com a forma parecida à do cão Mendieta, mas na verdade não era mais que uma sombra quase compacta, tridimensional, e sem uma forma bem definida. É que os fantasmas costumam passar essa impressão; são mais um esboço, um projeto, do que uma forma acabada. Enfiei-me no corredor e vi que a porta comunicante estava de fato fechada. Teria passado entre minhas pernas sem que eu me desse conta? Fui até o quarto, acendi a luz e não vi cão algum. Também não estava na cozinha. Continuei soltando exclamações e perguntas; minha médica se levantou da poltrona e foi investigar. Encontrou o cachorro Mendieta estranhamente jogado num canto que nunca frequenta, à esquerda da porta dupla que dá acesso ao living. Quando viu sua dona, animou-se e daí em diante teve o comportamento normal de sempre. "Agora o cachorro Mendieta se divide em dois", falei. "Aprendeu a fazer isso", acrescentei. Era a primeira vez que vi, em toda a minha vida, o corpo astral de um cachorro. E era a segunda vez na vida que via um fantasma.

Minha médica não se emocionou; sempre esteve convencida de que sou louco, ou pelo menos imaginativo demais. Mas, no dia seguinte, me telefonou: "Minha mãe disse ter visto a sombra do Mendieta enquanto ele estava em outro lugar", disse. "Pensou que tinha se confundido com a sombra da empregada", acrescentou. Eu ri, porque a empregada mede tipo um metro e oitenta. E, no dia seguinte, a mãe da minha médica viu outra vez a sombra do cão Mendieta.

Desde então não houve mais aparições desse fantasma, pelo menos que algum de nós tenha visto.

Telepatia com o livreiro. Não voltou a funcionar.

Caminhadas. Foi um inverno excessivamente frio. E o país entrou há meses no estágio agudo da crise econômica, então a maioria das minhas tutoras está empenhada em horas extra de trabalho, embora nem sempre as paguem. Por esses motivos, tenho caminhado muito pouco, o que acentua minha preocupação com as consequências físicas do sedentarismo.

Amores. Desde o sonho com o verme posso me encontrar com Chl sem me sentir despedaçado quando ela vai embora. Nós nos vemos pouco, mas nos vemos. Às vezes ela me leva para caminhar. Continua sendo uma santa.

E desde aquele sonho me senti livre para poder iniciar um ou outro romance, sobre os quais não cabe dar maiores informações aqui.

Eletricistas. Ulises voltou para Colonia. Tenho um bom número de problemas elétricos não resolvidos. Minha médica me recomendou outro eletricista muito eficaz, mas parece que meus horários acordado não são adequados para ele, e até agora não consegui que viesse aqui fazer os consertos que pedi.

Roubo de software. Abandonei essa prática, de modo que ninguém deve se preocupar agora em me perseguir. Desinstalei a maior parte dos programas que tinha porque ocupam muito espaço no disco rígido e nunca os utilizo. De todo modo, meu computador está um pouco lento. Tenho alguns programas gratuitos; e alguns que não são, em vez de crackeá-los, eu os reinstalo quando passam do período de teste, em geral trinta dias. Em outros casos, não altero o programa, mas altero certas modificações que fizeram no Registro, algo que tenho o perfeito direito de fazer; esses programas põem, de modo sub-reptício, no *meu* disco rígido, informação sobre a data em que foram instalados, e se eu descubro onde está guardada essa informação sinto a maior liberdade do mundo de tirá-la ou substituí-la.

Mónica. Atualmente está bem, trabalhando muito como todas as mulheres que conheço. Lamento não ter tido forças para finalizar aquela história dramática no diário; ficou muito descuidada.

Chl. Pude confirmar suas habilidades paranormais. Há poucos meses me contou, sem que eu desse nenhuma referência, um sonho que teve; havia nesse sonho uma cena muito estranha na qual eu intervinha. Causou-me uma espécie de choque ouvir seu relato, porque era, com mais ou menos detalhes, o relato fiel de uma cena que eu vivera no que chamamos de "vida real". O sonho ocorreu ao mesmo tempo em que a cena "real", ou talvez um pouquinho mais tarde. E a cena foi uma coisa tão maluca que seria estúpido pensar em casualidade.

Palavrões censurados pelo Word. Graças a alguns programas especiais, pude fazer uma detalhada investigação e descobrir que o responsável pela censura de palavras como "pênis" no Word é um arquivo chamado MSSP3ES.DLL. Pude abrir esse arquivo num editor especial e modificá-lo para que não me incomodasse mais. É bastante educativo explorar esse arquivo e ver as palavras que censura; algumas eu nem sabia que existiam.

Relógio biológico. No dia 5 de setembro deste ano, cortei radicalmente o café, por motivos provavelmente equivocados (embora talvez não por completo; achava que era a causa de uma brotoeja que me aparecia na hora que eu ia deitar. Depois de experimentar com cada um dos alimentos que podiam provocá-la, só restou o café. Eu o suprimi, e a brotoeja continuou a aparecer poucos dias depois). O surpreendente efeito imediato dessa supressão radical foi começar a acordar por volta das onze da manhã. Isso continua acontecendo hoje, apesar de que nem sempre eu me deito numa hora prudente. Foi muito difícil para mim me adaptar ao novo ritmo e ainda não consegui por completo; com frequência sou atacado por um sono irresistível depois das refeições, de forma mais aguda do que antes, e adormeço na poltrona de leitura. Seja como for, consegui dar alguns passeios à luz do dia, e hoje (30 de outubro de 2002), pela primeira vez em muito tempo, atravessei a praça Independencia sob os raios do sol, às quatro da tarde. No caminho de volta, fiz uma viseira com a mão para proteger meus olhos, ainda muito sensíveis à luz natural.

Minha teoria é que o café modificava meus horários de sono, inibindo a produção de melatonina, mais do que pela excitação nervosa; digo isso caso alguém se interesse em investigar o assunto.

Pombas. No dia 3 de março deste ano, mal tinha levantado a persiana do quarto e vi chegar e se espalhar por diferentes lugares do telhado uma bem nutrida delegação de pombas. Curiosamente, a maioria, se não todas, tinha um aspecto muito similar ao da viúva, ou, para ser mais preciso, ao dos filhos da viúva, porque eram pombas jovens. Foi difícil contá-las, porque se moviam e se acomodavam e mudavam de lugar na mureta e nas saliências; finalmente pude calcular um número aproximado: quarenta e cinco.

Antena. No telhado vizinho não tem mais a antena. Não faço ideia de quando a tiraram; há uns dias fiquei olhando um pouco pela janela, coisa que não faço há muito tempo, e de repente notei que a antena, ou seja lá o que fosse — esse mastro com uma coisa na ponta —, tinha desaparecido sem deixar rastros. A paisagem agora está limpa como antes. A caveira da pomba parece continuar no seu lugar; já não vejo mais os ossinhos do seu corpo, mas talvez estejam ainda lá, sim.

1ª EDIÇÃO [2018] 1 reimpressão

ESTA OBRA FOI COMPOSTA POR ACOMTE EM ELECTRA E IMPRESSA PELA GEOGRÁFICA EM OFSETE SOBRE PAPEL PÓLEN SOFT DA SUZANO S.A. PARA A EDITORA SCHWARCZ EM MARÇO DE 2022

A marca FSC® é a garantia de que a madeira utilizada na fabricação do papel deste livro provém de florestas que foram gerenciadas de maneira ambientalmente correta, socialmente justa e economicamente viável, além de outras fontes de origem controlada.